BASTEI
LÜBBE

Hedwig Courths-Mahler

Die Kriegsbraut

Juttas Befreiung

BASTEI LÜBBE

BASTEI LÜBBE TASCHENBUCH
Band 14793

Erste Auflage: Oktober 2002

Vollständige Taschenbuchausgabe

Bastei Lübbe Taschenbücher ist ein Imprint
der Verlagsgruppe Lübbe

Umschlaggestaltung: Martinez Produktions-Agentur, Köln
Satz: hanseatenSatz-bremen, Bremen
Druck und Verarbeitung: AIT Trondheim
Printed in Norway
ISBN 3-404-14793-6

Sie finden uns im Internet unter
http://www.luebbe.de

Der Preis dieses Bandes versteht sich einschließlich
der gesetzlichen Mehrwertsteuer.

Hedwig
Courths-Mahler

Die Kriegsbraut

BASTEI
LÜBBE

Rose von Lossow stand an der Parkmauer und sah mit sehnsüchtigen Augen die Fahrstraße entlang, die an Schloß Falkenried vorüber nach dem Dorf führte.

Sie wartete hier auf das Auto, in dem Herr von Falkenried seinen Sohn Hasso vom Bahnhof abholte. Nur einen Blick wollte sie beim Vorüberfahren auf Hasso werfen. Weit vorgeneigt stand sie unter der hohen Buche auf der kleinen Anhöhe, die den ganzen Park überragte.

Nur wenige Minuten verharrte sie auf ihrem Platz, als sie das Auto herankommen hörte. Vorsichtig, um nicht gesehen zu werden, trat sie hinter den dicken Buchenstamm, während sie die Hand auf das rebellisch klopfende Herz drückte, schaute sie auf die Straße hinab.

Da flog das Auto vorüber.

Nur einen Augenblick hatte sie das kühne Profil Hasso von Falkenrieds erhascht.

Reglos schaute sie der Staubwolke nach, die das Auto aufwirbelte. Ein Seufzer entstieg ihrer Brust, und die Erregung, die sie befallen hatte, wich der ihr sonst eigenen Ruhe und Selbstbeherrschung.

Drüben sauste das Auto weiter und bog in den Hauptweg des Parkes ein, der zum Schloß führte. Jetzt hielt wohl der Wagen vor dem hohen Portal. Hasso von Falkenried war daheim bei den Seinen.

Und Rose stand abseits – sie hatte nichts zu schaffen mit

diesem Wiedersehen. An sie dachte wohl niemand. Sie war ja ein Fremdling, eine Geduldete in Schloß Falkenried, eine, die dort das Gnadenbrot aß und arbeiten mußte, mit dem Einsatz ihrer ganzen jungen Kraft, damit sie wenigstens das Bewußtsein hatte, dies Brot nicht umsonst zu essen. Ach, wie gern wäre sie jetzt neben Rita, Hassos Schwester, und seiner Mutter in der hohen, gewölbten Eingangshalle gestanden und hätte bescheiden auf den Augenblick gewartet, wo Hasso seine Augen mit dem gütigen Ausdruck auf sie gerichtet hätte. Sicher hätte er ihr die Hand gereicht und herzlich gesagt: »Guten Tag, Rose! Geht es dir gut?«

Aber sie hatte nicht bleiben dürfen. Tante Helene, Hassos Mutter, hatte sie mit einem Auftrag nach der Meierei hinübergeschickt, gerade jetzt, da man Hasso erwartete. Damit dokumentierte sie eben, wie schon oft, daß Rose nicht unbedingt zur Familie gehörte. Böse war das von Tante Helene nicht gemeint. Und doch tat es Rose so weh, daß man sie immer so fremd beiseite schob bei derartigen Anlässen.

Sie selbst hing mit ihrem ganzen verwaisten Herzen an den Falkenrieds – am meisten freilich an Hasso. Aber niemand hatte Verlangen nach ihrer Liebe oder erwiderte sie. Tante Helene und Onkel Herbert waren gewiß nicht ungütig, aber nie hatten sie ein warmes, herzliches Wort für sie. Rita freilich hatte sie wohl ein wenig lieb und war immer gut zu ihr. Aber sie fand sehr wenig Zeit für Rose und dachte wohl kaum daran, wie sehnsüchtig die arme Rose nach ein wenig Liebe verlangte. Und so war Rose still und ohne Widerrede nach der Meierei hinübergegangen. Niemand hatte auf sie geachtet, und so hatte sie unbemerkt hierher auf den Ausguck huschen können, um Hasso wenigstens vorüberfahren zu sehen.

Nun sie ihn gesehen hatte, schritt sie schnell die kleine Anhöhe hinab. In der Meierei wurde sie aufgehalten. Der Sohn des Verwalters, Fritz Colmar, der als Eleve im Falkenrieder Betriebe angestellt war, ein lustiger, übermütiger Mensch, der jede Arbeit wie ein Vergnügen verrichtete, wollte ihr unbedingt seine beiden Dackel, Max und Moritz, zeigen.

Dazu kam der Verwalter. Er schickte seinen Sohn an die Arbeit. Fritz sah ihn lachend an. »Ist schon alles getan, Vater. Gerade wollte ich zu Muttern. Kommst du mit?«

»Gleich, ich will nur noch etwas mit dem gnädigen Fräulein besprechen.« Und der Verwalter verwickelte Rose noch in eine geschäftliche Unterhaltung. So war denn eine Stunde etwa seit Hassos Ankunft verstrichen, als Rose ins Schloß zurückkehrte.

Dort war der junge Herr nach herzlicher Begrüßung mit Mutter und Schwester in das schöne große Wohnzimmer gegangen. Er erzählte von seinen letzten Fliegerübungen und von einer Erfindung, die er gemacht hatte. Auf Einzelheiten ließ er sich aber dabei nicht ein, aus besonderen Gründen. Hasso von Falkenried hatte seit seiner frühesten Jugend viel mehr Interesse für allerlei Motoren und Maschinen gehabt als für die Landwirtschaft, und er hatte es schließlich mit seinem Eisenkopf durchgesetzt, daß er ernsthafte Studien als Ingenieur machen durfte.

Seinem Vater war dies gar nicht recht gewesen. Alle Falkenrieds waren Ulanenoffiziere gewesen, und das sollte sein Sohn auch werden. Aber Hasso hatte seinen Willen durchgesetzt und gehörte als einer der ersten Fliegeroffiziere dem neugebildeten Fliegerbataillon an, das in Berlin beziehungsweise in Döberitz seinen Flugplatz hatte.

Er brachte für seinen Beruf alles mit, was dazu nötig war. Auf ein erfolgreiches, gründliches Studium gestützt, hatte der jetzt dreißigjährige junge Mann bereits Erstaunliches geleistet. Eine geniale Erfindung, die er gemacht hatte, war für den Flugsport, vom militärischen Standpunkt hauptsächlich, von großer Wichtigkeit.

Das hatte Hasso jedoch nur flüchtig und in sehr bescheidener Weise erwähnt. Er wußte, daß seine Angehörigen seinem Beruf nicht sympathisch gegenüberstanden, und hielt sich mehr an Allgemeines, was sie interessieren konnte.

Auch Hasso hatte zunächst die Abwesenheit Rose von Lossows nicht bemerkt. Das junge Mädchen war stets nur wie eine flüchtige Erscheinung durch sein Leben gehuscht.

Als sie, die fünfzehnjährige Waise einer entfernten Verwandten und Jugendfreundin seiner Mutter, aus Barmherzigkeit in Falkenried Aufnahme fand, war Hasso bereits auf der Hochschule. Damals zählte er fünfundzwanzig Jahre.

Bei der ersten Begegnung hatte Rose keinen günstigen Eindruck auf ihn gemacht. Der lang aufgeschossene, linkische und schüchterne Backfisch mit den eckigen Bewegungen und dem hageren, blassen Gesicht, aus dem die tiefblauen Augen so hilflos und traurig herausblickten, konnte ihm kein Interesse abnötigen. Er kümmerte sich überhaupt wenig um weibliche Wesen. Sein Studium nahm ihn ausschließlich in Anspruch. Dann sah er sie wieder, wenn er von Zeit zu Zeit in den Ferien zu Hause war, und er wunderte sich darüber, wie vorteilhaft sich Rose von einem Male zum andern veränderte. Auch fiel es ihm auf, daß man ihr eine Art Aschenbrödelstelle im Hause zuwies und daß sie stets so still und bescheiden zurückstand.

Da regte sich das Mitleid in ihm mit dem armen Mädchen, das von keiner Seite Liebe erfuhr und doch von allen Seiten immer stark in Anspruch genommen wurde, daß man alle unangenehmen Dinge möglichst auf Rose abschob und es ganz selbstverständlich fand, daß sie alles ohne Widerrede auf sich nahm. Da er aber stets stark beschäftigt war, selbst wenn er auf Urlaub war, blieb ihm wenig Zeit, sich mit Roses Schicksal zu beschäftigen.

Sie stand auch heute noch immer und überall beiseite, trotzdem sie sich in den Jahren, die sie in Falkenried weilte, nützlich und unentbehrlich gemacht hatte, daß man ohne sie manchmal nicht aus und ein gewußt hätte. Zuerst hatte man Rose als eine etwas lästige, aufgenötigte Hausgenossin betrachtet, verband mit ihrer Aufnahme mehr eine Anstandspflicht als ein Herzensbedürfnis. Zunächst war sie ganz sicher nicht mit Liebe und Güte verwöhnt, wenn man es ihr auch sonst an nichts fehlen ließ.

Rita begegnete Rose allerdings gleich sehr freundlich und gutherzig, aber als sie aus der Pension zurückkam, war Roses Stellung im Hause schon bestimmt. Sie benahm sich herzlicher zu Rose als alle andern. Rose dankte ihr innig und schloß sie in ihr verwaistes und vereinsamtes Herz.

Roses Ausbildung war noch nicht beendet, aber das beachtete niemand. Das war freilich mehr Gedankenlosigkeit als böser Wille. Rose suchte sich selbst weiterzubilden, soweit sie Zeit dazu hatte. Roses Feinfühligkeit hatte ihr bald verraten, wie wenig angenehm man ihre Anwesenheit in Falkenried empfand, sie fühlte, daß sie lästig war. Aber da sie dem Leben hilflos gegenüberstand, mußte sie sich klaglos in alles fügen. Sie sah um sich, wie und wo sie helfen konnte, und wuchs so bald in die Verhältnisse hinein, alles erfassend und erlernend, was ihr wichtig und nützlich schien. Mit Energie ergriff dies junge Geschöpf jede Gelegenheit, sich zu betätigen. Ihr Fleiß half ihr bald, sich unentbehrlich zu machen.

Seltsamerweise blühte sie aber bei alledem auf und entwickelte sich zu einem reizenden, jugendfrischen Mädchen.

Waren Gäste im Hause, hielt sie sich noch ängstlicher zurück und war so still, daß man sie für wenig intelligent hielt. Und doch war Rose mit den Jahren gleichsam der Mittelpunkt geworden.

Mehr und mehr bekam sie alle Fäden in die Hand, an denen sie nicht nur das Hauswesen, sondern auch den landwirtschaftlichen Betrieb leitete.

Da war eines Tages der zweite Verwalter krank geworden, mitten in der Erntezeit. Ohne Zögern war Rose für ihn eingesprungen, und als der Verwalter gleich darauf sein kleines, väterliches Gut geerbt hatte und seinen Abschied nahm, hatte sie ihn völlig ersetzt.

Sie tat alles so selbstverständlich, daß man es auch selbstverständlich fand. Ihr Schaffen und Streben erschien keinem als etwas Besonderes, weil immer eins zum andern kam. Nur Hasso fiel es auf, wenn er nach Hause kam, daß man Rose jedesmal wieder neue Pflichten aufgebürdet hatte. Er wunderte sich über ihre Leistungsfähigkeit. Nur zuweilen nahm er mit einem scherzenden oder anerkennenden Wort Rose gegenüber davon Notiz. Und jedes dieser Worte erschien Rose wie ein köstliches Geschenk. Sie gruben sich tief in ihre junge Seele, die sich Hasso, seit sie ihn zuerst gesehen, in tiefer, verschwiegener Liebe zu eigen gegeben hatte.

Sie geizte nicht um Anerkennung. Es war ihre Überzeugung, daß sie mit all ihrem Schaffen nur eine Pflicht der

Dankbarkeit erfüllte. Die Befriedigung darüber, daß sie nützen konnte, war ihr Stolz.

Und Onkel Herbert war jetzt viel kränklich – was war da natürlicher, als daß ihn Rose bei der Führung der Bücher unterstützte und ihm alles Schwere abnahm. Sie verstand bald alles, also konnte er sie ruhig gewähren lassen. Daß Roses Zeit vom frühen Morgen bis späten Abend mehr wie ausgefüllt war – mein Gott –, sie hatte ja sonst weiter keine Pflichten, und daß sie sich nicht überarbeitete, davon zeugte doch ihr blühendes Aussehen. So dachte man über ihr Schaffen.

Tante Helene war sie auch eine unentbehrliche Stütze geworden, und sie stützten sich recht nachdrücklich darauf, ohne zu bedenken, wieviel Kraft sie dazu nötig hatte und ohne ihr ein Wort des Dankes zu sagen. Was sie selbst Gutes tun, sehen sie durch ein riesiges Vergrößerungsglas, und was andere ihnen Gutes tun, das betrachten sie umgekehrt durch ein solches Glas, so daß es viel kleiner erscheint. Innerlich näher waren ihr weder Onkel Herbert noch Tante Helene gekommen.

Hatte Rose jemals eine Mußestunde, so füllte sie dieselbe aus, indem sie sich in Lektüre über das Flugwesen vertiefte. Mit brennendem Interesse stand sie Hasso von Falkenrieds Beruf gegenüber und suchte sich einzuarbeiten in seinen Ideenkreis.

Da er auch zu Hause an Zeichnungen und Berechnungen arbeitete und niemand etwas in seinem Arbeitszimmer anrühren durfte, hatte sie es übernommen, dort Ordnung zu halten. Nur sie allein betrat außer Hasso dieses Zimmer, wenn er in Falkenried weilte. Und er hatte bemerkt, daß Rose die einzige war, die in Falkenried seinem Beruf einiges

Verständnis entgegenbrachte. Größeres Interesse nötigte aber auch dieser Umstand Hasso für Rose nicht ab.

Keine Ahnung kam ihm, daß Rose den ganzen Liebesreichtum ihres vereinsamten Herzens auf ihn konzentrierte. Sie hatte sich gut in der Gewalt und verriet nicht mit einem Wimperzucken, was in ihrer Seele für ihn lebte. Zuweilen erwies er ihr wohl in seiner echt ritterlichen Art eine kleine Aufmerksamkeit. Aber das war alles.

Hasso brachte den Frauen kein Interesse entgegen und hatte keinen Sinn für Liebeleien und Galanterien. Am wenigsten hätte er für Rose etwas Derartiges übrig gehabt.

Rita war von der Pension her mit einer jungen österreichischen Aristokratin, der Baronesse Josepha von Hohenegg, befreundet. Im Frühsommer war die Baronesse zu Besuch in Falkenried gewesen. Damals war auch Hasso von Falkenried zu Hause gewesen und hatte die Freundin seiner Schwester kennengelernt.

Baronesse Josepha war ein schönes Geschöpf mit lockigem Haar und schönen braunen Augen. Sie hatte ein reizendes Grübchen, wenn sie lachte – und sie lachte gern. Dazu »plauschte« sie in einem etwas wienerisch gefärbten Dialekt.

Und als Hasso dann heimgekommen war, hatte Rose das Herz ängstlich geklopft. In diese reizende junge Dame mußte er sich ihrer Ansicht nach verlieben.

So beobachtete Rose mit ängstlichen Augen Hasso.

Zwar hegte sie nicht die leiseste Hoffnung, daß sich ihr Hassos Herz je in Liebe zuwenden könnte, ihre Liebe war wunschlos, aber sie zitterte doch vor dem Moment, wo er sein Herz einer anderen zuwenden würde. Auch Baronesse Josepha schien nicht sonderlich viel Gefallen an Hasso zu finden. Er war ihr viel zu ernst und zu still. Sie trieb lieber mit Rita tausend übermütige Tollheiten, und über Roses ernstes junges Gesicht huschte dann auch zuweilen ein Lächeln, wenn die jungen Damen ihr »Gaudi« trieben, wie die Baronesse das nannte. Ach, Rose hatte nie diese harmlos frohe Jugendlust kennengelernt. Aber sie fand es so schön und reizend, wie die beiden Freundinnen zusammenhielten und sich verstanden.

Als die Baronesse abreiste, mußte Rita der Freundin fest versprechen, im Spätherbst auf einige Wochen nach Wien zu kommen. Der Vater der Baronesse besaß in Kärnten das Stammgut seines Geschlechts, Hohenegg, und das kleinere, nahe dabei gelegene Villau. Den Winter verbrachte er aber meist mit seiner Familie in Wien, wo er eine vornehme, geräumige Villa besaß. Die Mutter der Baronesse hatte Rita brieflich herzlich eingeladen, und Ritas Eltern hatten gern zugesagt. Frau von Falkenried war froh, daß sie auf diese Weise einmal nicht mit Rita nach Berlin zu reisen brauchte. –

Hasso von Falkenried war nun heute nach Beendigung der Manöver in Falkenried zu einem längeren Urlaub eingetroffen. Bei diesem Manöver war zum erstenmal die von ihm erfundene Verbesserung an einem Aeroplan ausprobiert worden und hatte sich großartig bewährt. Hasso hatte nun vor, noch weiter an dieser Verbesserung zu arbeiten und die Ruhezeit zu nutzen, um seine Pläne reifen zu lassen.

Als Rose nun von der Meierei nach Hause kam und in die große, behaglich und vornehm eingerichtete Vorhalle trat, wurde rechts eine Tür geöffnet und Hasso trat mit seinen raschen, elastischen Schritten heraus.

Als er Rose erblickte, trat er lächelnd mit ausgestreckter Hand auf sie zu. »Tag, Rose! Ich wußte doch, daß mir noch etwas fehlte in Falkenried. Aber wahrhaftig, nicht einmal gefragt habe ich nach dir. Die Eltern wollten allerlei erzählt haben. Wie geht es dir?«

Ihr Herz schlug so, daß es sie fast schmerzte. Aber sie war wohlgeübt in der Kunst, sich zu beherrschen. Und so erschien sie ganz ruhig und still. Nur ein etwas höheres Rot färbte ihre Wangen und wich dann einer auffallenden Blässe. Roses Augen hingen an der schlanken, aufrechten Männergestalt. Sein Gesicht war fast bronzefarbig und zeigte feste, männliche Züge. Die hohe, heller gefärbte Stirn verriet Intelligenz und Geist, die stahlblauen Augen blickten klug und kühn und doch mit einem guten, warmen Ausdruck. Um den schmallippigen Mund lag ein Zug eiserner Energie. An diesem Gesicht war alles fest und hart, wie aus Stein gemeißelt, und wer einmal hineingesehen hatte, vergaß es so leicht nicht wieder. Es verriet, daß man einen Menschen vor sich hatte, dem man sein Interesse nicht versagen konnte.

Und diesen Mann liebte Rose von Lossow mit der ganzen Ausschließlichkeit ihres reichen, tiefen Herzens, liebte ihn still und wunschlos und mit der Gewißheit, daß er ihre Liebe nie erwidern würde. Aber dieser Liebe war auch ein strenger, mädchenhafter Stolz beigemischt, der ihr half, sich nie zu verraten und lächelnd zu resignieren.

»Guten Tag, Hasso! Ich danke dir, es geht mir gut. Dir hoffentlich auch?«

Es fiel Hasso zum ersten Male auf, wie angenehm diese Mädchenstimme klang. »Wo hast du denn gesteckt, Rose, daß ich dich jetzt erst sehe?«

»Ich war in der Meierei, hatte dort zu tun.«

»Und das war so eilig, daß du mich nicht erst begrüßen konntest bei meiner Ankunft?«

Sie mochte ihm nicht sagen, daß seine Mutter sie fortgeschickt hatte. »Ja, es war eilig, Hasso.«

»Du bist also noch immer das fleißige Hausmütterchen in Falkenried?« sagte er schon ein wenig mit seinen Gedanken fort von ihr.

»Es ist wenigstens mein innigstes Bestreben, Hasso, mich nach Kräften nützlich zu machen.«

Das sagte sie so ernst und schwer, daß er sie forschend betrachtete und seine Gedanken zu ihr zurückrief. »Ich glaube, das tust du mit jedem Atemzug. Meiner Mutter sparst du eine Haushälterin und meinem Vater einen Verwalter.«

»Das erstere vielleicht, eine Haushälterin erübrigt sich in Falkenried. Aber wir haben, wie du weißt, einen sehr tüchtigen Verwalter.«

»Gewiß, Colmar ist tüchtig, aber da mein Vater nur noch wenig leisten kann, müßte bei unsern ausgedehnten Besitzungen noch ein zweiter Verwalter tätig sein. Seit Hansen aber entlassen ist, hat man hier die Pflichten desselben dir aufgebürdet, das weiß ich wohl, trotzdem ich wenig zu Hause bin und mich nicht viel um die Wirtschaft kümmere, habe das auch, als ich Pfingsten hier war, meinem Vater gesagt. Aber er erwiderte mir, du habest selbst dringend darum gebeten, dir diese Arbeiten nicht wieder abzunehmen.«

»Ja, das habe ich getan.«

»Und warum?«

»Ich kann es ja schaffen und tue es gern.«

»Aber es muß dir zu schwer werden, Rose.«

»O nein, es ist mir nicht zu schwer. Ich bin jung, gesund und stark und bin glücklich, wenn meine Tage bis zum Rand mit Arbeit gefüllt sind. Dann weiß ich, daß ich in Falkenried nicht nutzlos das Gnadenbrot esse.«

Ihre ersten Worte hatten eine verwandte Saite in seinem Innern berührt, auch er liebte die Arbeit und war sich seiner Kraft bewußt. Aber ihre letzten Worte, die gegen ihre Gewohnheit mit einer gewissen leidenschaftlichen Heftigkeit hervorgestoßen wurden, ließen ihn erschrocken aufblicken.

»Rose!«

Sie zuckte zusammen, als er ihren Namen so erschrocken ausrief, und ließ ihre ausgestreckten Arme schnell herabsinken.

»Verzeih, Hasso, daß ich mich zu diesem Ausdruck hinreißen ließ. Du hast es mich gewiß nie fühlen lassen, daß ich nur aus Gnade und Barmherzigkeit in Falkenried geduldet wurde.«

»Hat dich das überhaupt jemand fühlen lassen, Rose? Waren meine Eltern und meine Schwester nicht gut zu dir?«

Sie strich sich hastig über die Stirn. Das goldblonde Haar umgab ihr im Schatten liegendes Gesicht wie ein flimmernder Heiligenschein.

»Doch, doch! Rita ist immer gut, sehr gut zu mir, und deinen Eltern bin ich so viel Dank schuldig. Das Gefühl, eine Schuld abtragen zu müssen, spornt mich immer wieder an, all meine Kräfte einzusetzen. Ich habe ja nichts als diese Kräfte, womit ich es tun kann. So war mein unbedachter Ausruf vorhin gemeint. Ich bitte dich, ihn zu vergessen und mir darum nicht zu zürnen.«

Noch immer sah er sie forschend an. Es rührte ihn etwas in ihrer Art. Rasch faßte er mit warmem Griff ihre Hand. »So stolz bist du, Rose?«

»Nennst du das stolz?«

Er antwortete ihr nicht und sah sie an, als sähe er sie zum erstenmal.

»Ich weiß wenig von dir und deiner Wesensart. Ich gestehe zu meiner Schande, daß ich noch wenig über deine Stellung hier im Hause nachgedacht habe. Ich verstehe dich. Und doch tut es mir sehr, sehr leid, daß du dich hier nicht heimisch fühlst, daß du das Empfinden hast, als müßtest du dir erst ein Heimatrecht verdienen. Meinen Eltern bist du längst unentbehrlich geworden, und Rita hat dich sehr lieb.«

Ihre Hand lag wie ein gefangener Vogel in der seinen. Seine Worte taten ihr wohl und weh zugleich. Sie mußte all ihre Kraft zusammennehmen, um ihre Ruhe nicht zu verlieren.

»Glaube doch nicht, daß ich mich beklagen will, Hasso. Aber wie ich nun einmal geartet bin, ist es mir eine Notwendigkeit, immer etwas zu tun, um diesen Dank abzutragen, sonst – sonst ertrüge ich diese Wohltaten nicht.«

Mit einem warmen Druck gab er ihre Hand frei.

»Wer hätte hinter der stillen, bescheidenen Rose diesen herben Stolz gesucht?«

»Es ist der Stolz der Armut, Hasso – Bettelstolz«, erwiderte sie mit einem bitteren Lächeln.

»Mir scheint, ich muß dich in Zukunft mit anderen Augen betrachten wie bisher.«

»Du wirst dazu auch in Zukunft wenig Zeit haben. Interessantes ist an mir auch nicht zu entdecken«, suchte sie zu scherzen.

»Nun, wer weiß. Ich habe ja jetzt einige Urlaubswochen vor mir.«

»Wirst du nicht arbeiten – an deiner neuen Erfindung?« fragte sie hastig.

Er sah sie überrascht an. Seine Augen blitzten scharf und forschend in die ihren. »Was weißt du davon?« fragte er fast schroff.

»Du sprachst mir einmal davon bei deinem letzten Hiersein. Ich sollte dein Zimmer stets abschließen und niemand eintreten lassen, weil du an Zeichnungen für eine neue Erfindung arbeitetest und diese nicht immer fortschließen konntest.«

»Ach so – ja, ich erinnere mich, und soweit ich darf, will ich dich auch ins Vertrauen ziehen. Meine Erfindung, die hauptsächlich von größter Wichtigkeit im Falle eines Krieges ist, wird in aller Stille an allen Flugzeugen unserer Luftflotte angebracht werden. Aus gewissen Gründen soll sie nur dem Militärflugwesen zustatten kommen, sie muß streng geheim gehalten werden. Mehr darf ich dir darüber nicht sagen.«

»Darf ich dir Glück wünschen zu diesem Erfolg?«

»Das darfst du gewiß, Rose, und da ich noch an weiteren, geheimen Verbesserungen meiner Erfindung arbeiten will, bitte ich dich, auch jetzt während meines Aufenthaltes niemand mein Arbeitszimmer betreten zu lassen.«

»Darauf kannst du dich verlassen. Wir haben ja zwei Schlüssel zu deinem Zimmer, den einen benutzest du, den anderen ich, wenn ich bei dir Ordnung schaffen muß.«

»Ja, Rose – und ich danke dir für deine Bereitwilligkeit. Nun nehme ich deine Dienste auch noch in Anspruch. Aber ich kann mir nicht anders helfen.«

»Ich tue es so gern und freue mich, wenn ich dir nützlich sein kann. Es muß herrlich sein für dich, daß du in deinem interessanten Beruf so Hervorragendes leisten kannst.«

»Wenn doch meine Eltern und Rita meinem Beruf auch so sympathisch gegenüberstehen wollten wie du. Sie haben so wenig Verständnis dafür, wollen es nicht haben.«

»Weil er ihnen für dich zu gefährlich erscheint. Sie bangen

immer so sehr um dich, und wenn in den Zeitungen etwas von einem Fliegerunfall steht, dann sind sie immer ganz außer sich. Es fehlt ihnen an Zuversicht, daß du die Gefahren deines Berufes mit fester Hand und kaltblütiger Besonnenheit meistern wirst.«

»Du sprichst, als hättest du selbst diese Zuversicht, als trautest du mir eine feste Hand und kaltblütige Besonnenheit zu?«

»Ja, das tue ich. Du bist geschaffen, ein Pionier dieses gefährlichen Berufes zu sein. Solche Männer wie du sind nötig, um den feindlichen Elementen abzuringen, was sie nicht freiwillig geben.«

»So eine gute Meinung hast du von mir?«

»Die beste und größte. Ich habe die feste Zuversicht, daß du alles kannst, was du willst, und daß du alle Gefahren siegreich bestehst.«

»Wahrlich, liebe Rose, deine Zuversicht ist mir eine Wohltat. Ich wollte, meine Eltern und Schwester dächten wie du. Vielleicht kannst du ihnen etwas von deiner Zuversicht einflößen.«

»Ich habe nur wenig Einfluß auf sie, Hasso, aber was ich tun kann, will ich gern tun, um ihnen ihre Angst zu nehmen.«

»Vielen Dank, Rose. Ich werde in Zukunft in dir eine Art Verbündete sehen. Schade – ich hätte gern noch über dies Thema mit dir geplaudert. Du scheinst über den Flugsport nachgedacht und dir ein klares Urteil darüber gebildet zu haben. Jedenfalls bist du hier die einzige, die ihm nicht ablehnend gegenübersteht.«

»Vielleicht weil ich viel darüber gelesen und mich damit so weit vertraut gemacht habe, wie das einem Laien möglich ist.«

»Du bereitest mir heute lauter Überraschungen, Rose. Nun, wir sprechen vielleicht noch darüber. Bei Tisch auf Wiedersehn!«

Damit trennte sich Hasso von Rose.

Sie ging in die Küche, die im Erdgeschoß lag, und erledigte dann vor Tisch noch allerlei. Mit einem gehobenen, freudigen Gefühl ging sie ihren Geschäften nach. Die Unterhaltung mit Hasso war ihr ein Ereignis von großer Bedeutung. So eingehend hatte er sich noch nie mit ihr beschäftigt, mit ihr noch nicht so viel über seinen Beruf gesprochen.

Es machte sie ganz stolz und glücklich, daß er es getan hatte. Jedes seiner Worte bewahrte sie in ihrem Herzen. Sie würde keines davon vergessen.

Auch Hasso von Falkenried mußte, während er sich umkleidete, noch eine Weile über dies Gespräch nachdenken. Rose war ihm heute in einem ganz anderen Licht erschienen als bisher.

»Dieses stille, bescheidene Geschöpf hat ja Eigenschaften, daß man staunen muß,« dachte er. »Sie ist ein famoser, verständiger Mensch. Und sie ist stolz. Es ist wirklich nicht recht, daß man sie hier im Hause noch immer wie eine Art Aschenbrödel betrachtet. Sie gibt entschieden mehr als sie nimmt.«

Sobald er sich umgekleidet hatte, verließ er seine Zimmer und begab sich hinunter in den Speisesaal, einen mit gediegener Pracht ausgestatteten Raum. Wunderschöne geschnitzte Möbel aus dunklem Eichenholz standen hier fest gefügt seit Jahrhunderten auf ihrem angestammten Platz. Hohe Holzpaneele zeigten gleich der Kassettendecke dasselbe alte, nachgedunkelte Holz, was den großen Raum warm und behaglich erscheinen ließ.

Hier fand Hasso bereits seine Angehörigen, die auf ihn warteten. Mit ihm zugleich trat Rose durch die gegenüberliegende Tür ein.

Gleich darauf wurde die Suppe aufgetragen. Während Hasso Rose gegenübersaß, nahm er sich vor, über sie gelegentlich mit seinen Eltern zu sprechen. Diesen Vorsatz führte er auch während seiner Urlaubszeit aus. Aber er fand zunächst sehr wenig Verständnis.

»Was willst du nur, Hasso? Rose wird doch von uns gehalten, als sei sie das Kind vom Hause. Du hast doch wirklich keine Veranlassung, uns da gewissermaßen einen Vorwurf zu machen«, sagte seine Mutter ein wenig gekränkt.

»Nein, Mama, so mußt du das nicht auffassen, ein Vorwurf soll das nicht sein. Ich meine nur, ihr müßtet Rose ein wenig mehr zeigen, daß sie es nicht nötig hat, dankbar zu sein. Im Grunde sind wir es doch, die einen Dank abzutragen haben an Rose.«

»Aber, Hasso, du stellst ja ganz sonderbare Behauptungen auf. Das heißt doch, die Dinge auf den Kopf stellen«, erwiderte ihm der Vater.

»Nein, nein, überlegt euch das nur einmal in Ruhe und bildet euch selbst ein klares Urteil über das, was Rose leistet – und was wir ihr dafür geben. Ihr werdet dann gleich mir auf das Resultat kommen, daß wir viel mehr Roses Schuldner sind als umgekehrt.«

Hier mischte sich Rita ins Gespräch. Sie sah den Bruder an.

»Du hast, glaube ich, recht, Hasso. Es ist mir nur noch nicht zum Bewußtsein gekommen, weil ich nie darüber nachgedacht habe.«

»Nun bitte ich euch, Kinder, was habt ihr nur? Können

wir denn mehr für Rose tun, als wenn wir sie wie ein Kind halten?«

»Tust du das wirklich, Mama? Ich habe immer bemerkt, so oft ich zu Hause war, daß Rose stets abseits steht, daß wir ihr immer nur Pflichten aufbürden, ohne ihre Rechte anzuerkennen. Ihre Familienzugehörigkeit reicht kaum weiter, als daß sie mit an unserem Tisch ißt. Sie hat alle Pflichten einer Haushälterin und eines Verwalters zu erfüllen, leistet fast so viel wie sonst zwei Menschen und hat von früh bis spät nicht Rast noch Ruhe. Sie ersetzt uns zwei tüchtige Angestellte, ohne die Rechte zu genießen, die jedem Angestellten zukommen.«

»Aber ich bitte dich, Hasso, wir können Rose doch nicht etwa Gehalt zahlen und ihr in Zwischenräumen einen freien Sonntag geben. Dadurch stempelten wir sie ja direkt zur Dienerin«, sagte Herr von Falkenried ganz ärgerlich, vielleicht gerade weil er einsah, daß Hasso nicht ganz unrecht hatte.

»Oder vielleicht auch zu einem freien Menschen, Papa«, erwiderte Hasso ein wenig erregt; »sie hätte dann doch wenigstens den ihr zukommenden Lohn, den sie nicht als Gnadengeschenk ansehen müßte. Ich plädiere selbstverständlich nicht dafür, daß Rose ein Gehalt ausbezahlt bekommt. Das müßte sie kränken. Aber ich meine, ihr müßtet nicht all ihre Dienste so selbstverständlich hinnehmen, müßtet ihr zuweilen ein Wort der Anerkennung sagen. Das ist meine Ansicht.«

»Ja, Hasso, dieser Ansicht muß ich mich, nun ich mir das überlegt habe, unbedingt anschließen. Ich werde jedenfalls deine Mahnung beherzigen und versuchen, Rose in Zukunft noch schwesterlicher als bisher zu begegnen, Rose Wohltaten zu erweisen. Du hast mir die Augen geöffnet. Ich werde mich bemühen, gutzumachen, was ich bisher versäumt habe.«

»Bist ein Prachtmädelchen, meine kleine Rita.«

»Soll ich immer die kleine Rita bleiben, mein großer Bruder? Wenn ich mich auch mit deinem Gardemaß nicht messen kann, so bin ich doch für eine Frau ganz passabel.«

»Nun, sagen wir mittelgroß. Das ›klein‹ bezieht sich nur auf die Jahre.«

»O weh, Hasso! Mit meinen zweiundzwanzig Jahren, reichlich, bin ich doch schon beinahe ein spätes Mädchen.«

»Späte Mädchen stelle ich mir eigentlich anders vor. Und mit meinen dreißig Jahren habe ich die Berechtigung, dich meine kleine Schwester zu nennen.«

»Allerdings mein großer Bruder. So muß ich wohl in doppelter Beziehung zu dir sagen. Wenn du weiter solche Erfolge in deinem Beruf hast, wirst du noch ein berühmter Mann. Schade nur, daß du so ein gefährliches Arbeitsfeld erwählt hast.«

Hassos Vater richtete sich nun hastig auf. »Ja, Gott sei es geklagt, ein sehr gefährliches Arbeitsfeld. Ich habe heute morgen in der Zeitung wieder von einem schweren Fliegerunfall gelesen.«

»Lieber Papa, wenn ihr alle euch nur einmal vor Augen halten wolltet, daß mein Beruf durchaus nicht gefährlicher ist als tausend andere. Das sieht für den Laien viel schlimmer aus, als es ist. Natürlich kostet er Opfer, weil viele im Falle einer Gefahr leicht den Kopf verlieren. Wenn ich nach deinem Wunsch Reiteroffizier geworden wäre, dann hätte ich ebensogut mit dem Pferde stürzen können, wie es mir mit dem Aeroplan passieren kann.«

Frau von Falkenried, die eine Weile über das nachgedacht hatte, was Hasso über Rose gesagt hatte, erhob sich. »Ich bitte euch, laßt das leidige Thema fallen. Darüber werden wir doch nie einer Meinung sein.«

Hasso küßte ihr verehrungsvoll die Hand.

»Du sollst dich so wenig sorgen wie Papa, liebe, teure Mama. Glaube mir, wenn ich einen Flug unternehme, lasse ich es nie an der nötigen Vorsicht und Besonnenheit fehlen. Denkt ihr denn, ich möchte mein Leben leichtsinnig aufs Spiel setzen? O nein, dazu habe ich es viel zu lieb und hoffe es auch noch recht nützlich verwenden zu können in der Ausübung meines Berufs.«

»Und was wird einmal mit Falkenried, wenn ich eines Tages meine Augen schließe?« fragte sein Vater ernst und nachdenklich.

»Hoffentlich bleibst du noch viele Jahre am Leben, mein lieber Vater. Aber solltest du uns eines Tages genommen werden, entziehe ich mich natürlich meinen Pflichten als Majoratsherr von Falkenried nicht.«

»Versprichst du mir, daß du dann deinen Abschied nimmst?«

»Ja, Papa, das verspreche ich dir. Ich bin doch ein Falkenried«, antwortete Hasso ernst.

Aber davon sprach er nicht, daß er, auch wenn er einmal seinen Abschied nahm und nach Falkenried übersiedelte, seinen Beruf nicht ganz aufgeben würde. Er hatte sich schon vorgenommen, dann einen Flugplatz und eine Werkstätte in Falkenried anzulegen. Diesen Plan wollte er vorläufig für sich behalten, um unliebsamen Auseinandersetzungen aus dem Weg zu gehen.

Von Rose sprach man nicht mehr. Hasso wußte, daß seine

Eltern sich seine Worte bedenken und dann nach ihrem Ermessen handeln würden. Und das geschah auch, wie er richtig vermutet hatte. Man kam Rose wärmer und herzlicher entgegen und sagte ihr zuweilen ein Wort der Anerkennung. Frau von Falkenried erhöhte Roses Taschengeld mit dem Bemerken, Rose möge sich doch etwas eleganter kleiden, damit sie nicht so sehr gegen Rita absteche.

»Man denkt ja sonst, wir halten dich wie ein Aschenbrödel, Rose«, sagte sie dabei.

Herr von Falkenried schenkte Rose das Reitpferd, das sie bei ihren Ritten über die Felder benutzte, und dazu ein neues Sattelzeug. Bisher hatte Rose einen abgelegten Sattel von Rita benutzt. Und er nannte sie scherzend seinen kleinen Minister des Äußeren und Inneren. –

Rita zeigte sich besonders herzlich gegen Rose. Gleich am folgenden Abend nach der Unterredung mit Hasso war sie in Roses Zimmer getreten, ehe sie schlafen ging. Rose saß noch über den Wirtschaftsbüchern und sah verwundert auf.

»Du bist noch wach, Rita?«

»Ja, Rose. Ich wollte dir, ehe ich schlafen gehe, eine Freude machen. Sieh, dies Armband mit den Saphiren und Perlen, das dir immer so gut gefiel, möchte ich dir schenken.«

Rose sah sie erstaunt und beklommen an. »Ich sagte dir allerdings einmal, daß ich dies Armband sehr schön finde. Aber wie könnte ich so ein kostbares Geschenk von dir annehmen? Darüber würde Tante Helene zanken.«

»Nein, nein, Mama erlaubt es, Rose.«

Nun stieg Rose das Blut in die Wangen, und ihre Augen bekamen einen stolzen, abwehrenden Ausdruck.

»Liebe Rita, bitte, sei mir nicht böse«, sagte sie hastig, »aber ich muß dies Geschenk zurückweisen, weil ich dir auf solch ein kostbares Geschenk die Revanche schuldig bleiben müßte.«

»Aber Rose, wer spricht von Revanche?«

Groß und ernst sah Rose in Ritas Augen.

»Ich, Rita. Sieh, ich muß schon ohnedies so viel Wohltaten von euch allen annehmen, daß ich nicht weiß, wie ich sie ertragen soll. Dies Geschenk von dir würde mich mehr niederdrücken als erfreuen.«

»Ich wollte dir zeigen, daß ich dich im Herzen wie eine liebe Schwester halte, und nun weisest du es zurück.«

Rose legte den Federhalter, mit dem sie Zahlen in das vor ihr liegende Buch eingetragen hatte, nieder und sah Rita freudig überrascht an.

»So hast du es gemeint?«

»Ja, Rose, weil ich dich liebhabe und dir eine Freude machen wollte. Sei doch lieb, nimm dies Geschenk von mir an, als Zeichen, daß auch du mich mit schwesterlicher Liebe in dein Herz geschlossen hast.«

Da zog Rose in überquellender Herzlichkeit das reizende, in ein duftiges Spitzengewand gekleidete Geschöpf in ihre Arme. »Liebe Rita, liebe gute Rita, du weißt ja nicht, wie lieb ich dich habe und wie froh ich bin, daß du mir so herzlich entgegenkommst. Das ist mir ein viel kostbareres Geschenk als dies Armband. Ich danke dir herzlich dafür, aber noch mehr dafür, daß du mir heute so entgegenkommst.«

»Habe ich das nicht schon immer getan?«

Ein wenig zögerte Rose mit der Antwort. Sie sah ernst in Ritas Augen. »Gut warst du immer zu mir, Rita, aber ...«

»Sage nichts mehr – ich weiß schon, was du sagen willst –, und ich schäme mich. Ja, ich schäme mich wirklich, weil ich so gedankenlos mich gar nicht ein bißchen in dich hineindachte. Nun soll das aber anders werden. Weißt du, wer mir die Augen geöffnet hat, mir und auch den Eltern?«

»Nein, Rita, das weiß ich nicht.«

»Hasso hat es getan.«

»Hasso?«

»Ja, er hat uns gesagt, daß wir dir nicht genug Liebe entgegenbringen oder sie dir wenigstens nicht genug zeigen, daß wir meinen, wir tun dir wunder wieviel Wohltaten, daß du in Falkenried sein darfst, und daß wir dabei gar nicht bedenken, was du alles für uns tust. Hasso hat recht. Sobald ich darüber nachdachte, wußte ich es. Und die Eltern wurden auch ganz nachdenklich. So, und nun laß mich dir das Armband umlegen als Zeichen meiner Besserung und meiner herzlichen Liebe.«

Rose saß reglos, und ihre Hand zitterte ein wenig, als ihr Rita das Armband befestigte.

Also Hasso dankte sie dies warme, herzliche Entgegenkommen? Er hatte ritterlich eine Lanze für sie gebrochen?

Das sah ihm ähnlich. Bei all seiner zielbewußten Männlichkeit, bei all seiner Energie hatte er immer ein warmes Herz gehabt für alles, was schwach und schutzbedürftig war. Ihre unvorsichtigen Worte am Tage seiner Ankunft hatten ihm verraten, daß sie litt und darbte. Wenn sie ihm nur hätte sagen dürfen, wie dankbar sie ihm war, daß er sich ihrer angenommen hatte. Aber das durfte sie nicht. Sie kannte ihn zu gut und wußte, daß ihr Dank ihm peinlich sein würde. Auch würde sie vielleicht dabei ihre Ruhe verlieren. Aber in ihrem tiefsten Herzen wollte sie diese Dankbarkeit verwahren gegen ihn, den sie mehr liebte als ihr Leben. Sie tat Rita nun den Gefallen, sich über das hübsche Schmuckstück zu freuen, obwohl ihr Herz nicht an solchem Tand hing. Dann huschte

Rita davon, nachdem sie Rose noch einmal herzlich umarmt und geküßt hatte.

Seltsamerweise bedrückte sie Hasso gegenüber nicht das Gefühl der Dankbarkeit, im Gegenteil, es erhob sie und machte sie glücklich.

Und alles, was ihr nun in Zukunft von Hassos Angehörigen Gutes und Liebes geschah, setzte sie auf seine Rechnung und nahm es hin als ein Geschenk von ihm.

Sie sollte in Zukunft noch oft Gelegenheit haben zu spüren, daß seine Worte bei seinen Angehörigen nachwirkten. Man kam ihr jetzt entschieden wärmer und herzlicher entgegen. Sie suchten gutzumachen, was sie versäumt hatten.

Als Hasso nach Ablauf seines Urlaubs nach Berlin zurückkehrte, rüstete sich Rita auch zu ihrer Abreise nach Wien zum Besuch ihrer Freundin.

Mit Rose hatte Hasso während seines Aufenthaltes kaum noch allein gesprochen. Sie wechselten nur noch zuweilen einige Worte über seinen Beruf. Hasso war viel zu sehr von seinen Plänen und Arbeiten in Anspruch genommen, als daß Rose ein nachhaltiges Interesse bei ihm hätte erwecken können. Einem warmen, menschlichen Impuls gehorchend, hatte er getan, was er konnte, um ihre Lage zu verbessern.

Als er abreiste, verabschiedete er sich von Rose so herzlich wie von seinen Angehörigen. Mehr aber nicht.

Als junges Weib kam sie gar nicht für ihn in Betracht. Und Rose war viel zu zurückhaltend, als daß ihm nur eine leise Ahnung hätte kommen können, was er ihr war. Sie wußte nach wie vor, daß ihre Liebe hoffnungslos war und wunschlos bleiben mußte, und sie hütete ihr Gefühl wie ein Heiligtum.

Hasso vertiefte sich, nach Berlin zurückgekehrt, gleich wieder in seine Pläne und Arbeiten. Er hatte den Kopf voller Ideen, die nach Verwirklichung drängten. Dazu kamen bei dem klaren, schönen Herbstwetter fast täglich Flüge, auf denen er seine neue Erfindung mehr und mehr verbesserte.

Eines Tages besuchte ihn sein bester, intimster Freund, Hans von Axemberg.

Im Arbeitszimmer, das sehr zweckmäßig eingerichtet war, empfing er die wenigen Besuche, die er bekam, und die meist mit seinem Beruf im Zusammenhang standen. Sein Freund Hans von Axemberg hatte hier freien Eintritt und saß jetzt neben Hassos Schreibtisch, der durch Ausziehen einer großen Platte in einen Zeichentisch verwandelt werden konnte. Durch einen sinnreichen Mechanismus konnte diese Platte mit einem einzigen Druck auf einen Knopf in ein darunterliegendes Fach versenkt werden mit allem, was darauf stand. Dann konnte dies Fach verschlossen werden. War Hasso bei der Arbeit, wenn ein Besuch kam, dann genügte ein Druck auf den Mechanismus, und seine Zeichnungen und Entwürfe verschwanden. In nichts unterschied sich dann sein Schreibtisch von anderen Diplomatenschreibtischen, höchstens durch seine etwas ungewöhnliche Größe.

Auch wenn Hasso ausging wurde die Platte versenkt und verschlossen, denn niemand durfte einen Blick auf seine Zeichnungen werfen, auch sein bester Freund, Hans von Axemberg, nicht. Dieser war Oberleutnant in einem Garderegiment. Er interessierte sich jedoch außerordentlich für das Flugwesen, und so waren sie einander auch beruflich sehr nahe gekommen. Hans von Axemberg besaß keine hervorragenden geistigen Qualitäten, aber er war ein guter Soldat, ein frischer, offener Mensch und ein tief angelegter

Charakter. Für Hasso hegte er eine an Bewunderung grenzende Verehrung, die er aber hinter allerlei Schnurren und Scherzen versteckte.

Sein hübsches, gebräuntes Soldatengesicht verriet Temperament, dem so leicht niemand widerstehen konnte. Scharfe Soldatenaugen blickten so ehrlich und vertrauenerweckend, daß man nur sympathisch berührt sein konnte.

»Hasso, ein wenig Ablenkung und Amüsement solltest du dir gönnen. Wenn ich denke, was dir alles im Kopfe herumgeht, dann wird mir ganz flau. Ich hätte dabei schon längst mein bißchen Verstand verloren.«

»Verleumde deinen Verstand nicht so lästerlich, Hans. Der geht so leicht nicht verloren, es müßte denn sein, er würde von deinem Herzen in die Flucht geschlagen.«

»Ich glaube an der Stelle, wo andere Leute das Herz haben, hast du einen Aeroplan sitzen. Deshalb bist du gegen alle weiblichen Reize so abgehärtet. Gott sei Dank. Denn wenn du darauf ausgingst, Eroberungen zu machen, heiliger Bimbam, das gäbe eine schöne Niederlage für unsereinen. Die entzückende Tochter meines gestrengen Herrn Oberst, die mein armes Herz für alle Zeit gefangengenommen hat, schwärmt mir ohnehin zuviel von deiner interessanten, imponierenden Persönlichkeit. Ich habe in ihren Augen nur einige Daseinsberechtigung, weil du mich deiner Freundschaft für wert hältst.«

Hasso schüttelte lächelnd den Kopf.

»Ich finde im Gegenteil, ihr seid bei allen festlichen Veranstaltungen fast unzertrennlich.«

»Ja, ja, wir üben uns gegenseitig in der Strategie, denn wir stehen permanent auf Kriegsfuß miteinander. Aber sie ist mir über in der Strategie, ich kann es anfangen, wie ich will, immer bin ich der Unterliegende. Aber sie ist eben eine Soldatentochter und hat es wohl von ihrem Vater gelernt, Krieg zu führen. Wenn du ahntest, wie sie mich abkanzelt. Nächstens verliere ich vor Entzücken darüber den Kopf noch vollends.«

»Vor Entzücken darüber, daß sie dich abkanzelt?«

»Jawohl. Sie ist nämlich nie reizender, als wenn sie zornig ist, und deshalb reize ich sie immer wieder zum Zorn.«

»Nun, eines Tages wird sie doch kapitulieren. So ein Prachtmensch, wie du, muß doch siegen, auch über das sprödeste Mädchenherz.«

»Sicher ist jedenfalls, daß ich jedem kaltblütig den Hals umdrehe, der sich Rola von Steinberg nähert, wie ich es tue.«

»Dann ist es ja ein Glück für mich, daß ich nicht die Absicht hege, dir den Rang streitig zu machen.«

»Offen gestanden, Hasso, du bist der einzige, den ich als Rivalen fürchte, und deshalb sage ich dir lieber im voraus, was dir von mir droht, falls du mir ins Gehege kommen würdest.«

»Menschenfreundlicher junger Mann! Du meinst nun, ich fürchte mich vor dem Halsumdrehen?«

»Ich hoffe es wenigstens. Oder soll ich lieber deinen Großmut anrufen? Du wirst ja nicht ausgerechnet Rola von Steinberg erobern wollen?«

»Da kannst du ruhig schlafen, mein Junge. Ich habe weder Sinn noch Zeit für solche Eroberungsgelüste, und wenn Fräulein von Steinberg auch eine sehr reizende junge Dame ist – schon der Gedanke, daß du sie liebst, würde sie mir unantastbar machen.«

»Sei bedankt, mein Alter, nun bin ich ganz beruhigt.«

»Schön, und im Besitz deiner Seelenruhe setze ich dich jetzt kaltblütig vor die Tür. Ich habe noch dringend zu arbeiten.«

»Das nenne ich an die Luft befördern, und mir bleibt nichts übrig, als dir Adieu zu sagen. Aber heute abend sehen wir uns wieder bei der Generalin von Schlieven.«

»Ja, natürlich, da darf ich nicht fehlen. Das letzte Mal habe ich nämlich absagen müssen, was mir beinahe die Ungnade Ihrer Exzellenz zugezogen hat. Also auf Wiedersehen heute abend.«

Hasso vertiefte sich in seine Arbeit, nachdem er durch einen Druck auf den Mechanismus die Zeichenplatte wieder aus dem Fach emporgehoben hatte. Erst als es Zeit war, sich anzukleiden für die Festlichkeit bei der verwitweten Exzellenz von Schlieven, trat sein Diener ein und meldete ihm, daß sein Anzug bereitgelegt sei.

Er erhob sich, versenkte seine Zeichenplatte und schloß den Schreibtisch ab. Den kleinen Schlüsselbund steckte er sorgsam zu sich.

Eine Stunde später betrat er die im vornehmen Westen Berlins liegende Villa der Generalin von Schlieven. Diese machte ein großes Haus, weil die alte Dame selbst noch sehr lebenslustig war. In ihrem Hause sah man alles, was einigen Anspruch auf das Prädikat »interessant« hatte, aber nur allererste Gesellschaft. Der Ton in ihrem Hause war zwanglos, man langweilte sich nie.

Die ersten Menschen, denen er begegnete, waren Hans von Axemberg und Rola von Steinberg, die in einem der Vorzimmer einander gegenübersaßen und anscheinend schon wieder in ein Gefecht verwickelt waren.

Karola von Steinberg war wirklich eine reizende junge Dame mit einem mutwilligen Stupsnäschen, zierlich graziöser Gestalt und ganz eigenartig leuchtenden, grauen Augen. Sie war entschieden eine eigenartige, fesselnde Erscheinung, zumal sie sich nicht schablonenmäßig kleidete, sondern ihrer Kleidung immer eine besondere Note gab.

Hasso sah, daß die beiden jungen Menschen sehr in ihre anscheinend kriegerische Unterhaltung vertieft waren, und hütete sich, sie zu stören. Ohne Zögern suchte er die Herrin des Hauses auf, um sie zu begrüßen.

Ihre Exzellenz war elegant, vielleicht ein klein wenig zu jugendlich gekleidet, und reichte Hasso lebhaft die Hand zum Kuß. Sie hatte die Gabe, mit mehreren Menschen zugleich eine Unterhaltung führen zu können. Nach einer Weile hing sich Exzellenz von Schlieven in seinen Arm.

»Mein lieber Herr von Falkenried, zur Belohnung, daß Sie gekommen sind, will ich Sie jetzt einer jungen Dame vorstellen, deren Schönheit alle anderen Damen in den Schatten stellt. Ich bin doch begierig, ob Ihre Unempfindlichkeit schönen Frauen gegenüber auch hier standhält.«

»Exzellenz machen mich sehr neugierig«, erwiderte Hasso lächelnd.

»Mokieren Sie sich nur. Auch Ihre Stunde wird einmal schlagen, und gerade Männer Ihres Schlages, die sich nicht in allerlei Liebschaften verzetteln, werden in der Regel von den größten Leidenschaften gepackt, wenn sie einmal Feuer fangen. Wenn Sie aber beim Anblick der schönen Natascha von Kowalsky kaltbleiben, dann gebe ich Sie auf.«

»Der Name dieser jungen Dame klingt russisch?« fragte er.

»Jawohl, sie ist die Tochter des verstorbenen russischen

Generals von Kowalsky und weilt seit kurzer Zeit mit ihrer Mutter in Berlin. Die Damen sind uns von der russischen Botschaft warm empfohlen. Außerdem sollen sie sehr reich sein und großen Grundbesitz in Südrußland haben. Sie wollen sich in Berlin dauernd niederlassen und haben die Absicht, sich eine geräumige Villa zu kaufen oder bauen zu lassen. Vorläufig wohnen sie in der bekannten, vornehmen Fremdenpension der verwitweten Majorin Kießling. So, mein lieber Herr von Falkenried, nun wissen Sie so ziemlich alles, was ich selber über dieses zauberhaft schöne Geschöpf weiß. Ich sage Ihnen aber: Sieh her und bleibe deiner Sinne Meister.«

»Ich bin auf alles gefaßt, Exzellenz haben mich ja gütigst auf die Gefahren vorbereitet, die mir drohen.«

Kaum hatte er jedoch diese Worte ausgesprochen, da sah er plötzlich in nächster Nähe eine junge Dame von geradezu sinnverwirrender Schönheit. Ein ihm bekannter Offizier führte sie am Arm. Die großen, machtvollen dunklen Augen trafen einen Moment in die seinen. Ein seltsames Gefühl, als setze sein Herzschlag aus unter diesem Blick, kam über ihn. Wie gebannt sah er auf die blendende, bezaubernde Erscheinung der schönen Fremden. Das weiße, leuchtende Antlitz mit den tiefroten Lippen war von üppigem, tiefschwarzem Haar umgeben, und um den schönen Mund spielte ein Lächeln von süßer, zauberischer Wirkung. Ihre schlanke, biegsame Gestalt war in eine kostbare und äußerst geschmackvolle Toilette gehüllt.

Sein Herz wurde bei ihrem Anblick von einer nie gekannten, süßschmerzlichen Unruhe erfüllt.

Wie ein lähmender Bann lag es plötzlich auf seiner Seele. Noch nie hatte eine Frau einen ähnlichen Eindruck auf ihn gemacht. Seine Schicksalsstunde hatte geschlagen. Auch er verfiel dem süßen Zauber einer Frau.

Die Generalin hatte befriedigt Hassos Betroffenheit beim Anblick der schönen Fremden beobachtet. Seine Augen ließen nicht von Natascha von Kowalsky. –

»Wer ist jener Herr mit dem charakteristischen, bartlosen Gesicht, der Ihre Exzellenz am Arm führt?« fragte sie in einem auffallend reinen und geläufigen Deutsch den Offizier, der sie führte.

»Das ist der bekannte geniale Fliegeroffizier Hasso von Falkenried, gnädiges Fräulein.«

In den dunklen Augen Nataschas sprühte es seltsam auf, aber nur wie ein flüchtiger Blitz, dann blickten ihre Augen wieder ruhig und verrieten kein sonderliches Interesse.

»Ich möchte ihn kennenlernen. Es macht mir Freude, bedeutende Männer kennenzulernen.«

»Wenn Sie gestatten, werde ich Ihnen Herrn von Falkenried vorstellen«, erwiderte der Offizier artig, wenn auch nicht sonderlich erbaut von Nataschas Interesse für den Fliegeroffizier.

Auf halbem Wege aber kam ihnen bereits Exzellenz Schlieven mit Hasso entgegen und übernahm die Vorstellung. Dabei senkte Natascha von Kowalsky einen so aufleuchtenden, strahlenden Blick in Hassos Augen, daß er wie verzaubert das schöne Mädchen anblickte. Sie schenkte ihm ein Lächeln, das ihm die Sinne noch mehr verwirrte. Was sie zu ihm sprach und was er ihr antwortete, das wußte er kaum. Er mußte sie nur ansehen und den Zauber ihrer Persönlichkeit auf sich wirken lassen.

Bald standen sich Natascha und Hasso eine Weile allein gegenüber. Ihre Blicke hingen ineinander. Sie lächelte unter

Hassos bewundernden Augen wie verwirrt, was sie nur noch bezaubernder erscheinen ließ. Sie verriet durch ihr ganzes Verhalten, daß ihr Hasso einen ähnlichen Eindruck gemacht hatte wie sie ihm. Während sie nun konventionelle Worte tauschten, die ihre Blicke Lügen straften, trat eine ältere, sehr elegant gekleidete Dame an Nataschas Seite. Diese wandte sich nach ihr um. »Ah, Mama, du kommst gerade recht, eine sehr interessante Bekanntschaft zu machen. Exzellenz stellte mir Herrn von Falkenried vor als den kühnsten und genialsten Fliegeroffizier.« Lächelnd machte sie Hasso mit ihrer Mutter bekannt. Dabei tauschten jedoch die beiden Damen blitzartig einen Blick des Einverständnisses, den aber niemand bemerkte, am wenigsten der ganz unter dem Zauber von Nataschas Persönlichkeit stehende Hasso.

Er verneigte sich vor Frau von Kowalsky und wunderte sich nur, daß die ziemlich üppige Frau mit dem fast häßlichen, charakteristisch russischen Gesicht eine so schöne Tochter hatte. Auch fiel ihm auf, daß die beiden Damen ein außerordentlich reines Deutsch sprachen. Die Mutter wirkte entschieden weniger vornehm als die Tochter. Ihre kleinen, schwarzen Augen hatten einen unangenehm scharfen, stechenden Blick und ihre große, zur Schau getragene Liebenswürdigkeit wirkte nicht selbstverständlich.

Aber Hasso hatte all seine Sinne nur bei Natascha und lauschte der weichen, schmeichelnden Mädchenstimme, die ihm zum Herzen drang.

Wie berauscht war er von dieser Begegnung, und als Natascha nach einer Weile von anderer Seite in Anspruch genommen wurde, starrte er ihr wie verzaubert nach.

Er merkte nicht, daß ihn Frau von Kowalsky unauffällig beobachtete.

Gleich darauf trat Hans von Axemberg an ihn heran.

»Guten Abend, Hasso. Du siehst und hörst ja nichts. Ich mache dir seit zehn Minuten allerhand Zeichen, um dich zu mir zu rufen. Aber vergeblich. Hat die schöne Natascha von Kowalsky einen so tiefen Eindruck auf dich gemacht?«

»Kennst du die junge Dame schon länger, Hans?«

»Ich lernte sie bei Steinbergs kennen, wo sie neulich mit ihrer Mutter eingeladen war.«

»Weißt du näheres über sie?«

»Nicht eben viel. Daß ihr Vater, ein russischer General, vor einigen Jahren verstorben ist, daß sie eine reiche Erbin sein soll, von der russischen Botschaft in unsere ersten Kreise lanciert worden ist und daß sie von allen männlichen Wesen umschwärmt wird wie der Honig von den Bienen. Ich gestehe, daß ich selten ein so schönes Weib gesehen habe, wenn sie auch nicht mein Geschmack ist. Du willst doch nicht etwa deine berüchtigte Zurückhaltung aufgeben und als Vasall zu den Füßen der schönen Russin knien?«

Hasso atmete tief auf. »Sie ist das schönste Weib, das ich je gesehen habe«, stieß er erregt hervor.

Hans sah ihn lachend an und rüttelte ihn am Arm.

»Sei kein Tor, Hasso, ein deutscher Offizier soll sein Herz nur einem deutschen Mädchen geben. Russinnen haben etwas Undefinierbares an sich, das sich nicht recht mit unseren Idealen verträgt. Auch unter dem verfeinertsten Luxus kommt gelegentlich etwas von der Barbarei zum Vorschein.«

»Rede doch keinen Unsinn, Hans«, stieß Hasso ärgerlich hervor.

Axemberg blickte forschend in sein erregt zuckendes Gesicht. Gutmütig legte er ihm die Hand auf den Arm.

»Ich scherze doch nur, mein Alter.«

»Verzeihe, Hans, aber ich bin wahrlich ein wenig aus dem Gleichgewicht durch die Begegnung mit diesem herrlichen Geschöpf.«

Axemberg gefiel es gar nicht, daß Natascha von Kowalsky einen so tiefen Eindruck auf den Freund gemacht hatte. Trotz ihrer Schönheit hatte ihm Natascha nicht sehr gefallen. Und noch weniger ihre Mutter.

»Komm mit hinüber zu Rola von Steinberg, Hasso. Du hast sie noch nicht begrüßt«, sagte er ablenkend.

Er ahnte jedoch nicht, mit welcher Wucht in dieser Stunde das Schicksal in das Leben des Freundes eingegriffen hatte, wußte nicht, daß die jäh erwachte Leidenschaft für die schöne Russin Hassos ganzes Sein durchdrang und ihm die klare Ruhe raubte. Sein bisher so kühles Herz hatte immer unter der Herrschaft seiner Vernunft gestanden. Jetzt war plötzlich alle Vernunft vergessen, die Leidenschaft allein kam noch zu ihrem Recht.

Wie im Traum folgte er Hans von Axemberg zu der Angebeteten seines Herzens. Rola von Steinberg sah ihnen lachend entgegen und zog das niedliche Stupsnäschen kraus.

»Ich habe meinen Freund Falkenried zur Stelle gebracht – ob mit oder ohne seinen Willen, ist doch gleich. Er ist da, und ich verlange meinen Lohn, den ich schon verdient habe wegen der großen Selbstverleugnung, Ihnen einen so hervorragenden Gesellschafter zur Stelle geschafft zu haben.«

»Welchen Lohn verlangen Sie denn für diese Heldentat?« spottete sie.

»Die Rose aus Ihrem Gürtel, mein gnädiges Fräulein.«

»Oh, Sie sind kühn!«

Rola von Steinberg sah Hasso später mit ernstem Gesicht nach. Ein leiser Seufzer entfloh ihren Lippen.

»Darf ich wissen, was Ihnen die gute Laune verdorben hat?«

»Ach, ich bin nur betrübt, daß es nicht mehr Männer gibt von der Art des Herrn von Falkenried«, sagte sie halb ernst, halb scherzend.

Er sah sie vorwurfsvoll an.

»Das sollten Sie nicht sagen.«

Sie atmete tief auf.

»Er ist ein Mann – ein Held.«

Traurig sah er sie an.

»Sagen Sie mir, mein gnädiges Fräulein, bin ich Ihnen sehr widerwärtig?«

Sie machte eine zornig abwehrende Bewegung.

»Davon kann keine Rede sein. Aber Sie wissen doch, daß wir nie zusammenpassen würden.«

»Warum nicht? Ich finde im Gegenteil, daß wir uns ganz famos verstehen in den meisten Fällen.«

»Dabei zanken wir uns unausgesetzt.«

»Dabei unterhalten wir uns aber doch sehr gut. Und im Grunde sind wir doch gut Freund.«

»Gut Freund, jawohl, das lasse ich gelten, und so soll es bleiben. Herr von Axemberg, zerstören Sie doch nicht unsern Freundschaftsbund. Ich kann Sie mir nun einmal nicht als meinen Mann vorstellen.«

Die letzten Worte stieß sie heftig hervor.

Er wurde ein wenig blaß, und das tat ihr weh.

»Und warum können Sie das nicht?« fragte er leise.

»Weil – weil ich vor Ihnen gar keinen Respekt habe. Und ich brauche einen Mann, zu dem ich aufsehen, den ich bewundern kann, vor dessen Willen ich mich beugen muß, der mir in jeder Beziehung imponiert. Sie hätte ich in knapp vier Wochen total um den kleinen Finger gewickelt. Ich brauche eine eisenfeste Hand, die mich ganz fest am Zügel hält. Sie sind mir viel zu gutmütig.«

Er sah entzückt in ihr erregtes Gesichtchen. Trotzdem sie so deutlich abwinkte, fiel es ihm nicht ein, die Hoffnung aufzugeben.

»Warten Sie nur, diese Gutmütigkeit, die Sie so unausstehlich finden, gewöhne ich mir schon noch ab. Eines Tages werde ich mich zum wildwütenden Berserker ausgewachsen haben, und dann werde ich so unerhörte Taten vollbringen, daß Ihnen die Haare zu Berge stehen, was Sie selbstverständlich auch zum Entzücken kleiden wird.«

»Wie wollen Sie denn das anstellen?«

»Das weiß ich momentan leider noch nicht, aber es wird mir schon noch etwas einfallen.«

»Schön, und bis dahin bleiben wir gut Freund wie bisher, ja?«

»Ach, wenn es doch nur nicht so schauderhaft schwer wäre, Ihnen etwas abzuschlagen. Natürlich bleibe ich Ihr ergebenster treuer Freund. Eines Tages müssen Sie ja doch einsehen, daß die treueste Ergebenheit eines Menschen auch einen Wert hat.«

Rola sah zu Hasso von Falkenried hinüber. Der stand vor der schönen Russin und sah sie mit leuchtenden Augen an. Ein Schatten huschte über ihr Antlitz. War sie nicht eine Törin, daß sie ein treues Herz immer wieder von sich stieß? Hasso von Falkenried hatte ja doch keine Augen für sie.

Axemberg folgte ihrem Blick. Er wußte, daß Rola für Hasso schwärmte. Aber diese Jungmädchenschwärmerei für den kühnen, genialen Flieger erschien ihm ungefährlich, zumal er genau wußte, daß er ihn nicht als Nebenbuhler zu fürchten hatte.

»Vielleicht wird Ihnen aber die Zeit zu lang, bis ich das einsehe.«

»O nein, sehr lange kann es ja nicht mehr dauern«, antwortete er zuversichtlich.

»Sind Sie dessen so sicher?« fragte sie, schon wieder kampfbereit.

»Ganz sicher. Eine so tiefe, innige Liebe wie die meine muß eines Tages Gegenliebe erwecken.«

»So viel Zuversicht ist staunenswert.«

»Oh, sie kann Berge versetzen – warum soll sie nicht ein sprödes Mädchenherz besiegen?«

»Aber nun ernstlich – ein anderes Thema, Herr von Axemberg. Was meinen Sie, wollen wir uns eine Erfrischung servieren lassen?«

Er verneigte sich.

»Wie Sie befehlen. Aber erst müssen Sie mir meine Belohnung auszahlen, ich bitte um die Rose in ihrem Gürtel – nur als Freundschaftspfand.«

»Muß das sein?«

Er nickte heftig. »Ja, es muß sein.«

Wieder sah sie zu Hasso hinüber. Der neigte sich eben mit einem Ausdruck heißer Bewunderung über den Sessel Nataschas.

Da tastete Rola nach der Rose in ihrem Gürtel und reichte sie Axemberg.

Er küßte ihre Hand und die Rose zugleich.

Hasso von Falkenried wich an diesem Abend kaum noch von der Seite der schönen Russin. Sie hatte ihn vollständig bezaubert. Und scheinbar hatte auch er einen tiefen Eindruck auf sie gemacht, denn ihre Augen flammten zuweilen in die seinen, daß es wie ein Feuerstrom durch seine Adern rann. Freilich wandte sie jedesmal verwirrt und schamhaft die Augen ab, wenn er solch einen Blick von ihr aufgefangen hatte. Aber dies süße Spiel erregte ihn nur noch mehr.

Natascha von Kowalsky zeichnete Hasso ganz auffallend aus. Sie war sonst gegen alle Herren kühl und unnahbar, und nur für ihn hatte sie das sinnverwirrende Lächeln. Das bemerkte Hasso nur zu wohl, und es erfüllte ihn mit einem wahren Glücksrausch. Jedenfalls gelang Natascha, Hasso Falkenried vollständig in Fesseln zu schlagen. So gewaltig war das Gefühl, das so plötzlich in seiner Brust entfacht worden war, daß er alle Klarheit des Denkens verlor. Er konnte sich nicht mehr aus dem Bannkreis ihrer zauberischen Macht lösen.

Wie ein Träumender ging der sonst so kühle, zielbewußte Mann an diesem Abend nach Hause. Zum ersten Male gehörten seine Gedanken nicht seiner Arbeit, sondern sie irrten sehnsüchtig hinter der schönen Russin her. Immer wieder flüsterte er ihren Namen vor sich hin. »Natascha! Natascha!«

Natascha von Kowalsky hatte sich mit ihrer Mutter kurz vor Hassos Aufbruch aus der Schlievenschen Villa entfernt.

Ein elegantes Automobil nahm vor dem Portal die beiden Damen auf. Das Auto hatten sie vorläufig nur gemietet, aber bereits die Absicht ausgesprochen, ein solches nächstens zu kaufen, sie seien nur noch nicht entschlossen, für welche Marke sie sich entscheiden sollten. Und sobald sie eine eigene Villa bewohnen würden, wollten sie auch Pferde und Wagen von ihren russischen Gütern kommen lassen. Eine Weile saßen sie sich schweigend gegenüber und sahen sich bei dem Schein der vorübergleitenden Laternen ins Gesicht. Endlich neigte sich die Mutter vor und sah der Tochter scharf und forschend ins Gesicht.

»Nun?« fragte sie gespannt.

Natascha zog den eleganten Pelzmantel fröstelnd um sich zusammen. »Er ist es«, sagte sie leise.

»Nun – und? Wirst du Erfolg haben?«

Natascha richtete sich entschlossen auf, ihre Augen blitzten kühn und scharf.

»Ich muß – und ich will. Wir haben diesmal schon einen empfindlichen Fehlschlag zu verzeichnen. Wenn ich diesen Coup ausführen kann, ist alles andere wettgemacht. Deshalb gilt es hier, jede Chance klug zu nützen.«

»Es freut mich, daß du dir darüber klar bist«, erwiderte die ältere der beiden, die Natascha jetzt nicht »Mutter«, sondern »Olga« nannte.

»Zweifeltest du daran?« fragte Natascha spöttisch.

»Du sprichst dich nicht genügend über deine Pläne aus.«

»Weil ich das nicht liebe im voraus. Du brauchst nicht ängstlich zu sein, weil mir einmal etwas mißglückte. Du hast ja schon öfter Mißerfolge gehabt. Man ist nicht unfehlbar. Ich bitte dich, spiele du deine Rolle gut, und hilf mir nur, wenn ich dir Direktiven gebe.«

»Gut, gut – ich lasse dir freie Hand. Aber sei vorsichtig – hier hast du es mit keinem leichten Gegner zu tun. Und noch ein Fehlschlag könnte uns teuer zu stehen kommen.«

»Das weiß ich so gut wie du. Daß dieser Herr von Falkenried keine großen Schwierigkeiten machen wird, dafür laß mich sorgen.«

»Nun ja, er hat überraschend schnell Feuer gefangen. Aber trotzdem – ich habe seit dem letzten Fehlschlag an Sicherheit eingebüßt.«

»Wie kannst du so kleinmütig sein. Damit ist uns nicht geholfen.«

»Du hast recht. Also – auf gut Glück.«

Natascha nickte nur stumm und lehnte sich zurück in die Polster.

Sie schwiegen nun während der weiteren Fahrt, schwiegen auch dann noch, als sie in der Fremdenpension der Frau Major Kießling die teppichbelegte Treppe emporstiegen.

»Solange wir nicht unser eigenes Haus bewohnen, ist Dienerschaft nur lästig. Wir behelfen uns lieber mit dem Zimmermädchen«, hatte Frau General von Kowalsky zur Besitzerin der Pension geäußert.

Da die Damen sonst nicht knauserten und reichlich Trinkgelder zahlten, wurden sie auch gut bedient. –

Am nächsten Vormittag, zur Besuchsstunde, ließ sich Hasso von Falkenried der Frau Generalin von Kowalsky und ihrer Tochter melden. Er hatte kaum eine schickliche Zeit für seinen Besuch abzuwarten vermocht, zu dem er sich schon gestern abend von der Generalin die Erlaubnis erbeten hatte.

Er wurde in einen hübschen, eleganten Salon geführt.

In diesem Salon empfing ihn Natascha in einem langfließenden, etwas phantastischen weißen Kleid mit weiten, herabfallenden Ärmeln. Diese Ärmel fielen zurück, wenn sie die Hand hob. Die entzückende, feine Nackenlinie und den wundervollen Haaransatz ließ der schmale Ausschnitt frei. Keinerlei Schmuck beeinträchtigte die edlen Formen.

Mit einem holden Lächeln reichte sie Hasso die feine,

schmale Hand. »Sie müssen einige Minuten mit meiner Gesellschaft allein fürliebnehmen, Herr von Falkenried. Mama hat einen wichtigen Brief an unsern Verwalter zu schreiben. Sie wird aber gleich hiersein«, sagte sie und schmiegte sich graziös in einen Sessel, während sie Hasso durch eine Handbewegung aufforderte, ihr gegenüber Platz zu nehmen.

Er hatte ihre Hand mit einer inbrünstigen Gebärde an die Lippen gezogen. In seinen sonst so klaren, ruhig blickenden Augen leuchtete das Entzücken an ihrer Schönheit, und er war von dem Wunsch beseelt, daß Nataschas Mutter noch recht lange an ihrem Brief zu schreiben hätte.

»Es macht mich sehr glücklich, daß Sie mir die Ehre erweisen, mich zu empfangen. Darf ich fragen, wie Ihnen das gestrige Fest bekommen ist?«

Natascha lächelte weich und träumerisch und sah ihn seltsam an. »Ich weiß nicht – ich glaube, nicht sonderlich gut. Denken Sie, ich konnte lange nicht einschlafen in dieser Nacht. Das kenne ich sonst gar nicht an mir. Ich mußte an allerlei denken, was ich mit Ihnen besprochen hatte. Es war ganz seltsam, ich hörte immer Ihre Stimme. Und als ich dann endlich einschlief, da habe ich auch noch von Ihnen geträumt.«

Er hätte zu ihren Füßen knien mögen, so reizend mädchenhaft erschien sie ihm. Es fiel ihm gar nicht auf, daß sie ihm ziemlich deutlich entgegenkam.

»Von mir, mein gnädiges Fräulein?« fragte er erregt.

»Ja – ich sah Sie im Traum auf einem Aeroplan durch die Lüfte fliegen und hatte eine furchtbare Angst, daß Sie abstürzen könnten. Das Gefühl würde ich auch in Wirklichkeit haben, wenn ich Sie in die Lüfte aufsteigen sähe. Ach, was haben Sie sich für einen gefährlichen, wenn auch interessanten

Beruf erwählt. Ich interessiere mich ungemein dafür. Sie müssen mir sehr viel davon erzählen.«

Er atmete tief auf und sah ihr wie gebannt in die machtvollen dunklen Augen. »Das will ich sehr gern tun, aber ich fürchte, es wird Sie doch nur langweilen.«

»O nein – alles, was Sie mir sagen, ist mir sehr interessant. Aber – das dürfte ich Ihnen wohl eigentlich nicht sagen.«

Nataschas Gesicht drückte bei diesen Worten eine liebliche, bezaubernde Verwirrung aus. Sie sah ihn erst an und senkte dann wie in holder Scham vor seinem heißen Blick die Augen.

Er beugte sich vor. »Sie machen mich so glücklich durch Ihre Worte.«

Er sah, wie die feinen Spitzen am Halsausschnitt leise zitterten, und merkte, daß sich ihre Brust wie unter einem beklommenen Seufzer hob.

»Sie wollen mir eine Beschämung ersparen, Herr von Falkenried. Aber ich weiß sehr wohl, daß ich zuweilen zu impulsiv bin. Wir sind ja erst seit kurzer Zeit in Deutschland.«

»Und doch sprechen Sie unsere Sprache so vollendet und fließend, als sei es Ihre Muttersprache.«

»Oh, ich hatte vorzügliche deutsche Lehrer, und ich liebe Deutschland sehr und werde nie mehr für die Dauer nach Rußland zurückgehen.«

»Ich hörte, Sie wollen hier in Berlin für immer Ihr Domizil aufschlagen?«

»Gewiß. Mama steht schon in Unterhandlung wegen Ankaufs einer Villa. Bisher fanden wir noch nichts Passendes. Deshalb müssen wir vorläufig noch hier bei Frau Major Kießling wohnen. Wenn man an viele große Räume gewöhnt ist, gefällt man sich in solcher Beschränkung nicht. Leider können wir hier nur immer eine kleine Anzahl Gäste bei uns sehen, aber ich hoffe, Sie werden immer unter dieser kleinen Anzahl sein.«

»Ich danke Ihnen, daß Sie dieser Hoffnung Worte geben«, sagte er innig.

»Ach, ich glaube, ich habe schon wieder etwas gesagt, was nicht sein durfte«, sagte sie erschrocken.

»Sie haben gewiß nichts Ungehöriges gesagt, mein gnädiges Fräulein, nur etwas, was mich sehr glücklich machte. Und dafür danke ich Ihnen innig.«

Sie machte eine abwehrende Geste, wobei der weite Ärmel von ihrem Unterarm zurückfiel.

»Wir wollen nun lieber von anderen Dingen reden. Erzählen Sie mir von Ihrem Beruf.«

Ihre Verwirrung erfüllte ihn mit süßer Hoffnung. Wie ein Rausch kam es über den sonst so besonnenen Mann. Er war so erregt, daß er nicht gleich sprechen konnte. Nur seine Augen ließ er sprechen, und die ihren gaben ihm Antwort. So wuchs ein Schweigen zwischen ihnen empor, das Hasso in Nataschas Bann zog.

Wie aus einem Traum erwachend, schrak Natascha empor, als die Tür geöffnet wurde und Frau von Kowalsky eintrat. Auch Hasso schrak zusammen und sprang auf, um die Generalin zu begrüßen.

Mit einigen liebenswürdigen Worten nötigte sie ihn, seinen Platz wieder einzunehmen. Hasso ahnte nicht, daß jedes Wort, jede Bewegung der beiden Frauen genau berechnet war, ahnte nicht, daß ihm die schöne Natascha ein Netz überwarf, um einen geheimen Zweck zu erreichen. Geschickt wußte sie es einzurichten, daß sie wieder auf Hassos Beruf zu sprechen kamen. Sie suchte allerlei aus ihm herauszulocken. Aber so besonnen blieb Hasso auch jetzt, daß er nicht ein Wort mehr darüber verriet, als alle Welt wissen durfte.

»Ist es wahr, was mir Exzellenz von Schlieven gestern abend erzählte, daß Sie eine große, epochemachende Erfindung gemacht haben, die für das Flugwesen sehr wichtig ist?«

Hasso wußte, daß in der Gesellschaft unklare Gerüchte über seine Erfindung umliefen. Natürlich waren ihm diese Gerüchte unangenehm. So fiel es ihm gar nicht auf, daß auch Natascha davon sprach.

»Es wird von einer Kleinigkeit viel zuviel Aufhebens gemacht, es lohnt nicht, davon zu sprechen«, sagte er ruhig ablenkend und ging auf ein anderes Thema über.

Die beiden Damen waren klug genug zu merken, daß er absichtlich abbrach. Sie gingen aber scheinbar unbefangen auf dies andere Thema ein.

Die Generalin forderte dann den jungen Mann liebenswürdig auf, am nächsten Tag den Tee bei ihnen zu nehmen in Gesellschaft von einigen anderen Herren und Damen.

Hasso sagte nur zu gern zu. Nachdem er der Generalin die Hand geküßt hatte, verneigte er sich mit einem aufleuchtenden Blick vor Natascha. Sie reichte ihm mit einem reizenden Lächeln die Hand, und er bemerkte beglückt, daß ihre Hand den warmen Druck der seinen ganz leise und zart zurückgab. Sie zog zwar gleich ihre Hand aus der seinen, schlug die Augen verwirrt nieder, aber gerade diese Verwirrung gab dem leisen Händedruck noch eine beglückendere Bedeutung für Hasso.

Er war viel zu gewöhnt, sich über sich selbst Rechenschaft zu geben, als daß er lange über seinen Zustand im Unklaren geblieben wäre. Offen gestand er sich ein, daß er Natascha von Kowalsky liebte. Und diese Liebe hatte mit solcher Heftigkeit und Ausschließlichkeit von ihm Besitz ergriffen, daß er kaum noch an etwas anderes denken konnte als an Natascha. Sie mußte seine Frau werden – und bald, damit er wieder fähig wurde, mit klarem Kopf an seine Arbeit zu gehen.

So begann er ganz offen, um ihre Gunst zu werben. Er machte keinen Hehl daraus, daß er die ernstesten Absichten hatte, und man redete in der Gesellschaft bereits über Hassos offensichtliche Bewerbung um die Hand der schönen Russin.

Er schickte ihr durch seinen Diener die herrlichsten Blumen. Riemer berichtete dann getreulich, das gnädige Fräulein habe sich sehr gefreut. Er war nämlich sehr zufrieden mit seinem Amt als Postillon d'amour, denn er erhielt sehr splendide Trinkgelder.

Natascha war stets auffallend freundlich zu Riemer, und er wäre für sie durchs Feuer gegangen. –

Einige Wochen waren so vergangen, seit Hasso Natascha von Kowalsky kennengelernt hatte, und diese Wochen hatten genügt, ihm die Überzeugung zu bringen, daß es ohne sie kein Glück für ihn in Zukunft gab. Jeder Tag, an dem er sie nicht sehen konnte, schien ihm verloren. Seine Sehnsucht nach ihrem Besitz wurde täglich größer, und Nataschas Verhalten berechtigte ihn zu den kühnsten Hoffnungen. Daß sie sich so außerordentlich für seinen Beruf interessierte, erschien ihm nur als eines der vielen Zeichen, daß auch sie ihn liebte. Wieder und wieder wußte sie es geschickt einzurichten, daß sie zuweilen für kurze Zeit allein blieben, wenn er sie besuchte. Wäre er weniger verliebt gewesen, hätte ihm ihre raffinierte Geschicklichkeit, solch ein

Alleinsein herbeizuführen, zu denken geben müssen. Aber welcher Liebende sieht es mit kritischen Augen an, was die Geliebte tut, um mit ihm allein sein zu können.

Hassos Arbeit kam jetzt, da seine Seele in diesem leidenschaftlichen Aufruhr war, schlecht weg. Er konnte sich nicht sammeln zur Arbeit. Eines Tages befahl ihn Exzellenz von Bogendorf zu sich. Dieser hatte großes Interesse an Hassos Arbeiten. Exzellenz von Bogendorf wußte, daß Hasso noch an der Verbesserung seiner Pläne arbeitete, und wollte nun von ihm hören, wie weit seine Arbeit gediehen war.

Hasso mußte zugeben, daß er in den letzten Wochen aus privaten Gründen von seiner Arbeit abgelenkt worden sei, versprach aber nun, dieselbe so schnell als möglich zu beenden. Es handle sich nur noch um Kleinigkeiten. Exzellenz von Bogendorf entließ Hasso und bat ihn nochmals, sich tunlichst zu beeilen. Mit dem festen Vorsatz, eifrig an seine Arbeit zu gehen, suchte Hasso Natascha auf, um ihr zu verkünden, daß er am nächsten Tage darauf verzichten müsse, sie zu sehen, weil er eine notwendige Arbeit vorhabe, und als er sie verlassen hatte, sagte er sich energisch:

»Ich muß so schnell wie möglich ein Ende machen. Habe ich erst Nataschas Jawort, dann werde ich ruhiger werden und wieder mit klarem Kopf an meine Arbeit gehen können.«

Am nächsten Tage blieb er tatsächlich daheim und vertiefte sich in seine Arbeit. Riemer hatte auch den Befehl erhalten, keinen Besuch vorzulassen, selbst Herrn von Axemberg nicht, der in diesen Tagen von seinem Urlaub zurückerwartet wurde. Und so ging er mit Eifer an seine Arbeit. Freilich gaukelte zwischen Zahlen und Zeichnungen immer wieder verführerisch und lockend Nataschas Köpfchen wie eine süße Verheißung, aber er biß die Zähne zusammen und blieb fest.

Während er nun bei seiner Arbeit saß, in eine schwierige Berechnung vertieft, schlug draußen die Flurklingel an.

Riemer ging, um zu öffnen und verhandelte sehr lebhaft mit dem Einlaßbegehrenden. Nach einer Weile trat er zögernd ins Zimmer.

»Herr Oberleutnant verzeihen, aber die Damen wollen sich nicht abweisen lassen.«

Hasso wandte sich um.

»Welche Damen?«

»Frau Generalin von Kowalsky und das gnädige Fräulein Tochter. Die Damen lassen dem Herrn Oberleutnant sagen, sie kämen in einer Wohltätigkeitsangelegenheit und möchten doch sehr um Einlaß bitten. Sie würden die Zeit des Herrn Oberleutnant nur einige Minuten in Anspruch nehmen.«

Hasso war aufgesprungen. »Natürlich eintreten lassen, Riemer, lassen Sie die Damen doch nicht draußen warten.«

»Ich dachte nur – weil doch der Herr Oberleutnant befohlen haben, niemand einzulassen.«

»Ja, ja – aber das ist natürlich ein Ausnahmefall, schnell, lassen Sie die Damen eintreten.«

Riemer verschwand. Sein Herz klopfte zum Zerspringen. Sicher hatte Natascha die gleiche Sehnsucht nach ihm gehabt wie er nach ihr und benutzte nun ihr Wohltätigkeitsamt, um ihn zu sehen. In der Erregung vergaß er, was ihm sonst zur zweiten Natur geworden war, sobald er Besuch empfing: seine Zeichenplatte zu versenken.

Erst als die Damen schon eingetreten waren und er sie glückstrahlend begrüßt hatte, trat er an seinen Schreibtisch heran, drückte auf den Knopf und versenkte die Platte mit seiner Arbeit.

Er ahnte nicht, daß Natascha mit scharfen Augen jede seiner Bewegungen verfolgte. Ihre Augen hafteten auf dem kleinen Knopf, der den Mechanismus in Gang setzte, und sie sah auch, daß Hasso, einer Gewohnheit folgend, den Schlüssel herumdrehte, jedoch den Schlüssel steckenließ.

Dabei plauderte Natascha scheinbar ganz unbefangen.

»Sie dürfen nicht böse sein, Herr von Falkenried, daß wir Sie stören.«

Er wandte sich rasch wieder um und schob den Damen zwei Sessel zu. »Böse sein? Kann man böse sein, wenn die strahlende Sonne ins Zimmer dringt? Ich hätte mir dies Glück allerdings bestimmt nicht träumen lassen.«

»Ihr Diener wollte uns nicht einlassen, und es kostete mich viel Mühe, ihn zu bewegen, wenigstens anzufragen.«

»Ich hatte ihm allerdings Befehl gegeben, niemand vorzulassen. An einen Besuch von Ihnen, meine verehrten Damen, hatte ich da allerdings nicht gedacht. Ich werde jedoch meinem Diener Befehl geben, Sie in Zukunft jederzeit einzulassen«, sagte er halb ernst, halb scherzend.

»Ja, das tun Sie nur gleich, Herr von Falkenried, das müssen Sie mir versprechen. Es könnte ja sein, ich müßte wieder einmal mit einer Sammelliste herumziehen, und dabei rechne ich sehr stark auf Ihre Beteiligung. Rufen Sie schnell Ihren Diener, und sagen Sie ihm, daß wir immer Eintritt haben, unter allen Umständen.« Das stieß sie wie im kindlichen Eifer hervor. Lächelnd tat er ihr den Willen, ohne seine entzückten Blicke von ihr zu wenden.

Als es geschehen war, lachte Natascha wie ein glückliches Kind.

»So, nun ist dieser Cerberus unschädlich gemacht. Und nun kann ich Sie mit hundert Sammellisten überfallen, wenn ich will. Haben Sie große Angst?«

»Ganz gewiß nicht.«

Nun nahm Nataschas Mutter das Wort. »Sie müssen diesen Überfall entschuldigen, Herr von Falkenried. Aber Natascha bestand darauf, auch Ihnen die Liste vorzulegen. Sie will natürlich an Exzellenz von Schlieven eine recht große Summe abliefern.«

»Natürlich! Mama wollte gar nicht mit mir zu Ihnen gehen. Sie meinte, Damen dürften unverheirateten Herren keine Besuche machen. Solche kleinlichen Bedenken müssen doch bei Werken der Nächstenliebe ausschalten. Mama ist ja als Gardedame dabei. Sie ist in Etikettefragen überängstlich. Ich habe aber meinen Kopf durchgesetzt. Hier ist die Liste. Sehen Sie nur, was schon alles darauf verzeichnet ist. War ich nicht fleißig?«

Er sah gar nicht auf die Liste herab, nur in ihre Augen, und zeichnete dann flüchtig eine bedeutende Summe. Daß ihm Natascha schon gestern in ihrer Wohnung die Liste hätte vorlegen können, dachte er sich wohl. Aber er war glücklich, daß sie es nicht getan hatte. Es war ihm ihr Besuch ein Beweis, daß sie sich nach ihm gesehnt hatte, wie er nach ihr.

Als er die Liste zurückreichte, berührte ihre Hand die seine. Das ging ihm wie ein Feuerstrom durch den Körper.

»Sicher halten wir Sie durch unsern Besuch von einer ernsten Arbeit ab, Herr von Falkenried«, sagte Frau von Kowalsky entschuldigend.

»Es ist mir eine Ehre und ein Vergnügen, Sie empfangen zu dürfen. Sie müssen nur verzeihen, daß ich Sie in meinem Arbeitszimmer empfange.«

Natascha sah sich scheinbar mit der lächelnden Neugier eines Kindes um, und doch entging dabei ihren Augen nicht das Geringste. Am meisten interessierte sie Hassos Schreibtisch.

»Also hier in diesem Raum werden all die kühnen und genialen Ideen ausgearbeitet, als deren Urheber Sie mir bezeichnet wurden?« fragte sie schelmisch, ihn voll Bewunderung ansehend.

»Man macht zuviel Aufhebens von einigen Zufälligkeiten«, wehrte er bescheiden ab.

»So bescheiden, Herr von Falkenried?«

Hasso fand ihren kindlichen Eifer entzückend. Trotzdem Natascha zugegeben vierundzwanzig Jahre zählte, konnte sie, wenn sie wollte, wie ein achtzehnjähriges Mädchen wirken.

Aber Hasso fand alles an ihr entzückend. Er konnte seine Augen nicht von ihr lassen. Ihr schönes, lebensprühendes Gesicht, das unter dem eleganten Pelzhütchen mit dem kostbaren Reiherstutz besonders reizend wirkte, war leicht gerötet. Hasso sah wie hypnotisiert auf das graziöse Spiel der schlanken Hände. Er hätte sie so gern wieder und wieder mit Küssen bedeckt.

Natascha mußte seine Frau werden, wenn er seine Ruhe wiederfinden sollte. Er nahm sich fest vor, gleich in den nächsten Tagen einen kurzen Urlaub zu nehmen, um nach Falkenried zu fahren und seinen Eltern seinen Entschluß mitzuteilen, Natascha von Kowalsky zu seiner Frau zu machen, denn ohne mit seinen Eltern darüber gesprochen zu haben, wollte er sich doch nicht verloben.

Frau von Kowalsky erhob sich nun nach einem verständigenden Blick mit ihrer Tochter. »Der Zweck unseres Besuches ist nun erfüllt, Herr von Falkenried. Komm, Natascha, wir wollen nicht länger aufhalten«, sagte sie würdevoll.

Natascha erhob sich sofort. Während Hasso sich von ihrer Mutter verabschiedete, gelang es ihr, in die Nähe des Schreibtisches zu kommen und noch einen schnellen, forschenden Blick auf den kleinen, etwas hervorstehenden Knopf an der Seite zu werfen, den Hasso vorhin, als sie ins Zimmer trat, berührt hatte, worauf die Zeichenplatte so schnell verschwand. Auch das kleine Schlüsselbund streifte ihr Blick. Im ganzen waren fünf Schlüssel an dem kleinen Ring befestigt.

Frau von Kowalsky verließ nun schnell das Zimmer, während Natascha nur zögernd mit einem Seufzer folgte.

Hastig faßte er nach ihrer Hand und preßte seine heißen Lippen darauf. Ihre kleine Hand erwiderte seinen Druck ganz deutlich.

Mit einem aufleuchtenden, zärtlichen Blick dankte er ihr dafür.

Riemer stand dienstbeflissen draußen an der Tür. Frau von Kowalsky hatte ihm bereits ein Geldstück in die Hand gedrückt. Er wünschte sich und seinem Herrn recht oft so angenehmen Besuch. Und Natascha schenkte Riemer außerdem noch ein sehr freundliches Lächeln. »Ich werde nicht wieder ausgesperrt, wenn ich hier Einlaß begehre«, sagte sie übermütig zu Riemer, der die Hacken zusammenklappte.

Als die Damen sich entfernt hatten, trat Hasso wieder in sein Arbeitszimmer. Mit tiefen Zügen atmete er den leisen, feinen Duft ein, der von Nataschas Erscheinung wie ein Hauch des Erinnerns zurückgeblieben war. Dann trat er rasch an das Fenster.

Hinter dem Store verborgen, sah er hinab auf die stille, vornehme Straße. Vor der Tür hielt das elegante Auto der Damen, die eben einstiegen.

»Natascha! Holde angebetete Natascha«, flüsterte er und schloß die Augen, als wollte er nichts mehr sehen, nun sie seinen Blicken entschwunden war.

Es war in den ersten Tagen des Dezembers, als Hasso sich für zwei Tage Urlaub nahm, um nach Falkenried zu reisen.

Am Tag vorher hatte er die Damen Kowalsky nochmals besucht. Und beim Abschied wußte es Natascha einzurichten, daß sie einige Minuten allein blieben.

Dieses Alleinsein begrüßte Hasso mit Freude. Mit einem innigen, bedeutungsvollen Blick in ihre Augen sagte er leise: »Wenn ich von Falkenried zurückkomme, dann möchte ich Ihnen eine Frage vorlegen, von deren Beantwortung mein ganzes Lebensglück abhängt.«

»Ich wünsche Ihnen glückliche Reise, Herr von Falkenried, und hoffe, Sie bald, recht bald wiederzusehen.«

Voll froher Hoffnung und Zuversicht trat er seine Reise an. Er hatte seinen Eltern seine Ankunft telegraphisch gemeldet, und wie er erwartet hatte, holte ihn sein Vater am Bahnhof ab.

Heute stand Rose von Lossow neben seiner Mutter in der Halle, um ihn zu begrüßen. Rita war schon seit Ende Oktober in Wien. Vor Weihnachten wollte sie keinesfalls nach Hause kommen.

Rose hatte mit heißer Freude von seinem Kommen gehört. Daß sie ihn nur wiedersehen durfte, machte sie schon glücklich.

Aber die Augen der Liebe sehen scharf. Schon bei der ersten Begrüßung fiel es Rose auf, daß in seinen Augen jetzt ein anderer Ausdruck lag als zuvor. Etwas in seinem ganzen Wesen erschien ihr verändert. Er gab sich wärmer und lebhafter, und auf seinem Antlitz lag ein Widerschein des Glükkes, das in seiner Seele lebte.

»Du kommst so überraschend, Hasso, und nur für so kurze Zeit. Ist etwas Besonderes geschehen?« fragte seine Mutter.

»Du sollst gleich alles hören, Mama. Ich habe Papa schon um Geduld gebeten, bis ich gleich mit euch beiden zusammen sprechen kann. Rita ist noch in Wien, nicht wahr?«

»Ja, sie hat sehr liebenswürdige Aufnahme gefunden in der Familie des Baron Hohenegg, und man scheint sie sehr zu verwöhnen.«

»Rita ist doch ein reizendes Geschöpf, das muß ich sogar als ihr Bruder feststellen.« Und dann sagte er auch Rose einige scherzende Worte. Sie zog sich sogleich zurück, Geschäfte vorschützend. Feinfühlig wie immer merkte sie, daß Hasso mit seinen Eltern allein sprechen wollte. Dabei hatte sie ein seltsam schweres Gefühl in den Gliedern, und ihr Herz klopfte dumpf und schwer, als fühle es im voraus den Schlag, der ihr drohte. Müde, wie nach schwerer Arbeit, ließ sie sich an ihrem Schreibtisch nieder. Darauf lag eine Tabelle, was für das Weihnachtsfest zur Bescherung der Dienerschaft alles besorgt werden mußte. Tante Helene hatte ihr gesagt, sie solle in der nächsten Zeit mit ihr auf einige Tage nach Berlin reisen.

»Wir wollen Weihnachtseinkäufe machen, Rose, und dabei sollst du dich einmal ein paar Tage in Berlin amüsieren. Hasso muß uns herumführen.« Rose freute sich unsagbar darauf, weil sie auf ein Zusammensein mit Hasso hoffen durfte. An Vergnügungen lag ihr nicht viel. Höchstens freute sie sich noch auf den Besuch einiger Theater. Doch das kam erst in zweiter Linie.

Und nun war er ganz plötzlich nach Falkenried gekommen. Sie sah ihn eher wieder, als sie gehofft hatte. Aber es war ihr bang zumute, seit sie ihn begrüßt hatte, als müsse sein Kommen ein Unheil für sie bedeuten.

Sie atmete beklommen und sah über die Tabelle hinweg ins Weite. »Er sah aus, als ob das Glück neben ihm gehe«, sagte sie leise und tonlos vor sich hin.

Der Instinkt der Liebe zeigte ihr die Gefahr für ihren Seelenfrieden. Und Angst, eine unsinnige Angst krampfte ihr das Herz zusammen. Sie konnte nicht loskommen von den Gedanken an seine glücklich leuchtenden Augen. Was hatte Hasso jetzt seinen Eltern zu sagen? Weshalb kam er nur auf einen Tag nach Falkenried?

Die Zeit bis zur Mittagstafel verging ihr mit bleierner Langsamkeit. Aber endlich verriet ihr ein Blick auf die Uhr, daß es Zeit war, hinabzugehen.

Sie trat vor den Spiegel, um ihre Kleidung zu ordnen. Sie sah lieb und mädchenhaft in diesem schlichten Kleid aus.

Rose aber war mit dem reizenden Spiegelbild nicht zufrieden. Sie hatte eine sehr geringe Meinung von ihren Reizen. Er sah ja sicher in Berlin eine Menge schöner Frauen, neben denen die schlichte, unscheinbare Rose von Lossow verblassen mußte.

Hasso war mit seinen Eltern in das Wohnzimmer gegangen.

Dort hatte er nicht lange gezögert, den Eltern zu eröffnen, was ihn zu so ungewohnter Zeit heimgetrieben hatte. Er schilderte ihnen natürlich in den leuchtendsten Farben das

Mädchen seiner Wahl, sagte ihnen, daß er sie liebte mit der ganzen Innigkeit seines Herzens und daß er gleich nach seiner Rückkehr nach Berlin um ihre Hand anhalte.

Herr und Frau von Falkenried hörten ihm mit gemischten Gefühlen zu. Daß Hasso heiraten wollte, gefiel ihnen wohl. Aber daß Hasso eine Russin heimführen wollte, entsprach so gar nicht ihren Wünschen.

»Deutsches Blut verträgt sich nicht mit fremdem Blut, mein Sohn«, sagte der Vater mahnend und warnend.

Aber Hasso betonte immer wieder, daß er Natascha grenzenlos liebe und nur in ihrem Besitz glücklich sein könne. Um die Eltern gefügig zu machen, hob er auch hervor, daß Natascha eine reiche Erbin sei und daß ihre Mutter große Besitzungen in Rußland habe. Kurzum, er zeichnete ihr Bild so vorteilhaft wie möglich und bat nochmals in herzlichen Worten, ihm nicht in kleinlichen Bedenken diese Angelegenheit unnötig schwerzumachen.

»Ich kann ohne Natascha nicht glücklich sein, liebe Eltern, und ihr wollt doch sicher das Glück eures Sohnes.«

Sicher galt seinen Eltern sein Glück höher als ihre Bedenken. Es gab ja anscheinend gegen Natascha von Kowalsky nichts einzuwenden, als daß sie Russin war.

»Natascha wird euch sicher gefallen, und ihr werdet gar nicht mehr daran denken, daß sie eine Ausländerin ist, wenn ihr sie nur seht. Sie liebt Deutschland, spricht unsere Sprache so fließend und rein, wie wir selbst. Bitte, gebt mir eure Einwilligung, und bringt mich nicht in einen seelischen Konflikt. Ich kann von Natascha nicht mehr lassen.«

Sie mußten ihre Einwilligung geben, wenn es auch nicht leichten Herzens geschah.

Nach dieser Unterredung hatte sich Hasso von seinen

Eltern getrennt, um sich für die Mittagstafel bereit zu machen. Er betrat kurz nach Rose das Speisezimmer. Rose stand an der Kredenz und ordnete Früchte auf einer Schale.

Mit freudig erregtem Gesicht trat Hasso auf sie zu und faßte ihre Hand.

»Liebe Rose, damit du siehst, daß ich dir den Platz einer Schwester eingeräumt habe und dich in jeder Beziehung als zu uns gehörig betrachte, will ich dir kein Geheimnis daraus machen, was mich jetzt nach Hause geführt hat. Ich bin heimgekommen, um von meinen Eltern die Einwilligung zu meiner Verbindung mit einer jungen Dame zu erbitten, deren Liebe ich sicher bin. Sobald ich nach Berlin zurückkomme, werde ich mich verloben. Ich hoffe, du nimmst teil an meinem Glück wie eine gute, liebe Schwester.«

Rose wußte später nie mehr zu sagen, wie es ihr möglich gewesen war, diesen vernichtenden Schlag mit äußerlicher Ruhe und Fassung zu ertragen. Sie mußte alle Kraft zusammennehmen, um stark zu bleiben und sich nicht zu verraten. Bleich wurde sie allerdings – sehr bleich –, das konnte sie bei aller Selbstbeherrschung nicht verhindern.

Und Rose brachte es fertig, zu lächeln mit einem todwunden Herzen – aber sie lächelte. Und ihre Lippen formten Worte. Das war sie gar nicht selbst, die hier stand und einen Glückwunsch hervorbrachte, das war nur ein seelenloser Automat.

Es war ihr zumute – als sei sie gestorben.

»Gott schenke dir Glück, Hasso, ein reiches, volles Glück«, sagte sie und drückte ihm die Hand.

Ihre Worte bewegten ihn seltsam. Ihm war, als sei ihm an Roses Glückwunsch viel mehr gelegen als an allen anderen. Er wußte selbst nicht, was er vermißte an ihren Worten. Das

Starre, Seelenlose in ihrem Wesen erschien ihm wie Gleichgültigkeit.

Mit einem unklaren, unzufriedenen Blick sah er hinter ihr her, als sie die Obstschale auf den Tisch stellte, so, als sei nichts geschehen. Nur sie allein wußte, was ihr diese Ruhe kostete.

»Freust du dich gar nicht ein wenig, Rose?«

Sie nahm all ihre Kraft zusammen und trat noch einmal vor ihn hin. Mit einem Lächeln, das ihn seltsam berührte, reichte sie ihm die Hand.

»Ich kann nicht so offen zeigen, wenn mir etwas das Herz bewegt. Aber du darfst sicher sein, Hasso, daß ich dir aus meinem tiefsten Herzen heraus alles Glück der Welt wünsche«, sagte sie leise.

Da war er erst so recht zufrieden.

»Du bist doch ein sonderbares Geschöpf, Rose. Manchmal könnte man denken, du seiest kalt und teilnahmslos.«

Wenn sie noch ein Wort hätte sprechen müssen, es hätte sich wie ein Aufschrei aus ihrer gemarterten Seele gerungen. Sie atmete auf, als Hassos Eltern jetzt eintraten und seine Aufmerksamkeit von ihr ablenkten.

Still saß sie ihm dann bei Tisch gegenüber und rang nach Kraft und Fassung. Wohl hatte sie sich nie die leiseste Hoffnung gemacht, daß Hasso eines Tages ihre Liebe erwidern könne, hatte sich so oft gesagt, daß der Tag kommen würde, wo er sein Herz einer andern schenken würde. Und daß es so furchtbar, so namenlos weh tun würde, hatte sie nicht geahnt. Ach, wie sie jene andere glühend beneidete, wie wilde Eifersucht an ihrem Herzen nagte!

Und bei alledem mußte sie sprechen, mußte mechanisch allerlei Dinge tun, die sie auch sonst zu tun hatte, aß sogar einige Bissen, obwohl sie ihr im Munde quollen. Sie sprach und lächelte auch wie sonst – aber sie tat alles wie ein Automat, wie ein Mensch, dessen Seele gestorben war.

Und sie durfte sich nicht wehren, durfte nicht aufschreien in der bitteren Not ihres Herzens und mußte lächeln und Rede und Antwort stehen.

Sie mußte in Hassos glückstrahlendes Antlitz sehen und mußte hören, wie er voll Entzücken von dem Mädchen sprach, das er liebte, ihre Schönheit schilderte, ihre Anmut, wie er sie mit liebenden Augen sah. Der sonst so ernste, zurückhaltende Mensch war in seiner Glückseligkeit wie ausgetauscht.

Sie atmete wie erlöst auf, als die Tafel aufgehoben wurde. Da lief sie, so schnell sie ihre Füße trugen, in ihr Zimmer. Dort sank sie mit einem halberstickten Jammerlaut kraftlos in sich zusammen. »Ich wußte ja nicht, daß es so weh tun würde«, dachte sie und starrte mit erloschenen Augen vor sich hin.

Aber lange durfte sie sich ihrem Leid nicht hingeben, die Pflicht rief sie wieder an die Arbeit. Müde und matt erhob sie sich und preßte die Hände vor das Antlitz.

»Gott schenke ihm Glück – das Leid ist mein«, dachte sie erschauernd.

Und dann warf sie einen Blick in den Spiegel, als sie ihr Zimmer verließ. Sie erschrak über ihr bleiches, elendes Aussehen. Nein, so durfte sie sich nicht unter Menschen wagen. Niemand durfte eine Ahnung bekommen von ihrem Seelenzustand. Sie mußte sich beherrschen, ihr Stolz mußte ihr dabei helfen.

Sie rieb sich mit einem Frottiertuch die blassen Wangen rot und zwang ein Lächeln in ihr Gesicht. Und dabei suchte sie sich selbst Trost und Mut zuzusprechen. Was war denn schließlich anders geworden? Sie hatte doch nur verloren, was sie nie besessen hatte. Also die Zähne zusammenbeißen – und durch.

Aber konnte sie ihrem Herzen gebieten, ihn nicht mehr zu lieben? Konnte sie diese Liebe nun aus ihrem Herzen reißen, weil er nun das Eigentum einer andern war? Ach nein – nein – tausendmal nein, ob es Sünde war oder nicht – sie mußte ihn lieben, tiefer, schmerzlicher noch als bisher.

Keinen Menschen hatte sie, zu dem sie hätte fliehen können mit dem schweren Leid ihrer jungen Seele, keine liebevolle Mutter, die lind und tröstend über ihre schmerzende Stirn streichen konnte, um sie zu trösten. Niemand stand ihr nahe genug. Auch damit mußte sie allein fertig werden wie mit allem anderen. –

Schnell nahm sie einen Mantel um und verließ das Haus, und da sie ins Verwalterhaus gehen mußte, um etwas mit Colmar zu besprechen, tat sie es jetzt gleich.

Das Verwalterhaus lag jenseits des Parkes bei den andern Wirtschaftsgebäuden. Als sie über den Wirtschaftshof ging, stand Fritz Colmar, der Sohn des Verwalters, an der Tür zum Pferdestall und blies aus vollen Backen in seine kalten, erstarrten Hände.

Lachend sah er Rose dabei an.

»Eine Hundekälte, gnädiges Fräulein; ich denke, wir bekommen über Nacht Schnee. Das gibt weiße Weihnachten. Ich werde mal immer in der Wagenremise die Schlitten revidieren. Darf ich Sie morgen spazierenfahren?«

Rose sah in sein gesundheitstrotzendes, frisches Gesicht. Sie wußte, Fritz Colmar schwärmte für sie und sah immer zu, wie er ihr etwas zuliebe tun konnte. Er war einige Jahre älter als sie und durchaus noch kein fertiger Mensch. Aber seine ehrlichen Augen sahen sie immer so warm an. Das tat ihr heute doppelt wohl.

»Erst lassen Sie nur den Schnee herabfallen, dann können wir ja über die Schlittenfahrt sprechen. Gelegenheit dazu wird es vor Weihnachten noch genug geben, ich muß einige Male nach der Stadt fahren.«

»Dann darf ich aber jedesmal kutschieren?«

»Wenn Sie nichts Wichtigeres zu tun haben.«

»Ach, jetzt im Winter, gnädiges Fräulein, da eilt es doch nicht mit der Arbeit.«

»Nun gut, dann bleibt es dabei. Aber jetzt habe ich mit Ihrem Vater zu sprechen. Ist er zu Hause?«

»Jawohl – gnädiges Fräulein.«

Und er ging an ihrer Seite nach der elterlichen Wohnung hinüber.

Als er die Tür zum Verwalterhaus öffnete, kamen die beiden Dackel, Max und Moritz, wie besessen auf ihn losgestürmt. Er packte sie rechts und links beim Kragen.

»Ihr Racker, wollt ihr wohl manierlich sein! Ist das eine Art, hohen Besuch zu empfangen?« Aber kaum ließ er sie los, da jagten die beiden davon und bellten, so laut sie konnten.

Rose trat ins Haus. Fritz führte sie ins Wohnzimmer. Da saß seine Mutter am Nähtisch und flickte Wäsche aus.

»Wo ist denn Vater, Mutterle?« fragte Fritz, Rose einen Stuhl hinschiebend mit einer artigen Verbeugung.

»Auf dem Speicher.«

Gleich darauf erschien der Verwalter Colmar und ging mit Rose in sein Geschäftszimmer hinüber. Sie hatten eine ziemlich lange Verhandlung. Erst zur Teestunde sah Rose Hasso wieder. Sie fand ihn im Wohnzimmer. Seine Eltern waren noch nicht erschienen.

Hasso stand am Fenster und wandte sich lächelnd nach Rose um, als sie eintrat. »Endlich sieht man dich wieder, Rose. Wo warst du nur?« fragte er in seiner gutmütig überlegenen Art.

»Ich hatte mit Colmar verschiedenes zu besprechen. Und vorher habe ich die Tabelle fertig gemacht, die wir für die Weihnachtseinkäufe brauchen.«

»Ach richtig, Mama sagte mir vorhin, daß sie diesmal unter deiner Assistenz die Einkäufe in Berlin besorgen will, weil Rita in Wien ist. Und weil sie nicht erwarten kann, meine zukünftige Braut kennenzulernen, so hat sie beschlossen, daß ihr mich morgen schon nach Berlin begleiten sollt. Freust du dich auf Berlin, Rose?«

Sie atmete tief auf, weil ihr die Brust zu eng wurde. »O ja, ich freue mich sehr.«

»Ich will dafür sorgen, Rose, daß euer Aufenthalt einige Tage länger währt, als Mama beabsichtigt. Es wird Zeit, daß du auch einmal ein wenig Vergnügen findest.«

»Meine Welt ist Falkenried«, sagte sie schlicht.

Es erging ihm sonderbar. Wenn er Rose nicht sah, dachte er wenig an sie. Sah er sie aber, blickte er in ihre großen, stillen Augen hinein, die so gar nichts von der Welt zu fordern schienen, dann hatte er immer das Gefühl, als müsse er ihr etwas zuliebe tun, ihr etwas Gutes erweisen.

»Rose, für mich ist Falkenried nur ein winziger Bruchteil der Welt – so, als wenn man als ausgewachsener Mensch an seine Wiege zurückdenkt. Ein bißchen gerührt ist man dabei, aber man möchte, um Gottes willen, nicht wieder darin liegen müssen. Und dir ist nun Falkenried die Welt? So bescheiden, kleine Rose! Hast du denn nun in letzter Zeit ein wenig das Gefühl verloren, daß du dir ein Heimatrecht in Falkenried verdienen mußt?«

»Ich weiß, Hasso, daß ich es dir zu danken habe, daß jetzt deine Eltern und Rita wetteifern, mir Liebes und Gutes zu tun.«

»Ach, Rose, ich habe doch gar nichts dazu getan«, wehrte er ab.

»Doch, ich weiß es, und ich hätte dir schon danken müssen. Aber ich wußte, daß es dir peinlich ist, einen Dank entgegenzunehmen. Ich sage auch jetzt nichts darüber, sei unbesorgt. Ich wollte niemand anklagen, daß man mir zu wenig Gutes tut. O nein, viel zuviel Wohltaten hat man mir erwiesen. Und nun erweist man mir noch viel mehr. Meine Dankesschuld wird immer größer, ich werde sie nie mehr abtragen können.«

»Du bist doch unverbesserlich. Dein Stolz ist beinahe Hochmut. Nur, um Gottes willen, niemand verpflichtet sein. Eigentlich müßte ich dir zürnen.«

»Ach nein, das darfst du nicht«, stammelte sie.

»Wäre es dir denn so schrecklich, wenn ich dir zürnte?«

»Ja, sehr schrecklich.«

»Na, dann muß ich es wohl bleiben lassen. Ich könnte es auch nicht, dir könnte ich nicht böse sein. Wir sind da wirklich sehr ähnlich geartet, Stolz und Hochmut besitze ich auch. Nein, nein, nun mach nicht so ein unglückliches Gesicht, ich möchte ja heute alle Menschen glücklich sehen. Jetzt stellen wir mal ein Vergnügungsprogramm für Berlin auf. Am Tage habe ich nicht viel Zeit für euch. Ich habe in letzter Zeit zuviel gebummelt und muß nun tüchtig arbeiten. Aber die Abende, da unternehmen wir allerlei.«

Er hatte seinen Arm unter den ihren geschoben und führte sie im Zimmer auf und ab.

»O nein, Hasso! Was denkst du denn, wir sind hier doch nicht von der Welt abgeschnitten. Es bleibt mir jeden Tag ein Stündchen, wo ich gute Bücher und Zeitungen lesen kann. Und Besuche aus der Nachbarschaft haben wir so oft. Da bringt jeder etwas Anregung mit.«

»Nun, ich denke trotzdem, daß dir einige Tage Großstadtluft recht guttun werden. Was möchtest du wohl am liebsten sehen in Berlin?«

»Das will ich dir sagen – den Flugplatz, wo du zu deinen Flügen aufsteigst. Und wenn es sein könnte, möchte ich furchtbar gern einen solchen Flug erleben.«

»Interessiert dich das so sehr?«

»Ungemein.«

»Nun, ich will sehen, Rose, ob es sich einrichten läßt.«

»Ich möchte es sehr gern, aber nur, wenn du die Führung hättest. So ängstlich bin ich doch, daß ich mich nicht einem anderen anvertrauen möchte.«

»Und mir würdest du dich anvertrauen?«

»Unbedenklich.«

»Und ganz ohne Furcht?«

»Ganz furchtlos.«

»Das gefällt mir, Rose. Und wer weiß, vielleicht gibt sich einmal eine Gelegenheit, dann will ich an dich denken.«

Das hatte sie sich immer als etwas Wunderbares geträumt, einmal mit ihm hinaufsteigen zu dürfen in den blauen Äther, ganz allein mit ihm, hoch da oben zwischen Himmel und Erde, losgelöst von aller Erdenschwere. Nicht einen Moment würde sie bangen, wenn er am Steuer saß. Was konnte ihr da begegnen? Das Schlimmste war, mit ihm gemeinsam abzustürzen, ein gemeinsamer Tod mit ihm. Der hatte keinen Schrecken für sie.

»Es wäre ein großer, großer Festtag für mich, wenn du mir eines Tages diesen Wunsch erfüllen würdest. Und wenn es sich jetzt in Berlin machen läßt, daß du mich einmal auf den Flugplatz führst, werde ich mich sehr freuen.«

»Ich will es im Auge behalten, Rose. Es wird sich einrichten lassen.«

Am nächsten Morgen fuhr Hasso mit den beiden Damen davon.

Während der Reise war er in einer sehr heiteren, erwartungsvollen Stimmung. Er neckte Rose ein wenig, weil sie so blaß aussah.

»Du hast entschieden Reise- und Großstadtfieber, Rose«, sagte er lachend. Sie ließ ihn bei dieser Vermutung. Wie hätte sie ihm ihr blasses, elendes Aussehen erklären sollen! Sie hatte die ganze Nacht wach gelegen und war nur am frühen Morgen auf ein Stündchen eingeschlafen.

Unerträglich schwer schien es Rose, immer wieder von Hasso zu hören, wie er von Natascha schwärmte. Sein ganzes Wesen schien erfüllt von Sehnsucht nach der Geliebten. Und seine Stimme klang so weich und zärtlich, wenn er von ihr sprach. Ach, wie neidete sie der jungen Russin Hassos Liebe. Ob sie dieselbe wohl zu sehen bekam in Berlin? Sie wünschte es und fürchtete es zugleich. Als Hasso wieder einmal in zärtlichen Tönen zu seiner Mutter von Natascha sprach, schien es Rose, als könnte sie es nun nicht mehr ertragen. Sie sah in sein Gesicht.

Und gerade in diesem Augenblick wandte er ihr seine Augen zu. Dieser hilflose, wehe Blick traf ihn ganz seltsam ins Herz. Obwohl Rose sogleich erschrocken die Augen senkte, verstummte er und sprach nun nicht mehr von Natascha, warum er es unterließ, wußte er selbst nicht. Weil er ihr selbst brüderlich gegenüberstand, setzte er auch bei ihr für sich nur geschwisterliche Gefühle voraus. Sie schien ihm so bemitleidenswert, so ausgeschlossen von den Freuden des Lebens. Für sie, das arme, vermögenslose Mädchen würde es so leicht kein sonniges Liebesglück geben.

»Arme Rose – arme kleine Rose«, dachte er mitleidig.

Und er nahm sich vor, ihr in Berlin soviel Vergnügen als möglich zu schaffen und sie aufzuheitern. Vielleicht nahm sich auch Natascha ihrer an.

Natascha! Da waren seine Gedanken wieder bei der Geliebten, und darüber vergaß er alles andere.

Aber er war so gut und zartfühlend zu Rose, so aufmerksam und ritterlich, daß sie alle Kraft nötig hatte, um nicht in Tränen auszubrechen. Sie war ihm dankbar für jedes gute Wort, und doch hätte sie ihn bitten mögen: »Sei nicht so gut zu mir, das macht meine Schmerzen nur noch tiefer.« Wenn er sie gar nicht beachtet hätte, wäre es ihr leichter gewesen, ihre Fassung zu bewahren.

In Berlin angelangt, brachte Hasso seine Mutter und Rose ins Hotel.

Am Vormittag wollte er sofort zu Natascha gehen und offiziell um ihre Hand anhalten, und hoffte dann, seine Mutter mit seiner Braut bekannt machen zu dürfen. Wie und wo die Begegnung stattfinden sollte, würde sich erst ergeben, wenn er mit Natascha gesprochen hatte.

Es war noch nicht neun Uhr, als Hasso das Hotel verließ. Das war ihm noch zu früh, um schlafen zu gehen. Zum Arbeiten hatte er indes auch keine Ruhe und Sammlung heute abend. Da ließ er das Auto nach der Wohnung seines

Freundes Hans von Axemberg fahren. Dieser war, wie Hasso wußte, von seinem Urlaub zurückgekehrt, und mit ihm wollte Hasso den Abend verbringen.

Hans von Axemberg stand eben im Begriff auszugehen. Als Hasso bei ihm eintrat, lachte er vergnügt auf.

»Wenn der Prophet nicht zum Berg kommt, kommt der Berg zum Propheten. Tag, mein Alter! Das sieht ja beinahe aus, als hättest du Sehnsucht nach mir gehabt. Als ich das letztemal bei dir war, setztest du mich an die Luft, und heute suchst du mich auf«, sagte er.

»Große Ereignisse werfen ihre Schatten voraus. Ich komme nämlich direkt von Falkenried«, erwiderte er.

»Von Falkenried? Warst du denn schon wieder daheim?«

»Gestern bin ich erst abgereist und heute wieder zurück.«

»Was hattest du denn so Wichtiges daheim zu erledigen? Von großen Ereignissen sprichst du auch?«

»Ja, doch – aber erst bei einer Flasche Wein, Hans. Ich habe noch nicht zu Abend gegessen.«

»Ich auch nicht. Also speisen wir zusammen, ich wollte gerade ausgehen zu diesem Zweck.«

»Schön, so laß uns aufbrechen. Ich habe das Auto, das mich herbrachte, gleich halten lassen.«

Das Auto setzte sie in kurzer Zeit vor einem vornehmen Weinrestaurant ab.

Bald saßen sie gemütlich in einer Ecke, und nachdem sie bei dem Kellner das Souper bestellt hatten, sagte Axemberg, die Gläser füllend:

»So, mein Alter, wenn du nun nicht willst, daß ich vor Neugier platze, dann schieß endlich los.«

»Was wir lieben!« sagte er, mit seinem Glas an das Axembergs rührend.

»Das ist ein vielversprechender Anfang. Hasso, der Weiberfeind, läßt einen Toast auf das, was wir lieben, steigen. Also, nun bin ich auf allerhand gefaßt. – So! Und nun weiter.«

»Mein lieber Hans – du sollst es wissen, eher, als alle andern. Ich war zu Hause, um meinen Eltern mitzuteilen, daß ich morgen um die Hand Natascha von Kowalskys anhalten werde.«

Axemberg zuckte betroffen zusammen. »Hasso, ist das dein Ernst?«

»Mit solchen Dingen treibt man doch keinen Scherz«, erwiderte Hasso ernst.

»Also, das ist wirklich eine so ernste Sache geworden? Und in so kurzer Zeit? Ich hatte wohl gemerkt, daß du Feuer gefangen, aber daran – nein –, daran habe ich nicht gedacht.«

»Ist denn das so etwas Unwahrscheinliches?«

Mit versteckter Sorge blickte Axemberg in Hassos Gesicht. Eine starke Abneigung gegen die schöne Russin war schon in ihm emporgekeimt, als er Natascha das erste Mal bei Oberst von Steinberg gesehen hatte. Noch unsympathischer war ihm Nataschas Mutter. Instinktiv hatte er das Wesen der beiden Damen als unwahr erkannt, und er hatte das Empfinden, als müsse er Hasso warnen und vor einer Übereilung schützen. Was sollte er ihm aber sagen, da er sich selbst nicht einmal die Abneigung gegen die Damen begründen konnte?

»Unwahrscheinlich? Nein, nein, mein lieber Hasso. Fräulein von Kowalsky ist gewiß ein sehr schönes, bezauberndes Mädchen, und ich kann es wohl verstehen. Aber daß du – gerade du – nein –, ich muß mich da erst ein bißchen hineindenken. Mein lieber Alter, es ist mir ja einfach unverständlich, daß du so schnell einen solchen Entschluß fassen konntest.«

»Du nimmst meine Mitteilung recht seltsam auf, Hans.«

»Ich kann mir einfach nicht vorstellen, daß du dich mit einer Russin verheiraten willst«, stieß er hervor.

»Kommst auch du mir mit diesen törichten Bedenken, wie meine Eltern? Hans, du stellst dich ja an, als wollte ich mich mit einer Chinesin oder mit einer Botokudin verheiraten. Was hat es zu sagen, ob sie eine Russin ist, wenn ich sie nur liebe und in ihr mein Glück sehe! Ist Natascha von Kowalsky nicht das anbetungswürdigste Geschöpf, das du dir denken kannst?«

Axemberg wollte den Freund nicht kränken. Wenn Hasso sich vorgenommen hatte, die schöne Russin zu heiraten, dann brachte ihn sicher auch nichts mehr davon ab. Und schließlich kam ja auch gar nicht in Frage, ob sie ihm gefiel.

»Du weißt, lieber Hasso, daß es für mich nur ein anbetungswürdiges Mädchen gibt. Für alle andern habe ich nichts übrig als fromme Duldung. Und wenn ich eben törichtes Zeug geredet habe, so nimm es mir nicht krumm. Wenn du dich mit der jungen Dame verloben willst, dann hast du es dir auch sicher reiflich überlegt, und mir bleibt nichts weiter übrig, als dir von ganzem Herzen zu deinem Entschluß Glück zu wünschen. Sind denn deine Eltern nun damit einverstanden?«

»Gottlob, sie sind es, nachdem sie einige nationale Bedenken mir zuliebe unterdrückt haben. Meine Mutter hat mich nach Berlin begleitet. Sie hat ohnedies Weihnachtseinkäufe zu besorgen und brennt natürlich darauf, Natascha kennenzulernen. Ich habe die Damen vorhin ins Hotel gebracht.«

»Die Damen? Deine Schwester ist wohl mitgekommen?«

»Nein, Rita ist noch in Wien bei den Hoheneggs. Du weißt doch, daß in Falkenried noch eine junge Verwandte von uns lebt, Rose von Lossow. Die hat diesmal meine Mutter begleitet. Ich denke, die beiden Damen bleiben eine Woche lang hier in Berlin. Rose, die sehr still und zurückgezogen in Falkenried lebt, soll sich einmal ein bißchen amüsieren. Ich rechne dabei auf deine Mithilfe, Hans.«

Axemberg nickte.

»Wird gemacht, Hasso! Ich werde ein Vergnügungsprogramm aufsetzen, du weißt, das verstehe ich.«

»Jedenfalls rufe ich dich morgen an. Auf alle Fälle hältst du dich frei, nicht wahr?«

»Gewiß, ich habe nichts vor – nur morgen vormittag einen Besuch bei Steinbergs. Ich muß mich doch bei meiner gestrengen Herzensdame zurückmelden, eigentlich hätte ich ja allen Grund, mich über deine bevorstehende Verlobung zu freuen. Da wird ja Rola aufhören, für dich und von dir zu schwärmen.«

»Nun also, so freue dich doch.«

»Nein, mein Alter, das kann ich nicht, mir wird ganz wehmütig zu Sinne, wenn ich denke, daß ich nun in Zukunft nicht mehr wie bisher deine Junggesellenbude stürmen kann. Du wirst natürlich bald heiraten, nicht wahr?«

»Ich hoffe, recht bald, wenn Natascha einwilligt. Aber wir zwei, mein Junge, wir bleiben deshalb doch die Alten.«

»Ach, weißt du, Hasso! Wenn ein Freund heiratet, bleibt einem nicht viel von ihm übrig. Na, Prosit, mein Alter, noch einmal auf das, was wir lieben.«

Es war schon Mitternacht vorüber, als sie sich trennten.

Mit festem, warmem Druck faßte Axemberg beim Abschied des Freundes Hand.

»Also nochmals – viel Glück morgen auf den Weg, mein Hasso. Du hast es, weiß Gott, verdient, sehr glücklich zu werden, wenn mir auch noch immer ein wenig beklommen zumute ist, wenn ich an deine Verlobung denke. Gute Nacht, mein Alter, und Glück auf!«

»Gute Nacht, Hans, auf Wiedersehen morgen.«

Am nächsten Vormittag fuhr Hasso um die Besuchszeit vor der Kießlingschen Fremdenpension vor.

Er ließ sich den Damen Kowalsky melden und wurde sofort in den ihm schon so wohlbekannten Salon eingelassen.

Als er die Schwelle überschritt, erschien in der gegenüberliegenden Tür Natascha von Kowalsky. Sie blieb einen Moment, wie von heimlicher Erregung übermannt, unter der Portiere stehen und drückte die Hand aufs Herz, als müsse sie das stürmische Klopfen beschwichtigen.

Hasso eilte ihr entgegen mit glückstrahlendem Gesicht, und von seinem Gefühl überwältigt, faßte er ihre Hand und drückte sie an sein Herz und seine Augen, ehe er sie an seine Lippen führte.

»Natascha! Natascha! Ich war in Falkenried, um meinen Eltern die Mitteilung zu machen, daß ich Sie bitten will, meine Frau zu werden. Sie wissen das schon längst, nicht wahr, Natascha, Sie müssen es wissen? Nicht wahr, süße, teure Natascha, Sie reichen mir diese geliebte kleine Hand zum Bund für das ganze Leben und machen mich zum glücklichsten der Sterblichen?«

»Sie sind so stürmisch, Herr von Falkenried, das alles kommt mir zu schnell, viel zu schnell, trotzdem – ich sage es ehrlich –, trotzdem ich es gefühlt habe, daß Sie mich lieben, wie ich geliebt sein möchte, trotzdem auch ich – nun ja –, ich will es ehrlich bekennen, mein Herz hat zu Ihren Gunsten gesprochen. Aber – ich habe eigentlich gar keine Lust zum Heiraten. Nein, wirklich nicht! Wir Frauen geben so viel auf, wenn wir eine Ehe eingehen und –«

Ihr Stammeln erschien ihm reizend und entzückend. Er bedeckte ihre Hände mit seinen Küssen.

»Lassen Sie doch alle Bedenken, Natascha, machen Sie mich glücklich, ich werde Sie anbeten, auf meinen Händen tragen.«

»Ach, quälen Sie mich doch nicht! Muß ich mich jetzt schon entscheiden, Herr von Falkenried? Wir kennen uns noch nicht sehr lange. Es war so schön jetzt, wie es war. Wir verstanden uns so gut.«

»Es soll noch schöner werden, Natascha.«

»Nein, nein, so ganz kampflos will ich mich nicht ergeben – lassen Sie mir Zeit.«

Er neigte sich über sie und sah ihr tief in die Augen.

»Natascha!« flehte er zärtlich.

Schnell bedeckte sie seine Augen mit ihrer Hand.

»Sehen Sie mich nicht so an, da kann ich nicht ruhig bleiben.«

Er war vor Entzücken ganz außer sich und bedeckte wieder ihre Hände und die zarten Unterarme, von denen das Gewand zurückfiel, mit heißen Küssen.

»Sie dürfen mich nicht so grausam quälen, Natascha.«

Wie ein Kätzchen schmiegte sie sich in den Sessel.

»Ich bin nicht grausam – Sie sind es. Nein, nein, ich kann mich in diesem Augenblick noch nicht entscheiden. Erst müßte ich auch wissen, ob ich Ihren Eltern als Schwiegertochter willkommen bin und – die Hauptsache – meine arme Mama – ach, meine arme Mama!«

Das war ein verabredetes Zeichen Nataschas und ihrer vermeintlichen Mutter.

Und gleich darauf trat Frau von Kowalsky ein.

Er trat auf die alte Dame zu und begrüßte sie artig. Als er ihr die Hand küßte, warf sie über seinen Kopf einen forschenden Blick zu Natascha hinüber. Die machte ihr verstohlen ein Zeichen. Ohne Zögern brachte er nun auch bei Frau von Kowalsky seine Werbung an.

»Mein Gott, Herr von Falkenried, von solchen Absichten Ihrerseits hatte ich ja keine Ahnung! Meine Tochter wollen Sie mir nehmen, das Einzige, was ich noch habe? Natascha, du könntest deine arme Mutter verlassen?«

Natascha machte eine hilflose Bewegung.

»Herr von Falkenried bittet so dringend, Mama – ich habe mich ja noch nicht entschieden. Aber – ach, Mama!«

Sie warf sich der Mutter in die Arme und flüsterte ihr etwas zu, während sie verschämt zu Hasso hinüberblickte. Er hatte keine Ahnung, daß Natascha nur neue Instruktionen gab.

Frau von Kowalsky seufzte tief auf, wie in größter Bekümmernis.

»O weh, das sieht freilich nicht sehr hoffnungsvoll für mich aus. Das hätte ich mir freilich nicht träumen lassen, daß meine Natascha ihr Herz so bald verschenkt. Was sagen denn Ihre Eltern dazu, Herr von Falkenried?«

»Sie werden sich sehr freuen, Ihr Fräulein Tochter als Schwiegertochter begrüßen zu dürfen. Meine Mutter konnte es nicht erwarten, Sie kennenzulernen. Sie ist sogleich mit mir nach Berlin gereist und wartet auf Nachricht, wann sie Ihre Bekanntschaft machen kann.«

Wieder machte Natascha ihrer Mutter hinter Hassos Rükken ein schnelles, verstohlenes Zeichen.

Natascha sah Hasso an, der sich mit bittendem Blick nach ihr umwandte.

»Ich weiß ja noch gar nicht, ob ich Ihrer Frau Mutter gefallen werde, Herr von Falkenried. Nicht wahr, ehe ich Ihnen mein Jawort gebe, darf ich Ihre Frau Mutter kennenlernen.«

Das Warten fiel Hasso furchtbar schwer. Natascha erschien ihm in ihrem mädchenhaften Bangen entzückender und begehrenswerter denn je. Er fürchtete durchaus nicht, daß er auf seinen Antrag ein Nein erhalten würde.

»Wenn Sie gestatten, bringe ich meine Mutter heute nachmittag zu Ihnen, meine verehrten Damen.«

»Gewiß, Herr von Falkenried. Wir werden nur für Sie zu Hause sein. Ein kurzer, formeller Besuch darf das aber nicht sein. Wir müssen uns doch ein wenig näher kennenlernen, nicht wahr?« erwiderte Frau von Kowalsky.

»Ich danke Ihnen, gnädige Frau, und werde von Ihrer liebenswürdigen Einladung mit meiner Mutter gern Gebrauch machen.«

Natascha umfaßte die Mutter zärtlich und flüsterte ihr leise zu: »Geh.«

Da riß sich Frau von Kowalsky wie im heftigen Schmerz aus ihren Armen.

»Ich werde es erst lernen müssen, das Alleinsein zu ertragen. Aber dein Glück gilt mir höher, meine Natascha. Und ich werde mich fügen müssen, wenn mir das Herz auch bricht.«

Wie von ihrer Erregung übermannt drückte sie das Taschentuch vor die Augen und eilte aufschluchzend aus dem Zimmer, als könnte sie die Tränen nicht mehr zurückhalten.

»Die arme Mama – ach, ich wußte es, Herr von Falkenried. Sie hat ja nur noch mich auf der Welt. Wenn Mama nicht wäre – ich will es Ihnen nur gestehen –, dann hätte ich gleich ja gesagt. Mama muß sich erst beruhigen. Ach, es ist so schwer.«

»Dank, innigen Dank, Natascha, daß Sie mir das wenigstens zum Trost sagen.«

»Ach, ich weiß, Sie sind mir böse. Wer weiß, ob Sie nun wiederkommen.«

»Süße, holde Natascha, wie können Sie so etwas glauben. Ich werde die Minuten zählen, bis ich heute nachmittag wiederkommen darf. Ich verstehe wohl, daß Sie Ihre Frau Mutter nicht betrüben wollten.«

»Sind Sie mir wirklich nicht böse? Werden Sie bestimmt wiederkommen?«

»Ach, könnten Sie mir ins Herz sehen, Natascha, Sie würden nicht so fragen.«

Sie streichelte scheu und leise, wie ein zärtliches Kind, über seine Hand. »Ich werde in schrecklicher Unruhe sein, bis Sie wieder hier sind. Immer werde ich denken: Er kommt nicht wieder, er zürnt dir.«

»Natascha, so etwas dürfen Sie nicht denken.«

Sie lehnte sich zurück, so daß ihr Köpfchen fast auf seinem Arm ruhte, der sich auf die Lehne ihres Sessels stützte. Und mit einem heißen, flehenden Blick zu ihm aufsehend, bat sie in der kindlich drängenden Weise, die er schon an ihr kannte:

»Geben Sie mir wenigstens ein Pfand, damit ich mich an etwas halten kann, ja, bitte, irgendein Pfand, einen Gegenstand, den Sie sehr nötig brauchen, damit Sie ihn bestimmt heute wieder holen müssen.«

»Süßer Kindskopf, es bedarf keines Pfandes.«

»Aber wenn es mich doch beruhigt? Muß ich erst lange bitten?«

»Nein, nein, das müssen Sie nicht, Natascha, wenn es auch so süß für mich ist, von Ihnen um etwas gebeten zu werden. Was wollen Sie haben? Soll ich Ihnen mein Herz aus der Brust reißen?«

»O nein, das Herz sollen Sie behalten, darinnen will ich wohnen und ein warmes Plätzchen haben. Ich begnüge mich mit einem weniger kostbaren Gegenstand. Irgend etwas, das Sie noch heute brauchen werden, Ihre Brieftasche oder Ihre Schlüssel oder sonst irgend etwas.«

Er war nicht fähig, ruhig über ihr Verlangen nachzudenken. Verstohlen berührte er leise dies duftende Haar mit den Lippen. Halb von Sinnen vor Glückseligkeit zog er seine Schlüssel hervor und hielt sie ihr hin.

Mit einem scharfen, prüfenden Blick hatte sie dasselbe kleine Schlüsselbund erkannt, das sie an seinem Schreibtisch gesehen hatte.

»So, nun weiß ich doch, daß Sie wiederkommen und kann ruhig sein. Nicht wahr, Sie brauchen die Schlüssel sehr nötig?« fragte sie mit wichtigem Eifer.

»Ja, ich brauche die Schlüssel, aber noch nötiger brauche ich Ihren Anblick, Natascha.«

Es beseligte ihn, daß ihr so viel an seinem Wiederkommen lag. Was hätte er nicht alles willig getan, um ihr einen Wunsch zu erfüllen, und wenn er diesen Wunsch für noch so töricht gehalten hätte.

Die Schlüssel, die er sonst so ängstlich hütete, schienen ihm in ihren Händen so sicher wie in den seinen. Und am Nachmittag wollte er sie sich schon wiederholen. Klar zu denken vermochte er überhaupt nicht. Die Leidenschaft für das bezaubernd schöne Geschöpf ließ ihn alles andere vergessen.

»Jetzt muß ich Sie aber fortschicken, Herr von Falkenried.«

»Ich hoffte als Ihr Verlobter dies Zimmer zu verlassen, Natascha. Süße, angebetete Natascha, wie lange muß ich noch auf Ihre Entscheidung warten?«

Sie deutete schelmisch nach der Tür.

»Das kommt auf Mama an. Ich will mir viel Mühe geben, sie zu beruhigen. Wer weiß, vielleicht – ich sage vielleicht – erhalten Sie heute noch meine entscheidende Antwort.«

»Sagen Sie mir noch ein liebes, tröstendes Wort, Natascha.«

Sie sah ihn eine Weile zögernd an. Dann sagte sie leise wie ein Hauch: »Auf Wiedersehen, Hasso – lieber Hasso!«

Und ehe er es fassen konnte, war sie aus dem Zimmer gehuscht.

Er stand noch einen Augenblick wie gebannt, schaute auf die Tür. Und langsam, mit einem ungeduldigen Seufzer, ging er hinaus. Aber kein Zweifel war mehr in seiner Seele an Nataschas Liebe.

Was hätte er wohl gedacht, wenn er gesehen hätte, wie Natascha, als sie ihn verlassen hatte, zu ihrer Mutter getreten war.

Frau von Kowalsky lag, durchaus nicht in Tränen aufgelöst, sondern behaglich eine Zigarette rauchend auf dem Diwan im Nebenzimmer.

»Nun?«

Natascha zog das erbeutete Schlüsselbund aus dem Ausschnitt ihres Kleides und hielt es ihr mit spitzen Fingern hin. »Da ist es.«

»Famos, aber die Hauptarbeit liegt noch vor dir.«

Natascha wehrte ab und zündete sich ebenfalls eine Zigarette an. »Du irrst, dies war die Hauptarbeit für mich. Die Komödie ist mir vor den ehrlichen Augen dieses Mannes nicht leicht geworden. Was noch zu tun ist, soll mir danach leicht werden.«

»Unterschätze es nicht.«

»Alles, was ich brauche, ist eine halbe Stunde Zeit – an seinem Schreibtisch. Und ihn so lange hier festzuhalten ist deine Sache, Olga.«

»Du kannst auf mich zählen, das weißt du.«

»Und nun ans Werk, Olga. Wir müssen sofort unsere Koffer packen. Ich werde schon anfangen, inzwischen du zu Frau Major Kießling gehst und mit ihr abrechnest. Es bleibt bei dem, was wir darüber besprochen haben.«

»Ich teile ihr mit, daß wir mit der Frühpost wichtige Nachrichten erhalten haben, die uns zwingen, sofort nach Rußland auf unsere Güter zu reisen.«

»Richtig. Bezahle die Wohnung noch für den folgenden Monat und sage, daß wir zurückkommen. Das sieht unverfänglicher aus.«

»Die Koffer müssen dann, sobald wir fertig sind mit Pakken, sofort zur Bahn gebracht werden, wir behalten nur die Handtaschen zurück. Darüber sprechen wir noch. Das Auto bestelle ich heute nachmittag, wenn ich es benutze. Ist sonst noch etwas zu bedenken?«

»Nein, nein, sonst ist ja alles erledigt.«

Während nun die alte Dame hinüberging zu Frau Major Kießling, entledigte sich Natascha ihrer verführerischen Toilette und begann zu packen.

Frau Major Kießling war sehr betrübt zu hören, daß die

Damen, ihre besten und einträglichsten Mieter, so plötzlich abreisen wollten. Aber als sie hörte, daß es sich nur um eine kurze Abwesenheit handelte und die Damen, wenn sie zurückkehrten, noch für längere Zeit bei ihr wohnen würden, atmete sie erleichtert auf.

Zum Schluß dieser Verhandlung sagte Frau von Kowalsky:

»Und dann noch eins, liebe Frau Major. Wir möchten nicht, daß von unserer Abreise viel gesprochen wird, damit wir nicht erst Abschieds- und Antrittsbesuche absolvieren müssen. Sollte während unserer Abwesenheit doch jemand nach uns fragen oder uns einen Besuch machen wollen, so sagen Sie, wir seien für einige Tage verreist.«

»Wird besorgt, verehrte Frau Generalin, wird alles besorgt, Sie sollen zufrieden sein.«

»Ich danke Ihnen. In acht bis zehn Tagen können wir vielleicht schon zurück sein. Ich denke, wir werden dann noch den ganzen Winter bei Ihnen wohnen.«

»Oh, es kann mir nur angenehm sein, wenn die Damen noch recht lange bei mir wohnen. So liebenswürdige Mieter findet man nicht alle Tage.«

»Nun, wir sind mit Ihnen ebenso zufrieden wie Sie mit uns, liebe Frau Major.«

Als sie die Majorin aus ihrem Zimmer hinausbegleitete, fragte diese:

»Soll ich Ihnen das Zimmermädchen hinüberschicken, damit sie Ihnen beim Packen helfen kann?«

Frau von Kowalsky lehnte lächelnd ab.

»Nicht nötig, ich weiß ja, daß das Mädchen vormittags stark beschäftigt ist. Sollte ich sie noch brauchen, werde ich klingeln. Aber der Hausdiener soll sich gegen zwei Uhr bereit halten, unsere Koffer zur Bahn zu bringen, damit sie gleich abgehen können. Und was ich noch sagen wollte, Frau Major, heute nachmittag erwarten wir noch zwei Gäste zum Tee, Herrn von Falkenried und seine Mutter. Sie sorgen dafür, daß der Tee gefällig serviert wird, wie gewöhnlich. Ich begleiche das gleich jetzt noch, denn nachher wird es in der Eile vergessen.«

»Dann ist das doch auch nicht schlimm, es hat ja Zeit bis zu Ihrer Rückkehr.«

»Nein, nein, das liebe ich nicht.«

Und Frau von Kowalsky bezahlte sogleich und ging zu Natascha zurück und fand diese bereits in eifrigster Arbeit.

Einige wertlose, unbedeutende Gegenstände ließen sie absichtlich zurück, um den Anschein zu erwecken, als beabsichtigten sie eine Wiederkehr. Sie gingen jedenfalls sehr vorsichtig zu Werke.

Hasso fuhr, nachdem er Natascha verlassen hatte, sogleich ins Hotel zu seiner Mutter und Rose.

Hasso berichtete nun seiner Mutter, daß Natascha seine Bewerbung sehr günstig aufgenommen habe, aber aus Rücksicht auf ihre Mutter und von dem Wunsch beseelt, erst die seine kennenzulernen, ihr Jawort noch kurze Zeit zurückgehalten habe. Und dann überbrachte er seiner Mutter die Einladung zum Tee.

»Frau von Kowalsky wünscht keinen formellen Besuch, Mama, sie hofft, daß wir länger verweilen. Es soll dir sicher Gelegenheit gegeben werden, Natascha etwas näher kennenzulernen«, sagte er.

Frau von Falkenried war von dieser »zarten Rücksicht« sehr angenehm berührt. Auch freute sie sich, daß Natascha sie erst hatte kennenlernen wollen, ehe sie sich mit Hasso verlobte.

Um zwei Uhr nahmen Mutter und Sohn mit Rose das Diner ein im Speisesaal des Hotels. Hasso fiel es nicht auf, daß Rose wieder sehr blaß und still war. Er war mit seinen Gedanken bei Natascha.

Nach Tisch fuhr Hasso mit den beiden Damen nach seiner Wohnung, die seine Mutter gern kennenlernen wollte. Als sie ankamen, öffnete ihnen Riemer die Tür. Er trug eine große Schürze über seiner Uniform.

»Riemer ist beim Fensterputzen und Türenwaschen. Da müßt ihr entschuldigen, daß er euch in der Schürze empfängt.«

Rose betrat mit einem seltsamen Gefühl diese behaglich eingerichtete Junggesellenwohnung. Ihr war das Herz so voll und schwer. Sie mußte immer wieder ihre Kraft zusammennehmen, um ihre Selbstbeherrschung nicht zu verlieren.

»Nun bitte, macht es euch bequem, und laßt eure gestrengen Hausfrauenaugen nicht gar so kritisch umherschweifen. Ich hoffe zwar, wir können bestehen – was meinen Sie, Riemer?«

Riemer stand stramm. »Ich hoffe, Herr Oberleutnant legen Ehre ein mit mir. Bis auf Türen und Fenster ist alles sauber und adrett.«

»Na schön, Riemer. Vergessen Sie Ihre gute Erziehung nicht, Riemer. – Zu den Früchten gehören kleine Teller und Obstmesser – haben wir das?«

»Zu Befehl, Herr Oberleutnant, drei Stück sind vorhanden.«

»Na also, das genügt. Und Weingläser, Riemer. Da können wir schon eher aufwarten – die beste Garnitur bringen Sie.«

Riemer lachte. »Wir haben nur eine Garnitur, Herr Oberleutnant, aber ein ganzes Dutzend.«

»Riemer, jetzt haben Sie mich um mein Renommee gebracht. Also bringen Sie die Früchte und Wein und Gläser.«

»Siehst du, Rose, so tadellos funktioniert mein Haushalt doch nicht wie der Falkenrieder.«

»Das ist von einem Junggesellenhaushalt auch nicht zu verlangen.«

Riemer brachte nun das Gewünschte. Er hatte erst die Schürze abgebunden und sich schmuck gemacht. Nun servierte er die Erfrischung mit großer Würde. Er wußte, was er Damenbesuch schuldig war.

Ein Stündchen verplauderte Hasso mit den beiden Damen ganz behaglich. Dann war es Zeit für ihn und seine Mutter, aufzubrechen.

»Aber was tun wir nun mit Rose, solange wir bei den Damen zum Tee sind, Mama?« fragte er.

»Ja richtig, Rose, was tun wir mit dir?«

Rose hatte allerdings fest angenommen, daß sie Mutter und Sohn begleiten würde. Ungeladen konnte sie aber nicht mitgehen. Jedenfalls war sie im Innern sehr froh darüber. Sie traute sich noch immer nicht die Kraft zu, Natascha ruhig und ohne aufzufallen zu begegnen.

»Ich kann vielleicht inzwischen noch einiges besorgen, Tante Helene.«

»Das sehe ich eigentlich nicht gern, Rose. Du kannst das nicht gut allein tun, bist hier zu unbekannt. Ich sah, als wir hierherfuhren, nur wenige Häuser von Hassos Wohnung entfernt ein großes Konfitürengeschäft der Firma, wo wir immer kaufen. Da könntest du allenfalls hingehen und hättest immerhin eine gute halbe Stunde zu tun.«

»Und die übrige Zeit machst du es dir hier bei mir bequem, Rose. Riemer kann dir Tee bereiten, und wenn du dich langweilst, da findest du drüben in meinem Arbeitszimmer Bücher und Zeitungen. Wir kommen und holen dich dann ab. Ist dir das recht so?«

»Gewiß, Hasso. Ich gehe dann jetzt gleich in das Konfitürengeschäft. Ich habe es auch gesehen, als wir vorüberfuhren. Adieu also, bis nachher. Ich erwarte euch hier.«

Sie reichte Hasso und Frau von Falkenried die Hand und ging.

Hasso folgte ihr mit seiner Mutter, nachdem er Riemer noch Befehl gegeben hatte, Rose nach ihrer Rückkehr ins Wohnzimmer zu führen und ihr dort Tee und Keks zu servieren. Als er mit seiner Mutter das Haus verließ, stand bereits ein Auto vor der Tür, das Hasso vorher bestellt hatte. Nur wenige Häuser entfernt sah er Rose soeben das Konfitürengeschäft betreten. Beruhigt stieg er nun hinter seiner Mutter in den Wagen.

Natascha hatte sich zu derselben Zeit, da Frau von Falkenried und Rose bei Hasso weilten, ihr Auto bestellt. Sie verließ die Pension, in einen langen, dunklen Flauschmantel gehüllt, der schlicht und einfach wirkte. Auf dem Kopf trug sie ein kleines Filzhütchen, und ein dichter schwarzer Schleier verhüllte ihr Gesicht.

Als sie in das Auto einstieg, gab sie dem Chauffeur Weisung, sie zu einer Konditorei zu fahren, die sie in letzter Zeit schon einige Male besucht hatte.

Diese Konditorei lag der Wohnung Hasso von Falkenrieds fast direkt gegenüber.

Als sie vor der Konditorei das Auto verließ, gab sie dem

Chauffeur Befehl, sie an der nächsten Straßenecke zu erwarten. Vor der Konditorei sollte er nicht halten.

Das fiel dem Chauffeur um so weniger auf, als sich derselbe Vorgang schon einige Male wiederholt hatte. Er dachte nur, das schöne russische Fräulein habe wohl zuweilen ein verschwiegenes Rendezvous in der kleinen, abseits gelegenen Konditorei.

Gemächlich fuhr er seiner Order gemäß bis zur nächsten Straßenecke, während Natascha die Konditorei betrat und sich an ein kleines Tischchen am Fenster setzte. Sie zog den Friesvorhang so weit zu, daß sie durch einen schmalen Spalt auf die Straße sehen konnte, ohne von draußen gesehen zu werden.

Natascha ließ ihren Blick scharf herumschweifen, ehe sie ihren Platz einnahm. Die Gäste, meist Damen, interessierten sie nicht. Sie drehte dem Lokal den Rücken zu, sah dabei unverwandt durch den schmalen Spalt im Vorhang auf die Straße hinaus. Sie konnte gerade den Eingang zu Hassos Wohnung im Auge behalten – das hatte sie schon bei ihren früheren Besuchen der Konditorei festgestellt.

Kaum hatte sie ihren Platz eingenommen, da flammte drüben die elektrische Bogenlampe auf, und nun konnte sie den Eingang genau kontrollieren. Zuweilen warf sie einen Blick auf die Uhr.

Nicht lange brauchte Natascha zu warten, da wurde in Hassos Wohnung das Licht ausgeschaltet. Der sparsame Riemer hatte es sofort verlöscht, als sein Herr mit seiner Mutter hinausgegangen war. Zu gleicher Zeit sah Natascha Rose das Haus verlassen, aber da sie von deren Existenz nichts wußte und sie für irgendeine fremde Hausbewohnerin hielt, achtete sie nicht weiter auf sie.

Aber gleich darauf beugte sie sich weit vor. Da drüben fuhr ein Auto an, und gleich darauf trat Hasso, seine Mutter am Arm führend, aus dem Hause. Mit scharfen, forschenden Blicken, die ihr schönes Gesicht entstellten, beobachtete Natascha genau den Vorgang. Sie sah Mutter und Sohn einsteigen und das Auto davonrollen.

Nun richtete sich die schöne Russin straff empor. Ihr Antlitz bekam einen harten, entschlossenen Ausdruck, der sie um Jahre älter erscheinen ließ. Ihre feinen Nasenflügel vibrierten, die Augen blickten scharf, die Lippen preßten sich fest aufeinander. Sich erhebend, warf sie dem Kellner ein Geldstück zu und ergriff die große silberne Handtasche, die neben ihr auf dem Tische lag.

Sie zog den Schleier wieder herab und faßte prüfend in die große Manteltasche, um zu konstatieren, daß ein kleines Kästchen und eine dünne Rolle Papier noch darinnen steckten.

Und dann verließ sie eilig die Konditorei, ging noch ein Stück an den Häusern entlang und dann schnell über den Fahrdamm nach der Wohnung Hassos.

An der verschlossenen Haustür klingelte sie dem Pförtner. Wie von unsichtbaren Händen geöffnet sprang die Tür auf, und ohne Zögern trat Natascha ein. Im Treppenhaus, ehe sie an Hassos Wohnungstür trat, schlug sie den Schleier zurück. Aufatmend blieb sie einen Moment stehen. Dann zog sie kurz entschlossen die Klingel.

Jetzt lag wieder das süße, weiche Lächeln auf ihrem Antlitz, und Riemer strahlte über das ganze Gesicht, als er die schöne Russin vor sich sah.

»Ich möchte Herrn von Falkenried und seine Frau Mutter sprechen«, sagte sie freundlich und trat ohne weiteres an

Riemer vorbei in den Korridor. Riemer hatte seine Schürze wieder umgebunden und neben ihm stand eine Leiter und ein Eimer. Er hatte gerade beginnen wollen, die Korridortür abzuwaschen.

»Gnädiges Fräulein verzeihen, aber die Herrschaften sind vor kaum fünf Minuten fortgefahren.«

Natascha machte ein ganz betrübtes, enttäuschtes Gesicht.

»Ach, wie schade – da habe ich mich doch verspätet. Wir haben uns verfehlt. Wissen Sie, wohin sich die Herrschaften begeben haben?«

»Nein, gnädiges Fräulein, ich glaube aber, die Herrschaften wollten einen Besuch machen.«

Natascha stand wie unschlüssig.

»Wir wollten zusammentreffen, und ich hoffte, sie hier noch zu erreichen. Nun werde ich die Herrschaften aber sicher verfehlen. Es bleibt mir deshalb nichts anderes übrig, als hier auf die Rückkehr zu warten. Die Herrschaften werden sicher, wenn sie mich nicht antreffen, schnell zurückkehren. Also führen Sie mich in das Arbeitszimmer des Herrn Oberleutnant. Sie wissen ja, Riemer, daß ich stets ungehinderten Einlaß habe.«

Diese scherzenden Worte unterstützte Natascha mit einem bezaubernd freundlichen Lächeln und mit einem gewichtigen, metallischen Händedruck. Ohne auf Riemer weiter zu achten, schritt sie auf die Tür des Arbeitszimmers zu. Er hätte aber auch gar nicht daran gedacht, ihr den Einlaß zu verweigern. Vergnügt ließ er das Trinkgeld in seiner Tasche verschwinden und beeilte sich, Natascha die Tür zu öffnen und das elektrische Licht im Arbeitszimmer anzudrehen. Er hatte ja von seinem Herrn Befehl erhalten, die Damen

Kowalsky jederzeit eintreten zu lassen, und hielt sich an seine Instruktion.

»Wollen gnädiges Fräulein den Mantel ablegen?« fragte er, ihr einen Sessel zurechtrückend.

»Nein, danke, es ist nicht zu warm hier. Sollte er mir lästig werden, lege ich ihn selbst ab. Ich sehe, Sie sind bei der Arbeit, Riemer. Lassen Sie sich in keiner Weise durch meine Anwesenheit stören. Ich nehme mir hier ein Buch und lese, bis die Herrschaften zurückkehren.«

Riemer verneigte sich mit einer entschuldigenden Geste auf seine Schürze.

»Ich bin gerade dabei, Türen zu waschen, gnädiges Fräulein.«

»Nun, wenn Sie nicht gerade die Türen in diesem Zimmer waschen wollen, so lassen Sie sich nicht stören. Ich brauche Sie nicht. Sollte ich Ihrer bedürfen, klingle ich.«

Mit einer Verbeugung zog sich Riemer zurück.

Draußen überlegte er sich, was er nun tun sollte, wenn Fräulein von Lossow zurückkehrte, ehe sein Herr mit seiner Mutter zurückkam. Sollte er dann Fräulein von Lossow ins Arbeitszimmer führen und ihr melden, daß Fräulein von Kowalsky hier war, oder sollte er sie einfach, wie ihm sein Herr geboten, in das Wohnzimmer führen? Die Verbindungstür zwischen den beiden Zimmern war geschlossen. Schließlich brauchten die Damen gar nichts von ihrer gegenseitigen Anwesenheit zu wissen. Daß zwischen seinem Herrn und der schönen Russin zarte Bande angeknüpft worden waren, hatte Riemer längst gemerkt. Und er wußte, daß man in solchen Fällen nicht vorsichtig genug sein konnte. Jedenfalls beschloß er, sich strikt an seine Instruktionen zu halten und darüber hinaus den Dingen freien Lauf zu lassen,

Rose ins Wohnzimmer zu führen, ihr dort den Tee zu servieren und von der Anwesenheit der schönen Russin nichts zu berichten. Dann hatte er auf alle Fälle keine Dummheit gemacht.

Unter diesen Betrachtungen nahm Riemer Leiter und Eimer und begann sein Werk an der Vorsaaltür. –

Natascha hatte, als Riemer das Zimmer verlassen hatte, einen Moment hinausgelauscht. Sie hörte Riemer hantieren. Ihre Gestalt straffte sich. Wieder erschien auf ihrem Antlitz der harte, entschlossene Ausdruck.

Leise glitt sie zu der Tür, durch welche Riemer hinausgegangen war, und schob vorsichtig, jedes Geräusch vermeidend, den Riegel vor. Falls Riemer doch gegen ihren Willen eintreten wollte, mußte er warten, bis sie den Riegel wieder zurückgeschoben hatte. Dann konnte sie ihm irgendeine Erklärung geben und etwaige Bedenken mit einem erneuten Trinkgeld beschwichtigen.

Sie wollte vorsichtshalber auch die Tür zum Wohnzimmer abriegeln, aber an dieser fehlten Riegel und Schlüssel. Doch erschien ihr dies nicht wichtig. Eiligst nahm sie nun aus ihrer Manteltasche die dünne Papierrolle und das schmale, lange Kästchen. Dann warf sie mit einem Ruck den Mantel von sich in einen Sessel.

Aus ihrer großen silbernen Handtasche nahm sie leise das kleine Schlüsselbund, das ihr Hasso als Pfand gegeben hatte. Die Handtasche, die Papierrolle und das Kästchen legte sie auf den Sessel vor dem Schreibtisch. Und nun beugte sie sich herab und probierte, welcher Schlüssel in das Schloß des Schreibtisches paßte. Gleich der erste ließ sich im Schloß drehen. Und nun wendete Natascha ihre Aufmerksamkeit dem kleinen Knopf an der Seite zu. Erst zog sie daran, dann drehte sie an ihm. Als sie aber kräftig darauf drückte, rollte die leere, oberste Platte des Schreibtisches geräuschlos zurück und die eingelegte Zeichenplatte hob sich empor.

Auf der Platte lag eine Skizze aufgespannt, einige kleinere Zeichnungen lagen lose daneben. Letztere betrachtete Natascha nur flüchtig. Die größere Skizze, das war es, was sie suchte, es war Hasso von Falkenrieds geniale Erfindung, die für einen Kriegsfall ungeheuren Wert hatte und deshalb streng geheimgehalten wurde. Und um dieser Skizze willen hatte Natascha dies Wagnis unternommen. Sie mußte sich um jeden Preis eine Kopie dieser Skizze verschaffen.

Rasch wickelte sie die dünne Papierrolle auf, die sie mitgebracht hatte, sie enthielt einen Bogen Pauspapier. Den breitete sie geschickt über die aufgespannte Skizze aus. Dann entnahm sie dem kleinen schmalen Kästchen einige Zeichenutensilien.

Mit einer auf große Übung schließen lassenden Sicherheit und bewundernswerter Kaltblütigkeit machte sich Natascha ans Werk und pauste die Skizze samt den genau angegebenen Berechnungsziffern durch. Trotz der Eile saß jeder Strich. Sie wußte, daß jede Sekunde kostbar war.

In einer halben Stunde war die Kopie dieser Skizze, für deren absolute Geheimhaltung sich Hasso von Falkenried mit seiner Ehre verpflichtet hatte, genau kopiert, ohne daß Natascha irgendwie gestört worden war. Nicht einen Strich, nicht eine Berechnungsziffer hatte sie vergessen. Diese Kopie verriet das ganze Geheimnis von Hassos Erfindung.

Eiligst steckte sie die Zeichenutensilien in das Kästchen zurück und versenkte es in ihre Manteltasche. Dann faltete sie die gepauste Kopie zusammen und wie irgendein belangloses Blättchen Papier, ganz klein zusammengefaltet, verschwand die bedeutungsvolle Skizze zwischen einigen Briefen und Papieren, welche die Handtasche enthielt. Einen der Briefe nahm sie dabei heraus. Er war an Hasso von Falkenried adressiert. Ein Druck auf den Knopf und die Zeichenplatte, auf der Natascha die alte Ordnung wieder hergestellt hatte, verschwand wieder in dem Fach. Geräuschlos schob sie die leere Schreibtischplatte darüber hin. Auf diese Platte legte Natascha mit einem rätselhaften Lächeln den an Hasso von Falkenried adressierten Brief. Dieser Brief sollte als Erklärung dienen für ihr Eindringen in seine Wohnung, das Riemer natürlich seinem Herrn melden würde nach dessen Rückkehr. Natascha hatte alles sehr schlau erwogen.

Inzwischen war Rose von Lossow mit ihrer Besorgung fertig geworden. Sie fand Riemer mit dem Putzen der Vorsaaltür beschäftigt und mußte einen Augenblick warten, bis er von der Leiter herabgeklettert war und ihr Platz zum Eintreten machte.

So brauchte Rose nicht die Flurklingel zu ziehen. Riemer öffnete die Wohnzimmertür und ließ sie eintreten. Dies Geräusch vernahm Natascha wohl, aber sie glaubte, Riemer verursache es. Daß Hasso und seine Mutter durch »Olga« festgehalten wurden, davon war Natascha überzeugt und von Roses Anwesenheit, überhaupt von ihrer Existenz, hatte sie keine Ahnung, wußte sie nicht, daß sich jetzt drüben im Nebenzimmer ein Mensch befand. Aber auch Rose hatte keine Ahnung, daß in Hassos Arbeitszimmer die junge Dame anwesend war, der Hasso sein Herz geschenkt hatte. Um sich die Zeit zu vertreiben, wollte sie hinübergehen und sich Bücher und Zeitungen zur Lektüre holen, wie es ihr Hasso angeboten hatte. Ahnungslos öffnete sie die Verbindungstür zwischen den beiden Zimmern. Ein leises Klirren von Schlüsseln und ein schwaches Geräusch, als wenn ein Schloß einschnappte, drang an ihr Ohr. Auf der Schwelle blieb sie betroffen stehen. An Hassos Schreibtisch stand hoch aufgerichtet eine bildschöne junge Dame und sah mit erschrockenen Augen nach ihr.

Ganz deutlich bemerkte Rose, daß diese Dame sich irgendwie an Hassos Schreibtisch zu schaffen gemacht hatte und nun in sichtlicher Hast und Verwirrung ein kleines Schlüsselbund in ihrer silbernen Handtasche zu bergen suchte.

In ihrem Schreck über den plötzlichen Eintritt der Fremden in dem Moment, als sie den Schreibtisch abgeschlossen und das Schlüsselbund aus dem Schloß gezogen hatte, sah Natascha nicht, daß ein zusammengefaltetes Papier aus ihrer Handtasche glitt und lautlos auf das weiche Eisbärfell vor dem Schreibtisch niederfiel. Ihre zitternden Hände mühten sich zu nervös und hastig, die Schlüssel zu verbergen.

Rose sah wohl dies Papier fallen, war aber, gleich der Fremden, so fassungslos überrascht, daß auch sie zunächst nicht weiter auf das herabfallende Papier achtete, das nun unbemerkt auf dem Eisbärfell liegenblieb.

Starr sahen sich die beiden Frauen eine Weile in die Augen, die Blicke fest ineinander gerichtet. Natascha hatte endlich die Schlüssel geborgen und zwang sich, die einen Moment verlorengegangene Geistesgegenwart wiederzuerlangen. Mit einer brüsken Bewegung richtete sie sich straff empor.

»Wer sind Sie? Was wollen Sie hier?« herrschte sie Rose an.

Rose trat nun einen Schritt näher.

»Ich bin Rose von Lossow und warte hier auf meinen Vetter Hasso von Falkenried und seine Mutter. Und wer sind Sie?«

Diese Frage Roses klang weniger schroff.

Eine Ahnung sagte ihr, wer die schöne Fremde sei. Sie glich Hassos Beschreibung. Und doch erschien es Rose kaum glaublich, daß sich Natascha in Hassos Arbeitszimmer, an seinem Schreibtisch befand. –

»Oh, wie haben Sie mich erschreckt durch Ihr Eintreten, gnädiges Fräulein. Ich bin ein wenig auf verbotenem Wege überrascht worden und nun muß ich Ihnen wohl eine Erklärung geben und mich vor allen Dingen vorstellen. Ich bin Natascha von Kowalsky.«

»Ich dachte es mir, wenn es mir auch seltsam erschien«, sagte sie halblaut.

»Sie haben schon von mir gehört?« forschte sie lächelnd, scheinbar ganz unbefangen und sicher.

»Ja, mein Vetter sprach von Ihnen und beschrieb Sie uns genau«, antwortete Rose, und ihre Augen ließen nicht von Nataschas Antlitz, auf dem jetzt wieder süßes und zauberisches Lächeln erschien.

»Ach, dann wissen Sie wohl auch, daß er um meine Hand angehalten hat?«

»Ja, das weiß ich«, erwiderte Rose ernst.

»Sicher wissen Sie auch, daß ich mich zu einer entscheidenden Antwort noch nicht entschließen konnte?«

Rose war die ganze Art und Weise Nataschas höchst unangenehm. »Ich hörte, daß mein Vetter mit seiner Mutter darüber sprach und weiß natürlich auch, daß beide jetzt Ihnen und Ihrer Frau Mutter einen Besuch machen, in der Annahme natürlich, auch Sie dort zu finden. Deshalb sehen Sie mich sehr erstaunt, Sie hier anzutreffen.«

»Ach, ich sehe schon, daß ich Ihnen eine vollständige Beichte ablegen muß, um Ihnen mein Hiersein zu erklären. Wollen Sie mich anhören?« fragte Natascha scheinbar in kindlicher Harmlosigkeit. Sie hatte sich inzwischen eine Ausrede zurechtgelegt.

»Es liegt bei Ihnen, mir eine Erklärung zu geben oder nicht. Ich habe keine zu fordern.«

»Aber natürlich sind Sie im Innern sittlich entrüstet, mich hier in der Wohnung eines Herrn zu treffen, der sich um meine Hand bewirbt. Ich wollte ihm nämlich meine entscheidende Antwort auf seine Werbung schriftlich geben. Ich mußte auch einige Fragen klarstellen. Hier liegt der Brief von mir. Ich wollte ihn selbst auf seinen Schreibtisch legen, damit ich sicher war, daß er wirklich in seine Hände kam. So eilte ich hierher, da ich ihn abwesend wußte. Nicht wahr, das ist nicht ganz so schlimm, wie es aussah?«

Rose konnte nicht vergessen, daß sie ein Geräusch vernommen hatte bei ihrem Eintritt, als habe Natascha Hassos Schreibtisch geschlossen. Und ganz sicher hatte sie gesehen, daß diese ein Schlüsselbund in ihrer Handtasche barg. So verlegen war sie gewesen, daß sie nicht merkte, daß sie das zusammengefaltete Papier verlor, das dort noch auf dem Eisbärfell lag. Rose wollte Natascha auf das Papier aufmerksam machen. Aber ein Gefühl hinderte sie daran. Sie mißtraute Natascha.

»Ich habe mir kein Urteil angemaßt über Ihr Hiersein, es

hat mich nur überrascht, zumal mir der Diener nichts davon gemeldet hat, als ich eben zurückkam.«

»Ach – ich hatte dem Diener natürlich ein Märchen aufgebunden, hatte ihm gesagt, ich wollte Herrn von Falkenried und seine Mutter hier erwarten, weil ich sie verfehlt habe. Sicher hat er angenommen, daß wir uns bei einer Begegnung hier schon selbst auseinandersetzen würden. Das ist ja nun auch geschehen – und nun muß ich mich eilen, heimzukommen, um die Herrschaften noch bei meiner Mutter zu treffen.«

Eilig schlüpfte Natascha in ihren Flauschmantel, die silberne Handtasche ließ sie nicht einmal aus den Händen, während sie den Mantel anlegte. Regungslos sah ihr Rose zu.

»Adieu, Fräulein von Lossow!«

Rose neigte nur stumm das Haupt, ohne ihre Augen von Natascha zu lassen. Wieder wollte sie ihr sagen, daß sie ein Papier verloren habe – und wieder war ihr die Kehle wie zugeschnürt.

Diese manövrierte sehr geschickt an der Tür, um zu verbergen, daß sie den Riegel erst zurückschieben mußte. Aber Rose entging doch nicht das leise Schnappen des Riegels.

Wieder überfiel sie ein Mißtrauen. Aber sie wehrte sich dagegen.

Mit sich selbst unzufrieden, ließ sie sich in einen Sessel gleiten und seufzte tief auf.

»Schön ist sie – wunderschön –, aber nicht gut. Hasso wird mit dieser Frau nicht glücklich werden«, dachte sie und stützte den Kopf müde in die Hand.

Sie wußte nicht, woher ihr die Gewißheit kam, sie fühlte nur Schmerz, der ihr bitterer war als ihr eigenes Leid.

Wie gelähmt saß sie in dem Sessel, unfähig etwas zu tun.

Sie starrte abwechselnd auf den Brief und auf das zusammengefaltete Papier, das Nataschas Handtasche entfallen war.

Die arme Rose ahnte nicht, daß Hasso von Falkenrieds Ehre und Leben an jenem zusammengefalteten Papier hing, das auf dem Fell lag, wußte nicht, daß ein gütiges Geschick sie dazu ausersehen hatte, dem Mann, den sie liebte, einen unermeßlichen Dienst zu leisten, durch ihr plötzliches Eintreten und durch das instinktive Stillschweigen über das herabgefallene Papier.

Unablässig mußte sie nachdenken, was der Brief dort auf dem Schreibtisch enthielt. Sehr wichtig mußte der Brief sein, sonst hätte Natascha kaum den gewagten Schritt unternommen, in Hassos Wohnung zu kommen, um ihn selbst dorthin zu legen.

Oder war dies nur ein Vorwand gewesen?

So fragte sie sich wieder voll Mißtrauen, und wieder wehrte sie sich dagegen und schalt sich aus.

Nach einer Weile brachte ihr Riemer den Tee ins Wohnzimmer. Er meldete ihr, daß der Tee auf dem Tisch stehe.

Rose dankte. Sie sah Riemer an und fragte: »Wie lange war Fräulein von Kowalsky schon anwesend, als ich zurückkehrte?«

»Etwa eine gute halbe Stunde, gnädiges Fräulein. Sie wollte erst auf den Herrn Oberleutnant und die gnädige Frau warten. Aber als sie fortging, meinte sie, es dauere ihr doch zu lange und sie hätte Ihnen alles Nötige bestellt.«

»Durften Sie denn eine fremde Person hier einlassen?«

»Ach, gnädiges Fräulein, ich kenne Fräulein von Kowalsky sehr genau, ich bringe doch immer Blumen zu ihr hin. Und neulich ist sie mit ihrer Frau Mutter hier gewesen. Da hat mir der Herr Oberleutnant befohlen, die Damen jederzeit ungehindert eintreten zu lassen. Ich habe ganz nach der Instruktion gehandelt.«

»Und warum melden Sie mir nicht, daß Fräulein von Kowalsky anwesend war?«

»Dafür hatte ich eben keine Instruktionen, gnädiges Fräulein, und in solchen Fällen weiß unsereins nie so recht genau, was man tun und lassen muß.«

Sie winkte freundlich ab. »Riemer, es bedarf keiner Entschuldigung. Die Angelegenheit ist ja nun erledigt.«

Als sie wieder allein war, starrte sie wieder grübelnd vor sich hin.

»Eine halbe Stunde war sie hier anwesend? Warum so lange, wenn sie nur den Brief hierherlegen wollte und wo sie doch wissen mußte, daß Hasso sie zu Hause erwartete? Und warum hatte sie den Riegel an der Tür vorgeschoben? Sie hatte es ganz sicher getan, ich merkte, wie sie ihn zurückschob.«

Sie trat an den Schreibtisch heran und las die Aufschrift auf dem Brief. In großen, energischen Buchstaben war Hassos Adresse darauf geschrieben.

Und ehe sie zurücktrat, strich sie leise und sanft, wie liebkosend über den Schreibtisch und über die Lehne des Sessels, der davor stand.

Eine Weile starrte sie wieder, wie hypnotisiert, auf das zusammengefaltete Papier zu ihren Füßen herab. Dann machte sie eine Bewegung, als wollte sie es aufheben. Nein, sie wollte es nicht berühren. Hasso mochte es aufheben, wenn er zurückkam, und Natascha zurückgeben.

Langsam ging sie wieder zu dem Sessel. Und so saß sie wie eine stumme Schildwache vor den beiden verhängnisvollen

Papieren, die Hassos Schicksal bedeuteten, ohne daß sie eine Ahnung davon hatte.

Die Zeit, bis Hasso und seine Mutter heimkehrten, verging ihr furchtbar langsam.

Und dabei wurde ihr immer trostloser und einsamer zumute, als sei sie ganz allein auf der Welt.

Nataschas vermeintliche Mutter, in Wahrheit ebenfalls eine russische Spionin, hatte inzwischen Hasso und seine Mutter in liebenswürdigster Weise empfangen. Sie bat sogleich um Entschuldigung, daß ihre Tochter augenblicklich nicht zugegen sei.

»Es war Natascha sehr unangenehm. Aber wir hatten eine wichtige, unaufschiebbare Besprechung mit unserem Bankier, und da Natascha nicht gut die Herrschaften allein empfangen konnte, mußte sie sich entschließen, selbst zu ihm zu fahren. Ich bitte sehr, daß Sie einstweilen mit meiner Gesellschaft fürliebnehmen. Ich darf Sie jedenfalls um keinen Preis fortlassen, sonst ist das Kind außer sich«, sagte sie mit einem Lächeln, in dem es wie stumme Ergebung in das Unvermeidliche lag.

»Wenn Sie gestatten, verehrte gnädige Frau, dann bleiben wir natürlich gern. Meine Mutter möchte doch Ihr Fräulein Tochter gern kennenlernen.«

»Unsere Kinder stellen uns vor eine schwere Entscheidung, gnädige Frau. Und wir werden sie hergeben müssen, das sehe ich schon ein. Meine Natascha hat mich nicht im Zweifel gelassen, auf welcher Seite ihr Glück liegt.«

»Wir werden uns, wie alle Mütter, in das Unvermeidliche fügen«, erwiderte Frau von Falkenried würdevoll. Sie empfand keine Sympathie für Frau von Kowalsky. Frauen haben einen feinen Instinkt, und auf Frau von Falkenried machte die Mutter ihrer künftigen Schwiegertochter einen Eindruck, der durchaus nicht günstig zu nennen war.

Und seltsamerweise fielen auch Hasso heute allerlei Kleinigkeiten an Frau von Kowalsky unangenehm auf. Das geschah wohl, weil heute seine Aufmerksamkeit nicht von Natascha abgelenkt wurde. Er wartete sehnsüchtig auf Nataschas Erscheinen. Die Worte ihrer Mutter hatten ihn hoffen lassen, daß Natascha die Zeit gut genützt und der Mutter die Einwilligung abgerungen hatte.

So wurde ihm die Zeit, bis sie erschien, zur Ewigkeit.

Die Herrschaften saßen in dem Salon, in dem Hasso auch sonst empfangen worden war. Nicht die leiseste Spur verriet hier etwas von der geplanten Abreise der beiden.

Natascha war, als sie Hassos Wohnung verlassen hatte, eilig zu dem an der nächsten Straßenecke haltenden Auto gegangen und hatte es bestiegen.

»Schnell nach Hause!« hatte sie dem Chauffeur zugerufen. Es währte nicht lange, da hielt das Auto vor der Kießlingschen Pension. Natascha hatte wie auf dem Sprunge gesessen und öffnete, noch ehe das Auto hielt, die Tür. »Sie sind sechs Uhr dreißig wieder hier, aber pünktlich – wir fahren zum Bahnhof«, sagte sie hastig zu dem Chauffeur und reichte ihm ein Trinkgeld.

Eilig lief Natascha die Treppe hinauf, schon unterwegs den Flauschmantel aufknöpfend. Sie hatte sich im Auto nicht Zeit gelassen, ihren Raub nochmals zu besichtigen. Es war ihr gewiß, daß die kopierte Zeichnung wohlverwahrt in ihrer silbernen Handtasche steckte, in der sie noch andere wichtige Papiere aufbewahrte. Auch jetzt öffnete sie die silberne Tasche nicht, sondern drückte sie nur fest an sich, wie ein kostbares Kleinod.

Oben angelangt, betrat sie schnell das Zimmer, wo die fertig gepackten Reisetaschen standen und warf schnell die silberne Handtasche, ohne sie noch einmal zu öffnen, in ihre Reisetasche und legte hastig Hut und Mantel ab.

Ein prüfender Blick in den Spiegel, ein Ruck an dem tadellos sitzenden dunkelblauen Tuchkleid, und sie war fertig. Ehe sie hinüber in den Salon trat, schaltete sie vorsichtig das elektrische Licht aus, damit man von drüben die Reisevorbereitungen nicht sehen konnte. Schon hatte sie dann die Türklinke in der Hand, als ihr noch etwas einfiel. Sie mußte ja die Schlüssel aus ihrer silbernen Handtasche haben, um sie Hasso wiedergeben zu können. Ohne das Licht erst noch einmal einzuschalten, trat sie im Dunkeln an ihre Reisetasche und tastete nach der hineingeworfenen silbernen Tasche. Sie nahm dieselbe gar nicht erst heraus, sondern öffnete sie in der Reisetasche und zog die Schlüssel hervor. Dann schloß sie erst die silberne, dann die lederne Tasche und barg das Schlüsselbund in ihrem Kleid.

Mit strahlendem, erregtem Gesicht trat sie dann in den Salon, mit den leise geröteten Wangen und den leuchtenden Augen.

Zuerst tauschte sie blitzartig einen Blick des Einverständnisses mit ihrer Gefährtin.

Dann begrüßte sie mit lieblicher Befangenheit Hasso von Falkenried, der sie seiner Mutter vorstellte, und zog dann mit einer tiefen Verneigung Frau von Falkenrieds Hand an ihre Lippen.

»Sie müssen mir gütigst verzeihen, daß ich Sie warten ließ, aber ich habe mich so sehr beeilt, wie ich konnte. Nicht einmal Zeit zum Umziehen habe ich mir genommen«, sagte sie einschmeichelnd und bittend.

Frau von Falkenried mußte sich gefangengeben. Nataschas Schönheit, ihr Charme waren unwiderstehlich. Und Hasso war wie berauscht vor Glück, als sich Nataschas Augen tief und verheißungsvoll in die seinen senkten.

Frau von Falkenried sah die Sehnsucht in den Augen ihres Sohnes und verstand, daß es ihn verlangte, einige Worte allein mit Natascha zu reden. Nachdem man den Tee eingenommen hatte, heuchelte die alte Dame ein großes Interesse an der Einrichtung der Fremdenpension.

»Sie haben es hier so gemütlich – viel gemütlicher als in einem Hotel. Es würde mich interessieren, einmal die näheren Bedingungen kennenzulernen«, sagte sie zu Frau von Kowalsky.

Diese verstand sofort, daß Frau von Falkenried ihrem Sohn ein Alleinsein mit Natascha verschaffen wollte und ging sogleich darauf ein.

»Wenn es Ihnen lieb ist, kann ich Sie gleich einmal zu Frau Major Kießling hinüberführen.«

»O ja, darf ich bitten.«

Kaum war Hasso mit Natascha allein, so faßte er ihre Hand und bedeckte sie mit glühenden Küssen.

»Natascha, Ihre Frau Mutter scheint etwas getröstet zu sein. Was darf ich hoffen?«

»Wenn Sie nach Hause kommen, finden Sie meine Entscheidung auf Ihre Werbung schwarz auf weiß vor.«

Er glaubte, sie habe ihm einen Brief in seine Wohnung geschickt. »Sie haben entschieden, Natascha, und wollen mich noch immer grausam warten lassen?« fragte er zärtlich, vorwurfsvoll.

»Sind Sie noch im Zweifel, wie ich mich entschieden habe? Angst hatte ich, daß ich Sie hier nicht mehr finden würde.

Dann hätte mir auch Ihr Pfand nichts genützt. Wollen Sie es nun wiederhaben?«

Sie zog das Schlüsselbund hervor und reichte es ihm mit einem sinnverwirrenden Lächeln.

»Ich habe es auf dem Herzen getragen«, flüsterte sie.

Er zog ihre Hand mit den Schlüsseln an seine Lippen und barg dann das Schlüsselbund in seiner Brusttasche.

»Jetzt ruht es auf meinem Herzen, Natascha. Aber nun sagen Sie mir – darf ich Sie als meine Braut betrachten?«

Eine Weile sah sie ihn mit strahlenden Augen an. Und dann nahm sie plötzlich mit einem tiefen Aufatmen seinen Kopf in ihre kühlen, feinen Hände und preßte ihre Lippen in einem langen Kuß auf die seinen.

»Träumen Sie heute nacht von mir, Hasso«, flüsterte sie leise.

Er wollte sie in seine Arme ziehen und sie küssen. Aber sie wich rasch von ihm zurück.

»Natascha – komm an mein Herz –, sei nicht so grausam«, flehte er.

»Für heute ist es genug. Ich habe noch allerlei Bedingungen zu stellen. Die finden Sie in meinem Schreiben, das Sie zu Hause erwartet.«

»Nur noch einen einzigen Kuß, süße Natascha.« Ihr Kuß hatte seine Sehnsucht ins Maßlose gesteigert.

»Heute nicht – seien Sie nicht unersättlich«, neckte sie.

Er wollte trotzdem zu ihr dringen. Kein Zweifel kam ihm mehr, daß er Natascha als seine Braut betrachten durfte. Aber ehe er sie erreicht hatte, traten die beiden alten Damen wieder ein, und Hasso mußte eine formelle Haltung annehmen.

Bald darauf brach Frau von Falkenried mit Hasso auf. Er

zögerte beim Abschied, bis Frau von Kowalsky mit seiner Mutter das Zimmer verlassen hatte.

Nataschas Hand heiß und innig an seine Lippen ziehend, flüsterte er:

»Grausame, süße Natascha – du wirst mir morgen büßen müssen, daß du mich heute so gehen ließest.«

Sie sah mit einem seltsam weichen, rätselhaften Blick in seine Augen, lange und tief. Dann atmete sie auf.

»Man ist nicht immer Herr seines Willens – gute Nacht, Hasso von Falkenried.«

Und damit entließ sie ihn.

Sie blieb im Zimmer zurück, während ihre Gefährtin draußen im Vorzimmer Hasso und seine Mutter verabschiedete.

Eine Weile blieb sie mit geschlossenen Augen stehen und ein müder, trauriger Ausdruck lag auf ihrem Antlitz.

»Ich habe doch noch ein Herz in der Brust. Es ist gut, daß ich meine Aufgabe erfüllt habe. Hasso hätte meinem Seelenfrieden gefährlich werden können«, dachte sie.

»Sentimentalitäten sind überflüssiger Ballast für Leute meines Schlages«, sagte sie vor sich hin mit harter, spröder Stimme.

»Alles in Ordnung, Natascha?« fragte ihre Gefährtin beim Eintreten hastig.

»Gelungen! Nun vorwärts, Olga, wir müssen auf alle Fälle den Wiener Zug erreichen, der kurz vor dem über Warschau abgeht.«

»Warum den Umweg über Wien?«

»Es ist besser – man kann nie wissen. In dem Warschauer Zug vermutet man uns natürlich am ersten.«

»Denkst du an eine mögliche Verfolgung, Natascha?«

»Möglich ist alles – und Vorsicht ist unser erstes Gebot. Also vorwärts.«

Olga Zscharkoff, wie wir Nataschas Gefährtin jetzt beim richtigen Namen nennen wollen, stieß einen zischenden Laut aus, als Natascha ihr berichtete.

Sie erzählte – jetzt sprachen die Damen, trotzdem sie das ganze Abteil für sich allein hatten, Russisch – ausführlich die Vorgänge in Hasso von Falkenrieds Wohnung.

Und als sie geendet hatte, seufzte sie tief auf.

Olga Zscharkoff hatte aufmerksam zugehört. Nun sagte sie, ebenfalls aufatmend:

»Es ist doch gut, daß wir über Wien fahren, wo man uns nicht suchen wird. Du hast recht, Natascha. Man kann doch nicht wissen, was geschieht, wenn Falkenried deinen Brief findet und mißtrauisch wird. Jetzt reisen wir auf alle Fälle wieder unter unseren richtigen Namen. Natascha Karewna und Olga Zscharkoff sind nun wieder schlichte, russische Bürgerinnen.«

»Gottlob, daß uns dieser letzte Coup noch gelungen ist. Außer dieser gepausten Skizze bringen wir nicht viel Beachtenswertes für unsere hohen Auftraggeber heim.«

»Ja, es war die letzte Möglichkeit, gut abzuschließen. Wo hast du denn die Pause? Hast du sie gut verwahrt?«

»Sie befindet sich noch in meiner silbernen Handtasche«, erwiderte Natascha Karewna. »Ich will sie gleich herausnehmen und zu dem übrigen Material legen. Gib mir die Aktenmappe aus deiner Reisetasche, Olga.«

Olga Zscharkoff nahm ihre Reisetasche aus dem Gepäcknetz.

»Wo hast du die silberne Handtasche?«

»In meiner Reisetasche – bitte gib mir diese auch herunter, du bist kräftiger als ich.«

Olga Zscharkoff hatte allerdings große Körperkräfte und hob die Reisetasche wie ein Spielzeug herunter. Sie stellte sie neben Natascha auf das Polster.

Nachdem Olga Zscharkoff durch die zugezogene Gardine auf den Gang hinausgelugt hatte, öffnete sie ihre Reisetasche, um eine schlichte, schwarze Aktenmappe herauszunehmen.

Natascha Karewna öffnete die ihre gleichfalls und zog die silberne Handtasche heraus. Sie legte sie in ihren Schoß und öffnete sie, um die zusammengefaltete Kopie herauszunehmen. Da sie dieselbe nicht gleich fand, entleerte sie die Tasche vollständig und breitete den Inhalt auf ihrem Schoß aus. Ihr Gesicht drückte bereits eine leise Unruhe aus. Hastig sah sie die Papiere durch, eins nach dem andern entfaltend, aber von der gepausten Skizze war keine Spur zu finden. Sie wurde nervös, blätterte nochmals alles genau durch. Nichts zu finden, ein halbunterdrückter Ausruf Nataschas machte Olga aufmerksam.

»Was ist dir, Natascha?«

Diese ließ die zitternden Hände sinken und starrte die Gefährtin an, blaß bis in die Lippen.

»Ich kann die Pause nicht finden – bitte, sieh du diese Papiere einmal sorgfältig durch. Mir ist vor Aufregung ganz schwarz vor den Augen.«

»Um Gottes willen!« rief Olga entsetzt und machte sich nun an die Durchsicht der Papiere. Aber auch sie fand nichts.

Plötzlich schlug sich Natascha vor die Stirn und lachte nervös auf. »Wie man manchmal schreckhaft ist. Die Zeichnung wird aus der silbernen Handtasche in die Reisetasche gefallen sein, als ich im Dunkeln die Schlüssel herausnahm.«

Und eilig stopfte sie alles in die silberne Handtasche zurück und nahm die offenstehende Reisetasche auf den Schoß.

Auch diese packte sie aus, Stück für Stück die darin befindlichen Gegenstände durchsuchend, und als sie nichts fand, nahm Olga Zscharkoff nochmals eine genaue Durchsuchung vor. Vergebens – die gepauste Skizze blieb verschwunden. Eine ganze Weile starrten sich die beiden Frauen in die blassen, erregten Gesichter. Sie waren gewöhnt, mancher überraschenden Situation kühn und furchtlos ins Auge zu schauen. Aber dieser neue Fehlschlag raubte ihnen die Fassung.

»Besinne dich doch, Natascha! Du mußt doch wissen, wo die Zeichnung blieb, wenn du sie schon in den Händen hattest«, stieß Olga Zscharkoff zornig und außer sich hervor.

Natascha drückte die zitternden Hände an die Schläfen und starrte grübelnd vor sich hin.

Angestrengt überdachte sie noch einmal die ganze Szene in Hasso von Falkenrieds Arbeitszimmer und ihren Heimweg. Ganz genau wußte sie, daß sie die silberne Tasche unterwegs nicht geöffnet hatte. Erst in der Pension, in dem dunklen Zimmer hatte sie sie aufgemacht, um die Schlüssel herauszunehmen. Aber dabei hatte sie die silberne Tasche nicht aus der Reisetasche genommen, und wenn da die Zeichnung herausgefallen wäre, hätte sie in der Reisetasche liegen müssen. Das sagte sie Olga mit tonloser Stimme. Diese nagte wütend an ihrer Lippe.

»Dann hast du die Pause am Ende überhaupt nicht in die

silberne Handtasche getan – hast sie gar auf Falkenrieds Schreibtisch liegenlassen?«

»Nein, nein – so ist es nicht. Ich weiß bestimmt, daß ich die Zeichnung, eng zusammengefaltet, in die silberne Tasche zwischen diese andern Papiere schob, als ich den Brief für Falkenried herausnahm und auf den Schreibtisch legte. Nichts als dieser Brief lag auf der Schreibtischplatte. Und dann – dann kam dieses Mädchen – Falkenrieds Kusine –, und ich war für einen Moment fassungslos erschrocken, weil ich die Schlüssel noch in der Hand hielt. Und da – mein Gott – ja – da öffnete ich meine Tasche und mühte mich, die Schlüssel hineinzuschieben. Es wollte nicht gleich gelingen, und ich war etwas nervös. Und – ja – nur da – nur in diesem Moment kann mir die Zeichnung aus der Tasche gefallen sein.«

»Hölle und Teufel!« zischte Olga Zscharkoff außer sich vor Wut. »Dann befindet sich also die Kopie noch in Falkenrieds Wohnung. Das hast du ja großartig gemacht!«

Natascha zuckte die Achseln und sah finster vor sich hin.

»Ich kann es mir nicht anders erklären. Du kannst nicht mehr außer dir sein, als ich es bin.«

»Du bist eine Stümperin geworden, meine Liebe«, zischte sie.

»Schweig! Ich ertrage jetzt keinen Vorwurf. Es hat mir an Glück gefehlt, ein törichter, lächerlicher Zufall kam mir diesmal dazwischen, nachdem ich, weiß Gott, mit Anspannung aller Kräfte den Erfolg schon sicher zu haben glaubte. Dieses Mädchen, von dessen Existenz ich keine Ahnung hatte, kam mir dazwischen. Und während ich sie im Auge hielt, um sie unschädlich zu machen und ihr eine Komödie vorzuspielen, hat mir ein tückischer, lächerlicher Zufall diesen Streich gespielt. Das ist Unglück, Olga, und keine Stümperei. Eine Stümperin solltest du mich nicht schelten, du nicht, denn ich habe manches Ungeschick von dir im Laufe der Jahre gutmachen müssen.«

»Und was nun? Jetzt können wir noch von Glück reden, daß wir nicht den Warschauer Zug benutzen. Findet Falkenried die Kopie in seiner Wohnung, dann läßt er möglicherweise unser Signalement an die Grenze depeschieren und dann stände es schlimm um uns«, fuhr sie etwas gemäßigter fort.

»Nein, nein – da ist nichts zu fürchten – von ihm nicht –, er wird nach seiner Heimkehr zuerst meinen Brief lesen – und der wird ihn vorläufig so erregen und verstören, daß er an nichts anderes denken wird. Außerdem ist es leicht möglich, daß das herabgefallene Papier als wertlos in den Papierkorb wandert, wenn es der Diener beim Reinigen findet. Trotzdem ist es besser, daß wir in dem Wiener Zug sitzen. Man kann nicht vorsichtig genug sein. Herrgott – das hat mich dieser Fall wieder gelehrt. Ich könnte toben.«

Olga Zscharkoff warf wütend die Sachen wieder in die Reisetaschen und legte dieselben sehr unsanft in das Gepäcknetz.

»Und was nun? Was wird nun aus uns, wenn wir mit fast leeren Händen zurückkommen? Am Ende wird man uns als untauglich entlassen.«

»Das brauchst du nicht zu befürchten. Man braucht unsere Dienste, und man wird nicht gleich vergessen, was wir schon geleistet haben.«

»Oh, dafür hat man ein kurzes Gedächtnis.«

»So hilft man ein wenig nach. Wir werden die Scharte das

nächstemal auswetzen. Laß es meine Sorge sein, den Herren das vorzustellen, aber – ich selbst verzeihe mir dies Fiasko nicht. Ich könnte mir etwas antun vor Zorn, daß ich mich durch solch ein deutsches Gänschen aus der Fassung bringen ließ.«

Sie riß bei den letzten Worten so zornig an ihrem feinen Taschentuch, daß es in Fetzen zwischen ihren Fingern blieb.

Olga Zscharkoff warf sich in ohnmächtigem Grimm in die eine Wagenecke, während Natascha steif aufgerichtet sitzen blieb. So starrten die beiden Frauen finster vor sich hin, ohne noch ein Wort miteinander zu reden.

Erst nach einer langen Zeit konnte sie sich nicht enthalten zu sagen:

»Falkenried kann von Glück sagen, er ist mit einem blauen Auge davongekommen. Er kann seiner Kusine sehr dankbar sein – sie hat eine Natascha Karewna zur Närrin gemacht. Das ist so leicht noch niemand gelungen. Den sicheren Erfolg hast du dir aus den Händen gleiten lassen.«

»Spotte nur über mich – ich habe es verdient und verurteile mich viel strenger, als du es tun kannst.«

Die beiden Frauen suchten jede auf ihre Art mit dieser Enttäuschung fertig zu werden. Natascha sah zum Fenster hinaus mit finsterem, schmerzverzogenem Gesicht. Der einzige Trost in ihrem Mißgeschick war der, daß dieses vielleicht Hasso von Falkenried vor Vernichtung schützte. Sie hatte keine Rücksicht auf ihn nehmen können, solange sie ihrem Ziel zustrebte. Aber nun ihr Plan mißlungen war, gönnte sie ihm den Vorteil daran lieber als einem andern.

»Ich werde ihn wohl nie, niemals wiedersehen«, dachte sie und schloß die Augen.

Hasso von Falkenried war mit seiner Mutter nach Hause zurückgekehrt. Unterwegs hatten Mutter und Sohn nicht viel zusammen gesprochen. Hasso brannte noch Nataschas Kuß auf den Lippen, und er sehnte sich, ihren Brief zu lesen. Seine Mutter aber suchte sich mit dem Gedanken abzufinden, daß ihr Nataschas Mutter einen so wenig sympathischen Eindruck gemacht hatte. Und nun sie nicht mehr durch Nataschas Gegenwart bezaubert wurde, fiel ihr nachträglich auch mancherlei ein, was ihr an Natascha nicht sonderlich gefallen hatte.

Sie hütete sich, ihrem Sohn etwas von ihren Gedanken zu verraten. Es hätte ihm nur das Herz schwer gemacht.

Als Mutter und Sohn in Hassos Wohnung anlangten und auf dem Korridor ablegten, berichtete Riemer von Nataschas Besuch, und Fräulein von Kowalsky habe auch mit Fräulein von Lossow gesprochen. Befremdet sah Frau von Falkenried ihren Sohn an, obwohl sie in Gegenwart des Dieners nichts sagte.

Auch Hasso lauschte etwas betroffen auf diesen Bericht. Sie traten nun beide eilig ins Wohnzimmer, um von Rose Näheres zu erfahren. Diese saß noch immer drüben im Arbeitszimmer in dem Sessel. Als Hasso mit seiner Mutter eintrat, schrak sie aus ihrem Sinnen empor und erhob sich.

»Da sind wir wieder, Rose. Hast du dich sehr gelangweilt? Riemer sagte mir, Natascha sei hier gewesen, und du hättest mit ihr gesprochen«, stieß Hasso hastig hervor.

»Ja, Hasso. Als ich von meinem Ausgang zurückkam und mir hier aus dem Arbeitszimmer Zeitungen holen wollte, sah ich, als ich die Tür öffnete, die junge Dame hier am Schreibtisch stehen. Sie sagte mir, sie habe dir diesen Brief persönlich herbringen wollen.« Damit zeigte Rose auf den Brief.

»Aber Hasso, das ist doch – wie kann die junge Dame zu dir in deine Wohnung kommen?« fragte Frau von Falkenried sehr mißbilligend. Dieser Schritt Nataschas erschien ihr unerhört.

»Fräulein von Kowalsky wollte sicher sein, daß der Brief bestimmt in Hassos Hände kam. Sie sagte mir, sie habe gewußt, daß Hasso nicht zu Hause sei«, suchte Rose, um Hassos willen, zu erklären.

Er sah sie dankbar an. Wenn Natascha einen kleinen Verstoß begangen hatte, so war es aus Liebe zu ihm geschehen. So suchte er die Geliebte vor sich selbst zu entschuldigen und faßte nun nach dem Brief.

»Entschuldige mich einige Minuten, liebe Mama, und nimm inzwischen hier Platz. Natascha sagte mir selbst, ich würde ihre Entscheidung auf meine Werbung schwarz auf weiß zu Hause finden. Daß sie diesen Brief selbst hierhergebracht hat, ahnte ich nicht. Also auf einige Minuten, ich will nur den Brief lesen.«

Damit ging er hastig ins Nebenzimmer, während seine Mutter sich mit einem unbehaglichen Gefühl in einen Sessel gleiten ließ.

Rose trat an das Fenster und sah auf die Straße hinab.

Hasso riß drüben hastig das Kuvert auf und zog Nataschas Brief hervor. Ehe er ihn auseinanderfaltete, preßte er ihn an seine Brust und an seine Lippen. Es war ja die Entscheidung über sein Lebensglück.

In einen Sessel gleitend, faltete er dann den Brief auseinander. Und er las:

»Sehr geehrter Herr von Falkenried! Es tut mir sehr leid, daß ich Ihnen auf Ihre Werbung ein entschiedenes Nein zur Antwort geben muß. Ich bin schon seit einigen Jahren verheiratet. Vergessen Sie die kleine amüsante Episode, so schnell es Ihnen möglich ist.

Ich wollte nur einmal aus eigener Anschauung kennenlernen, wie deutsche Männer lieben können. Es hat mich sehr befriedigt, es war mir sehr interessant. Beinahe hätten Sie meiner Herzensruhe ernstlich gefährlich werden können. Soviel Feuer und Leidenschaft, wie Sie mir zeigten, hätte ich bei den nüchternen Deutschen nicht vermutet.

Zum Abschied werde ich Sie heute küssen, dies soll mein königlicher Dank sein und der Lohn für Ihre Liebe, die mir immerhin ein Triumph war. Nun grollen Sie mir nicht unversöhnlich – ich hätte wirklich nicht als Frau zu Ihnen gepaßt. Adieu, Hasso von Falkenried!

Natascha.«

Hasso starrte auf diesen Brief herab, als sei er ein Blendwerk der Hölle. Wieder und wieder mußte er ihn lesen. Und als er endlich begriff, da stöhnte er auf, wie zu Tode verwundet.

Wozu dies Gaukelspiel? Warum hatte sie ihm das angetan? Und warum gab sie sich hier als Mädchen aus?

Ein kalter Schauer durchrann seine Glieder. Zu plötzlich war diese grausame Ernüchterung. Er konnte es nicht fassen und begreifen, daß ein Weib – dieses schöne, sinnbetörende Weib, so falsch und frivol sein konnte – er konnte es nicht fassen, nicht begreifen.

So saß er lange Zeit und ließ die Wunden bluten, die ihm die Falschheit eines Weibes geschlagen hatten.

Drüben im Arbeitszimmer war Rose bei seinem ersten Aufstöhnen zusammengezuckt. Die Knie zitterten ihr. Was war das für ein qualvoller, schmerzlicher Laut?

Auch Frau von Falkenried hatte ihn vernommen und sah Rose erschrocken an. Eine Weile saßen sie reglos und sahen sich unruhig an. Dann konnte Frau von Falkenried die Stille nicht mehr ertragen, sie fühlte gleich Rose, daß Hasso von einem Schmerz betroffen worden war, und ihr Mutterherz forderte seinen Teil an diesem Schmerz.

»Hasso!« rief sie ängstlich.

Dieser Ruf riß ihn aus seiner Erstarrung empor. Er schrak zusammen. In seinem Elend hatte er ganz vergessen, daß er nicht allein war. Schwerfällig erhob er sich und schwankte zur Tür.

Als er bleich und verstört auf der Schwelle stand, sahen ihn die beiden Damen entsetzt an. Rose zuckte zusammen und preßte die Hände aufs Herz. Und seine Mutter streckte ihm die Hände entgegen.

»Mein Sohn – was ist dir? Gott im Himmel, wie siehst du aus?«

»Ein lustiger Fastnachtsscherz, Mama, Frauentücke und Hinterlist! Natascha von Kowalsky ist bereits verheiratet. Sie trieb nur ein Spiel mit mir. Ein interessantes Intermezzo war ihr meine Liebe, sonst nichts«, stieß er heiser hervor und warf seiner Mutter den Brief in den Schoß. Rose krampfte vor Schreck die Hände zusammen. Sie fühlte seine Schmerzen, fühlte, daß er bis ins Mark getroffen war. Er war nicht der Mann, sich leicht über eine solche Enttäuschung hinwegzusetzen.

Mit einem erneuten bitteren Auflachen sah er in Roses blasses, erschrockenes Gesicht.

»Nicht wahr, Rose, das kannst du nicht fassen! Und du, liebe Mama, hattest wohl recht, wenn du mir sagtest, die Russinnen sind anders geartet als deutsche Frauen. Oder sind alle Frauen falsch und verlogen? Nein, nein, verzeiht mir, ihr beiden, ich bin ein wenig aus dem Gleichgewicht und weiß nicht, was ich rede. Das kam mir alles so plötzlich, so ganz unerwartet. Wenn ich nur wüßte, weshalb sie dieses Spiel mit mir trieb und weshalb sie sich gar hierher bemühte in meine Wohnung, um mir den Brief zu bringen.«

In Roses Herzen wuchs plötzlich das Mißtrauen gegen Natascha riesengroß empor. Sie sah sie im Geiste wieder vor sich, wie sie verlegen und fassungslos dort am Schreibtisch stand und sich mühte, die Schlüssel zu bergen, mit so unsicheren Händen, daß sie nicht merkte, wie ihr das Papier entfiel, das noch dort auf dem Eisbärfell lag. Und all die anderen Verdachtsmomente fielen ihr wieder ein.

Einem inneren Zwang gehorchend, richtete sich Rose plötzlich empor und sagte mit erregter, verhaltener Stimme:

»Kann diese Dame nicht eine Abenteurerin sein, Hasso? Hast du in deinem Schreibtisch dort vielleicht Wertgegenstände verborgen?«

»Was soll das heißen, Rose?«

»Das will ich dir sagen, Hasso. Als ich hier eintrat, stand Fräulein oder Frau von Kowalsky dort an deinem Schreibtisch, und sie war auffallend erschrocken und verlegen. Mir war, als hörte ich bei meinem Eintritt ein Geräusch, als würde ein Schlüssel in einem Schloß herumgedreht. Und ganz gewiß suchte Natascha von Kowalsky in großer Verwirrung ein kleines Schlüsselbund in ihrer silbernen Handtasche zu bergen.«

»Rose!« schrie Hasso plötzlich wie von Sinnen auf, und es war, als wollte er sich auf sie stürzen.

»Verzeihe mir, Hasso. Ich habe mich selbst gescholten, als ich hörte, daß ich Natascha von Kowalsky vor mir hatte, daß in meiner Seele ein unbestimmter Argwohn erwachte. Aber jetzt erwacht er mit doppelter Stärke. Riemer sagte mir, als sie fortgegangen war, daß sie schon eine gute halbe Stunde auf dich hier in diesem Zimmer gewartet hätte, ehe ich kam. Und sie hatte dort an der Eingangstür den Riegel vorgeschoben, ich merkte, daß sie ihn beim Hinausgehen zurückschob. Und ganz gewiß war sie über meinen Eintritt furchtbar erschrocken. Sie hantierte so unsicher mit dem kleinen Schlüsselbund und der Tasche, daß sie nicht merkte, wie ihr ein zusammengefaltetes Papier dabei herunterfiel. Ich sah es fallen und hätte sie wohl darauf aufmerksam machen müssen, daß sie etwas verlor. Aber als ich es ihr sagen wollte, war mir zumute, als presse mir etwas die Kehle zusammen, ich konnte nicht reden. Und so ließ ich sie gehen, ohne ihr dies Papier zurückzugeben, wie es wohl meine Pflicht gewesen wäre. Und dies Papier – dort liegt es noch auf dem Eisbärfell –, ich habe es nicht anrühren können und mußte immer darauf hinsehen. Vielleicht siehst du es dir einmal an.«

Hasso hatte mit weitaufgerissenen Augen in Roses Gesicht gestarrt, als lese er ihr jedes Wort von den Lippen. Als sie von dem Schlüsselbund sprach, ging es wie ein Ruck durch seine zusammengesunkene Gestalt. Hatte nicht Natascha heute morgen seine Schlüssel als Pfand von ihm verlangt, und hatte er sie ihr nicht arglos, in verliebter Tändelei, ausgeliefert?

Dieser Vorwand, ihm die Schlüssel abzufordern, erschien ihm jetzt plötzlich in einem anderen Licht. Er dachte an das, was sein Schreibtisch barg. Ein jähes, furchtbares Mißtrauen befiel ihn mit entsetzlicher Wucht. Nataschas tändelndes Spiel mit den Schlüsseln, ihr Besuch bei ihm mit ihrer Mutter, ihr Verlangen, daß er Riemer gebot, sie jederzeit einzulassen, ihr angeblicher Besuch bei dem Bankier, während sie doch in Wahrheit hier in seiner Wohnung war und sich über eine halbe Stunde hier in seinem Zimmer aufhielt, hinter verriegelter Tür, das alles sah er plötzlich in grellem Licht, das ihn so blendete, daß er emportaumelte.

Mit zitternden Händen tastete er nach seinem Schlüsselbund und hielt es Rose fragend vor die Augen. Sprechen konnte er nicht. Rose verstand seine Frage. Sie sah das kleine Schlüsselbund an und nickte.

»So sah es aus – so groß war es –, und so kleine blanke Schlüssel waren daran.«

Da stieß Hasso einen heiseren Schrei aus. Der Angstschweiß stand ihm auf der Stirn. Er schloß mit zitternder Hand den Schreibtisch auf und drückte auf den Knopf. Lautlos hob sich die Platte. Scheinbar war alles in Ordnung. Aber Hassos, von Mißtrauen geschärfte Augen erblickten, als er gegen das helle Licht über die Skizze hinwegsah, die feinen, glänzenden Striche, die ein Pausstift oft auf weichem Zeichenpapier hinterläßt. Sein kundiges Auge erkannte sofort, daß die Skizze kopiert war. Wie vernichtet brach er in dem Sessel vor dem Schreibtisch zusammen.

»Hasso – mein Hasso –, was ist dir?« fragte seine Mutter jammernd.

Und auch Rose trat an seine Seite, als müsse sie ihn schützen. Instinktiv ahnte sie, was hier geschehen war. Ach – daß sie ihrem Argwohn, ihrem Mißtrauen gefolgt wäre und die schöne Russin festgehalten hätte, bis Hasso kam.

Zitternd beugte sie sich nieder zu dem herabgefallenen Papier und legte es stumm vor Hasso hin auf den Schreibtisch. Mit toten, leeren Augen hatte er ihr Tun verfolgt. Nun sah er auf das Papier. Er erkannte sofort an der grauen, speckigen Farbe, daß es Pauspapier war. Mechanisch griff er danach und entfaltete es. Und da sprang er plötzlich, wie elektrisiert, empor und stieß einen unartikulierten Ruf aus. Mit zitternden Händen entfaltete er das Pauspapier vollends und breitete es über seine Zeichnung aus.

Wie ein Zittern flog es über seine hohe Gestalt. Er hob das bleiche Gesicht und wandte es Rose zu. Und plötzlich faßte er ihre Hände und preßte mit einer inbrünstigen Gebärde seine Lippen darauf.

»Rose! Rose! Dir danke ich es, wenn ich vor Vernichtung bewahrt bleibe«, stieß er heiser vor Erregung hervor.

Kraftlos war Hasso, noch immer Roses Hand krampfhaft festhaltend, in seinen Sessel zurückgesunken. Ganz klar war ihm nun mit einem Male alles geworden. Er wußte nun, daß Natascha von Kowalsky in ganz bestimmter Absicht dies frevle Spiel mit ihm getrieben hatte, wußte, daß er einer russischen Geheimagentin in die Hände gefallen war. Die ganze Tragweite dieser Erkenntnis überfiel ihn mit einer Wucht, die ihn fast zerschmetterte.

Er überdachte noch einmal, was geschehen war, seit er Natascha kennengelernt hatte. Alles sah er nun in einem anderen Lichte, alles erhielt ein anderes Gepräge. Er war genarrt worden. Und wie ein Gimpel war er in das Netz hineingetaumelt, das ihm die schöne Spionin mit ihrem Sirenenlächeln vorgehalten hatte. Nie – niemals würde er sich das selbst verzeihen, das wußte er.

»Hasso, so sag' mir doch nur endlich, was geschehen ist. Ich verstehe das alles nicht und ängstige mich zu Tode«, rief seine Mutter außer sich.

Er fuhr aus seiner Erstarrung empor und wandte das blasse

Gesicht seiner Mutter zu. Und dann sah er wieder in Roses angstvolles Gesicht, in ihre tiefblauen Augen hinein. Die Gewißheit, daß er ihr seine Ehre, sein Leben zu danken hatte, überfiel ihn mit Allgewalt. Wieder faßte er ihre Hände, dann sah er zu ihr auf mit einem Blick, der sie erschütterte und den sie nie mehr vergessen konnte.

»Rose, du weißt nicht, was du mir getan hast, als du zur rechten Stunde hier eintratest und – dies Papier nicht ausliefertest an die Frau, die es verloren hatte. Dein Instinkt hat dich, gottlob, sicher geleitet – oder eine höhere, gütige Fügung. An diesem Blatt Papier hing meine Ehre und damit mein Leben. Hättest du es ausgeliefert an die Frau, dann blieb mir nichts übrig, als mir eine Kugel durch den Kopf zu jagen. Du hast mir Ehre und Leben gerettet. Das kann ich dir nie genug danken und werde es dir nie vergessen.«

Rose war so erschüttert, daß sie nicht reden konnte. Sie schüttelte nur hilflos den Kopf, um anzudeuten, daß ihr Verdienst daran nur sehr gering war. Aber in ihrer Seele war eine tiefe Dankbarkeit gegen das Schicksal, das sie davor bewahrt hatte, Natascha das Papier auszuliefern.

Mit einem tiefen Atemzug erhob sich Hasso und schob Rose vor seine Mutter hin.

»Bedanke auch du dich bei Rose, sie hat deines Sohnes Leben gerettet. Wäre dies Blatt Papier in den Händen Natascha von Kowalskys geblieben, dann wäre das Geheimnis meiner Erfindung, für dessen Bewahrung ich meine Ehre verpfändet hatte, an die Russen verraten worden. Nichts hat mich vor diesen Frauen gewarnt. So felsenfest war mein Vertrauen in Nataschas Reinheit. Ich selbst habe ihr heute vormittag die Schlüssel zu meinem Schreibtisch, die ich sonst nie von mir lasse, ausgehändigt, als sie sie als Pfand von mir forderte, daß ich am Nachmittag bestimmt wiederkommen würde. Und während sie mich in Gesellschaft ihrer Mutter sicher wußte, eilte sie hierher, um die Skizze zu kopieren. Sie muß eine sehr sichere Zeichnerin sein. Riemer hat sie natürlich ein Märchen aufgetischt, ihn will ich gar nicht erst weiter verhören. Es darf nicht über die Sache gesprochen werden. Mit Rose hatte sie nicht gerechnet, da sie von ihrer Anwesenheit nichts wußte. Und sicher hatte sie, als sie in die Kießlingsche Pension zurückkehrte, noch nicht bemerkt, daß ihr die Beute wieder entwischt war. Sonst wäre sie nicht so strahlend und sicher gewesen.«

»Mein Hasso – mein armer Hasso, daß du dein Herz an dieses ehrlose Geschöpf verlieren mußtest!«

Er richtete sich auf. Sein Antlitz war jetzt wieder hart und kalt, wie von Stein. »Daran erinnere mich nie mehr, Mama! Besser so, als wenn ich auch meine Ehre noch verloren hätte.«

Hasso machte eine hastig abwehrende Bewegung und trat wieder an seinen Schreibtisch. Mit düsterem Gesicht sah er auf die Pause nieder, an der sein Schicksal gehangen hatte.

Rose hatte mit bangen Augen in Hassos düsteres, versteinertes Gesicht gesehen. Sie verstand ihn viel besser als seine Mutter, wußte, wie es jetzt in ihm aussah. Neben dem Schmerz um den Verrat der geliebten Frau an seinem Herzen brannte wohl das Bewußtsein in seiner Seele, daß er durch sein Vertrauen der Spionin gegenüber die nötige Vorsicht außer acht gelassen hatte. Das vergab er sich selbst nicht.

»Ich verdiene keinen Dank. Der liebe Gott hat mich nur zu seinem Werkzeug gemacht, um Hasso vor einem verbrecherischen Anschlag zu schützen. Aber ich freue mich unsagbar, daß ich der inneren Stimme nachgab, die mich hinderte, das Papier auszuliefern. Sonst wäre das Unglück, das Hasso betroffen hat, noch viel größer geworden.«

Hasso sah in ihr blasses Gesicht. Und dann wandte er sich jäh ab und trat an das Telefon heran, das an der Seite seines Schreibtisches befestigt war. Er ließ sich mit der Fremdenpension Kießling verbinden und bat die Frau Major an das Telefon.

»Bitte, Frau Major – sind die Damen Kowalsky zu Hause?«

»Nein, Herr von Falkenried, sie sind auf einige Tage verreist – gleich, nachdem Sie sich mit Ihrer Frau Mutter entfernt hatten.«

»So plötzlich?«

»Es war schon heute vormittag geplant, aber die Damen wollten nicht viel Aufhebens davon machen.«

»Kennen Sie das Ziel der Reise?«

»Gewiß, die Damen reisen nach ihren russischen Gütern, sind aber in acht bis zehn Tagen schon wieder zurück.«

»So, so! Wissen Sie, welchen Zug die Damen benutzt haben?«

»Den Warschauer Zug, gegen sieben Uhr.«

»Danke verbindlichst.«

Hasso hängte den Hörer hin und sann eine Weile nach. Dann ergriff er ihn abermals und ließ sich mit seinem Gönner und höchsten Vorgesetzten, Exzellenz von Bogendorf verbinden. Als dieser sich nach einer Weile am Apparat meldete, fragte Hasso:

»Exzellenz verzeihen, wenn ich störe, aber ich möchte anfragen, ob ich Exzellenz in einer wichtigen Angelegenheit sofort sprechen kann.«

Er bekam den Bescheid, daß er erwartet werde. Aufatmend wandte er sich an Rose und seine Mutter.

»Ich muß euch jetzt eurem Schicksal überlassen. Bitte kehrt ins Hotel zurück und erwartet mich dort. Sollte ich nicht mehr abkommen können, gebe ich euch telefonisch Bescheid. Also, bitte kommt, ich bringe euch zu einem Wagen und fahre dann zu meinem Vorgesetzten, um ihm von allem Meldung zu machen.«

»Mußt du das tun, Hasso?« fragte seine Mutter.

»Ja, Mama, eine Verschleierung der Tatsachen verträgt sich nicht mit meiner Ehre.«

Seufzend nahm Frau von Falkenried ihren Pelzmantel um. Auch Rose machte sich fertig. Hasso faltete die gepauste Kopie zusammen und steckte sie, samt Nataschas Brief, zu sich. Dann versenkte er die Zeichenplatte wieder und schloß den Schreibtisch sorgfältig ab. Und dann schärfte er Riemer ein, niemand mehr in die Wohnung einzulassen, gleichviel, wer es sei.

Er war doch nicht ganz sicher, ob Natascha, falls sie den Verlust der Kopie merkte, nicht noch einen Versuch machen würde, seine Wohnung zu betreten, um nach dem verlorenen Papier zu suchen. Sie konnte ja die Abreise nur vorgegeben haben.

Er brachte Rose und seine Mutter zu einem Auto, bestieg dann selbst ein anderes und fuhr zu Exzellenz von Bogendorf. Dieser ließ ihn sofort vor. Hasso trat ihm mit bleichem, aber jetzt wieder ruhigem und entschlossenem Gesicht entgegen.

»Exzellenz verzeihen, wenn ich ohne Umschweife das Wichtigste zuerst vorwegnehme. Ich bitte sofort zu veranlassen, daß die Eurer Exzellenz auch bekannte Frau General von Kowalsky und ihre Tochter, die angeblich den Warschauer Siebenuhrzug benutzt haben, um nach Rußland zu reisen, unterwegs, jedenfalls, ehe sie die Grenze passieren, verhaftet werden.«

Exzellenz von Bogendorf sah ihn betroffen an. »Aus welchem Grunde, Herr Oberleutnant? Die Damen sind von der russischen Botschaft empfohlen worden und gehören einer vornehmen russischen Aristokratenfamilie an. Was ist Ihnen denn? Irre ich mich nicht, so wurde mir sogar erzählt, daß Sie sich um Fräulein von Kowalsky offensichtlich bewerben?«

»Das alles werde ich Eurer Exzellenz sofort auseinandersetzen. Doch ehe ich mich darüber verbreite, bitte ich, alles Nötige und Mögliche zu veranlassen, um sie festnehmen zu lassen. Möglicherweise sind sie im Besitz von Plänen oder Papieren vom Schauplatz ihrer früheren Tätigkeit, die man nicht nach Rußland gelangen lassen soll.«

»Ich kenne Sie als besonnenen, zuverlässigen Menschen, Herr Oberleutnant, und weiß, daß Sie gewichtige Gründe haben müssen, Derartiges von mir zu verlangen.«

Hassos Stirn hatte sich gerötet, als Exzellenz von seiner Besonnenheit und Zuverlässigkeit sprach.

»Ich stehe für meine Worte ein, Exzellenz, und bitte nur noch ad notam zu nehmen, daß die Damen unter der Angabe, acht bis zehn Tage auf ihre russischen Güter zu reisen, sich heute abend gegen halb sieben Uhr aus der Fremdenpension Kießling entfernten, um mit dem Warschauer Zug abzureisen, und daß sie möglicherweise unter einem anderen Namen auftreten. Das Signalement ist also genau anzugeben, soweit es möglich ist.«

Exzellenz nickte kurz entschlossen. Und dann spielte das

Telefon nach allen Richtungen. Was augenblicklich getan werden konnte, wurde getan, um Olga Zscharkoff und Natascha Karewna die Flucht abzuschneiden. Ohne Nataschas Vorsicht, den Wiener Zug zu benutzen, wären die beiden Spioninnen sicher an der Grenze abgefaßt worden.

Erst als Exzellenz von Bogendorf alles Nötige veranlaßt hatte, wandte er sich wieder zu Hasso, bat ihn, Platz zu nehmen und das Weitere zu berichten.

Hasso legte eine vollständige Beichte ab unter Vorlage der gepausten Kopie und des Briefes von Natascha von Kowalsky.

Aufmerksam hörte Exzellenz von Bogendorf zu, und als Hasso zu Ende war, atmete er auf.

»Gottlob ist die Angelegenheit für uns noch glimpflich abgelaufen, Herr Oberleutnant. Ich will Ihnen keinen Vorwurf machen – auch dem bedächtigsten Mann kann einmal ein Fehler passieren. Im übrigen bekommt durch Ihren Bericht eine vertrauliche Meldung, die mir aus Friedrichshafen zuging, eine besondere Beleuchtung. Dort ist vor ungefähr einem Vierteljahr versucht worden, die Tür zu einem geheimen Bureau aufzubrechen, in dem Pläne aufbewahrt wurden, die von großer Wichtigkeit waren. Der Täter wurde gestört, ehe er sein Vorhaben ausführen konnte. Man fand in der Nähe des betreffenden Korridors, auf den die Türe mündete, niemand vor, als einer der Ingenieure das halbzerstörte Schloß entdeckte. Außer einer beschränkten Putzfrau war auf den Stiegen keiner bei der Arbeit. –

Als man am nächsten Tag die Scheuerfrau vernehmen wollte, war sie verschwunden, und mit ihr eine Nichte, mit der sie zusammengewohnt hatte. Hier – lesen Sie das Signalement von Tante und Nichte –, man hat es mir zur Vorsicht gesandt, da man annahm, es handle sich um Spioninnen, und wenn Sie das Signalement genügend ergänzen, könnte man es wohl auf diese Frau General von Kowalsky und ihre Tochter passend machen. Anscheinend sind es dieselben Personen gewesen. Da sie in Friedrichshafen keinen Erfolg hatten, versuchten sie es hier, um uns unsere Geheimnisse abzustehlen. Gottlob auch ohne Erfolg – wenn dieser auch nur noch an einem Fädchen hing.«

Hasso hatte das Signalement gelesen und gab es zurück.

»Fast bin ich überzeugt, Exzellenz, daß es sich um dieselben Personen handelt, die sich dort einer Verkleidung bedienten. Anscheinend hatten diese beiden Spioninnen besonderes Interesse für unsere Luftflotte. Und die Jüngere muß eine tüchtige, geübte Zeichnerin sein, das sehen Exzellenz an dieser, in einer halben Stunde fertiggestellten Kopie. Wenn sie auch gepaust ist – eine Leistung bleibt es doch.«

»Sie haben recht. Und die Pause ist so klar und genau, daß ich mit Vergnügen konstatieren kann, daß Sie abermals eine Verbesserung angebracht haben.«

»Ich hatte die Absicht, Eurer Exzellenz gleich nach meiner beabsichtigten Verlobung Vortrag darüber zu halten. Eure Exzellenz können vielleicht verstehen, daß mich meine Arbeit jetzt nicht mehr so freut wie zuvor. Ich kann mir meine Unvorsichtigkeit nicht verzeihen, wenn Exzellenz auch gütig und verzeihend darüber urteilen. Die Reue darüber wird mich immer verfolgen.«

Exzellenz von Bogendorf erhob sich und sah Hasso, der sich gleichfalls erhob, fest und scharf an.

»Mit Reuegefühlen schlagen Sie sich nicht herum. Damit verzetteln Sie eine Kraft, die das Vaterland nötiger braucht.

Nichts bereuen – gutmachen, Herr Oberleutnant von Falkenried, verstanden!«

»Eure Exzellenz – untertänigsten Dank für diese Worte.«

»Und nun – auf morgen vormittag. Hoffentlich erwischen wir die beiden Spioninnen. Wenn sie auch kaum nennenswerte Erfolge gehabt haben, so ist es doch immer besser, wenn man solchen Schädlingen das Handwerk legt. Sonst haben wir sie schwerlich das letztemal gesehen. Jedenfalls danke ich Ihnen, daß Sie sofort zu mir kamen.«

Damit war Hasso entlassen.

Etwas erleichtert fuhr er in das Hotel zu seiner Mutter und Rose.

Rita von Falkenried hatte in Wien eine herrliche Zeit verlebt. Sie hatte in der Familie des Baron von Hohenegg die herzlichste Aufnahme gefunden.

Josepha von Hohenegg war die einzige Tochter ihrer Eltern und besaß nur noch einen fast zehn Jahre älteren Bruder, mit dem sie herzlichste Geschwisterliebe verband.

Als Rita Ende Oktober in Wien eintraf, war Baron Rainer, Josephas Bruder, noch nicht anwesend. Er verwaltete selbständig das in der Nähe von Hohenegg gelegene Gut Villau, das ebenfalls seiner Familie gehörte. Zuvor hatte er einige Jahre als Offizier bei einem vornehmen Reiterregiment in Wien gedient. Seit zwei Jahren hatte er aber seinen Abschied genommen, um seinen Vater zu entlasten durch die Bewirtschaftung eines seiner Güter.

Baron Rainer wurde jedoch ebenfalls in den nächsten Tagen in Wien erwartet.

Rita und Josepha schlossen sich mit der alten Innigkeit

einander an und waren natürlich unzertrennlich. Josepha erzählte Rita viel von ihrem »Rainerbruder«.

Eines Tages saßen die beiden jungen Damen in Josephas entzückendem Boudoir in einem molligen, gemütlichen Erkerausbau und sahen auf die belebte Promenade. Villa Hohenegg lag im vornehmsten Stadtviertel in einem herrlich gepflegten Garten.

»Morgen kommt mein Rainerbruder, Rita. Du sollst schauen, was für ein goldiger Mensch er ist. Ich habe ihn so gern. Natürlich nimmt er mich nicht ganz für voll – weißt, ich bin halt in seinen Augen so ein kleines Busserl, mit dem er seine Gaudi treibt, wenn er grad bei Laune ist. Und ich sekkier' ihn auch ein bisserl, als Revanche dafür. Aber sonst verstehen wir uns einzig«, sagte Josepha. Und dann schleppte sie alle Fotografien ihres Bruders herbei und zeigte sie Rita.

»Gelt – hier als Offizier –, da hat er Schneid? Schad', daß er nicht mehr aktiv ist. Ich hab' ihn gern gesehen in der Uniform.«

»Oh, ich weiß schon warum.«

»Gar nichts weißt du. Schau dir lieber meinen Rainerbruder an. Ist er nicht fesch?«

Rita sah sich die Bilder an. Und dann sagte sie lächelnd: »Mehr als fesch, Josepha, lieb sieht er aus, er hat ein Gesicht, das einem gleich Vertrauen einflößt.«

»Ich freu' mich so, daß ihr zwei euch nun endlich kennenlernt. Ich glaub', ihr werdet euch prächtig verstehen. Mußt aber nicht denken, daß er ein so bedeutender Mensch ist wie dein Bruder. O jegerl, vor dem hab' ich immer einen grausigen Respekt gehabt. Es ist ein Kreuz, Rita, wenn die Männer so arg ernst und gescheit sind. Das ist nichts für mich. Ich muß halt lachen und mein G'spaß treiben können. Weißt – wie mit dem Rudi Haßbach. Da brauchst nicht jedes Wörtel auf die Goldwaag' zu legen, kannst auch mal was ganz Dummes daherreden.«

Rita hatte den Grafen Haßbach, einen Freund und ehemaligen Regimentskameraden von Rainer Hohenegg, bereits am ersten Tage ihres Wiener Aufenthaltes kennengelernt. Er war ein frischfroher Reiteroffizier, immer vergnügt, immer zu Scherzen aufgelegt. Und Rita merkte gleich, daß er Josepha eifrig den Hof machte.

»Daß dir der Rudi Haßbach gefällt, hab' ich längst bemerkt, Josepha«, sagte sie schelmisch.

»Tschaperl – bist doch arg klug! Woraus hast es denn gemerkt?«

»Du singst mit besonderer Vorliebe ein gewisses Lied«, neckte Rita.

»Was denn für ein Lied?«

Rita sprang auf, setzte sich an das Klavier im Nebenzimmer und spielte eine Melodie. Und dann sang sie den Text dazu:

»Mein Schatz is a Reiter,
A Reiter muß's sein,
Das Roß g'hört dem Kaiser,
Der Reiter ist mein.
Tra la la la la,
Tra la la la la.«

Josepha war hinter sie getreten und zog ihr die Hände vom Klavier.

»Willst du still sein, hier wird nicht aus der Schul' geplaudert.« Sie zog Rita lachend, aber mit gerötetem Gesicht wieder hinüber an das Fenster.

»Da, schau her! In zwei Minuten wird der Rudi da draußen hoch zu Roß erscheinen und mir eine Fensterparad' machen. Das hab' ich kontraktlich. Jeden Morgen einen Blumenstrauß, jeden Mittag, wenn es der Dienst erlaubt, eine Fensterparade. Schau – da ist er schon. Gelt – eine fesche Figur macht er auf seinem Gaul? Er reitet wie ein Gott! Papa sagt, er hat den Teufel im Leib, wenn er auf dem Gaul sitzt.«

»Das sind zwei verschiedene Lesarten. Aber jedenfalls paßt ihr um so besser zusammen, Josepha, denn du bist auch eine brillante Reiterin.«

»Das Kompliment geb ich dir zurück, Rita. Ich hab' in Falkenried oft genug deine Reitkunst bewundern können. Weißt du, wenn mein Rainerbruder hier ist, dann reiten wir drei so oft wie möglich zusammen aus. Ach, mein liebes Wien! Du mußt es liebgewinnen, Rita! Es ist die schönste Stadt der Welt – schon weil der Rudi drinnen lebt. Schau doch – er grüßt herauf, jetzt hat er uns entdeckt. Du – untersteh dich nicht und mach ihm schöne Augen!«

»Ich werde mich hüten, Josepha. Du kratzest sie mir sonst am Ende trotz aller Freundschaft aus«, stellte Rita schelmisch fest.

»Da kannst dich drauf verlassen«, antwortete Josepha, und da Graf Haßbach jetzt verschwunden war, umfaßte sie Rita, wirbelte sie im Zimmer herum und lief dann hinüber ans Klavier.

»Mein Schatz is a Reiter!«

Am anderen Tage traf Rainer Hohenegg ein.

Und vom ersten Moment an fanden Rita und der junge Baron großes Wohlgefallen aneinander. Baron Rainer war ein stattlicher, hübscher Mensch, mit gebräuntem, sympathischem Gesicht, klaren, guten Augen und fröhlichem Wesen, das aber auch einer festen, ernsten Lebensführung nicht abhold war.

Er machte nicht den geringsten Hehl daraus, daß die junge Freundin seiner Schwester ihm ausnehmend gefiel, und beschäftigte sich sehr viel mit ihr.

Josepha sah mit Vergnügen, daß der Bruder und die Freundin so gut zusammenstimmten, und auch Josephas Eltern sahen sich befriedigt lächelnd an, wären durchaus nicht abgeneigt gewesen, sie als Schwiegertochter aufzunehmen.

Sehr bald fanden sie beide heraus, daß sie in ihren Ansichten und Meinungen harmonierten, als seien sie für einander geschaffen. Wenn die jungen Herrschaften ausritten, gesellte sich oft Graf Haßbach zu ihnen, und dann war es immer ganz selbstverständlich, daß draußen in den Waldungen Graf Rudi sich an Josephas Seite und Baron Rainer an Ritas Seite hielt.

In den ersten Tagen des Dezembers hielt Graf Rudi Haßbach in aller Form um die Hand der Baronesse Josepha an, und diese wurde ohne jeden Widerstand seine glückstrahlende Braut.

Baron Rainer hatte dem Freunde und der Schwester herzlich Glück gewünscht. Nun suchte er mit einem seltsamen Gefühl nach Rita.

Diese saß im Musikzimmer an dem Flügel und spielte einen Chopinschen Walzer.

Man hatte Rita scheinbar über dem freudigen Familienereignis vergessen. Als Rainer eintrat, blieb er erst ein Weilchen an der Tür stehen. Ein verlorener Sonnenstrahl huschte über die lichte, reizende Erscheinung der Spielerin.

Langsam trat er näher heran, an ihre Seite, und sah, auf den Flügel gelehnt, unverwandt in ihr rassiges, beseeltes Gesichtchen.

Sie hatte flüchtig zu ihm aufgesehen, spielte aber weiter. Dabei fühlte sie jedoch seinen Blick, und das verwirrte sie und trieb ihr das Blut ins Gesicht. Mitten im Spiel ließ sie plötzlich die Hände auf den Tasten ruhen, schüttelte ärgerlich über sich selbst den Kopf und sah ihn vorwurfsvoll an.

»Jetzt haben Sie mich ganz aus dem Konzept gebracht, Herr Baron.«

»Ich war doch mucksmäuserlstad.«

»Ich kann nicht spielen, wenn mich jemand so andauernd betrachtet«, erwiderte sie.

»Habe ich das getan?« fragte er, ihren Blick festhaltend.

»Ja gewiß!« rief sie, ein wenig ärgerlich über sich selbst.

Ein Lächeln flog über sein Gesicht.

»Woher wissen Sie denn, daß ich Sie angeschaut habe? Sie haben mich doch gar nicht angesehen?«

»Trotzdem weiß ich's, ich habe es gefühlt.« Er beugte sich vor, und in seinen Augen zuckte es.

»Wissen Sie, daß man nur den Blick von Menschen fühlt, die einem entweder sehr unsympathisch oder sehr sympathisch sind?«

»Nein, das habe ich nicht gewußt«, antwortete sie wie unter einem Zwang.

»Es ist aber so. Und ich möchte nun gar gern wissen, Fräulein Rita, welcher Art Ihre Gefühle für mich sind.«

Sie wurde sehr rot, meisterte aber ihre Verlegenheit. »Das muß ich mir doch erst einmal überlegen.«

»Nein, Sie wissen es genau und wollen es mir nur nicht sagen.«

»Müssen Sie es denn unbedingt wissen?«

»Ganz unbedingt.«

»Wissen Sie nicht, daß zwischen Österreich und Deutschland unbedingte Sympathie herrscht? Kann ich da anders, als Ihnen sympathisch begegnen?«

»Rita, liebe Rita, da drüben hat sich soeben ein glückliches Brautpaar zusammengefunden. Meine Schwester und Rudi Haßbach haben sich verlobt. Nun liegt so eine seltsam sehnsüchtige Stimmung hier in der Luft, als müßte man es schnell den beiden Glücklichen nachtun. Ich will Ihnen einmal ein Geständnis machen, Rita. Voriges Jahr sandten Sie meiner Schwester eine Fotografie von sich. Ich sah lange in das reizende, eigenartige Gesichtel hinein. Es gefiel mir, gefiel mir sehr. Am meisten die Augen und der Mund. Ja, besonders dieser entzückende, eigenwillige Mund, ›den möcht' ich küssen‹, dacht ich mir. Josepha sagte mir, daß sie im Sommer nach Falkenried eingeladen sei und daß sie dann sicher dafür sorgen würde, daß Sie im Winter nach Wien kommen würden.«

»Davon hat mir Josepha kein Wort gesagt.«

»Auf meinen Wunsch nicht, liebe Rita. Ich wollte mich erst überzeugen, ob das Original denselben Eindruck auf mich machen würde wie das Bild. Josepha hat mir viel, sehr viel von Ihnen erzählen müssen. Und nun – nun, liebe Rita, habe ich Sie kennengelernt, und so viel tausendmal besser als das Bild gefallen Sie mir, und die Sehnsucht, den reizenden Mund, der es mir gleich angetan hat, zu küssen, ist halt immer ärger geworden. – Und ich will nun nicht mehr allein da unten in Villau hausen. Das Beste fehlt halt doch, wenn man so ein einschichtiger Junggesell ist. Gelt, Sie erbarmen sich jetzt meiner Not und helfen mir ein bisserl von meiner Sehnsucht. Ganz zu stillen ist sie ja nimmer – aber so eine kleine

Abschlagszahlung auf das Glück –, gelt, Rita – die darf ich mir nehmen?«

Sie konnte ihre Augen nicht von ihm lassen. Und da fragte er nicht mehr. Schnell legte er seine Arme um sie und stillte seine Sehnsucht. Da ihn Rita in keiner Weise daran hinderte, brauchte er sehr lange Zeit. Und sie lag still an seinem klopfenden Herzen und erwiderte seine Küsse. So vertieft waren sie beide in diese herrliche Beschäftigung, daß sie nicht merkten, wie Josepha und Graf Rudi Arm in Arm mit leuchtenden Augen eintraten.

»Jetzt – was ist denn das? Rita, was tust du denn in den Armen meines Rainerbruders?« fragte Josepha halb lachend, halb gerührt.

Die Glücklichen fuhren auseinander. Rainer aber hielt Rita fest und blitzte Josepha übermütig an.

»Dasselbe, mein liebes Schwesterl, was du zuvor in den Armen deines Rudi getan hast. So etwas steckt an. Und wenn schon im Haus dahier eine Hochzeit gefeiert werden soll, kommt es auf eine zweite auch nicht an. Gelt, Rita? Was die beiden da drüben können, das können wir auch. Und jetzt gehen wir zwei zu meinen Eltern. Dies Brautpaar lassen wir zur Strafe allein, weil es uns mitten in unsere Verlobung hineingefallen ist. Komm, Rita!«

Damit wollte Rainer Rita mit sich fortziehen. Aber Josepha hielt sie fest.

»Halt – stillgestanden, hier wird nicht davongelaufen.«

Sie küßte Rita herzlich.

»Schwesterlein, liebes, gelt, jetzt soll es noch schöner werden? Und da bescher ich dir auch gleich einen Schwager. Gleich müßt ihr zwei euch ein verwandtschaftliches Busserl geben – ich erlaub es großmütig.«

Graf Rudi verneigte sich lachend vor Rita.

»Mit Verlaub – was Josepha will, tue ich immer mit Vergnügen. Du, Rainer – schau mal weg, damit dich die Eifersucht nicht umbringt.« Damit küßte Graf Rudi erst Ritas Hand und dann ihren Mund.

Rita war von alledem ein wenig benommen. Rainer schob auch schon Graf Rudi energisch beiseite.

»Jetzt ist's genug – jetzt will ich erst mal meine Braut für mich allein haben«, sagte er und führte Rita schnell davon. Drüben im Nebenzimmer blieb er aber gleich wieder stehen.

»Schatzerl, jetzt müssen wir die unterbrochene Verlobungsszene noch ein bisserl fortsetzen«, sagte er zärtlich neckend, »noch kein bisserl ist meine Sehnsucht gestillt – im Gegenteil, viel ärger ist's halt damit geworden.«

»Wollen wir nicht erst zu deinen Eltern gehen, Rainer?«

Er hielt sie fest und schüttelte energisch den Kopf.

»Das eilt mir gar nicht, mein holdes Schatzerl. Geschwind – gib deinem armen Rainer noch ein Busserl, daß er nicht verdursten muß.«

Mit »einem Busserl« war es natürlich nicht abgetan. Aber Rita vergaß das Zählen so gut wie Rainer.

Und von drüben erklang Klavierspiel und Josephas Stimme:

»Mein Schatz is a Reiter,
A Reiter muß's sein;
Das Roß g'hört dem Kaiser,
Der Reiter ist mein.
Tra la ...«

Das weitere wurde erstickt. Graf Rudi schien drüben die Verlobungsszene auch energisch fortzusetzen. – »Nun komm, Schatzerl, jetzt wollen wir fein artig zu den Eltern gehen; ein Weilchen halt ich es nun aus«, sagte Rainer.

Seine Eltern waren nicht sehr überrascht und gaben ohne Zögern ihren Segen. Und dann depeschierte Rainer an Herrn von Falkenried und Rita an ihre Mutter nach Berlin. Sie wußte, daß diese mit Rose dort weilte. Rainer meldete seinen Besuch in Falkenried für nächsten Montag an. Bis dahin wollte Frau von Falkenried von Berlin zurück sein.

Das war die freudige Nachricht, die Frau von Falkenried im Hotel vorgefunden hatte.

Hasso von Falkenried vergab sich nicht, daß er Natascha von Kowalsky die Schlüssel zu seinem Schreibtisch ausgehändigt hatte. Das Bewußtsein, unvorsichtig und leichtsinnig gewesen zu sein, nagte an dem sonst so pflichtgetreuen, zuverlässigen Mann. Daran änderte auch der Umstand nichts, daß sein Vorgesetzter den Fall so milde beurteilte. Er selbst tat es nicht.

Daß auch seinem Herzen eine tiefe Wunde geschlagen worden, trug mit dazu bei, ihn niederzudrücken.

Vorläufig blieben die beiden Spioninnen verschollen, aber an alle maßgebenden Stellen wurde ihr genaues Signalement gegeben, und diesem Signalement wurde eine Warnung beigefügt, besonders streng auf Elemente zu achten, die sich an die fraglichen Bureaus herandrängten.

Hasso ging nun wieder mit besonderem Eifer an seine Arbeit. »Nichts bereuen – gutmachen.« So hatte ihm Exzellenz von Bogendorf gesagt. Und gutmachen wollte er, das nahm er sich fest vor.

In den ersten Tagen nach dieser bitteren Enttäuschung war Hasso düster und wortkarg. Rose sah voll Sorge in das versteinerte Gesicht. Sie verstand ihn am besten, kraft ihrer Liebe. Sie merkte, daß ihm jetzt die Anwesenheit der Mutter eine Qual war und daß er sich sehnte, mit sich allein fertig zu werden. So beeilte sie sich tunlichst mit den Einkäufen.

Hans von Axemberg war nur am letzten Abend mit Hasso und seinen Damen zusammengekommen. Er hatte angenommen, Hasso habe sich verlobt und sei von seiner Braut in Anspruch genommen worden. Als er nun jedoch Hasso wiedersah, merkte er sofort, daß der Freund verändert war. Er nahm an, daß Hassos Bewerbung um Natascha von Kowalsky erfolglos verlaufen sei. Und als er am nächsten Sonnabend bei Steinbergs zum Tee geladen war, erfuhr er, daß Frau General von Kowalsky mit ihrer Tochter verreist sei. Diese Abreise brachte er in Zusammenhang mit der düsteren Stimmung des Freundes. In der Gesellschaft ahnte niemand etwas von der Spionageaffäre.

Hans von Axembergs gutes Herz litt es aber nicht, länger mit scheinbarer Teilnahmslosigkeit dem Freunde zu begegnen. Am Sonntag vormittag begab er sich in Hassos Wohnung und fand ihn auch zu Hause.

Eine Weile unterhielten sich die Freunde, Axemberg sah in Hassos blasses, gequältes Gesicht. Dann hielt er es aber nicht mehr aus.

»Mein lieber Hasso, ich habe ja niemals den Größenwahn besessen, anzunehmen, daß ich dir so viel sein könnte, wie du mir, denn du bist mir sehr, sehr viel. Aber ich sehe, daß dich etwas quält, und kann das nicht länger schweigend ansehen. Du hast mich neulich abends, als du von Falkenried zurückkehrtest, deines Vertrauens in deiner Herzensangelegenheit für wert gehalten. Aber das, was dich quält, das behältst du für dich. So viel gelte ich dir nicht, daß du mich auch daran teilnehmen läßt.«

Hasso sah in das frische, gutmütige Gesicht des Freundes, in seine ehrlichen Augen hinein. Es wallte wie Rührung in ihm auf bei seinen Worten. Erst nach einer Weile konnte er reden.

»Lieber Hans«, sagte er warm, »was ich einem Freund sagen kann, dem besten, ehrlichsten, den ich habe, denn das bist du, das sollst du hören. Aber dann frage auch nie mehr weiter, dann laß es zwischen uns begraben sein.«

»Das verspreche ich dir, Hasso.«

»Und gib mir dein Ehrenwort, daß das, was ich dir sage, unter uns bleibt.«

»Du hast mein Ehrenwort.«

Hasso atmete tief auf. Dann zog er aus einem Fach seines Schreibtisches Nataschas Brief.

»Also hier, lies erst einmal das.«

Axemberg ergriff den Brief und las ihn. Sein hübsches Gesicht bekam einen verächtlichen Ausdruck.

»Infame Schlange! Ich ahnte, daß eine falsche Note an diesem Weibe war.«

»Wie recht du hattest mit dieser Ahnung, das wird dir erst klarwerden, wenn ich dir sage, daß Natascha von Kowalsky so wenig die Tochter eines russischen Generals war wie ihre sogenannte Mutter die Witwe eines solchen. Ich nehme sogar als ziemlich bestimmt an, daß sie überhaupt nicht in einem verwandtschaftlichen Verhältnis miteinander standen.«

»Du willst doch nicht sagen, daß – daß es Abenteurerinnen waren?« fragte er erschrocken.

»Schlimmer noch, es waren russische Spioninnen, und nur ein glücklicher Zufall bewahrte mich davor, ihr Opfer zu werden. Du weißt, ich arbeite an einer Erfindung, die uns im Kriegsfall sehr wertvoll sein kann. Du kannst die ganze Tragweite dieser Eröffnung verstehen, denn du weißt, daß ich mich mit meiner Ehre für die Geheimhaltung meiner Arbeit verbürgt hatte. Ich fuhr sofort zu Exzellenz von Bogendorf. Er hat mir nichts nachgetragen. Aber ich selbst kann mich nicht ganz freisprechen, weil ich mich in meiner blinden Verliebtheit düpieren ließ. Und ich werde mich selbst dafür bestrafen – ich habe mich zu dem Entschluß durchgerungen, meinen Abschied zu nehmen.«

»Hasso!« rief er erschrocken.

»Es ist beschlossene Sache, Hans.«

»Wie kannst du nur auf einen solchen Gedanken kommen, Hasso? Wenn dir Exzellenz von Bogendorf nichts nachträgt, dann kannst auch du dich unbedingt freisprechen. Du bist doch mit Leib und Seele bei deinem Beruf.«

»Meinem Beruf werde ich auch in Zukunft treu bleiben, ich habe die Absicht, mich noch ausnehmender damit zu beschäftigen, aber in aller Stille, daheim in Falkenried. In Falkenried will ich mir einen Flugplatz und eine Werkstätte anlegen und mit ausgesucht tüchtigen Monteuren neue Modelle bauen. Aber, bitte, rede davon noch nicht. Mit Exzellenz von Bogendorf habe ich noch nicht darüber gesprochen, aber ich weiß, er wird meinen Entschluß billigen und verstehen. ›Nichts bereuen – gutmachen‹, so hat er zu mir gesagt. Du weißt, mein Vater steht meinem Beruf fremd und verständnislos gegenüber, und es wird mir nicht leicht werden, ihn zu bestimmen, mir den nötigen Platz und das Kapital zur Verfügung zu stellen. Aber wenn ich ihm alles in

Ruhe vorstelle und erkläre, mich dauernd in Falkenried niederzulassen, dann wird er schon einwilligen. Erst wenn ich seiner Einwilligung sicher bin, bespreche ich das alles mit Exzellenz von Bogendorf. Du bist der erste, der davon ein Wort von mir erfährt. Und nun beklage dich nicht noch einmal über mangelndes Vertrauen.«

»Ganz stolz machst du mich, Hasso«, sagte er, seine Ergriffenheit bekämpfend, »und es wäre Unsinn von mir, dir in deine Entschlüsse hineinzureden, wenn ich es auch aus egoistischen Gründen tun möchte. Alter, ich kann mir nicht denken, wie ich ohne dich auskommen soll hier in Berlin.«

»Du wirst mich, so oft du kannst, in Falkenried besuchen.«

»Das lasse ich mir nicht zweimal sagen. Aber das verwünschte Weibsbild, das an alledem schuld ist, soll der Teufel holen, mit dem sie wohl im Bunde steht.«

»Guter Kerl, nun laß es genug sein, und niemals mehr ein Wort davon – ich ertrage es schlecht.«

»Lieber beiße ich mir die Zunge ab. Jetzt gehe ich aber, damit ich erst einmal meinen Groll verwinde. Leb' wohl für heute.«

»Lebe wohl, Hans. Wenn du mit einem Abend nichts anzufangen weißt, laß es mich wissen. Ich nehme jetzt vorläufig keine Einladungen an, aber für dich bin ich immer zu Hause.«

Hasso sah ihm eine Weile mit starren Augen nach. Dann setzte er sich mit einem tiefen Atemzug an die Arbeit. –

Als Frau von Falkenried mit Rose wieder nach Hause kam, wurde sie von ihrem Gatten bereits voll Unruhe erwartet. Hatte er doch von Baron Rainer von Hohenegg ein Telegramm bekommen, in dem ihm dieser mitteilte, daß ihm Rita ihr Jawort gegeben habe und er am Montag nach Falkenried kommen werde.

Seine Gattin mußte ihm den frohen Glauben stören, daß nun seine beiden Kinder ihr Lebensglück gefunden hätten. So schonend wie möglich berichtete sie ihm über das, was in Berlin geschehen war.

Herr von Falkenried konnte das besser als seine Frau verstehen, und er schloß Rose mit großer Herzlichkeit in seine Arme.

»Ich segne den Tag, meine liebe Rose, da du nach Falkenried kamst. Nach allem, was ich gehört habe, danke ich dir nicht nur das Leben meines Sohnes, sondern auch die Ehre unseres Namens. Das will ich dir nie vergessen«, sagte er bewegt.

Man kam überein, daß Rita von all diesen schlimmen Dingen nichts erfahren sollte.

In sehr bewegter Stimmung erwarteten die Eltern am Montag Baron Rainer von Hohenegg. Er gefiel ihnen sehr, sehr gut, und was er ihrer Tochter außer seiner Person zu bieten hatte, war glänzend zu nennen.

So gaben sie frohen Herzens ihre Zustimmung. Als Baron Rainer aber bat, daß die Hochzeit schon im Februar stattfinden sollte, hob Frau von Falkenried erschrocken die Hände.

»So bald schon, lieber Rainer? Die Zeit ist ja viel zu kurz, um eine Aussteuer zu beschaffen.«

»Es wird gehen, verehrte, liebe Mama. Du mußt bedenken, daß ich im März schon wieder in Villau sein muß, wenn die Feldarbeiten beginnen. Da bleibt mir für eine Hochzeitsreise nur kurze Zeit. Sei gut und laß dir ein bisserl zureden. Und wenn meine Mutter in kurzer Zeit eine Aussteuer für

Josepha schaffen kann, wirst du halt auch bis Februar eine für Rita schaffen können.«

Dabei sah er seine Schwiegermama so flehend an, daß sie nicht nein sagen konnte. Aber sie stellte die Bedingung, daß Rita nun sofort heimkehren müsse, damit sie ihre Tochter wenigstens noch einige Monate bei sich hatte.

»O weh! Ich wollt schon bitten, daß Rita über Weihnachten bis zu Josephas Hochzeit in Wien bleiben könnte.«

Dagegen protestierten aber Ritas Eltern ganz energisch.

»Nein, nein – dies letzte Weihnachtsfest darfst du uns Rita nicht nehmen, Rainer. Wenn sie erst deine Frau ist, haben wir doch nichts mehr von ihr und müssen uns begnügen.«

»Aber zu Josephas Hochzeit kommt sie dann auf einige Tage nach Wien – und wir hoffen sehr, daß sie dann von ihren lieben Eltern begleitet wird«, bat Rainer.

»Mein Gesundheitszustand erlaubt mir das nicht. Ich hoffe dann, deine Eltern kennenzulernen, wenn sie zu eurer Hochzeit nach Falkenried kommen. Aber meine Frau wird Rita natürlich begleiten.«

Noch an demselben Tag reiste Baron Rainer wieder ab, mit einem kleinen Umweg über Berlin, wo er Hasso aufsuchte, um sich mit ihm bekannt zu machen.

So kam das Weihnachtsfest heran, und einige Tage vor dem Fest traf Hasso in Falkenried ein.

Seine Eltern begegneten ihm mit der sorglichen Teilnahme, die man gegen ein geliebtes, krankes Kind anzuwenden pflegt. Sie taten darin des Guten etwas zuviel. Das war Hasso in seiner etwas reizbaren Stimmung eine Qual. Dafür berührte ihn Roses feinfühlige Zurückhaltung und Ruhe wie eine Wohltat.

Rita hatte für nichts und niemand Sinn und Zeit. Sie wußte

ja auch nicht, daß in Hasso etwas geschont werden mußte. Wenn ihm auch ihre Unbefangenheit sehr lieb war, so hatte er sich doch gerade jetzt wenig mit Rita zu sagen. So kam es ganz von selbst, daß er mehr wie sonst Roses Gesellschaft suchte. Und bei ihr fand er ein so feines, wohltuendes Verständnis, daß er sich oft direkt zu ihr flüchtete, wie zu einem treuen, verständigen Kameraden. Und mit Rose besprach er dann auch zuerst seinen Plan.

Roses Augen leuchteten auf. Es machte sie stolz und glücklich, daß er ihr diesen Beweis seines Vertrauens gab. Und mit so klarem Verständnis und so warmer Begeisterung ging sie darauf ein, daß er sie zuweilen ganz erstaunt betrachtete.

Eines Tages sagte sie ihm: »Der Platz jenseits des Waldes auf dem Weg nach der Station wird sich am besten für deine Zwecke eignen, Hasso. Da ist eine weite Strecke mageren, unfruchtbaren Bodens, auf dem wir trotz mancherlei Versuchen immer nur spärliche Heuernten hatten. Dieser Boden rentiert sich gar nicht. Ich habe neulich schon mit Colmar darüber gesprochen, daß es besser ist, alle Versuche aufzugeben. Das wäre also kaum ein Verlust, wenn dir dein Vater dieses Ödland zur Verfügung stellte. Da hättest du Platz genug, könntest in nächster Nähe der Station die Halle und Werkstätte anlegen und würdest in keiner Weise gehindert. Fährst du mit dem Rad hinüber, bist du in zehn Minuten von hier aus dort.«

Erstaunt sah er sie an.

»Mit solchen Gedanken hast du dich beschäftigt?«

»Ja. Du weißt doch, daß ich deinem Beruf ein großes Interesse entgegenbringe. Dein Vater ist leidend und spricht oft davon, daß er es gern sähe, wenn du deinen Abschied nähmest und wenigstens die Oberaufsicht von Falkenried in die Hände nehmen würdest. Ich muß dir sagen, Hasso, dein Vater ist kränker, als ihr alle glaubt, er zeigt es nur nicht so.«

»Denkst du wirklich, daß sein Zustand zu Besorgnissen Anlaß gibt?«

»Ja – zu den ernstesten Besorgnissen. Und du wirst ihm eine Freude machen, wenn du ihm sagst, daß du nach Falkenried kommen willst, für immer. Nur dasein sollst du. Die Augen des Herrn müssen über einen solchen Besitz wachen, wie Falkenried ist. So wenig er selbst noch leisten kann – seine Anwesenheit genügt doch, um jeden Beamten an seine Pflicht zu mahnen. Du brauchst, auch wenn dein Vater einmal nicht mehr am Leben ist, keine Angst zu haben, daß dir für deinen Beruf keine Zeit mehr bleibt. Das läuft alles ohne dich; Colmar ist außerordentlich tüchtig und pflichttreu, und ich stelle dir natürlich gern auch in Zukunft meine schwachen Kräfte zur Verfügung. In Fritz Colmar erzieht sich außerdem sein Vater einen zuverlässigen Nachfolger. Den halte dir für die Zukunft fest. Ich habe mir das oft überlegt, denn ich habe mir gedacht, daß du es in Falkenried nicht aushalten würdest, wenn du nicht in deinem Beruf hier tätig sein könntest. Ganz von selbst bin ich da auf den Gedanken gekommen, daß du dir das Stück Ödland zum Flugplatz einrichten könntest. Und – ich habe das auch bereits deinem Vater von allen Seiten beleuchtet.«

»Das hast du getan?«

Sie atmete tief auf, als sie das frohe Aufleuchten seiner Augen sah, das sie so lange schmerzlich vermißt hatte.

»Ja, das habe ich getan.«

»Und Papa?« forschte er erregt.

»Er hat es ganz leidlich aufgenommen. Erst wollte er ein bißchen aufbegehren. Aber dann mußte ich ihm das alles klarmachen. Wenn du nun mit ihm darüber offen sprechen willst, so glaube ich sicher, daß du nicht auf große Schwierigkeiten stoßen wirst.«

»Es ist ganz wunderbar, Rose, mit welchem Verständnis und welchem Interesse du dich in meine Lage gedacht hast. Ich weiß nicht, wie ich dir danken soll. Mir scheint, ich muß dich immer mehr als eine Art guter Vorsehung für mich betrachten. Wie soll ich dir nur danken?«

»Sprich doch nicht von Dank. Ich bin doch so froh, wenn es mir das Schicksal vergönnt, dir einen kleinen Dienst zu erweisen. Ich stehe ja noch in deiner Schuld.«

»In meiner Schuld? Du weißt wohl nicht, was du sprichst?«

»Doch, dir verdanke ich es, daß mir hier jetzt alle mit so viel Liebe entgegenkommen.«

»Aber Rose – komm doch nicht immer wieder darauf zurück«, schalt er fast zornig.

»So laß uns unsere gegenseitige Rechnung still begleichen«, bat sie leise.

»Stolze Rose – stolze Rose!« schalt er mit einem leisen Lächeln.

»Sprichst du mir die Berechtigung ab zu diesem Stolz?« fragte sie halb ernst.

»Nein, nein, gewiß nicht. Aber eine Bitte habe ich an dich. Schenke mir deine Freundschaft, Rose. Ich habe dich in der letzten Zeit von einer Seite kennengelernt, daß ich dir diese Bitte aussprechen muß. Du kannst mir viel, sehr viel sein, Rose – und ich bin nicht stolz in dieser Beziehung, ich wehre mich nicht dagegen, dir verpflichtet zu sein. Ich möchte dich hier festhalten für alle Zeit, gerade weil ich meine Kräfte mehr für meinen Beruf als für Falkenried einsetzen werde. Und du kannst in deiner zarten, verständigen Art zwischen meinen Eltern und mir vermitteln, wenn wir einmal aufeinanderstoßen. Natürlich kann ich dich nur so lange in Falkenried festhalten, bis du dich eines Tages verheiraten wirst.«

»Wenn du mich brauchen kannst, Hasso, so lange du willst, freudig werde ich allezeit meine Pflicht in Falkenried tun. Heiraten werde ich nie.«

»Es gilt, Rose, ich nehme dich beim Wort – bis auf deinen letzten Ausspruch. Schon manches Mädchen hat gesagt: Ich heirate nie. Und dieses Nie war oft genug von sehr kurzer Dauer. Aber bis du deine Hand einmal verschenkst, so lange bleibst du mir ein guter Freund und Kamerad, nicht wahr?«

»Ja, Hasso, das kann ich dir versprechen.«

Noch an demselben Tag sprach Hasso mit seinem Vater, es ging alles besser, als er zu hoffen gewagt hatte. Er merkte sehr wohl, wie gut Rose ihm vorgearbeitet hatte. Sein Vater zeigte sich zugängiger in bezug auf seinen Beruf.

Nach dem Weihnachtsfest reiste Rita mit ihrer Mutter zu Josephas Hochzeit nach Wien, und zu gleicher Zeit kehrte Hasso nach Berlin zurück. Gleich am andern Tag begab er sich zu Exzellenz von Bogendorf und teilte ihm, zunächst vertraulich, mit, daß er seinen Abschied nehmen wolle und welche Pläne er für die Zukunft habe.

Erst wollte Exzellenz nichts davon hören, als ihm Hasso aber klar und ruhig auseinandersetzte, daß er in Falkenried ungestörter arbeiten könne, sah der alte Herr eine Weile nachdenklich vor sich hin. Dann reichte er Hasso schnell und impulsiv die Hand. »Sie haben recht, mein lieber Falkenried, und ich erwarte viel von Ihnen für die Zukunft. Sie werden mich nicht enttäuschen. Und wer weiß, vielleicht ist der Tag nicht fern, da Sie vom Vaterland gefordert werden. Viele Augen blicken auf Deutschlands Größe, die es sich mühsam errungen hat. Ich weiß, daß ich Sie in den ersten Reihen sehen werde, wenn es gilt, gegen Feinde des Vaterlandes aufzutreten.«

»Das bedarf keiner Versicherung, Exzellenz. In Krieg und Frieden weihe ich meine ganze Kraft dem Vaterland.« –

Viel zu schnell für Ritas Eltern, zu langsam für den sehnsüchtigen Bräutigam, kam Ritas Hochzeitstag heran.

Zwei Tage vorher kam Hasso von Falkenried für immer nach Hause. Sein Abschied war bewilligt, und er war dabei zum Hauptmann befördert worden.

Ganz Falkenried war festlich geschmückt, und von nah und fern kamen die Hochzeitsgäste herbei, um dieses Fest zu feiern mit dem würdigen Glanze, der bei solchen Gelegenheiten in vornehmen Familien üblich ist.

Natürlich waren außer den Freunden und Verwandten der Braut auch die des Bräutigams geladen, und man hörte überall den gemütlichen österreichischen Dialekt durch das reine Hochdeutsch und verschiedene andere Dialektanklänge herausklingen. Es war eine sehr vornehme Festversammlung, und an der Hochzeitstafel gab es manch launigen und ernsten Toast auf diese Verschwägerung zwischen Österreich und Deutschland.

Hasso von Falkenried brachte ebenfalls einen solchen Toast aus, indem er sich an seine Schwester wandte.

»So wie Deutschland und Österreich als treue Bundesgenossen Seite an Seite stehen, in Freud und Leid, so sollst auch du, meine liebe Schwester, als deutsche Frau mit einem Österreicher ein treues Bündnis für Lebenszeit geschlossen haben. Du gehst nicht mit deinem jungen Gatten in ein fremdes Land, sondern in ein Bruderreich, in dem die Menschen, wie dein Gatte, in deiner Sprache mit dir sprechen. Als deutscher Offizier stehe ich Österreich so sympathisch gegenüber wie euch allen unseren neuen österreichischen Verwandten, mit denen zusammen wir jetzt eine einzige große Familie bilden. Möge das Band, das uns vereinigt für alle Zeit, fest und unzerreißbar sein, nicht nur das Familienband, sondern auch das unserer Nationen. Ich erhebe mein Glas und bitte Sie alle, meine hochverehrten Herrschaften, mit mir anzustoßen auf dies doppelte Bündnis zwischen Österreich und Deutschland.«

Begeisterte Rufe folgten seiner Rede, und die Gläser klangen hell aneinander.

»Deutschland und Österreich in Treue vereint allewege!« rief Graf Rudi Haßbach und er trank sein Glas in einem Zuge leer.

Neben ihm saß seine junge Gattin. Sie waren eben auf der letzten Etappe ihrer Hochzeitsreise und wollten von Falkenried nach Wien zurückkehren, wo eine reizende kleine Villa für sie wie ein Schmuckkästchen eingerichtet worden war.

Das helle Glück lachte diesen beiden jungen Menschen fast übermütig aus den Augen. Sie hatten es auch als würdiges Ehepaar durchaus noch nicht gelernt, ernsthaft zu sein, und kosteten jede Minute ihres Daseins jubelnd aus.

Das ganze Fest verlief äußerst harmonisch und wurde nicht von dem leisesten Mißton getrübt. Als am Spätnachmittag Rita mit ihrem jungen Gatten ihre Hochzeitsreise antrat, dachten die Gäste durchaus noch nicht daran, die Feier zu beenden.

Rose hatte naturgemäß mit den Vorarbeiten zur Hochzeitsfeier am meisten zu tun gehabt. Frau von Falkenried und Rita waren durch die Beschaffung der Ausstattung reichlich in Anspruch genommen und hatten ihr alles überlassen müssen. Rose war ihrer Aufgabe auch hier vollständig gewachsen gewesen, es gab für sie überhaupt keine Schwierigkeit. Sie war von einer bewundernswerten Leistungsfähigkeit. Eine tiefe innere Freudigkeit hob sie gleichsam über alles hinweg. Hasso war ja nun heimgekommen für immer, und sie durfte als sein treuer Kamerad neben ihm stehen und ihm von Nutzen sein. Für ihre bescheidene Seele war das ein Glück, wie sie es kaum jemals zu hoffen gewagt hatte. Ihre wunschlose Liebe hatte keine höhere Forderung an das Schicksal.

Roses Verhältnis zur Familie Falkenried hatte sich, zumal seit der Affäre in Berlin, vollständig gewandelt. Den neuen österreichischen Verwandten war sie als vollwertiges Familienmitglied vorgestellt worden.

Rita hatte sich herzlich gefreut, daß die Eltern sich so ganz anders zu Rose stellten.

Unter den Hochzeitsgästen von Rita und Rainer war auch Hans von Axemberg gewesen, der in seiner munteren Weise viel zur fröhlichen Stimmung beigetragen hatte.

Er blieb nach der Hochzeit noch einige Tage zur Jagd in Falkenried.

Am Morgen nach dem Hochzeitsfest sagte er seufzend zu Hasso:

»Weißt du, mein Alter, solche Hochzeitsfeiern müßten für

Unbeteiligte verboten sein. Ich hatte die ganze Zeit Halluzinationen und sah überall Rola von Steinberg unter Myrthenkranz und Schleier.«

»So mache doch endlich energisch Schluß, Hans, und verhilf der jungen Dame in Wirklichkeit zu Brautkranz und Schleier.«

»Was denkst du denn – die sieben Jahre sind noch nicht um. Augenblicklich ist sie mir auf zwei Monate ganz aus den Augen gerückt, da sie ihren Pflichten als Schwester vom Roten Kreuz nachkommt. Nachher kommt das Manöver und wer weiß, wann ich endlich wieder anfangen kann, meine Festung regelrecht zu belagern. Aber eines Tages muß sie doch kapitulieren.«

»Bist du dessen so sicher?«

»Ich muß mir nur einmal irgend etwas Romantisches und Überwältigendes ausdenken, dann sinkt sie ihrem Retter hoffentlich gerührt in die Arme, und wir sind beide schrecklich glücklich.«

Hasso mußte lachen – und Hans lachte vergnügt mit.

In Falkenried war nach Ritas Hochzeit wieder das gewohnte Leben. – Hasso ging an die Verwirklichung seiner Pläne. Das von Rose vorgeschlagene Stück Ödland eignete sich vorzüglich für seine Zwecke. Es wurde sofort mit dem Bau einer Halle und Werkstätte begonnen, und inzwischen saß Hasso eifrig über neuen Plänen und Zeichnungen.

Getreulich widmete er jeden Tag eine Stunde landwirtschaftlichen Konferenzen mit seinem Vater, Colmar und Rose.

Gleich nach Ritas Hochzeit zeigten sich ernstliche Krankheitsanfälle bei seinem Vater, und noch weilte Rita auf ihrer

Hochzeitsreise, als ihr Vater plötzlich durch einen Herzschlag hinweggerafft wurde.

So erfuhr Rita erst, als sie mit ihrem jungen Gatten in Villau ihren Einzug gehalten hatte, daß inzwischen ihr Vater gestorben war.

Frau von Falkenried, die schon sehr unter der Trennung von Rita gelitten hatte, brach beim Tode ihres Gatten völlig zusammen und konnte sich lange von diesem Schlage nicht erholen. Sie kam sich einsam und überflüssig vor.

Rose und Hasso taten mit vereinten Kräften alles, was sie konnten, um Frau von Falkenried zu beruhigen und zu zerstreuen. Aber es wollte ihnen nur schwer gelingen.

Rose erwies sich nun noch mehr als zuvor als der Mittelpunkt von Falkenried. Durch ihre Hände liefen alle Fäden, und es war ihr Glück und ihr Stolz, daß sie Hasso alles Störende fernhalten konnte.

Am frühesten Morgen schon radelte Hasso auf dem Waldweg nach dem Flugplatz und kam erst mittags wieder heim. Nach Tisch konferierte er mit Colmar und Rose, dann fuhr er wieder mit dem Rad hinüber. Das war ihm praktischer und bequemer als ein Reitpferd zu benutzen.

Zuweilen, wenn Rose der Weg auf die Felder am Flugplatz vorüberführte, traf sie dort mit Hasso zusammen. Und da er merkte, wie sehr sie sich für seine Arbeiten interessierte, ließ er sie teilnehmen an seinem geistigen Schaffen, wurde es ihm bald Bedürfnis, sich ihr mitzuteilen. So wuchs sie mehr und mehr in seinen Ideenkreis hinein und überraschte ihn oft selbst mit praktischen Vorschlägen.

Im Mai unternahm Hasso die ersten Aufflüge von seinem Flugplatz aus.

Roses Wunsch, solche Flüge zu sehen, wurde nun oft genug

erfüllt, und ihre Blicke folgten sehnsüchtig dem Riesenvogel, der sich so stolz und kühn in die Lüfte schwang.

Sie wagte aber nicht, Hasso zu bitten, sie einmal an einem solchen Flug teilnehmen zu lassen. Aber er erinnerte sich selbst, daß sie ihm einmal den Wunsch ausgesprochen hatte, mit ihm auffliegen zu dürfen.

Und eines Morgens, als er sich von ihr verabschiedete, um nach der Halle zu fahren, sagte er lächelnd:

»Heute ist ein ruhiger Tag, Rose. Du hast mir einmal gesagt, daß du gern mit mir auffliegen möchtest. Willst du es heute tun? Das Wetter ist außerordentlich günstig für einen ruhigen Flug.«

Rose konnte zuerst nicht antworten vor freudigem Schreck. »Darf ich? Darf ich wirklich?« stieß sie endlich hervor. »O, wie gern!«

»Dann sei in einer Stunde drüben auf dem Flugplatz, Rose.«

Sie nickte nur, sprechen konnte sie nicht.

Und zur festgesetzten Zeit war sie zur Stelle, in einen glatten, festen Ledermantel gehüllt, wie sie ihn auf Autofahrten trug, mit der Autokappe auf dem blonden Haar.

Hasso sah sie prüfend an und nickte ihr nur zu.

Am Waldrand hielt Fritz Colmar auf seinem Pferd. Als er sah, daß Rose sich bereitmachte, ihren Platz auf dem Aeroplan einzunehmen, sprang er ab, band sein Pferd an einen Baum und kam spornstreichs herübergelaufen.

»Gnädiges Fräulein – Sie wollen doch nicht etwa mitfliegen?« fragte er atemlos.

»Doch, das will ich.«

»Donnerwetter – das ist Courage!« entfuhr es seinen Lippen.

»Es ist nicht anders, als wenn wir eine kleine Autofahrt unternehmen würden, lieber Colmar.«

»Ja, für Sie, gnädiger Herr, da ist es wohl nichts anderes. Aber für das gnädige Fräulein? Und ich selbst möchte lieber den wildesten Gaul zwischen den Schenkeln haben als auf solch einem Flugzeug sitzen.«

»Sie sind doch sonst so ein Luftikus«, rief sie ihm zu.

Er mußte nun zurücktreten. Hasso gab das Zeichen zum Abfahren. Wie ein gewaltiger Vogel, dessen Kraft nur in den Schwingen liegt und dessen Füße etwas plump und ungeschickt über den festen Boden hüpfen, so rollte der Aeroplan ein Stück auf dem Boden dahin, bis er sich langsam in die Lüfte hob und nun sicher und ruhig, wie seiner Kraft bewußt, emporstieg. Und höher und höher stieg er empor, in den blauen Äther hinauf.

Was Rose auf diesem Flug empfand, das konnte sie selbst kaum fassen. Hier oben war sie losgelöst von allem, allein mit dem Mann, dem ihre junge Seele zujauchzte. In seiner Hand war jetzt ihr Leben, und wenn es ihm gefallen hätte – jubelnd hätte sie den Untergang mit ihm begrüßt. Mit großen leuchtenden Augen nahm sie alles in sich auf, was sie zu sehen bekam.

Über eine Stunde blieben sie oben im Reich der Lüfte. Sie waren über die nahe Stadt hinweggeflogen, weit über den Kirchturm hinweg, klein und winzig alles, was Menschenhände da unten geschaffen hatten.

Und nun ging es zurück nach Falkenried. Wie Verklärung lag es auf Roses Antlitz, als ihr Hasso beim Aussteigen behilflich war.

»Nicht wahr, Rose – das war schön?« fragte er sie.

Sie preßte nur fest und dankbar seine Hand in der ihren.

Sprechen konnte sie nicht. Aber er verstand sie auch ohne Worte, wußte, daß er in ihr einen Kameraden gefunden hatte, der mit ihm durch dick und dünn ging und bei dem er Verständnis finden würde für alles, was ihn bewegte.

Frau von Falkenried, die keine Ahnung von Roses Mitfliegen hatte, war ganz entsetzt, als diese nun glückstrahlend nach Hause kam und ihr von ihrem Ausflug berichtete.

»Mein Gott, Rose, bist du denn von Sinnen gewesen? Es ist doch wahrlich genug, daß ich in ewiger Angst um Hasso leben muß. Nun fange du nur, um Gottes willen, nicht auch noch mit diesem Unsinn an«, sagte sie außer sich.

»Ach, liebste Tante Helene, wenn du einmal solch einen Flug unternehmen würdest, dann hättest du gar keine Angst mehr. Es war so wunderschön. Und ich habe dir vorher nichts davon gesagt, weil ich fürchtete, du würdest es mir verbieten.«

»Ich würde mich mit Händen und Füßen wehren, wollte mich jemand in so ein Flugzeug setzen. Was soll denn die ganze Fliegerei für einen Zweck haben? Als Spielerei ist sie doch wahrlich nicht zu betrachten, da sie schon so viel Menschenleben gefordert hat. Und als ernster Beruf hat sie doch gar keinen Nutzen.«

»Sieh es dir doch mal mit anderen Augen an als bisher. Jedes neue Verkehrsmittel, jede neue große Erfindung pflegt im Anfang Opfer zu kosten. Denke an die Elektrizität, an die Automobile – an die Dampfer und an die Eisenbahnen. Da hat man auch im Anfang dagegen protestiert, und es kostete Opfer, bis all das sich zur Vollendung entwickelt hatte. So wird es auch mit den Flugzeugen werden.«

Hasso war dazugekommen und hatte Rose lächelnd zugehört.

»Aber durch die Luft kann man doch unmöglich einen Verkehrsweg schaffen, der von Nutzen ist«, beharrte Frau von Falkenried.

»Das wird sich erst zeigen, liebe Mama. Zum Beispiel im Falle eines Krieges würde das gesamte Flugwesen große Bedeutung gewinnen.«

»Ach, Krieg! Gott bewahre uns davor!« rief seine Muter. »Ich kann mir gar nicht denken, daß es zwischen zivilisierten Völkern noch jemals zu einem Krieg kommen kann.«

»Liebe Mama, es kann der Frömmste nicht in Frieden bleiben, wenn es dem bösen Nachbar nicht gefällt. In allen Ländern rüstet man sich auch mit Flugzeugen und Luftschiffen. Da dürfen wir Deutschen nicht die Hände in den Schoß legen und warten, bis uns die Feinde über die Köpfe hinwegfliegen.«

»Gott bewahre uns davor! Ich möchte einen Krieg jedenfalls nicht erleben. Mit Schrecken denke ich noch an 70–71. Ich war damals noch ein Schulmädel, aber die Angst und Sorge vergesse ich nie, und wenn ich hundert Jahre alt würde. Nein, Gott bewahre mich in Gnaden, daß ich nicht noch einen Krieg erlebe. Jetzt müßte ich einen Sohn mit hinausziehen lassen – und ich bin nicht eine von den tapfren Müttern, die stolz und freudig das eigne Kind dem Vaterland opfern.«

Hasso brach das Thema ab.

Zum Glück kam in diesem Augenblick Post – zwei Briefe von Rita, einer für die Mutter, einer für Rose.

Rita schrieb oft nach Hause. In den Briefen an die Mutter wagte sie sich mit ihrer jungen Glückseligkeit nicht so heraus. Aber Rose gegenüber machte sie kein Hehl daraus.

Rose hatte auch oft an Rita geschrieben und ihr mitgeteilt,

daß die Mutter noch immer sehr unter dem Verlust des Vaters litte und wohl auch große Sehnsucht nach der Tochter habe.

Heute schrieb nun Rita an Rose:

»Meine liebe, gute Rose! Was Du mir von Mama schreibst, macht mir große Sorge. Ich meine, Mama wäre nur aufzuhelfen, wenn sie sich jetzt mal auf einige Zeit von Falkenried entfernte. Ich denke, wenn Mama uns in Villau besucht, hat sie Ablenkung, Luftveränderung und – mich. Ich schreibe Mama, zugleich mit diesem Brief an Dich, und sage ihr, daß sie mich unbedingt auf einige Wochen besuchen und Villau kennenlernen muß.

Also bitte, unterstütze meinen Plan, Mama von Falkenried fortzulocken.

Für heute nicht mehr, als herzliche Grüße an Dich und Hasso von Deiner glücklichen Rita.«

Der Erfolg dieser beiden Briefe Ritas war, daß Frau von Falkenried schon zwei Tage später die Reise nach Villau antrat.

Baron Rainer von Hohenegg war seiner Schwiegermutter bis Wien entgegengereist, um sie da in Empfang zu nehmen und bis nach Villau zu begleiten. Bei dieser Gelegenheit besuchte er seine Schwester und seinen Schwager in ihrer entzückenden kleinen Villa.

Graf Rudi und seine junge Gattin lebten in sonnigster Glückseligkeit. Für diese beiden glücklich veranlagten Menschen gab es keine Schatten auf der Welt, und sie ahnten nicht, daß an ihrem Glückshimmel sich bald genug drohende, finstere Wolken auftürmen sollten.

Graf Rudis größte Sorge bestand jetzt darin, daß seine junge Frau sich ja nicht Schaden zufüge. Sie erwartete Anfang Oktober ihr erstes Kindchen, und der besorgte Gatte hätte sie am liebsten in Watte gehüllt. Josepha lachte ihn aus und wollte nichts von Schonung wissen, da sie sich gesund und wohl fühlte. Rainer freute sich an dem Glück seiner Schwester.

Als Graf Rudi mit seinem Schwager allein war, sagte er ernster, als er sonst zu sein pflegte:

»Ich glaub' nicht, Rainer, daß ich Urlaub bekomme diesen Sommer. Wenn mich nicht alles täuscht, dann liegt etwas in der Luft. Du weißt ja, ich hab allerhand Beziehungen, und man hört dies und das. Ich sag dir das, damit du auf alle Fälle vorbereitet bist.«

Rainer drückte ihm schweigend die Hand. Sie sahen sich ernst an. Aber dann sagte Rainer beruhigend:

»Die da drüben, die nie Ruhe geben, haben sich ja all die Zeit weidlich in den Haaren gelegen. Aber jedenfalls muß man auf alles gefaßt sein.« –

Schloß Villau lag in einer malerischen, wundervollen Gegend auf einer mäßigen Anhöhe. Die junge Schloßherrin stand wartend auf der blumengeschmückten Veranda, als der Wagen mit ihrer Mutter und ihrem Gatten vorfuhr.

Eilig lief ihm die junge Frau entgegen. Rainer sprang mit einem Satz aus dem Wagen und fing sie in seinen Armen auf.

»Schatzerl, ich hab so große Sehnsucht nach dir gehabt«, flüsterte er ihr zu.

Sie sah ihn zärtlich schelmisch an, küßte ihn und schob ihn lachend beiseite. »Jetzt kommt mein Mutterl erst an die Reihe, du Unband«, schalt sie und umarmte und küßte ihre Mutter herzlich.

Dieser traten vor Freude über den Anblick ihres blühenden, glücklichen Kindes die Tränen in die Augen.

»Nicht weinen, liebe Mama! Schau um dich – du kannst ganz Villau von hier aus überblicken. Hab' ich nicht eine herrliche Heimat gefunden? Dort drüben auf dem hohen Berg liegt Schloß Hohenegg, wo Rainers Eltern wohnen. Du wirst mit uns nach Hohenegg fahren.«

So plauderte Rita, um ihrer Mutter Zeit zu geben, sich zu fassen. Mit großen Augen sah sich die alte Dame um.

»Schön ist es hier – wunderschön! Und ich bin nun doch froh, daß ich mich zu dieser Reise entschlossen habe. Wenn ich nun heimkomme, da werde ich an dich denken und dich immer vor mir sehen, wie du eben so strahlend glücklich da oben auf der Veranda standest und mir zuwinktest.«

Villau war ein sehr schöner und reicher Besitz.

Frau von Falkenried bekam erst jetzt, während ihres Aufenthalts in Villau, einen rechten Begriff von der glänzenden Partie, welche ihre Tochter gemacht hatte.

Rita war eine ganz tüchtige kleine Hausfrau geworden.

»Weißt du, Mama«, sagte sie eines Tages, »daheim haben wir uns immer viel zuviel auf Rose verlassen. Die hat uns verwöhnt, hat uns immer alles abgenommen. Jetzt weiß ich erst, was so ein Haushalt für Arbeit macht. Aber es macht mir Vergnügen, mich einzuarbeiten. Und Rainer ist sehr zufrieden mit mir. Nicht wahr, Rainer?«

Dieser zwinkerte seiner Schwiegermutter verstohlen mit den Augen zu. »Na – es geht halt so –, man muß zufrieden sein und darf nicht zu große Anforderungen stellen.«

Rita zauste ihn lachend ein wenig bei den Ohren.

In dieser Atmosphäre von Glück und Frohsinn heiterte sich Frau von Falkenrieds Stimmung tatsächlich auf. Rita und Rainer ließen ihr gar nicht Zeit, wieder in ihren Trübsinn zu verfallen.

Die Zeit von Frau von Falkenrieds Aufenthalt in Villau verging sehr schnell für sie. So war der 28. Juni herangekommen, jener denkwürdige Tag, an dem der österreichische Thronfolger Erzherzog Franz Ferdinand mit seiner Gemahlin in Sarajevo das Opfer heimtückischer Meuchelmörder wurde.

Baron Rainer brachte die Nachricht mit nach Hause von einer Ausfahrt in die nächste Stadt, wo man die Kunde mit allen Anzeichen des Entsetzens und der Entrüstung aufgenommen hatte. Er ahnte, daß dieser von den Serben verübte Meuchelmord schwerwiegende Folgen haben würde. Er übersah die Tragweite dieses furchtbaren Ereignisses.

Am 8. Juli trat Frau von Falkenried die Heimreise wieder an, von ihrem Schwiegersohn bis Wien begleitet. Baron Rainer wollte bei dieser Gelegenheit noch einmal mit seinem Schwager sprechen.

Ein plötzlicher Witterungsumschlag von großer Hitze zu einer abnorm niedrigen Temperatur, verursacht durch ein heftiges Gewitter, hatte zur Folge, daß sich die alte Dame eine sehr schwere Erkältung auf dieser Reise zuzog.

Sie kam sehr elend zu Hause an, und einige Tage später befiel sie eine schwere Lungenentzündung. Ihr geschwächter Organismus konnte dem Ansturm dieser heftigen Krankheit nicht widerstehen, und trotz Roses unermüdlicher, hingebungsvoller Pflege starb Frau von Falkenried am 24. Juli.

Ihr Wunsch war erfüllt worden. Sie erlebte den Krieg nicht mehr.

Am 23. Juli wurde der serbischen Regierung vom österreichisch-ungarischen Gesandten eine Note in Belgrad übergeben, welche die Forderung enthielt, die Österreich Serbien unbedingt stellen mußte, um Sühne zu heischen für den Fürstenmord in Sarajevo.

Diese Note wurde nicht in befriedigender Weise beantwortet. Und nun drängten sich die Ereignisse in geradezu erschreckender Weise.

Am 28. Juli brachte eine Extraausgabe der Wiener Zeitung im amtlichen Teil folgende Bekanntmachung:

Kriegserklärung!

Auf Grund allerhöchster Entschließung Seiner K. und K. apostolischen Majestät vom 28. Juli 1914 wurde heute an die Königlich Serbische Regierung eine in französischer Sprache abgefaßte Kriegserklärung gerichtet, welche in deutscher Übersetzung folgendermaßen lautet: Da die Königlich Serbische Regierung die Note, welche ihr vom österreichisch-ungarischen Gesandten in Belgrad am 23. Juli 1914 übergeben worden war, nicht in befriedigender Weise beantwortet hat, so sieht sich die K. und K. Regierung in die Notwendigkeit versetzt, selbst für die Wahrung ihrer Rechte und Interessen Sorge zu tragen und zu diesem Ende an die Gewalt der Waffen zu appellieren. Österreich-Ungarn betrachtet sich daher von diesem Augenblick an als im Kriegszustand mit Serbien befindlich.

Der österreichisch-ungarische Minister
des Äußeren
Graf Berchtold.

Dieser Erklärung folgte der Mobilmachungsbefehl auf dem Fuße. Und unter den Millionen Herzen, die bei dieser Nachricht erzitterten wie unter dem Flügelschlag eines grausamen

Geschickes, waren auch die Herzen der beiden neuvermählten Paare.

Nun ging es ans Scheiden und Meiden. Rudi Haßbach brachte es, in heißer Angst um seine junge Frau, Josepha so schonend wie möglich bei.

Sie nahm es auf wie einen Urteilsspruch des Schicksals. Sie hatte ja nicht einmal den sicheren Trost, nach vielleicht langer Trennung den Geliebten wiederzusehen. Wer konnte in solchem Falle auf ein Wiedersehen rechnen?

Sie umklammerte ihn in tiefer Herzensangst. Zum erstenmal war kein frohes Lachen in diesen sonst so sonnigen Männeraugen. Der bittere Ernst der Stunde lag darin und doch all die herzinnige Liebe und Sorge für sein junges Weib.

»Tapfer sein – tapfer, mein liebes Sepherl, du darfst dich nicht aufregen, denk an unser Kinderl. Für das Kinderl mußt dich gesund erhalten – und auch für mich, mein goldiges Sepherl. Schau – so wie uns geht es heut viel hunderttausend Menschen. Man darf nicht zagen. Wenn ich heimkomme aus dem Kriege, dann will ich doch mein Sepherl gesund wiederfinden, hörst du? Du gehst heim zu deinem lieben Mutterl, solang ich fort bin, und bist mein tapfres Sepherl.«

Ach, Josepha konnte nicht tapfer und mutig sein. Wenn ein Frauenherz um das Liebste bangt, das es auf Erden hat, dann zittert es in Angst und Sorge, auch wenn es sonst noch so heldenhaft und mutig ist.

Mit aller Kraft zwang sie sich zur Ruhe, nachdem sie den ersten jähen Schrecken überwunden hatte.

»Gott wird dich mir wiederbringen, mein Rudi. Es kann ja nicht sein, daß er uns auseinanderreißen will für immer. Er wird dich beschützen und behüten, ich will ihn darum anflehen Tag und Nacht«, sagte sie voll heiliger Inbrunst.

»Darfst mir das Lachen nicht ganz verlernen, mein Sepherl – auf Wiedersehen!« rief er ihr zu.

Josepha sah ihm nach, bis ihr die Tränen den Blick verdunkelten.

Auch an Rita und Rainer trat zwei Tage später die Trennung heran mit all ihren herben Bitterkeiten. Und auch diese beiden jungen Herzen lösten sich in tiefer Qual voneinander.

Josephas Vater war auf ein Telegramm seines Schwiegersohnes sofort nach Wien gereist, um seine Tochter nach Hohenegg zu holen. Bei ihren Eltern sollte sie bleiben, bis der Krieg zu Ende sein würde. Dort war sie voraussichtlich in unbedingter Sicherheit.

Und nach Hohenegg brachte auch Rainer seine junge Frau, ehe er zu seinem Regiment abreiste.

Rita und Josepha fielen sich schluchzend in die Arme und hielten sich lange umschlungen, als müsse eine die andere stützen. Sprechen konnten sie nicht. Sie wußten auch ohnedies, wie es in ihren Herzen aussah.

Josephas Eltern nahmen sich der nun verwaisten Rita mit derselben Liebe und Fürsorge an wie der eigenen Tochter.

So lebten Rita und Josepha scheinbar ganz friedlich in Hohenegg. Bis in diese stille Gegend drang wenig von den Unruhen des furchtbaren Weltenbrandes, der nun in erschreckender Weise um sich griff. Nur die Zeitungen meldeten ihnen all das Furchtbare, was geschah. Und ihre Herzen zitterten in Angst und Not um die geliebten Menschen.

Schwer und düster hatten sich nun auch über Deutschland die Wetterwolken zusammengeballt. Rußland nahm eine bedrohliche Haltung gegen Deutschland und Österreich an und war bereits heimlich am Mobilisierungswerk. In den maßgebenden Kreisen war man kaum noch im Zweifel, was diese bedrohliche Stellungnahme zu bedeuten hatte. Trotzdem versuchte Kaiser Wilhelm die Kriegsgefahr mit Einsatz all seiner Kräfte von Deutschland abzuwenden. Er erbot sich selbst, zwischen Rußland und Österreich zu vermitteln. Aber trotzdem Rußland auf sein Angebot einging, um möglichst viel Zeit für seine hinterlistigen Pläne zu gewinnen, setzte es unentwegt seine Mobilisierung fort.

So sah sich Deutschland gezwungen, eine Anfrage an die russische Regierung zu richten über den Zweck dieser militärischen Maßnahmen.

Diese Anfrage wurde nicht beantwortet. Man hätte sie wohl mit den Worten beantworten können: »Wir wollen den Krieg mit Deutschland und Österreich, und wir wollen euch vernichten.« Aber diese ehrliche Antwort gab Rußland nicht. Es hüllte sich in Schweigen, um mit fieberhafter Eile weiter zu rüsten und jede Minute des Vorsprungs auszunützen.

In seiner Langmut und seinen ehrlichen Friedensbestrebungen ging der deutsche Kaiser soweit, als diese Anfrage nach der festgesetzten Frist nicht beantwortet wurde, diese Frist noch um sechs Stunden zu verlängern. Als auch dann die verlangte Antwort nicht eintraf, wußte man, was das zu bedeuten habe.

Kaiser Wilhelm erklärte für das Deutsche Reich den Kriegszustand.

Es war am 31. Juli 1914 um 6⁶⁄₄ Uhr, als Kaiser Wilhelm folgende Ansprache an die vor dem Schloß versammelte Volksmenge hielt:

»Ich danke euch! Eure Kundgebung war mir ein Labsal. Wir sind im tiefsten Frieden in des Wortes wahrer Bedeutung überfallen worden durch den Neid unserer Feinde, der uns rings umgibt. Fünfundzwanzig Jahre habe Ich den Frieden beschirmt und gehalten. Nun bin Ich *gezwungen*, das Schwert zu ziehen; aber Ich hoffe, daß Ich es mit Ehren wieder einstecken kann. Es werden euch enorme Opfer an Gut und Blut auferlegt werden; aber ihr werdet sie ertragen, das weiß Ich. Wir werden die Gegner niederzwingen. Nun geht in die Kirchen und betet zu Gott, daß er dem deutschen Heere und der deutschen Sache den Sieg verleihen möge!«

Als am Abend dieses denkwürdigen Tages Oberst von Steinberg nach Hause kam, erwarteten ihn seine Frau und seine Tochter mit großer Unruhe und Sorge.

»Papa, lieber Papa, was bringst du für Nachrichten?« fragte Rola, sich an den Vater schmiegend.

Er legte den einen Arm um seine Frau, den andern um seine Tochter. Sein festgefügtes, wettergebräuntes Gesicht hatte einen tiefernsten Ausdruck, und doch leuchtete es in seinen Augen auf in mutvoller Begeisterung.

»Es wird ernst, meine Lieben. Morgen wird der Befehl zur Mobilmachung voraussichtlich in allen Teilen unseres deutschen Vaterlandes telegraphisch bekanntgegeben werden.«

»Und wann mußt du fort?« fragte Frau von Steinberg nach einer Weile leise.

»Am Montag spätestens – vielleicht auch schon am Sonntag.«

Rola hob das blasse Antlitz. Sie dachte an einen, der mit

dem Vater zugleich hinausziehen würde in den Kampf, an einen, der ihr seit langer, langer Zeit schon sein warmes, junges Herz zu Füßen gelegt hatte, und dem sie auf all sein treues Werben nur immer eine halb ungeduldige, halb spöttische Abwehr gegeben hatte – Hans von Axemberg.

Das Herz tat ihr plötzlich so weh, als sie an ihn dachte, so weh, daß sie die Tränen nur schwer niederzwingen konnte. Ob sie ihn überhaupt noch einmal wiedersah, ehe er fortging? Sie öffnete schon die Lippen und wollte den Vater fragen. Aber mädchenhafte Scheu schloß ihr den Mund. Es war ihr, als müsse sie mit dieser Frage ein Geheimnis verraten, das sie sich kaum selbst eingestehen wollte – das Geheimnis, daß sie Hans von Axemberg, trotz ihrer spröden Abwehr, doch herzlich liebgewonnen hatte.

Sie saß bei Tische den Eltern gegenüber und sprach mit ihnen von dem, was jetzt das ganze Land mit Unruhe und Sorge erfüllte. Aber ihre Gedanken flogen immer wieder zu Hans von Axemberg.

Am nächsten Tag, dem 1. August, wurde die allgemeine Mobilmachung für Deutschland angeordnet, und Rola erfuhr von ihrem Vater, daß sein Regiment wohl schon am nächsten Tage die Fahrt an die Grenze antreten würde.

Das hieß für Rola: den Vater hergeben und – den Geliebten. Ja – mit einem Male wußte sie es, daß sie Hans von Axemberg liebte, schon seit langer, langer Zeit.

Und nun war ein einziges, atemloses Warten in ihrer Seele, ob er noch einmal kommen und sich verabschieden würde oder ob er ohne Abschied von ihr gehen wollte.

Das letztere konnte und wollte sie nicht glauben. Sie wartete und wartete. Aber der Tag schritt weiter und weiter voran – und er kam nicht. Was war das für ein qualvoller Tag, der wie eine schwere, drückende Last auf allen Gemütern lag, von der man sich verzweifelt zu befreien trachtete.

Solche Stunden und Tage zählen hundertfach für jeden Lebensweg.

Und Rola wartete – wartete vergeblich auf etwas, das ihrer Ansicht nach doch kommen mußte.

Aber der Abend sank hernieder, und Hans von Axemberg war nicht gekommen. Und morgen zog er ins Feld.

Mit bleichem Antlitz und zuckenden Lippen stand sie am Fenster ihres Zimmers und starrte auf die Straße hinab. Sie dachte an ihr letztes Zusammensein mit Hans von Axemberg. Da hatten sie wieder erst ein kleines Scharmützel ausgefochten, da hatte er sie lange schweigend angesehen, mit einem Blick, der sie seltsam beunruhigt hatte. Erst nach einer ganzen Weile hatte er mit verhaltener Stimme gesagt:

»Sie wissen nicht, wie weh Sie mir tun – sonst würden Sie es gewiß nicht tun.«

Jetzt brannten sich diese Worte tief und schmerzend, wie eine Anklage, in ihr Herz. Wenn er doch käme!

Wollte er wirklich gehen und sie in dieser Zerrissenheit ihrer Empfindungen zurücklassen?

Nein – sie hielt dieses qualvolle, tatenlose Warten nicht mehr aus, sie mußte etwas tun – mußte hinaus ins Freie. Die Wände des Zimmers rückten zusammen, als wollten sie alles ersticken. Mit einem jähen Ruck wandte sie sich vom Fenster ab und verließ ihr Zimmer.

Ohne langes Besinnen, wie magnetisch angezogen, lief sie einige Straßen entlang bis zu einem kleinen, freien Platz. Und in einem dieser Häuser wohnte, wie sie wußte, Hans von Axemberg.

Sie wurde sich nicht klar über das, was sie hier wollte,

wußte nur, daß sie ihn nicht gehen lassen konnte, nicht gehen lassen durfte, ohne ihm ein gutes Wort mit auf den Weg zu geben. Einmal mußte er ja wohl noch nach Hause kommen oder, wenn er zu Hause war, fortgehen. Und darauf wollte sie warten, gleichviel, wie lange es dauern würde. Der kleine Platz war still und menschenleer.

Dicht vor Hans von Axembergs Wohnung ging sie zwischen den Ziersträuchern der Anlagen langsam auf und ab. Zuweilen blieb sie stehen und schaute nach dem Hause empor nach einigen erleuchteten Fenstern.

Ob hinter einem derselben Hans von Axemberg wohnte?

Sie hatte jetzt kein Empfinden dafür, daß es unpassend für eine Dame aus guter Familie sei, auf einen jungen Herrn vor seiner Wohnung zu warten. Solche Bedenken hatten jetzt nicht Raum in ihrer Brust. Sie dachte auch nicht daran, was ihre Mutter denken würde, wenn sie merkte, daß sie fortgegangen war, am dunklen Abend, ohne jede Begleitung.

Wohl eine Viertelstunde hatte sie so vor Hans von Axembergs Wohnung Wache gestanden, da öffnete sich die Haustür, und der, auf den Rola wartete mit fieberhafter Sehnsucht, trat heraus. Er war bereits in der feldgrauen Uniform, in der die deutschen Soldaten diesmal in den Krieg ziehen sollten.

Rola stand wie gelähmt, sie konnte sich nicht rühren. Und er schritt gerade auf sie zu, ohne sie zunächst zu beachten. Erst, als er dicht neben ihr stand und der helle Lichtschein einer Laterne auf sie fiel, stutzte er vor der reglosen, weißen Gestalt und sah sie scharf an.

Da blieb er mit einem Ruck stehen und atmete tief auf, und sah sie an, als glaube er an eine Halluzination.

All seine Gedanken waren gestern und heute zu Rola geflogen, aber er hatte noch nicht eine Minute Zeit gehabt zu einem Besuch bei Steinbergs – aber nun er mit seinen Vorbereitungen fertig war, trieb ihn die Sehnsucht doch zu ihr. Vielleicht half ihm noch ein gütiger Zufall, daß er einen Abschiedsgruß mit ihr tauschen konnte. Von dieser Hoffnung beseelt, hatte er sich aufgemacht, um bis zur Steinbergschen Wohnung zu gehen.

Und nun stand Rola plötzlich vor ihm. – Wie gelähmt stand sie da und doch vor Erregung an allen Gliedern zitternd. Die großen grauen Augen hatten heute gar keinen übermütigen, kampfeslustigen Ausdruck. Sie blickten angstvoll und unruhig und hatten einen feuchten Schimmer. Es lag etwas Hilfloses in der ganzen Erscheinung.

»Rola!«

Halberstickt und doch impulsiv rang sich ihr Name über seine Lippen.

Sie nickte nur stumm und duldete es, daß er ihre kalten, zitternden Hände zwischen die seinen nahm und sie inbrünstig küßte. Und dann zog er sie hastig in den Schatten des Gebüsches.

»Ich konnte nicht anders – Sie sollten nicht ohne Abschied von mir gehen – ich – ja – ich wollte Ihnen sagen, daß es mir leid tut – ach, so bitter leid, daß ich Sie gekränkt und gequält habe all die Zeit.«

»Deshalb, Rola – deshalb sind Sie hierhergekommen – haben gar hier auf mich gewartet?« fragte er mit ungläubigem Jubel in seiner Stimme.

Wieder atmete sie tief auf. Und dann wurde sie ganz ruhig und richtete sich entschlossen auf. »Ja, deshalb. Den ganzen Tag hatte ich auf Sie gewartet. Und als Sie nicht kamen, da mußte ich gehen, mußte Sie noch einmal wiedersehen.« –

Er zog sie ganz nahe an sich heran bei den Händen und sah ihr tief in die Augen.

»Wissen Sie, was Sie mir mit diesen Worten für ein Geschenk machen, Rola? Glauben Sie wirklich, ich wäre ohne Abschied von Ihnen gegangen? Das alles kommt ja so plötzlich. Und morgen müssen wir fort, das wissen Sie wohl von Ihrem Herrn Vater. Ich war auf dem Wege zu Ihnen, wußte nur noch nicht, wie ich es anstellen sollte, Sie zu dieser ungewohnten Zeit zu Gesicht zu bekommen. Und nun stehen Sie vor mir – hier vor meiner Wohnung. Ach, Rola – soll das heißen, daß du es nun genug sein lassen willst der Qual? Willst du mir sagen, daß dein trotziges Herz nun endlich den Widerstand aufgegeben hat? Es gibt keinen, der dich so liebt, wie ich es tue.«

Er fühlte, wie sie zitterte und bebte, und plötzlich rang sich ein trockenes Schluchzen über ihre Lippen.

»Hans – ach, lieber Hans – ich hab dich lieb – so lange schon – ich habe es nur selbst nicht gewußt«, stammelte sie.

Er nahm sie fest in seine Arme, an sein klopfendes Herz. »Liebling – ich habe es ja gewußt – du konntest mir auf die Dauer nicht widerstehen. Du – du – wenn du wüßtest, wie ich nach dir verlangt habe. Manchmal meinte ich, ich ertrüge es nicht mehr. Und ohne diesen Krieg – wer weiß, wie lange du mich noch gequält hättest.« Und er preßte seine Lippen auf den feinen, weichen Mädchenmund, wieder und wieder.

Sie vergaßen, daß sie im Schatten des Gebüsches die ersten heißen Liebesküsse tauschten, vergaßen jetzt sogar auf kurze Zeit, daß diesen Küssen ein schmerzlicher Abschied folgen mußte. Einige kurze Minuten des Glückes forderten sie dem neidischen Schicksal ab.

Und dann gingen sie langsam, Arm in Arm, über den

stillen, menschenleeren Platz und sagten sich in Eile so viel Liebes und Süßes, wie sich nur in diese kurzen Minuten fassen ließ. Und wieder und wieder kehrten sie um in die stillen Anlagen, weil sie sich immer noch etwas zu sagen hatten.

Schließlich sagte Axemberg aber ganz energisch:

»Weißt du, mein Liebling – in dieser großen, ungewöhnlichen Zeit ist es Unsinn, kleinlichen Bedenken nachzugeben. Ich gehe jetzt mit dir nach Hause und stelle deinen Eltern noch heute abend die Frage, ob sie mich nach beendetem Krieg als Schwiegersohn willkommen heißen wollen. Wenn ich nur gestern schon eine Ahnung gehabt hätte, dann wäre ich nicht in den Krieg gezogen, ohne diese liebe, kleine Hand für immer an mich zu fesseln durch eine Kriegstrauung. Aber nun ist die Zeit doch zu kurz, und ich muß mich damit begnügen, daß du dich mir anverlobt hast. Das wird mich wie ein Talisman schützen. Wirst du auch an mich denken?«

»Ja, Liebster, das weißt du nun doch, daß meine Gedanken immer um dich sein werden. Aber denke nicht, daß ich tatenlos zu Hause sitzen werde, während du im Felde stehst. Dazu bin ich nicht geschaffen. Auch ich will zum Wohl des Vaterlandes meine Kräfte regen. Morgen stelle ich mich dem Roten Kreuz zur Verfügung. Ausgebildet bin ich längst, und meine Eltern billigen meinen Entschluß.«

Hand in Hand traten sie eine Minute später vor Rolas Eltern.

Da gab es kein langes Reden und Erklären. Nur wenige herzliche, tiefempfundene Worte, herüber und hinüber. Rolas Eltern nahmen den Schwiegersohn mit offenen Armen auf. Aber man kam doch überein, die Verlobung erst zu veröffentlichen, wenn friedlichere Zeiten gekommen wären.

Das Brautpaar war zufrieden. Noch eine kurze, selige

Stunde war den beiden jungen Menschen beschieden – dann kam der herbe, bittere Abschied. Ein letzter, schmerzlich-süßer Kuß, ein verhaltenes heißes Liebeswort – ein halb ersticktes Lebewohl –, dann waren sie getrennt – wer wußte, für wie lange Zeit.

Die Beerdigung Frau von Falkenrieds war in aller Stille vollzogen worden. Baron Rainers Depesche, die Hasso meldete, warum er Rita nicht nach Hause reisen lassen wollte, war eingetroffen.

Er schrieb seiner Schwester einen liebevollen, herzlichen Brief, berichtete ihr alle Einzelheiten über Krankheit, Tod und Beerdigung der Mutter und suchte ihr Trost einzusprechen.

Und nun blieb er mit Rose allein in Falkenried. Sie fühlten beide, ohne daß sie es aussprachen, daß es auf die Dauer nicht so bleiben konnte, sondern daß eine schwerwiegende Änderung kommen mußte.

Hasso sagte sich so gut wie Rose, daß er als Junggeselle nicht mit ihr in Falkenried hausen konnte, nun seine Mutter tot war. Und mit sorgenvollem Herzen fragte er sich: Was soll nun mit Rose werden, und wie soll Falkenried ohne Rose weiter bestehen? Daß sie ihm selbst persönlich sehr fehlen würde, gestand er sich offen ein.

Im Grunde hätte er es wunderschön gefunden, wenn alles hätte bleiben können, wie es war. Aber er mußte sich sagen, daß es nicht anging. Er war ein junger, unverheirateter Mann – und Rose ein junges Weib.

Zum erstenmal sah er in dieser zwangvollen Lage in Rose nicht nur den Kameradern, sondern auch – das junge Weib.

Es war, als fielen ihm dabei Schuppen von den Augen. Er

sah, daß dieses junge Mädchen stille, feine Reize besaß, die er bisher nicht beachtet.

War es nur das Gefühl, daß ein ferneres Zusammenleben mit ihr unter den alten Beziehungen nicht fortbestehen konnte, was ihm die Augen öffnete für Roses weibliche Reize, oder war sein Herz nach den bitteren Erfahrungen mit Natascha wieder aufnahmefähig geworden. Er wußte nur, daß weder sein Herz noch seine Sinne jetzt absolut ruhig waren, wenn ihm Rose gegenüberstand.

Was soll mit Rose werden?

Er konnte sie doch unmöglich von Falkenried fortgehen lassen. Wo sollte sie hingehen? Vielleicht zu Rita nach Villau?

Als er diesen Gedanken noch erwog, kam die Nachricht von dem Ausbruch des Krieges in Österreich.

So war also nicht daran zu denken, Rose nach Villau zu schicken.

Und es wollte ihm auch gar nicht gefallen, Rose von Falkenried fortzuschicken, wo sie doch so unentbehrlich war.

In diese Situation hinein kam Deutschlands Mobilmachung. Er hatte soeben sein neuestes Flugzeug ausprobiert, an dem er allerlei wichtige Verbesserungen angebracht hatte, die von großer Bedeutung waren. Stolz und befriedigt war er von einem langen Flug zurückgekehrt und hatte den Aeroplan in die Halle schaffen lassen.

Sogleich hatte er sich an seinen Schreibtisch gesetzt, um Exzellenz von Bogendorf zu berichten, wie vorzüglich sich sein neuestes Flugzeug bewährt habe. Kaum hatte er die Feder ergriffen, als er telefonisch angerufen wurde. Er nahm den Hörer auf – und bekam Bescheid, daß Exzellenz von Bogendorf ihn zu sprechen wünsche.

»Mein lieber Herr von Falkenried, zunächst nur privatim die Mitteilung, daß morgen voraussichtlich in allen Teilen Deutschlands mobil gemacht wird.«

»Wirklich, Exzellenz?«

»Jawohl. Sie sollen also schneller, als wir ahnten, wieder zu uns zurückkehren. Ich wollte Ihnen das inoffiziell schon jetzt mitteilen und zugleich anfragen, wie weit Ihr neuester Aeroplan gediehen ist.«

»Der ist fertig. Ich war soeben im Begriff, Euer Exzellenz zu melden, die neuen Vorrichtungen funktionieren tadellos und lassen sich in kürzester Zeit an anderen Flugzeugen anbringen. Die nötigen Apparate habe ich noch für etwa zwölf Flugzeuge fertigstellen lassen.«

»Das ist ja famos, lieber Falkenried. Sie stellen uns das doch alles zur Verfügung?«

»Selbstverständlich, Exzellenz.«

»Bis wann können wir darauf rechnen, daß sie mit dem neuen Aeroplan und den Apparaten hier eintreffen?«

»Ich gebe sofort Order an meine Werkstätte, daß mit dem Verpacken sogleich begonnen wird. Bis Montag früh spätestens ist alles transportfertig, und ich reise dann mit meinen Monteuren hier ab.«

»Gut, gut, ganz vorzüglich. Ich sehe, Sie sind noch der alte, auf den unbedingt zu zählen ist. Ich erwarte Sie bei mir.«

»Exzellenz dürfen auf mich zählen.«

»Freut mich. Nun wollen wir mal dem Feind zeigen, was es heißt, die Deutschen zu einem Krieg zu drängen.«

Damit war das Gespräch beendet.

Mit fest zusammengepreßten Lippen sah Hasso vor sich hin. Dann nahm er den Hörer wieder auf und rief seinen Hauptmonteur in der Werkstätte an den Apparat.

Ohne weitere Erklärung gab er diesem Weisung, sofort mit dem Verpacken der fertigen Apparate und des neuen Flugzeuges zu beginnen.

»Ich komme nachher selbst noch einmal hinüber, sobald ich abkommen kann.«

Die Nachricht von der Mobilmachung hatte ihn nicht unvorbereitet getroffen. Seit der Mobilisierung Österreichs hatte er das kommen sehen. Bei der deutschen Luftflotte, dieser neuesten Waffe, wurde im Kriegsfall jeder Mann gebraucht, und er war sich, ohne Überhebung, seines Wertes bewußt. Jetzt war für ihn die Zeit gekommen, sich selbst die Seele reinzubaden von dem Vorwurf, daß er eine einzige Stunde einem Weibe gegenüber die Vorsicht außer acht gelassen hatte. – Die Frage, was aus Rose werden sollte, mußte zwischen heute und Montag früh entschieden werden.

Zwar konnte Rose nun in Falkenried bleiben, denn er reiste ab. Und in ihren Händen wußte er Falkenried wohl geborgen, solange er fern war. Aber – wenn er nicht wiederkehrte – wenn er fiel –, was wurde dann aus Rose?

Falkenried war Majorat, und wenn er ohne Leibeserben, ohne einen Sohn zu hinterlassen, starb, dann kam ein entfernter Verwandter von ihm als Herr nach Falkenried. Und dann hatte Rose kein Recht mehr, hierzubleiben. Sie würde verlassen und schutzlos im Leben stehen.

Er sprang auf und lief unruhig auf und ab. Was er tun sollte, um ihre Zukunft auf alle Fälle sicherzustellen, wußte er nicht. Aber eins war ihm klar – geschehen mußte irgend etwas für Rose.

Er hinterließ, daß sie nicht mit dem Abendessen auf ihn warten sollte, da er drüben vielleicht länger aufgehalten würde.

Das wurde Rose bestellt, als sie nach Hause kam. Es befremdete sie nicht. Sie wußte, daß Hasso ein neues, schweres Werk vollendet hatte.

So ließ sie auch für sich nicht erst die Tafel decken, sondern auf ihr Arbeitszimmer Tee und einen Imbiß bringen, damit sie noch einige schriftliche Arbeiten erledigen konnte.

Erst als sie, wie jeden Abend, im Hause herumging und alles abschloß, kam Hasso nach Hause. Sie begrüßten einander mit einem warmen Händedruck.

»So lange warst du heute bei der Arbeit, Hasso? Ist alles nach deinem Wunsch gelungen?

»Alles funktioniert tadellos. Und du bist auch noch nicht zur Ruhe?«

»Ich hatte noch einiges in die Bücher einzutragen. Jetzt in der Ernte bleibt mir am Tag wenig Zeit dafür. Aber nun bin ich auch rechtschaffen müde. Soll ich dir noch das Abendessen servieren lassen?«

»Nein, danke. Ich habe drüben mit den Leuten ein Butterbrot gegessen. Sie mußten Überstunden machen.«

»Ist die Arbeit so eilig, Hasso?« fragte Rose ahnungslos.

»Ja, Rose – es muß auch am Sonntag gearbeitet werden.« Und dann reichte er ihr die Hand. »Nun gute Nacht, Rose – du bist müde! Schlaf gut.«

»Gute Nacht, Hasso.«

Sie stieg die Treppe empor zu ihrem Zimmer hinauf. Er blieb in der Halle stehen und sah ihr nach. –

Am nächsten Nachmittag stand Hasso mit seinem Obermonteur vor der Flugzeughalle. Da sah er plötzlich Rose mit verhängten Zügeln quer über den Flugplatz in schärfstem Tempo auf sich zureiten. Er ging ihr entgegen. Schon von weitem sah er, daß sie sehr erregt war, und er ahnte den

Grund zu dieser Erregung. Kurz vor ihm parierte sie ihr Pferd.

»Hasso!« Wie ein Schrei brach es aus ihrer Brust.

Er trat an sie heran und sah zu ihr auf. »Was ist, Rose?«

Sie konnte vor Erregung nicht gleich sprechen. Ihr Antlitz war bleich, trotz des scharfen Rittes, und er sah, wie sie sich mühte, Fassung zu behalten. Endlich stieß sie hervor:

»Krieg mit Rußland, Hasso. Deutschland macht mobil. Morgen ist der erste Mobilmachungstag. Soeben traf das Telegramm auf der Post ein. Ich traf mit Colmar dort zusammen. Er ist gleich wieder auf die Felder hinaus, um es den Leuten zu verkünden. Und ich bin hierhergeeilt, um es dir zu sagen.«

Kein Zug änderte sich in seinem Gesicht.

»Ich wußte es schon seit gestern, Rose. Exzellenz von Bogendorf teilte es mir inoffiziell mit, deshalb sprach ich noch nicht darüber. Hier muß alles eingepackt und fortgeschickt werden. Auch das Automobil stelle ich in den Dienst des Vaterlandes. Und die Remonten müssen wir mit Colmar zusammen aussuchen.«

»Und du, Hasso?«

»Ich reise Montag früh. Und nun entschuldige mich; ich muß zu meinen Arbeitern zurück. Heute abend sprechen wir noch darüber.«

Schnell reichte er ihr die Hand und ging davon. Ihr blasses, erregtes Gesicht beunruhigte ihn – und jetzt mußte er ganz ruhig bleiben.

Rose hielt noch eine Weile still auf ihrem Pferd und sah ihm nach. Langsam wandte sie sich dann, um heimzureiten. Und ihr war zumute, als liege ihr das Herz wie ein Stein in der Brust.

Daheim angekommen, blieb ihr aber wenig Zeit, ihrem

Schmerz nachzuhängen. Von allen Seiten stürmten die Leute auf sie ein. Die erschreckende Nachricht hatte sich im Schloß und im Dorfe mit Windeseile verbreitet.

»Krieg – es gibt Krieg!« riefen sich die Leute zu.

In kopfloser Angst liefen die weiblichen Dienstboten durcheinander und rafften, als müßten sie vor etwas Schrecklichem fliehen, allerlei zusammen, um es dann wieder hinzulegen. Aber die Männer nahmen die Botschaft anders auf. Die jungen reckten frisch die starken Arme, als sollte es gleich auf den Feind losgehen. Die älteren und besonneneren, die an Weib und Kind dachten, ballten die Fäuste und bissen die Zähne zusammen.

Nach und nach kamen alle vom Feld heim. Der Verwalter Colmar ritt als erster in den Gutshof. Er brauchte, da er bereits in der Mitte der fünfzig war, nicht mit fort in den Krieg, aber sein Sohn mußte als einer der ersten mit hinaus.

Fritz Colmar stürmte bald darauf mit jugendlicher Begeisterung unter die Leute. Er sah nicht das blasse, verweinte Gesicht seiner Mutter am Fenster des Verwalterhauses.

Dem Vater schwenkte er die Mütze entgegen.

An regelrechte Arbeit war heute nicht mehr zu denken, trotzdem sie heute nötiger als je gewesen wäre, denn die Ernte war noch nicht herein, und die Männer wurden fortgerufen ins Feld.

Die Leute blieben in aufgeregten Gruppen auf dem Hofe stehen, bis Hasso nach Hause kam.

Er sprach zu den Leuten, wie eben nur ein Mann von seiner Art zu sprechen vermochte, ruhig und ernst.

»Wir haben jetzt alle, reich und arm, hoch und gering, vom Kaiser bis zum Bettler, nur eine einzige Pflicht allen andern voranzustellen, das ist die Pflicht, das Vaterland zu schützen gegen den räuberischen Feind, der mit schändlichen Mitteln unsern Frieden bedroht. Dieser heiligen Pflicht wollen wir uns alle, Mann für Mann, unterziehen. Mit Gott für Kaiser und Vaterland!«

Ein einstimmiger, brausender Ruf antwortete ihm auf diese Rede. Hasso forderte nun die Männer auf, die militärpflichtig waren, sich bei dem Verwalter zu melden, damit festgestellt werden konnte, wann jeder einzelne entlassen werden mußte.

Viel Ruhe wurde heute nicht. Alle hatten noch zu fragen, und für Hasso und Rose gab es keine Minute zu einer ruhigen Aussprache. Sie waren nicht eine Minute allein bis zum späten Abend.

Am andern Morgen mußten sich schon eine ganze Anzahl der jungen Männer auf den Weg machen.

Die jungen Knechte steckten sich Eichenlaub an die Mützen, schäkerten noch ein bißchen mit den Mägden und jauchzten, als gehe es zu einem Feste. Die älteren Leute hielten Frau und Kinder noch einmal im Arm mit der kurzen, kargen Zärtlichkeit hartgewöhnter Leute und sprachen schnell noch ein paar ernste, leise Worte miteinander.

So ging der Zug durchs Dorf, und hier und da schloß sich noch einer an. Wenn sich die Frauen von ihren Männern getrennt hatten, gingen sie weinend heim. Aber wenn sie sich ausgeweint hatten, bissen sie tapfer die Zähne zusammen und gingen an die Arbeit. Denn nun hieß es doppelt fleißig schaffen in Haus und Stall und dem Stückchen Feld, das jedem eigen war. Die Ernte mußte eingebracht, das Vieh versorgt werden, doppelt achtsam, denn man ging einer schweren Zeit entgegen.

Rose erwies sich auch jetzt, trotz ihrer eigenen Herzensnot, als ein Segen für ihre Umgebung. Sie ging von einem zum andern und half und tröstete, wo und wie sie konnte. Ihre Angst um Hasso mußte sie zum Schweigen bringen, sie durfte sie nicht einmal zeigen – weil sie doch kein Recht dazu hatte.

Sie hatte auch keine Zeit, sich ihrem Schmerz hinzugeben. Und Hasso hatte zunächst ebensowenig Zeit, auf Rose zu achten.

Aber dann kam der Sonntagabend heran, und nun wurde ein wenig Ruhe nach dem ersten Sturm. Drüben in der Flugzeughalle ging alles nach Wunsch, und Hasso konnte nun aufatmen und sich eine Stunde Ruhe gönnen.

Er wollte nun zunächst einmal darüber nachdenken, wie er Roses Zukunft sicherstellen konnte. Und er kam auf den Gedanken, auf alle Fälle ein Testament zu hinterlassen und in diesem Testament für Rose nach Kräften zu sorgen.

Er überlegte, wie er es aufsetzen sollte. Und da kam die Sehnsucht über ihn, dies alles einmal klar und ruhig mit Rose zu besprechen.

Er wußte sie drüben im Wohnzimmer, sie hatte ihm gesagt, daß sie dort sei, falls er sie brauche.

Und als er eintrat, sah er Rose blaß und ernst vor einem jungen Knecht und einer jungen Magd stehen. Der Frieder und die Trina hielten sich fest bei den Händen. Trina hatte rotgeweinte Augen und hielt den Kopf gesenkt, und der Frieder hatte einen trotzig verlegenen Ausdruck im Gesicht.

Hasso blieb lautlos an der Tür stehen und wurde so Zeuge der kleinen Szene, die sich hier abspielte.

»Wir möchten das gnädige Fräulein um Erlaubnis bitten«,

sagte der Frieder, »daß wir zwei, die Trina und ich, heut abend noch zum Herrn Pfarrer gehen dürfen. Ich muß morgen früh fort – und ich will die Trina nicht im Elend sitzen lassen. Sie soll für ihr Kind, das um die Weihnachtszeit kommt, einen ehrlichen Namen haben. Die Trina hat meine Frau werden sollen, und ich will nicht zum Schuft an ihr werden. Ich hab mit dem Herrn Pfarrer gesprochen. Er will uns ohne Aufgebot heute abend noch zusammengeben in einer Nottrauung. Außer uns sollen noch zwei Paare aus dem Dorfe heute abend nach dem Gottesdienst in einer Kriegstrauung zusammengegeben werden. Die Trina soll als meine Frau zurückbleiben. Dann hab ich draußen meine Ruhe, und sie hat sie daheim.«

Rose hatte ernst und ruhig zugehört. Nun reichte sie dem Frieder die Hand mit einem freundlichen Lächeln.

»Das ist brav von Ihnen, Frieder. Die Trina ist ein ordentliches Mädchen. Ich verspreche Ihnen, daß ich für Trina sorgen will, solange es in meiner Macht steht. Ich weiß freilich selbst noch nicht, wie alles hier wird, und muß erst noch mit dem gnädigen Herrn Rücksprache nehmen. Aber ein gutes Wort will ich auf alle Fälle für die Trina einlegen.«

Da trat Hasso heran mit nachdenklichem Gesicht.

»Ich habe schon alles gehört, und für die Trina wird gesorgt. Wann will euch denn der Herr Pastor zusammengeben in der Kirche?«

»Um neun Uhr, gnädiger Herr. Der Herr Gemeindevorstand will in der Sakristei sein, damit er vorher die standesamtliche Eintragung der drei Paare machen kann. Es ist nichts weiter dabei nötig als unsere Geburtsscheine und meine Militärpapiere. Das haben wir beisammen, gnädiger Herr.«

Hassos Gesicht war noch nachdenklicher geworden.

»Es ist gut. Ihr könnt gehen – und ich selbst werde eurer Trauung beiwohnen. Eine gute Stunde ist bis dahin noch Zeit. Also – ich komme in die Kirche.«

Der Frieder und die Trina gingen Hand in Hand davon.

Rose trat an den Tisch und legte mit ernstem Gesicht die Zeitung zusammen, in der sie gelesen hatte, ehe das Brautpaar eintrat.

Hasso stand an den Kamin gelehnt und sah sie an. Und da war ihm ganz seltsam zumute. Sie trug ein schlichtes, schwarzes Kleid, das sich weich ihren schlanken Formen anschmiegte. Das Lampenlicht streute glänzende Lichter auf ihren goldenen Scheitel. Wie schön dieses blonde Haar war. Das fiel ihm heute zum ersten Male so recht in die Augen. Eine stille, ergebene Trauer lag auf ihren reinen Zügen, und die Augen hielt sie gesenkt.

Wie blaß sie aussah. Wahrscheinlich bangte sie sich um ihre Zukunft. Ließ er sie nicht auch hilflos zurück, wenn er morgen in den Krieg zog?

Mit einem seltsamen Gefühl hatte er vorhin den Frieder von der Nottrauung sprechen hören, die der Pastor heute abend vornehmen wollte. Da waren also drei Männer im Dorfe, die ihre Bräute nicht als Mädchen zurücklassen wollten, die ihnen ihre Namen und die Rechte einer Frau geben wollten. Die Rechte einer Frau?

Er sah mit großen Augen zu Rose hinüber. War das nicht wie ein Fingerzeig des Schicksals? Da war ja die Hilfe für Rose. Warum sollte er sie nicht zu seiner Frau machen?

Rose – seine Frau?

Unwillkürlich richtete er sich auf. Das war die einfachste und gründlichste Lösung seiner Frage, was nun aus Rose werden sollte. Für Krieg und Frieden enthob ihn das aller Schwierigkeiten.

Warum war er nur noch nicht selbst auf diesen einfachen Ausweg gekommen? Vielleicht, weil er eben so einfach war.

Ja – es war das beste! Dann hatte sie auf alle Fälle ein Heimatrecht in Falkenried für alle Zeit. Denn selbst wenn er fiel, blieb ihr als seiner Witwe bis an ihr Lebensende ein fester Witwensitz in Falkenried und Einkünfte und Gerechtsame. Kam er aber aus diesem Kriege zurück, dann würde er an Roses Seite still und friedlich in Falkenried leben können. Sie stand seinem Herzen näher als sonst ein Mensch, sie verstand ihn wie sonst niemand. Und – war sie nicht auch ein reizendes, gesundes und begehrenswertes Weib?

So, wie er einst Natascha geliebt hatte, liebte er sie nicht – so würde er wohl nie mehr eine Frau lieben können. Aber Rose war ihm lieb und wert genug, daß er sich sehr wohl eine innige, harmonische Ehe mit ihr denken konnte.

Aber Rose? Würde sie einwilligen, seine Frau zu werden, wenn er jetzt so plötzlich mit einer solchen Frage an sie herantrat?

Er konnte sich darauf keine Antwort geben. Sie hatte sich aufgeopfert für ihn, wie sie sich für alle in Falkenried aufgeopfert hatte. Aber – ob sie auch seine Frau werden wollte? Frauen sind so anders geartet als Männer. Und Rose war in allen Dingen ein Ausnahmegeschöpf.

So stand er ihr schweigend gegenüber, statt die Zeit zu der geplanten Aussprache auszunützen. Und dies Schweigen wuchs zwischen ihnen empor und füllte das Zimmer, so daß es seltsam auf Rose lastete. Sie fühlte, wie ihr die Knie zitterten, ihr war, als streife sie das Schicksal mit schwerem Flügelschlag. Kraftlos, wie niedergedrückt, fiel sie in einen Sessel am Tisch und hielt mechanisch die Zeitung vor die Augen, ohne einen Buchstaben lesen zu können.

»Rose!«

Sie schrak zusammen. Weich und bittend, wie nie zuvor, hatte er ihren Namen ausgesprochen.

»Was willst du, Hasso?« fragte sie leise.

Er trat schnell zu ihr und nahm ihr die Zeitung aus den Händen. »Rose – ich dächte, wir hätten uns soviel noch zu sagen und finden doch kein Wort füreinander, nun wir endlich eine ruhige Stunde haben.«

»Ja, Hasso. Und man fürchtet sich fast, seinen Gedanken Worte zu geben.«

»Nein, Rose, das ist es bei mir nicht. Was mich zum Schweigen brachte, war ein Gedanke, der mir das Herz so bewegte, daß ich ihn nicht gleich in Worte fassen konnte. Aber jetzt will ich es tun, Rose. Die Minuten sind kostbar, man darf nicht eine vergeuden. Ich habe einen Wunsch auf dem Herzen, Rose – eine Bitte. In den letzten Tagen, seit meiner Mutter Tod, habe ich mich in banger Sorge gefragt: Was soll nun mit Rose werden – und was mit Falkenried, wenn Rose hier fortmüßte? Ehe der Krieg kam, mußte ich mir sagen: Du kannst mit Rose nicht mehr wie bisher in Falkenried zusammenleben. – Hast du auch darüber nachdenken müssen, Rose?«

Sie atmete tief auf. Etwas Hilfloses, das er sonst nicht an ihr kannte, lag über ihrem Wesen und rührte ihn.

»Ja, Hasso, ich habe daran gedacht und mir auch gesagt, daß es so nicht bleiben kann. Ich wußte nur noch nicht, wohin ich mich wenden sollte. Aber jetzt, da du in den Krieg gehst, bleibe ich natürlich in Falkenried und verwalte es dir in Treue, bis du heimkehrst. Durch diesen schrecklichen Krieg ist ja diese Frage vorläufig gelöst, nicht wahr?«

»Ja, Rose – aber nur für den Fall, daß ich zurückkehre. Solange ich am Leben bin, bist du hier in Falkenried wohl aufgehoben. Aber – wenn ich nun falle?«

Sie zuckte zusammen, senkte das Haupt. »Das wolle Gott verhüten«, sagte sie mit verhaltener, tonloser Stimme.

»Man muß damit rechnen, Rose. Ich tue es jedenfalls. Und ich will dich auf alle Fälle in gesicherten Verhältnissen zurücklassen, auch für den Fall meines Todes.«

Sie biß die Zähne fest aufeinander. Was lag noch an ihrem Leben, wenn das seine vernichtet sein würde?

Sie konnte nicht antworten. Und so fuhr er fort: »Ich bin nun endlich auf einen Ausweg gekommen, Rose, den ich für den natürlichsten und verständigsten halte.«

»Was ist das für ein Ausweg, Hasso?« fragte sie so ruhig wie möglich.

Er zeigte ernst und ruhig nach der Tür.

»Da gingen eben zwei junge Menschen von uns, Rose. Der Pfarrer will sie, mit noch zwei anderen Paaren, heute abend noch zusammengeben für Leben und Tod. – Willst du diesen selben Weg mit mir gehen, Rose?«

Sie saß einen Augenblick wie gelähmt und sah ihn mit großen Augen an, als verstehe sie ihn nicht. Und dann fuhr sie plötzlich auf und stand hochaufgerichtet vor ihm.

»Hasso!«

Fest faßte er ihre Hände. »Das kommt dir überraschend, Rose. In einer Zeit, wie wir sie jetzt erleben, werden schnelle Entschlüsse geboren und kleinliche Bedenken ohne weiteres beiseite geschoben. Ich weiß, daß ich dich vor eine schwere Entscheidung stelle, aber ich habe keine Zeit, lange um dich zu werben. Höre mich an, ehe du mir Antwort gibst. Du bist mir bisher wie eine Schwester gewesen, du warst mir ein guter Kamerad. Keine stürmische, leidenschaftliche Liebe hat mich bisher gedrängt, das Band, das uns umschlungen hat, fester zu knüpfen, und ich weiß, daß auch du mir nur schwesterlich zugetan bist. Aber mir würde das genügen, um mir eine Ehe mir dir, auch in Friedenszeiten, wünschenswert erscheinen zu lassen. Ich hätte wahrscheinlich auch ohne den Krieg nach diesem Ausweg gegriffen, um dich in Falkenried festzuhalten. Dieser Gedanke kam mir ganz plötzlich wie eine Erleuchtung, als ich Frieder und Trina Hand in Hand vor mir sah. Das natürliche Empfinden des einfachen Burschen, sein Mädchen nach Möglichkeit zu schützen vor allem Schlimmen, was ihr droht, war mir wie eine Offenbarung. Ich möchte auch, wie der Frieder, meine Ruhe da draußen haben, Rose. Und das kann ich nur, wenn ich deine Zukunft sichergestellt habe. Dies geschieht, daß ich dir meine Hand reiche. Was dann auch kommen mag – Falkenried wird deine Heimat bleiben. Und ob ich heimkehre oder nicht – du bist hier in Sicherheit. Du bist mir der liebste Mensch auf der Welt – bist mir lieber noch als meine Schwester. Was ich einer Frau noch an warmen Gefühlen zu geben habe, nach jener grausamen Enttäuschung, von der du Zeuge warst, das kann ich dir geben. Und kehre ich heim, dann werde ich mich freuen, dich hier für immer an meiner Seite halten zu können. Jetzt sollst du nichts tun, als dich mir antrauen lassen von unserm alten Dorfpastor, der uns von Kind auf kennt, damit du als Herrin von Falkenried hier zurückbleiben kannst. So, Rose – nun habe ich dir alles gesagt, was ich auf dem Herzen habe. Und nun sage mir, ob du mit mir gehen willst Hand in Hand, um gleich den schlichten

Dorfleuten noch heute abend vor dem Altar in ernster Stunde einen festen Bund fürs Leben mit mir zu schließen.«

Rose stand mit gesenktem Haupt vor ihm und suchte sich zu fassen. Hassos Worte übten eine zwingende Macht auf sie aus. Sie hatte keinen Willen als den seinen. Obwohl sie wußte, daß er sie nicht liebte, wußte sie doch auch, daß ihm keine andere Frau teurer war als sie. Vielleicht wäre in anderer Zeit ihr Stolz davor zurückgebebt, sich gleichsam von ihm aus Mitleid zu seiner Frau machen zu lassen, aber jetzt hatte sie keinen Stolz gegen ihn ins Feld zu führen. Und er hatte recht, wenn er in dieser großen Zeit nichts Kleinliches gelten lassen wollte.

Sie hob den Kopf und sah ihn an mit den schönen tiefblauen Augen. Ernst und still war ihr Blick. Nichts verriet ihm, auch in dieser Stunde nicht, wie sich ihm ihr ganzes Sein entgegendrängte in schmerzvoller Sehnsucht, ihm das zu zeigen, konnte sie ihrem Stolz nicht abringen.

Nur einen Augenblick zögerte sie noch, dann legte sie mit einem tiefen Atemzug die Hand in die seine. »Ich will mit dir gehen, Hasso«, sagte sie schlicht und einfach.

Warm umschloß er ihre kalte, bebende Hand und sah ihr ernst und tief in die Augen.

»So komm, Rose – laß uns zur Kirche gehen. Ich danke dir, daß du dein Schicksal mir anvertrauen willst«, sagte er bewegt.

Und so schritten sie, Hand in Hand, in den lauen Sommerabend hinaus, Rose in ihrem schlichten, schwarzen Kleid, Hasso im Arbeitsanzug.

Schon von weitem sahen sie die kleine Dorfkirche erleuchtet und hörten den Gesang der andächtigen Menge.

In der kleinen Sakristei warteten Rose und Hasso, bis der Pastor von der Kanzel kam. Da trug ihm Hasso seine Bitte vor. Der weißhaarige alte Herr sah sie mit freundlichen Augen an und besprach noch einiges mit ihnen.

Und nach beendetem Gottesdienst kam der Gemeindevorsteher in die Sakristei, mit ihm die drei Brautpaare und einige Angehörige derselben. Die staunten nicht wenig, als sie den jungen Gutsherrn und das gnädige Fräulein vom Schloß hier vorfanden – als viertes Brautpaar.

Der Gemeindevorsteher waltete nun seines Amtes als Standesbeamter. Und als erstes Paar wurden Rose und Hasso in rechtskräftiger Weise Mann und Frau. Mit etwas unsicherer Hand schrieb Rose ihren neuen Namen in das Amtsbuch:

»Rose Magdalene Elfriede Freifrau von Falkenried, geborene Freiin von Lossow.«

Da stand es schwarz auf weiß neben Hassos Namen und band sie auf alle Zeit an den Mann, den sie liebte mit jeder Faser ihres Seins.

Und dann schritten Rose und Hasso, gefolgt von den anderen Paaren, schlicht und ruhig, Hand in Hand in die Kirche hinein bis vor den Altar.

Die ganze Menge war auf ihren Plätzen geblieben, um dieser feierlichen Kriegstrauung beizuwohnen. Ein altes Mütterchen aus dem Dorf hatte ihr lange gehegtes und gepflegtes Myrtenstöckchen geplündert und trat nun an die vier Kriegsbräute heran, um mit der welken, zitternden Hand jeder ein Myrtenzweiglein in das schmucklose Haar zu stekken.

Auch Rose ließ sich willig mit diesem Zweiglein schmükken. Das war so rührend und feierlich. Ringsum weinten und schluchzten die Frauen vor Ergriffenheit, und selbst aus manchem Männerauge wurde hastig und verschämt eine Träne fortgewischt.

Rose weinte nicht. Aber ihr Antlitz war bleich bis in die Lippen, und sie mußte die Zähne fest zusammenbeißen. Denn das wußte sie, wenn sie jetzt die Fassung verlor und in Tränen ausbrach, dann bekam sie sich so bald nicht wieder in die Gewalt.

Der alte Pastor hielt eine kurze, aber ergreifende Rede. Und fester und fester mußte Rose die Zähne zusammenbeißen. Sie fühlte, wie sich Hassos Hand um die ihre schloß. Und von dieser starken, festen Männerhand strömte Kraft in die ihre, eine Kraft, die ihr Ruhe und Frieden in die Seele zauberte.

Wie im Traum ging alles an ihr vorüber, nur der feste, warme Druck von Hassos Hand war ihr wie etwas Herrliches bewußt. Aber dann drang noch etwas über ihre Bewußtseinsschwelle, das waren Worte, die der alte Pfarrer sprach:

»Bis daß der Tod euch scheide.«

Wie ein kalter Schauer flog es über Rose dahin. Ach, wie nahe stand der Tod hinter diesen vier jungen Paaren. Und die Hand, die jetzt fest und lebensvoll die ihre umschloß, würde sie sich auch nach dem Kriege voll warmen Lebens nach ihr ausstrecken?

Rose fiel auf die Knie nieder, mit den andern allen, und betete, betete mit der ganzen heißen Inbrunst ihres Herzens:

»Vater im Himmel, laß ihn gesund wieder heimkehren. Still und bescheiden will ich an seiner Seite wandeln und nichts für mich begehren. Nur erhalte mir sein geliebtes Leben.«

Dann sang die Gemeinde: »Ein feste Burg ist unser Gott.«

Als es verklungen, war die feierliche Handlung zu Ende, und die vier Kriegsbräute verließen am Arm ihrer Gatten die Kirche, umgeben von ihren Verwandten.

Ehe sie die Kirche verließen, hatte Hasso dem Pastor eine Summe Geldes zur Verteilung an die anderen drei Kriegsbräute ausgehändigt, denn diese waren alle recht wenig mit Glücksgütern gesegnet und konnten eine Beihilfe wohl brauchen.

Still und ernst traten Hasso und Rose den Heimweg an. Er legte ihre Hand auf seinen Arm. So führte er sie durch den Wald nach dem Schloß.

Viel sprachen sie nicht im Anfang. Erst als sie die Bewegung in sich niedergezwungen hatten, begannen sie miteinander zu reden von dem, was nun alles noch geschehen müsse.

Und über diesen notwendigen und wichtigen Dingen kamen sie beide wieder ins Gleichgewicht.

Das Schicksal der stillen Frau an seiner Seite war nun unlösbar an das seine gebunden, »bis daß der Tod euch scheide«. Und er fühlte sich innig zufrieden damit. Rose war nun auf alle Fälle in Zukunft geborgen, gleichviel, ob er wiederkam oder nicht. Bei diesem Gedanken legte er seine Hand auf die Roses, die auf seinem Arm ruhte, und drückte sie sanft.

»Reut es dich auch nicht, Rose, daß du meinem raschen Willen gefolgt bist? Nun bist du gebunden an mich, solange ich lebe.«

»Nein, es reut mich nicht. Gott helfe, daß es auch dich niemals reuen wird, Hasso.«

Er wandte ihr seine Augen zu, und sein Herz fing plötzlich an, recht unruhig zu schlagen. Wie eine heilige Verklärung lag es auf ihren reinen Zügen. So holdselig erschien sie ihm mit einem Male, so umflossen von Reinheit und Seelenadel, daß er seine Augen nicht von ihr lassen konnte.

Rose ging an seiner Seite mit einem Empfinden, als könnte sie so mit ihm gehen bis an das Ende der Welt, ohne zu fragen, ohne einen andern Willen zu haben als den seinen.

Doch eins wußte sie. Trotzdem ihre Seele um ihn bangte, mußte sie tapfer sein und durfte mit keinem Wimperzucken verraten, was er ihr war. Herzliche Sympathie durfte sie ihm zeigen und die warme Besorgnis einer schwesterlichen Freundin, eines guten Kameraden, aber nicht die heiße, zitternde Angst um sein geliebtes Leben. Ihre Liebe durfte er nicht erraten; danach trug er kein Verlangen. Lieber sterben, als ihm würdelos entgegenzubringen, wonach er kein Verlangen trug.

Sie atmete tief auf, und heimlich löste sie den Myrtenzweig aus ihrem Haar und barg ihn in ihrem Kleide, damit er nicht verlorenging.

Drüben am Schloßportal wurde es lebendig. Der Frieder und die Trina waren mit dem übrigen Gesinde, das in der Kirche gewesen, heimgeeilt und hatten es in den Leutekammern erzählt: Der gnädige Herr und das gnädige Fräulein hätten sich trauen lassen, schlichtweg mit den einfachen Leuten aus dem Dorf und mit Frieder und der Trina zusammen.

Die Kunde drang auch in die Verwalterwohnung. Da saß Frau Colmar mit verweintem Gesicht und schwerem Herzen im Sorgenstuhl, und ihr Mann stützte den Kopf in die Hand und blickte vor sich hin, als schaue er hinüber in Feindesland. Als aber nun die Trina hereinkam nach schüchternem Anklopfen und meldete, was eben in der Kirche geschehen war, da rissen sich die beiden Menschen aus ihrer

Versunkenheit empor und schritten mit den Leuten zum Portal des Schlosses hinüber, um dem jungen Paar einen Glückwunsch zu bringen.

Es gab keinen lauten Jubel und keine Feier. Still und ernst dankten Rose und Hasso für die Glückwünsche und drückten die dargereichten Hände.

»Eine Feier gibt es nicht, Leute, dazu ist die Zeit zu ernst. Aber will's Gott, können wir feiern, wenn das Land von Feinden befreit ist«, sagte Hasso.

Den Verwalter und seine Frau lud er zum Abendessen ein. »Dabei können wir noch mancherlei besprechen. Wenn meine Frau auch in allem Vollmacht hat – einiges gibt es doch noch zu beraten.«

Es klang Rose seltsam in den Ohren, als Hasso sie zum ersten Male seine Frau nannte.

Das helle Rot schlug ihr dabei ins Gesicht, und die Augen senkten sich. Sie konnte es noch nicht fassen, daß sie nun Rose von Falkenried hieß und Herrin des Hauses war.

Dann kam am andern Tag der Abschied.

An Rose traten allerlei Anforderungen heran. Alles kam zu ihr, was den Kopf verloren hatte oder sich nicht selbst zu helfen wußte. Und so hatten sich Hasso und Rose kaum flüchtig guten Morgen sagen können.

Aber kurz vor Hassos Abreise saßen sie sich nun im Wohnzimmer gegenüber, und nun konnten sie auch einmal kurze Zeit an sich selbst denken. Hasso neigte sich vor und faßte Roses Hände. In seinen sonst so harten, festen Zügen war eine fremde Weichheit. »Gottlob, Rose, einige ruhige Minuten haben wir uns noch gerettet, können nun wenigstens ohne Zeugen Abschied nehmen voneinander.«

Sie ließ ihre Hand zitternd in der seinen ruhen, sah ihn aber nicht an.

»Aber nicht davon wollte ich mit dir sprechen, Rose. Wirst du mir schreiben?«

»Ja, Hasso, über alles, was hier geschieht, werde ich dir berichten, und du? Wirst auch du mir zuweilen schreiben – wenigstens ein kurzes Wort, damit ich weiß, daß du lebst und gesund bist?«

Ihre Stimme klang halb erstickt. Sie hatte bei diesen Worten zagend die Augen erhoben.

»Das will ich tun, gewiß, so oft ich kann. Und du schreibst an Rita, daß du meine Frau geworden bist? Rita wird sich darüber freuen. Du weißt doch, daß Rita dir gut ist.«

»Ja, das weiß ich. Die Arme! Sie wird in schwerer Angst und Sorge um ihren Gatten sein. Und die arme Josepha – ihr Gatte ist schon fort. Wie herb und bitter ist das Schicksal für diese beiden jungen Ehepaare.«

»Nun – und wir, Rose? Sind wir nicht auch ein junges Ehepaar? Tun wir dir nicht auch ein wenig leid?«

Sie wurde plötzlich dunkelrot. Scheu zog sie ihre Hände aus den seinen und erhob sich. Sie trat von ihm fort an das Fenster.

Er erhob sich auch und folgte ihr. »Nun, Rose? So stumm? Meinst du nicht, daß mir der Abschied von dir auch sehr schwer wird? Du bist mir so viel geworden in all der Zeit. Das weißt du wohl gar nicht?«

Sie konnte nicht antworten. Kein noch so armes Wort brachte sie über die Lippen. Die Tränen stiegen ihr würgend im Halse empor. Nur jetzt um Gottes willen die Fassung nicht verlieren. Eine Angst war in ihr, daß sie sich jetzt verraten könnte.

Sie rang mit sich wie mit einem Feind und schüttelte nur stumm den Kopf. Und als er nun ihre Hand faßte, merkte er, daß sie am ganzen Körper zitterte vor unterdrückter Erregung. Diese Erregung teilte sich ihm mit. Er war plötzlich gar nicht mehr ruhig und gelassen.

»Nun sieh mich noch einmal an, Rose, zum Abschied. Mir ist, als wären mir die Augen aufgegangen. Wie blind bin ich neben dir hergegangen. So ein Tor war ich. Sieh mich noch einmal an, Rose, gleich muß ich fort.«

Und in dieser Minute lag all ihr Schmerz, all ihre Liebe unverhüllt in ihren Augen – jetzt konnte sie nicht anders, ihr Stolz hatte keine Macht mehr über sie. Der Herzschlag stockte ihm. Was Rose ihm all die Jahre herb und kalt verborgen hatte, enthüllte sie ihm in diesem Augenblick. Sie wußte nicht, daß sie sich so verriet. Aber er erfaßte in diesem Moment ihr stilles Geheimnis, und damit erschloß sich ihm ihr ganzes Wesen. Er wußte plötzlich, daß sie ihn schon geliebt hatte, als er sich mit Natascha verloben wollte.

Erschüttert und bewegt stand er und schaute wie gebannt in ihre Augen. Er hielt ihren Blick fest, daß sie ihm vollends das Geheimnis ihrer Seele preisgeben mußte.

So standen sie – wie lange, das wußte keins von beiden zu sagen.

Aber ehe er dann ein Wort fand, wurde die Tür geöffnet nach kurzem Anklopfen, und der Verwalter Colmar stand auf der Schwelle.

»Gnädiger Herr, es ist Zeit.«

Sie schraken beide zusammen.

Gewaltsam zwang er sich zur Ruhe und tat einen Schritt nach der Tür, um Colmar zu folgen.

»Komm, Rose – die Leute warten«, sagte er mit verhaltener Stimme.

Aber ehe er die Tür erreichte, blieb er stehen.

Colmar war hinausgegangen – sie waren wieder allein.

Hasso sah nach Rose zurück. Sie war mit unsicheren Schritten bis mitten ins Zimmer getreten, und da stand sie, schwankend, als trügen sie ihre Füße nicht mehr weiter. Sie war leichenblaß, und der Abschiedsschmerz schüttelte sie wie ein schweres Fieber.

Da war Hasso plötzlich mit zwei Schritten an ihrer Seite und umfaßte sie mit starken Armen. Sein wahres Empfinden brach sich gewaltsam Bahn. »Nein, – Rose – so kann ich nicht von dir gehen! Ich muß dir sagen, daß ich dich liebe, dich allein, meine scheue, stolze Rose. In dieser Stunde erst ist es mir ganz klar geworden, was die letzte Zeit in mir war. Ich liebe dich schon lange, Rose, das weiß ich jetzt, ich liebte dich schon, ehe ich es selber wußte. Ich Tor – ich blinder Tor! Und nun muß ich fort – du meine liebe, süße Frau – ach, Rose – wie wird mir jetzt der Abschied schwer von dir! Aber wenn ich wiederkomme – und ich komme wieder –, dann sollst du empfinden, wie tief und heiß meine Liebe ist. Alles andere liegt hinter mir, was einst in meinem Herzen war. Nur dein Bild ist noch darin, und ich nehme es mit mir. Rose – sag es mir ein einziges Mal in dieser schmerzlich süßen Abschiedstunde, was in deiner Seele für mich lebt. Sag mir die Wahrheit, Rose.«

Sie lag an seinem Herzen und sah zu ihm auf, als schaue sie in ein herrliches, leuchtendes Wunder.

Und mit bebender, verhaltener Stimme, in der eine unsagbare Zärtlichkeit zitterte, sagte sie innig:

»In meiner Seele lebst nur du – ich liebe dich –, habe dich

immer geliebt und werde dich lieben in alle Ewigkeit. Es sollte verborgen bleiben, weil ich wußte, daß du mich nicht liebtest. Aber nun will und kann ich dir die Wahrheit sagen – du nimmst mein Herz mit dir, und wenn du mir genommen wirst – dann mag ich auch nicht mehr leben.«

Und mit einem Aufschluchzen schlang sie ihre Arme um seinen Hals, als müsse sie ihn halten.

Er preßte sie fest und innig an sich. Und dann fanden sich ihre Lippen in dem ersten heißen Liebeskuß. Eine schmerzlich-süße Wonne erfüllte ihre Herzen. Tief aufatmend strich er ihr sanft und zärtlich über das goldig flimmernde Haar.

»Und jetzt soll ich meine süße Frau verlassen?« fragte er mit tiefinnigem Ton. Noch einmal küßte er sie. Dann richtete er sich auf, legte seinen Arm um ihre schlanke Gestalt und sagte, sich zur Ruhe zwingend: »Nun komm, meine süße Rose – wir müssen tapfer niederzwingen, was uns den Abschied schwermachen will.«

Er führte sie hinaus unter die Leute, die draußen warteten, um ihm Lebewohl zu sagen. Frieder stand am Wagen. Er wollte mit Hasso nach Berlin reisen. Hasso wollte ihn als Burschen für sich erbitten.

Die Trina stand mit verweinten Augen neben dem Frieder. »Nur Mut, Trina, wir kommen wieder!« rief ihr Hasso zu. Schnell schüttelte er die ihm gereichten Hände und sprang in den Wagen, während Frieder zum Kutscher auf den Bock kletterte. Und im Wagen stehend, nahm er seine Mütze ab – er war schon in seiner feldgrauen Fliegeroffiziersuniform. »Mit Gott für Kaiser und Vaterland! Auf Wiedersehen, Leute!« Und da sah er noch einmal auf Rose zurück. Sie stand mitten unter den Leuten auf der Treppe, hochaufgerichtet. Die Hand hatte sie auf das Herz gepreßt, ihre Blicke hingen an seinem Antlitz in sehnsüchtiger Liebe, als müsse sie sich seine Züge für ewig einprägen.

Da packte es ihn noch einmal. Mit einem Satz sprang er nochmals aus dem Wagen, riß sie in seine Arme und preßte seine Lippen fest auf die ihren.

»Denk an mich, und schreib mir viel Liebes. Ich werde es auch tun«, flüsterte er ihr zu.

Dann sprang er in den Wagen zurück. »Fort!« gebot er dem Kutscher.

Noch ein letztes Winken mit der Hand. Die Leute fingen an zu singen: »Deutschland, Deutschland über alles.«

Rose ging langsam, mit schweren Schritten, ins Haus zurück. Sie trat ins Wohnzimmer, wo sie vorhin den ersten heißen Liebeskuß von Hasso empfangen hatte. Da stand sie eine Weile still. Und dann sank sie plötzlich in sich zusammen und fiel auf die Knie. Ihre Hände falteten sich zum Gebet.

»Du gibst ihn mir wieder, mein Gott und Vater. Du wirst uns nicht zusammengeführt haben, um uns auf ewig zu trennen«, betete sie inbrünstig, und nun rannen die heißen Tränen über ihr Antlitz.

Es blieb ihr nicht viel Zeit, ihrem Schmerz nachzuhängen und sich in ihr Glück zu versenken. Die Pflicht rief sie an die Arbeit.

Und während sie emsig schaffte, klangen ihr immer wieder Hassos heiße, zärtliche Worte in der Seele wider, so daß sie zuweilen in sich hinein lauschen mußte.

So reich – so unsagbar reich war sie geworden durch seine Liebe, die sie nie zu erringen gehofft hatte.

Ach, nun würde die Sehnsucht nach dem geliebten Mann nie mehr in ihrer Seele zur Ruhe kommen.

»Hasso – mein Hasso –, Gott mit dir auf allen Wegen«, flüsterte sie vor sich hin.

Schwere Pflichten traten nun an Rose heran. Die Ernte mußte vor allen Dingen hereingebracht werden, es fehlte an den nötigen Leuten dazu.

Wohl stellten sich die Frauen und selbst die Kinder in die Reihen der wenigen zurückgebliebenen Männer, aber die viele Arbeit konnte nicht bewältigt werden.

Als Rose mit Colmar zusammen die Remonten nach der nahen Kreisstadt gebracht hatte, hörte sie, daß sich in den großen Städten die Studenten, Schüler und viele Arbeitslose zur Erntearbeit gemeldet hatten.

Das Landratsamt versprach ihr, so schnell wie möglich ihr Gesuch zu berücksichtigen. Auf dem Heimweg besprach sie mit Colmar, wie die Erntefreiwilligen in Falkenried untergebracht werden könnten.

»Schlimmsten Falles quartieren wir sie in die Flugzeughalle ein. Da ist für viele Raum, und die Halle steht ja doch jetzt leer,« sagte Rose. –

Wenn die Leute sie jetzt mit »gnädige Frau« anredeten, dann war ihr immer zumute, als stehe Hasso neben ihr.

Hassos Frau! War das nicht ein Glück, so groß und herrlich, zumal sie sagen konnte: »Hassos geliebte Frau.« Konnte ein Mensch reicher und glücklicher sein als sie?

Sie fühlte, daß ihre Kräfte wuchsen im Bewußtsein dieses tiefinneren Glückes. Und sie hatte es nötig, denn es wurden wahrlich starke Anforderungen an sie gestellt in dieser Zeit.

Natürlich drang auch in das stille Dorf die Kunde, kamen die Nachrichten, daß nicht nur Rußland, Frankreich und

England, sondern auch Belgien sich zu Deutschlands Feinden gesellte, daß sich mit den Serben Montenegro gegen Österreich verbunden hatte und daß schließlich auch noch Japan an Deutschland ein Ultimatum wegen Kiautschou stellte.

Den Frauen schlug das Herz ängstlich in der Brust, aber die Männer ballten die Fäuste und reckten sich kraftvoll.

Nach einer Besprechung mit Colmar erkundigte sich Rose nach seiner Frau.

»Sie trägt es schwer, daß sie ihren einzigen hergeben mußte, gnädige Frau. Jede Nacht wird sie von den furchtbarsten Träumen gequält, wenn sie überhaupt Schlummer findet. Wenn Sie doch mal mit ihr sprechen wollten, gnädige Frau. Eine Frau versteht die andere besser – und Sie haben für alles Verständnis.«

»Ich komme heute abend ein Stündchen zu Ihnen hinüber, Herr Colmar. Vielleicht kann ich die Ärmste trösten. Und nun habe ich auch für uns eine gute Nachricht. Heute nachmittag treffen die freiwilligen Erntearbeiter ein.«

»Das ist gut! Es war höchste Zeit, gnädige Frau.«

»Ich weiß es. Ist alles bereit, so wie wir alles besprochen haben?«

»Jawohl, gnädige Frau. Drüben in der Flugzeughalle ist für hundert Menschen Nachtquartier bereit. Auch im Dorf können noch gegen hundert untergebracht werden.«

»Gut! Wenn es not tut, stelle ich auch die Gastzimmer im Schloß noch zur Verfügung. Nun wollen wir mit frischen Kräften darangehen, die Ernte hereinzubringen. Für die fehlenden Pferde spannen wir die Ochsen ein. Es soll uns kein Halm und keine Feldfrucht verlorengehen. Gottlob ist die Ernte gut ausgefallen in diesem Jahr.«

»Wir wollen beten, daß wir gutes Wetter behalten.«

»Und daß wir für die nächste Ernte die Felder in Frieden bestellen können.«

»Das walte Gott!«

Rose ging nun in die Küche, um mit der Mamsell über die Beköstigung der Erntearbeiter zu sprechen, damit es auch an nichts mangelte.

Um vier Uhr nachmittags kam der Zug an, der die Erntefreiwilligen brachte, die sich auf dem großen Platz vor dem Schloß versammelten. Junge und ältere Leute, Studenten, Schüler, Pfadfinder und Arbeitslose aus allen Betrieben.

Rose trat neben dem Verwalter unter die Leute. Sie mußte eine kleine Ansprache halten und tat das in der ruhig würdigen Weise, die ihr eigen war.

»Wir danken Ihnen allen herzlich, daß Sie gekommen sind, um uns zu helfen. Ich bitte Sie, sich den Anordnungen des Herrn Verwalters Colmar zu fügen. Der Herr dieses Schlosses und dieses Grund und Bodens hat hinausziehen müssen vor den Feind und viele unserer Leute mit ihm. Nun sind wir hier in der Not. Die Ernte darf nicht verkommen, sie zählt jetzt doppelt in Tagen der Not. Jeder, der uns hilft, die Ernte einzubringen, leistet nicht nur mir, sondern auch dem Vaterland einen Dienst. Seien Sie uns alle herzlich willkommen als treue Helfer. Nun wird Ihnen der Verwalter Ihre Quartiere anweisen. So gut wir konnten, haben wir für Sie alle gesorgt und werden es tun, solange Sie uns helfend zur Seite stehen. Morgen früh, so Gott will, beginnen wir dann unsere gemeinsame Tätigkeit. Wenn jemand einen Wunsch oder ein Anliegen hat, der melde sich bei mir nach Feierabend oder beim Herrn Verwalter.«

Sie schwenkten, marschierten auf die langen Tafeln zu, wo

in großen Kübeln Milchkaffee und ganze Berge Butterbrote aufgestapelt waren.

»Lieb Vaterland, magst ruhig sein.« Unter Gesang verproviantierten sich die Leute. Sie halfen fröhlich selbst beim Austeilen der großen Kaffeetöpfe und der belegten Butterbrote.

Nachdem sich alle gestärkt und gesättigt hatten, ging es hinüber nach den Quartieren. Sie wollten am liebsten alle in der Halle bleiben und rückten lieber zusammen.

Am nächsten Morgen aber ging es früh hinaus aufs Feld.

Da merkten die jungen Leute, daß es gar nicht so leicht war, Feldarbeit zu tun.

Den ersten Abend ging man sehr müde zu Bett, und am nächsten Morgen waren die Glieder steif und ungelenk. Aber bald gewöhnte man sich an die geregelte Tätigkeit und überwand die Schwierigkeiten mit gutem Humor.

So schritten die Erntearbeiten bei gutem Wetter rüstig voran zu Roses Freude.

Über alles daheim konnte Rose ihrem Gatten befriedigende Nachricht senden.

In den ersten Tagen kam eine kurze Nachricht von ihm, die er der Minute abgestohlen hatte. Aber so flüchtig diese Zeilen auch hingeworfen waren – für ein Liebeswort fand er doch noch Zeit. Diese kurzen, flüchtigen Briefe verwahrte sie wie ein Kleinod.

Zuerst schrieb er:

»Meine inniggeliebte Rose! In allem Trubel nur wenig Worte – morgen geht es nach dem Westen. Von der Begeisterung hier in Berlin kannst Du Dir keinen Begriff machen. Wir ziehen Mann für Mann mit Zuversicht in diesen

Krieg, den man uns aufgedrungen hat. Sieg oder Tod! So höre ich es von allen Seiten rufen. Gott schenke uns den Sieg! So viel hätte ich Dir zu sagen, was ich zuvor versäumt habe, weil ich mich selbst nicht erkannt hatte. Du ahnst nicht, wie sehnsüchtig ich Deiner gedenke. Nun weiß ich erst, was Du mir geworden bist. Mein Weib – meine Kriegsbraut –, werde ich Dich eines Tages in meinen Armen halten dürfen? Leb wohl, meine Rose – ich liebe Dich! Ich küsse Deine lieben, schönen Augen, Dein goldenes Haar. Leb wohl, Rose!

Dein Hasso.«

Ein zweiter Brief Hassos kam bereits aus Aachen.

»Meine Rose! Soeben habe ich Deinen ersten, lieben Brief erhalten. Ich bin viel besser daran als viele meiner Kameraden, die noch keine Nachricht von zu Hause haben, weil meine Briefe mit denen von Exzellenz von Bogendorf zusammen gehen und eilig befördert werden. So werden wir hoffentlich in regelmäßiger Verbindung bleiben. Also zu Hause ist alles in Ordnung, und meine Rose ist als Herrin von Falkenried auf ihrem Posten? Denkst Du an mich, meine herzliebe Frau? Meine Frau? Ach, Rose – wärst Du es erst in Wirklichkeit! Ich bin so lange mit einer Binde vor den Augen herumgelaufen. Rose, ich war ein Tor! Schreib bald wieder. – Du darfst mir Deine Liebe zeigen, sag mir immer wieder, daß Du mich liebst. – Aber nun muß es für heute genug sein. Ich treffe soeben Vorbereitungen zu einem Aufstieg mit meinem Aeroplan. Er wird gehütet wie ein rohes Ei. Meine Monteure arbeiten mit aller Anstrengung, um die von mir erfundenen Apparate, die wir fertig von Falkenried mitbrachten, noch an anderen Flugzeugen anzubringen. Man ist überzeugt, daß diese Verbesserung für uns von unschätzbarem Wert ist. Nun leb wohl, meine Rose. Hans von Axemberg fliegt mit mir auf als Beobachter. Ich werde viel mit ihm zusammenarbeiten. Hast Du Nachricht von Rita? Schreib ihr meine Adresse. Leb wohl, meine Rose – ich küsse Dich heiß und innig – wärst Du bei mir!

Dein Hasso.«

Ach, was waren diese liebevollen Briefe für Rose. Wie selig machte sie jedes seiner Worte, die so deutlich verrieten, daß er sie wirklich liebte.

Hasso von Falkenried stand vor Exzellenz von Bogendorf, der ihm soeben einen sehr gefährlichen Auftrag erteilt hatte. Hasso sollte über eine französische Festung weit in Feindesland hinüberfliegen und das Gelände nach französischen Verteidigungslinien absuchen. Die Länge dieses Fluges umfaßte gegen 400 Kilometer.

Hasso hatte bis zum nächsten Morgen Zeit zur Vorbereitung. Er mußte die Karten der ganzen Linie bis ins kleinste studieren und sich alles Wesentliche einprägen.

Bis um Mitternacht hatte er damit zu tun. Dann schrieb er noch ein kurzes Briefchen an Rose.

Als er den Brief an Rose beendet hatte, träumte er eine Weile vor sich hin.

Er schloß die Augen, um sie sich vorstellen zu können, so, wie er sie beim Abschied in seinen Armen gehalten hatte, mit dem tiefen Glücksleuchten in ihren schönen Augen. Mit Allgewalt hatte diese neue, reine und tiefe Liebe von ihm Besitz genommen. Ihm war zumute, als habe er sie schon immer geliebt.

Wenn er jetzt daran dachte, daß er geglaubt hatte, nie mehr lieben zu können, mußte er lächeln über sich selbst.

Er preßte die Lippen auf den Brief, den er an sie geschrieben hatte und morgen abschicken wollte. –

Mit dem ersten Hahnenschrei sprang er auf und machte sich eilig fertig. Als er ins Freie trat, kam Axemberg schon auf ihn zu.

Sie schüttelten sich schweigend die Hände und schritten zum Flugplatz. Dort war schon alles bereit.

Hasso und Hans nahmen ihre Plätze ein, nachdem Hasso noch einmal genau alle Drähte und Streben kontrolliert hatte.

»Los!«

Die Flugmaschine rollte über den Platz und stieg dann langsam empor, zuerst direkt in westlicher Richtung. In einer halben Stunde stiegen sie bis 1200 Meter empor. Dann ging es weiter direkt auf die Festung zu.

Bald sahen sie kleine schwarze Rauchwölkchen – ein Zeichen, daß sie von französischer Artillerie beschossen wurden. Deshalb stiegen sie höher. Trotzdem hörte das Feuern nicht auf, und die Schüsse folgten der Flugbahn. Aber sie krepierten wirkungslos.

Weder Hasso noch Hans ließen sich aus ihrer Ruhe bringen. Kaltblütig hielten sie Ausschau. Axemberg zeichnete genau die Stellungen der Feinde in die Karte ein. Und weiter ging es in stetem Flug.

Dann entdeckte Axemberg in der Nähe einen feindlichen Doppeldecker, der direkten Kurs auf sie zu hielt.

Der Franzose suchte über sie zu kommen, um Bomben auf Hassos Aeroplan herabzuwerfen. Aber Hasso vereitelte dies Vorhaben. Mit einem harten, fast versteinerten Gesicht saß er am Steuer, und seine Augen blickten scharf und kühn wie die eines Falken. Jetzt ging er zum Angriff über, und nun erhielt der französische Doppeldecker von Hasso einen tadellosen Treffer, so daß der Franzose im Gleitflug niedergehen mußte. Der war erledigt.

Kaltblütig und besonnen setzte Hasso seinen Flug fort, kein Zug hatte sich in seinem Antlitz geändert, nur die Augen blitzten noch kühner und verwegener. Hassos Aeroplan hielt sich wundervoll. Sein Apparat arbeitete exakt und bewunderungswürdig. Endlich sichteten sie die Truppen, die sie auskundschaften wollten. Sie zogen von Südwesten nach Nordosten. Und jetzt trat Hassos Apparat erst recht in Aktion und bewährte sich, so daß sie sich genau informieren konnten. Sie umflogen die feindlichen Truppen einige Male, und Axemberg machte seine Aufzeichnungen. Erst als sie bereits den Rückflug angetreten hatten, wurden sie von einem kleinen Nachtrupp französischer Infanterie zufällig gesichtet. Der eröffnete sofort ein Schnellfeuer. Bewegungslos saß Hasso am Steuer. Einmal bemerkte er ein leises Zucken des Aeroplans. Die Tragfläche hatte einige Löcher von Infanteriegeschossen abbekommen. Er ließ das Flugzeug etwas höher steigen, behielt aber ruhig den Kurs bei. Die Aufgabe, die man den beiden kühnen Fliegern gestellt hatte, war nun restlos erfüllt. Es ging nun wieder rückwärts.

Nach fünfstündigem Fluge ging es zum Ausgangspunkt zurück. Glatt ging die Landung vor sich. Hasso und Axemberg fuhren sofort zu Exzellenz von Bogendorf, dem sie ihre Meldungen überbringen mußten. Er hörte ihnen aufmerksam zu. Als sie zu Ende waren, schüttelte er ihnen die Hände.

»Sie haben dem Vaterland einen großen Dienst geleistet.

Ich danke Ihnen, meine Herren. Einige Stunden können Sie sich nun ausruhen, aber dann habe ich neue Aufträge für Sie. Guten Morgen, meine Herren.«

»Guten Morgen, Exzellenz.«

In überraschender Weise hatte sich im Westen Sieg auf Sieg an die deutschen Fahnen geheftet, trotzdem man auch noch gezwungen worden war, Belgiens Neutralität zu verletzen, um einem gleichen Beginnen der Franzosen und Engländer zuvorzukommen. Deutschland konnte keine Rücksicht nehmen, wenn es sich nicht selbst vernichten wollte. Und so mußte es Belgien zwingen. Dadurch hatte Deutschland nun auch noch mit den Belgiern als Feinden zu rechnen.

Die Regierung der Franzosen floh nach Bordeaux, die der Belgier nach Antwerpen.

Auch an der russischen Grenze, wo das deutsche Heer mit einer großen Übermacht zu tun hatte, gab es nach schweren, schlimmen Zeiten glorreiche Siege. Generaloberst von Hindenburg schlug mit seinen Truppen die Russen und machte gegen 100 000 Gefangene. Von Österreich kamen Nachrichten über das blutige, tagelange Ringen bei Lemberg gegen die russische Übermacht.

All diese Nachrichten fanden ihren Weg nach Falkenried zu Rose und auch nach Hohenegg, wo Rita und Josepha einander zu stützen und zu trösten suchten. –

Rita blieb mit Rose in stetem herzlichen Briefwechsel.

Die Ernte war in Falkenried völlig hereingebracht worden. Die Freiwilligen hatten mit Eifer geschafft, bis alles unter Dach war.

Es wurde nach dem Abzug der Erntearbeiter noch viel stiller in Falkenried. Vom Krieg selbst merkte man hier wenig. Wenn nicht die Zeitungen neue aufregende Nachrichten brachten und das Fehlen aller jungen Männer nicht aufgefallen wäre, hätte man meinen können, man lebe im schönsten Frieden.

Der begehrteste und von allen ersehnte Mann war der alte Landbriefträger. Auch im Schloß sahen täglich viele Augen sehnsüchtig nach ihm aus, am sehnsüchtigsten wohl Rose von Falkenried.

Lange ehe der alte Mann, auf seinen Stock gestützt, daherkam, standen am Wege die Frauen, die auf Nachricht von ihren Lieben im Felde warteten. Auch Rose hielt schon immer Ausschau, und Trina stand meist neben ihr und lief dem Briefträger entgegen, wenn er auftauchte.

Rose hatte sich besonders der drei Kriegsbräute angenommen, am meisten aber Trinas. Es war immer ein dankbares Empfinden in Roses Seele, als müsse sie es dem Frieder und der Trina danken, daß sich Hasso so schnell zu einer Trauung entschlossen hatte.

Rose behielt Trina um sich zu ihrer persönlichen Bedienung, damit sie nicht zu schwere Arbeit verrichten mußte, und Rose half Trina selbst mit, ihre bescheidene Aussteuer zu richten. Wenn der Frieder gesund heimkam, sollten die beiden jungen Leute drüben im Verwalterhaus die Dachwohnung bekommen und in Falkenriedschen Diensten bleiben.

So war Rose immer und überall ein Trost und eine Stütze für ihre Leute und hatte doch selbst im Herzen eine so bange Sorge um den geliebten Mann. Sie sah ihn täglich von tausend Gefahren bedroht. Wenn er tollkühn und verwegen in Feindesland fast über die Köpfe von feindlichen Soldaten hinwegflog.

Er schrieb ihr zuweilen von solchen Flügen über feindliche Lager oder Festungen, die er auskundschaften mußte. Und so selbstverständlich und ungefährlich er das auch hinstellte, so wußte sie doch nur zu gut, daß es jedesmal eine Fahrt auf Tod und Leben war, die er unternahm.

Da half ihr nichts aus ihrer Angst und Not als beten und arbeiten – arbeiten, bis sie todmüde ihr Lager aufsuchen mußte.

So oft, als es ihm möglich war, schrieb Hasso an Rose. Alles, was in seinem Herzen für sie glühte und blühte, vertraute er diesen oft nur kurzen, zuweilen aber auch langen, ausführlichen Briefen an.

Einer dieser Briefe lautete:

»Meine inniggeliebte Rose! Heute habe ich einen Rasttag. Und da will ich einmal mit Dir über unsere Zukunft reden. Es ist so schön, an eine friedliche Zukunft zu denken, eine Zukunft an Deiner Seite – in inniger Gemeinschaft mit Dir.

Wenn Du erst etwas mehr Zeit hast, nach Einbringung der Ernte, dann läßt Du Mutters Zimmer für Dich einrichten. Die sollst Du bewohnen als Herrin von Falkenried. Und für mich sollen dann Vaters ehemalige Zimmer instand gesetzt werden. Herrlich male ich es mir aus, wenn wir gemeinsam schaffen und arbeiten und nach Feierabend Hand in Hand durch den stillen Park wandeln. Wenn ich heimkomme, meine Rose, dann mußt Du ein weißes Kleid tragen – ich sehe Dich immer so vor mir im Geiste. Und dann rede ich oft ganz närrische, törichte Sachen mit Dir. Nur Dich einmal wieder in meinen Armen halten, einmal wieder Deine Lippen küssen und Dir tief in die Augen schauen.

Aber trotzdem möchte ich Dich bitten, mir eine Fotografie

von Dir zu schicken. Ich weiß, es gibt eine Aufnahme von Dir, die Rita einmal gemacht hat. Du standest am Parktor in einem weißen Kleid, dies Bildchen ist sehr lieb; es gefiel mir, trotzdem ich damals noch mit Blindheit geschlagen war. Bitte, schicke es mir in Deinem nächsten Brief, damit ich es immer bei mir tragen kann.

Leider werden wir viel in Feindesland von Franktireurs belästigt. Mancher unserer braven Kerls ist hinterlistig und heimtückisch von dieser Bande, diesen feigen Meuchelmördern, niedergeknallt worden. Wenn ihre Kameraden auf diese gemeine Weise niedergeschossen werden, sind unsere Leute kaum zu bändigen in ihrem gerechten Zorn.

Ich bin gegen die Franktireurs besonders empört, denn fast wäre mein Freund Axemberg ihr Opfer geworden. Wir kamen neulich abends friedlich in ein Dorf. Da wir sehr durstig waren, verlangten wir auf einem Gehöft Wasser. Hans und ich waren allein. Man wies uns an einen Brunnen auf dem Hof. Hans lief hinüber, um zu trinken, ich wollte ihm langsam folgen. Da sehe ich an einem Fenster im Erdgeschoß ein junges Weib stehen und mit dem geladenen Revolver auf Hans zielen. Ein Satz von mir, das Weib hatte mich nicht bemerkt, und ich schlug den Revolver zur Seite. Der Schuß entlud sich in die Luft. Es war die einzige Waffe, die noch im Dorfe zu finden war; das Weib hatte sie in ihren Kleidern versteckt gehalten und von fanatischem Haß getrieben benutzt. Das Weib hätte den Tod verdient, sie wäre ohne weiteres erschossen worden, wenn wir den Vorfall gemeldet hätten. Wir ließen sie ins Spritzenhaus einsperren und bewachen. So könnte ich Dir tausend Fälle berichten. Aber das hat keinen Zweck. Man soll uns nur nicht im Ausland den Vorwurf machen, daß wir auf grausame Weise Krieg führen.

Aber nun muß es genug sein für heute, meine Rose. Vergiß nicht, das Bildchen zu schicken. Und sag der Trina, daß Frieder draußen vor meiner Tür sitzt und singt: ›Oh, wie ist's möglich dann, daß ich dich lassen kann.‹ Vielleicht weiß sie, wen er damit meint. Er ist übrigens ein kreuzbraver, zuverlässiger Mensch und mir treu ergeben. Leb wohl, meine süße Frau!
Dein Hasso.«

Dann kamen Tage, in denen man den schweren Flügelschlag des Schicksals deutlich vernahm.

Es kamen verwundete Krieger heim, Leichtverwundete, die den Arm in der Binde trugen, aber auch einer, den man für immer als Krüppel hatte entlassen müssen. Zugleich kam die Nachricht, daß der Gatte der einen Kriegsbraut gefallen war.

Der lustige, frischfrohe Fritz Colmar war auf russischer Erde gefallen.

Rose hatte die Kunde von Fritz Colmars Heldentod vernommen. Colmar, der durch den Tod seines einzigen Sohnes selbst bis ins tiefste Herz erschüttert worden war, hatte Rose gesucht, um sie zu bitten, mit ihm zu seiner Frau zu gehen. Er hatte es nicht gewagt, dieser den Todesstoß zu versetzen.

Er reichte ihr die Nachricht, die er erhalten hatte. Fritz Colmar hatte mit mehreren andern die Fahne seines Regiments verteidigt. Im wildesten Ringen hatte er als letzter die Fahne an sich gerissen, trotzdem er schon schwer verwundet war. Trotz seiner Wunden hatte er die Fahne zu seinem Regiment zurückgebracht, sterbend war er im Lager auf die Fahne gesunken, sie mit seinem Herzblut tränkend.

Wohl war der Vater in allem Schmerz stolz auf seinen

Sohn, wenn er auch jetzt in dieser Stunde nur dem Schmerz Raum geben konnte. Aber die arme Mutter! Schweren Herzens war Rose mit dem Verwalter hinübergegangen, um der Mutter so schonend wie möglich die Kunde beizubringen.

Rose konnte nicht einmal trösten, begriff, daß hier kein Trost helfen konnte und daß dieser Schmerz versteinern mußte.

Als Frau Colmar nach einigen Tagen wieder sichtbar wurde, hatte sie schlohweißes Haar bekommen. Sie hatte noch immer keine Träne gefunden. Niemand wagte sich an sie heran. Dieser versteinerte Schmerz war furchtbar.

Am meisten litt der Verwalter. Rose mußte ihn trösten, so gut es ging. »Lassen Sie Ihrer Frau Zeit, Herr Colmar. Ihre Seele ist krank, muß erst langsam Heilung in sich selber suchen. Sie tragen auch schwer an dem Verlust, aber Sie haben als Mann den Trost, daß Ihr Sohn mit Heldenmut für eine große Sache kämpfte. Solchen Trost gibt es aber nicht für ein Mutterherz. Haben Sie Geduld.«

Und dann ging Rose zu der jungen Frau, die Witwe geworden. Sie fand sie noch immer wie von Sinnen und von weinenden und jammernden Frauen umgeben, die sie nur noch mehr aufregten.

Rose schaffte auch hier Ruhe.

»Geht nach Hause, Leute, laßt die Ärmste allein. Ihr könnt jetzt nicht helfen, und sie muß zur Ruhe kommen. Wenn sie sich beruhigt hat, dann mögt ihr wiederkommen und trösten. Mit euren Tränen regt ihr sie nur noch mehr auf.«

Die Frauen gingen stumm davon.

Konnte sie nicht jeden Tag, jede Stunde das gleiche Los

treffen? Und weil sie verstand und mitfühlte, ward ihr die Kraft gegeben zu trösten.

Weit draußen in Feindesland lag, geschützt in einer Talmulde, eine deutsche Fliegerstation, von Wachtposten umgeben. Rechts davon streckte sich das Feldlager der deutschen Armee.

Während im Lager die Mannschaften der nötigen und wohlverdienten Ruhe pflegten, wurde hier bereits für den morgigen Tag vorgearbeitet. Exzellenz von Bogendorf und Oberst von Steinberg standen mit Hasso und Hans neben einem zur Auffahrt bereiten Aeroplan. Die beiden waren im Begriff, eine schwierige Aufgabe zu erfüllen. Bis über Paris sollte sie ihr Flug heute bringen, und sie hatten soeben ihre Instruktionen bekommen.

Mit warmem Händedruck verabschiedete sich Exzellenz von Bogendorf von den beiden Männern, die sich während dieses Feldzuges schon wiederholt in hervorragender Weise verdient gemacht hatten und bereits beide mit dem Eisernen Kreuz geschmückt worden waren. Heute sollten sie abermals ihre Unerschrockenheit und kühne Tapferkeit beweisen.

Dann bestieg Hasso hinter Hans von Axemberg den Aeroplan. Dieser rollte davon und stieg langsam empor. –

Exzellenz von Bogendorf und Oberst von Steinberg gingen in das Lager zurück. An dem Eingang zum Krankenzelt stand eine schlanke, junge Pflegerin. Sie trug die Tracht der Roten-Kreuz-Schwestern. Das kastanienbraune Haar drängte sich in einem lockigen Scheitel unter der weißen Haube hervor.

Diese junge Pflegerin war Rola von Steinberg. Sie war so

in den Anblick des Flugzeuges vertieft, daß sie nicht merkte, wie ihr Vater neben sie trat. Erst als er sie am Arm faßte, wandte sie sich rasch um.

»Du, Papa!«

Oberst von Steinberg sah lächelnd in ihr reizendes Gesicht. »Kannst du endlich ein wenig aufatmen nach heißer Arbeit, kleine Samariterin?« fragte er.

»Ja, Papa, aber nur einige Minuten. Ich wollte nur einmal Luft schöpfen und – nun, du weißt, der Aufstieg da drüben interessiert mich. Nicht wahr, Hauptmann von Falkenried und Hans sitzen in diesem Flugzeug?«

»Ja, Rola. Und du kannst stolz sein auf deinen Hans. Er ist einer unserer tüchtigsten und kühnsten Offiziere und steht kaum hinter Hauptmann von Falkenried zurück.«

»Nun freue ich mich doppelt, daß ich bis zu euch durchgedrungen bin.«

Das Gesicht des Obersten wurde ernst.

»Das war gegen die Abrede, Rola, daß du dich freiwillig zu solch gefährlichem Posten gemeldet hast.«

»Schilt nicht. Ich wußte euch hier, dich und Hans. Da konnte ich nicht widerstehen. Wer weiß, wann wieder so eine günstige Gelegenheit für ein Wiedersehen ist.«

»Trotzdem – du hättest es nicht tun sollen. Und ich verlange unbedingt, daß du morgen früh mit dem Verwundetentransport zurückgehst. Wo soll ich die Ruhe hernehmen, wenn ich dich so nahe am Kampfplatz weiß. Wahrscheinlich kommt es morgen schon hier in der Nähe zu einer großen Schlacht. Da muß ich dich in Sicherheit wissen. Denke auch an Hans. Er braucht seine Ruhe notwendig genug.«

»Weiß Hans, daß ich hier bin?« fragte Rola hastig.

»Nein, ich habe es ihm verschwiegen. Es hätte ihn beunruhigt. Er hat jetzt eine schwierige Aufgabe zu erfüllen, wobei ihm ein klarer Kopf das nötigste ist. Heute abend, wenn er, will's Gott, heil und unversehrt zurückkommt, dann will ich es ihm sagen. Aber erst gib mir dein Wort, daß du morgen früh mit den Verwundeten zurückkehrst in das Hauptlazarett.«

»Ja, Papa, mein Wort darauf. Und nun komm mit hinein zu unseren Verwundeten und sage ihnen ein gutes Wort. So tapfer sind sie alle. So viel Helden gibt es unter ihnen, daß man nur stumm bewundern kann.«

Ärzte und Pflegerinnen waren noch immer beschäftigt. Oberst von Steinberg trat zu jedem der Verwundeten heran, und wo es angängig war, sprach er einige freundliche Worte mit ihnen.

Sie traten auch an ein Lager heran, wo eben eine Schwester einem Verwundeten zu trinken gegeben hatte. Diese Schwester war ziemlich stark und unförmig, hatte rotblondes Haar, Sommersprossen und dunkle Augen.

Als Oberst von Steinberg mit seiner Tochter herantrat, grüßte er die Schwester höflich. Sie dankte mit schweigendem Neigen des Hauptes. Anscheinend geschäftig wandte sie sich mit schwerfälligen Bewegungen ab, um an ein anderes Lager zu treten. Als sie dort leise mit dem Verwundeten sprach, verlor sich der auffallend herbe Zug, und sie sah plötzlich viel jünger aus.

Rola hatte ihr grübelnd nachgesehen, und als sie mit ihrem Vater außer Hörweite war, sagte sie leise: »Ich weiß nicht, Papa, an wen mich Schwester Magda erinnert. Seit ich sie gestern abend hier zuerst bei der Ambulanz sah, zerbreche ich mir schon den Kopf, wo ich dies Gesicht schon gesehen habe.«

Der Oberst sah flüchtig zu der Schwester mit den Sommersprossen hinüber. »Mir ist sie völlig fremd, Rola.«

Damit beruhigte sich auch Rola und ging mit ihrem Vater weiter, hier und da sorglich ihres Amtes waltend. Schwester Magda hatte einige Male einen kurzen, spähenden Blick zu Rola und ihrem Vater hinübergeworfen. Da Vater und Tochter ruhig weitergingen, ohne Notiz von ihr zu nehmen, atmete sie verstohlen auf und waltete scheinbar pflichteifrig ihres Amtes. –

Der Tag verging im Krankenzelt unter angestrengter Tätigkeit von Ärzten und Pflegerinnen. Sie arbeiteten Hand in Hand. Rola fiel es dabei nicht auf, daß Schwester Magda tunlichst vermied, mit ihr in Berührung zu kommen. Sie hatte wieder vergessen, daß ihr im Gesicht Schwester Magdas eine Ähnlichkeit aufgefallen war.

Hasso von Falkenried und Hans von Axemberg kehrten zurück, und die beiden Flieger wurden jubelnd begrüßt.

Hasso und Hans überließen das Flugzeug den Monteuren und fuhren hinüber in das Lager, um Exzellenz von Bogendorf Bericht zu erstatten.

Dieser erwartete sie bereits in seinem Zelt, und über die Karten gebeugt berichteten die beiden kühnen Flieger über den Besuch, den sie Paris abgestattet hatten. Eine wahre Jagd war von Paris aus auf sie gemacht worden. Eine Kugel hatte sogar Hassos Ärmel durchbohrt. Aber sie waren doch heil und unversehrt entkommen, nachdem sie ihre Aufgabe restlos erfüllt hatten.

Exzellenz von Bogendorf schüttelte ihnen die Hände, als sie ihren Bericht beendet hatten. »Nun ruhen Sie sich bis zum Morgengrauen aus, meine Herren.«

Axemberg war einige Minuten früher von Exzellenz von

Bogendorf entlassen worden als Hasso. Als er das Zelt des Höchstkommandierenden verließ, trat ihm Oberst von Steinberg entgegen. Er hatte ihn vorher nur flüchtig begrüßen können.

»Nun, Hans – alles gut abgelaufen?« fragte er leise.

Wenn sie allein waren, bediente sich der Oberst stets dieser intimen Anrede, betrachtete er ihn doch als Schwiegersohn.

Hans lachte ihn strahlend an und berichtete kurz über den äußeren Verlauf des Fluges.

»Nun bist du wohl sehr müde, Hans?« fragte der Oberst.

»O – es geht an. Ich werde noch eine kleine Promenade machen, um die steifen Knochen zu bewegen.«

»Vielleicht gehst du auch ein Weilchen in mein Zelt hinüber. Ich habe nämlich eine Überraschung für dich. Weißt du, wer gestern mit der Ambulanz hier im Lager angekommen ist?«

»Wer denn?«

»Schwester Karola.«

Axemberg stieß einen jauchzenden Ruf aus und wollte blindlings davonstürmen.

»Langsam, langsam, Hans! Es ist ja nicht unbedingt notwendig, daß du das Krankenzelt im Sturm nimmst. Hier ist nicht der passende Ort, falls ihr beide euch verratet. Also sei so gut und warte noch fünf Minuten, bis ich Schwester Karola habe in mein Zelt herüberbitten lassen. Dort könnt ihr euch ungestört begrüßen.«

Er schickte einen Burschen hinüber mit dem Auftrag, Schwester Karola möchte sofort zu Oberst von Steinberg kommen. Mit einem Lächeln wandte sich der Oberst dann an seinen Schwiegersohn. »So, mein lieber Hans, ich glaube,

Rola wird sich nicht lange bitten lassen. Ich gehe hinaus. Zehn Minuten werde ich draußen Schildwache stehen«, sagte er gemütlich.

»Papa?«

Ihr Vater nickte nur und deutete auf den Zelteingang.

»Zehn Minuten, Rola! Nütze sie gut«, sagte er gütig.

Sie küßte den Vater zum Dank und eilte in das Zelt.

Dort wurde sie gleich von zwei starken, jungen Armen aufgefangen.

Er küßte sie und stieß lauter heiße, zärtliche Kosenamen hervor. Dann küßte er sie wieder. Und dann schalt er sie zärtlich aus.

»Was fällt dir ein, hier mitten ins feindliche Land zu kommen?«

»Ich mußte doch sehen, ob du dir wirklich das Eiserne Kreuz geholt hast. Nein – laß mich, nicht so ungestüm. Respekt vor meiner Schwesternhaube.«

»Aber du bleibst nicht hier. Ich werde deinem Vater sagen, daß er es dir nicht erlaubt. Du mußt fort – so gern ich dich auch hielt. Aber wenn ich dich hier in der Nähe weiß – dann bin ich außer mir vor Unruhe.«

»Brauchst Papa nicht noch aufzuwiegeln, er hat mir schon Marschorder geblasen. Morgen früh muß ich mit dem Verwundetentransport zurück ins Hauptlazarett.«

»Das ist gut. Aber jetzt müssen wir die Zeit nützen. Zehn Minuten hat uns dein Vater für dies Wiedersehen bewilligt.«

Er küßte sie wieder so stürmisch, daß die Haube in Gefahr kam.

Dann trat aber Oberst von Steinberg nach einem vernehmlichen Räuspern ein. Er hatte wirklich Schildwache gestanden.

»So, Kinder – nun muß es genug sein. Schwester Karola, die Pflicht ruft! Auf deinen Posten, mein Kind!«

»Dann muß ich wohl.«

Er hielt sie fest. Und vor den Augen des »Gestrengen« küßte er sie nochmals herzhaft.

»Sehe ich dich noch einmal, meine Rola?« fragte er.

»Sehen vielleicht. Aber allein werden wir nicht mehr sein. Wir müssen schon jetzt Abschied nehmen. Papa – bitte, dreh dich doch mal herum. Die Aussicht durch den Zeltausgang ist wunderschön.«

Oberst von Steinberg stand nochmals Schildwache, mitten in Feindesland, damit sich ein Liebespaar nochmals sattküssen konnte.

Dann machte sich Rola aus Axembergs Armen los.

»Dank, Väterchen – tausend Dank. Nun gehe ich brav auf meinen Posten.«

Hans sah ihr mit heißen Blicken nach und atmete tief auf. Und dann verließ er nach einigen Dankesworten das Zelt des Obersten.

Langsam, wie ein Träumender ging er durch das Lager, über das der Abend herabgesunken war. Endlich erinnerte er sich des Freundes. Wo war Hasso geblieben? Als er nach ihm Ausschau hielt, sah er ihn auf sich zukommen.

»Du, Hasso, weißt du, wer hier im Lager ist?« sagte er erregt. Hasso blickte ihn bei dem schwachen, unsicheren Mondlicht forschend an.

»Hm! Wenn es mir nicht unmöglich schien, würde ich, nach deiner Aufregung zu urteilen, auf Rola raten.«

»Richtig geraten, Hasso, Rola ist hier, mit der Ambulanz. Freiwillig hat sie sich zu dieser gefährlichen Tour gemeldet, nur um ihren Vater und mich wiederzusehen. Ist das nicht forsch und schneidig? Leider geht sie morgen früh schon wieder zurück. Oder vielmehr – Gott sei Dank. Denn wenn hier der Tanz losgeht, muß ich sie in Sicherheit wissen.«

»Aber nun komm, wir wollten doch einen kleinen Spaziergang machen, ehe wir unser Lager aufsuchen.«

»Also komm, Hasso, wir gehen am Krankenzelt vorbei, und du schaust dir im Vorübergehen meine Rola an.«

Er zog Hasso mit sich fort, nach dem Krankenzelt hinüber.

Gegenüber der Tür faßten sie im Dunkeln Posto und sahen in das schwach erleuchtete Zelt hinein.

Lautlos glitten drinnen die Pflegerinnen von einem Lager zum anderen. Gerade dem Zelteingang gegenüber stand ein Tisch mit Medikamenten, der ziemlich hell beleuchtet war. Und an diesen Tisch heran trat jetzt die plumpe, unförmige Gestalt Schwester Magdas. Ihr Antlitz wurde scharf beleuchtet. Sie beugte sich vor und ließ in ein Glas Wasser aus einer Medizinflasche Tropfen fallen.

Beim aufmerksamen Zählen vergaß sie, den Mund so scharf und herb herabzuziehen, und im Kerzenschein waren die Sommersprossen nicht sichtbar. Auffallend im Gegensatz zu der plumpen Gestalt wirkten die schlanken, feinen Hände, und das rotblonde Haar, das unter der Haube hervorquoll, schien sehr üppig zu sein.

Hassos Augen suchten, dem Freund zu Gefallen, nach Schwester Karola. Dabei ruhten sie auf einen Moment auf dem hellbeleuchteten Gesicht Schwester Magdas.

Wie ein Ruck ging es da plötzlich durch Hassos Gestalt. Trotz der Verkleidung, trotz des rotblonden Haares erkannte er in dieser Schwester Magda sofort Natascha von Kowalsky. Zu geheimen Zwecken, um zu spionieren und unter der

Tracht einer Roten-Kreuz-Schwester hatte sie sich hier ins Lager eingeschlichen! Sicher wollte sie bedeutend älter scheinen als sie war. Die häßliche, plumpe Verkleidung und das durch allerlei Mittel älter gemachte Gesicht sowie die schwerfälligen Bewegungen ließen sie auch wie vierzig Jahre erscheinen.

Scharf und spähend ruhten Hassos Augen auf ihrem Gesicht. Und da erkannte er deutlich neben dem jetzt künstlich herabgezogenen Mundwinkel ein kleines, viereckiges Leberfleckchen von der Größe einer Linse. Dieses kleine Mal gab ihm vollends die Gewißheit, daß er Natascha vor sich hatte.

Die russische Spionin und Geheimagentin hier im Lager – das war von Bedeutung.

Einige Minuten war er sprachlos. Schwester Magda stand noch immer am Tisch und räumte in den Medizinflaschen herum. Dann trat ein Arzt zu ihr und sprach mit ihr. Sie antwortete ihm in ihrem reinen Deutsch.

Diese Beherrschung der deutschen Sprache sowie die Tracht, die sie sich auf irgendeine Weise verschafft haben mochte, hatten ihr wohl geholfen, sich hier einzuschleichen. Wer konnte wissen, was sie hier auskundschaften wollte. Vielleicht war sie auch gar von Rußland nach Frankreich auf dem Weg, um wichtige Aufträge zu überbringen. Hatte wohl auf ihrem Wege fleißig Ausschau gehalten nach Dingen, die sie verraten konnte.

Jedenfalls hatte ihre Anwesenheit hier irgendeine besondere, gefährliche Bewandtnis, und Hasso war schnell mit sich im klaren, was er hier zu tun hatte. Wortlos drängte er Axemberg noch tiefer in den Schatten zurück, damit sie von drinnen nicht bemerkt werden konnten.

Axemberg hielt nur nach Rola Ausschau und zuckte zusammen, als Hasso mit jähem Griff seinen Arm faßte.

»Hans, sieh dir einmal das Gesicht an – da am Tisch bei der Kerze«, sagte er leise. »Das der Schwester, die neben dem Arzt steht und die Medizingläser hält. Sieh es dir genau an. Erkennst du es nicht?«

Der erregte Ton des Freundes machte Axemberg aufmerksam. Er blickte prüfend in Schwester Magdas Gesicht, es erging ihm wie Rola – dies Gesicht erinnerte ihn an jemand.

»Mir schwebt etwas vor, Hasso – aber ich weiß nicht, wo ich dies Gesicht hintun soll. Bitte, hilf mir mal auf die Sprünge«, sagte er nachdenklich.

»Natascha von Kowalsky«, flüsterte er.

Nun zuckte auch Axemberg zusammen. Seine Augen weiteten sich und sahen scharf und prüfend in Schwester Magdas Gesicht.

»Wahrhaftig! Die russische Spionin als Krankenschwester in unserem Lager. Donnerwetter, Hasso, das ist eine interessante Entdeckung – aber auch etwas peinlich für dich.«

»Das letztere darf gar nicht in Frage kommen. Ihr Hiersein bedeutet nichts Gutes. Wir dürfen sie nicht aus den Augen lassen. Gottlob, daß du mich hierher führtest. Die Anwesenheit deiner Rola hier im Lager wird uns noch von besonderem Nutzen sein.«

»Sollen wir sie nicht sofort festnehmen lasse, Hasso?«

»Laß mich überlegen. Ich möchte ergründen, was sie vorhat, ehe ich sie festnehmen lassen. Wir postieren uns beide hier am Eingang des Zeltes. Vielleicht kann ich jetzt eine alte Rechnung mit dieser Dame zum Ausgleich bringen.«

Sie ließen sich vor dem Zelteingang auf dem Boden nieder, neben einem Sanitätswagen.

Natascha war im Hintergrund des Zeltes verschwunden. Ab und zu tauchte ihre plumpe, schwerfällige Gestalt wieder einmal auf, und Hasso bemerkte, daß sie aufmerksam auf der Uhr die Zeit kontrollierte. Das war bei einer Krankenpflegerin nichts Auffallendes, aber bei dieser fiel es ihm doch auf.

Zuweilen huschte Rola drinnen vorüber. Jedesmal, wenn sie im Ausschnitt des Zelteingangs sichtbar wurde, atmete Axemberg tief auf.

Während Hasso hier die russische Spionin belauerte, mußte er an seine Rose denken. Rose dankte er es ja, daß er dieser ränkevollen Frau da drinnen nicht zum Opfer gefallen war; Rose hatte ihn errettet damals. Ihre Liebe zu ihm hatte sie damals instinktiv das Richtige tun lassen.

Wenn Nataschas Gesicht da drinnen auftauchte, sah er es starr an. Er konnte heute nicht mehr begreifen, daß er dieses Gesicht einst geliebt, daß es einen so großen Zauber auf ihn ausgeübt hatte. Freilich war dies Gesicht mit Absicht alt und häßlich gemacht worden. Er sah jetzt den Zug lauernder Falschheit und Hinterlist darin.

»Hasso«, flüsterte Axemberg, »sieh nur die Sommersprossen. Die hat sie sich sicherlich mit starkem Nußextrakt aufgespritzt. So halten sie sogar das Waschen für eine Weile aus. Ob sie die Haare gefärbt hat oder ob sie eine Perücke trägt?«

»Es ist sicher gefärbt. Eine Perücke würde zu sehr auffallen, auch unter der Schwesternhaube. Und mit so groben Mitteln arbeitet diese raffinierte Person sicher nicht. Diesmal muß die Spionin eine andere Mission haben. Welcher Art die ist, werden wir ergründen. Jedenfalls soll sie diese Mission so wenig erfüllen wie jene andere. Wir werden sie daran hindern.«

Drinnen im Krankenzelt wurde es ruhiger. Die Ärzte hatten ihre Arbeit getan und warfen sich auf ihr Lager, um einige Stunden zu ruhen. Auch die Schwestern konnten sich nun zum Teil ablösen.

Schwester Karola hatte sich unweit des Zelteinganges niedergelassen und stützte das Haupt auf den mit Medikamenten besetzten Tisch. Auf ihrem Antlitz lag ein weicher, sehnsüchtiger Ausdruck. Es kostete Axemberg sehr viel Überwindung, sich ihr nicht bemerkbar machen zu dürfen, und er sah viel mehr auf ihr reines, hellbeleuchtetes Profil, als daß er auf Natascha geachtet hätte. Diese war dafür von Hasso scharf aufs Korn genommen.

Und er sah nun, daß sie, nach einem Blick auf die Uhr, sich langsam dem Zeltausgang näherte. Hinter Rola streifte sie vorbei und warf dieser einen scharfen, spähenden Blick zu. Ihre Mundwinkel zogen sich schärfer herab, und ihre Haltung wurde noch schwerfälliger.

Nur im Zelt des Höchstkommandierenden und im Krankenzelt war noch Licht. Der Mond erhellte das ganze Tal mit seinem blassen, milden Schein. Die beiden Offiziere lagen im Schatten des Sanitätswagens, so daß sie niemand sehen konnte, der aus dem Zelt trat.

Dicht am Zelteingang saß noch eine andere Schwester, um frische Luft zu schöpfen. Sie und Schwester Karola hatten die erste Wache übernommen.

Nun trat Schwester Magda neben der an der Tür sitzenden Schwester vorbei. »Legen Sie sich noch nicht zur Ruhe, Schwester Magda?«

»Nein, ich will noch ins Freie gehen, ich kann doch nicht schlafen«, antwortete Schwester Magda.

Damit trat Natascha Karewna hinaus ins Freie.

Sie spähte dann scharf zu dem verfallenen Dorf hinüber. Langsam ging sie durch das Lager, den breiten Mittelweg hinab.

Leise erhoben sich Hasso und Hans und folgten ihr, jedes Geräusch vermeidend und sich immer im Schatten haltend.

Schwerfällig schritt die Spionin vor ihnen her, ahnungslos, daß sie verfolgt und beobachtet wurde. Ihre weiße Schürze und die weiße Haube schienen das Mondlicht auf sich zu konzentrieren. Weiter und weiter schritt sie, durch das ganze Lager, und je weiter sie sich vom Krankenzelt entfernte, desto elastischer und leichter wurden ihre Schritte.

Nun war sie bei dem Wachtposten angelangt.

Der Posten rief sie an und warnte sie gutmütig:

»Gehen sie nicht zu weit hinaus, Schwester, da draußen lungert noch überall übles Gesindel herum aus dem Dorf. Und vor diesen Halunken ist auch das Rote Kreuz nicht sicher.«

»Ich gehe nicht weit, Sie können außer Sorge sein.«

Und ruhig, wie absichtslos ging Natascha weiter in der Richtung nach dem Dorf, auf ein nahes, verfallenes Gebäude zu, das dicht an der Landstraße lag, die sich durch das Tal zog.

Hasso hob lauschend den Kopf. Ihm war, als höre er das leise Summen eines Motors. Auch Hans hörte es, sie sahen sich an und machten sich durch ein stummes Zeichen darauf aufmerksam.

Auch der Wachtposten hatte dies leise Geräusch vernommen, aber er glaubte, es komme von drüben aus der Fliegerstation.

Als nun die Spionin draußen im freien Feld langsam auf das Gehöft zuschritt, trat Hasso lautlos an den Wachtposten heran und flüsterte ihm einige Worte zu.

Dieser erkannte Hauptmann von Falkenried und machte sein Gewehr schußbereit, wie ihm dieser befahl.

Die beiden Offiziere eilten nun so lautlos wie möglich hinter der Spionin her, sich auf verschiedenen Seiten haltend, um ihr von zwei Seiten den Weg abzuschneiden, da sie nicht entweichen durfte.

Die Spionin hielt geraden Kurs auf das verfallene Gehöft zu, und jetzt vernahmen sie deutlich, daß das leise, summende Geräusch hinter diesem Gehöft hervorkam, anscheinend von einem Auto. Dort hinter dem Gehöft stand ein Auto bereit für Natascha Karewna, um sie in schnellster Zeit in das Lager der Franzosen zu bringen.

Sie hatte ihren Gang beschleunigt. Aber nun waren auch die beiden Offiziere dicht hinter ihr. Jetzt im freien Feld konnten sie sich nicht mehr verbergen. Das leise Geräusch hinter ihr ließ Natascha zusammenzucken. Sie sah sich um und merkte, daß sie verfolgt wurde.

Jetzt raffte sie ihre Röcke rasch empor und begann zu laufen, so schnell sie konnte.

»Halt!«

Aber sie lief weiter in atemloser Hast – die beiden Offiziere ihr nach im wilden Lauf. Auf Hassos Ruf, der durch die Stille schallte, gab drüben der Posten Feuer, um zu alarmieren. Im Lager wurde es lebendig.

Nun hatte Natascha aber auch fast das Gehöft erreicht. Ein lauter, fremdartiger Ausruf von ihr, und das summende Geräusch hinter dem Gemäuer wurde stärker. Jetzt bog Natascha um die Mauer. Wieder ein atemloser Zuruf von ihr.

Der Chauffeur fuhr ihr entgegen. Mit einem Satz sprang Natascha in das Auto.

Aber dicht hinter ihr sprang Hasso auf. »Halt!« rief er dem Chauffeur zu.

Als dieser auf einen Zuruf Nataschas trotzdem losfahren wollte, krachte ein Schuß. Hasso hatte den Chauffeur niedergeschossen. Er sank von seinem Sitz herab.

Mit einem Satz sprang Natascha an das Steuer und wollte nun selbst weiterfahren. Aber Hasso faßte blitzschnell selbst das Steuer, den Wagen mit einem Ruck zum Stehen bringend. Im gleichen Moment zog Natascha einen Revolver und wollte Hasso von hinten in den Kopf schießen. Aber da war auch schon Hans aufgesprungen, er sah den Lauf des Revolvers in der Hand der Spionin aufblitzen und faßte mit einem jähen Griff diese Hand, sie zurückreißend. Der Schuß entlud sich, ging aber zum Glück fehl.

Hasso merkte erst jetzt, was ihm gedroht hatte. Er wandte sich um. »Dank dir, mein Hans. Das galt wohl mir?«

»Ja – Madame wollte dich unschädlich machen und allein davonfahren. Jetzt sind wir quitt, mein Alter, du hast mich neulich vor dem Meuchelmord durch ein Weib behütet, ich tat dir jetzt denselben Dienst.«

Hasso sprang von dem stillstehenden Auto herab und faßte die Spionin, die sich von Axembergs Griff befreien wollte, an der andern Hand. »Natascha von Kowalsky – Sie sind unsere Gefangene!«

Scharf und schneidend klang seine Stimme. Die Spionin stieß einen unartikulierten Schrei aus und starrte in das jetzt hell vom Mond beleuchtete Antlitz Hasso von Falkenrieds.

Aber so leicht ergab sich eine Natascha Karewna nicht.

Hochaufgerichtet stand sie im Auto und sah auf ihn herab, als verstehe sie ihn nicht.

»Was wollen Sie eigentlich? Sind Sie von Sinnen? Sehen Sie nicht, daß Sie eine Rote-Kreuz-Schwester vor sich haben und sie insultieren? Ich sehe erst jetzt, daß Sie deutsche Offiziere sind. Glaubte ich mich doch von französischen Franktireurs verfolgt, vor denen mich der Wachtposten warnte. In meiner Angst und meinem Schrecken sprang ich in dies Auto.«

»Das Ihnen ›zufälligerweise‹ in den Weg kam. Und ganz ›zufälligerweise‹ wollten sie einen deutschen Offizier erschießen, der Sie an Ihrer Spazierfahrt hindern wollte«, höhnte Axemberg.

»Ich sage Ihnen ja, daß ich erst in diesem Moment erkannte, daß meine Verfolger deutsche Offiziere waren. Jetzt beenden Sie, bitte, diese Situation, die Ihrer nicht würdig ist. Ich will ins Lager zurück zu meinen Verwundeten.«

Sie hatte ihr Organ zu einer schneidenden Schärfe gesteigert, das nichts gemein hatte mit den zärtlich girrenden Lauten, die sie früher für Hasso gehabt hatte.

»Ins Lager sollen Sie allerdings zurückgebracht werden, Sie gehen mit uns als unsere Gefangene.«

Sie zuckte die Achseln. Ihre Kaltblütigkeit war bewundernswert.

»Wenn ich nur wüßte, was Sie von mir wollen. Ich heiße nicht Natascha von Kowalsky.«

»Daran will ich nicht zweifeln, Madame. Ihren rechten Namen haben Sie uns wohl bei unserer ersten Bekanntschaft in Berlin verschwiegen. Sie sind unsere Gefangene.«

Natascha gab sich noch nicht verloren. Sie spähte umher, als suche sie einen Ausweg zur Flucht. Dabei fiel ihr Blick auf den tot herabgesunkenen Chauffeur. Sie biß die Zähne zusammen. Sie wollte sich nicht verloren geben.

»Lächerlich! Sie werden sich unsterblich blamieren, meine Herren, wenn Sie Schwester Magda als Kriegsbeute ins Lager zurückbringen. Man wird Sie gebührend auslachen. Scheinbar leiden Sie an Halluzinationen.«

Inzwischen waren vom Lager herüber Leute herbeigeeilt. Denen übergab Hasso das Auto mit dem Befehl, es so, wie es war, ins Lager zu führen, vor das Zelt des Höchstkommandierenden. Auch der tote Chauffeur sollte darauf liegen bleiben.

Zwischen Hans und Hasso ging Natascha ins Lager zurück.

Die alarmierten Mannschaften wurden beruhigt und warfen sich wieder auf ihr Lager. Nur einige der Leute mußten bei dem Automobil bleiben.

Natascha stieß während des Gehens zwischen den Zähnen hervor:

»Ich werde mich bei dem Herrn General beschweren über die unglaubliche Handlungsweise deutscher Offiziere einer Roten-Kreuz-Schwester gegenüber.«

»Das bleibt Ihnen unbenommen, Madame«, erwiderte Axemberg sarkastisch. Hasso schwieg. Und schweigend legten die drei nun den Weg zurück zu dem Zelt, in dem Exzellenz von Bogendorf noch immer bei der Arbeit war.

Vor dem Zelt machten sie halt. Hasso ließ Natascha in Axembergs Obhut und trat bei Exzellenz von Bogendorf ein, um ihm Meldung zu machen über die Gefangennahme der russischen Spionin. Aufmerksam hörte dieser zu. Als Hasso zu Ende war, sagte er:

»Sind Sie auch ganz sicher, Herr Hauptmann, daß Sie sich in der Person nicht irren?«

»Ganz sicher, Exzellenz.«

»Gut. Bitte, lassen Sie Oberst von Steinberg rufen. Er kann mit Ihnen das Verhör der Spionin übernehmen und mir dann Bericht erstatten.«

Oberst von Steinberg wurde verständigt und die Spionin in sein Zelt geführt, um sofort vernommen zu werden.

Sie beharrte bei ihrem Leugnen, beschwerte sich über die beiden Offiziere, die sie erst geängstigt und dann gar verhaftet hätten, und verlangte kühn Genugtuung. Sie sei die Tochter eines deutschen Majors, der vor Jahren gestorben sei, sie heiße Magda von Hillern, sei achtunddreißig Jahre alt und könne das durch ihre Papiere beweisen. Sie verstehe nicht, was man von ihr wolle. Die beiden Offiziere, die sie verhaftet hätten, müßten von Sinnen sein.

Oberst von Steinberg hatte die Spionin bei diesem Verhör scharf im Auge behalten. Er erinnerte sich sofort, daß ihn seine Tochter auf Schwester Magda aufmerksam gemacht und von einer Ähnlichkeit mit einer ihr bekannten Person gesprochen hatte. Trotzdem sich Natascha noch immer bemühte, ihrem Gesicht ein fremdes, älteres Gepräge zu geben, fand nun auch Oberst von Steinberg, daß ihn diese Schwester Magda sehr an die schöne Russin erinnerte.

Er prüfte mit scharfen Augen die unförmige Gestalt, zu der die feinen, schmalen Hände und Füße nicht passen wollten.

Ehe er die Vernehmung fortsetzen konnte, wurde der tote Chauffeur auf Befehl des Obersten hereingebracht und zu Nataschas Füßen niedergelegt. Ein Soldat mußte die entstellende Autobrille von dem toten Gesicht desselben lösen.

Bei dem Lösen der Autobrille riß der Soldat die Lederkappe des Chauffeurs mit herab. Und da blickte er erschrocken auf. »Zu Befehl, Herr Oberst – das ist eine Frau!« rief er, auf den toten Chauffeur deutend.

Die Herren, der Oberst, Hasso und Axemberg, sahen nun das tote Gesicht von schwarzem Frauenhaar umgeben.

Hasso stieß einen betroffenen Ruf aus, richtete sich schnell empor und sah Natascha an.

Sie stand vor ihm als gefährliche Feindin des Vaterlandes und durfte ihm nicht als Frau gelten.

»Das ist Ihre Mutter, Natascha von Kowalsky«, sagte er, auf den Chauffeur deutend.

Auch Axemberg und Oberst von Steinberg hatten nun die ihnen als Generalin von Kowalsky bekannte Frau erkannt.

»Leugnen Sie immer noch, Madame, trotzdem hier Ihre Mutter tot vor Ihnen liegt?« fragte der Oberst scharf.

»Das ist nicht meine Mutter, ich schwöre, daß dies nicht meine Mutter ist.«

»Aber Sie haben diese Frau jedenfalls während Ihres Berliner Aufenthaltes als Ihre Mutter ausgegeben. Vermutlich war sie also damals Ihre Helfershelferin wie jetzt auch. Dieser Coup ist Ihnen aber gottlob ebenso mißlungen wie Ihr wohlgeplanter Raubzug auf meinen Schreibtisch«, sagte Hasso.

Erst in diesem Augenblick kam ihr die Gewißheit, daß sie verloren war. Hassos Worte sagten ihr, daß sie die Kopie damals tatsächlich in seinem Zimmer verloren hatte. Aber sie hatte damit gerechnet, daß Hasso damals über diese Affäre Stillschweigen gebreitet hatte. Nun entnahm sie aber seinen Worten, daß er nichts verheimlicht hatte. Das machte ihre Lage bedeutend schwieriger.

»Ich verstehe Sie nicht und bitte Sie, dieser Posse ein Ende zu machen. Hier sind meine Papiere, die beweisen, daß ich Magda von Hillern heiße.«

Es half ihr aber alles nichts. Oberst von Steinberg sah sie scharf an.

»Ich rate Ihnen, Ihr Leugnen aufzugeben, ein offenes Geständnis abzulegen, aus welchem Grunde Sie sich unter der Verkleidung einer Roten-Kreuz-Schwester und mit diesen gefälschten oder unrechtmäßig erworbenen Papieren hier ins Lager eingeschlichen haben. Daß Sie mit dieser Frau, die tot zu Ihren Füßen liegt, in das nächste französische Lager entweichen wollten, ist uns außer Zweifel. Ebenso ist es uns zweifellos, daß Sie wichtige Geheimnisse an die Franzosen verraten wollten oder gar mit geheimer Sendung betraut worden sind, von den Russen an die Franzosen. Ihr Plan ist gescheitert an der Wachsamkeit des Hauptmanns von Falkenried, der Sie zum Glück erkannte. Sie sind unsere Gefangene und können Ihre Lage nur durch ein umfassendes Geständnis verbessern.«

»Ich will weiter nichts, als daß man mich nun endlich aus dieser unwürdigen Lage befreit.«

»Sie beharren also bei Ihrer Behauptung, daß Sie nicht identisch sind mit jener Natascha von Kowalsky, die sich im vorigen Winter als Tochter dieser Frau und des Generals von Kowalsky ausgab in Berlin?«

Der Oberst zuckte die Achseln.

»So bedaure ich, weiterhin keine Schonung mehr walten lassen zu können. Wenn ich jetzt mit aller Strenge gegen Sie vorgehen muß, so haben Sie sich das selbst zuzuschreiben.«

Sie beherrschte sich und heuchelte Gleichmut.

Der Oberst trat an Axemberg heran und flüsterte ihm einige Worte zu. Dieser verschwand.

Hasso stand neben Oberst von Steinberg, und die beiden Herren sprachen leise miteinander.

Da wandte sich Natascha plötzlich um und lief zum Ausgang des Zeltes. Aber hier trat ihr ein Soldat entgegen und wehrte ihr den Ausgang.

Ironisch wandte sich ihr der Oberst zu.

Natascha biß sich auf die Lippen. »Ich bin doch wohl nun entlassen. Sagen Sie dem Soldaten, daß er mir den Weg freigibt.«

»Das werde ich nicht tun, Madame. Sie können inzwischen auf diesem primitiven Sessel Platz nehmen. Wenn Sie das Zelt ohne meine Erlaubnis verlassen, steht Ihnen nichts Gutes bevor.«

Aber Natascha setzte sich nicht. Mit gesenkten Augen schritt sie wieder tiefer ins Zelt hinein. Sie vermied es, auf die tote Frau herabzusehen.

Diese ließ Oberst von Steinberg vorläufig hinausschaffen mit der Weisung, daß eine Schwester die Kleider der Toten visitieren sollte. Alles, was man bei ihr fand, sollte an ihn sofort abgeliefert werden.

Natascha zuckte leise zusammen, als sie diesen Befehl hörte. Als sie aber der Oberst ansah und fragte: »Wünschen Sie etwas zu sagen?« da schüttelte sie nur trotzig das Haupt und wandte sich ab.

Hans war inzwischen ins Krankenzelt gegangen und war direkt auf Rola zugetreten, die ein wenig müde und schläfrig auf ihrem Platz am Tisch saß.

»Schwester Karola, der Herr Oberst von Steinberg bittet Sie, sofort mit mir zu ihm zu kommen. In einer wichtigen Angelegenheit bedarf er Ihrer Hilfe.«

»Was ist geschehen, Herr von Axemberg?« fragte sie,

gleichfalls die förmliche Anrede gebrauchend, weil die andere wachende Schwester mit herangetreten war.

»Wir haben eine Spionin gefangen, Schwester Karola, und diese soll durch Sie visitiert werden. Der Herr Oberst lassen bitten, daß wir einige Decken und Tücher mitbringen, in die sich die Gefangene hüllen kann, solange ihre Kleider durchsucht werden.«

Rola hatte schnell einige überflüssige Schlafdecken ergriffen. Axemberg nahm sie ihr ab.

»Gehen Sie, Schwester Karola, solange es geht, halte ich allein Wache. Es braucht niemand geweckt zu werden. Schwester Magda muß auch gleich zurückkommen«, sagte die andere Schwester.

»Darauf rechnen Sie nicht, Schwester«, entgegnete Axemberg, »denn just Schwester Magda ist die Spionin, die wir abgefaßt haben.«

Rola und die Schwester sahen ihn wie erstarrt an. Aber Axemberg mahnte zur Eile. So ging sie schnell mit ihm hinaus.

Auf dem kurzen Wege konnte der junge Offizier nicht umhin, wenigstens Rolas Arm, unter den Decken verborgen, an sich zu drücken. Gern hätte er sie geküßt, aber vor des Obersten Zelt standen Doppelwachen, und der Mond schien hell. Und nun kamen ihnen auch die Leute entgegen, die den toten Chauffeur nach dem Krankenzelt trugen.

»Du wirst in der Spionin eine alte Bekannte entdecken, Rola«, sagte Axemberg leise, sie beiseite ziehend.

»Ich habe mich vergeblich besonnen, wem diese Schwester Magda gleicht.«

»Ich kann es dir sagen. Erinnerst du dich an die schöne Russin Natascha von Kowalsky?«

Mit einem Ruck blieb Rola stehen und faßte sich an die Stirn. »Mein Gott – ja –, jetzt weiß ich es, an diese erinnerte mich Schwester Magda. Du willst doch nicht sagen, daß diese Natascha von Kowalsky eine Spionin ist.«

»Ich wußte es schon seit ihrem rätselhaften Verschwinden aus Berlin, von meinem Freund Hasso. Nun wünscht dein Vater, daß du die Kleider der Spionin visitierst.«

Rola seufzte.

»Ich werde mich natürlich niemals einer Pflicht entziehen, Hans, das ist selbstverständlich, aber es wird mir doch eine sehr unangenehme Pflicht sein. Wie schrecklich für ein Weib, in solch eine Situation zu kommen. Und ich habe die schöne Russin einst so bewundert – und beneidet. Jetzt möchte ich nicht mit ihr tauschen.«

Sie hatten das Zelt des Obersten erreicht und traten ein.

»Zu Befehl, Herr Oberst, Schwester Karola ist zur Stelle und orientiert«, meldete Axemberg in dienstlicher Haltung.

Die Spionin sah mit unsicherem Blick zu Rola hinüber und senkte dann vor deren Blick die Augen.

»Man wird Sie jetzt mit Schwester Karola in diesem Zelt allein lassen. Das Zelt wird natürlich scharf bewacht, und ein Ruf meiner Tochter genügt, die Wachen herbeizurufen. Das sage ich Ihnen, um Sie von Torheiten abzuhalten. Sie haben sofort Ihre Kleider abzulegen und können sich in diese Dekken hüllen, bis man Ihre Kleider durchsucht hat.«

Natascha warf den Kopf zurück.

»Ich lege meine Kleider nicht ab und protestiere gegen diese schimpfliche Behandlung.«

Die Augen des Obersten blitzten wie geschliffener Stahl. »Wenn Sie sich weigern, zwingen Sie mich, Ihnen die Kleider gewaltsam ausziehen zu lassen. Dann kann ich auf Ihr weibliches Schamgefühl freilich keinerlei Rücksicht mehr nehmen. Also wählen Sie. Bitte, Herr Hauptmann von Falkenried, begleiten Sie mich inzwischen an das Auto. Wir wollen es persönlich genau durchsuchen.«

Bei diesen Worten wurde Natascha Karewna totenbleich. Zum ersten Male verließ sie ihr trotziger Stolz. Sie sah wie in hilfloser Angst zu Hasso hinüber, als wollte sie sich instinktiv um Hilfe an diesen einzigen Menschen wenden, der vielleicht noch einen Funken von Mitgefühl für sie hatte.

Hasso fing diesen Blick auf, und er quälte ihn. Krieg führen gegen eine Frau, das ging gegen sein ritterliches Gefühl. Und diese Frau hatte er einst geliebt. Das konnte er nicht ignorieren, trotz allem. Stumm wandte er sich ab und folgte dem Obersten und Axemberg.

Rola blieb mit Natascha allein. Sie wußte nicht, welchen Ton sie gegen die Spionin anschlagen sollte. Schließlich siegte aber doch das weibliche Mitleid über die Verachtung.

»Bitte, machen Sie uns beiden die Lage nicht schwerer und peinlicher, als sie schon ist. Hier sind Decken genug, damit Sie sich darin hüllen können. Nach der Durchsicht wird man Ihnen Ihre Kleider zurückgeben.«

Es war, als wollte sie etwas sagen. Aber sie biß sich auf die Lippen und schwieg. Und dann irrten ihre Augen unruhig umher, als suche sie einen Ausweg zur Flucht. Und ehe Rola noch wußte, was sie vorhatte, war sie mit einem Satz an den Zeltausgang und wollte hinaus. Gleichviel was ihrer draußen wartete, nur hinaus aus diesem Zelt.

Aber dicht am Ausgang stand Hans, um Rola besorgt, und schob Natascha mit Gleichmut zurück. »Nicht so eilig, Madame – wir bedürfen Ihrer noch«, sagte er sarkastisch.

Mit schlaff herabhängenden Armen kehrte Natascha zurück. Ihr stolzer Nacken war gebeugt. Und mit einem tiefen Seufzer entschloß sie sich, ihre Kleider abzulegen. Zuerst fiel die Schwesterntracht. Darunter kam ein schlichtes Reisekleid zum Vorschein, das um die Taille noch einmal mit einem wollenen Tuch umwickelt war, um die unförmige Fülle vorzutäuschen.

Rola hätte keine Soldatentochter sein müssen, wenn sie jetzt nicht doppelt auf ihrer Hut gewesen wäre. Sie beobachtete jede Bewegung der Spionin, wenn sie sich auch den Anschein gab, nicht sonderlich auf sie achtzugeben.

Als Natascha nun auch das Reisekleid abgelegt hatte und sich der Unterkleider zu entledigen begann, bemerkte Rola, daß sie ein Band um ihren Hals löste und unter der letzten Hülle, die ihren Körper verbarg, vorsichtig einen Gegenstand zu Boden gleiten ließ. Dieser Gegenstand fiel zwischen das Kleiderbündel auf die Erde. Sie manövrierte nun so geschickt, daß sie diesen Gegenstand samt den Kleidern mit den Füßen scheinbar absichtslos nach der Rückwand des Zeltes schob. Für einen Moment sah Rola, daß dieser Gegenstand von brauner Farbe war, anscheinend eine kleine, braune Ledermappe.

Als Natascha nun die letzte Hülle fallen ließ und sich hastig eine Decke umgeworfen hatte, schob sie mit einer geschickten Bewegung ihres Fußes den braunen Gegenstand unter der Zeltwand am Boden hindurch ins Freie.

Dann richtete sie sich hastig, wie befreit aufatmend, empor, stieß mit dem Fuß ihre Kleider mehr nach der Mitte des Zeltes und hüllte sich sorglich noch in eine zweite Decke.

Rola hatte wohl bemerkt, daß sie irgend etwas da hinten an der Zeltwand getan hatte, aber sie verriet es mit keiner Miene und ließ Natascha ruhig gewähren. Sie half ihr sogar, die Decken zu drapieren, so daß sie sich unbesorgt Männeraugen präsentieren konnte, und schob ihr einen kleinen Feldsessel hin.

»Setzen Sie sich. Ich befestige die Decken mit einigen Nadeln, damit sie nicht herabfallen«, sagte sie ruhig.

»Ich danke Ihnen«, sagte sie aufatmend und sah ruhig zu, wie Rola ihre Kleider aufhob und zusammenlegte.

»Herr von Axemberg!« rief Rola laut.

Sofort trat dieser ein.

»Sie befehlen, Schwester Karola?«

»Bitte, lassen Sie meinem Vater melden, daß wir fertig sind.«

Axemberg verneigte sich, gab draußen Befehl und blieb am Zeltausgang stehen.

Gleich darauf kam Oberst von Steinberg zurück. Die Visitation der Kleider der als Chauffeur verkleideten Olga Zscharkoff hatte nichts ergeben. Nur einen falschen Paß und falsche Papiere fand man bei ihr. Auch die Untersuchung des Autos war zunächst ergebnislos verlaufen, bis Hauptmann von Falkenried plötzlich unter einem Sitz ein mit Eisenblech verkleidetes Geheimfach entdeckt hatte. Dieses mußte nun erst durch Handwerker geöffnet werden, da man keinerlei Schloß entdeckte. Hasso blieb bei dem Auto zurück, um das Ergebnis abzuwarten.

Davon verriet jedoch Oberst von Steinberg nichts, als er in das Zelt zurückkam. Er sah seine Tochter an. Diese wies auf das Kleiderbündel.

»Das ist alles, Papa.«

»Gut – wir wollen die Sachen genau durchsehen«, antwortete der Oberst.

»Sofort, Papa, nur entschuldige mich einen Moment, ich

muß drüben schnell erst noch eine Anordnung treffen. Bitte, Herr von Axemberg, begleiten Sie mich. Ich bin in zwei Minuten wieder hier, Papa.«

Damit eilte Rola hinaus, ohne eine Einwendung ihres Vaters abzuwarten. Axemberg folgte ihr. Ein Blick Rolas hatte ihm verraten, daß sie etwas Besonderes vorhatte.

Draußen schritt Rola auch nicht nach dem Krankenzelt hinüber, sondern sie faßte Axembergs Hand und zog ihn mit sich hinter das Zelt des Obersten. An der Rückwand desselben hielt sie an, bückte sich zur Erde und suchte mit den Händen tastend den Boden ab. Und gleich darauf hielt sie eine kleine braune Ledermappe in den Händen. Die zeigte sie aufatmend Axemberg und flüsterte ihm zu, wie sie darauf gekommen war, hier nach der Mappe zu suchen.

»Nimm sie an dich, Hans. Du kannst sie auf dem Rücken verbergen, wenn wir ins Zelt zurückkommen. Und während ich die Sachen durchsuche, wirst du ja den passenden Moment abwarten, wo du Papa die Mappe überreichen kannst. Die Spionin wurde sichtlich ruhiger, als sie sich derselben entledigt hatte, ohne daß ich es anscheinend bemerkte.«

Sie gingen nun in das Zelt zurück. Oberst von Steinberg sah auf sie hin. Er kannte seine Tochter zu gut, um ihr nicht anzumerken, daß sie sehr erregt war, vermutete richtig, daß sie sich nur unter einem Vorwand entfernt hatte.

Axemberg blieb am Eingang stehen, und Rola durchsuchte nun mit ihrem Vater Nataschas Kleider.

Es wurde nichts von Wichtigkeit gefunden, und Axemberg bemerkte, wie sich Nataschas Augen mit höhnischem Ausdruck auf die beiden richtete.

»Sie sehen wohl nun ein, Herr Oberst, daß diese ganze

Visitation sehr überflüssig war. Ich kann wohl nun meine Kleider wieder anlegen«, sagte Natascha hastig.

»Das zu beurteilen überlassen Sie mir. Wir sind jedenfalls noch nicht mit Ihnen zu Ende.«

In diesem Augenblick trat Axemberg vor.

»Herr Oberst gestatten, daß ich in die Verhandlung eingreife, indem ich einen Fund abliefere. Madame hat vorhin eine Ledermappe verloren und irrtümlich unter der Zeltwand hinweg ins Freie geschoben. Hier ist sie.«

Natascha fuhr kerzengerade empor. Es war, als wollte Natascha sich auf Axemberg stürzen, als dieser nun die Mappe vor dem Obersten auf den Tisch legte.

Wie gebrochen sank sie wieder in sich zusammen, als der Oberst schnell die Mappe öffnete und verschiedene Papiere herausnahm.

Es waren Pläne von deutschen Festungen und genaue Aufzeichnungen der verschiedenen Stellungen des deutschen Heeres.

Die beiden tollkühnen Geheimagentinnen hatten im Automobil, unter verschiedenen Verkleidungen, eine Fahrt durch ganz Deutschland unternommen, von Rußland aus bis nach Frankreich, hatten auch die Stellungen des deutschen Heeres in dem eroberten Teil Frankreichs genau ausgekundschaftet und waren nun, dicht vor dem Ziel, im Begriff, ins französische Lager überzugehen, abgefaßt worden.

Mit unbeschreiblicher Dreistigkeit und Kühnheit mußten sie operiert haben. Sie waren allerdings reichlich mit falschen Legitimationen versehen, aus denen hervorging, daß Natascha nacheinander als Sängerin, als deutsche Gräfin und als Vorsteherin einer deutschen Wohlfahrtsbestrebung aufgetreten war, während ihre Gefährtin immer den Chauffeur gespielt hatte. Zuletzt war Natascha zum Roten Kreuz gegangen, während ihre Helferin das leere Auto bis in das verfallene französische Dorf gesteuert hatte, um hier zu einer bestimmten Stunde auf Natascha zu warten.

In großer Erregung hatte Oberst von Steinberg alles durchgesehen. Nun atmete er tief auf.

»Bewundernswerte Arbeit haben Sie geleistet, Madame, schade um so viel Genialität für eine schlechte Sache. Diese Papiere sind von großem Interesse für uns. Vermutlich wären sie für Ihre Auftraggeber noch viel interessanter gewesen. Leugnen Sie nun noch immer, Natascha Karewna, daß Sie Spionin in russischen und französischen Diensten sind?«

Aber noch war dieses willensstarke Weib nicht ganz gebrochen. »Was gehen mich diese Papiere an? Sie gehören mir nicht und sind nicht bei mir gefunden worden.«

»Ah – das ist stark. Ihr hartnäckiges Leugnen kann Ihre Lage nur verschlimmern.«

Als das der Oberst gesagt hatte, trat hastig Hasso von Falkenried ein. In der Hand hielt er eine ähnliche, aber größere Ledermappe als die, welche vor dem Obersten auf dem Tisch lag.

»Dies fand ich in dem Geheimfach unter dem Sitz des Automobils, Herr Oberst.«

Nataschas Lippen entfuhr ein gurgelnder Laut. Sie sank in sich zusammen und stöhnte auf wie ein verwundetes Tier. Mit glanzlosen Augen starrte sie in Hasso von Falkenrieds Gesicht. Oberst von Steinberg hatte Hasso die eben durchgesehenen Papiere zur Prüfung überreicht und sah nun die von ihm überbrachte Ledermappe durch. Darin fand er Papiere von mindestens ebenso großer Wichtigkeit, die Natascha Karewna von der russischen Regierung übergeben worden waren, um sie der französischen Regierung zu überbringen. Es war eine Verständigung der beiden Deutschland feindlichen Mächte über die vorzunehmenden Aktionen.

Die Papiere bebten in der Hand des Obersten. Er zeigte sie Hasso, ohne ein Wort zu sagen. Auch dieser erfaßte nun die ganze Tragweite des Fanges, den er gemacht hatte, und seine Brust hob sich in einem tiefen Atemzug.

Die beiden Herren hatten jetzt nicht Zeit, sich weiter mit Natascha zu befassen.

»Folgen Sie mir sofort zu Sr. Exzellenz, Herr Hauptmann. Rola – du kannst der Gefangenen ihre Kleider zurückgeben – ohne die Schwesterntracht. Herr Oberleutnant von Axemberg, Sie bewachen mit den draußen postierten Leuten dies Zelt, damit die Gefangene nicht entweichen kann.«

Nach diesen Worten verließ der Oberst mit Hasso das Zelt und begab sich mit ihm zu Exzellenz von Bogendorf.

Dieser hörte aufmerksam den Bericht an und prüfte mit atemlosem Interesse die Papiere. Als er zu Ende war, legte er sie mit einem tiefen Atemzug nieder und faßte Hassos Hand. »Mein lieber Falkenried, Sie haben dem Vaterland schon manchen großen Dienst geleistet, aber mit dem Fang dieser Spionin sind all diese Dienste übertroffen worden. Jetzt können wir den kleinen Fehler segnen, den Sie vorigen Winter begingen, als Sie dieser ränkevollen Frau ihre Schlüssel als Pfand auslieferten. Wer kann wissen, wie sich alles gewendet hätte. Diese Papiere sind uns von unschätzbarem Wert. Also nochmals – ich danke Ihnen, Herr Hauptmann. Se. Majestät soll von Ihrem Verdienst unterrichtet werden. Auch Ihnen meinen wärmsten Dank, Herr Oberst. Natürlich wird kurzer Prozeß gemacht: im Morgengrauen wird Natascha Karewna standrechtlich erschossen.«

Hasso zuckte zusammen. Er wurde sehr bleich.

Unwillkürlich trat er einen Schritt vor.

»Exzellenz!« rief er beschwörend.

Dieser wandte sich ihm zu und sah ihn scharf und forschend an. »Herr Hauptmann von Falkenried?«

»Ich wollte Eure Exzellenz ergebenst bitten, wenn irgend möglich, dies harte Urteil zu mildern.«

Groß und ernst sah ihn der alte Herr an.

»Haben Sie noch immer eine Schwäche für diese Frau?«

»Nein, Exzellenz – aber – es ist eine Frau. Ich habe vorhin, als ich den Chauffeur niederschießen mußte, schon eine Frau gerichtet. Und deshalb bitte ich nochmals, daß Exzellenz möglichst Milde walten lassen.«

»Nun – ich will ihn gelten lassen. Sie haben sich heute ein doppelt und dreifaches Anrecht erworben auf die Erfüllung eines Wunsches. Ich schenke Ihnen also das Leben dieser tollkühnen Frau. Sie soll unter sicherem Gewahrsam morgen früh nach einer deutschen Festung überführt und so unschädlich gemacht werden. Aber ich bitte Sie, Herr Oberst, ihr zu verkünden, daß sie ihr Leben verwirkt hatte, und daß man es ihr nur auf Fürsprache des Herrn Hauptmanns von Falkenried schenkte, ihr das in Gegenwart des Herrn Hauptmanns zu sagen. Diese kleine Genugtuung wollen wir Ihnen verschaffen, Herr Hauptmann.«

»Ich danke Eurer Exzellenz ganz ergebenst.«

Seine Exzellenz reichte Hasso die Hand.

»Keine Ursache, Herr Hauptmann. Herr Oberst, Sie sorgen für strengste Bewachung der Gefangenen. Sie darf uns keinesfalls entwischen, denn sie würde uns nur von neuem gefährlich werden. Solche Elemente muß man unbedingt unschädlich machen. Ich verlasse mich darauf.«

Schweigend gingen Hasso und Oberst von Steinberg in das Zelt des letzteren zurück.

Dort hatte Natascha inzwischen ihre Kleider wieder angelegt. Sie trug nun das dunkle, schlichte Reisekleid. Seltsam wirkte das üppige, rotblond gefärbte Haar gegen die dunklen Augen.

Oberst von Steinberg trat vor sie hin.

»Natascha Karewna, Seine Exzellenz hatten über Sie die Todesstrafe verhängt und verfügt, daß Sie morgen früh standrechtlich erschossen werden sollten. Auf die hochherzige Bitte des Herrn Hauptmanns von Falkenried haben Exzellenz geruht, Ihnen die Todesstrafe zu erlassen. Sie werden morgen früh nach einer deutschen Festung transportiert werden.«

Natascha war zusammengezuckt, als sie vernahm, daß die Todesstrafe über sie verhängt worden war. Und nun wollte sie auf Hasso zutreten und ihm danken. Er winkte jedoch peinlich berührt hastig ab.

»Lassen Sie das, Madame – ich mag Ihren Dank nicht. Wenn Sie ein Mann gewesen wären, hätte ich nicht für Sie gebeten. Mit Frauen Krieg zu führen, widerstrebt einem deutschen Offizier.«

Da trat sie mit gesenktem Kopf von ihm zurück.

Man hatte Natascha Karewna in ein primitives Zelt gebracht, dem Krankenzelt gegenüber.

Still war es im Lager, nur der gleichmäßige Schritt der Wachen war vernehmbar. Natascha Karewna hatte sich müde auf ihr hartes, primitives Lager geworfen. Aber sie fand keinen Schlaf. Neben ihr lag starr und steif auf dem Boden des Zeltes Olga Zscharkoff. Und in Gesellschaft ihrer auf ewig verstummten Genossin mußte Natascha Karewna die Nacht verbringen.

Sie schauerte zusammen. Sie mußte daran denken, daß es nur an einem Haar gehangen hatte, daß auch sie morgen starr und steif neben Olga Zscharkoff lag, von Kugeln durchbohrt. Hasso von Falkenried hatte dies Schicksal durch seine Fürbitte von ihr abgewandt.

Wenn sie einem Mann wie Hasso von Falkenried früher begegnet wäre, ehe sie auf die abschüssige, abenteuerliche Laufbahn gedrängt worden war, dann hätte sich ihr Leben vielleicht ganz anders gestaltet.

Was nun noch vor ihr lag – war es nicht schlimmer als der Tod? Wäre es nicht besser, sie läge kalt und starr neben ihrer langjährigen Genossin?

Die Zähne schlugen ihr wie im Frost aufeinander, und in ihrem Herzen erwachte eine brennende Sehnsucht nach einem Menschen, vor dem sie einmal hätte ihr zerrissenes Leben ausbreiten können.

Hasso von Falkenried. Diesem einen, einzigen Mann hatte ihr Herz einmal wärmer entgegengeschlagen. Wenn sie ihm doch einmal ihr ganzes Leben hätte enthüllen können, damit er nicht so verächtlich von ihr denken mußte.

Sie erhob sich, von dieser starken Sehnsucht getrieben. Man hatte ihr keine Fesseln angelegt – auch auf Falkenrieds Fürbitte. Draußen waren Soldaten, die ihr Zelt bewachten. Wenn sie einen davon bat, Hauptmann von Falkenried herbeizurufen, weil sie ihm ein Geständnis ablegen wollte – vielleicht kam er dann, vielleicht war er noch nicht zur Ruhe gegangen.

Sie trat leise an den Zeltausgang und lugte hinaus. Zwei Soldaten standen mit geschultertem Gewehr vor dem Zelt.

Sie schob den Vorhang zurück. Der Mond beleuchtete ihr blasses Gesicht.

Und da legte sich eine Hand mit eisernem Griff auf ihren Arm, und neben ihr wuchs eine hohe Gestalt empor – Hans von Axemberg.

»Ich dachte mir fast, Madame, daß Sie noch einen kleinen, unerlaubten Spaziergang unternehmen wollen. Aber so ungalant es aussieht, muß ich Ihnen denselben verbieten. Bitte, zwingen Sie mich nicht, Ihnen Fesseln anlegen zu müssen«, sagte er mit ironischer Höflichkeit.

Sie schüttelte den Kopf. Mit gänzlich verändertem Ton sagte sie leise:

»Sie irren, Herr von Axemberg. Ich bin nicht unklug genug, in den sichern Tod hineinzulaufen. Ich wußte nicht, daß Sie vor meinem Zelt Wache hielten. Aber da Sie es tun, liegt es vielleicht in Ihrer Macht, mir einen Wunsch zu erfüllen. Ich möchte Herrn von Falkenried noch einmal sprechen – möchte ihm ein umfassendes Geständnis ablegen – aber nur ihm. Wollen Sie die Güte haben, ihn zu bitten, mir noch eine Viertelstunde zu schenken.« –

Axemberg sah sie scharf an. Wollte sie etwa versuchen, den Freund von neuem zu betören?

»Sie können sich die Mühe sparen, Madame. Ein zweites Mal läßt sich Hasso von Falkenried nicht in Ihre Netze lokken«, sagte er schroff.

»Nichts liegt mir ferner. Hier sind meine Hände. Herr von Axemberg – binden Sie mich –, legen Sie mich in Fesseln. Ich habe keine Fluchtgedanken. Ich will nichts, als Herrn von Falkenried ein volles Geständnis ablegen.«

Axemberg fühlte, daß jetzt zum erstenmal ein wahrhaftiger Ton in ihren Worten lag.

»Ich werde selbst meinem Freund von Ihrem Wunsch Mitteilung machen«, sagte er kurz.

Natascha neigte das Haupt und zog sich zurück mit einem leisen Dankeswort.

Axemberg schärfte der Wache besondere Wachsamkeit ein. Er hatte den Platz vor Nataschas Zelt nur eingenommen, um Rola in dieser Nacht nahe zu sein. Langsam ging er am Eingang des Krankenzeltes vorbei, hinüber nach dem Zelt des Obersten, bei dem Hasso noch weilte. Die Herren hatten noch über den Inhalt der erbeuteten Papiere gesprochen.

Axemberg sagte dem Freunde, was ihm Natascha aufgetragen hatte. »Wenn du deiner nicht ganz sicher bist, Hasso, dann gehe nicht zu ihr«, sagte er.

»Unbesorgt, mein Junge.«

»Also willst du zu ihr gehen?«

»Ja – vielleicht erfahre ich doch noch etwas von Wichtigkeit von ihr. Jedenfalls will ich ihren Wunsch erfüllen.«

Er verabschiedete sich von Oberst von Steinberg und ging mit Axemberg zu Nataschas Zelt hinüber.

»Ich bleibe hier draußen sitzen – auf alle Fälle, Hasso«, sagte Axemberg leise.

»Sorge dich nicht um mich. Von dieser Seite kann mir nichts mehr drohen. Hast du nicht eine Laterne hier? Ich möchte nicht im Dunkeln mit Natascha Karewna verhandeln.«

Axemberg zündete eine Laterne an und gab sie ihm. Diese Laterne in der Hand trat er in das Zelt.

Natascha saß auf ihrem Lager und erhob sich, als er eintrat. Er stellte die Laterne auf eine Kiste und sah sie an.

»Sie haben mich zu sprechen gewünscht, Madame.«

Sie mußte sich wieder niederlassen auf ihr Lager.

»Ich danke Ihnen, daß Sie gekommen sind, Herr von Falkenried. Ich möchte Ihnen in kurzen Worten meine Lebensgeschichte erzählen – damit Sie wissen, daß Sie heute Ihre Fürsprache nicht einer ganz Verworfenen gewidmet haben. Wollen Sie mich anhören?«

»Wenn es Sie erleichtern kann, so sprechen Sie.«

Und dann begann sie mit verhaltener Stimme:

»Ich war ein halbes Kind, kaum fünfzehn Jahre, als ich, eine mittellose Waise, hilflos auf die Straße gestoßen wurde. Mein Vater war ein armer Ingenieur gewesen und hatte mir nichts hinterlassen als ein stark ausgeprägtes Talent zum Zeichnen. Es war aber nicht genug ausgebildet, um mir darauf eine Existenz zu gründen. Ich fand jedoch eine sehr schlecht bezahlte Anstellung in einem großen technischen Bureau, wo ich Zeichnungen kopieren mußte. Kaum verdiente ich genug, um meinen Hunger zu stillen. Aber schon damals sagten mir die männlichen Angestellten dieses Bureaus allerlei Schmeichelhaftes über mein Aussehen.

Ich war kaum siebzehn Jahre, als ich Wladimir Karewna kennenlernte. Er kam oft in das Bureau und brachte Aufträge – allerlei Zeichnungen, die ich kopieren mußte. So kam ich mit ihm in Berührung. Er war ein bildschöner, eleganter Mensch von etwa dreißig Jahren. Ich war zu jung und zu unerfahren, um zu erkennen, daß er etwas Abenteuerliches an sich hatte; ich merkte auch nicht, daß er mit dem Chef des Bureaus immer seltsam geheimnisvolle Unterhaltungen hatte. Nur das fiel mir auf, daß er mir die verschiedentlichsten Zeichnungen zum Kopieren brachte. Er teilte mir immer selbst seine Wünsche mit, und dabei wurde er auf mich aufmerksam. Er sah mich oft an, daß mir heiß und kalt wurde. Ich wußte nicht, ob ich ihn liebte oder fürchtete. Aber als er dann eines Tages zu mir sagte, ich müsse seine Frau werden, da hatte ich keinen Willen als den seinen. Er versprach mir ein glänzendes, luxuriöses Leben, in dem meine Schönheit sich erst recht entfalten und den rechten Rahmen erhalten sollte.

Ich wurde seine Frau – und dann machte er mich mit Olga Zscharkoff bekannt, die viel mit uns verkehrte, mit uns auf Reisen ging und fast unzertrennlich von uns war, ohne daß ich so recht verstehen konnte, was meinen Mann und sie zusammenband.

Ich mußte nach wie vor allerlei Zeichnungen für meinen Mann anfertigen. Sonst hatte ich ein herrliches Leben, eine hübsche, elegante Wohnung, schöne Toiletten, Vergnügungen und Reisen – sehr viel Reisen – hauptsächlich nach dem Ausland. Von meiner deutschen Mutter hatte ich die deutsche Sprache vollkommen gelernt, Französisch hatte ich auch getrieben, und im Verkehr mit meinem Mann und Olga Zscharkoff lernte ich auch diese Sprache vollständig beherrschen. Ich kam unterwegs in alle Gesellschaftsschichten.

Woher mein Mann das Geld zu unserem Leben nahm, wußte ich nicht. Er sagte mir, er sei Agent der Regierung und oft mit geheimen Missionen betraut. Ich dachte nicht darüber nach und ließ mich harmlos zu allerlei kleinen Maskeraden gebrauchen. Von meinem Mann und Olga wurde ich genau instruiert, und da man mir sagte, das seien diplomatische Missionen, erschien mir das alles interessant. Und – so war ich längst eine russische Geheimagentin und Spionin, ehe ich es selber wußte.

Als mir endlich die Augen darüber aufgingen – da war es schon zu spät, den betretenen Weg zu verlassen. Ich hatte auch nicht mehr die Kraft, auf das elegante, luxuriöse Leben zu verzichten. Und von dieser Zeit an wurde ich bewußt Geheimagentin und Spionin, war es sogar mit großem Ehrgeiz, und man betraute mich mit schwierigen Aufgaben.

Bei einer sehr gefährlichen Mission wurde mein Mann von einem Festungsposten erschossen, als er fliehen wollte, nachdem wir die Festungsanlagen aufgenommen hatten. Olga Zscharkoff und ich – entkamen.

Weit entfernt, nun auf meine Laufbahn zu verzichten, berauschte ich mich förmlich in den Gedanken an die drohenden Gefahren und wurde immer kühner und verwegener, mehr, als meine einstige Lehrerin Olga Zscharkoff, die ich längst überflügelt hatte. Ich konnte anfassen, was ich wollte, alles glückte mir. Ich konnte ein Leben auf großem Fuße führen, denn meine Dienste wurden gut bezahlt.

Dann kamen aber auch für mich einmal Mißerfolge. Ich sollte in Friedrichshafen Pläne eines Luftschiffes kopieren. Da wäre ich fast gefaßt worden, wir mußten fliehen. Dann hatte ich in Friedrichshafen von zwei Ingenieuren vernommen, daß ein Herr von Falkenried in Berlin eine epochemachende Erfindung gemacht hätte, die im Kriegsfall für Flugzeuge von enormem Wert sei. Die Ingenieure ahnten nicht, daß ich sie belauschte, sie besprachen das sehr geheimnisvoll. Sofort faßte ich den Plan, meinen Mißerfolg in Friedrichshafen dadurch gutzumachen, daß ich diese epochemachende Erfindung für meine Auftraggeber zu kopieren suchte.

Sie wissen, wie ich diesen Plan auszuführen trachtete – wissen auch, daß er mir mißlang –, weil ich keine Ahnung hatte von der Existenz und Anwesenheit Ihrer Base. Dies Fräulein von Lossow ließ meinen Plan scheitern. Ich merkte es erst, als wir abgereist waren, daß ich die fertige Kopie verloren hatte. Doch – eins wußten Sie nicht, Herr von Falkenried – daß aus dem Spiel, das ich mit Ihnen trieb, für mich selbst Ernst zu werden drohte. Mein Herz war zum erstenmal erwacht bei dem gefährlichen Spiel mit Ihnen, und der Gedanke, daß Sie vor dem Verderben bewahrt geblieben waren, tröstete mich fast über meinen zweiten Mißerfolg.

Als dann zwischen Deutschland und Rußland Krieg ausbrach, erhielt ich den Auftrag, als Kundschafterin nach Deutschland zu gehen. Und dann wurde ich mit geheimen Aufträgen durch Deutschland nach Frankreich geschickt. Dicht vor dem Ziel wurde mir nun die Ausführung meines Auftrags unmöglich gemacht – dadurch, daß Sie mich erkannten und im letzten Moment festnahmen. Ich hatte keine Ahnung von Ihrer Anwesenheit, erkannte Sie erst, als Sie mich beim Namen nannten. Sonst – bei Gott – sonst wäre ich nicht imstande gewesen, die Waffe auf Sie anzulegen. Es war das erstemal, daß ich in der Verzweiflung dazu entschlossen war, einen Menschen zu töten. Und Gott ist mein Zeuge – ich danke ihm, daß er mich davor bewahrte. Lieber würde ich selbst hier neben Olga Zscharkoff liegen, als daß ich Sie – Sie getötet hätte. So, Herr von Falkenried, nun wissen Sie, wem Sie durch Ihre Fürsprache das Leben gerettet haben. Und wenn ich Sie nun nochmals bitte, meinen Dank dafür entgegenzunehmen, so werden Sie es nun vielleicht tun. Ich danke Ihnen auch, daß Sie mich angehört haben – das war mir eine Wohltat, die Sie nicht ermessen können.«

Aufatmend schwieg Natascha Karewna still.

Hasso hatte ihr zugehört, ohne sich zu bewegen. Nun sah er sie ohne Härte an.

»Kann ich sonst noch etwas für Sie tun?« fragte er, sich erhebend.

Sie schüttelte den Kopf.

»Nein, ich danke Ihnen. Gott schenke Ihnen eine gesunde Heimkehr. Und nun will ich Sie nicht länger aufhalten, Sie bedürfen der Ruhe.«

»Leben Sie wohl, Natascha Karewna – und denken Sie daran, daß vor Ihnen vielleicht noch ein langes Leben liegt, um gutzumachen.«

»Um zu büßen, Herr von Falkenried. Leben Sie wohl und Gott mit Ihnen.«

Dann ging er auf sein Lager. Ruhelos wälzte er sich umher. Aber dann erschien vor seinem geistigen Auge Roses liebes Bild. Er sah ihre treuen, zärtlich strahlenden Augen vor sich, die ihm ihre ganze, tiefe Liebe kündeten.

»Mein geliebtes Weib! Das war heute ein schwerer Tag, meine Rose, und ich brauchte die Erinnerung an dich nötiger als je. Bei dir ist Frieden, meine süße Frau. An deinem Herzen will ich ihn suchen, wenn ich lebend heimkehre.«

Und der Gedanke an Rose brachte ihm Ruhe und tiefen, erquickenden Schlaf.

Als er am Morgen erwachte, war Natascha Karewna bereits fort und die Ambulanz mit den Verwundeten schon beim Aufbruch.

Dort fand er Hans von Axemberg und Oberst von Steinberg, die sich von Rola verabschiedeten.

Auch Hasso sagte ihr Lebewohl.

Und dann ging es wieder hinüber in die Fliegerstation. Mit Hans von Axemberg zusammen stieg er auf zu neuem, gefahrvollem Werk.

Und dann kam wieder eines Tages ein ausführlicher Brief von Hasso an Rose. Er schilderte ihr genau das Wiedersehen mit Natascha Karewna, ihre Gefangennahme und alles, was sonst noch geschehen war. Auch von seinem Besuch in Nataschas Zelt und von ihrer Beichte erzählte er ihr.

»Und meine süße Frau ist nun doch ein wenig bange, ob auch mein Herz bei diesem Wiedersehen mit Natascha Karewna ruhig geblieben ist. Ja, meine Rose – es blieb ruhig. Ich hatte für Natascha Karewna nichts übrig als ein aus Verachtung und Mitleid gemischtes Gefühl. Daß ich bei Exzellenz Bogendorf für ihr Leben bat, wirst Du verstehen – ich konnte nicht anders. Und seit sie mir gebeichtet, wie sie auf die abschüssige Lebensbahn gedrängt worden ist, bin ich froh, daß ich ein gutes Wort für sie einlegte.« –

Es war eine rauhe Herbstnacht.

Die Österreicher hatten schwere Kämpfe hinter sich gegen die Übermacht der Russen, und ebenso schwere Kämpfe standen ihnen noch bevor.

Da die Truppen sehr erschöpft waren, hatte man ihnen einen Ruhetag gegönnt nach einem anstrengenden Marsch. Am nächsten Morgen sollte es weitergehen, dem Feind entgegen. Nebeneinander hatten sich Rainer Hohenegg und Rudi Haßbach auf dem harten Boden niedergestreckt, Tornister als Kopfkissen benutzend. Ein Haufen welkes Laub bildete ihr Lager, und ihre Mäntel dienten als Schutz gegen den scharfen Wind.

Vor dem Einschlafen hatten sie noch eine Weile geredet von ihren Lieben daheim, und mancher sehnsüchtige Seufzer flog nach dem südlich gelegenen Hohenegg.

Beim ersten Morgengrauen wurden sie durch den Weckruf emporgeschreckt und sprangen auf, die steifen Glieder dehnend und reckend, damit sie wieder gelenkig wurden.

Schnell war es im ganzen Lager lebendig geworden – ein

hastig eingenommenes Frühstück –, und die Mannschaften waren bereit zum Weitermarsch und zu neuen Kämpfen. Kurz vor dem Aufbruch Rainers kam die Feldpost an. Sein Schwager war schon mit einem Teil des Regiments davongeritten. Er erhielt auch zwei Briefe, einen für sich, einen für seinen Schwager Rudi. Beide Briefe kamen von Hohenegg, von ihren jungen Frauen.

Augenblicklich hatte Rainer keine Zeit, seinen Brief zu lesen. Er steckte sie beide zu sich und jagte davon an die Spitze seiner Leute, die ihm schon vorausgeritten waren.

Man war im Anmarsch auf den in der Nähe liegenden Feind, dem schon die Infanterie dicht gegenüberlag, die auf Verstärkung wartete.

Unterwegs öffnete Rainer aber doch seinen Brief, durchdrungen von der Sehnsucht, etwas von seiner jungen Frau zu hören.

Nachdem er ihn verstohlen an sein Herz gedrückt hatte, entfaltete er ihn und las:

»Mein heißgeliebter Mann! Heute erhielten wir, Josepha und ich, endlich nach langem, sehnsüchtigem Harren Briefe von Dir und Rudi. Josepha konnte aber ihren Brief noch nicht lesen.

Sie hat in den Morgenstunden einem prächtigen, kleinen Knaben das Leben gegeben. Es ging alles gut, nur ist sie jetzt ein wenig matt, und wir haben ihr Rudis Brief unter das Kopfkissen legen müssen. Sobald sie sich ein wenig erholt hat, will sie ihn lesen. Daß Rudi wohl und gesund ist, wissen wir ja aus Deinem Brief, mein Rainer, und das habe ich Josepha gesagt.

Mama wollte mich gar nicht in Josephas Nähe dulden, seit

gestern aber habe ich mich nicht fortschicken lassen und tapfer meinen Platz behauptet. Und ich war die erste, die nach der glücklichen Großmama den kleinen Grafen Haßbach auf den Armen halten durfte. Ach, was ist das für ein wunderniedliches, kleines Menschlein, dies Gräflein Haßbach. So rührend hilflos tasten sich seine kleinen Hände in der Welt zurecht, und seine Äuglein blicken um sich, als wollten sie uns fragen: Wer seid ihr denn, ihr großen Menschen, die ihr mich so närrisch anstaunt? Ich habe weinen und lachen müssen, als ich das Büblein ins Nebenzimmer zum Großpapa trug, der ungeduldig auf die Bekanntschaft mit seinem Enkelchen wartete. Und der glückliche Großpapa hat geweint. Ja, Rainer – ich sah es ganz deutlich, daß er sich eine Träne fortwischte. So erschüttert und erfreut war er zugleich. Und nun dreht sich natürlich alles in ganz Hohenegg um Mutter und Kind, und fast könnten wir darüber Krieg und Not vergessen, wenn uns Eure Abwesenheit nicht immer wieder daran erinnerte. Ach, mein Rainer! – Aber nein – ich bin schon wieder ganz tapfer.

Josepha fühlte sich bis gestern abend ganz wohl, sie hat sogar noch einen langen Brief an Rudi geschrieben, und dieser Brief geht heute mit dem meinen zusammen ab an Euch. Vorhin hat Josepha mit Bleistift noch einige Worte unter ihren Brief an Rudi gekritzelt mit ihren noch etwas schwachen Händen. Alles andere soll ich Dir melden, damit Du es Rudi sagen und ihn beruhigen kannst.

Also bis auf die natürliche Mattigkeit ist Josepha ganz wohl und sieht so reizend mütterlich aus, mit dem spitzenbesetzten Himmelbettchen ihres Erbprinzen neben sich. Und der junge Graf gibt eben ein Konzert zum besten, das seine gesunde Lunge und seine Energie beweist. Wir lauschen alle dieser hellen Kinderstimme wie einer Friedensbotschaft. Ach – daß sie uns den Frieden kündete, daß das heiße Sehnen unsrer Herzen bald Erfüllung fände, mein geliebter Rainer.

Von Deutschland habe ich gute Nachrichten. Rose schickt mir täglich Zeitungen und berichtet mir treulich über meinen Bruder Hasso. Die Deutschen haben viele Siege in Belgien und Frankreich zu verzeichnen, und mein Bruder ist schon mit dem Eisernen Kreuz ausgezeichnet worden für hervorragende Tapferkeit. Wir sprechen uns wechselseitig Mut zu, Rose und ich. Das haben wir auch nötig, denn bei aller Tapferkeit, mein geliebter Mann, ist das Warten und Bangen so furchtbar schwer. Ich fahre oft nach Villau hinüber, um nach dem Rechten zu sehen. Und wenn ich dort durch die trauten Räume wandle, die alle mein junges, stolzes und tiefes Glück gesehen haben, dann wird die Sehnsucht nach Dir so groß, daß ich gleich davonlaufen möchte, um Dich zu suchen, mein Rainer. Aber ich kehre doch immer wieder tapfer und ruhig nach Hohenegg zurück.

Und nun muß ich für heute schließen. Die Briefe müssen zur Post. Hoffentlich erreichen sie Euch bald. Das ist Josepha so schmerzlich, daß Rudi nun erst nach langen Tagen erfahren wird, daß er einen Sohn hat.

Mama und Papa, die glückseligsten Großeltern, die Du Dir denken kannst, und Josepha lassen Dich herzinnig grüßen und küssen. Und Bubi trompetet wohl nur so eifrig, weil ich auch von ihm einen Gruß an Onkel Rainer bestellen soll. Mit seiner Tante Rita ist er, glaube ich, ganz zufrieden. Er ist auch ein zu niedlicher, kleiner Kerl. Gleich gehe ich wieder zu ihm, wenn mein Brief an Dich fertig ist.

Und nun leb' wohl, mein heißgeliebter Mann. Gott schütze und behüte Dich auf allen Deinen Wegen. Ich küsse Dich heiß und innig und bete für ein baldiges, frohes Wiedersehen.
Deine Rita.«

Bald standen die Truppen dem Feind gegenüber – unter bewölktem Himmel tobte eine neue, furchtbare Schlacht. Die Österreicher kämpften gegen eine doppelte Übermacht, aber sie wichen und wankten nicht und schlugen sich mit großer Kühnheit und Todesverachtung.

Und endlich war der überlegene Feind in die Flucht geschlagen worden. In wilder Unordnung alles, was noch Widerstand leistete, mit sich fortreißend, flohen die Russen, verfolgt von den siegreichen Österreichern, so weit es möglich war. Tausende von Gefangenen wurden gemacht, Waffen und Fahnen erbeutet. Sieg! Sieg!

Nun konnte man sich einmal besinnen nach langen Stunden. Den ganzen Tag hatte das Ringen gedauert und schon stieg die Dämmerung herauf.

Für heute gab es Ruhe. Man konnte aufatmen und sich stärken. Hungrig liefen die Mannschaften zur Feldküche. Seit dem frühen Morgen hatten sie nicht Zeit gehabt, einen Bissen zu essen, einen Schluck zu trinken.

Baron Rainer von Hohenegg hatte ein Schrapnellschuß den rechten Arm verletzt, daß er unfähig war, den Arm zu bewegen. Nach Anlegen eines Verbandes wurde er jedoch entlassen. Trotzdem er sich matt und elend fühlte, wollte er sich erst noch nach seinem Schwager Rudi umsehen, ehe er sich ausruhte. Kaum hatte er sich, den Arm in der Binde, von der Ambulanz entfernt, als sich ihm ein sehr junger, kaum dem Knabenalter entwachsener Offizier näherte, dem eine

Kugel einen Finger weggerissen hatte und der ziemlich blaß aussah, aber den Schmerz verbiß.

»Herr Rittmeister von Hohenegg!«

»Kamerad? Auch verwundet?«

»Ein Finger weniger an der linken Hand. Das wird mich nicht hindern, bald wieder in die Reihen zu treten. Und Sie, Herr Rittmeister?«

»Schrapnellschuß. Leider in den rechten Arm. Ich bin vorläufig kampfunfähig. Hoffentlich nicht auf lange.«

»Hoffentlich! Aber ich hielt Sie an, Herr Rittmeister, um Ihnen die betrübende Mitteilung zu machen, daß Ihr Schwager, Graf Haßbach, schwer verwundet drüben im Sanitätszelt liegt.«

Rainer erschrak und faßte an die Kopfbedeckung.

»Vielen Dank, Herr Leutnant. Wollen Sie mir, bitte, sagen, wo ich ihn finde, daß ich nicht erst lange suchen muß?«

Sie gingen schnell nebeneinander auf das große Sanitätszelt zu.

»Sie sagen, schwer verwundet, Herr Leutnant?« fragte Rainer erregt.

»Ja, Herr Rittmeister, Lungenschuß.«

Rainer faßte unwillkürlich nach Josephas Brief, den er Rudi noch nicht hatte geben können.

»Arme Josepha«, dachte er und biß die Zähne zusammen.

Wenige Minuten später stand er an dem Lager, auf das man Graf Rudi Haßbach gebettet hatte. Er lag mit geschlossenen Augen, blaß wie ein Toter.

Der Arzt machte Rainer ein Zeichen und trat mit ihm zur Seite.

»Da ist keine Hoffnung, Herr Rittmeister. Einige Stunden

noch – dann ist es vorüber. Ich sage Ihnen das, falls es für Ihren Schwager noch etwas Wichtiges zu regeln gibt.«

Rainers Gesicht zuckte wie im Krampf. Auf seinem Herzen ruhte der Brief, in dem Kunde enthalten war, daß Josepha einem Sohn das Leben gegeben hatte – und hier lag der junge Vater – sein bester Freund –, der heißgeliebte Gatte seiner Schwester – todwund geschossen.

Einen Moment wankte Rainer, den die Anstrengung und der Blutverlust geschwächt hatten, als verliere er den Boden unter den Füßen. Sich mühsam fassend dankte er dem Arzt und trat dicht an Rudis Lager heran.

»Rudi – lieber Rudi!« sagte er leise.

Der schlug die Augen auf – und lächelte, mit seinem alten, frohen Ausdruck.

»Da bist du, Rainer, hast auch einen kleinen Denkzettel abbekommen?«

»Ja, Rudi – aber es ist nicht schlimm«, antwortete Rainer, seiner Stimme Festigkeit gebend.

»Das war ein heißes Stückerl Arbeit, Rainer – aber nun müssen wir zwei Blessierten wohl ein bisserl pausieren. Gelt – leicht bekommen wir nun Heimaturlaub, bis wir wieder dreinschlagen können.«

Rainer schluckte krampfhaft. »Ja, Rudi, ein bisserl stad müssen wir schon sein.«

»Geh, setz' dich da zu meinen Füßen, wenn du nicht zu müd bist.«

Rainer ließ sich behutsam am Fußende des Lagers nieder. »Ich bin nicht müde, Rudi. Und ich habe gute Nachrichten für dich. Da schau her – ein Brief von deinem Sepherl, ich trag ihn seit dem Morgen mit mir herum, hatte erst vorhin Zeit, in meinem Brief von Rita zu lesen.«

Rudi faßte matt, aber froh lächelnd, nach dem Briefe.

»Mein liebes Sepherl«, sagte er und drückte den Brief an seine Lippen.

Langsam öffnete er ihn. Aber Rainer legte die Hand auf seinen Arm.

»Wart ein wenig, Rudi. Ehe du liest, muß ich dir noch etwas Wunderschönes verkünden, was mir Rita geschrieben hat. Aber ganz ruhig mußt du dabei sein, Rudi. Also merk auf! Das Sepherl hat einen Jungen – du bist Vater geworden, Rudi.«

Graf Rudi wollte sich rasch emporrichten, konnte aber nicht. Er sank wieder zurück.

»Rainer – ist das wahr? Mein Sepherl – einen Buben hab ich – und ich kann nicht einmal einen Jauchzer ausstoßen, weil da drinnen etwas wund und weh ist. Mein Sepherl – mein Sepherl – eine kleine Mama – wo ist denn der Brief – stütz' mich ein bisserl, Rainer, daß ich ihn lesen kann.«

Aber er konnte die Schriftzüge nicht erkennen, es dunkelte ihm vor den Augen. Er ließ den Brief sinken.

»Es geht nicht, Rainer – ich kann nicht lesen. Lies du mir vor, was mein Sepherl schreibt, ich kann es nicht erwarten.«

Rainer mußte sich gewaltsam zur Ruhe zwingen. Erst erzählte er Rudi in kurzen Worten, was Rita ihm geschrieben hatte. Dann erst las er ihm Josephas Brief vor. Mit leuchtenden Augen hörte Rudi auf die letzten Liebesworte seines jungen Weibes, die er vernehmen sollte. Und als Rainer die letzten, mit Bleistift geschriebenen Worte Josephas las:

»Wir haben einen Buben, mein Herzensmann. Rudi soll er heißen und lachen soll er lernen, wie Du. Gelt, mein Rudi, stolz wollen wir auf unsern Buben sein?«

Da rang sich ein Lachen aus Graf Rudis todwunder Brust, ein heiseres, aber glückliches Lachen.

»Ja, mein Sepherl – lachen soll der Bub – wie du und ich – gelt, Rainer. – Ach – daß sie nur das Lachen nicht verlernt!«

Noch einmal kam das glückliche, tonlose Lachen aus seiner Brust – aber kaum war es heraus – da schoß ein dunkler Blutstrom aus seinem Munde.

Er bäumte sich auf, als wehre er sich gegen einen unsichtbaren Feind. »Sepherl – der Bub!« keuchte er noch einmal. Aber die Augen verloren schon den Glanz. Sie brachen in Todesnot.

Mit einem letzten Seufzer streckte er sich lang aus.

Graf Rudi Haßbach war tot.

Bis in die tiefste Seele erschüttert drückte ihm Rainer die Augen zu und sank kraftlos auf dem Rande des Lagers nieder.

Eine Schwester war herbeigekommen und deckte ein weißes Linnen über die stille Gestalt.

Darunter lag er nun, sein allzeit froher und frischer Kamerad, an dem alles so voll starken, gesunden Lebens gewesen war. Eine tückische Kugel hatte diesen Sonnenmenschen ins Schattenreich hinabgesandt und die lachenden Augen für immer geschlossen.

Und Josepha? –

Das wagte er nicht auszudenken, wie die geliebte Schwester diesen Verlust ertragen würde.

Dann bat er die Schwester, ihm einige Worte in sein Notizbuch zu schreiben – die letzten Worte Rudis, von denen ihm keins verloren gehen sollte für Josepha.

Auch ließ er sich von der Schwester eine Haarsträhne von Rudis Haupt schneiden; die barg er sorgsam in seinem

Notizbuch, damit er sie Josepha bringen konnte als letztes Andenken. Rudis Brieftasche und Uhr und Trauring wurden ihm ebenfalls ausgeliefert.

Da er vorläufig kampfunfähig war, wurde er bis zur völligen Herstellung beurlaubt. Und so beschloß er, selbst nach Hohenegg zu reisen und die Todesnachricht des Schwagers dorthin zu bringen.

Mit viel Mühe und Anstrengung gelang es ihm, Rudi Haßbachs Leiche bis zur nächsten Stadt mit sich zu führen. Dort konnte er ihn vorschriftsmäßig einsargen und nach Hohenegg transportieren lassen.

Von Wien aus depeschierte er an seinen Vater:

»Bin leichtverwundet auf dem Heimweg. Eintreffe im Laufe des Nachmittags. Bitte Rita und Josepha vorzubereiten. Für Josepha traurige Nachricht. Alles andere mündlich. Rainer.«

Rainer war daheim angekommen. Rita war glücklich, trotzdem ihr Mann verwundet war. Aber nun mußte er ihnen berichten.

»Nun sprich, Rainer – was bringst du für Nachricht von Rudi?«

Rainer schlang den gesunden Arm um Rita, die ihn bleich und angstvoll anblickte. Mit traurigen Augen sah er den Vater an.

»Papa – noch nie in meinem Leben habe ich mich vor etwas so gefürchtet wie vor der Botschaft, die ich euch bringen muß.«

Der alte Herr atmete schwer.

»Sprich es aus, Rainer – es gibt ja nur eine Deutung nach alledem – Rudi ist gefallen?«

Rainer drückte Rita fest an sich und nickte.

»Ja – Rudi ist tot. Er erhielt einen Schuß in die Lunge. Ich war bei ihm, als er starb. Er glaubte nicht, daß es mit ihm zu Ende ging. Lachend ist er in den Tod gegangen – im glücklichen Bewußtsein, einen Sohn zu haben. Diese Kunde brachte ich ihm an sein Sterbelager.«

Rita weinte erschüttert, und auch die beiden Herren konnten nur mühsam ihre Fassung behaupten.

»Arme Josepha«, sagte der Baron endlich leise.

»Ja – arme Josepha. So habe ich auch unablässig denken müssen, Papa, seit ich Rudi die Augen schloß zum letzten Schlummer. Es ist mir gelungen, seine sterblichen Überreste vorschriftsmäßig einsargen zu lassen. Der stille Schläfer ist auf der Reise hierher. Das wenigstens wollte ich Josepha ermöglichen, daß sie am Grabe ihres Gatten beten kann.«

Lange war es still zwischen den drei Menschen. Rita weinte leise vor sich hin. Sie zitterte schon bei dem Gedanken, daß sie Rainer, wenn er geheilt war, wieder ziehen lassen mußte, vielleicht einem gleichen Schicksal entgegen, wie es Rudi betroffen hatte. Und zugleich bangte ihr vor dem Moment, wo Josepha erfahren mußte, wie arm sie geworden war. –

Rainer vermochte den angstvoll forschenden Blick der Schwester nicht zu ertragen. Ein gequälter, verstörter Ausdruck lag auf seinem Gesicht. Vergebens versuchte er zu sprechen – eine barmherzige Lüge –, aber ein Krampf drückte ihm die Kehle zusammen.

Da richtete sich Josepha plötzlich mit einem Ruck empor und starrte ihn an. Und wie im Wahnsinn rüttelte sie an seinem gesunden Arm.

»So sprich doch! Siehst du nicht, daß ich wie von Sinnen bin vor Angst und Unruhe? Was ist mit meinem Rudi?«

Wie ein Schrei brach es aus ihrer Brust. Ihre Eltern umfaßten sie.

»Ruhe, Fassung, mein Kind, du schadest dir. Sei doch ruhig«, flehte die Mutter.

Aber Josepha starrte Rainer wie von Sinnen an.

»Sprich doch! Martere mich nicht so entsetzlich! Sag die Wahrheit. Was ist mit meinem Rudi – ich merk es euch ja an, es ist etwas mit ihm. Rainer – es ist doch nicht – nein, nein – sag mir doch – er lebt – ja – er lebt? Ach – nur leben soll er mir!« rief sie außer sich.

Da stürzte Josepha auf Rita zu und schüttelte sie wie eine Verzweifelte.

»Sei du barmherzig, Rita, du kannst mich verstehen – sag du mir, daß mein Rudi lebt.«

Da sah sie Rita sehr traurig an. Jetzt war die Wahrheit nicht mehr zu verhehlen. Und weinend schüttelte sie den Kopf.

Fassungslos sah Josepha dies Kopfschütteln, das ihr jede Hoffnung nahm.

»Tot! Tot! Mein Rudi tot! O du grausamer Gott!« schrie sie auf. Und ehe man sie halten konnte, brach sie ohnmächtig zusammen. –

Endlich – fünf Tage nach Rainers Rückkehr – fiel Josephas Fieber. Die junge Frau verfiel in einen tiefen Schlaf, der fast zwei Tage und zwei Nächte anhielt. Und dieser kräftigende Schlaf brachte ihr Genesung.

Aber es war eine andere Josepha, die aus der Bewußtlosigkeit dieser Tage zu einem neuen Leben erwachte. All der lachende Frohsinn ihres Wesens war verschwunden. Sie war ein stilles, blasses Weib geworden, das mit großen traurigen Augen vor sich hin sah. Und wenn man ihr das kleine Wesen reichte, dem sie Mutter war, da zuckte ein wehes – ach so wehes Lächeln um ihren Mund.

Inzwischen war der Sarg mit den sterblichen Überresten ihres Gatten eingetroffen. Sie bettelte so lange, bis man sie an diesen Sarg führte. Keine Träne kam ihr. Sie strich nur wieder und wieder mit zitternden Händen darüber hin, legte ihr Gesicht an das kühle Metall und flüsterte mit gebrochener Stimme zärtliche Worte.

Man mußte sie gewaltsam fortführen.

Am nächsten Tage wurde Graf Rudi Haßbach in der Familiengruft der Hoheneggs beigesetzt.

Als man dann die unglückliche junge Witwe in ihre Zimmer zurückgebracht hatte und Rita sich liebevoll um sie mühte, faßte sie deren Hand und sagte mit gebrochener, tonloser Stimme:

»Geh mit deinem Rainer nach Villau, Rita – ich möchte euch nicht beneiden und muß es doch tun, wenn ich euch beisammen sehe. Geht nach Villau – und geizt mit jeder Minute, mit jeder Sekunde, die euch das Schicksal gönnt.«

Heute hatte Rose von Rita einen Brief bekommen, in welchem ihr diese von Graf Rudi Haßbachs Ende und von Rainers Verwundung berichtete. Auch darüber hatte sie geschrieben, wie Josepha unter dem Schlag gelitten.

Da war Rose das Herz schwer geworden, und sie sehnte sich nach einem Menschen, mit dem sie sprechen konnte.

Nach Hassos Wunsch hatte sie die Zimmer seiner verstorbenen Mutter bezogen. Und für Hasso waren die seines Vaters hergerichtet worden.

Durch diese Zimmer schritt Rose täglich. Auch heute lenkte sie ihre Schritte dorthin.

Im großen Arbeitszimmer hatte auch der von Berlin herübergeschickte Schreibtisch mit der versenkbaren Platte Platz gefunden. Er war Hasso bei seinen Arbeiten unentbehrlich.

Ach, wie oft legte Rose ihre Wange auf die Stelle, wo seine Hände geruht hatten.

Hierher in dies Zimmer flüchtete sie sich auch, wenn sie einen Brief von Hasso erhielt. In den Sessel vor seinem Schreibtisch geschmiegt las sie seine herzlichen, innigen Worte. Und des Abends saß sie hier allein und las wieder und wieder all seine Briefe. Sie konnte sie nicht genug lesen.

Trina ging die Arbeit nicht so recht von der Hand. Sie sah einmal ums andere nach der Uhr und dann wieder in Roses Gesicht. Die junge gnädige Frau wickelte Wollknäuel auf und schien so vertieft in ihre Arbeit, daß sie wohl gar nicht merkte, daß die Uhr schon auf fünf stand. Und gegen fünf Uhr kam doch noch einmal der Briefträger. Man hob für ihn immer warmen Kaffee und Butterbrote auf.

Ob er heute kam und etwas brachte? Seit vier Tagen war nichts vom gnädigen Herrn und vom Frieder gekommen. Ob die gnädige Frau nicht auch sehr unruhig war?

Trina seufzte tief und schwer.

Da sah Rose auf, in ihre erwartungsvollen Augen hinein. Und dann blickte sie zur Uhr hinüber und nickte Trina zu, als wollte sie Antwort geben auf eine stumme Frage.

Ei, da war Trina schnell auf den Füßen und eilte hinaus, um nach dem Briefträger Ausschau zu halten.

Und gerade kam er über den Platz vor dem Schloß und schwenkte mit der Mütze. Das war ein verabredetes Signal und hieß:

»Ich bringe etwas.« Trina lief ihm entgegen.

»Für mich, Habermann?«

»Jawohl, auch für Sie eine Karte vom Frieder. Und hier ist auch ein Brief für die gnädige Frau. Nee, nee, Trina, den gebe ich selber ab an die junge Gnädige – man will auch sein Vergnügen haben.«

Er gab Trina nur die Karte und stampfte weiter.

Trina blieb unter der Portallampe stehen und las:

»Liebe Trina! Uns geht es gut, der gnädige Herr fliegt man immer zwischen Kugeln und Granaten, aber das macht nichts. Wir kriegen sie doch noch unter, die Franzmänner. Laß Dich's man gut gehen, Trina, und tu Dich nicht schaden. Viele Grüße, Dein Frieder.«

So, nun hatte Trina ihr Teil weg. Und nun hastete sie hinter dem alten Habermann her in die Gesindestube. Der gnädigen Frau glückstrahlendes Gesicht wollte sie doch auch sehen.

Sie kam gerade noch zurecht. Rose nahm Habermann den Brief ab und ging dann hinauf.

Habermann wurde bewirtet und mußte Neuigkeiten auskramen.

Rose war in Hassos Zimmer gegangen, um dort seinen Brief zu lesen.

»Meine geliebte Rose! Endlich kann ich an Dich schreiben. Zuerst will ich es Dir wieder sagen, daß ich Dich liebe! – Es ist mitten in der Nacht und alles um mich her, außer den Wachen, schläft den Schlaf tiefster Erschöpfung. Heiße, schwere Tage liegen hinter uns, und wieder haben unsere Truppen fast Übermenschliches geleistet.

Gestern habe ich mit Hans von Axemberg eine schlimme

Fahrt gehabt. Aber gottlob sind wir noch gut davongekommen.

Wir hatten unsre Aufgabe erfüllt. Endlich konnten wir auf unserem Flugplatz landen. Wir waren in Sicherheit. Freund Hans hatte bei dem mörderischen Feuer, dem wir ausgesetzt waren, einen Schuß in die linke Schulter bekommen.

Gottlob ist seine Wunde nur leicht. Du siehst, meine süße Frau, Gott hat mich abermals wunderbar beschützt. Sei nicht bange, nicht verzagt. Ich habe ja so viel – so viel versäumt, und nun brennt die Sehnsucht in mir, das Versäumte nachzuholen. Gute Nacht, Süße, Liebe. – Ich küsse Deinen Mund, Deine Augen, Deine lieben Hände. Auf Wiedersehen, meine süße Frau! Dein Hasso.«

Wieder und wieder las Rose diesen Brief. Sie zitterte bei dem Gedanken an die Gefahr, in der Hasso wieder geschwebt hatte. Innig drückte sie das Schreiben an ihr Herz, an ihre Lippen.

Und dann falteten sich ihre Hände zum Gebet.

»Schenke uns baldigen Frieden, lieber Vater im Himmel, hilf uns, daß wir all die schweren Opfer nicht umsonst brachten. Gib der gerechten Sache den Sieg und beende diesen furchtbaren Krieg.«

Sie wagte es nicht, egoistisch um das eigene Glück zu beten. Ringsum waren furchtbare Opfer gebracht worden, so manches Glück war vernichtet. Jedem erscheint das eigene Geschick am wichtigsten. Selbst in dieser großen Zeit des gemeinsamen Opferns fühlte jedes Herz den eigenen Schmerz am tiefsten. –

Wieder waren Wochen vergangen. Antwerpen war gefallen und die deutschen Truppen hatten dort ihren Einzug gehalten. Aber in langen Reihen standen sich, quer durch Frankreich, die deutschen und französischen Truppen in schier endlosen Kämpfen gegenüber. Die belgische Regierung war nach Havre in Frankreich geflohen, während Antwerpen und fast ganz Belgien schon unter deutscher Regierung stand.

Hasso hatte wiederholt die gefährlichsten Flüge unternommen und Hans von Axemberg war sein treuer Begleiter auf all diesen Flügen. Als sie wieder eines Tages zurückkehrten ins Lager, war ihnen der Aeroplan so arg zerschossen worden, daß sie nur mit Mühe hatten zurückkehren können. Die Landung vollzog sich sehr jäh, einem Absturz gleichend. Aber zum Glück konnten sich die beiden kühnen Offiziere durch einen geschickten Absprung retten und blieben unversehrt.

Exzellenz von Bogendorf erwartete sie, und nachdem sie ihre Meldungen gemacht hatten und sich entfernen wollten, hielt sie Exzellenz zurück.

»Ich habe noch mit Ihnen zu sprechen, meine Herren. Was ich Ihnen zu sagen habe, wird Ihnen vielleicht ein wenig gegen den Strich gehen – aber das hilft nichts. Also kurz und gut – wir müssen uns jetzt hier ohne Ihre Dienste weiter behelfen. Sie, meine Herren, werden jetzt an anderer Stelle notwendiger gebraucht als hier im Feldlager. Wir müssen unsre Luftflotte nach Kräften verstärken, denn sie soll uns im Kampf gegen England noch große Dienste leisten. Und deshalb, Herr Hauptmann von Falkenried, sollen Sie jetzt nach Hause zurückkehren, mit ihren geschicktesten Monteuren und den Leuten, die Sie nötig brauchen, und dort mit vollen Kräften an Ihren Apparaten bauen.«

Hasso sah ihn betroffen an.

»Exzellenz – jetzt soll ich heimkehren, mitten im Krieg?«

»Ich dachte es mir, daß Ihnen das gegen den Strich gehen würde. Aber ich kann Ihnen nicht helfen. Sie sind jetzt an anderer Stelle nötiger. Also frisch an die Arbeit, Herr Hauptmann. Sie sollen sich noch heute auf die Heimreise begeben mit Ihren Leuten und sofort mit Volldampf an die Arbeit gehen. Sehen Sie zu, daß Sie in Berlin noch mehr Leute engagieren können. Je mehr Sie schaffen können, desto mehr nützen Sie dem Vaterland.«

Hasso atmete tief auf.

»Wie Exzellenz befehlen – ich gehe an den Platz, wohin mich die Pflicht stellt.«

»Bravo, Herr Hauptmann. Und – Ihr treuer Begleiter, Oberleutnant von Axemberg, soll mit Ihnen gehen. Nicht nach Falkenried, sondern nach Berlin. Dort soll er als Lehrer für junge Offiziere tätig sein, die als Beobachter Dienste tun sollen. Ich hatte wiederholt Gelegenheit, Ihr Geschick als Lehrmeister zu beobachten, Herr Oberleutnant. Auch Ihnen muß ich sagen: Jeder an den Platz, wo er dem Vaterland am meisten nützen kann.«

Hans von Axemberg schlug die Hacken zusammen.

»Wie Exzellenz befehlen.«

»Gut, meine Herren. Und um Ihnen diese bittere Pille ein wenig zu versüßen, mache ich Ihnen, Herr Hauptmann von Falkenried, die Mitteilung, daß Sie zum Major befördert sind. Und Sie, Herr Oberleutnant von Axemberg, sind zum Hauptmann befördert. Herr Major von Falkenried – Herr Hauptmann von Axemberg –, nehmen Sie meinen Glückwunsch zu dieser wohlverdienten Beförderung entgegen. Und nun – leben Sie wohl, meine Herren. Sie werden mir fehlen – aber das hilft nichts. Nun vorwärts zu weiteren Taten.«

Damit waren die beiden Offiziere entlassen.

Schweigend gingen sie, um sich für die Abreise bereitzumachen, reichten sich die Hände und sahen sich aufatmend an.

»Dann hilft es nichts, Hasso«, sagte Hans halb lachend, halb ärgerlich.

Er suchte seinen künftigen Schwiegervater auf, um sich von ihm zu verabschieden. Hasso fuhr hinüber zur Fliegerstation, um seine Leute auszusuchen. Unter andern nahm er auch den Frieder mit, der sich unter seiner Leitung zu einem geschickten Arbeiter entwickelt hatte. Er hoffte, ihn gut gebrauchen zu können.

Wenige Stunden später waren die beiden Offiziere mit den von Hasso ausgesuchten Leuten schon fertig zur Heimreise.

Rose schritt über den Gutshof, als ihr eine Depesche gebracht wurde. Und als sie die wenigen Worte gelesen hatte, erzitterte sie und mußte sich auf einen im Wege stehenden Handwagen stützen. Sie wischte über die Augen, als fürchte sie, falsch gelesen zu haben. Aber nein, da stand es klar und deutlich:

»Bin auf dem Heimweg nach Falkenried in Frankfurt a. M. eingetroffen. Hoffe in zwei bis drei Tagen in Falkenried zu sein, um dort zu arbeiten. Bald hab' ich dich wieder. Frieder bringe ich auch mit. Dein Hasso.«

Rose war wie gelähmt vor freudigem Schreck. Zu jäh und unverhofft kam ihr dieses Glück. Noch vor wenigen Tagen hatte sie Nachricht von Hasso aus Feindesland, und kein

Wort deutete in diesem Brief auf seine Heimkehr. Und nun? Hasso kam zurück nach Falkenried? Jetzt, mitten im Krieg?

Um zu arbeiten. So stand in dem Telegramm. Sie drückte die Hände aufs Herz.

»Vater im Himmel – Vater im Himmel!«

Und dann raffte sie sich auf und lief wie gejagt ins Haus.

»Trina! Trina!« rief sie mit jauchzender Stimme.

Trina kam herbeigeeilt.

Rose schwenkte ihr glückstrahlend die Depesche entgegen.

»Trina, der gnädige Herr kommt heim, in zwei Tagen. Und er bringt den Frieder mit!«

Trina schlug die Hände zusammen und lachte und weinte durcheinander.

»Ist's denn auch wahr, gnä' Frau?«

»Ja, Trina – ja. Nun schnell – sag es den Leuten. Und alle Hände ans Werk, um das Haus zu richten, damit alles bereit ist. Ich laufe zum Verwalter hinüber, um es ihm zu sagen.«

Da wurde es nun mit einem Schlage wieder lebendig in Falkenried. Alle Hände regten sich, um dem gnädigen Herrn einen festlichen Empfang zu bereiten. In den ersten Trubel hinein kam an Rose ein Brief von Rita.

»Meine geliebte Rose! Dir muß ich nun endlich melden, daß mein Rainer nicht wieder in den Krieg ziehen muß. Sein rechter Arm ist wohl geheilt, aber trotz aller Massagen und Kuren ist er steif geblieben; er kann ihn nur mit Mühe bewegen, weil eine Sehne verletzt war. Die Ärzte sagen, es kann mit den Jahren wieder besser werden; aber jetzt ist nicht daran zu denken, daß er wieder Dienst tun kann. Rainer ist sehr betrübt darüber; noch ist ja Österreich von Feinden bedroht, und es quält ihn, daß er nun tatenlos daheimbleiben muß. Aber ich – ach, meine Rose – Dir kann ich es ja gestehen –, ich danke Gott dafür, daß er nicht wieder fort muß. Wenn ich an unsre arme Josepha denke, da komme ich mir unsagbar reich und beneidenswert vor. Möchte doch bald Frieden werden, daß in alle Herzen wieder Ruhe kommt.

Hast Du Nachricht von Hasso? Hoffentlich ist er gesund und unverletzt. Bitte, schreib mir bald wieder.

Leb wohl, meine Rose! Grüße Hasso herzlich, wenn Du ihm schreibst. Deine Rita.«

Rose antwortete auf diesen Brief mit einem Telegramm.

»Hasso meldet mir eben seine bevorstehende Ankunft in Falkenried. Sobald er angekommen, berichte ich mehr.

Rose.«

Viel zu langsam vergingen die beiden Tage bis zu Hassos Ankunft. Von Berlin kam dann ein zweites Telegramm, in dem Hasso seine Ankunft für die vierte Nachmittagsstunde meldete.

Rose wäre zu gern nach dem Bahnhof gefahren. Aber sie dachte daran, daß ihr Hasso einmal geschrieben hatte, daß er sich ausmalte, wie sie ihn am Parktor in einem weißen Kleide empfangen würde.

Und sie hatte für ihn ein weißes Tuchkleid angelegt und lief darin bis zum Parktor, trotzdem es kalt war. Sie fror nicht.

Nicht zwei Minuten mußte sie warten, bis sie den Wagen kommen sah. Der Wagen hielt – und Hasso sprang schnell heraus. Rose flog auf ihn zu – er fing sie in seinen Armen auf und preßte sie innig an sich. Sie sahen sich in die Augen, heiß und tief, und die Blicke wollten nicht voneinander lassen.

»Meine süße Rose! Hab' ich dich endlich wieder! Nun lasse ich dich nimmer, nun bist du mein mit Leib und Seele für alle Zeit«, flüsterte er mit tiefer Zärtlichkeit und küßte sie wieder und wieder.

Und hinter Rose war Trina vom Schloßportal herübergelaufen, wo die Leute sich aufgestellt hatten, um den gnädigen Herrn zu begrüßen. Und vom Kutschbock war der Frieder herabgesprungen und hielt nun die Trina in seinen Armen. Sie kümmerten sich so wenig wie ihre Herrschaft um das, was um sie her vorging.

Lange hielt Hasso die bebende Gestalt seiner jungen Frau in den Armen und sah immer wieder voll heißer Zärtlichkeit in ihr liebes, erglühendes Gesicht.

Endlich löste sie sich aber aus seinen Armen und sah verwirrt um sich.

»Die Leute, Hasso.«

Da atmete er auf, zog ihren Arm durch den seinen und ging mit ihr hinüber. Drüben wurde er mit Herzlichkeit von seinen Leuten begrüßt. Er schüttelte all die Hände, die sich ihm entgegenstreckten. Den Verwalter Colmar aber umarmte er.

»Sie haben meiner Frau so wacker beigestanden, lieber Colmar. Ich danke Ihnen. Und – wie geht es Ihnen und Ihrer lieben Frau? Haben Sie den schmerzlichen Verlust ein wenig verwunden?«

Colmar atmete tief auf.

»Ich habe mein Liebstes dem Vaterland geopfert, ohne mit dem Schicksal zu hadern, gnädiger Herr. Will's Gott, erziehen wir auch unsern Adoptivsohn zu einem braven Mann, wie es unser Fritz gewesen ist.«

Hasso trat an Frau Colmar heran und drückte bewegt ihre Hände.

»Sind Sie für immer heimgekommen, Herr Baron?« fragte Colmar.

Hasso gab ihm Bescheid, welche Aufgabe ihm zuerteilt war.

Rose hörte es, und sie hätte aufjubeln mögen vor Glückseligkeit. Wußte sie doch nun, daß Hasso für immer heimgekehrt war. Wie dankbar war sie dem Schicksal. –

Dann ging Hasso mit Rose ins Haus. Sie waren nun allein in dem trauten Wohnzimmer. Auf derselben Stelle standen sie, wo Hasso Rose beim Abschied gesagt hatte, daß er sie liebte. Und da zog er sie auch heute wieder in seine Arme mit leidenschaftlicher Innigkeit und küßte sie, wie der Mann das Weib seiner Liebe küßt.

Rose lag glückselig an seinem Herzen und lauschte auf die heißen, zärtlichen Worte ihres Gatten.

So voll Glück und Sonne war plötzlich ihr Leben nach aller Qual und Not. Sie dankte innig dem Schicksal, das ihr das höchste Opfer nicht abgefordert hatte wie vielen tausend Frauen. Viel hatten sie sich zu sagen. Auch von Rita und Rainer sprachen sie und von der armen Josepha.

Hasso erzählte von Hans von Axemberg. Dieser hatte unterwegs Rola von Steinberg im Lazarett aufgesucht.

»Sie wird, sobald sie abgelöst werden kann, heimkommen und sich mit Hans vermählen. Und dann wollen sie eine Hochzeitsreise von zwei Tagen machen – nach Falkenried«, sagte Hasso lächelnd.

»Nur auf zwei Tage?« fragte Rose.

»Ja, meine Rose. Hans ist ja im Dienst wie ich und wird sich nicht länger Urlaub nehmen wollen und können. Du wirst auch von mir nicht viel haben, meine süße Frau – ich muß mit großem Eifer an die Arbeit gehen und werde von früh bis spät drüben auf dem Flugplatz sein.«

»Wenn du nur in Falkenried bist – dann will ich schon zufrieden sein.«

»Ein freudiges Schaffen soll das werden, meine Rose.«

Fest umschlungen saßen sie noch lange und sprachen von dem, was ihre Seelen bewegte.

Hasso hatte selbst seiner Schwester und seinem Schwager geschrieben, daß und warum er in Falkenried war. Daraufhin hatte es Rita keine Ruhe gelassen. Sie bat ihren Gatten, auf kurze Zeit mit ihr nach Falkenried zu gehen, damit sie den Bruder wiedersehen und am Grabe ihrer Eltern beten konnte.

Noch ein anderes junges Paar war nach Falkenried gekommen. Hans von Axemberg und seine junge Frau, die am Tage vorher getraut worden waren.

So saßen an diesem Tage drei junge, glückliche Paare bei Tisch im Falkenrieder Speisezimmer. Und auch heute wurde von Hasso ein Toast ausgebracht auf die Verbrüderung zwischen Österreich und Deutschland. Er gedachte dabei auch des Grafen Rudi Haßbach.

»Diese Verbrüderung zwischen Deutschland und Österreich ist mit Strömen teuren Blutes begossen worden, sie muß uns heilig sein. Und Gott mag geben, daß wir gemeinsam siegen über all unsre Feinde. Darauf wollen wir unser Glas leeren, im stillen Gedenken an all die lieben Menschen, die uns dieser Krieg genommen hat.«

Die Gläser klangen aneinander. Die drei Männer reichten

sich fest und warm die Hände, und die jungen Frauen umarmten und küßten sich mit feuchtschimmernden Augen.

Dann trat Hans von Axemberg an den Flügel. Und unter seinen Händen quoll es stark und ergreifend hervor:

»Lieb Vaterland, magst ruhig sein.«

Den letzten, aber andächtigsten Schluck trank Hasso auf das Leben seiner inniggeliebten Kriegsbraut.

Hedwig Courths-Mahler

Juttas Befreiung

BASTEI LÜBBE

Die schlanke Frauengestalt im schwarzen Kleid mit dem blassen Gesicht, aus dem die braunen Augen müde und traurig in die Welt blickten, blieb mitten auf dem Wege stehen und lauschte in den zartgrünen Frühlingswald hinein. Helle, lustige Kinderstimmen waren an ihr Ohr gedrungen. Sie stand wie gelähmt, und nur ihre Augen blickten angstvoll umher, als suche sie nach einem Weg zur Flucht.

Sie ahnte nicht, daß sie beobachtet wurde. Ein Stück tiefer in den Wald hinein saß auf einem Baumstumpf, dicht an einem murmelnden Waldquell, ein junger Mann im Reitanzug. Er war vom Dorf herübergekommen und hielt hier eine kurze Rast, sich an der Schönheit des Waldes erfreuend. Und da sah er die schlanke Frau daherkommen und betrachtete sie, wie man ein schönes Wild betrachtet.

Sie paßte mit ihrem schwarzen Gewand und dem blassen, traurigen Gesicht nicht so recht in den hellen, leuchtenden Frühlingstag hinein; aber trotzdem fesselte ihn ihr Anblick, vielleicht gerade deshalb, weil er nicht in das lachende Landschaftsbild, in das zarte Federgekräusel der werdenden Blätterwelt hineinpaßte.

Er rührte sich nicht, um sich nicht bemerkbar zu machen und die einsam Wandelnde nicht zu stören. Und so wurde er Zeuge einer Szene, die sich ihm unauslöschlich einprägen sollte.

Als die lachenden, jauchzenden Kinderstimmen irgendwo

im Wald erklangen, sah er, daß die junge Frau stehenblieb und mit seltsam verängstigtem Blick um sich schaute, als möchte sie fliehen und wisse nicht, wohin. Und dann kamen die Kinder im bunten Wirbel aus dem Waldesdickicht hervor, ganz in der Nähe der jungen Frau.

»Frühling, Frühling wird es nun bald.« So sangen die Kinder, sichtlich Dorfkinder in schlichten, bäuerlichen Anzügen. Aber als sie die blasse, schwarzgekleidete Frau erblickten, verstummte ihr Gesang, und sie standen einen Moment wie gebannt da und sahen mit großen, entsetzten Augen nach ihr hin.

Endlich riß sich ein kleines blondes Mädchen zusammen.

»Die Gifthexe! Die Gifthexe aus dem Schloß!« schrie es gellend aus und rannte wie von Entsetzen gejagt davon.

Nun kam auch Leben in das übrige Häuflein. »Die Gifthexe! Die Gifthexe!« schrien sie durcheinander, und Knaben und Mädchen, große und kleine – alle enteilten in wilder Flucht. Schrill und laut tönte noch einige Male das furchtbare Schimpfwort durch den Wald.

Der Lauscher auf dem Baumstumpf sah, daß ein Schwanken durch den Körper der einsamen Frau ging. Mit toten, leeren Augen starrte sie den Kindern nach, und dann taumelte sie einige Schritte mit ausgestreckten Händen vorwärts. Wie nach einem Halt suchend, umklammerte sie einen Baumstamm und barg ihr Gesicht an dessen rauher Rinde. Wie aller Kraft beraubt, sank sie neben dem Baumstamm in die Knie und brach halb ohnmächtig zusammen. Ein krampfhaftes Schluchzen erschütterte ihren Körper. Da sprang der Lauschende auf, unfähig, länger untätig diesem anscheinenden Verzweiflungsausbruch zuzusehen. Mit schnellen Schritten war er an ihrer Seite und beugte sich zu ihr hinab.

»Kann ich Ihnen helfen?« fragte er warm und mitleidig, voll ritterlicher Teilnahme.

Sie schrak empor und sah mit einem Blick zu ihm auf, der ihn erschütterte und den er nie mehr vergessen konnte. Es lag eine namenlose, stumme Qual in diesem Blick, eine so grenzenlose Verzweiflung, daß er ganz betroffen in das feine, leidvolle Frauenantlitz blickte.

Er streckte unwillkürlich die Arme aus, um sie aufzuheben. Sie erschauerte wie im Frost, und unter seinen teilnahmsvollen Blicken ging ein Zucken über ihr Gesicht. Aber dann nahm sie alle Kraft zusammen, taumelte empor und verhüllte ihr Antlitz. So rang sie mühsam um Fassung.

Er wußte nicht, ob er ein Mädchen oder eine junge Frau vor sich hatte. Sie mochte im Beginn der Zwanzig stehen, und es lag etwas Reines, Unberührtes über ihrer Erscheinung, etwas durchaus Mädchenhaftes, aber zugleich gab ihr ein Zug von Tragik etwas Gereiftes, das über ihre Jahre hinausging.

Eine Weile stand sie so, das Gesicht verhüllend und am ganzen Körper bebend, vor ihm, dann ließ sie die Hände schlaff herabfallen, sah ihn noch einmal mit einem qualvollen Blick an und lief dann, ohne ein Wort zu sprechen, wie ein gejagtes Wild davon, ohne sich noch einmal umzusehen.

Seltsam berührt sah er ihr nach. Er wußte, dies leidvolle Frauenantlitz würde er nie vergessen. Unauslöschlich hatte sich ihm ihr Antlitz in das Herz gegraben. Langsam schritt auch er nun davon, auf demselben Wege, auf dem sie entflohen war. Ihm war, als müsse er zu ihrem Schutz in der Nähe bleiben, als könne ihr noch etwas Schlimmes geschehen, das er vielleicht abwenden konnte.

Eine Weile sah er die schlanke Gestalt noch vor sich, dann

bog sie plötzlich in einen Seitenweg, und als er diesen erreicht hatte, war sie verschwunden.

Von einer unerklärlichen Regung getrieben, schritt er den Seitenweg entlang, forschend um sich blickend, und da entdeckte er nach kurzer Zeit einen hohen natürlichen Zaun, den verschnittene und ineinander verwachsene Schlehen bildeten. Dieser umgab anscheinend einen großen Park, und in diesem Zaun erblickte er, nachdem er einige Schritte weitergegangen war, eine kleine, grüngestrichene Holzpforte. Nun war ihm das Rätsel des Verschwindens der jungen Dame gelöst – durch diese Pforte war sie gegangen.

Er blieb eine Weile stehen und sah die Pforte an, als könne sie ihm das Rätsel dieses Frauenschicksals lösen. Daß er einer durch ein schweres Schicksal Gebeugten gegenübergestanden hatte, war ihm sofort klar gewesen.

Die Gifthexe aus dem Schloß! So hatte das blonde Mädchen gerufen. Und alle Kinder waren über den Anblick der schönen, blassen Frau entsetzt gewesen. Die Gifthexe? Nein, dieser entsetzliche Schimpfname schien ihm nicht auf diese Frau zu passen. Ein tief unglückliches Menschenkind hatte er vor sich gesehen, das hilflos unter einer furchtbaren Beschimpfung zusammenbrach. Was hatte ihr diesen Schimpf eingetragen?

Ein brennendes Interesse war in ihm wach geworden – er mußte zu ergründen suchen, wer sie war und weshalb die Kinder entsetzt vor ihr flohen und sie beschimpften.

Langsam, in Gedanken verloren, ging er weiter, immer an dem Zaun entlang, der eine große Ausdehnung hatte.

Als er ihn von zwei Seiten umgangen hatte und nun an der dritten Seite entlangschritt, sah er ein hohes, schmiedeeisernes Tor, mit zwei mächtigen Steinsäulen. Durch dieses

Tor blickte er in einen parkähnlichen Garten. Im Hintergrund sah er ein großes, schloßähnliches Gebäude liegen, das einen sehr vornehmen, abgeschlossenen Eindruck machte.

Ah – das scheint Untergriesbach zu sein, dachte er und betrachtete interessiert das Gebäude. Eine große, breite Freitreppe, rechts und links von einer Auffahrt flankiert, führte zu einer Säulenhalle empor; das schwere, mit Eisenornamenten beschlagene Portal aus Eichenholz war geschlossen. Auch sämtliche Fenster waren geschlossen und mit Stores verhängt, die teilweise sehr kostbar waren. Eine breite Terrasse zog sich in der Höhe der Freitreppe am ganzen Gebäude entlang.

Interessiert betrachtete Frank Rüdiger das Gebäude und ließ seinen Blick über die langen Fensterreihen dahingleiten. Ihm war, als bewege sich vor einem der Fenster, dicht über der Terrasse, ein Store, wie durch den Griff einer bebenden Hand.

Stand die schöne Unbekannte vielleicht hinter diesem Vorhang? Blickten ihre leidvollen Augen auf ihn?

Er erschien sich plötzlich wie ein unberufener Lauscher und schritt davon, dem Dorfe Griesbach zu, das sich in einer Talmulde zwischen schneebedeckten Höhenzügen anmutig dahinstreckte, mit seinen hübschen, stattlichen Gehöften und der schmucken Kirche. Als er das Dorf erreicht hatte, sah er das Häuflein Kinder, das er vorhin im Walde gesehen hatte, dicht vor dem Dorfwirtshaus stehen, in dem er sein Pferd eingestellt hatte. Er merkte, daß die Kinder einigen Frauen aufgeregt etwas erzählten. Langsam schritt er näher und hörte nun, daß die Kinder von der Gifthexe sprachen, die sie im Walde gesehen hatten.

Am liebsten wäre er stehengeblieben und hätte zugehört, aber er bezwang sich und betrat das Gasthaus.

Hier kam ihm der Wirt entgegen.

»Grad kommen der gnädige Herr zurecht – das Mittagessen ist fertig«, sagte er dienstbeflissen.

Frank Rüdiger nickte. »Es ist gut, Herr Wirt, lassen Sie gleich auftragen, ich möchte dann weiterreiten.«

Der Wirt verneigte sich. »Soll sogleich geschehen, gnädiger Herr!«

Dann trat er ärgerlich vor die Tür.

»Was macht ihr für Lärm! Geht weiter, ihr Rangen, ihr stört halt meine Gäste, das leid ich nit!« rief er den Kindern zu.

Frank Rüdiger war stehengeblieben und konnte sich nun doch nicht enthalten, zu fragen:

»Was haben die Kinder für eine Aufregung? Sie schwatzen von einer Gifthexe, die sie im Walde gesehen haben.«

Der Wirt sah ihn an. »Ah – da kann ich mir die Aufregung denken. Die Gifthexe, das ist die junge Witwe von unserem seligen gnädigen Herrn. In der Hochzeitsnacht hat sie ihn halt umgebracht. Gift hat sie ihm gegeben, aber man hat es ihr halt nit nachweisen können; sie ist aus Mangel an Beweisen freigesprochen worden. Aber deshalb ist doch jeder davon überzeugt, daß sie ihm das Gift beigebracht hat – wer soll es auch sonst getan haben? Die Kinder gruseln sich vor ihr und laufen davon, wenn sie in ihrem schwarzen Gewand mit dem weißen Gesicht auftaucht. Man sieht es ihr freilich nit an, daß sie eine Mörderin ist, aber – na – ich will halt nix gesagt haben. Fest steht nur, daß kein Mensch an ihre Unschuld glaubt, am wenigsten ihre Verwandten. Die machen keinen Hehl daraus, daß sie ihren Mann umgebracht hat.«

Frank Rüdiger hatte mit einem ihm selbst unbegreiflichen Interesse zugehört. Er sah im Geiste wieder die haltlos zusammengebrochene Frau vor sich, sah ihr schönes, leidvolles Gesicht, ihre bangen, verzweifelten Augen. War das das Antlitz einer Verbrecherin?

Er wandte sich an den Wirt, der sich mühte, ein einwandfreies Hochdeutsch zu sprechen.

»Das müssen Sie mir einmal ausführlich erzählen, Herr Wirt. Kommen Sie, leisten Sie mir Gesellschaft bei meinem einsamen Mittagsmahl. Wie ich Ihnen schon sagte, ist meine Wirtschafterin krank, deshalb speise ich gleich bei Ihnen, während ich auf die Medizin warte, die der Arzt mir zusammenstellt.«

»Sie werden gut bedient sein bei mir, gnädiger Herr, ich halte auf gute Küche; der ›Rote Löwe‹ hat einen guten Klang in der ganzen Gegend.«

»Ich weiß, Herr Wirt.«

Sie betraten das einfache, ländliche Gasthauszimmer und gingen durch dieses hindurch in das Honoratiorenstübchen. Hier stand vor einem altmodischen, großen Ledersofa ein mächtiger runder Tisch, über dem eine Hängelampe schwebte. Zwei kleinere Tische am Fenster und an dem großen Kachelofen waren mit Stühlen umgeben.

Der Tisch am Fenster war sauber gedeckt. Hier nahm Frank Rüdiger Platz.

Der Wirt brachte sogleich die Suppe, die ihm die Wirtin durch ein Schiebefenster aus der Küche zureichte.

»Es ist so leer bei Ihnen, Herr Wirt. Geht das Geschäft so schlecht?« fragte der junge Mann.

»No – man kann nit klagen, gnädiger Herr. Aber um diese Zeit ist es halt leer bei uns. Die paar Mittagsgäste sind schon wieder fort, die haben grad' nur Zeit, ihre Mahlzeit einzunehmen. Und die Bauern kommen nur abends ins Wirtshaus oder wenn sie mal ein Geschäft abschließen mit dem Vieh- oder Getreidehändler. Und Sommergäste sind noch nit da, jetzt im April. Die ersten kommen im Mai, falls er warm und sonnig ist. Dann wird es lebhaft bei uns. Nit ein Zimmerchen bleibt dann unbesetzt – sogar im Heustadel schlafen die Touristen, und alles speist dann im ›Roten Löwen‹, weil ich gute Küche zu soliden Preisen gebe. Dann geht das Geschäft!«

»Das ist erfreulich für Sie.«

»Wird's auch für Sie sein, gnädiger Herr! Sonst liegt ja Obergriesbach gar zu still für so einen jungen Herrn, wie Sie sind. Sie würden sich wohl ein bissel einsam fühlen, da oben in den Bergen. Aber im Sommer brauchen Sie nur herunterzukommen in den ›Roten Löwen‹, da ist es lebhaft, und es fehlt nit an schönen Stadtfräulein und lustigen jungen Herren.«

»Also sonst, meinen Sie, ist für mich hier keine Gesellschaft zu finden?«

»Na – außer dem Herrn Pfarrer und dem Herrn Doktor ist kein Umgang hier für einen so vornehmen Herrn, und das sind allweil nur zwei alte Leut', die nit viel Lustigkeit haben. Drüben in Schloß Untergriesbach ist ja jetzt kein Leben mehr. Früher, als der selige gnädige Herr noch lebte, da gab es zwischen Obergriesbach und Untergriesbach einen lebhaften Verkehr. Der Herr Bergmann, dem Sie das Gut Obergriesbach abgekauft haben, der war halt gut Freund mit unserem gnädigen Herrn. Und Gäste gab es das ganze Jahr in Ober- und Untergriesbach. Seit Herr von Tübingen ermordet wurde und kein Mensch mehr im Schloß Untergriesbach ein und aus ging, wurde es dem Herrn Bergmann in Obergriesbach zu einsam, und deshalb hat er verkauft und ist zu seiner verheirateten Tochter nach München gezogen. Na, das wissen Sie ja selbst.«

»Obergriesbach und Untergriesbach gehörten wohl früher zusammen einem Besitzer?«

»So ist es, gnädiger Herr. Die Herren Grafen von Griesbach waren vor Jahrhunderten Herren der ganzen Gegend. Ihnen gehörte das Dorf Griesbach und das Schloß Untergriesbach, und später bekam ein jüngerer Sohn das Gut Obergriesbach mit dem Herrenhause, das Sie jetzt bewohnen. Nach und nach sind die Griesbachs aber verarmt, und da wurde erst Obergriesbach an den Herrn Vater von Herrn Bergmann verkauft, und dreißig Jahre später mußte der letzte Graf Griesbach auch Untergriesbach an Herrn von Tübingen verkaufen. Und nun sitzen Sie auf Obergriesbach, und Herr von Tübingen ist tot, und seine Witwe ist jetzt Besitzerin von Untergriesbach. Ein fettes Erbe hat ihr der Herr Gemahl hinterlassen – es hat sich schon gelohnt für sie, ihn umzubringen.«

Frank Rüdiger zog die Stirn kraus. Ihm war, als dürfe er es nicht anhören, daß man die schöne, blasse Frau beschuldigte.

»Sie wollten mir doch erzählen, wie das zugegangen ist«, sagte er schnell.

Der Wirt sah nach dem Schiebefenster, an das seine Frau eben klopfte.

»Ich will nur erst noch den Braten herbeiholen, gnädiger Herr.«

Damit eilte der behende Wirt an das Fenster und holte Braten, Gemüse und Kompott für den Gast herbei. Man merkte ihm die Abstammung aus Welschland an; in diesen bayrischen Grenzdörfern kreiste von Tirol herüber unbedingt ein welscher Einschlag im Blut der Eingeborenen. Der Wirt war kein bayrischer Hias mit schwerfälligen Bewegungen. Es lag eine behende Grazie in all seinem Tun, und die schwarzen Augen funkelten lebhaft und munter.

Als er alles sauber und appetitlich vor den Gast hingestellt hatte, ließ er sich etwas abseits in einen Stuhl gleiten und erzählte:

»Ungefähr zwei Jahre ist es jetzt her, da hieß es, unser gnädiger Herr, der in Nauheim zur Kur war wegen seines Herzleidens, bringe eine Braut mit heim. Die Hochzeit sollte am Tage nach seiner Heimkehr in Griesbach stattfinden.

Herr von Tübingen war schon in den Sechzigern, und man hatte allgemein angenommen, daß er als Junggeselle seine Tage beschließen würde. Seine Cousine, Frau von Tölz, und ihr Sohn aus erster Ehe, Herr Norbert von Hall, hatten wenigstens sicher damit gerechnet. Sie sahen sich schon als seine Erben. Aber damit war es nun aus und vorbei. Herr von Tübingen hatte an seine Cousine geschrieben, sie möge mit ihren beiden Kindern – es ist da noch eine Tochter aus zweiter Ehe – wieder in ihre Stadtwohnung nach München zurückkehren. Er wolle sich verheiraten und bringe seine Braut gleich mit. Diese sei aber in Trauer um ihre kürzlich verstorbene Mutter, und die Hochzeit solle in aller Stille gefeiert werden. Auch seine Verwandten sollten nicht daran teilnehmen. In den nächsten Monaten wolle er mit seiner jungen Frau ganz allein sein; wenn er wieder Gäste empfangen wolle, werde er es ihnen mitteilen. Jedenfalls sollten sie Untergriesbach verlassen, ehe er eintreffen würde. So hörte ich von der Dienerschaft im Schlosse. Frau von Tölz soll außer sich gewesen sein. Ihre Tochter habe sie kaum beruhigen können, und ihr Sohn, Herr von Hall, habe eine kostbare Vase vor Wut über diese Heiratsanzeige zertrümmert. Es mag ja auch ein harter Schlag gewesen sein für die Herrschaften, daß ihnen ein so reiches Erbe verlorenging. Allerdings hat unser gnädiger Herr nicht viel von seiner Cousine gehalten, und Herrn von Hall hat er erst recht nicht leiden mögen, weil er ein Tunichtgut und ein Spieler ist; aber immerhin waren sie doch seine einzigen Verwandten und hatten fest daran geglaubt, daß sie seine Erben sein würden.

Aber ändern konnten sie an der Sache nichts, und am Morgen des Tages, da Herr von Tübingen am Nachmittag mit seiner Braut eintreffen sollte, reiste Frau von Tölz mit ihren Kindern ab.

Als Herr von Tübingen am Nachmittag mit seiner Braut eintraf, fühlte er sich nach der Nauheimer Kur sehr matt und elend, und er bestand plötzlich darauf, daß seine Hochzeit noch an demselben Tag stattfinden solle. Seine Braut hatte ihm zugeredet, er möge sich erst ausruhen, aber er hatte behauptet, er fühle sich noch ganz frisch, und er bestehe auf der sofortigen Trauung. Sie fand auch statt, und somit waren alle Erbaussichten der Frau von Tölz zunichte.«

»Waren die Herrschaften nicht selbst vermögend?« fragte Frank Rüdiger, der aufmerksam zugehört hatte.

»O nein – Frau von Tölz lebte von einer kleinen Pension. Ihr Sohn, der früher Offizier gewesen war, lag ihr stets auf der Tasche, und eine Tochter hatte sie auch noch zu unterhalten. Sie hatten in München eine ganz bescheidene Dreizimmerwohnung, waren aber meistens den ganzen Sommer in Schloß Untergriesbach zu Gast. Schulden sollen sie überall gehabt haben. In einem Gasthaus hört man so allerlei.

Hier im Schloß lebten sie auf Kosten unseres gnädigen Herrn auf großem Fuße, und er soll sie nicht sehr gern gesehen haben. Und nun mußten sie wieder in ihre Not zurück. Angenehm war ihnen das sicher nicht. Aber sie waren fort, und noch am Abend desselben Tages hatte das Schloß eine neue Herrin. Ich kann Ihnen sagen, gnädiger Herr, nie hätte man der jungen Gnädigen etwas Schlimmes zugetraut. So jung und unschuldig sah sie aus, und ihre Augen lachten so freundlich und gut – ich bin mitgelaufen bis zum Schloß, um sie nur immer anschauen zu können. Der Wagen fuhr von der Kirche aus im Schritt. Aber kein Hochzeitskleid und keinen Kranz hat sie getragen, einfach im Reisekleid ist sie getraut worden. Und der gnädige Herr hat neben ihr gesessen, wie ein Vater, der auf seine schöne Tochter stolz ist, aber nicht wie ein Hochzeiter. Wir sind ihm alle gut gewesen, unserm gnädigen Herrn, und haben ihm von Herzen Glück gewünscht, aber ich habe mir gleich gedacht, daß es nit gut ausgeht – so eine blutjunge Frau und so ein alter Herr. Vierzig Jahre ist er älter gewesen als sie. Aus Liebe hat sie ihn sicher nit geheiratet, so etwas gibt es doch nit.

Das gibt nix Gutes, hab' ich mir gedacht. Und richtig, am nächsten Morgen ging es wie ein Lauffeuer durchs Dorf – Herr von Tübingen sei in der Hochzeitsnacht vergiftet worden. Niemand ist bei ihm gewesen als die junge Gnädige. Sie hat ihm den Schlaftrunk an das Bett gebracht – er hat halt jeden Abend ein Glas Portwein an seinem Lager stehen gehabt und es in der Nacht, wenn er wach wurde, ausgetrunken. Also, die junge Gnädige hat ihm den Wein gebracht und in dem Rest des Weines hat man halt Gift gefunden. Natürlich will sie nit wissen, wie das Gift in den Wein gekommen ist. Sie hat ausgesagt, sie habe ihrem Manne noch ein Stündchen vorgelesen, als er sich schon niedergelegt hatte. Er sei dann bald eingeschlafen, und sie selbst sei auch so müde gewesen, daß sie im Lehnstuhl an seinem Bett eingeschlafen sei. Aber plötzlich sei sie wieder aufgewacht durch ein leises Geräusch, das sie sich nicht habe erklären können. Es sei gewesen, als rolle eine Erbse langsam auf dem Fußboden hin. Sie habe dann gefroren, weil das Fenster noch offenstand, und habe es geschlossen, weil sie gemeint hat, es müsse ihrem Manne auch zu kalt werden. Aber so leise sie auch das Fenster geschlossen habe, sei ihr Mann darüber aufgewacht. Von der Kirche herüber habe es gerade Mitternacht geschlagen. Ihr Mann habe sie freundlich ausgescholten, daß sie noch nicht zu Bett gegangen sei. Und da er seinen Wein hätte trinken wollen, habe sie ihm das Glas an die Lippen gehalten. Er habe es leer getrunken und ihr noch zärtlich über die Hand gestreichelt. Dann sei sie aus dem Zimmer gegangen, um ihr Schlafzimmer aufzusuchen, und habe geschlafen, bis man sie weckte und ihr sagte, der Herr sei tot. Na – ich bitte Sie, gnädiger Herr, das klingt doch alles sehr verdächtig. Ein neugebackener Ehemann läßt sich doch in der Hochzeitsnacht nicht von seiner jungen Frau vorlesen und schläft dabei ein – wenn er auch in den Sechzigern ist. Sie ist aber, ohne zu wanken, bei der Aussage geblieben, und man hat ihr nit nachweisen können, woher sie das Gift gehabt hat, womit der Herr von Tübingen elend umgebracht worden ist. Also, sie ist damals verhaftet worden, und die Herren vom Gericht sind im Schloß gewesen und haben alles aufgenommen. Frau von Tölz hatte man ein Telegramm geschickt, und sie kam mit ihren Kindern sofort wieder zurück von München. Sie leben heute noch drüben im Schloß. Frau von Tölz tat sich gleich als Erbin auf, denn sie und ihre Kinder wußten ja nicht, daß die Trauung einen Tag früher stattgefunden hatte. Sie meinten, sie könnten das reiche Erbe noch einstreichen. Aber damit war's aus und vorbei. Die junge Gnädige war schlauer gewesen als sie, sogar ein Testament war da, das Herr von Tübingen gleich bei der Hochzeit unterschrieben hat und in dem er seine junge Frau zur Universalerbin einsetzte. Frau von Tölz und ihr Sohn sollen wie verstört gewesen sein, als sie hörten, daß die Hochzeit schon am Tag vorher stattgefunden hatte. Herr von Hall ist wie ein Toter lang umgefallen, das hat ein Diener gesehen, und nur Fräulein Blandine von Tölz, seine Schwester, soll die Nachricht mit Ruhe und Würde aufgenommen haben. Frau von Tölz hat gleich gerufen, die junge Gnädige sei die Mörderin ihres Cousins. Und sie und ihr Sohn erklärten jedem, der es hören wollte, die junge Gnädige sei eine raffinierte, scheinheilige Person, die mit ihrer Sanftmut die Leute hinters Licht führen wolle. Aber wir Griesbacher sind nit auf den Kopf gefallen, uns hat sie nix vormachen können, die Gifthexe. Wir glauben so fest daran wie Frau von Tölz und ihr Sohn, daß sie den gnädigen Herrn umgebracht hat. Wer soll es denn sonst gewesen sein? Aber freilich, die Herren vom Gericht hat das schöne Gesicht bestochen, und man hat ihr nichts beweisen können. So hat man sie halt aus Mangel an Beweisen freigesprochen. Sie ist dann wieder hierher nach Griesbach gekommen und lebt nun im Schloß als Herrin, und Frau von Tölz und ihre Kinder, die haben halt froh sein können, daß sie ihnen erlaubt hat, auch in Untergriesbach zu bleiben.«

»Also, die Verwandten des Herrn von Tübingen leben mit ihr zusammen im Schloß?« fragte Frank Rüdiger nachdenklich.

»Ja, sie sind halt nit wieder fortgegangen, und Frau von

Tübingen hat sie auch nit fortgeschickt. Frau von Tölz hatte, während Frau von Tübingen in Untersuchungshaft war, die Zügel des Hauswesens in die Hand genommen. Sie ist eine sehr energische Dame. Und Herr von Hall hat sich gleich als Verwalter des Gutes aufgespielt und tut sich ganz so auf, als sei er der Herr. Frau von Tübingen wagt auch nit zu mucksen, sie denkt halt, ihre Verwandten rühren den Prozeß noch mal auf, wenn sie drauf besteht, daß sie fortgehen. Na, ein angenehmer Herr ist Herr von Hall auch nit, die Leute klagen viel über ihn, wenn er auch sein wüstes Leben ein bissel gebessert hat. Unsern verstorbenen gnädigen Herrn ersetzt uns niemand, der hatte ein Herz für seine Leute und half jedem, der in Bedrängnis war, mit Rat und Tat. Das war ein Mann! Und wenn er nicht die Torheit begangen hätte, sich eine junge Frau zu nehmen, dann wäre er wohl jetzt noch am Leben. Herr von Hall ist ein Taugenichts – mit Verlaub –, das sagt hier ein jeder, aber man ist in manchen Dingen von ihm abhängig, weil Frau von Tübingen ihn den Herrn spielen läßt. Sie lebt ganz zurückgezogen, man sieht sie selten, und wer sie sieht, der weicht ihr aus. Sie ist halt verfemt, und die Kinder schreien laut auf vor Entsetzen, wenn sie ihr mal begegnen. Herr von Hall ist es selber gewesen, der ihr den Namen, die Gifthexe, gegeben hat. Einmal hat er den Kindern gesagt: Lauft vor der Gifthexe davon, sonst bringt sie euch um. Seither heißt sie nit anders als die Gifthexe. Ausschauen tut sie aber beileibe nit wie eine solche – schier wie eine Heilige ist sie anzuschauen –, aber das ist eben ihre Scheinheiligkeit, und Herr von Hall hat mir einmal, als ich ihm sagte, daß sie eher wie ein Engerl ausschaut als wie ein Teufel, gesagt, das sind die Schlimmsten, denen man die Teufelei nit ansieht.«

»Also, Herr von Hall glaubt fest daran, daß Frau von Tübingen ihren Gatten ermordet hat?«

»Ganz gewiß, gnädiger Herr. Kein Mensch zweifelt daran, wenn man ihr auch nit hat an den Kragen gehen können.«

Frank Rüdiger sah nachdenklich vor sich hin. Dann sagte er langsam: »Es wundert mich nur, daß er dann mit ihr zusammen in einem Hause wohnt, Wohltaten von ihr annimmt und Mutter und Schwester mit ihr zusammensein läßt.«

»Du lieber Gott, gnädiger Herr, das war halt die Not, die ihn dazu trieb. Sie sind ja völlig verarmt. Und Herr von Hall hat Schulden gehabt bis über die Ohren, er hatte ja alles verspielt und verjuchheit. Ein bissel vernünftiger ist er schon geworden, seit er Verwalter des Gutes ist, und – es fließt wohl manches in seine Tasche. In allen Ehren natürlich, ich will nix gesagt haben. Bitter genug mag es den Herrschaften schon sein, von so einer abhängig sein zu müssen.«

Frank Rüdiger trank einen Schluck und sagte dann, sich schüttelnd: »Lieber möcht' ich Straßenkehrer sein, als daß ich Wohltaten annehmen würde von einer Frau – und gar von einer, die ich für eine Mörderin halten müßte!«

»Wohl, wohl, gnädiger Herr, das ist auch meine Ansicht. Aber Herr von Hall hat einmal hier im Gastzimmer dem Herrn Doktor und dem Herrn Gemeindevorstand erklärt, in Wahrheit sei er der Erbe von Untergriesbach, Frau von Tübingen habe sich das Erbe nur erschlichen. Und er betrachte es nicht als Wohltat, sondern als sein gutes Recht, daß er es verwalte. Nun, dagegen kann man nichts sagen, aber sehr genau nimmt es Herr von Hall nit mit solchen Dingen. Ihm ist alles recht, was ihm Nutzen bringt.«

»Und niemand ist auf den Gedanken gekommen, daß Frau von Tübingen doch schuldlos sein könne?«

»Aber, ich bitte Sie, gnädiger Herr, es ist ja kein anderer Mensch als sie beim gnädigen Herrn gewesen in jener Nacht. Die Dienerschaft war zu Bett gegangen. Sie selbst hat den Wein aus einer Flasche eingeschenkt, in deren Inhalt keine Spur des Giftes zu finden war. Nur hat man nicht ergründen können, woher sie das Gift genommen hat. Und ihr Verteidiger war ein schneidiger Herr und hat sie herausgehauen, so daß man sie hat freisprechen müssen. Haben Sie nichts von dem Prozeß gehört?«

»Nein, ich war jahrelang im Ausland. Gleich nach Beendigung des Krieges bin ich nach Borneo gegangen und bin erst vor einigen Monaten zurückgekommen.«

»Ah, den Krieg haben Sie aber mitgemacht, gnädiger Herr?«

Frank Rüdiger nickte. Seine harten, strengen Züge strafften sich noch mehr, und die mit diesen Zügen kontrastierenden weichen, guten Augen zeigten einen Ausdruck, wie ihn die Männer draußen im Feld bekommen hatten, als sie das Grauen kennenlernen mußten.

»Ja, von Anfang an, bis zu Ende.«

Der Wirt nickte. »War eine schlimme Zeit, und das schlimmste das, was hernach kam.«

Frank Rüdiger strich sich über die schöngebaute Stirn und schob den Teller zurück: »Das weiß Gott. Das Elend damals nicht länger mit ansehn zu müssen, ging ich fort. Aber nur einige Jahre hat es mich draußen gelitten. Die Sehnsucht hat mich in die Heimat zurückgeführt. Und was ich draußen verdient, was ich in der Fremde verdient habe, habe ich nun angelegt in einem Stückchen deutscher Erde.«

»Sie haben gut gekauft, gnädiger Herr. Obergriesbach ist immer gut bewirtschaftet gewesen, und der Boden ist gut.

Sie sollen ein tüchtiger, energischer Herr sein, das hört man von allen Seiten, obwohl sie erst seit zwei Wochen hier sind. Na, und jung und stark sind Sie auch, da kann es nit fehlgehen.«

Frank Rüdiger erhob sich. »Meine Rechnung, Herr Wirt! Ich will heim, es ist Zeit. Die Medizin für meine Haushälterin wird der Doktor fertig haben. Ich reite an seinem Haus vorüber.«

Er bezahlte und ging, von dem Wirt gefolgt, aus dem Haus. Ein Knecht hielt sein Pferd. Er sprang in den Sattel und ritt grüßend davon.

Aber auf dem ganzen Heimweg konnte er an nichts anderes denken als an Frau von Tübingen, die ihren um 40 Jahre älteren Gatten in der Hochzeitsnacht ermordet haben sollte. Hatte sie es wirklich getan?

Es gibt kein größeres Rätsel als das Weib. Frank Rüdiger wußte das. So manche Frau hatte seinen Lebensweg mehr oder minder beeinflußt. Er gehörte zu den Männern, denen die Frauenherzen zufliegen, obwohl sie sich nicht darum mühen. Seine selbstverständliche Ritterlichkeit, die vornehme Güte seines Wesens und sein sympathisches Äußere hatten ihm manches Frauenherz erobert. Und er hatte die verschiedenartigsten Frauen kennengelernt, ohne daß eine von ihnen einen nachhaltigen Eindruck auf ihn gemacht hätte. Eine Frau von besonderem Wert war nicht darunter gewesen. Aber auf viel Rätselhaftes war er doch gestoßen.

Jetzt schien er der rätselhaftesten Frau begegnet zu sein, die je seinen Weg gekreuzt hatte. Er versank unwillkürlich ins Grübeln.

War es möglich, daß hinter diesem schönen, reinen Gesicht eine schwarze Seele wohnte? Konnten ihre schlanken, weißen Hände dem alternden Gatten den Gifttrank gereicht haben? Es konnte dann doch nur aus Gier nach dem reichen Erbe geschehen sein. Habgier aber prägt jedem Antlitz seinen Stempel auf, und in diesem Frauengesicht fehlte dieser Stempel. Nein – nein – diese Frau konnte keine Mörderin sein – nicht aus niedrigen Motiven.

Aber – vielleicht hatte sie das Grauen vor dem alternden Gatten zu der Tat getrieben? Wollte sie die Konsequenzen dieser ungleichmäßigen Verbindung nicht tragen? Nein, nein – sie konnte keine Mörderin sein.

Aber freilich, daß sie, das junge Geschöpf, in eine Ehe mit dem alternden Manne willigte – war das nicht schon ein Zug von niedriger Denkungsart? Ein Weib soll sich nur aus Liebe verschenken, nicht verkaufen. Hatte sie sich nicht verkauft, um äußern Glanzes willen? Ein so junges Geschöpf konnte doch nur aus Berechnung die Frau eines alten Mannes werden und ihm für Geld Seele und Körper verkaufen.

Oder lagen doch andere Gründe vor?

Immer wieder tauchte vor seinem Geiste das blasse Frauengesicht auf, und ihre verzweifelten Augen sahen ihn an, als flehten sie um sein Mitleid – um Hilfe. Und immer wieder sagte er sich: Sie kann keine Verbrecherin sein, kann nicht aus niedrigen Motiven diese Ehe geschlossen haben. Solch einer ungeheuerlichen Tat kann diese Frau nicht fähig sein.

Und je mehr er darüber nachdachte, desto erregter wurde er. Wenn sie schuldlos war – mußte er ihr dann nicht zu Hilfe kommen?

Schließlich suchte er, ärgerlich über sich selbst, seinen Gedanken eine andere Richtung zu geben. Er zwang sich, an seine landwirtschaftlichen Pflichten zu denken, an Dinge, die ihn ablenkten.

Sein Weg führte ihn höher hinauf aus dem Tal in die Berge, und der Ritt hatte fast eine Stunde gedauert, bis er das Herrenhaus von Obergriesbach vor sich auf einer Halde liegen sah. Es war ein stattliches, freundliches Gebäude, in Holzarchitektur auf hohem Steinfundament gebaut. Das war sein Heim. Das Herz ging ihm auf. Es war ein wundervolles Landschaftsbild, das sich seinen Blicken darbot.

Er schob alle quälenden Gedanken von sich. Er würde dieser Frau von Tübingen weit aus dem Wege gehen und seine Gedanken von ihr ablenken. Zuviel schon hatte er sich mit ihr beschäftigt. Was ging ihn diese Frau an, die von den Dorfkindern Gifthexe genannt wurde.

Er sprang vor seinem schönen, stattlichen Hause, das freilich nicht so imposant war wie das Untergriesbacher Schloß, vom Pferde und übergab es einem herbeieilenden Knecht. In der großen, hohen Flurhalle kam ihm eine Frau in der Mitte der Fünfziger entgegen. Sie verzog das Gesicht schmerzhaft und sah ihn wehleidig an.

»Nun, Frau Remblin, nicht im Bett? Ich hatte Ihnen doch gesagt, Sie sollten sich niederlegen.«

»Ich hab' keine Ruh', gnädiger Herr, es treibt mich rastlos umeinander.«

Er zog die Medizin aus der Tasche.

»Also geht es noch nicht besser?«

»O nein – es ist noch immer, als würden mir Messer im Leib herumgedreht. Ich werde wohl sterben müssen, gnädiger Herr.«

Er lachte herzlich. »Aber, Frau Remblin, Sie sind nur das Kranksein nicht gewöhnt, weil Ihnen nie etwas gefehlt hat. Hier, nehmen Sie die Medizin nach Vorschrift, dann ist es morgen schon besser. Ans Sterben geht's noch lange nicht.

Was sollte ich denn anfangen ohne Sie? Und jetzt schnell zu Bett und warme Umschläge gemacht, dann wird es schnell besser.«

»Sie müssen doch erst noch essen, gnädiger Herr!«

»Nein, nein, ich habe im ›Roten Löwen‹ in Griesbach gegessen – legen Sie sich ruhig nieder; es muß auch einmal ohne Sie gehen.«

»Ach, gnädiger Herr, mein Lebtag habe ich mich nicht so übel gefühlt. Das kenne ich doch nicht – Kranksein.«

»Weil Sie es nicht kennen, scheint es Ihnen so schlimm. Nur nicht bange, morgen ist alles wieder gut.«

Zweifelnd sah ihn die alte Frau an. »Glauben Sie wirklich?«

Er nickte ganz zuversichtlich. »Ganz gewiß! Nehmen Sie die Medizin und trinken Sie ein Glas Rotwein. Dann einen warmen Umschlag und Ruhe; und morgen sind Sie wie neu geboren.«

Sie atmete auf. Die Angst wich aus ihren Zügen. »Hab' ich doch gedacht, mein letztes Stündel ist gekommen und ich hätte die Cholera.«

Er lachte herzlich. »Gott bewahre, es ist nur ein harmloser Magenkatarrh. Sie werden zu viel frisches Brot gegessen haben. Gute Besserung, Frau Remblin.«

»Dank' auch schön, gnädiger Herr! Sie sind gut und haben ein Herz für Ihre Leute, das hab' ich gleich gemerkt. Gleich sind Sie für mich zum Doktor nach Griesbach geritten.«

»Ich will doch keine kranken Leute haben, wenn ich es ändern kann.«

Er nickte ihr nochmals zu und betrat das behaglich ausgestattete Wohnzimmer. Daß Frau Remblin nur einen akuten Magenkatarrh hatte, war für ihn nicht schwer zu erkennen gewesen. Solche Fälle waren im Krieg bei seinen Leuten oft vorgekommen. Er hatte nur die nötige Medizin nicht zur Hand gehabt und hatte dem Arzt gleich den Auftrag gegeben, ihm eine Hausapotheke zusammenzustellen. Wäre Medizin im Hause gewesen, hätte er nicht nach Griesbach reiten müssen, und hätte der Arzt die Medizin nicht erst zusammenstellen müssen, hätte er keinen Aufenthalt in Griesbach gehabt. Er wäre dann auch nicht, um sich die Zeit zu kürzen, in den Wald gegangen und hätte nicht am Waldquell Rast gehalten. Und dann wäre er auch nicht Zeuge jener Szene gewesen – er hätte Frau von Tübingen nicht gesehen und hätte nichts gehört von ihrem Schicksal. Vielleicht hätte er sie dann nie zu Gesicht bekommen, da sie ganz zurückgezogen lebte. Da waren seine Gedanken also schon wieder bei dieser Frau. Konnte er denn an nichts anderes mehr denken?

Er trat an das Fenster und schaute hinüber zu den schneebedeckten Berghäuptern. Sein Blick ergötzte sich daran – aber seine Gedanken weilten bei der blassen, traurigen Frau.

Jutta von Tübingen war wirklich, wie Frank Rüdiger annahm, durch die kleine grüne Pforte im Parkzaun verschwunden. Sie liebte es, diesen verschwiegenen Ausgang zu benutzen, wenn sie im Wald spazierengehen wollte. Dann brauchte sie nicht durch das große Portal ins Freie zu gehen, wo man sie von der Fahrstraße aus beobachten konnte.

Sie war menschenscheu geworden, seit jenem Tag, an dem man sie als des Mordes an ihrem Gatten verdächtig verhaftet und in das Untersuchungsgefängnis geführt hatte. Wenn sie an jene Zeit dachte, flog ein Schauer des Entsetzens über ihren Leib.

Die einsamsten Wege suchte sie auf, wenn sie das Haus verließ, um spazierenzugehen, um nicht mit Menschen zusammenzutreffen, die an ihre Schuld glaubten und in deren Gesichtern sie erbarmungslose Verachtung las. Am ärgsten war es ihr, wenn sie Kindern begegnete und diese ihr, wie heute, den furchtbaren Schimpfnamen zuriefen, der sie jedesmal wie ein Schlag ins Gesicht traf. Sie wußte nicht, daß sie diesen Schimpfnamen Norbert von Hall verdankte, und glaubte, die Kinder selbst hätten ihn für sie gefunden.

Gifthexe!

Sie erschauerte, als sie die kleine grüne Pforte hinter sich schloß und sich eine Weile kraftlos dagegenlehnte: Gottlob, nun war sie wieder in Sicherheit – in Sicherheit vor der harten, mitleidslosen Abneigung der Kinder und vor dem mitleidigen, erbarmenden Blick dieses fremden Mannes, der mit einem so gütigen, teilnahmsvollen Ausdruck in ihr Elend geschaut hatte. Er war ein Fremder, ein Tourist vielleicht. Noch nie hatte sie ihn gesehen, und er wußte wohl nichts von ihrer Schmach, von dem furchtbaren Verdacht, der sie trotz des Freispruches umkreiste wie ein schwerer Zauberbann, von dem sie sich nicht lösen konnte. Hätte er davon gewußt, wäre er ihr wohl gleichfalls schaudernd ausgewichen, wie alle andern Menschen auch.

Und seltsam – ihr war, als hätte sie das besonders schwer verwunden müssen.

Mit verhaltenem Atem lauschte sie hinaus. Sie hörte seine Schritte, merkte, daß er vor der Pforte eine Weile stehenblieb und dann weiterging.

Wie gejagt lief sie nun durch den Park zum Schloß hinüber. Ohne einem Menschen zu begegnen, eilte sie in ihr Zimmer und trat an das verhängte Fenster, mit brennenden

Augen hinausspähend. Und da erblickte sie drüben am Parktor den Fremden. Sah, daß seine Augen forschend herüberblickten. Ihre Augen hingen mit großem, ernstem Blick an seinem interessanten, großzügigen Gesicht, an seiner vornehmen, schlanken Erscheinung, die von energischer, kraftvoller Männlichkeit zeugte. Ihre Hand griff zitternd in den kostbaren Spitzenstore, als brauche sie einen Halt. Und so starrte sie zu ihm hinüber, bis er weiterging und ihren Blikken entschwand. Wenn er jetzt ins Dorf kam und nach ihr fragte, dann erfuhr er – daß sie eine Mörderin war. Man glaubte es ja überall.

Mit einem halberstickten Wehlaut brach sie in einem Sessel zusammen, stützte die Ellenbogen auf die Knie und faltete die Hände.

Wie lange noch würde sie unter diesem furchtbaren Verdacht leben müssen? Durfte sie nie wieder den Menschen frei und offen ins Antlitz sehen, ohne fürchten zu müssen, ihre Verachtung zu lesen? Keine Seele brachte ihr Glauben entgegen.

»Erlöse mich, Vater im Himmel, erlöse mich endlich von dieser Pein! Was tat ich nur, daß du mich so furchtbar strafst?«

So betete sie, und ihr blasses Gesicht glich dem einer Sterbenden.

Einige Minuten saß sie so da, eine Beute nagender Verzweiflung. Da wurde an ihre Tür geklopft. Sie raffte sich auf, erhob sich und zwang den ruhigen, starren Ausdruck in ihr Gesicht, den sie stets den wenigen Menschen zeigte, mit denen sie umgehen mußte. Dann rief sie zum Eintritt.

Eine schlanke, mittelgroße junge Dame trat in das Zimmer. Sie mochte zwanzig Jahre zählen und hatte feine, reizvolle Züge. Ihr hellblondes Haar in der Farbe reifer Ähren war kleidsam und zwanglos frisiert. Klare blaue Augen blickten aus einem Gesicht, dessen größte Schönheit ein blütenfrischer Teint war. Um den feingeschnittenen Mund spielte ein etwas verlegenes Lächeln. Sie trug ein hübsches, schlichtes Kleid von königsblauem Frottee, das an Hals und Ärmeln mit weißen Aufschlägen geschmückt und mit großen weißen Knöpfen verziert war.

»Ich wollte nur sehen, Jutta, ob Sie von Ihrem Spaziergang schon zurück seien«, sagte sie, die Tür hinter sich schließend.

Jutta strich sich das goldbraune Haar, das in einem weichen, dicken Knoten auf dem Nacken lag, aus der Stirn.

»Ich bin soeben zurückgekommen«, sagte sie mit einer weichen, vollen Altstimme.

Blandine von Tölz trat an sie heran und sah ihr forschend in das Gesicht. »Sie sehen so bleich aus – und so verstört, Jutta – es ist Ihnen doch nichts Unangenehmes widerfahren?« fragte sie besorgt.

Ein bitteres Lächeln huschte um Juttas Mund. »Die Dorfkinder haben mich wieder einmal attackiert und mir den Schimpfnamen zugerufen, den sie immer für mich haben.«

Blandine legte unwillkürlich den Arm um Jutta, als wollte sie diese schützen. »Sie Ärmste! Gibt man Ihnen nicht endlich Ruhe?« fragte sie mitleidig.

Jutta seufzte auf. »Ich werde nie Ruhe finden, wenn nicht ein Wunder geschieht und der Mörder meines Gatten entdeckt wird.«

Blandine sah mit starrem Ausdruck an Jutta vorbei. »Wie kann man Sie nur mit diesem ewigen Mißtrauen verfolgen?« sagte sie tonlos.

Jutta faßte mit hartem, rauhem Griff ihre Hand. »Sie

selbst tun es doch auch, Blandine. Sie glauben so wenig an meine Unschuld wie Ihre Mutter und Ihr Bruder, der mich freilich immer glauben machen will, daß er es tut.«

Blandine sah Jutta fest und ruhig an. »Doch, Jutta – ich glaube an Ihre Schuldlosigkeit, ich muß daran glauben.«

Bitter lachte Jutta auf. »Ja, Sie zwingen sich dazu, wie es auch Ihr Bruder tut, – weil ihr sonst nicht in meinem Hause leben könntet. Deshalb seid ihr unehrlich gegen euch selbst – und gegen mich. Die einzige, die mir wenigstens ehrlich zeigt, daß sie an meine Schuld glaubt und nur der Not gehorchend eine Freistatt in diesem Hause angenommen hat, ist Ihre Mutter. Und glauben Sie mir, Blandine, diese ehrliche Überzeugung ist mir lieber als eure Heuchelei.«

Blandine schwieg eine Weile, und in ihrem Gesicht zuckte es seltsam. Und plötzlich warf sie beide Arme um Juttas Hals und sah sie flehend an. »Jutta – liebe Jutta – glauben Sie mir doch. Ich bin ganz fest von Ihrer Unschuld überzeugt – wie von meiner eignen. Norbert – ja – der heuchelt – ich – ja – ich glaube, daß er nur heuchelt, – ich wünsche es, – denn wenn er so fest an Ihre Unschuld glaubte, wie ich es tue – dann – dann –«

Sie brach ab, ließ Jutta schnell los, als schäme sie sich ihrer Erregung, und trat an das Fenster, um ihr zuckendes Gesicht zu verbergen.

»Dann? Was ist dann, Blandine?« fragte Jutta aufatmend.

Blandine hatte sich gefaßt und wehrte mit einem schwachen Lächeln ab. Sie wollte, durfte nicht sagen, was ihr über die Lippen wollte.

»Ach, ich meine, dann müßte er irgend etwas zu Ihrer Verteidigung tun, draußen, vor den Menschen. Er dürfte nicht leiden, daß man Sie beschimpft.«

»Tun *Sie* denn etwas zu meiner Verteidigung, Blandine?«

»Ich? Ach, mein Gott, Sie wissen doch, daß ich mit keinem Menschen zusammenkomme. Ich bin froh, wenn ich niemand sehe.«

Jutta verzog schmerzlich den Mund. »Weil Sie sich schämen, daß Sie im Hause einer Frau leben, die als Mörderin gilt«, sagte sie herb.

»Nein – nicht deshalb schäme ich mich. Aber ich schäme mich furchtbar, daß ich Wohltaten von Ihnen annehmen muß, daß wir alle es tun, obgleich Mutter und Bruder Ihnen feindlich gegenüberstehen.«

»Und Sie? Stehen Sie mir nicht auch feindlich gegenüber?«

Blandine faßte wie beschwörend Juttas Hand. »Bitte, glauben Sie das nicht! Kennen Sie mich so schlecht, Jutta?«

»Ich kenne Sie sehr wenig, Blandine. In den zwei Jahren, die Sie nun in meinem Hause leben, haben wir noch nie so viel miteinander gesprochen wie heute. Wir sahen uns meist nur bei Tisch, und da saßen Sie mir immer mit niedergeschlagenen Augen gegenüber. Wie kann man da einen Menschen kennenlernen? Daß Sie mich heute in meinem Zimmer aufsuchen, ist ein seltenes Ereignis.«

»Ich hätte es auch heute nicht gewagt. – Sie zeigen sich mir immer so starr und abweisend. Aber ich sah Sie wie verstört und entsetzt durch den Park heimkommen – und da trieb es mich zu Ihnen. Fühlen Sie denn nicht, Jutta, daß ich Ihnen zugetan bin und fest, ganz fest an Ihre Unschuld glaube? Wer *Sie* für eine feige, heimtückische Mörderin halten kann, der muß ein sehr schlechter Menschenkenner sein.«

Das alles kam so warm und tiefempfunden aus Blandines Herzen heraus, daß Jutta stutzte und sie forschend ansah.

»Das klingt – als sei es Wahrheit«, sagte sie leise.

Blandine nickte lebhaft und faßte ihre Hände. »Es ist Wahrheit, glauben Sie mir doch.«

Sie standen eine Weile Aug' in Auge, ohne ein Wort zu reden. Dann zog Jutta das junge Mädchen plötzlich an sich. »Liebes, gutes Kind! Zürnen Sie mir nicht, daß ich zweifle. Ich kann es kaum fassen, daß es in meiner Umgebung einen Menschen gibt, der an mich glaubt. Das ist für mich eine unbeschreibliche Wohltat, es erscheint mir ganz wunderbar. Darf ich das wirklich glauben?«

»Sehen Sie mir doch ins Auge, Jutta. Könnte ich Sie belügen – für alle Wohltaten, die Sie mir erweisen? Wie verächtlich würde ich mir selbst erscheinen.«

Ein tiefer Atemzug hob Juttas Brust. »Ein Mensch, der an mich glaubt – wie ein Wunder scheint es mir«, sagte sie erbebend.

Blandine streichelte bewegt ihre Hand. »Nicht einen Augenblick habe ich an Ihrer Schuldlosigkeit gezweifelt, nachdem ich Sie gesehen hatte. Ehe ich Sie sah, als wir damals von München hierher zurückkamen, da glaubte ich auch eine Weile an Ihre Schuld, angesichts aller Argumente, die gegen Sie sprachen. Aber als ich Ihnen dann gegenüberstand, da wußte ich es ganz gewiß, daß Sie keine Mörderin waren. Ich hätte es Ihnen schon damals gern gesagt, aber ich hatte mit Mutter und Bruder zu tun, die Ihnen Ihr Erbe streitig machen wollten, und dann – dann waren Sie immer so kalt und abweisend zu mir. Wie sollten Sie auch anders – ich war Ihnen doch so fremd.«

»Sie erschienen mir feindlich gesinnt, wie Ihre Angehörigen, Blandine.«

»O nein, nein, niemals. Vielleicht war ich ungeschickt. Ich

wurde in jener Zeit durch allerlei unklare Empfindungen hin und her gerissen. Immer grübelte ich darüber nach, wer der Mörder sein könne, und das machte mich ganz wirr im Kopf. Es quält mich jetzt noch zuweilen. Denn ich war Onkel Malte sehr gut, wenn ich es ihm auch nie zu zeigen wagte. Sein Tod schmerzte mich. Und mir war, als tappe ich im Finstern und fürchte mich doch vor der Helle. Sicher habe ich mich dabei auch Ihnen gegenüber recht töricht benommen. Aber eines stand immer fest bei mir – daß Sie keine Mörderin sein können.«

Jutta faltete die Hände und sah wie betend zum Himmel empor.

»Gott im Himmel allein weiß es, Blandine, warum er mir diese furchtbare Prüfung auferlegt hat; das habe ich mich oft gefragt, ohne eine Antwort zu finden. Vielleicht überhebe ich mich, wenn ich sage, daß ich nie etwas Böses getan habe, wir Menschen sind ja alle nicht ohne Fehler, aber nein – nein – etwas so Schlimmes habe ich nie getan, daß ich diese Strafe verdient hätte.«

»Davon bin ich überzeugt, Jutta. Bitte, glauben Sie mir, daß ich Sie für schuldlos halte, und zum Beweis, daß Sie mir glauben, gestatten Sie mir im Verkehr mit Ihnen das verwandschaftliche Du.«

Jutta sah lange und ernst in Blandines Augen, die klar und offen ihren Blick aushielten.

»Ich glaube dir, Blandine, und ich danke dir für die Wohltat, die du mir erweisest. Eine Seele habe ich nun wenigstens, die an mich glaubt.«

Sie umarmten sich herzlich. Dann sagte Blandine bewegt: »Wenn ich dir doch helfen könnte, Jutta, helfen dürfte.«

Jutta streichelte ihr Haar. »Du kannst mir nicht helfen –

das kann nur Gott im Himmel. Aber einen Trost gibst du mir. Es ist ein furchtbares Gefühl, zu wissen, daß alle Menschen voll Verachtung auf mich sehen. Ich leide sehr unter der Feindseligkeit deiner Mutter – aber – etwas quält mich noch mehr.«

»Willst du mir nicht sagen, was es ist?«

»Ja, Blandine – du sollst es wissen – und ich glaube, es wird dir rätselhaft sein wie mir. Du weißt doch besser noch als ich, wie feindselig mir dein Bruder gegenübersteht, obwohl er mir immer Glauben an meine Unschuld heuchelt!«

Blandines Gesicht rötete sich. »Leider weiß ich es, Jutta – und – ich finde es sehr häßlich von Norbert, daß er dir ins Gesicht diesen Glauben heuchelt und nach außen nichts tut, um für dich einzutreten – im Gegenteil.«

Mit geschlossenen Augen nickte Jutta vor sich hin. »Siehst du! Und nun kannst du dir vielleicht meinen haltlosen Schrecken denken, wenn ich dir sage, daß Norbert gestern abend, als er hier in mein Zimmer geschäftliche Berichte gebracht hatte, plötzlich eine leidenschaftliche Liebeserklärung hervorbrachte und mich bat, seine Frau zu werden.«

Blandine zuckte zusammen und starrte Jutta mit großen Augen an.

»Nein – nein – das kann doch nicht wahr sein!« stammelte sie mit blassen Lippen.

Ein bitteres Lächeln huschte um Juttas Lippen. »Nun erschrickst auch du. Ist dir bange, daß ich mein elendes Leben noch fester an euch knüpfen könnte? Sei ruhig – ich habe Norberts Werbung zurückgewiesen. Aber nun weiß ich gar nicht mehr, was ich von ihm halten soll. Ich würde überhaupt nie einem Manne angehören, solange mein Name nicht rein von jedem Makel ist. Und Norbert – ihn würde ich auch nicht heiraten, wenn das geschehen würde, denn – ich will ganz offen zu dir sein in dieser Stunde, da du mir durch deinen Glauben ein so kostbares Geschenk gemacht hast – ich hege eine tiefe Abneigung gegen deinen Bruder, obgleich er sich mir immer angenehm zu machen sucht. Er kann nichts für mich empfinden, obgleich er mir eine große Leidenschaft vorheuchelte – ich weiß, ihm ist es nur darum zu tun, mit meiner Hand das Erbe an sich zu bringen, das ihm entgangen ist. Das ist ganz gewiß der einzige Beweggrund für seine Werbung. Und ich muß dir sagen, daß ich es sehr niedrig von ihm finde, daß er um meine Hand anhielt, zumal er doch daran glaubt, daß ich eine Mörderin bin.«

Kraftlos war Blandine in einen Sessel gesunken. Sie krampfte die Hände zusammen und sah mit einem seltsamen Blick zu Jutta auf.

»Warum behieltst du uns in deinem Hause? Warum läßt du dir von Mutter Feindseligkeiten gefallen, und warum schweigst du zu Norberts Heucheleien? Nichts bringen wir dir ins Haus als Unannehmlichkeiten, und alles vergiltst du mit Wohltaten. Warum nur – warum?« klagte sie leidenschaftlich.

»Warum? Weil ich weiß, daß ich euch Hoffnungen auf ein Erbe zerstört habe; ein Erbe, das mir zufiel. Ich habe es gleich am ersten Tage unserer Bekanntschaft von deiner Mutter gehört, daß ich ihr diese Hoffnung zerstört habe, daß ihr fest angenommen hattet, Onkel Malte zu beerben. Ihr habt nicht geglaubt, daß Onkel Malte sich noch verheiraten würde, und bei seinem Alter war es auch nicht vorauszusehen. Daß er mich heiratete, – er wurde durch die edelsten Gründe dazu veranlaßt –, das hat mich gewissermaßen verpflichtet, und deshalb habe ich versucht, euch wenigstens in etwa zu entschädigen. Ich weiß, daß ihr von meinem Manne unterstützt wurdet und daß ihr oft wochenlang in Untergriesbach weiltet. Obwohl mich mein Mann ganz uneingeschränkt zu seiner Universalerbin einsetzte, fühle ich mich doch verpflichtet, in seinem Sinne weiter an euch zu tun, was er getan hat. Deshalb schickte ich euch nicht fort, als ich euch noch hier fand, als ich aus dem Untersuchungsgefängnis nach Hause kam. Und da dein Bruder sich schon um die Verwaltung des Gutes verdient gemacht hatte, beließ ich ihn auf seinem Posten. Ich wußte ja, daß er sonst existenzlos sein würde. Ihr hattet gehofft, daß ich noch nicht Onkel Maltes Frau sei, als ihr von München hierher zurückkamt und glaubtet, es sei kein Testament vorhanden. Dann wäre euch das Erbe sicher gewesen. Aber – hätte mich Onkel Malte nicht geheiratet, und hätte er mich nicht zur Erbin eingesetzt, dann – das muß ich dir einmal sagen – dann wäre euch das Erbe auch entgangen. Mein Mann zeigte mir, kurz bevor wir getraut wurden, ein früher von ihm aufgesetztes Testament, das er dann vernichtete. In diesem Testament überging er euch – für deine Mutter war nur eine ganz bescheidene Rente ausgesetzt –, alles andere wäre dem Fiskus zugefallen. Er sagte mir, der Gedanke, daß Untergriesbach einmal in Norberts Hände fallen könne, würde ihm keine Ruhe im Grabe lassen. Norbert sei ein Spieler – und noch Schlimmeres, was er mir nicht sagen wolle. Du solltest dich mit deiner Mutter in die Rente teilen, und nach ihrem Tode sollte dir dein Anteil weitergezahlt werden. So stand es in seinem alten Testament. Und wahrscheinlich hätte er auch in seinem neuen Testament, das er zu meinen Gunsten machte, etwas für dich und deine Mutter ausgesetzt, wenn er nicht davon überzeugt gewesen wäre, daß ich euch nicht darben lassen würde.

Verzeih mir, daß ich dir das alles sage – ich will dich bloß überzeugen, daß ich euch im Grunde nichts genommen habe. Mein Mann stand Norbert ganz antipathisch gegenüber, auch deine Mutter liebte er nicht – nur gegen dich hatte er nichts einzuwenden.«

Blandine nickte. »Ich weiß es, Jutta, ich weiß, daß du wahr sprichst. Onkel Malte war ein guter Menschenkenner. Was ihn auch veranlaßte, dich zu heiraten – er war doch Herr seines Willens. Und wie die Dinge jetzt liegen, ist es sehr großmütig von dir, daß du uns in deinem Hause duldest, uns ein sorgenloses Leben bereitest und es uns an nichts fehlen läßt. Eines will ich aber noch klarstellen. Du merktest, wie ich erschrak, als du mir von Norberts Werbung sprachst. Es geschah aber nicht, weil wir uns dadurch nähergekommen wären, sondern – weil ich Norbert eine solche Schändlichkeit nicht zugetraut hätte, obwohl ich leider keine hohe Meinung von ihm haben kann.«

Die letzten Worte stieß Blandine in leidenschaftlicher Heftigkeit hervor.

Fragend sah Jutta in ihr Gesicht. »Warum nennst du seine Werbung eine Schändlichkeit?«

Blandine faßte sich mühsam. Ihr Blick glitt von Jutta ab und bohrte sich starr in den Fußboden. Sie mußte daran denken, daß Norbert überall Juttas Schuld als erwiesen hinstellte, daß er sie schmähte, wo er nur konnte, und verächtlich von ihr in ihrer Abwesenheit sprach. Mit der Mutter zusammen schalt er feindselig auf sie, und er hörte es ruhig und befriedigt an, wenn die Mutter ihrem Haß gegen Jutta Luft machte. Blandine wußte auch, daß Norbert den Schimpfnamen Gifthexe für Jutta geprägt hatte, er hatte sich dessen seiner Mutter gegenüber in ihrer Gegenwart selber gerühmt. Und nun spielte er Jutta eine Leidenschaft vor und warb um ihre Hand. Das war in ihren Augen eine Schändlichkeit.

»Warum?« fragte sie heiser. »Weil es eine Schändlichkeit ist, daß er sich um deine Hand bewirbt – nur – weil er deinen Besitz an sich bringen will. Nur darum hat er um dich angehalten – nur darum!«

»Ich weiß es, Blandine.«

»Ich schäme mich seiner – ich schäme mich seiner!« rief Blandine außer sich.

Jutta zog sie in ihre Arme. »Nimm es dir nicht zu sehr zu Herzen. Die Angelegenheit ist erledigt. Ich wollte es dir nur nicht verheimlichen. Norbert schien durch mein striktes Nein maßlos beleidigt zu sein, er war unglaublich erregt und starrte mich mit seltsamen Blicken an. Jedenfalls hatte er seine Rolle als leidenschaftlicher Liebhaber so gut gespielt, daß es mir peinlich war. Nur, daß du und deine Mutter hier im Hause seid, macht es mir möglich, ihn noch in meinem Hause zu dulden.«

Blandine warf sich in Juttas Arme. »Laß es mich nur nicht entgelten, Jutta! Du weißt nicht, wie froh ich bin, daß ich mich endlich einmal mit dir aussprechen konnte – und – daß du mir eine Freundin sein willst. Nicht wahr – das willst du doch?«

»Wenn du eine so unglückliche Frau wie mich zur Freundin haben willst.«

»Ach, Jutta – du ahnst nicht, was deine Freundschaft mir wert ist. Auch ich habe keinen Menschen, der mir nahesteht. Mutter liebt nur Norbert – ich bin ihr nichts. Wir stehen uns fremd gegenüber.«

»So wollen wir treu zusammenhalten, Blandine. Aber

jetzt muß ich dich fortschicken, ich muß mich für die Mittagstafel umkleiden.«

Mit einer stummen Umarmung schieden sie.

Blandine betrat nach einer Weile das Speisezimmer, das im andern Flügel des Schlosses lag. Sie mußte eine ganze Zimmerreihe passieren, und als sie ins Speisezimmer trat, hörte sie im Nebengemach Mutter und Bruder zusammen sprechen. Weil sie noch zu erregt war, blieb sie im Speisezimmer am Fenster stehen. Daß sie so jedes Wort der Unterhaltung zwischen Mutter und Sohn hören mußte, kam ihr momentan gar nicht zum Bewußtsein. Aber dann schrak sie plötzlich auf aus ihren Gedanken, als sie die Mutter sagen hörte:

»Abgewiesen hat sie dich? Sie hätte ihrem Gott auf den Knien danken müssen, daß ein Mann sich herablassen will, sie zu seiner Frau zu machen. Oft genug habe ich es ihr doch klargemacht, daß sie mit ihrem besudelten Namen keine Hoffnungen haben darf, daß sich ein Mann um sie bewirbt.«

»Das hast du ihr gesagt, Mama?« fragte Norbert sichtlich erschrocken.

»Ja, natürlich habe ich ihr das gesagt. Soll ich Umstände machen mit einer Verbrecherin? Ich muß dir sagen, Norbert, du hast mich zu Tode erschreckt, als du mir eben sagtest, daß du dich um sie beworben hast. Ein Glück, daß sie dich abgewiesen hat. Das beweist immerhin Verständnis für ihre Lage. Wie konntest du nur?«

»Aber verstehe doch, Mama, nur auf diese Weise hätte ich das uns entgangene Erbe zurückerobern können, und wir hätten nicht zu fürchten brauchen, daß sie sich eines Tages anderweitig verheiratet.«

»Ja, ja – aber um diesen Preis – nein, mein Sohn, um diesen Preis nicht. Es ist schlimm genug, daß wir in Abhängigkeit von ihr leben müssen. Ich ertrage es auch nur in dem Bewußtsein, daß im Grunde wir hier die rechten Herren sind und sie die Geduldete. Und wenn es eine Gerechtigkeit im Himmel gibt, dann wird ihre Schuld doch noch einmal bewiesen.«

In diesem Augenblick trat Blandine auf die Schwelle des Zimmers.

»Ihr redet hier so laut und ungeniert. Statt meiner hätte auch Jutta das Speisezimmer betreten und eure Unterhaltung hören können. Sie wird gleich hier sein. Aber ich will diese Gelegenheit nicht vorübergehen lassen, ohne euch zu sagen, daß, wenn es eine Gerechtigkeit im Himmel gibt, nicht Juttas Schuld, sondern ihre Unschuld bewiesen wird.«

Frau von Tölz, eine hagere, hochmütig aussehende Dame in der Mitte der Fünfzig, sah ihre Tochter mit kalten Augen an. »Was erlaubst du dir für einen Ton, Blandine? Was fällt dir ein?«

»Nichts weiter, Mama, als daß ich auch vor euch endlich unumwunden ausspreche, daß ich fest von Juttas Unschuld überzeugt bin.«

Norbert sah seine Halbschwester mit einem seltsam stechenden Blick an. »So, so – du glaubst an ihre Unschuld? Du bist ein Schäfchen, Blandine. Wer anders als sie soll Onkel Malte umgebracht haben?«

Es lag ein lauernder Ausdruck in seinen Augen, die meist unstet hin und her irrten und auch jetzt Blandines Blick auswichen, der groß und ernst in dem seinen ruhte.

»Ich weiß es leider nicht – denn, wenn ich es wüßte – müßte ich mir sehr verächtlich vorkommen, wenn ich es Jutta nicht offenbaren würde. Vielleicht ist es gut für mich, wenn ich es nie erfahre.«

»Was willst du damit sagen?«

»Nichts, als daß wir eigentlich alles daransetzen müßten, um Juttas Unschuld zu beweisen.«

»Wie sollten wir das?«

»Auch das weiß ich nicht. Ich weiß nur, daß ich, wäre ich ein Mann wie du, alles aufbieten würde, um Juttas Schuldlosigkeit aufzuklären. Statt dessen bestärkst du alle Menschen in ihrem Mißtrauen gegen Jutta und stachelst sie immer wieder zu Feindseligkeiten auf. Ist das ritterlich gegen eine schutzlose Frau, die uns Wohltaten erweist?«

»Ritterlich – gegen eine Verbrecherin?« höhnte er mit funkelnden Augen.

»Ritterlich gegen eine Frau, die dir Existenz und Obdach gewährt und deiner Mutter und Schwester auch. Sie kam eben wieder ganz verstört und abgehetzt aus dem Walde, wo ihr die Kinder wieder den Schimpfnamen zugerufen haben, den du für sie geprägt hast. Und du wagtest es, um ihre Hand anzuhalten? Das ist schmutzig – schmutzig und gemein.«

In tiefster Erregung stieß die junge Dame diese Worte hervor.

Norbert trat hart an sie heran. »Zähme deine Zunge, du Natter! Was fällt dir ein? Was wagst du?« knirschte er. Aber er wich ihrem furchtlosen Blicke aus.

»Die Wahrheit – nichts als die Wahrheit!« rief sie außer sich.

»Blandine!« rief die Mutter, »was ist das für ein zügelloses Betragen? Was ficht dich mit einem Male an, daß du dich zu Juttas Verteidigerin aufwirfst und deinen Bruder zu beleidigen wagst.«

Mühsam drängte Blandine ihre Erregung zurück. »Ich hätte schon immer Jutta verteidigen sollen nach meiner Überzeugung; ich hätte nicht still sein dürfen, wenn ihr sie schmähtet. Jetzt soll es nicht mehr geschehen – ich bin Juttas Freundin und will mir ihre Freundschaft verdienen.«

»Du bist von Sinnen, Blandine – Freundschaft verschwendet man nicht an unwürdige Objekte.«

»Sei unbesorgt, sie verdient meine Freundschaft eher als ich die ihre. Aber das soll anders werden. Ich leide nicht mehr, daß ihr sie schmäht. Wenn ihr es tut, dürft ihr nicht mehr in ihrem Hause bleiben und ihre Wohltaten annehmen, das ist nicht vornehm.«

»Du bist wahnsinnig – einfach übergeschnappt!« stieß Norbert wütend hervor.

Blandine sah ihn groß und forschend an. »Ich möchte nur wissen, wie es in dir aussieht – was dein wahres Gesicht ist«, stieß sie hastig hervor.

Er verfärbte sich, zuckte aber, überlegen tuend, die Achseln.

»Ich sage es ja, du bist nicht bei Sinnen, bist einfach hysterisch. Laß mich mit solchen Torheiten zufrieden.«

»Wir haben doch ein Recht, hier zu sein, Blandine, das vergiß nicht«, fiel die Mutter ein. »Jutta hat uns aus unserm Erbe getrieben, ich habe durchaus nicht das Gefühl, daß sie uns Wohltaten erweist. Sie weiß es auch recht gut, daß sie uns benachteiligt hat, und wenn noch ein Funken von Ehrgefühl in ihr ist, dann muß sie sich dauernd bemühen, an uns gutzumachen und es uns an nichts fehlen zulassen.«

»Mein Gott, das geschieht doch wahrlich in vollstem Maße!« rief Blandine.

»Nun ja, weil ich es ihr nahegelegt habe. Und du hast

jedenfalls kein Recht, deinen Bruder zu beleidigen, weil er, auch für dich und mich, das Opfer bringen wollte, Jutta zu heiraten, trotz seiner Abneigung. Er wollte es unmöglich machen, daß eines Tages irgendein Abenteurer kommt, der Jutta trotz ihres schlechten Rufes heiratet. Denn wenn das geschieht, sind unsere Tage hier gezählt. Das darf nicht geschehen; Jutta darf niemals wieder heiraten, und wir müssen zusammenstehen und das auf jeden Fall zu verhindern suchen«, sagte Frau von Tölz.

Blandine sah ihre Mutter fest und ruhig an. »Ich würde mich keinesfalls dazu hergeben, Jutta an einer Heirat zu hindern, falls sie eines Tages eine solche eingehen wollte. Aber ihr könnt ruhig sein, sie denkt nicht daran, sich wiederzuverheiraten, solange nicht ihre volle Schuldlosigkeit erwiesen ist. Das hat sie mir soeben selbst gesagt.«

Norbert richtete sich plötzlich auf, als sei eine Last von ihm abgefallen. Seine Augen blickten unruhig forschend in Blandines Gesicht.

»Ist das wahr? Hat sie das ganz bestimmt erklärt?«

»Gewiß, sonst würde ich es nicht sagen.«

»Nun, um so besser, wenn sie zu der Einsicht gekommen ist, daß sie nicht wieder heiraten darf«, sagte Frau von Tölz.

»Still – sie kommt!« rief Norbert leise. Das Gespräch verstummte. Norbert trat an das Fenster und sah hinaus. Blandine blickte ihm forschend nach und zog die Stirn wie im Schmerz zusammen. Und ihre Mutter ließ sich in einen Sessel gleiten und spielte wie gelangweilt mit ihrem Lorgnon.

Jutta trat ein. »Habe ich auf mich warten lassen, so bitte ich um Verzeihung. Wir können sogleich zu Tisch gehen«, sagte sie.

Frau von Tölz erhob sich, ging an ihr vorüber in das anstoßende Speisezimmer und klingelte nach der Küche, daß aufgetragen wurde. Blandine legte die Hand auf Juttas Arm und führte sie hinüber. Norbert aber sah mit einem seltsam brennenden, flackernden Blick hinter Jutta her. Sie trug wieder ein schwarzes Kleid von weicher, fließender Seide, das die Unterarme und einen Streifen des Nackens frei ließ. Weich und schwer lag der goldbraune Flechtenknoten auf dem weißen, edelgeformten Nacken. Sie sah wunderschön aus – und in Norberts Augen flammte es auf wie verhaltene Leidenschaft. Aber es war kein reines Feuer, was in seinen Augen brannte.

Er war ein großer, schlanker Mensch, im Beginn der Dreißig. Sein Gesicht war nicht unschön, aber trotzdem unsympathisch und trotz seiner Jugend schon ziemlich verwüstet und wie von unreinen Leidenschaften zerstört. Langsam folgte er den Damen in das Speisezimmer. Es war, wie alle Räume des Hauses, vornehm und gediegen ausgestattet. Die runde Tafel war sorgsam gedeckt mit feinstem Damast. Reiches Silbergerät, blitzendes Kristall und feines Porzellan verrieten den Reichtum dieses Hauses. Auch auf den schweren, mächtigen Kredenzen, die reich geschnitzt waren, standen kostbare Geräte.

Ein Diener servierte die Speisen, die von den vier Menschen ziemlich schweigend eingenommen wurden. Erst als sich der Diener, nachdem er das Dessert aufgetragen, entfernt hatte, berichtete Norbert, daß Obergriesbach einen neuen Herrn bekommen habe.

»Er soll schon seit zwei Wochen in Obergriesbach residieren. Ich hörte es vom Gemeindevorsteher«, sagte er.

»Was ist er denn für ein Mensch?« fragte seine Mutter.

Norbert zuckte die Achseln. »Er soll Offizier gewesen sein; hat den Krieg mitgemacht und ist nach dem Kriege mit einem holländischen Freunde nach Borneo gegangen, wo er mit diesem ein geschäftliches Unternehmen gründete, das anscheinend guten Gewinn abgeworfen hat, da er Obergriesbach gekauft und bar bezahlt hat.«

»So ist er wohl noch ziemlich jung?« fragte Frau von Tölz mit einiger Unruhe.

»Mitte Dreißig.«

»Verheiratet?«

»Ich glaube nicht.«

Jutta hatte die Augen nicht von ihrem Teller gehoben, aber ihr Herz klopfte seltsam unruhig. War es der neue Besitzer von Obergriesbach gewesen, der ihr heute im Walde begegnet war? Es konnte sehr wohl sein. Sie hätte gern nach seinem Namen gefragt, aber sie hielt diese Frage zurück.

Als die Mahlzeit beendet war, sprang Blandine auf und trat hinaus auf die im Sonnenschein liegende Terrasse. Die Aprilsonne meinte es gut und lockte ins Freie.

Frau von Tölz zog sich zu einem verschwiegenen, nie eingestandenen Mittagsschläfchen zurück.

Jutta wollte Blandine folgen. Da vertrat ihr Norbert den Weg.

»Sie zürnen mir, Jutta«, stieß er sichtlich erregt hervor und sah sie mit brennenden Blicken an.

Ruhig blickte sie zu ihm auf. »Warum soll ich Ihnen zürnen?«

»Weil ich Sie um Ihre Hand gebeten habe.«

Ein leichtes Rot huschte über ihr Gesicht. Sie sah ungemein jung und reizend aus. »Es ist das Vorrecht der Männer, solche Wünsche aussprechen zu dürfen. Aber nun wollen wir dies Thema nie mehr berühren. Es ist mir peinlich, und wir müssen es zu vergessen suchen, wenn wir weiterhin unter einem Dache leben wollen.«

Er atmete gepreßt. »Sie lassen mir keine Hoffnung, Jutta?«

»Nein.«

Hart und schneidend kam dies Nein über ihre Lippen. Sein Gesicht verfärbte sich. »Sie sind grausam«, stieß er heiser hervor.

»Bitte – kein Wort mehr darüber«, sagte sie kalt und abweisend.

Er verneigte sich, die Hacken zusammenschlagend, in korrekter Weise. »Ihr Wunsch ist mir Befehl.«

Sie neigte leicht das Haupt und folgte Blandine auf die Terrasse, die auch hier an der hinteren Fassade des Schlosses lag. Eine breite Treppe führte von hier aus in den Park hinunter.

Norbert sah ihr mit lodernden Blicken nach, aus denen ein unreines Begehren brannte. Sie wird schöner mit jedem Tag, und man könnte um ein Weib wie sie schon den Verstand verlieren, dachte er. Dann wandte er sich schnell ab und verließ das Haus, um sich nach den Ställen zu begeben, die abseits hinter dem Park bei den Wirtschaftsgebäuden lagen. Hier machte er seiner schlechten Laune Luft, indem er die Domestiken ausschalt und hin und her jagte.

Blandine und Jutta promenierten Arm in Arm eine Weile im Park. Sie plauderten heute freier und ungezwungener als sonst und auch viel herzlicher. Jutta fühlte, daß Blandine ihr wirklich zugetan war und ihr ein warmes Empfinden entgegenbrachte. Aber sie merkte auch, daß sie von irgend etwas bedrückt war.

Lastete es so schwer auf ihr, daß sie den Bruder so niedrig einschätzen mußte? Oder bedrückte sie das einsame, zurückgezogene Leben, das sie führen mußte?

»Es ist nicht gut für dich, Blandine, daß du dein junges Leben in diesen Mauern vertrauern mußt, auf denen der Fluch eines ungesühnten Mordes lastet«, sagte sie ernst.

Blandine atmete tief auf. »Mußt du das deine nicht auch vertrauern? Du zählst doch kaum drei Jahre mehr als ich, und viel Schweres lastet auf dir.«

»Eben, weil Schweres auf mir lastet, bin ich hier in der Stille am besten aufgehoben. Aber du? Wenn ich nur wüßte, wie ich dir ein wenig Sonnenschein und Freude schaffen könnte.«

Blandines Augen wurden feucht. »Wie gut, wie großherzig du bist, Jutta! Aber sorge dich nicht um mich. Wenn du mir eine Freude machen willst, laß uns in Zukunft unsere einsamen Stunden teilen. Ich bin ebensoviel allein wie du. Mit meiner Mutter verstehe ich mich nicht gut. Was sie an Liebe zu geben vermag, gehört Norbert. Wir haben uns immer ziemlich fern gestanden. Deshalb habe ich mir schon oft gewünscht, daß ich dir näherkommen möchte.«

Mit warmem, festem Druck faßte Jutta ihre Hand. »Warum hast du mich das nicht wissen lassen? Ich bin dir gut, Blandine. Und wenn du an meine Schuldlosigkeit glaubst, können wir einander sehr viel sein.«

»Das wollen wir, Jutta.«

Und sie plauderten offenherziger und freier miteinander als bisher.

Da die Aprilsonne außergewöhnlich warm herabschien, setzten sie sich im Park an einer sonnigen Stelle auf eine Bank. Hier hatten sie eine herrliche Aussicht auf ein wundervolles Bergpanorama. Eine Weile betrachteten sie es in schweigender Andacht. Dann sagte Blandine, Juttas Hand fassend:

»Sieh es nicht als eine Aufdringlichkeit oder als müßige Neugier an, wenn ich dich bitte, mir doch einmal offen zu erzählen, wie es kam, daß du Onkel Maltes Frau wurdest. Wir haben nie darüber gesprochen, und mir ist, als müsse mir ein Rätsel gelöst werden in dieser Angelegenheit.«

Ein leises Lächeln flog über Juttas feine Züge. »Du meinst, es müsse ein Rätsel sein, daß ein so junges Mädchen wie ich die Frau eines so viel älteren Mannes wurde?«

»Ja, Jutta – es paßt nicht zu deiner Wesensart, Liebe kannst du nicht für Onkel Malte empfunden haben.«

»Nein, Blandine, nur kindliche Verehrung und Hochachtung. Und er liebte mich auch nicht, wie ein Mann seine Frau lieben soll, er brachte mir nur väterliche Liebe entgegen. Das wirst du alles verstehen, wenn ich dir alles erzählt habe. Also – Onkel Malte hatte in seinem Leben nur eine große Liebe, der er bis an sein Ende treu geblieben ist – meine Mutter. Um ihretwillen blieb er unverheiratet so lange Zeit. Onkel Malte und meine Mutter waren, gegen den Wunsch ihrer Familien, heimlich verlobt. Eine heimtückische Intrige brachte sie auseinander. Onkel Malte reiste damals ins Ausland, weil man ihm berichtet hatte, meine Mutter sei ihm treulos gewesen. Er schrieb ihr kurz und bündig, er gäbe sie frei. Meine Mutter glaubte wiederum, er habe sie treulos verlassen, und in stolzem Trotz nahm sie den ersten besten Bewerber an. Aber am Tage vor ihrer Verlobung schrieb sie noch einmal an Malte von Tübingen und machte keinen Hehl daraus, daß nur seine Treulosigkeit sie in eine Ehe ohne Liebe hineingetrieben hatte und daß es schlecht von ihm gehandelt sei, sich nach allem, was er ihr von seiner großen Liebe erzählt habe, so von ihr loszusagen.

Malte von Tübingen, der eine Weltreise machte, erhielt diesen Brief erst, als es zu spät war. Zwar brach er sofort seine Reise ab und kam zurück – aber er kam gerade an dem Tage heim, da meine Mutter Hochzeit hielt. Sie hatte das bindende Ja schon gesprochen, als man ihr ein Billett von Malte von Tübingen brachte, in dem er sie beschwor, von dieser Verbindung zurückzutreten, es sei ein Verrat an ihnen geübt worden.

Meine Mutter war außer sich – ein letztes Zusammentreffen zwischen ihr und Malte klärte alles auf – eine Cousine meiner Mutter, die sich selbst Hoffnungen auf Malte gemacht hatte, war die Intrigantin, die das Glück dieser beiden Menschen zerstört hatte.

Sie schieden für immer voneinander. Meine Mutter führte eine sehr unglückliche Ehe, denn mein Vater war ein leichtsinniger, oberflächlicher Mensch, der geglaubt hatte, mit meiner Mutter eine glänzende Partie zu machen. Daß sie ihm weniger Mitgift brachte, als er erhofft, ließ er sie fühlen. Und er verschwendete bald, was sie ihm zugebracht hatte. Meine arme Mutter hat viel Not und Sorge kennengelernt, und als mein Vater starb – ich zählte damals erst zwölf Jahre –, stand meine Mutter dem Nichts gegenüber.

Aber sie war eine tapfere Frau und nahm den Lebenskampf auf, indem sie ihr großes zeichnerisches Talent ausnützte und Illustrationen für Zeitungen lieferte. So war sie imstande, mir eine gute Erziehung geben zu können. Als ich gerade so weit war, daß ich hätte für mich selbst sorgen können – ich hatte eine gutbezahlte Stellung als Sekretärin bei einem berühmten Schriftsteller bekommen –, wurde das

Herzleiden meiner Mutter so schlimm, daß sie nicht mehr arbeiten und verdienen konnte. Darüber war sie so unglücklich, daß sich ihr Leiden noch verschlimmerte. Ich mußte nun für uns beide einstehen, und es ging auch ganz gut, nur war ich nicht in der Lage, meiner Mutter eine Kur in Nauheim zu ermöglichen, die der Arzt für notwendig hielt. Darüber war ich sehr traurig.

Sorgenvoll saß ich eines Tages im Arbeitszimmer meines Chefs, der mir gerade eine Szene aus einem seiner Schauspiele diktierte, als ein Besuch gemeldet wurde.

›Empfangen Sie den Herrn, ich muß mir schnell noch einige Notizen machen, ich möchte den mir sehr lieben Besuch aber nicht abweisen lassen. Unterhalten Sie meinen Besucher, bis ich hinüberkomme‹, sagte der Schriftsteller zu mir.

Ich ging in das Empfangszimmer und stand vor Malte von Tübingen. Du mußt wissen, Blandine, daß ich meiner Mutter so ähnlich war, daß es allen Menschen auffiel. Malte erkannte mich an dieser Ähnlichkeit, oder vielmehr glaubte er einen Moment, meine Mutter stehe so vor ihm, wie er sie vor langen Jahren zuletzt gesehen hatte.

›Rose! Rose von Letzow!‹ rief er überrascht.

Ich sagte ihm, das sei der Name meiner Mutter aus ihrer Mädchenzeit. Er entschuldigte sich ganz benommen. Wir kamen in ein Gespräch, und ich mußte erzählen, wie es meiner Mutter ergangen sei.

Ich sagte ihm alles, denn du weißt, er hatte etwas so Ritterliches, Vertrauenerweckendes in seinem Wesen, und ganz von selbst kamen mir meine Sorgen um Mutters Zustand über die Lippen, ich vertraute ihm an, daß Mutter nach Nauheim müsse und ich zu arm sei, ihr die Kur zu ermöglichen.

›Ihre Mutter muß nach Nauheim‹, sagte er bestimmt. Und

dann fragte er nach unserer Adresse. Wir wohnten in einer Vorstadt von Berlin. Ich gab ihm die Adresse, und dann kam mein Arbeitgeber, der mich entließ. Als ich wieder mit ihm allein war, machte er mir Vorwürfe, daß ich ihm meine Sorge nicht anvertraut habe. Er habe eben erst von Herrn von Tübingen gehört, daß meine Mutter krank sei und nach Nauheim müsse. Und er drängte mir direkt einen Vorschuß auf, den er mir in ganz kleinen Raten abziehen wolle. Ich solle sofort mit meiner Mutter nach Nauheim reisen. Urlaub sei mir ohnedies auch nötig.

Wie dankbar nahm ich das an. Ich will dir aber hier gleich berichten, Blandine, daß Onkel Malte meinem Chef das Geld für die Reise gegeben hatte. Ich sollte nur nicht beschämt werden und meine Mutter auch nicht. Das wußte ich aber damals noch nicht; ich erfuhr es erst viel später.

Froh eilte ich nach Hause. Es war ein Sonnabend. Und ich teilte meiner Mutter meine Erlebnisse mit. Sie bekam große, glänzende Augen und erzählte mir, was Malte von Tübingen einst für sie gewesen sei.

Am nächsten Vormittag suchte uns Malte auf. Nie, meine liebe Blandine, vergesse ich dies Wiedersehen der beiden Menschen, die sich noch immer im Herzen trugen und sich so lange nicht gesehen hatten. Laß mich davon schweigen, es wäre ein Sakrileg, wollte ich davon sprechen.

Dies Wiedersehen hatte den Zustand meiner Mutter verschlimmert. Wir mußten sofort aufbrechen nach Nauheim, und zu unserer Überraschung hörten wir, daß auch Malte auf dem Wege nach Nauheim sei, da auch er an einem langjährigen Herzleiden krankte. Er hatte sich schon Zimmer bestellt und war nur nach Berlin gekommen, um Geschäftliches zu erledigen und einige alte Freunde wiederzusehen.

So reisten wir in seiner Begleitung nach Nauheim. Aber, war das Leiden meiner Mutter schon zu schlimm geworden, oder hatte sie das Wiedersehen mit dem einstigen Geliebten und Nievergessenen zu sehr aufgeregt, vier Tage nach unserer Ankunft in Nauheim raffte sie ein Herzschlag dahin. Ich war ganz verstört, und Malte, der auch tief ergriffen war, nahm mir alles Schwere ab und tröstete mich, wie ein guter Vater. Wir kamen uns innerlich sehr nahe in diesen Tagen, und er wollte mich nicht von sich lassen.

Eines Tages sagte er mir, daß er in mir ein teures Vermächtnis sähe und daß er, um Vaterrechte über mich zu bekommen, jetzt noch meine Mutter geheiratet hätte, wenn sie am Leben geblieben wäre. Er habe meiner Mutter versprochen, für mich zu sorgen und mich zu seiner Erbin zu machen. Niemand stehe seinem Herzen nahe. Und um alles ohne Schwierigkeiten regeln zu können, möge ich dem Namen nach und vor den Gesetzen seine Frau werden. Er brauche mir nicht erst zu sagen, daß es sich nur um eine Scheinehe handle, denn seine Liebe gehöre noch über das Grab hinaus meiner Mutter. Er habe nur noch wenige Jahre zu leben, diese Zeit möge ich ihm schenken, als ein geliebtes Töchterchen. Nur wie Vater und Tochter wollten wir zusammen leben. Aber als seine Frau könne ich immer um ihn sein und ihm seine letzten Lebenstage verschönen. Daß mein Herz völlig frei sei, wisse er von meiner Mutter, und wenn ich es eines Tages an einen Mann verlieren werde, dann sei er wohl schon nicht mehr am Leben. Ich solle mich in Ruhe bedenken und meine Hand dann vertrauensvoll in die seine legen; es sei nur eine treue, sorgende Vaterhand.«

»Sieh, Blandine, ich war ein armes Mädchen, hatte gar keine Aussichten, mich je zu verheiraten, und was mir Malte bot, war so großmütig und so verlockend, ich überlegte nicht lange und flüchtete mich mit all meinem Leid und meinen Sorgen in seine treuen Vaterarme. Vertrauensvoll ging ich mit ihm hierher und wurde dem Namen nach seine Frau. Malte war so einzig gut zu mir, wie nur ein guter Vater zu seinem Kinde sein kann. Ich gewann ihn herzlich lieb, und du kannst mir glauben, daß mich sein jäher Tod namenlos betrübte. Nach meiner Mutter Tod war er der einzige Mensch, der noch zu mir gehörte, und nie, niemals werde ich vergessen, daß er mein Wohltäter war. So, Blandine, nun weißt du, wie es kam, daß ich seine Frau wurde.«

Mit warmem, festem Druck faßte Blandine Juttas Hand.

»Ich danke dir, daß du mich deines Vertrauens wert hieltest, Jutta. Nun ist mir auch der letzte Schatten von deinem Bilde geschwunden. Ich hätte auch nicht verstehen können, daß du wirklich Onkel Maltes Frau hättest werden können. So liebenswert er auch als Mensch war – er war doch ein Greis und du so jung. Aber nun erzähle mir auch noch einmal ausführlich, was geschah, als du mit Onkel Malte hierher nach Untergriesbach kamst. Ich habe ja immer nur Bruchstücke gehört und möchte mir doch gern ein klares Bild von allem machen.«

Jutta nickte.

»Auch das will ich dir ausführlich erzählen. Also, wir kamen am Bahnhof an und wurden vom Auto abgeholt. Der Form halber sollte ich die erste Nacht im Gasthof zubringen, da unsere Trauung erst am nächsten Tag stattfinden sollte. Aber plötzlich überlegte es sich Malte anders. Er sagte mir, nachdem er mit dem Gemeindevorsteher und dem Pfarrer gesprochen hatte, unsere Trauung könne sofort stattfinden.

Es sei ihm lieber, ich brauche dann nicht erst im Gasthof zu logieren.«

Ich bat ihn, daß er sich erst Ruhe gönnen möge, denn er war durch den Tod meiner Mutter und durch die Reise sehr angegriffen. Aber es war, als habe er keine Ruhe, bevor ich seine Frau war, und so willigte ich ein. Er ließ auch gleich nach der Hochzeit sein Testament vom Gemeindevorsteher beglaubigen, und bei dieser Gelegenheit zeigte er mir auch das alte, jetzt ungültige Testament, von dem ich dir erzählte.

Der Leute wegen ließen wir es nicht mit einer standesamtlichen Trauung bewenden, der Herr Pfarrer sollte auch zu seinem Rechte kommen. Der Arzt und der Lehrer waren die Trauzeugen. Es ging ganz unfeierlich zu. Ich wurde im Reisekleid getraut, denn es war ja nur eine Formsache, und mir lag daran, daß Malte bald zur Ruhe kam. Wir speisten dann mit den vier Herren, die bei der Trauung fungiert hatten, und dann bat ich Malte, er möge sich zur Ruhe begeben, damit er nicht Schaden leide an seiner Gesundheit. Er wollte aber noch mit mir plaudern, und so sagte ich ihm, ich würde mich noch ein Stündchen an sein Bett setzen und ihm etwas Beruhigendes vorlesen.

›Gut, mein Töchterchen, damit bin ich einverstanden‹, sagte er.

Und er ließ sich durch seinen Diener zu Bett bringen. Dann rief mich dieser zu ihm.

Ich setzte mich zu ihm, und da sagte er lächelnd zu mir:

›Es ist ein schöner Lebensabend für mich, Töchterchen. Ich kann mir nun einbilden, daß deine liebe Mutter bis an ihr Lebensende mit mir gegangen ist und mir ein liebes Kind hinterlassen hat. Du verkörperst mir meine entschwundene

Jugend und machst mir zugleich mein Alter warm und sonnig. Wie schön, daß ich dich nun immer bei mir haben werde, solange mir Gott das Leben noch läßt.‹

Und dann bat er mich, ich möge ihm noch, wie er es gewohnt sei, ein Glas Wein an sein Bett stellen. Das pflege er des Nachts auszutrinken, wenn er aufwachte. Wasser sei ihm zu fade. Er sagte mir, wo ich Glas und Weinflasche finden würde. Beides befand sich in einem Wandschrank in seinem Schlafzimmer.

Ich füllte das Glas mit dem Portwein und stellte es auf den Nachtschrank. Dann ließ ich mich wieder in den Lehnstuhl nieder und las ihm vor. Wenn ich von dem Buche aufsah, nickte er mir lächelnd zu.

›Schnurrbehaglich ist das, Töchterchen‹, sagte er. Und dann, als ich wieder einmal aufsah, merkte ich, daß er eingeschlafen war.

Ich ließ das Buch in meinen Schoß gleiten und wollte noch eine Weile warten, bis er auch wirklich fest schliefe. Dabei bin ich aber selbst eingeschlafen, ganz fest, denn ich hatte auch unruhige Tage hinter mir und war sehr müde.

Wie lange ich so schlief, weiß ich nicht. Plötzlich wachte ich auf – ich weiß nicht, wodurch. Nur entsinne ich mich ganz deutlich, daß ich ein seltsames, leises Geräusch hörte, etwa, als wenn eine Erbse am Fußboden dahinrollte. Ich dachte aber nicht lange darüber nach und sah nur nach Malte. Er schlief ganz ruhig. Aber ich schauerte vor Frost zusammen, denn das Fenster nach der Terrasse stand offen. Du weißt, Onkel Maltes Zimmer lag nach der Terrasse hinaus. Ich meinte, ihm müsse auch zu kalt werden, denn ich wußte nicht, daß er stets bei offenem Fenster zu schlafen pflegte, das hörte ich erst später von dem Diener. So leise, wie es mir möglich war, schlich ich zum Fenster und schloß es. Und dabei überlief mich plötzlich etwas wie Furcht – es war wohl nur Nervosität. Als ich dann leise wieder an das Bett trat, wachte Malte auf, und da es Mitternacht schlug, schalt er, daß ich noch nicht zu Bett gegangen sei.

›Gib mir meinen Schlaftrunk noch, Jutta, und dann geh zur Ruhe‹, sagte er.

Ich faßte nach dem Glas, ahnungslos, was es enthielt, und setzte es an seinen Mund. Er trank es leer – nichts warnte mich – ich zog das Glas nicht zurück, bis es leer war, und stellte es lächelnd wieder an seinen Platz.

›Gute Nacht, mein liebes Kind, Gott segne dich. Träume etwas Schönes.‹

Das waren seine letzten Worte.

Ich drehte das Licht ab und verließ das Zimmer. Sofort suchte ich mein Zimmer auf und ging zu Bett. Ich schlief fest und traumlos, bis mich die Dienerschaft mit der Schreckensbotschaft weckte, daß der gnädige Herr tot in seinem Bette liege. Das andere weißt du ja, Blandine.« Seufzend lehnte sich Jutta zurück.

Blandine hatte aufmerksam zugehört. In groben Umrissen kannte sie ja diese Geschichte aus der Gerichtsverhandlung. Nur von dem absolut väterlichen Verhältnis Onkel Maltes zu seiner Frau hatte sie nichts gewußt. Davon hatte Jutta vor Gericht nichts gesagt. Es war ihr bedeutungslos erschienen, und sie hatte nicht von Malte von Tübingens Liebe zu ihrer toten Mutter sprechen wollen vor all den fremden Menschen. Blandine grübelte nun, wie schon oft, darüber nach, wie das Gift in das Glas Wein gekommen sein konnte. Und sie fragte Jutta, ob sie gar keine Vermutung darüber habe.

Jutta schüttelte seufzend den Kopf.

»Nein, Blandine, es ist mir ebenso rätselhaft wie dir. Ich habe mir während der furchtbaren Tage, da ich in Untersuchungshaft saß, vergeblich den Kopf zergrübelt. Zuweilen wollte mir eine Vermutung kommen, daß es möglich sein könne, daß Malte selber das Gift in den Wein gegeben haben könne, während ich schlief. Denn solange ich wach war, konnte es unmöglich hineingelangt sein. Ich füllte ja das Glas selbst aus der Weinflasche, und in dieser war keine Spur des Giftes enthalten. Es hat sich auch sonst nirgends eine Spur von dem Gift gefunden – nur in dem Glas selbst. Kurzum – ich stehe vor einem Rätsel und habe es längst aufgegeben, dessen Lösung zu finden. Es führt ja doch zu nichts. Ich bin anscheinend verdammt, diesen ominösen Freispruch aus Mangel an Beweisen bis an mein Lebensende mit mir herumzuschleppen.«

Blandine streichelte tröstend ihre Hand. »Ich gestehe, daß auch ich mich immer wieder nach des Rätsels Lösung gefragt habe, denn ich habe dir jedes Wort geglaubt. Es ist wirklich am besten, man denkt nicht mehr darüber nach – es quält einen so.«

Und bei diesen Worten zog Blandine die Stirn wie im Schmerz zusammen und sah starr vor sich hin.

Jutta fröstelte zusammen und erhob sich. »Laß uns hineingehen, es ist doch kühl im Freien. Der Boden ist noch feucht.«

Auch Blandine erhob sich.

»Es liegt Neuschnee auf den Bergen, wir bekommen wohl noch sehr kühle Tage. Aber sieh nur, wie sich die weißen Bergkuppen von dem tiefblauen Himmel abheben. Schön ist das alles, was vor unsern Augen liegt.«

»Ja, Blandine – man könnte froh und glücklich sein. Weißt du, ich habe früher so gern gelacht – jetzt kann ich das nie mehr.«

Blandine umfaßte sie wie in jähem Mitleid.

Frank Rüdiger hatte einen vergeblichen Kampf mit sich selber ausgefochten. Er wollte sich in Gedanken nicht weiter mit Frau von Tübingen beschäftigen, und kam doch nicht davon los. Freilich nahm ihn seine Arbeit so stark in Anspruch, daß er nicht viel Zeit hatte, sonst wäre er wohl immer wieder nach Schloß Untergriesbach geritten und hätte den Park umstreift, wie es seine Gedanken taten, sobald er unbeschäftigt war.

Bei seinen einsamen Mahlzeiten, die ihm Frau Remblin vorzüglich zubereitete, nachdem sie wieder gesund und munter war, dachte er aber sehr intensiv an die bleiche Frau mit dem goldbraunen Haarknoten und dem traurigen Gesicht. Und je mehr er an sie dachte, desto unglaublicher erschien es ihm, daß sie eine Verbrecherin sein sollte.

Am Sonntagnachmittag endlich hielt er es nicht mehr aus – er ließ sich sein Pferd satteln und ritt hinunter nach Untergriesbach. Zum ersten Male fühlte er sich in seinem neuen Wirkungskreis sehr einsam. Es gab wirklich keinen nennenswerten Verkehr in der nächsten Umgegend für ihn, und er sagte sich, es sei doch eigentlich töricht, daß er nicht einfach einen nachbarlichen Besuch im Schloß mache. Er konnte sich doch die Herrschaften einmal ansehen. Auf das Geschwätz des Wirtes vom Roten Löwen war nicht viel zu geben. Vielleicht war dieser Herr von Hall ein ganz annehmbarer Verkehr, und seine Mutter und Schwester konnten doch ganz liebenswürdige Damen sein.

Daß es ihm hauptsächlich darum zu tun war, Frau von Tübingen wiederzusehen, gestand er sich selbst nicht ein. Also, jedenfalls wollte er heute einmal durch den Untergriesbacher Forst reiten. Vielleicht begegnete er Frau von Tübingen wieder. Und bestimmt wollte er dann in den nächsten Tagen einen Besuch im Schloß machen. Schon die Höflichkeit gebot das.

Dieser Entschluß machte ihn sehr zufrieden. Und nun war er langsam an dem hinteren Teil des Parkes vorübergeritten. Er konnte vom Pferde aus einen Teil des Parkes übersehen, aber nirgends erblickte er ein lebendes Wesen.

Etwas unmutig über sich selbst, lenkte er schließlich sein Pferd tiefer in den Wald hinein, und so kam er an eine Waldwiese, die von mächtigen Baumriesen umgrenzt war. Und da zuckte er leicht zusammen. An einen der Bäume gelehnt, stand Frau von Tübingen und schaute mit großen, verträumten Augen nach den schneebedeckten Berghäuptern, die jenseits des Waldes emporragten.

Mit einem eleganten Satz sprang er vom Pferde und schritt, den Gaul am Zügel führend, näher heran. Er wollte sich die Gelegenheit, die Bekanntschaft der jungen Frau zu machen, nicht noch einmal entgehen lassen.

Als er schon dicht bei ihr war, sah sie sich plötzlich erschrocken um und schien Lust zu haben, wieder vor ihm zu fliehen. Aber er zog den Hut, ihr den Weg vertretend, und sagte mit einer Verbeugung:

»Verzeihung, gnädige Frau, wenn ich noch einmal Ihren Weg kreuze. Ich gestatte mir, mich Ihnen als Ihren nächsten Gutsnachbarn vorzustellen. Mein Name ist Frank Rüdiger. Seit reichlich zwei Wochen bin ich Besitzer von Obergriesbach, und ich möchte mich bei diesem zufälligen Zusammentreffen erkundigen, ob ich Ihnen demnächst einen nachbarlichen Besuch machen darf.«

Jutta hatte sich mühsam gefaßt. Gerade hatte sie sich in Gedanken mit dem Manne befaßt, der nun so plötzlich vor ihr stand. Sie wurde abwechselnd rot und blaß unter seinen Blicken und strich hilflos die Handflächen gegeneinander.

»Wir sehen uns nicht das erstemal. Sie kennen mich also?«

Er verneigte sich. »So ist es, gnädige Frau, der Wirt des Gasthofes zum Roten Löwen hat mir Ihren Namen genannt.«

Ein wehes, bittres Lächeln umspielte ihren Mund. »Sie haben ihn gefragt, wer die Gifthexe sei, vor der die Kinder entsetzt davonlaufen?« sagte sie herb.

Er sah sie groß und ernst an. »Daß dieser Name nicht für Sie paßt, habe ich sofort erkannt.«

Jutta strich sich das Haar aus der Stirn, über das die Sonne metallische Goldfunken streute. »Der Wirt hat Sie jedenfalls belehrt, daß ich diesen häßlichen Namen verdiene. Und ich begreife nicht, wie Sie danach den Mut fanden, nachbarliche Beziehungen zu mir anknüpfen zu wollen. Oder sollte man doch versäumt haben, Ihnen zu berichten, wie ich zu diesem Schimpfnamen gekommen bin?«

»Nein, gnädige Frau, man hat es nicht versäumt. Ich weiß sogar, daß Herr von Hall diesen häßlichen Namen für Sie erfunden hat.«

Sie zuckte zusammen und richtete sich jäh auf. »Norbert von Hall?«

»So ist es, gnädige Frau.«

Ihre Augen flammten in edlem Stolze auf.

»Er also – er? Ich hätte es mir denken können.«

Seine Augen konnten nicht von ihr lassen. »Verzeihung – vielleicht war ich indiskret – ich glaubte, Sie wüßten das.«

Ihre Stirn zog sich zusammen. »O nein – ich wußte es nicht, aber ich bin Ihnen sehr dankbar, daß Sie mir den Urheber dieses Namens nannten. Es ist mir immerhin interessant. Aber ich muß Sie noch einmal fragen, wie es möglich ist, daß Sie nachbarliche Beziehungen zu einer Frau aufnehmen wollen, die man ungestraft mit solchen Schimpfnamen nennen darf.«

Er blickte groß und forschend in ihre stolzen, reinen Augen. »Es wird mir eine Ehre sein, wenn Sie mich solcher Beziehungen würdigen – denn niemand scheint mir diesen Namen weniger zu verdienen als Sie. Das muß ein schlechter Menschenkenner sein, der Sie eines fluchwürdigen Verbrechens fähig hält.«

Sie zuckte zusammen und sah ihn an mit einem Blick, der ihn bis ins Herz traf. Dabei wurde sie vor Erregung blaß bis in die Lippen.

»Sie glauben nicht daran – daß ich eine Mörderin bin?« fragte sie mit verhaltener Stimme.

Groß und ruhig ruhte sein Blick in dem ihren. »So wenig, wie ich mich selbst für einen Verbrecher halte«, sagte er fest und bestimmt, denn ihre ganze Art hatte ihn überzeugt, daß sie unschuldig sei.

Ein Zittern flog über sie dahin. Sie schloß einen Moment die Augen und lehnte sich an den Baumstamm zurück, als fasse sie ein Schwindel.

Besorgt sah er sie an. »Gnädige Frau, fühlen Sie sich nicht wohl?«

Schnell richtete sie sich auf. »Nein, nein – es überwältigte mich nur, daß ich einem Menschen begegne, der an meine

Schuldlosigkeit glaubt. Alle Menschen in meiner Umgebung glauben an meine Schuld – mit Ausnahme einer jungen Dame, die mir verwandt ist, und von der ich erst seit wenigen Tagen weiß, daß sie an mich glaubt. Deshalb werden Sie begreifen, wie es auf mich wirkt, daß Sie mich für schuldlos halten. Und Sie kennen mich doch gar nicht. Was veranlaßt Sie, mich für schuldlos zu halten?«

Er sah sie fest an. »Ihre Augen – sie sind traurig, aber stolz und klar. Und Ihre reinen, edlen Züge, Ihr ganzes Wesen. So sind Mörderinnen nicht beschaffen. Wenn Sie mir selbst sagen würden, daß Sie getan haben, was man Ihnen zur Last legte – ich würde es nicht glauben.«

Sie bebte am ganzen Körper, und ihr Gesicht zuckte in tiefster Erregung. Daß ein Mensch so zu ihr sprach, dieser Mann, dem der Adel der Gesinnung auf den stolzen Zügen lag, das erschütterte sie.

»Sie wissen wohl kaum, was das für mich ist – daß ein Mensch so zu mir spricht. Jahrelang sah ich nur in zweifelnde, mißtrauische, verachtende Augen. Ich bitte Sie – lassen Sie mich allein – ich möchte nicht noch einmal vor Ihren Augen meine Fassung verlieren«, sagte sie mit tonloser Stimme.

Er verneigte sich. »Sagen Sie mir nur, ob ich Ihnen meinen Besuch machen darf.«

Sie rang mit sich. Endlich sagte sie leise: »Wenn Sie kommen wollen – ich werde mich freuen. Aber, bitte – sagen Sie keinem Menschen, daß wir uns schon gesprochen haben. Und – lassen Sie meine Verwandten nicht merken, daß Sie an meine Schuldlosigkeit glauben – man würde Sie vielleicht nicht sehr liebenswürdig aufnehmen. Wir wollen uns gegenübertreten, als sähen wir uns das erstemal.«

»Wie Sie wünschen, gnädige Frau.«

Sie neigte leise das Haupt und winkte ab. Da ging er, ohne ein weiteres Wort, denn er merkte, wie tief sie erschüttert war. Schnell schwang er sich auf sein Pferd und sah noch einmal zu ihr hinüber. Sie lehnte totenbleich an dem Baumstamm, und aus den geschlossenen Augen rannen große Tränen über ihr Gesicht.

Dieser Anblick erschütterte ihn namenlos. Er wäre am liebsten zu ihr hingeeilt und hätte sie tröstend in seine Arme genommen. Aber er begriff, daß sie allein sein wollte, allein sein mußte.

Während er heimritt, sah er sie immer so vor sich, und tiefes Mitleid mit ihr füllte seine Seele. Er wußte nicht, warum er so fest an ihre Unschuld glaubte, aber jetzt, nachdem er mit ihr gesprochen, ihre weiche, dunkle Altstimme gehört und in ihre Augen geschaut hatte, stand es ganz fest bei ihm, daß sie schuldlos war. Und der brennende Wunsch stieg in ihm auf, sie zu erlösen von dem furchtbaren Verdacht, der auf ihr ruhte und ihr Leben verdunkelte. Und plötzlich kam ihm ein Gedanke. Ein Freund von ihm, Doktor Heinz Diehl, mit dem er schon die Schulbank gedrückt hatte und mit dem er dauernd wenigstens in brieflicher Verbindung geblieben, war Jurist und hatte als solcher zu seinem Spezialfach die Kriminalistik gewählt. Erst kürzlich, ehe er seinen neuen Besitz antrat, war er in Berlin mit ihm zusammengetroffen, und dabei waren sie auf allerlei kriminalistische Fälle zu sprechen gekommen. Doktor Diehl hatte ihm erzählt, daß es gewissermaßen ein Sport von ihm sei, rätselhafte Kriminalfälle aufzuklären, und daß er viel Erfolg damit habe. Er war sehr reich und konnte es sich leisten, ganz nach seinen Wünschen zu leben.

Daran mußte Frank Rüdiger denken, und plötzlich wurde

es ihm klar, daß er Doktor Diehl für Frau von Tübingens Fall interessieren müsse.

Der Gedanke ließ ihn nicht mehr los, und kaum zu Hause angekommen, setzte er sich an seinen Schreibtisch und schrieb:

»Mein lieber Heinz! Es ist wohl an der Zeit, daß ich Dir melde, daß ich mich bereits in Obergriesbach eingelebt habe. Mein neuer Besitz macht mir viel Arbeit – das ist mir gerade recht – und viel Freude, was mir natürlich erst recht lieb ist. Obergriesbach liegt herrlich – ich schlage Dir vor, sieh Dir hier einmal den erwachenden Frühling an. Ich lade Dich in aller Form ein, mich, solange Du willst, zu besuchen. Erstens möchte ich Dich gern mal wieder auf längere Zeit genießen, denn unser Wiedersehen in Berlin war nach der jahrelangen Trennung viel zu kurz. Zweitens langweile ich mich in meinen wenigen Mußestunden sehr und brenne darauf, Dir Ausführliches über meinen ziemlich abenteuerreichen Aufenthalt auf Borneo zu berichten. Ich habe dort sogar Brüderschaft mit einem Dyak-Häuptling getrunken, der in seiner Jugend sich ganz intensiv mit der Kopfjagd befaßt hat und in seiner Behausung mindestens ein Dutzend Menschenschädel, die er selbst erbeutet hatte, als Nippsachen aufgestellt hatte. Du kannst also allerhand von mir hören. Wenn Dich aber dies alles nicht reizt, so habe ich noch etwas Besonderes für Dich. Es handelt sich um einen unaufgeklärten Kriminalfall. Du könntest Deiner Leidenschaft, Unaufgeklärtes aufzuklären, nach Herzenslust frönen und außerdem ein gutes Werk – und mir einen großen Gefallen tun.

Auf eine Absage gehe ich gar nicht ein. Ich weiß, daß Dich nichts daheim festhält, daß Du Dein Domizil aufschlagen kannst, wo Du willst, und Deine Studien überall treiben kannst. Im übrigen garantiere ich Dir eine erstklassige Verpflegung. Meine Wirtschafterin, Frau Remblin, kocht ausgezeichnet, und ich habe auch hier einen noch ganz hübsch assortierten Weinkeller übernommen, in dem sogar Deine Lieblingsmarke vertreten ist.

Von der Natur brauche ich nicht zu reden. Obergriesbach liegt als Idyll im bayerischen Hochgebirge, nahe der Tiroler Grenze. Du kannst ein Zimmer haben, von dessen Fenstern aus Du die Zugspitze gerade noch über andere Berge hinwegragen siehst, oder eins, von dem aus Du bis nach Tirol hinüberschauen kannst. Auf beiden Seiten hast Du ein Bergpanorama, das Dich in Entzücken versetzen wird. Die deutsche Heimat ist doch wunderschön, mein lieber Heinz, das merkt man erst, wenn man jahrelang fern war. Ich bleibe im Lande und nähre mich redlich. Da ich noch einen Gewinnanteil an dem von mir mitbegründeten Unternehmen auf Borneo beziehe, kann ich eventuell auch einmal einer Mißernte oder einer Viehseuche unbesorgt ins Auge sehen.

Also komm, sobald Du kannst, ich erwarte Dich jederzeit und bitte nur um ein Telegramm, das Deine Ankunft anzeigt, denn bis zur nächsten Bahnstation ist es gut eine Stunde Wagenfahrt, und da muß ein Wagen für Dich am Bahnhof sein.

Bis auf ein frohes Wiedersehen grüßt Dich herzlich

Dein Frank Rüdiger.«

Diesen Brief beförderte Frank Rüdiger gleich selbst zur Poststation in Griesbach. Und nun überkam ihn ein Gefühl, als habe er schon begonnen, Frau von Tübingens Schicksal in andere Bahnen zu leiten. Er atmete befriedigt auf. Ruhig zuzusehen, wie diese Frau gequält wurde, ging über seine Kraft.

Am übernächsten Tage fuhr Frank Rüdiger im Besuchsanzug vor dem Untergriesbacher Schlosse vor. Er gab dem herbeieilenden Diener seine Karte.

»Bitte, fragen Sie, ob die Herrschaften mich empfangen wollen.«

Der Diener verneigte sich und verschwand im Wohnzimmer, wo sich gerade Frau von Tölz mit ihren Kindern in Juttas Gesellschaft befand. Der Diener gab Frau von Tölz die Karte und richtete aus, was ihm Frank Rüdiger aufgetragen hatte. Sie hatte es verstanden, sich selbst zum Mittelpunkt des Hauses zu machen und sich als Herrin desselben aufzuspielen.

Unschlüssig sah sie ihren Sohn an und gab ihm die Karte.

»Der neue Besitzer von Obergriesbach, Herr Rüdiger. Es ist wohl besser, wir nehmen seinen Besuch nicht an. Was meinst du, Norbert?« fragte sie.

Jutta zu fragen, hielt sie anscheinend für überflüssig.

Norbert sah auf seine Fingernägel. »Dieser Herr Rüdiger hat vermutlich keine Ahnung, daß auf diesem Hause das Unglück lastet. Hätte er eine Ahnung davon, hätte er diesen Besuch wohl unterlassen. Es ist besser, wir weisen ihn ab.«

Dabei sahen sich Mutter und Sohn verständnisinnig an. Sie waren sich einig, daß ein unverheirateter Mann nicht in Juttas Nähe zu kommen brauchte. Allerdings dachte Frau von Tölz einen Augenblick daran, daß der Besitzer von Obergriesbach eventuell ein Freier für Blandine sein könne, aber schlimmstenfalls konnte Blandine ihn auch außerhalb des Hauses kennenlernen. Wichtiger war jedenfalls, Jutta von jedem Verkehr mit heiratsfähigen Herren zurückzuhalten.

»Das ist auch meine Meinung. Also sagen Sie dem Herrn, wir bedauern, keine Besuche empfangen zu können.«

In diesem Moment erhob sich Jutta. Sie sah Frau von Tölz ruhig und bestimmt an. »Warten Sie einen Moment«, sagte sie zu dem Diener, und zu Frau von Tölz gewandt, fuhr sie fort: »Sie gestatten, Tante Herta, daß ich Ihre Entscheidung in diesem Falle annulliere. Herr Rüdiger ist unser direkter Gutsnachbar, und auf die Dauer läßt sich wohl kaum eine Begegnung mit ihm vermeiden. Es könnte ein sehr peinliches Verhältnis werden, wenn wir ihn abweisen würden. Ob er weiß, daß auf diesem Hause das Unglück lastet, oder ob er es nicht weiß, das ist hier nicht die Frage. Weiß er es, so zeigt sein Besuch, daß er trotzdem in nachbarlichen Verkehr mit uns treten will. Weiß er es nicht, so wird er es bald genug erfahren und kann dann seine Besuche nach Gutdünken fortsetzen oder unterlassen.«

Frau von Tölz machte ein pikiertes Gesicht. »Ich wollte nur aus Rücksicht für Sie den Besuch abweisen lassen. Es kann Ihnen doch nicht angenehm sein, gewissermaßen als traurige Rarität angestaunt zu werden.«

Jutta erblaßte, blieb aber ruhig und sagte gelassen: »Sie brauchen keinerlei Rücksicht auf mich zu nehmen. Jedenfalls will ich nicht, daß Sie sich meinetwegen jeden Verkehr versagen. Schon Blandines wegen muß die strenge Zurückgezogenheit aufhören. Sie ist zu jung, um ewig in Klausur gehalten zu werden.«

Und zum Diener gewandt, sagte sie ruhig und bestimmt:

»Führen Sie Herrn Rüdiger in das kleine Empfangszimmer – ich komme sofort.«

Der Diener verschwand.

Frau von Tölz war sichtlich verstimmt und machte noch einen Versuch, Jutta abzuschirmen.

»Schließlich kann ich diesen Herrn Rüdiger erst einmal allein empfangen, das ist unverbindlich.«

Jutta wußte aber sehr wohl, daß Frau von Tölz den Besucher so empfangen würde, daß er das Wiederkommen vergaß. Und sie zeigte, daß sie einen festen Willen hatte, wenn sie sich auch bisher gleichmütig den Bestimmungen von Frau von Tölz unterworfen hatte.

»Ich danke Ihnen, Tante Herta, aber ich bin hier die Hausfrau, und als solche habe ich die Pflicht, einen Gast zu empfangen. Ich will und kann Ihnen nicht immer mehr Pflichten aufbürden. Wenn es Ihnen recht ist, empfangen wir Herrn Rüdiger gemeinsam.« Damit ging sie ruhig davon, um sich nach dem Empfangszimmer zu begeben. Sie legte ihre Hand in Blandines Arm und führte sie so hinweg.

Mutter und Sohn zögerten eine Weile und sahen sich mit einem bedeutungsvollen Blick an.

»Sie will plötzlich die Herrin herauskehren«, zischte Frau von Tölz wütend.

Norbert zuckte die Achseln. »Vielleicht hast du den Bogen überspannt. Da ist nichts zu machen, Mama. Hoffentlich ist dieser Herr Rüdiger ein Mensch, mit dem wir nicht zu rechnen brauchen.«

»Wenn man mit Blandine rechnen könnte. Vielleicht findet er Gefallen an ihr – man könnte Blandine verheiraten«, erwiderte sie nachdenklich.

Er winkte nervös ab. »Blandine ist unberechenbar, aber vorläufig können wir nichts tun, als den Gast zu empfangen.«

Sie folgten nun den beiden jungen Damen.

Diese hatten inzwischen Frank Rüdiger im Empfangszimmer begrüßt. Kein Zug in seinem Gesicht verriet, daß er Juttas Bekanntschaft schon gemacht hatte. Auch Jutta verriet sich nicht und stellte Blandine vor. Sie plauderten ganz konventionell, bis Norbert mit seiner Mutter eintrat.

Es gibt Sympathien und Antipathien auf den ersten Blick. Frank Rüdiger wußte sofort, daß er diesen beiden Menschen stets antipathisch gegenüberstehen würde. Vor allen Dingen überkam ihn Norbert gegenüber ein direkt feindliches Gefühl. Schon was er über ihn gehört, hatte ihn gegen ihn eingenommen. Seine Persönlichkeit verstärkte das noch. Es lag etwas Haltloses, Schlaffes in Norberts Erscheinung, das Frank Rüdigers energischer Männlichkeit zuwider war.

Und Norbert von Hall war ebensowenig von Frank Rüdiger entzückt, wenn er ihm auch vorläufig nicht feindlich gegenüberstand. Blandine machte auf den Besucher wenig Eindruck, sein ganzes Interesse konzentrierte sich auf Jutta. Aber Blandine mißfiel ihm nicht.

Man unterhielt sich eine Weile in der förmlich liebenswürdigen Art, die bei solchen Besuchen üblich ist, und dann brach Frank Rüdiger wieder auf.

Jutta reichte ihm die Hand, als er ihr sagte: »Ich hoffe, gnädige Frau, daß wir gute Nachbarschaft halten werden in Zukunft.«

»Das wird bei Ihnen liegen, Herr Rüdiger«, erwiderte sie.

Hier griff Frau von Tölz energisch ein. »Ich fürchte, Sie werden sich bei uns langweilen, Herr Rüdiger. Wir leben ganz zurückgezogen, denn auf diesem Hause lastet ein Unstern. Sie wissen vermutlich nicht, daß mein Cousin, der vorige Besitzer von Untergriesbach, ermordet worden ist, und daß dieser Mord noch keine Sühne gefunden hat.«

Juttas Augen hefteten sich wie flehend in die Frank Rüdigers, und deshalb begnügte er sich zu antworten:

»Was mir darüber zugetragen wurde, gnädige Frau, war wohl nur Geschwätz. So etwas ignoriert man. Wenn es den Herrschaften nicht lästig und unangenehm ist, finde ich mich gern wieder einmal zu einem Besuche ein. Nachbarn sollen zusammenhalten, gerade dann, wenn sie von einem Unglück betroffen worden sind. Ich hoffe, Sie gestatten mir das Wiederkommen, gnädige Frau?«

Damit wandte er sich an Jutta. Ihre leidvollen Augen leuchteten einen Moment in die seinen.

»Sie werden uns immer willkommen sein«, sagte sie.

Er beugte sich über ihre Hand und küßte sie. Dann verabschiedete er sich auch von den andern und verließ das Zimmer.

Als er gegangen war, blieb es eine Weile still. Dann sagte Norbert mit einem seltsam heiseren Ton:

»Hätte man ihm nicht sagen müssen, unter welchem furchtbaren Verdacht Sie leben, Jutta?« Sie richtete sich stolz auf und sah ihn fest und ruhig an.

»Wenn Sie glauben, daß man ihm das verschwiegen hat, dann hätten Sie es ihm ja sagen können. Vielleicht erscheint es Ihnen wichtig, daß auch Herr Rüdiger mich unter dem Schimpfnamen kennenlernt, der mich auf Schritt und Tritt verfolgt und – den ich Ihnen zu verdanken habe.«

Norbert verfärbte sich und trat einen Schritt zurück. »Mir?«

Sie sah ihn verächtlich an. »Ja – Ihnen.«

»Wer wagt das zu behaupten?«

»Das möchte ich für mich behalten. Genug, daß ich weiß, daß Sie den Namen Gifthexe für mich geprägt haben.«

»Jutta!« rief Blandine erschrocken und sah Jutta mit schmerzlichem Mitleid an.

»Ja, Blandine, dein Bruder hat mir diesen häßlichen Namen angehängt«, sagte Jutta bitter.

Norbert hatte sich gefaßt. »Ich muß falsch verstanden worden sein, Jutta, ich habe einmal vor dem Wirtshaus gesagt, Sie seien keine Gifthexe. Das ist dann böswillig verdreht worden, um mich bei Ihnen zu verleumden«, suchte er sich herauszureden.

Müde und abwehrend hob Jutta die Hand. »Es lohnt nicht, viele Worte darüber zu verlieren. Warum sollen Sie Ihrer Überzeugung nicht Ausdruck geben? Ich hätte es Ihnen sicher nicht verargt, wenn Sie mir nicht ins Gesicht die Komödie vorspielten, als glaubten Sie an meine Schuldlosigkeit, und – wenn Sie, mit dieser Überzeugung im Herzen, nicht um meine Hand angehalten hätten. Das erscheint mir allerdings unverzeihlich. Zeigen Sie mir doch wenigstens offen und ehrlich, wie es Ihre Mutter tut, daß Sie mir dies gräßliche, heimtückische Verbrechen an meinem liebsten Menschen zutrauen. Dann wird unser Verkehr erträglicher sein, als wenn Sie mir verlogene Gefühle heucheln.«

Norberts Gesicht war fahl und schlaff geworden. Seine Augen brannten in die Juttas.

»Ich versichere Sie, Jutta, daß ich an Ihre Unschuld glaube«, stieß er heiser hervor.

»Um so schlimmer, daß Sie mich dann hinter meinem Rücken beschimpfen. Aber lassen wir das, ich wollte nur Klarheit zwischen uns schaffen und Sie daran hindern, mir fernerhin eine Komödie vorzuspielen.«

Damit verließ sie in stolzer Haltung das Zimmer. So schreiten Sünderinnen nicht – so schreiten Königinnen, mußte Blandine denken, als sie Jutta nachsah.

Mutter und Sohn sahen sich mit funkelnden Augen an.

»Siehst du wohl, mein Sohn, da hast du für deinen guten Willen, ihre Schande mit deinem ehrlichen Namen zuzudecken, noch Spott und Hohn von dieser Person«, stieß Frau von Tölz zornig hervor.

Norbert warf den Kopf zurück. »Nun wohl, sie kann haben, was sie will. Aber ich möchte doch wissen, wer ihr hinterbracht hat, daß ich ihr diesen Namen gegeben habe. Sie kommt doch mit keinem Menschen zusammen.«

Frau von Tölz zuckte die Achseln. »Sie hat wohl Geschwätz von der Dienerschaft gehört. Jedenfalls brauchst du ihr nun nicht mehr vorzuheucheln, daß du an ihre Unschuld glaubst.«

Ein häßlicher Ausdruck verzerrte sein Gesicht. »Du hast recht – es lohnt sich nicht mehr, da sie mich abgewiesen hat.«

Jetzt trat Blandine dicht an ihn heran. »Schämst du dich nicht?« fragte sie in unterdrückter Erregung.

Er starrte ihr ins Gesicht mit Augen, die fast ohne Pupille waren und seltsam leer erschienen. »Warum soll ich mich schämen? Aber da fällt mir ein – du hast mich wohl bei Jutta angeschwärzt, kleine Natter, um dich bei ihr in Gunst zu setzen?«

Verächtlich und mit schmerzlichem Zorn in den Augen sah sie ihn an. »Du darfst nicht andere Menschen nach dir selbst einschätzen«, sagte sie herb, und dann wandte sie sich ab und verließ gleichfalls das Zimmer.

Mutter und Sohn sahen sich eine Weile starr an.

»Blandine ist ein ganz gefährliches Geschöpf. Man muß

sich vor ihr hüten. Die kleine Natter sticht, wo sie kann«, sagte Norbert heiser.

Frau von Tölz seufzte auf. »Daß ihr euch immer streiten müßt. Du hast sie gereizt.«

»Sie mich auch! Ein amüsantes Leben hier in Untergriesbach! Das klügste wäre, man ginge auf und davon«, sagte er erregt.

»Schwätz doch keinen Unsinn, Norbert. Wo willst du hin? Wir haben doch keine andere Aussicht, als uns so hier einzunisten, daß man uns nicht mehr herausbringen kann. Täglich die Herrschaft hier etwas mehr an sich reißen – das muß unser Bestreben sein.«

Er lachte heiser auf. »Mir scheint, Jutta hat uns heute eine kleine Probe davon gegeben, daß wir noch weit davon entfernt sind, sie zu beherrschen.«

Die alte Dame zuckte die Achseln. »Das war nur ein kleiner Ausfall – man muß kein Gewicht darauf legen. Sie wagt es doch nicht, ernstlich gegen uns zu revoltieren, weil sie fürchtet, daß wir den Prozeß noch einmal aufrühren.«

Ein seltsamer Ausdruck lag in Norberts Augen. »Meinst du?« fragte er unsicher.

»Ganz gewiß, und in dieser Furcht müssen wir sie halten. Vielleicht gelingt es uns auch wirklich noch, ihr den Mord an Onkel Malte nachzuweisen. Ich bewache sie unentwegt – vielleicht verrät sie sich eines Tages. Die Sonne bringt alles an den Tag. Und dann sind wir unsres Sieges sicher.«

Nervös fuhr Norbert sich über die Stirn. »Ich muß hinaus auf die Felder – auf Wiedersehen!«

Damit stürmte er aus dem Zimmer. Seine Mutter sah ihm ärgerlich nach. So wenig sie Wert legte auf die Charakteranlagen ihrer Kinder, so schwer verzieh sie einen Formfehler.

Norbert verließ aber das Haus noch nicht. Er begab sich in seine im ersten Stock gelegenen Zimmer. Hier fiel er plötzlich, wie aller Kraft beraubt, auf einen Diwan und starrte vor sich hin. Sein Gesicht war schlaff und fahl, und seine Augen glanzlos.

Als er aber zehn Minuten später das Zimmer wieder verließ, sah er ganz verändert aus. Seine Haltung war wieder straff und fest und sein Gesicht frisch und belebt. In scheinbar guter Stimmung bestieg er sein Reitpferd und ritt auf die Felder.

Blandine war zu Jutta gegangen, als sie Mutter und Bruder verlassen hatte. Sie fand sie in ihrem kleinen Salon am Fenster sitzend.

»Störe ich dich, Jutta?«

»Nein, nein, komm nur herein, Blandine.«

Das junge Mädchen setzte sich zu Juttas Füßen, unruhig zu ihr aufsehend. »Nun bist du sicher auch mir sehr böse, Jutta?«

Erstaunt sah diese zu ihr hinab. »Warum soll ich dir böse sein?«

»Du hast mir sicher angemerkt, daß ich wußte, daß Norbert dir den häßlichen Namen gab, und zürnst mir, daß ich es dir verheimlichte.«

»Du wußtest also davon?«

»Ja. Bist du sehr böse?«

»Nein, Blandine, gewiß nicht. Du konntest doch deinen Bruder nicht bei mir anklagen.«

Schnell faßte Blandine ihre Hände. »Nicht wahr, das siehst du ein – und du würdest nie verlangen, daß ich dir etwas sage, was Norbert bei dir schaden könnte?«

»Ganz gewiß nicht, du törichte kleine Blandine. Mit was für schweren Gedanken plagst du dich herum?«

Blandine barg ihr Gesicht in Juttas Schoß. »Ach, liebste Jutta – wie schwer und trübe ist doch das Leben.«

Mit einem gütigen Lächeln streichelte Jutta Blandines blondes Haar. »Arme, kleine Blandine – wenn ich dir doch nur ein wenig Freude und Aufmunterung schaffen könnte.«

»Beides brauchst du ebenso nötig wie ich.«

»Ich habe schon darüber nachgedacht, ob ich dich mit deiner Mutter einige Wochen im Sommer in einen belebten Kurort schicke, damit du wenigstens einige Zeit unter fröhlichen Menschen lebst.«

Energisch schüttelte Blandine den Kopf.

»Nein – ich bleibe bei dir. Sorge dich nur nicht um mich. Vielleicht heitert uns der Verkehr mit Herrn Rüdiger etwas auf. Wie gefällt er dir, Jutta?«

Ein leises Rot stieg in das Gesicht der jungen Frau.

»Er macht mir einen sehr sympathischen Eindruck. Wie gefällt er dir?«

»Sehr, sehr gut.«

Forschend sah Jutta das junge Mädchen an.

»Das klingt ganz enthusiastisch. Könnte er dir teuer werden?« fragte sie ein wenig unruhig.

Lächelnd schüttelte Blandine den Kopf. »Nicht so, wie du meinst. Aber, ich glaube, er ist ein Mensch, dem man unbedingt vertrauen kann. Er hat so etwas Zuverlässiges, Starkes. Ich möchte gut Freund mit ihm werden, nicht mehr. Mehr darf mir überhaupt kein Mann werden – da bin ich auf der Hut.«

»Warum denn nicht?«

Blandine preßte die Lippen zusammen und sah starr vor

sich hin. Dann sagte sie hastig: »Ich habe so viel Törichtes, Unausgeglichenes in mir. Was sollte ein Mann mit mir anfangen.«

»Dich liebhaben, wie du es verdienst. Und wenn du ihn wahrhaft liebtest, würde alles, was du töricht und unausgeglichen nennst, von dir abfallen.«

»Außerdem bin ich aber ein armes Mädchen, und die werden nicht geheiratet.«

»Ich war doch auch ein armes Mädchen.«

»Ja, Jutta, aber dein Fall war doch ein ganz besonderer. Sagtest du nicht selbst neulich, als du mir erzähltest, warum du Onkel Maltes Frau geworden bist: ›Sieh, Blandine, ich war ein armes Mädchen, hatte gar keine Aussichten, mich je zu verheiraten.‹«

Jutta nickte. »Du hast recht, das sagte ich.«

»Nun, siehst du wohl – auch ich habe keine Aussichten, und deshalb hüte ich mein Herz. Aber Herr Rüdiger könnte mir so wenig gefährlich werden wie ich ihm, obwohl er ein Mann ist, der einem Mädchen wohl gefallen kann. Vielleicht hätte er mir gefährlich werden können, wenn ich nicht sofort gemerkt hätte, daß ich dann eine hoffnungslose Liebe im Herzen tragen müßte.«

»Weißt du so genau, daß sie hoffnungslos sein würde?«

»Ganz genau.«

»Wie das?«

Ein schelmisches Lächeln umspielte Blandines Lippen. »Ich habe einen Blick aufgefangen, mit dem er dich ansah, Jutta. Du hast eine Eroberung gemacht.«

Jutta errötete jäh.

»Du Närrchen – wie kannst du so etwas sagen?«

»Es ist aber doch so.«

Jutta sah mit einem wehen Blick zum Fenster hinaus. »Die Gifthexe! Wie sollte die einem Mann gefallen«, sagte sie bitter.

»Ach – da kannst du ruhig sein, er sieht aus, als ob er sich in allen Dingen seine eigene Meinung bildet. Ich habe ihm angemerkt, er weiß alles, was man über dich spricht – aber, er glaubt nicht an deine Schuld, ganz gewiß nicht. Sonst wäre er nicht gekommen. Und er ist gut und stark. Ach, Jutta – wenn er doch wieder Sonne in dein Leben brächte.«

Müde stützte Jutta das Haupt in die Hand. »Ach, liebes Kind, aus meinem Leben ist die Sonne fort für immer.«

»Nein, nein, daran sollst du nicht glauben. Sie hat sich nur eine Weile hinter dunklen, drohenden Wolken versteckt. Eines Tages scheint sie dir wieder.«

Lächelnd streichelte Jutta Blandine die Wange. »Ein wenig scheint sie mir schon wieder – einen kleinen Sonnenstrahl hast du mir zurückgezaubert. Und dafür bin ich dir dankbar.«

»Wie gut, daß du mir auch einmal etwas zu danken hast. Ich bin so tief in deiner Schuld und gerate immer tiefer hinein.«

»Was tue ich nur Großes an dir?«

»Du gibst mir ein Heim, ein sorgloses Leben – nun gar noch deine Freundschaft.«

»Sprich doch nicht davon.«

»Doch, ich muß es tun. Du sollst wenigstens wissen, daß du deine Großmut nicht an eine Undankbare verschwendest.«

»Aber liebes, gutes Kind, was soll ich denn mit dem mir zugefallenen Reichtum beginnen, wenn ich nicht wenigstens von meinem Überfluß abgeben kann. Und wem sollte ich lieber abgeben als euch, die ihr Malte am nächsten steht. Glaube mir, Blandine, wenn du dich Onkel Malte ganz offen so gezeigt hättest, wie du dich mir jetzt zeigst, er hätte dich zu seiner Erbin gemacht, wenn er mich nicht kennengelernt hätte.«

»Aber er hat dich eben kennengelernt und dich würdiger befunden.«

»Auch wenn er mich kennengelernt hätte, wäre er in seiner Güte großmütig zu dir gewesen, hätte er dich richtig erkannt. Und da er nun diesen Fehler nicht an dir gutmachen kann, laß es mich an seiner Stelle tun. Du sollst wie eine liebe Schwester von mir gehalten sein.«

Impulsiv drückte Blandine ihre Lippen auf Juttas Hand. »Du großes Herz.«

»Beschäme mich doch nicht, Blandine. Und nun will ich meinen täglichen Spaziergang machen.«

»Darf ich dich begleiten?«

Traurig schüttelte Jutta den Kopf. »Nein, ich will nicht, daß du an meiner Seite Beleidigungen ausgesetzt bist. Zuweilen begegnet mir doch jemand. Und du weißt nicht, wie schrecklich es ist, Verachtung und Abscheu in den Augen der Menschen zu lesen. Es könnte auf dich abfärben. Oder wir begegnen Kindern aus dem Dorfe, und sie rufen mir das greuliche Schimpfwort zu und laufen voll Entsetzen davon.«

»Ist das der einzige Grund, weshalb ich nicht mit dir gehen soll?«

»Ja, Blandine.«

»Dann nimm mich mit. Ich will mich zu dir bekennen vor aller Welt, und wenn man dich in meiner Gesellschaft zu schmähen wagt, dann will ich dich verteidigen und für dich eintreten.«

Jutta erhob sich und zog Blandine zu sich empor. »Du bist ein tapferes Geschöpf. So komm mit mir. Wenn ich auch nicht leiden werde, daß du für mich eintrittst, so wird es mir doch eine Wohltat sein, daß ich nicht allein herumstreifen muß.«

Und Arm in Arm gingen sie hinaus in den zartgrünen Frühlingswald. Von diesem Tage an begleitete Blandine Jutta oft auf ihren Waldspaziergängen. Und sie konnten dabei zuweilen harmlos fröhlich sein und alles Schwere vergessen. Sie waren ja noch so jung.

Zwei Wochen waren vergangen, und Frank Rüdiger hatte noch keinen weiteren Besuch in Untergriesbach gemacht. Mutter und Sohn triumphierten. Blandine aber sagte zu Jutta: »Das hatte ich nicht von Herrn Rüdiger geglaubt, daß er sich von dem Gerede der Leute beeinflussen lassen würde. Er hat mich schwer enttäuscht.«

Jutta hatte es am schmerzlichsten getroffen, daß er nicht wiedergekommen war. Sie konnte ja nicht ahnen, wie oft er auf seinem Pferde Schloß und Park unruhig umkreiste, in der Hoffnung, sie zu sehen.

Juttas Gedanken beschäftigten sich mit Frank Rüdiger mindestens ebensoviel, wie sich die seinen mit ihr beschäftigten. Ihr war gewesen, als sei ihr mit ihm ein Streiter erstanden. Und nun er sich nicht mehr sehen ließ, überkam sie eine dumpfe Hoffnungslosigkeit. Ihr Schicksal erschien ihr unerträglicher als je zuvor. »Was soll er auch hier bei uns, wo alles so trübe und traurig ist?« sagte sie.

»Oh, er sollte dich aufheitern, dir durch seinen Glauben an dich das Leben etwas leichter machen, und – ach, ich weiß nicht, was noch alles. Wie gesagt, er hat mich enttäuscht. Ich hatte so viel von ihm gehofft – und nun ist er auch nicht anders als die andern.«

»Warum sollte er auch anders sein?« sagte Jutta hoffnungslos.

An demselben Tage ging Jutta allein in den Wald, weil Frau von Tölz Migräne hatte und Blandine ihr Kompressen auflegen mußte.

Müde und unlustig schritt Jutta auf dem einsamsten Waldweg dahin, plötzlich stockte ihr Fuß. Sie hörte das Schnaufen eines Pferdes, und gleich darauf kam dicht neben ihr ein Reiter aus dem Walde. Es war Frank Rüdiger.

Als er sie erblickte, hielt er sein Pferd an und sprang schnell aus dem Sattel. Mit aufleuchtenden Augen trat er auf sie zu.

»Es freut mich sehr, Ihnen zu begegnen, gnädige Frau – gerade war ich auf dem Wege zu Ihnen. Es hätte mir sehr leid getan, Sie zu verfehlen.«

Sie war rot und blaß geworden und sah ihn mit ihren traurigen Augen an.

»Ich glaubte, Sie würden mein Haus nie wieder betreten, da Sie so lange nicht wiederkamen.«

Lächelnd atmete er auf. »So lange nicht? Es ist mir allerdings auch sehr lang erschienen, aber ich glaubte, ich dürfte Ihnen eher nicht wieder lästig fallen. Vielleicht wäre ich auch heute noch nicht gekommen, wenn ich nicht einen besonderen Grund gehabt hätte.«

Ach – wie leicht war Juttas Herz plötzlich geworden.

»Einen besonderen Grund?« fragte sie.

»Ja – ich hoffte, einige Minuten allein mit Ihnen sprechen zu können. Nun ich Sie hier zufällig treffe, ist es mir um so lieber.«

Fragend sah sie ihn an. »Was haben Sie mir zu sagen?«

Er atmete tief auf. »Gnädige Frau, Ihr Schicksal ist mir so nahe gegangen, daß ich von dem brennenden Wunsche beseelt bin, Ihnen helfen zu können. In Ihrer Umgebung scheint niemand Wert darauf zu legen, den Schleier zu lüften, der auf jenem Verbrechen ruht, das man Ihnen zur Last legt. Ihr Vetter, Herr von Hall, scheint wirklich keinen Zweifel an Ihrer Schuld zu hegen, sonst hätte er längst für Sie eintreten müssen. Ich habe leider kein Recht, es zu tun, es sei denn das Recht der Ritterlichkeit, mit dem jeder rechte Mann für eine hilflose Frau eintreten sollte. Und kraft dieses Rechtes will ich Sie heute fragen, ob Sie mir erlauben wollen, ganz in der Stille Nachforschungen anzustellen, die vielleicht ein Licht in das Dunkel werfen, das Sie umgibt.«

Sie erbebte und krampfte die Hände zusammen. »Ob ich es erlaube? Mein Gott, mit demselben Rechte dürfen Sie einen zum Tode Verurteilten fragen, ob er Ihnen gestatten will, daß Sie ihn den Händen des Henkers entreißen. Ich weiß nicht, wie ich Ihnen danken soll, daß Sie an mich glauben und daß Sie Ihre sicher sehr kostbare Zeit in den Dienst meiner Sache stellen wollen. Es wird nicht leicht sein, dies rätselhafte Dunkel aufzuhellen.«

»Sprechen Sie jetzt nicht von Dank, gnädige Frau. Wenn ich übrigens auch meine ganze Zeit in den Dienst Ihrer Sache stellen wollte, würde ich mir selbst kaum die Fähigkeiten zutrauen, Licht in diese Affäre zu bringen. Aber ich habe einen Freund, der zu seinem Spezialstudium die Aufklärung rätselhafter Kriminalfälle erwählt hat. An ihn habe ich geschrieben, gleich nachdem ich das erstemal mit Ihnen gesprochen hatte. Ich habe ihn eingeladen, mich für längere Zeit zu besuchen, und versprach ihm, daß er Gelegenheit finden würde, einen rätselhaften Kriminalfall aufzuklären. Heute habe ich seine Antwort erhalten – ich will sie Ihnen selbst zu lesen geben.« Damit zog er seine Brieftasche hervor und entnahm ihr ein Schreiben, das er Jutta überreichte.

Ihre Hände bebten leise, während sie las: »Mein lieber Frank! Du machst mir die verlockendsten Anerbietungen. Wenn mich aber Deine Duzbrüderschaft mit dem Dyak-Häuptling auf Borneo noch kalt gelassen hätte und ich den Verlockungen einer guten Verpflegung inklusive Weinkeller zu widerstehen vermöchte – der in Aussicht gestellte Kriminalfall gibt für mich den Ausschlag. Du weißt, etwas Unaufgeklärtes ist meine schwache Seite. Ich bin ein so großer Freund absoluter Klarheit, daß mich etwas Unklares so lange reizt, bis es klar geworden ist. Kurz und bündig – ich komme, und zwar schon Anfang nächster Woche, und ich hoffe, daß mich mein gutes Glück auch diesmal nicht verläßt, zumal Dir besonders viel an der Aufklärung dieses Falles zu liegen scheint. Ich werde all meinen Scharfsinn aufbieten, um ein Resultat zu erzielen. Sende also Dienstag nachmittag den Wagen zur Bahn, wenn Du mich nicht selbst abholen willst oder kannst. Alles Weitere mündlich. Nur will ich gleich noch bemerken, daß ich das Zimmer mit der Aussicht nach der Zugspitze vorziehe. Die habe ich einmal vor zwei Jahren erklettert, und nun kann ich sie mir behaglich von unten betrachten. Ich freue mich darauf. Also auf Wiedersehen, mein Alter! Dein Heinz Diehl.« Jutta gab das Schreiben zurück und sah Frank Rüdiger mit ihren schönen Augen so durchdringend an, daß ihm das Herz warm wurde.

»Wie soll ich Ihnen nur danken?«

»Dadurch, daß Sie uns ungehindert tun lassen, was nötig ist. Auch müssen Sie meinen Freund, Doktor Heinz Diehl, in Ihrem Hause empfangen. Aber kein Mensch darf wissen, zu welchem Zwecke er hierherkommt, auch Ihre Angehörigen nicht. Das ist Hauptbedingung. Ich werde ihn einfach als meinen Freund vorstellen, der einige Wochen bei mir zu Gaste ist und meine Nachbarn kennenlernen möchte. Wir begnügen uns damit, ihn als Doktor der Philosophie vorzustellen. Daß er Jurist ist, verschweigen wir lieber. Im übrigen sollen Sie sich um nichts kümmern. Nur bitte ich Sie, ihn so oft, als er es nötig findet, in Ihrem Hause zu empfangen. Er wird schon immer selbst die nötigen Gründe angeben. Vielleicht bringen Sie es zuwege, ihn und mich einige Male zum Tee oder zu sonst einer Gelegenheit einzuladen, denn die Hauptsache ist, daß Doktor Diehl den Schauplatz des Verbrechens kennenlernen kann. Dazu wird sich Gelegenheit finden lassen. Ich werde nachher noch offiziell einen Besuch im Schloß machen, um das Nötige einzuleiten. Und wenn Doktor Diehl hier ist, finden wir vielleicht Gelegenheit, mit Ihnen allein zusammenzutreffen – sagen wir, hier an dieser Stelle. Eine Zeit zu vereinbaren, werden wir Gelegenheit finden. Ist Ihnen das recht?«

Sie reichte ihm impulsiv die Hand. »Alles, was Sie bestimmen. Ich danke Ihnen – oh – ich danke Ihnen. Ob es Ihnen und Ihrem Freunde gelingt, mich von diesem furchtbaren Verdacht zu befreien oder nicht – meine Dankbarkeit wird unauslöschlich sein.«

Er zog ihre Hand an seine Lippen. »Es soll keine wichtigere Aufgabe jetzt für mich geben, als den Mörder Ihres Gatten zu entdecken und somit Ihre Schuldlosigkeit zu beweisen.«

Eine Weile standen sie sich stumm gegenüber und sahen sich an. Frank Rüdiger faßte sich zuerst.

»Wir können zunächst gleich einmal die erste Zusammenkunft hier vereinbaren. Dienstag nachmittag kommt Doktor Diehl an. Mittwoch vormittag stelle ich ihn im Schloß vor, und Mittwoch nachmittag wollen wir drei uns dann hier an dieser Stelle zusammenfinden, damit Sie meinem Freund erst einmal über die ganze Affäre genauen Bericht erstatten können. Das wird unerläßlich sein. Er wird Ihnen dann die nötigen Fragen selbst vorlegen. Ist Ihnen das recht?«

»Gewiß.«

»Um welche Zeit paßt es Ihnen am besten?«

Sie dachte nach. »Um vier Uhr, wenn Ihnen das passend erscheint.«

»Selbstverständlich, also Mittwoch nachmittag um vier Uhr an dieser Stelle. Und – heute wäre es vielleicht am klügsten, wenn ich meinen Besuch im Schloß in Ihrer Abwesenheit machte. Das ist unverfänglich.«

»Ja – tun Sie das. Und – lassen Sie sich nicht abschrecken, wenn Frau von Tölz und ihr Sohn nicht nett zu Ihnen sind.«

Er lachte. Es war ein helles, frisches Lachen, das ihr das Herz warm machte. Wie gern hätte sie mit eingestimmt. Ach – wieder einmal so recht aus freiem Herzen lachen können – wie befreiend müßte das sein.

»An der Freundlichkeit dieser Herrschaften liegt mir, offen gestanden, nicht viel. Ich fühle, daß sie Ihnen feindlich gegenüberstehen, und es wird mir eine Ehre und ein Vergnügen sein, ihre Feindschaft mit Ihnen zu teilen.«

Ein leises Lächeln huschte nun doch um ihren Mund. Er fand dies Lächeln entzückend, und er sagte ganz vergnügt: »Gottlob – Sie können auch lächeln – bisher sah ich Sie nur sehr traurig.«

Sie seufzte. »Ich habe es fast verlernt – und doch war ich einmal ein heiteres, tapferes Geschöpf, das sich von keiner Lebenssorge niederdrücken ließ. Wie herzlich habe ich damals lachen können. Lange – lange ist das her.«

»Sie sollen es wieder lernen, das Lachen! Und ich schlage vor, Sie gewöhnen sich schon jetzt langsam wieder daran. Ein wenig Heiterkeit hilft über vieles hinweg. Und all Ihre Sorgen legen Sie jetzt auf meine breiten Schultern.«

Ihre Augen füllten sich mit Tränen, aber sie lächelte tapfer dabei. »Mir ist schon so froh zumute, wie seit Jahren nicht mehr. Sie wissen ja nicht, was es für mich bedeutet, daß ich so zu einem Menschen sprechen kann, wie zu Ihnen, daß ich in eines Menschen Auge nicht dieses fürchterliche Mißtrauen lese.«

»Hatten Sie gar niemand, der an Sie glaubte und für Sie eintrat?«

»Nein! Jahrelang lebte ich in steter Furcht vor der Begegnung mit Menschen. Und erst seit ganz kurzer Zeit bekannte sich Blandine von Tölz zu mir. Ich glaubte erst, sie stehe mir ebenso mißtrauisch gegenüber wie ihre Angehörigen, aber eines Tages erkannte ich, daß ich mich getäuscht habe. Und jetzt ist sie mir eine treue Freundin geworden, und ich erkenne mehr und mehr, wie innig sie mir zugetan ist. Ich hatte sie verkannt. Sie hat mir das Leben in den letzten Tagen schon etwas leichter gemacht – und sie würde sich gewiß freuen, hörte sie, daß Sie sich meiner Sache annehmen wollen. Darf ich wenigstens sie einweihen?«

Energisch schüttelte er den Kopf.

»Nein, auf keinen Fall, gnädige Frau. Wenn ich auch glaube, daß sie es ehrlich mit Ihnen meint, ein junges Mädchen ist unbedacht und verrät sich schnell einmal. Wollen wir aber auf Erfolg rechnen, muß tiefes Geheimnis herrschen über die Absichten meines Freundes. Ich weiß, in diesem Punkte ist er sehr streng, und wir tun gut, das zu respektieren.«

»Nun gut, so muß ich Blandine in diesem Punkte aus meinem Vertrauen ausschließen. Aber nun will ich Sie nicht länger aufhalten, da Sie im Schlosse noch einen Besuch machen wollen.«

Er verabschiedete sich mit einem Handkuß und sagte lächelnd: »Ich werde eine Empfehlung an Sie ausrichten und Frau von Tölz bitten, Ihnen zu sagen, daß ich mir erlauben werde, Ihnen meinen Freund am Mittwoch vorzustellen.«

Wieder flog ein Lächeln über ihr Gesicht. »Ich werde diese Mitteilung ohne Wimperzucken entgegennehmen.«

»Bravo, gnädige Frau. Und nun seien Sie guten Mutes und vertrauen Sie auf den Herrgott und auf die Findigkeit meines Freundes.«

Sie nickte aufatmend. »Ich habe wieder Mut und will ganz tapfer sein. Ganz hat mich der liebe Gott doch wohl nicht vergessen, da er Sie mir über den Weg schickte. Auf Wiedersehen, Herr Rüdiger, und Gott lohne Ihnen, was Sie für mich tun.«

Er sah sie mit einem Blick an, der sie erröten machte. Dann schwang er sich schnell in den Sattel und ritt grüßend davon. Sie sah ihm mit feuchtschimmernden Augen nach, und eine leise Hoffnung auf Erlösung war in ihrem Herzen aufgewacht. Ihr war, als sei sie nun wohlgeborgen. Wenn ein Mann wie Frank Rüdiger ihre Sache vertrat, mußte doch etwas Gutes dabei herauskommen.

Und wenn auch seine und seines Freundes Bemühungen erfolglos waren, dann hatte sie doch wenigstens den Trost, daß sie wieder einen Menschen gefunden hatte, der an sie glaubte. Sie fühlte sich nicht mehr so hilflos und verzagt wie in der ganzen Zeit seit ihres Mannes Tode.

Frau von Tölz empfing Frank Rüdiger mit sauersüßem Lächeln. Auch Blandine war zugegen. Norbert von Hall war abwesend.

Frank Rüdiger bedauerte sehr, Frau von Tübingen und Herrn von Hall nicht anzutreffen.

»Ich wollte die gnädige Frau um Erlaubnis bitten, auch meinen Freund, den ich zu Besuch erwarte, in ihr Haus einführen zu dürfen. Da sie nicht zugegen ist, hoffe ich sehr, daß Sie, verehrte gnädige Frau, mir in Vertretung von Frau von Tübingen diese Erlaubnis erteilen.«

Frau von Tölz wußte im Moment nicht, was sie antworten sollte. Da sie zögerte, ergriff Blandine schnell das Wort. »Jutta wird sich sicher freuen, Mama, du kannst unbedenklich diese Erlaubnis erteilen.«

Frank Rüdiger machte ihr eine lächelnde Verbeugung. »Ich danke für Ihre gütige Unterstützung, mein gnädiges Fräulein.«

Frau von Tölz warf Blandine einen unwilligen Blick zu, sagte aber nun doch mit einem erzwungenen Lächeln: »Selbstverständlich wird es uns angenehm sein. Aber wie ich Ihnen schon sagte, es ist ein trauriges Haus, in das Sie Ihren Freund einführen wollen.«

Frank Rüdiger lachte harmlos. »Oh, mein Freund, Doktor Diehl, ist ein so sonniger, heiterer Mensch, daß er sicher auch in dieses Haus ein wenig Frohsinn bringen wird.«

»Frohsinn – in ein Haus, dessen Herrin, wie Sie vielleicht noch nicht wissen, sich nicht von dem Verdacht des Gattenmordes hat reinigen können?« bemerkte Frau von Tölz abweisend.

Er sah, daß Blandine unwillig zusammenzuckte und ihre Mutter vorwurfsvoll ansah.

Sehr ruhig und bestimmt antwortete er: »Doch – ich weiß es – man hat mir natürlich davon erzählt. Aber daß ich hier bin, muß Ihnen zeigen, welchen Wert ich auf solches Geschwätz lege.«

Mit einem dankbaren Aufleuchten sah Blandine zu ihm empor. Ihre Mutter aber kniff die Lippen ein und sagte ablenkend: »Wie haben Sie sich in Obergriesbach eingelebt?«

Es fiel ihm ein, daß ihn Jutta gebeten hatte, nicht zu verraten, daß er an ihre Schuldlosigkeit glaubte. Er hatte aber nicht anders antworten können, als er es getan hatte. Jedenfalls ging er aber nun schnell auf das andere Thema ein.

»Ich danke für Ihre Nachfrage – ganz ausgezeichnet. Ich bin mit ganzer Seele in meinem Wirkungskreis.«

»Waren Sie immer Landwirt?« fragte Blandine. »Sie machen nicht den Eindruck.«

Er lachte. »Repräsentiere ich nicht zur Genüge den Krautjunker? Sie beobachten anscheinend scharf, mein gnädiges Fräulein; ich war Offizier bis nach Beendigung des Krieges. Als ich dann meinen Abschied nahm, weil man mir keine andere Wahl ließ, ging ich mit meinem holländischen Freunde nach Borneo und legte mein Vermögen dort in einer Handelsgesellschaft an. Aber es hielt mich nicht in der Fremde. Vier Jahre bin ich auf Borneo geblieben, dann zog ich einen Teil meines Kapitals aus dem Unternehmen und kaufte mich damit hier an. Der Landwirt steckt mir im Blut, meine Mutter war eine Gutsbesitzerstochter, und ich habe mir immer gewünscht, einmal meine eigene Scholle bebauen zu können. Gleich nach dem Kriege reichte jedoch mein Vermögen noch nicht aus zu einem nennenswerten Ankauf.«

»Obergriesbach ist ein stattlicher Besitz«, meinte Frau von Tölz bedeutend liebenswürdiger, weil sie merkte, daß Frank Rüdiger Blandine sehr freundlich ansah. Vielleicht bahnte sich doch etwas zwischen ihm und ihrer Tochter an.

Dieser junge Mann war freilich nicht von Adel, was Frau von Tölz sehr bedauerlich erschien, aber sie wußte doch, daß Adel jetzt nicht mehr so hoch im Preise stand wie früher. Wenn sie nur sicher gewesen wäre, daß er sich Jutta nicht zu nähern wünschte, wäre sie sicher noch liebenswürdiger gewesen.

Jedenfalls sah sie sich außerstande, ihn von Untergriesbach fernzuhalten, und so fand sie sich mit konventioneller Liebenswürdigkeit ab.

Frank Rüdiger verabschiedete sich nunmehr und bat um eine Empfehlung an Frau von Tübingen.

Als Jutta nach Hause kam, richtete ihr Blandine getreulich alles aus, was er gesagt hatte.

»Ich freue mich für dich, Jutta, daß er wiedergekommen ist und daß ich mich nicht in ihm getäuscht habe. Und wenn er uns nun auch noch seinen Freund herbringt, werden wir wohl zuweilen ein wenig Unterhaltung haben. Sein Freund soll sehr heiter und vergnügt sein. Das können wir brauchen, nicht wahr?«

Lächelnd nickte ihr Jutta zu. »Ja, Blandine, das können wir gewiß brauchen, und ich würde mich für dich freuen.«

»Und ich mich für dich, Jutta.«

Jutta nahm mit Frau von Tölz und Blandine den Tee ein

und danach begab sie sich, wie so oft, in das Sterbezimmer ihres Mannes. Dies Zimmer betrat niemand als sie selbst. Hier hatte sie in den ersten furchtbaren Tagen, nachdem sie aus Mangel an Beweisen freigesprochen war, ihre Zuflucht gesucht vor den gehässigen, mißtrauischen Blicken ihrer Umgebung. Es wäre vielleicht schon ein Beweis für ihre Schuldlosigkeit gewesen, daß sie dies Zimmer so oft aufsuchte und sich dort stundenlang aufhielt. Wäre ihr Gewissen belastet gewesen, hätte sie sicher den Schauplatz ihres Verbrechens eher gemieden als gesucht. Im Sprichwort heißt es zwar, daß der Verbrecher immer nach dem Schauplatz seiner Tat zurückgetrieben wird, aber in Wahrheit wird er denselben wohl eher meiden und fliehen.

Auch heute saß Jutta wohl eine Stunde in dem Lehnstuhl am Bett, in dem sie in jener Nacht eingeschlafen war. Sie faltete die Hände.

»Lieber Malte, lieber väterlicher Freund, schaust du herab auf mich, die sie deine Mörderin nennen? Kannst du mir nicht helfen, meine Unschuld zu beweisen? Ich weiß, du hast keine Ruhe im Grabe, bis dein Mörder der wohlverdienten Strafe zugeführt wird. Hilf mir – hilf mir doch.«

So sagte sie, wie im Gebet vor sich hin, und ihr war, als sähe sie das edle, gütige Gesicht des Mannes vor sich, der sie vor aller Not und Sorge hatte schützen wollen, weil sie das Kind der Frau war, die ihm bis zum Tode teuer gewesen. Ihretwegen hatte er sie wie ein Vater geliebt, ihretwegen hatte er sie zu seiner Erbin gemacht.

Als sie nach einer Weile das Sterbezimmer verließ, traf sie im Vestibül mit Norbert zusammen. Er war eben vom Felde heimgekehrt. Er sah sie aus dem Sterbezimmer kommen, und seine Augen flackerten auf, als er sie erblickte. »Kann ich Sie nachher in einer geschäftlichen Angelegenheit sprechen, Jutta?«

Sie neigte das Haupt. »Jederzeit.«

»Dann werde ich Sie in einer halben Stunde in Ihrem Zimmer aufsuchen.«

»Es ist wohl besser, wir besprechen in Zukunft geschäftliche Dinge im Arbeitszimmer meines Mannes.«

Ein seltsamer Blick streifte sie. »Wozu diese Neuerung, wenn ich fragen darf?«

Jutta errötete leicht. Es war ihr unangenehm, Norbert fernerhin in ihrem Zimmer empfangen zu müssen, denn er hatte ihr ein Gefühl von Scheu eingeflößt, das sie nicht wieder loswerden konnte. Vielleicht war es das unreine Feuer seiner Augen, das sie vor ihm warnte. Jedenfalls wollte sie nicht mehr zulassen, daß er ihre Zimmer betrat. Im Arbeitszimmer ihres Mannes konnte sie das Geschäftliche mehr betonen.

Sie hatte ihm gleich zu Anfang ein festes Gehalt ausgesetzt, das sehr anständig war. Für seine Mutter und seine Schwester sorgte sie ebenfalls. Hätte sie einen andern Modus finden können, für ihn zu sorgen, ohne daß er in Untergriesbach bliebe, hätte sie es natürlich vorgezogen, ihn zu entfernen. Aber sie hatte keinen Ausweg gefunden, der ihr schonender erschien. Sie wollte diesen Menschen nicht beschämen, trotz allem, was er ihr angetan hatte. Daß sie weder bei ihm noch bei seiner Mutter ein großes Feingefühl in diesem Punkte zu respektieren brauchte, hatte sie nicht gewußt.

Jedenfalls aber wollte sie Norbert gegenüber, deutlicher als zuvor, einen Abstand markieren. Er sollte merken, daß engere Beziehungen zwischen ihnen unmöglich waren und daß sie nur noch geschäftlich und streng formell mit ihm zu verkehren wünschte. So antwortete sie ruhig:

»Es muß Ihnen genügen, Norbert, daß ich es für richtig halte, wenn wir geschäftliche Dinge in meines Mannes Arbeitszimmer besprechen.«

Er verneigte sich und sah sie halb zornig, halb ironisch an. »Sie wollen deutlich Abstand markieren?«

»Nehmen Sie an, daß es so ist.«

Ein flackernder Blick streifte ihr Gesicht. »Nun gut, ich muß mich fügen. Hoffentlich bereuen Sie es nie, mich zurückgewiesen zu haben.«

»Bitte – davon kein Wort mehr. Also, in einer halben Stunde im Arbeitszimmer.«

»Wie Sie befehlen.«

Damit verneigte er sich, die Hacken zusammenschlagend, und ging die Treppe hinauf zu seinen Zimmern.

Jutta suchte Blandine auf und bat sie um ihre Begleitung. »Du kannst dir denken, Blandine, daß es mir nach deines Bruders Werbung unangenehm ist, mit ihm allein zu sein. Wir werden beide unbefangener sein, wenn noch jemand zugegen ist. Deine Mutter möchte ich nicht in Anspruch nehmen. Du kannst dich ja mit einer Handarbeit oder mit einem Buch zu uns setzen«, sagte sie.

Blandine war gern bereit.

Als Norbert dann seine Schwester am Fenster des Arbeitszimmers sitzen sah, flog ein häßlicher Zug über sein Gesicht. Aber er sagte nichts.

Und er hielt sich an einen streng geschäftlichen Bericht.

Doktor Heinz Diehl war angekommen, und Frank Rüdiger hatte ihn am Bahnhof empfangen. Die beiden Freunde begrüßten sich herzlich.

Doktor Diehl war ein sympathischer Mensch von etwa

fünfunddreißig Jahren. Er war schlank und mittelgroß, hatte blondes Haar und stahlblaue Augen. Sein Gesicht erschien auf den ersten Blick weder markant noch bedeutend. Meist sah er harmlos fröhlich aus, aber wenn er sich mit einer Angelegenheit intensiv beschäftigte, konnten seine Augen überraschend aufleuchten, und sein Gesicht bekam dann einen merkwürdig veränderten Ausdruck. Er konnte dann plötzlich sehr ernst und interessant aussehen.

Etwas kleiner als Frank Rüdiger, hatte auch er eine guttrainierte Gestalt und rasche, elastische Bewegungen.

Als sich die beiden Freunde mit herzlichem Handschlag begrüßt hatten, sah sich Doktor Diehl erst einmal prüfend die ganze Umgegend an.

»Donnerwetter, Frank, was hast du dir hier für eine grandiose Umgebung aufbauen lassen. Ist das alles nur für dich?« scherzte er.

Frank lachte. »Natürlich auch für meine Freunde.«

»Wundervoll! Das ist wahrhaftig ein göttliches Erdenfleckchen.«

»Warte nur, es kommt noch schöner. Dies ist hier sozusagen nur das Vorspiel zu einem noch wirksameren Schauspiel. Komm erst nach Obergriesbach.«

Sie bestiegen den leichten Jagdwagen, und nachdem Dr. Diehls Gepäck aufgeladen worden war, fuhren sie davon. Frank Rüdiger kutschierte selbst.

Doktor Diehl sah sich mit strahlenden Augen um.

»Eine feine Sache, das! Herrgott, was ist deine Welt schön!«

»Spare dir noch etwas von deinem Entzücken auf, Heinz. Wenn du dich schon auf der Fahrt so ausgibst, was willst du dann in Obergriesbach tun? Das ist sozusagen der Höhepunkt der Naturschönheit.«

»Gut, ich bin nach dieser Einleitung auf alles gefaßt. Und mir ist zumute wie einem Gymnasiasten, der in die Ferien geht. Mensch – Zeitgenosse –, hast du eine Ahnung, wie gut du es hast, daß du deine Augen täglich an soviel Schönheit weiden kannst?«

»O ja, Heinz.«

»Na, das ist dein Glück. Sonst hätte ich dich zwei Jahre strafversetzt nach Berlin. Du, Berlin ist jetzt – schaudervoll, höchst schaudervoll. Und ich bin zwei volle Jahre nicht herausgekommen und habe mir die Nervenkraft aussaugen lassen wie von einem Vakuum. Jetzt will ich mich verjüngen und erfrischen an dieser göttlichen Natur. Ich bin dir von Herzen dankbar, daß du mich eingeladen hast.«

»Es freut mich, daß du gern gekommen bist.«

Doktor Diehl genoß die Fahrt durch den herrlichen Frühlingstag in vollen Zügen.

»Dieser April gebärdet sich geradezu als Lenzmonat, Frank. Die Sonne scheint wie im Mai, und es erscheint mir ganz rätselhaft, daß ich vorgestern bei einer Wanderung durch die Berliner Straßen ein Paar Gummiüberschuhe sehr vermißt habe. Dies Wetter hast du wohl extra für meine feierliche Einholung bestellt?«

»Natürlich – ich werde mich doch nicht lumpen lassen.«

»Fabelhaft!«

So plauderten die Freunde in munterer Weise. Zuweilen war es ausgeschlossen, mit Heinz Diehl in einer anderen Tonart zu verkehren, und momentan war er in dieser Stimmung. Aber trotzdem fragte er dazwischen ganz ernsthafte Sachen, und Frank gab ihm Antwort. Nur von einem sprachen sie wie auf stumme Übereinkunft kein Wort – von dem eigentlichen Grund für Heinz Diehls Anwesenheit. Jutta von Tübingen wurde nicht mit einer Silbe erwähnt. Frank Rüdiger war das auch recht so – von Jutta wollte er erst sprechen, wenn sie zu Hause waren.

Als der Wagen vor dem idyllischen Herrenhause von Obergriesbach hielt, sprangen die Herren vom Wagen. Frau Remblin stand im grauen Wollkleid mit breiter weißer Schürze am Eingang des Hauses.

»Das ist Frau Remblin, meine Haushälterin«, stellte Frank Rüdiger vor.

Heinz Diehl zeigte sein harmlos vergnügtes Gesicht und schüttelte Frau Remblin lachend die Hand.

»Redliche Hüterin der heimischen Penaten meines besten Freundes, ich begrüße Sie mit schuldiger Ehrfurcht, denn ich habe die Absicht, mich bei Ihnen kolossal einzuschmeicheln. Mein Freund, der Herr und Gebieter von Obergriesbach, hat mir Wunderdinge von Ihrer Küche erzählt – hauptsächlich von einem bayerischen Schmalzstrudel –, mir ist das Wasser im Munde zusammengelaufen. Gelt – den Schmalzstrudel darf ich doch auch mal probieren?«

Frau Remblin lachte. »Sooft Sie wollen, gnädiger Herr.«

»Famos! Ich freue mich schon. Wissen Sie, was mein Leibgericht ist?«

»Nun, Herr Doktor?«

»Butternockerln mit Backobst.«

»Das können Sie auch haben.«

»Jawohl, Heinz, Butternockerln sind auch eine Spezialität von Frau Remblin. Sie sind weich und duftig und zergehen auf der Zunge.«

»Hör auf, den grünen Lebensmittelteppich vor mir auszubreiten, mein lieber Frank, sonst fange ich an zu dichten – eine Ode an die Schmalzkrapferl oder Schmalzstrudel und eine an die Butternockerln.«

Lachend gingen die Freunde ins Haus.

Frank führte den Freund selbst auf sein Zimmer. Von dessen Fenster blickte man auf ein herrliches Bergpanorama. Doktor Diehl stand eine Weile wie in Andacht versunken. Dann wandte er sich um und reichte mit völlig verändertem, ernstem Gesicht dem Freunde die Hand.

»Du kannst Könige zu Gast laden – ich danke dir, daß ich hier sein darf.«

»Aber Heinz – mach' doch kein Aufhebens.«

Schnell zwang Heinz Diehl seine Bewegung nieder und sagte wieder in seiner lustigen Art:

»Butternockerln, Schmalzstrudel und diese Aussicht auf die Zugspitze – das ist zuviel für einen Sterblichen.«

Frank lachte herzlich. »Ich überlasse dich jetzt den auf dich einstürmenden Gefühlen, Heinz. In einer Viertelstunde erwarte ich dich unten im Eßzimmer.«

»Gut, ich trete mit militärischer Pünktlichkeit zum Essenfassen an.«

Und wirklich saßen die Freunde pünktlich bei Tisch und taten dem leckeren Mahle alle Ehre an.

Während der Mahlzeit plauderten sie von allem Möglichen – nur wieder nicht von dem, was Frank Rüdiger am meisten am Herzen lag. Aber als sie dann nach dem Essen bei einer Tasse Mokka in Frank Rüdigers Rauchzimmer gemütlich eine Zigarette rauchten, sagte Doktor Diehl plötzlich sehr ernst:

»Und nun zu dem Punkt, um den sich alles dreht, Frank. Was hast du mir zu sagen?«

Frank sog noch einmal an seiner Zigarette, stieß den Rauch von sich und atmete tief auf.

»Also – kurz und bündig, Heinz, meine Nachbarin im Schloß Untergriesbach ist Frau Jutta von Tübingen. Und zu ihren Gunsten möchte ich dich für den geheimnisvollen Kriminalfall interessieren. Sie war des Mordes an ihrem Gatten angeklagt und ist aus Mangel an Beweisen freigesprochen worden. Aber hier in der Umgegend hält man sie für schuldig – nur ich nicht und ihre Cousine auch nicht. Ich lege meine Hand dafür ins Feuer, daß sie unschuldig ist, und ich habe den dringenden Wunsch, ihre Unschuld zu beweisen, was natürlich nur geschehen kann, wenn der Mörder entdeckt wird.«

Doktor Diehl sah eine Weile mit nachdenklichen Blicken vor sich hin.

»Sie ist jung?« fragte er dann.

»Höchstens Mitte zwanzig.«

»Und schön?«

»Ja – sie ist sehr schön.«

»Du liebst sie?«

Eine Weile sah Frank Rüdiger versonnen vor sich hin.

»Das ist eine Frage, die ich mir selbst noch nicht einmal beantwortet habe. Jedenfalls hege ich ein tiefes Mitleid mit ihr und möchte ihr helfen.«

»Mitleid ist schon der Anfang von Liebe.«

»Möglich! Vielleicht würde ich dir und mir selbst ohne weiteres eingestehen, daß ich sie liebe, denn, abgesehen von ihrer äußeren Schönheit, halte ich sie für einen wertvollen Menschen. Nur eins stört mich in ihrem Charakterbild.«

»Nun?«

Frank Rüdiger stieß den Rauch der Zigarette von sich und sah ihn starr an.

»Daß sie sich einem Mann als Gattin hingab, der um zirka 40 Jahre älter war als sie. Aus Liebe kann sie diese Ehe nicht eingegangen sein. Geschah es aus Berechnung, dann muß ich irre an ihr werden. Ich könnte es nicht verstehen – und das quält mich.«

»Es kann auch andere Gründe haben.«

»Darum zerbreche ich mir den Kopf. Wie gesagt – es quält mich.«

»Also, du liebst sie doch. Und nun weiß ich, daß für dich viel, sehr viel davon abhängt, daß sie von dem auf ihr lastenden Verdacht befreit wird. Ich bin also bereit, all meine Kraft in den Dienst ihrer Sache zu stellen. Und nun berichte mir alles, was du über diesen Fall weißt.«

Dabei sah Doktor Diehls Gesicht ganz anders aus als zuvor. Die Muskeln strafften sich in konzentrierter Aufmerksamkeit, die Augen blickten scharf und spähend, und die Lippen hatten sich fest geschlossen, so daß ein eigenartig prägnanter Zug um den Mund erschien. Kein Mensch hätte den jungen Mann jetzt für unbedeutend halten können.

Frank Rüdiger erzählte zunächst von seinem ersten Zusammentreffen mit Jutta von Tübingen im Walde, von der Szene mit den Dorfkindern und von ihrem haltlosen Zusammenbrechen und ihrer Flucht vor ihm. Dann berichtete er ziemlich wortgetreu, was ihm der Wirt vom Roten Löwen erzählt hatte. Er wußte, daß es Doktor Diehl oft auf Kleinigkeiten ankam, und verschwieg ihm nichts. Auch nicht, daß Frau von Tölz und Norbert von Hall ihm einen sehr unsympathischen Eindruck gemacht hatten, daß Blandine jedoch auf Juttas Seite stehe und an sie glaube, und daß es Norbert von Hall gewesen sei, der den Schimpfnamen Gifthexe für Jutta geprägt hatte.

Als er geendet hatte, fragte er den Freund: »Was denkst du von der Sache, Heinz?«

Dieser saß eine ganze Weile gedankenverloren, die Augen scharf und fest ins Leere gerichtet, mit einem seltsam zufassenden, suchenden Blick.

Dann richtete er sich auf. »Frau von Tübingen hat also durch ihre Heirat Erbaussichten dieser Verwandten zerstört?«

»So ist es.«

»Und natürlich stehen ihr diese Verwandten deshalb feindlich gegenüber?«

»Mutter und Sohn unbedingt, die Tochter nicht.«

»Und Frau von Tübingen weiß das?«

»Ganz genau.«

»Warum duldet sie diese Menschen in ihrem Hause?«

»Vermutlich, weil sie weiß, daß sie ihretwegen auf das Erbe verzichten mußten. Sie scheint mir sehr großherzig zu sein und will augenscheinlich diese Menschen nicht darben lassen, da ihr das reiche Erbe zufiel.«

»Das wäre allerdings ein Zug von Großmut, zumal sie die Feindseligkeit dieser Menschen fühlt, wie aus ihren Worten dir gegenüber hervorgeht. Hast du ihr gesagt, daß du mich mit der Aufklärung dieses Falles beauftragt hast?«

»Ja.«

»Es wäre vielleicht besser gewesen, sie hätte es nicht gewußt.«

»Aber bedenke, ohne ihre Erlaubnis konnte ich mich doch nicht in ihre Angelegenheiten mischen. So etwas kann man doch nicht heimlich tun.«

Heinz Diehl lächelte. »So etwas kann man im Gegenteil nicht heimlich genug tun. Aber in diesem Falle ist es doch vielleicht besser, sie weiß darum. Wie nahm sie es denn auf?«

»Sie dankte mir mit Tränen in den Augen und großer Innigkeit und ist sehr gerührt, daß ich an ihre Schuldlosigkeit glaube.«

»Also, sie war bestimmt nicht unangenehm berührt?«

»Ganz im Gegenteil.«

»Weißt du, wie ihre Verbindung mit ihrem Gatten zustande kam?«

»Nein, ich weiß darüber nur, was mir der Gastwirt erzählte – nämlich, daß Herr von Tübingen sie als seine Braut mit hierherbrachte und sich am selben Tage, statt an dem erst bestimmten nächstfolgenden, mit ihr trauen ließ.«

»Richtig! Und Herr von Tübingen hatte gewünscht, daß seine Verwandten vorher abreisten. Er legte also Wert darauf, daß sie der Hochzeit nicht beiwohnten?«

»Ganz recht, die Hochzeit sollte in aller Stille stattfinden.«

»Und wie stand die junge Frau mit ihrem Gatten?«

»Das weiß ich nicht, aber sie wird dir sicher auf all deine Fragen bereitwillig antworten.«

»Wobei aber sicher ihre Verwandten zugegen sein werden. Da läßt sich nicht gut fragen.«

Rüdiger lächelte. »Nun, ein wenig Diplomat bin ich auch, Heinz. Ich sah das voraus und habe Frau von Tübingen für morgen nachmittag um vier Uhr um ein Rendezvous gebeten.«

»Ei, ei – man gewährt dir schon Rendezvous?«

»Nicht so, wie du denkst, Heinz. Ich bat sie nur um dieses Zusammentreffen, weil ich annahm, daß du ihr selbst deine Fragen vorlegen möchtest. Sie weiß, daß du bei mir sein wirst, und daß es nur darum erbeten wurde. Glaube nicht, daß Jutta von Tübingen eine Frau ist, mit der man leichtfertig Rendezvous verabredet. Ich würde es nie wagen.«

»Verzeih, es war nur ein Scherz und nicht böse gemeint. Also gut, ich werde sie morgen nachmittag nach allem Nötigen fragen.«

»Und morgen vormittag machen wir einen offiziellen Besuch im Schloß Untergriesbach.«

»Wobei ich sicher auch die lieben Anverwandten antreffen und etwas sondieren werde.«

»Sicher! Da sie um unsern Besuch wissen, sind sie bestimmt zur Stelle. Ich habe das Gefühl, daß Mutter und Sohn es zu verhindern wünschen, daß Frau von Tübingen eine neue Ehe eingeht, und jeden jungen, heiratsfähigen Mann, der sich ihr nähert, mit Argusaugen bewachen.«

»Das ist erklärlich! Wenn ein neuer Herr im Schloß Untergriesbach einziehen würde, könnten sie wohl kaum noch bleiben. Es ist also Selbsterhaltungstrieb, daß sie eine zweite Ehe der jungen Frau hintertreiben, soweit es in ihrer Macht steht.«

»Sehr richtig.«

»Nun, wir werden sehen. Jedenfalls werden wir sie also antreffen. Und ich werde mich so unwiderstehlich liebenswürdig zeigen, daß sie mich nicht hinauswerfen können. Bitte, wundere dich nicht, wenn ich gegen die Verwandten der Frau von Tübingen sehr freundlich und gegen diese selbst sehr abweisend bin. Ich habe meine Gründe.«

»Ich werde mich überhaupt über nichts wundern, Heinz, denn ich weiß, daß du oft seltsame Wege gehen mußt, um ein Ziel zu erreichen.«

»Gut, und damit wollen wir heute dies Thema beendigen. Laß uns von anderen Dingen plaudern.«

Das geschah. Die beiden Freunde saßen noch eine Weile zusammen und tauschten allerlei Erlebnisse aus, und dann begleitete Heinz Diehl seinen Gastgeber auf die Felder. Frank Rüdiger stellte ihm ein Reitpferd zur Verfügung, und er plauderte nun wieder in seiner harmlos lustigen Weise.

Am anderen Vormittag fuhren die Freunde nach Schloß Untergriesbach und fanden tatsächlich die ganze Familie versammelt. Doktor Diehls unwiderstehlicher Liebenswürdigkeit, seiner heiteren, witzigen Art vermochte nicht einmal Frau von Tölz zu widerstehen, zumal sie merkte, daß er Jutta mit eisiger Zurückhaltung begegnete, während er sich mit Blandine sehr angelegentlich beschäftigte. Die eisige Zurückhaltung gegen Jutta war natürlich Komödie, aber das Interesse für Blandine war echt. Sie gefiel Heinz Diehl ausnehmend, und er fand, daß man mit dieser jungen Dame sehr »vernünftig« reden könne. Außerdem meinte er aber in ihrem Wesen etwas Verhaltenes, Unklares zu entdecken – und das reizte ihn ganz besonders. Er dachte über diese leise Unklarheit in Blandines Wesen nach und sah dabei so oft fragend und forschend in ihre Augen, daß er bei dieser Gelegenheit auch entdeckte, daß diese großen, blauen Augen sehr schön waren und sehr beseelt. Jutta war zunächst ziemlich beklommen zumute, weil Doktor Diehl sich ihr gegenüber so ablehnend verhielt. Betrübt sagte sie sich, daß sie von ihm wohl nicht viel zu hoffen habe. Aber Frank Rüdiger fand Gelegenheit, ihr unbeobachtet einige Worte zuzuflüstern. »Wundern Sie sich nicht über meines Freundes Zurückhaltung, sie ist Maske«, sagte er.

Da atmete Jutta auf. Denn wie hätte sie hoffen können,

daß Doktor Diehl mit dem nötigen Eifer für ihre Sache eintreten würde, wenn er sich feindlich zu ihr stellte.

Nun begriff sie, daß er einen besonderen Zweck damit verfolgte, und da wurde ihr wieder leichter ums Herz.

Frau von Tölz fand immer mehr Gefallen an Heinz Diehl, und als sich die Herren entfernt hatten, war sie seines Lobes voll. Auch Norbert von Hall gefiel Doktor Diehl besser als Frank Rüdiger.

Und Blandine?

Sie war ein wenig unruhig und zerstreut, nachdem die Herren gegangen waren. Jutta hatte die Freunde gebeten, am nächsten Abend das Abendessen in Untergriesbach einzunehmen und am Sonntag das Mittagessen. Frau von Tölz hatte seltsamerweise nichts einzuwenden, und Blandines Augen hatten aufgeleuchtet in heimlicher Freude.

Sie plauderte mit Jutta über die beiden Herren und verriet ein großes Interesse an »dem blonden Doktor, der so lustige Augen hatte«.

Jutta war aber heute ein wenig zerstreut und darum sehr froh, daß Blandine nicht zur Stelle war, als sie sich kurz vor vier Uhr entfernte. Pünktlich waren die Herren schon zur Stelle, als sie am Rendezvousplatz eintraf.

Doktor Diehl sagte sofort:

»Vor allen Dingen muß ich mich entschuldigen, gnädige Frau, daß ich mich fast unartig gegen Sie betragen habe. Das geschah hauptsächlich darum, um zu sondieren, wer in Ihrer Umgebung sich darüber freut und wer sich darüber ärgert, wenn man Ihnen nicht liebenswürdig begegnet. Sie müssen mir im voraus Absolution erteilen, wenn ich noch eine Weile eisige Zurückhaltung markiere. Es liegt in meinem Sinne, daß man glaubt, ich stehe Ihnen feindlich gegenüber und glaube an Ihre Schuld. Und es wäre mir sehr erwünscht, wenn auch Sie mir gegenüber eine gewisse Antipathie an den Tag legten.«

Jutta atmete auf. »Das wird mir recht schwerfallen, Herr Doktor. Ich war schon ganz verzagt, daß Sie sich mir so feindlich zeigten, aber nun können Sie mich so schlecht behandeln wie Sie wollen. Heute vormittag sagte ich mir unter Ihren eisigen Blicken: Von diesem Manne wird dir keine Hilfe kommen. Aber jetzt bin ich schon ganz hoffnungsvoll.«

Bewundernd schaute er in ihr schönes, leidvolles Gesicht. Und er konnte Frank Rüdiger sehr gut verstehen.

»Ob ich Ihnen Hilfe bringen kann, weiß ich freilich noch nicht, aber daß ich alles tun werde, was in meinen Kräften steht, um es zu tun, das versteht sich von selbst. Und ich bitte Sie nun, gnädige Frau, mir einige Fragen recht ausführlich zu beantworten. Je genauer ich über alles orientiert bin, desto leichter wird es mir werden, Licht in diese für Sie so schmerzliche Affäre zu bringen. Auch das scheinbar Unwichtigste ist zuweilen sehr nützlich.«

»Bitte, fragen Sie nur, ich werde so ausführlich wie möglich antworten.«

Er verneigte sich. »Also bitte: Wie kam Ihre Verbindung mit Herrn von Tübingen zustande? Während Sie uns das erzählen, können wir auf diesem schönen Waldweg promenieren. Falls uns zufällig jemand begegnet, geben wir uns den Anschein, als seien wir hier ganz zufällig zusammengetroffen.«

Jutta erzählte nun, was sie neulich Blandine über diese Angelegenheit berichtet hatte – wie ihre Heirat zustande kam und wie sie nach Untergriesbach gekommen sei.

Frank Rüdiger war zumute, als fiele ihm eine drückende

Last vom Herzen, als er hörte, daß zwischen Jutta und ihrem Manne nur eine Scheinehe bestanden habe und daß sie in ihm nur einen väterlichen Freund gesehen hatte.

Heinz Diehl warf ihm einen lächelnden Seitenblick zu, der zu fragen schien: »Bist du nun über diesen Punkt beruhigt?« Ja, Frank Rüdiger war beruhigt. Juttas Bild hatte nun keinen Schatten mehr für ihn, und ein wunderbares Gefühl der Befreiung erfüllte sein Herz. In andächtigem Entzücken hingen seine Augen an Juttas reinem Profil.

Als sie mit ihrer Erzählung zu Ende war, fragte Doktor Diehl: »Also, Ihr Gatte wollte nicht, daß seine Verwandten an Ihrer Hochzeit teilnahmen?«

»Nein, das wollte er nicht.«

»Wissen Sie seine Gründe?«

»Ja, ich war darüber erstaunt und fragte ihn darum. Und da sagte er mir, diese Verwandtschaft sei ihm unangenehm, hauptsächlich Norbert von Hall.«

»Warum gerade er?«

»Er sagte mir, er sei ein Spieler und noch Schlimmeres. Und deshalb würde er auch sein Erbe dem Fiskus hinterlassen haben, wenn er mich nicht gefunden und zur Erbin eingesetzt hätte. Er wollte nicht, daß sein Besitz am Spieltisch vergeudet würde. Und nach Frau von Tölz wäre doch ihr Sohn Herr in Untergriesbach geworden, wenn er sie zu seiner Erbin eingesetzt hätte. Außerdem sei sie zu nachgiebig gegenüber ihrem Sohn, sagte er mir.«

»So? Also ein Spieler – und Schlimmeres? Haben Sie eine Ahnung, was er mit dem Schlimmeren andeuten wollte?«

»Nein, er meinte, mit solchen Dingen wolle er mir das Herz nicht beschweren, das sei nichts für ein junges Gemüt.«

Doktor Diehl sah eine Weile sehr nachdenklich vor sich hin. Dann fragte er weiter:

»Wußten seine Verwandten, daß sie ihn nicht beerben würden, auch wenn Sie nicht seine Frau geworden wären?«

»Nein, das wußten sie bestimmt nicht.«

»Aber Ihr Herr Gemahl hatte noch kein Testament gemacht, das seine Verwandten von seinem Erbe ausschloß?«

»Doch, er zeigte es mir und vernichtete es vor meinen Augen, als er gleich nach unserer Hochzeit das Testament zu meinen Gunsten gemacht hatte.«

»Und Ihre Verwandten wußten nicht, daß Ihre Hochzeit einen Tag früher stattgefunden hatte?«

»Bestimmt nicht, denn als nach meines Mannes plötzlichem Tode Frau von Tölz mit ihren Kindern von München zurückkam – man hatte sie telegraphisch herbeigerufen –, gebärdete sie sich ganz als die Herrin des Hauses und redete mich mit ›Fräulein‹ an. Sie behandelten mich fast wie eine hergelaufene Dirne, Frau von Tölz und ihr Sohn. Erst als ich mir das verbat und ihnen mitteilte, daß ich bereits Frau von Tübingen sei, begriffen sie, daß sie kein Recht hatten, sich als Erben aufzuspielen.«

»Wie nahmen sie diese Enthüllung auf?«

»Sehr seltsam.«

»Wie das?«

»Frau von Tölz starrte mich entgeistert an und schrie mir ins Gesicht: ›Sie haben Malte in der Hochzeitsnacht ermordet! Nur Sie können es getan haben, ich protestiere, daß Sie das Erbe antreten.‹ – Norbert von Hall aber wurde totenbleich und fiel wie vernichtet in sich zusammen. Es war grauenhaft anzusehen, wie ihn diese Enttäuschung niederwarf. Ich behielt das im Gedächtnis, obgleich ich an jenem Tage ganz fassungslos war infolge des Entsetzlichen, das auf mich einstürmte. Meines treuesten, besten Freundes jäher Tod, der mir so unerklärlich war, hatte mich tief erschüttert, alle Menschen sahen mich mißtrauisch an, und Frau von Tölz schrie mir die Anklage ins Gesicht. Als das geschah, stob die Dienerschaft auseinander, und zwei Stunden später wurde ich verhaftet, es sprach ja alles zu meinen Ungunsten.«

Doktor Diehl sah scharf und fest in ihre Augen. »Wollen Sie mir sagen, gnädige Frau, welche Verdachtsmomente sich gegen Sie ergaben?«

Jutta strich sich wie besinnend über die Stirn, während Frank Rüdiger sie besorgt ansah. »Es wird Ihnen doch nicht zuviel, gnädige Frau?« fragte er teilnahmsvoll.

Hastig schüttelte sie das Haupt. »Nein, nein, ich könnte das Schwerste vollbringen, wenn ich meine Unschuld an den Tag bringen könnte. Also: Ich war zuletzt allein mit meinem Manne gewesen; ich selbst habe ihm das Glas Wein gebracht, aus dem er den Tod trank; habe ihm sogar das Glas an die Lippen gesetzt, ehe ich ihn verließ.«

Und sie erzählte noch einmal ganz genau den Vorgang an jenem Abend. Als sie von dem leisen Geräusch sprach, das sie gehört hatte, als sie aus dem Schlafe im Lehnstuhl erwachte, fragte er:

»Was war das für ein Geräusch?«

Sie beschrieb es, wie sie es Blandine beschrieben hatte, und fuhr dann fort in ihrem Bericht bis zum Ende.

»Und was hat Ihr Verteidiger zu Ihren Gunsten vorgebracht?«

»Er hat nachzuweisen versucht, daß mein Mann wohl selbst das Gift in den Wein getan habe, während ich schlief. Nur in dieser Zeit konnte es in das Glas gelangt sein. Er behauptete, mein Mann müsse Selbstmord verübt haben, vielleicht, um sich von seinem schmerzhaften Herzleiden zu befreien. Aber obwohl ich daraufhin schließlich freigesprochen wurde, behaupte ich dennoch, daß mein Mann nicht durch Selbstmord endete. Er war ein viel zu religiöser Mensch und verabscheute den Selbstmord, und er war tapfer und starkmütig. Auch war er viel zu umsichtig, als daß er sich nicht hätte sagen müssen, daß sein Tod mir zur Last gelegt werden könne, wenn er sich nicht selbst angeklagt hätte. Nein, nein – niemals glaube ich, daß er Hand an sich gelegt hat. Nie hätte er zugelassen, daß ich ihm das Glas reichte. Das hätte ich auch laut in der Gerichtsverhandlung erklärt, wenn mich mein Verteidiger nicht beschworen hätte, still zu sein.«

»Also, es erscheint Ihnen ausgeschlossen, daß Ihr Herr Gemahl sich selbst vergiftete?«

»Ganz ausgeschlossen«, entgegnete sie fest und bestimmt.

»Wie lange schliefen Sie in jener Nacht im Lehnstuhl?«

»Es kann eine Stunde lang gewesen sein.«

»Und Sie schliefen fest?«

»Ganz fest, denn ich war sehr müde und konnte mich schon während des Vorlesens kaum wach halten.«

»Weshalb mögen Sie denn nicht länger geschlafen haben?«

»Ich weiß es nicht. Vielleicht war mir zu kalt, denn als ich erwachte, fror ich und schloß deshalb das Fenster.«

»Es stand offen?«

»Ja, und wie ich später hörte, schlief mein Mann stets bei offenem Fenster. In jener Nacht aber schloß ich es, und dabei überkam mich plötzlich ein Gefühl der Furcht – als laure draußen eine Gefahr auf mich.«

»Ihr Herr Gemahl pflegte also stets bei offenem Fenster zu schlafen?«

»Ja.«

»Und das wußte man im Hause?«

»Jedermann, außer mir.«

»Wo lag das Zimmer – in welchem Stock?«

»Im Parterre, es liegt nach der Terrasse hinaus, wie fast alle Parterrezimmer.«

In Doktor Diehls Augen glomm ein Licht auf.

»So, so – nach der Terrasse hinaus? Nun, also weiter. Als Sie aus der Haft entlassen waren, kehrten Sie nach Untergriesbach zurück?«

»Ja, ich hatte kein anderes Heim. Die Wohnung meiner Mutter in Berlin hatte ich aufgegeben. Und es trieb mich auch hierher, als könnte ich vor Schmach und Not nur Schutz finden im Hause meines Wohltäters, dessen Güte mir das Leben hatte leichtmachen wollen.«

»Sie fanden die Verwandten Ihres Gatten noch hier?«

»Ja! Herr von Hall hatte die Verwaltung des Gutes wie selbstverständlich übernommen. Seine Mutter schaltete als Hausfrau in meinem Hause. Sie hatten ja beide bestimmt erwartet, daß ich verurteilt würde, denn sie glaubten fest an meine Schuld, wenn es Herr von Hall auch mir gegenüber nicht zugeben will.«

»Wie begegneten sie Ihnen?«

»Frau von Tölz mit ostentativer Feindseligkeit und Verachtung. Sie machte keinen Hehl daraus, daß sie mich für die Mörderin meines Mannes hielt. Norbert von Hall heuchelte Glauben an meine Unschuld, beschimpfte mich aber hinter meinem Rücken und prägte den Namen Gifthexe für mich, den mir die Kinder nachrufen, wie Ihnen Herr Rüdiger bestätigen wird.«

»Allerdings«, warf dieser ein.

Jutta fuhr fort. »Seine Schwester Blandine begegnete mir mit einer seltsamen Scheu. Ich hatte das Gefühl, daß auch sie mich für eine Verbrecherin hielt und mich nur nicht mit Verachtung zu behandeln wagte, weil ich ihr und ihren Angehörigen in meinem Hause eine Heimat geboten hatte. Denn ich wollte die Verwandten meines Mannes nicht darben lassen und beließ auch Herrn von Hall den Posten als Verwalter, für den er Gehalt bezieht. Kurzum, ich glaubte, Blandine halte mich für schuldig. Aber seit einiger Zeit weiß ich, daß sie an mich glaubt. Es kam zu einer Aussprache zwischen uns, und ich habe in ihrem Wesen große Werte entdeckt. Wir sind jetzt innig befreundet, und ich weiß, daß sie ihrer Mutter innerlich fremd gegenübersteht. Noch fremder aber ihrem Halbbruder – das habe ich am deutlichsten an jenem Tage bemerkt, als ich ihr mitteilte, daß er um meine Hand angehalten hatte.«

Die beiden Herren zuckten betroffen zusammen. »Wie? Herr von Hall hat sich um Sie beworben?« fragte Frank Rüdiger erregt.

Sie nickte. »Ja – obwohl ich fest überzeugt bin, daß er mich haßt.«

»Das ist schändlich!« stieß Frank Rüdiger hervor.

Ein mattes Lächeln huschte um Juttas Mund. »Genau so nannte es seine Schwester.«

Doktor Diehl horchte auf. »Warum fand es Fräulein von Tölz schändlich von ihrem Bruder, daß er sich um Sie bewarb? Verzeihen Sie meine Gründlichkeit, aber es ist alles von Interesse für mich.«

»Sie fand es schändlich, weil sie, gleich mir, wußte, daß er es nur tat, um das ihm entgangene Erbe an sich zu bringen.«

»Sie wiesen also Herrn von Hall ab?«

»Ja.«

»Gaben Sie ihm Gründe an?«

»Da er sie verlangte, ja. Ich sagte ihm, daß ich es unverzeihlich finde, daß er um mich werbe, obgleich er an meine Schuld glaube. Und ich sagte ihm auch, daß ich nie meine Hand in die eines Mannes legen würde, solange nicht der wahre Mörder entdeckt sei.«

»Hat er sich damit zufriedengegeben?«

»Nicht ganz. Er machte noch Versuche, mich umzustimmen. Deshalb sagte ich ihm, daß ich wisse, daß er mir den Namen Gifthexe angehängt habe.«

»Was sagte er dazu?«

»Er suchte sich herauszureden. Und kürzlich meinte er, ich werde es hoffentlich nie bereuen, ihn zurückgewiesen zu haben.«

Wieder dachte Doktor Diehl eine Weile nach. Schließlich fuhr er fort: »Also, Fräulein von Tölz steht Mutter und Bruder ziemlich fremd gegenüber?«

Jutta atmete tief auf.

»Das arme Kind – es leidet unter dieser Fremdheit und macht sich wohl noch Vorwürfe darüber, obwohl Blandine ganz schuldlos daran ist. Frau von Tölz ist sehr herzenskalt. Was sie an warmen Gefühlen aufbringen kann, gehört ihrem Sohne aus erster Ehe. Ihm gegenüber ist sie ziemlich schwach. Blandine, die von ihr ziemlich streng und lieblos behandelt wird, fühlt das sehr wohl, und sie begreift die Mutter nicht. Herr von Hall benimmt sich seiner Schwester gegenüber sehr unritterlich. Sie sieht seine Fehler mit scharfen Augen und mit schmerzlichem Groll. Oft liegt in ihren Augen, wenn sie ihn ansieht, ein seltsamer Ausdruck. Irgend etwas bedrückt sie – ich weiß nur nicht, was, und will sie nicht fragen. Sie klagt sich selbst an, daß sie etwas Unfreies, Unausgeglichenes in ihrem Wesen habe, das sie nicht überwinden kann. Und gerade ihrem Bruder gegenüber kommt das zum Ausdruck. Sie weicht ihm aus, wo sie kann, und wenn sie mit ihm spricht, liegt viel Schärfe in ihrem Ton, die ihr sonst fremd ist, und eine grübelnde Unruhe. Jedenfalls ist die arme Blandine nicht glücklich und deshalb harmonieren wir vielleicht so gut miteinander.«

Doktor Diehl hatte sich während dieses Verhörs verschiedene Notizen gemacht und nun dachte er, daß er Fräulein von Tölz dazu bringen müsse, ihm ihr Vertrauen zu schenken, einmal aus einem ganz besonderen Grunde und dann – weil sie ihm sehr gefiel und ihn sehr interessierte.

Aufatmend sagte er nun: »Jetzt habe ich Sie aber genug gequält. Ich weiß vorläufig alles, was ich wissen muß. Aber, nun habe ich noch verschiedene Wünsche, die Sie mir erfüllen müssen.«

»Gern, wenn es in meiner Macht steht.«

»Nun wohl – ich muß unbedingt einmal das Sterbezimmer Ihres Herrn Gemahls besichtigen. Aber das muß geschehen, ohne daß ich Zeugen dabeihabe. Am liebsten wäre es mir, wenn kein Mensch außer uns etwas davon erführe – schon weil niemand ahnen darf, in welcher Eigenschaft ich hier bin. Wie können wir das einrichten?«

Jutta dachte nach. Und da blitzte es in ihren Augen auf.

»Es trifft sich gut! Nächsten Dienstag fährt Frau von Tölz mit ihrem Sohn nach München. Sie wollen dort Bekannte treffen, die München auf der Durchreise passieren, und wollen außerdem verschiedene Einkäufe machen.«

»Und Fräulein von Tölz?«

»Sie konnte sich noch nicht entschließen, ob sie Mutter

und Bruder begleiten oder zu meiner Gesellschaft zurückbleiben soll.«

»Dann müssen Sie die junge Dame irgendwie bestimmen, daß sie auch mit nach München fährt. Ich habe dann mindestens einen Tag frei, um mir in Ruhe alles ansehen zu können. Der Dienerschaft wegen werde ich Ihnen am Dienstag mit meinem Freunde einen Besuch machen und den Wunsch äußern, das Schloß besichtigen zu dürfen. Sie führen uns dann im Schlosse umher. Dabei wird sich Gelegenheit finden, daß ich das Sterbezimmer Ihres Herrn Gemahls besichtige, ohne daß jemand in der Nähe ist.«

»Gewiß, Herr Doktor, das läßt sich einrichten. Es soll alles zu Ihrer Zufriedenheit geordnet werden.«

»Vor allen Dingen sorgen Sie dafür, daß Fräulein von Tölz mit abreist.«

»Ich werde sie bitten, verschiedene Einkäufe für mich zu besorgen, mit denen ich ihre Mutter nicht behelligen möchte.«

»Gut. Und noch eine Frage – ist im Sterbezimmer Ihres Herrn Gemahls alles so geblieben, wie es war in jener Nacht, als er starb?«

»Ja, es ist nur Ordnung geschaffen worden.«

Doktor Diehl lachte ein wenig ärgerlich.

»Oh – diese Ordnungsliebe, die mir schon manchen Streich gespielt hat! Hoffentlich waren Ihre Domestiken nicht gar so gründlich. Sind wenigstens die Möbel alle an ihrem alten Platz geblieben?«

»Ja, dafür habe ich gesorgt, ich wollte nicht, daß etwas geändert wurde.«

»Das ist mir sehr angenehm. Und nun, meine verehrte gnädige Frau, sind wir für heute mit unserm Verhör zu Ende, und ich kann Ihnen zum mindesten sagen, daß ich, wie mein Freund, ganz fest von Ihrer Schuldlosigkeit überzeugt bin.«

»Das ist für mich schon sehr viel, Herr Doktor.«

»Für mich auch, gnädige Frau, dann tappe ich wenigstens über diese Frage nicht mehr im dunkeln.«

»Wie aber ist Ihnen die Überzeugung gekommen, daß ich schuldlos bin?«

Doktor Diehl lächelte. »Dafür gab es zwei Beweise. Erstens merke ich, daß Sie mit Feuereifer bei dieser Aufklärungsarbeit sind. Das wäre nicht der Fall, wenn Sie sich schuldig fühlten. Und dann treten Sie so energisch dafür ein, daß Ihr Herr Gemahl keinen Selbstmord verübt hat. Wären Sie schuldig, würden Sie ebenso energisch für das Gegenteil eintreten, um den Verdacht von sich abzulenken.«

»Ich meine, dieser Beweise würde es gar nicht bedürfen, um die gnädige Frau schuldlos zu finden – man braucht sie nur anzusehen, um das zu wissen«, warf Frank Rüdiger ein.

Jutta errötete, und Doktor Diehl sagte lächelnd: »Du begnügst dich mit Beweisen, die im Gefühl liegen, ich muß mich an positivere Dinge halten. Also, gnädige Frau, verzeihen Sie, daß ich Sie so lange belästigt habe.«

Sie reichte ihm schnell die Hand. »Belästigt man einen Gefangenen, wenn man sich bemüht, ihm die Fesseln abzustreifen?« fragte sie.

Und dabei glitt ein so reizendes Lächeln über ihre Züge, daß Frank Rüdiger sie entzückt ansah und sehr bedauerte, daß dies Lächeln nicht ihm galt. Er neidete es fast dem Freunde.

Jutta sah nach ihrer Armbanduhr. »Haben Sie sonst noch Wünsche, Herr Doktor?«

»Nein, gnädige Frau, vorläufig nicht.«

»Dann möchte ich nach Hause gehen. Man wird mich zum Tee erwarten.«

»Wir dürfen Sie nicht zurückhalten; es darf nicht auffallen, daß Sie zu lange ausbleiben.«

»Also, morgen abend erwarten wir die Herren zum Abendessen.«

»Wir werden pünktlich erscheinen. Und bitte, gnädige Frau – nicht vergessen, daß wir beide einander unausstehlich finden.«

Jutta lachte leise. Aber so verzagt dies Lachen auch noch klang, Frank Rüdiger drang es wie Glockenton ins Herz.

»Ich werde mich sehr bemühen, Sie unausstehlich zu finden, Herr Doktor.«

»Tun Sie das. Und wenn Ihnen irgend etwas an mir auffällt oder Ihnen unverständlich erscheint, dann achten Sie nicht darauf, und fragen Sie nicht.«

»Das will ich gewiß nicht tun. Ich füge mich ganz still und vertrauensvoll in alles, was Sie für gut finden.«

»Auch wirklich vertrauensvoll?«

Mit einem schönen, warmen Lächeln reichte sie ihm die Hand. »Ja, wirklich vertrauensvoll, denn Herr Rüdiger hat Sie mir gebracht, und er hat mir schon so viel Gutes getan, daß ich überzeugt bin, daß von seiner Seite mir nur Gutes kommen kann. Leben Sie wohl, meine Herren, und morgen abend auf Wiedersehen!«

Frank Rüdiger zog ihre Hand an seine Lippen, und seine Augen leuchteten einen Moment unbeherrscht in die ihren. Sie riß sich errötend los und eilte davon.

Selbstvergessen sah ihr Frank Rüdiger nach. Doktor Diehl stand an einen Baum gelehnt und wartete, bis der Freund sich aufatmend nach ihm umwandte.

»Nun – wieder zurück aus dem Himmel?« fragte er.

Ein Lächeln glitt über Frank Rüdigers Züge. »Ist sie nicht eine entzückende Frau?«

»Ohne Zweifel.«

»Wie konnte man sie nur für eine Mörderin halten?«

Doktor Diehl zuckte die Achseln. »Das frage ich mich auch, mein lieber Frank. Durch diese klaren Frauenaugen kann man wahrhaftig ungehindert bis ins Herz sehen.«

»Und was denkst du nun über alles, was du gehört hast?«

»Sehr viel, aber nichts, was ich dir schon verraten möchte.«

»So hast du schon eine Spur?«

»Vielleicht, aber ich lege mich nie fest, solange ich nicht bestimmten Anhalt habe. Erst muß ich am Ort der Tat meine Beobachtungen gemacht haben. Leider wird nach zwei Jahren mancherlei verwischt sein, was ich gleich nach frischer Tat gefunden hätte. Aber manchmal erhalten sich geheimnisvolle Spuren überraschend frisch. Darauf will ich hoffen. Halte mich nicht für einen Geheimniskrämer, mein lieber Frank, aber siehst du, es ist möglich, ich tappe auf falscher Fährte, und dann will ich mich nicht blamieren. Wenn man derartige Sachen sozusagen als Sport betreibt, packt einen der Ehrgeiz – man möchte unfehlbar sein und zum mindesten anderen Menschen nicht eingestehen, daß man auf dem berüchtigten Holzweg ist. Respektiere also meine Zurückhaltung in dieser Angelegenheit, zumal darüber jedes Wort zuviel ist, wodurch die Sache nicht unbedingt gefördert werden kann.«

»Sag' mir nur, ob du Hoffnung hast, Frau von Tübingens Unschuld zu beweisen?«

»Mit dieser Hoffnung kam ich schon hierher. Ob sie begründet ist, wird die Zeit lehren. Und nun hast du wohl nichts dagegen, wenn wir nach Obergriesbach zurückkehren. Frau Remblin hat mir Knusperchen und Eierwaffeln zum Tee versprochen, und ich bin äußerst gespannt auf diese verheißungsvollen Dinge.«

Die letzten Worte sagte Doktor Diehl wieder mit seinem harmlos-fröhlichen Gesicht.

Sie gingen zu der Stelle, wo sie ihre Pferde angebunden hatten, saßen auf und ritten schnell davon.

Auf dem Heimweg war Doktor Diehl so aufgeräumt und übermütig wie nie zuvor. Frank Rüdiger kannte den Freund zu gut, um nicht zu wissen, daß er nicht hoffnungslos war. Aber er wußte auch, daß jetzt nichts aus ihm herauszubringen sei. So sparte er sich alle weiteren Fragen und ging auf den lustigen Ton ein.

In bester Stimmung kamen sie im Obergriesbacher Herrenhause an, und hier hatte Frau Remblin im Erkerausbau des schönen, behaglichen Wohnzimmers den Teetisch hergerichtet, auf dem Waffeln und Sandwichs neben dem heimlich summenden Teekessel aufgestellt waren.

»Wir leben hier wie im Schlaraffenland«, sagte Doktor Diehl vergnügt schmunzelnd.

Blandine befand sich mit Mutter und Bruder in dem Zimmer, in dem nachmittags der Tee eingenommen wurde. Es war ein kleinerer Raum neben dem großen Speisezimmer, und im Kamin brannte noch ein helles Holzfeuer, denn es war noch recht frisch und kühl, sobald die Sonne im Sinken war.

»Wo bleibt Jutta?« fragte Frau von Tölz, ungeduldig nach der Teekanne blickend.

»Sie ist wohl noch nicht von ihrem Spaziergang zurück. Ich habe sie seit Mittag nicht gesehen.«

»Das ist ja erstaunlich, daß du einmal nicht als ihr getreuer Schatten fungierst«, höhnte Norbert.

»Ja, ich wollte dir schon immer einmal sagen, Blandine, daß mir diese Intimität mit Jutta nicht gefällt. Was hast du immer mit ihr zusammenzustecken? Und weshalb nennst du sie so vertraulich du und läßt es dir von ihr auch gefallen?« fiel Frau von Tölz ein.

Blandine sah ihre Mutter groß und ruhig an. »Weil Jutta meine Freundin ist, Mama.«

Entrüstet schlug Frau von Tölz die Hand auf ihre Sessellehne. »Deine Freundin? Eine Verbrecherin darf nie die Freundin meiner Tochter sein.«

»Verzeih, Mama – noch weniger dürfte sie dann unsere Wohltäterin sein. Und das ist Jutta doch im vollen Maße. Ich nenne Jutta stolz meine Freundin, denn sie ist ein edler, guter Mensch, und ich bin fest überzeugt, daß sie schuldlos ist.«

Norbert lachte heiser und höhnisch auf. »Du bist schlau, Blandine, du lügst dir vor, an ihre Schuldlosigkeit zu glauben, damit du ungehindert durch peinliche Skrupel bei ihr deinen Vorteil wahren kannst.«

Blandine erhob sich jäh und trat dicht an den Bruder heran. »Ein Mensch wie du, dem nichts mehr heilig ist, der ruhig zusieht, wie eine wehrlose Frau gepeinigt wird, und noch dazu hilft, kann meine Beweggründe nicht verstehen. Ich verzichte darauf, sie dir zu erklären. Aber jedenfalls stehe ich mit meiner ganzen Überzeugung auf Juttas Seite. Und jedem, der es hören will, werde ich laut erklären, daß sie schuldlos ist.«

Seine Augen flackerten unstet. »Es wird aber kein Mensch

es hören wollen. Du bist eine Närrin, Blandine. Wer anders als sie sollte den Mord begangen haben? Wer anders als sie hatte einen Vorteil davon?«

Mit schmerzlichem Groll sah Blandine ihn an. »Das weiß Gott allein, und seine Strafe wird den Schuldigen ereilen, so oder so«, sagte sie feierlich.

Er lachte amüsiert auf. »Du bist und bleibst eine Närrin.«

Sie seufzte tief auf. »Ich wollte, ich wäre es – aber meine Gedanken sind bedauerlich klar und scharf.«

»Nun hört doch endlich auf zu streiten. Diese Person ist es wahrhaftig nicht wert, daß ihr fortwährend in Unstimmigkeiten ihretwegen seid«, sagte Frau von Tölz verdrießlich.

Blandine wollte etwas erwidern, aber in diesem Moment öffnete Jutta die Tür und trat ein.

»Verzeihung, daß ich so spät komme – ich habe mich im Walde versäumt«, sagte sie, sich vor Frau von Tölz und Norbert verneigend, während sie Blandine die Hand reichte.

»Es war herrlich draußen, Blandine, allerdings ein wenig frisch und kühl. Aber der Wald wird trotzdem immer grüner, alle Blattknospen haben nun ihre Hüllen gesprengt, und es liegt wie ein dichter, grüner Schleier über dem Wald. Man sieht die Blätter fast wachsen«, sagte sie angeregt.

»Ich fand dein Zimmer leider schon leer, Jutta, als ich dich fragen wollte, ob ich dich begleiten darf.«

Juttas Wangen röteten sich ein wenig. »Ich glaubte, deine Mutter bedürfe deiner. Wenn es dir recht ist, gehen wir nach dem Tee noch ein Stündchen ins Freie.«

»Gern – wenn du nicht zu müde bist.«

»O nein, es wandert sich heute wundervoll. Bald können wir auch einmal auf die Berge hinaufsteigen.«

Man hatte am Teetisch Platz genommen, und wie üblich bei diesen täglichen Zusammenkünften, machte man höflich Konversation. Es war, als säßen sich ganz fremde Menschen gegenüber. Frau von Tölz saß kerzengerade mit eingekniffenen Lippen und balancierte die chinesische Teeschale auf der Hand. Norbert trank hastig seinen Tee und entschuldigte sich dann mit wichtigen Arbeiten und zog sich zurück. Blandine bemühte sich, mit Jutta ein Gespräch in Gang zu halten.

Ehe auch Frau von Tölz sich zurückzog, sagte sie zu Jutta: »Sie haben für morgen abend und zum Sonntag mittag die beiden Herren eingeladen. Wir hatten so lange keine Gäste, und ich möchte wissen, in welcher Weise Sie die Herren zu bewirten gedenken, damit ich die nötigen Anordnungen treffen kann.«

Jutta sah sie ruhig an. »Ich werde diese Anordnungen gleich selbst treffen.«

Frau von Tölz stutzte. »Was soll das heißen?«

»Es soll nur heißen, daß ich Sie in Zukunft nicht mehr bemühen will. Schon zu lange habe ich Ihnen alle Pflichten des Haushalts aufgeladen. Das soll jetzt anders werden. Ich will mich nicht länger furchtsam einspinnen. Die Zurückgezogenheit, in der ich die letzten beiden Jahre lebte, hat mich fast menschenscheu gemacht. Sogar der Dienerschaft gegenüber war ich scheu und habe es fast verlernt, mit ihr zu verkehren. Das soll jetzt, wie gesagt, anders werden. Ich muß endlich wieder Fühlung gewinnen mit dem Leben. Und ich darf nicht gestatten, daß Sie sich immer für mich mühen und alle Lasten des Haushaltes auf sich nehmen. Deshalb werde ich jetzt die Zügel des Hauswesens selbst in die Hände nehmen.«

Frau von Tölz funkelte Jutta feindselig an. Sie sah in diesem Moment ihrem Sohn auffallend ähnlich.

»Nun – und ich? Was soll ich dann tun?«

»Sie sollen sich ausruhen und sich Ihr Leben bequemer einrichten als bisher.«

Ein zorniger Blick schoß aus Frau von Tölz' Augen zu Jutta hinüber. »Also, ich soll einfach beiseite geschoben werden? Das lasse ich mir nicht gefallen. Ich habe seit meines Cousins Tod seinem Hause vorgestanden, und ich denke, daß ich es in tadelloser Weise getan habe.«

»Unbedingt, daran ist kein Zweifel.«

»Nun also – weshalb soll ich nun plötzlich beiseite geschoben werden?«

»Ganz gewiß nicht in kränkender Absicht. Aber Sie können doch wohl verstehen, daß ich nun endlich selbst meinen Hausstand leiten möchte. Nehmen Sie an, ich sei so lange krank gewesen, unfähig, meinem Hauswesen selbst vorzustehen. Sie hatten sich, als ich damals hierher zurückkehrte, an dessen Spitze gestellt, so wie Norbert ganz selbstverständlich die Verwaltung der Gutswirtschaft übernommen hatte. Ich war damals so elend und zermürbt, daß es mir eine Wohltat war, mich um nichts kümmern zu müssen. Und fast wurde es mir zur Gewohnheit, Sie für mich sorgen zu lassen, weil ich nicht energisch genug war, mich meinen Pflichten zu widmen. Jetzt endlich fange ich an, mich auf mich selbst zu besinnen, und bin imstande, Sie abzulösen.«

»Sie vergessen aber, daß ich mir durch dieses Amt gewissermaßen mein Brot verdiente. In welcher Eigenschaft soll ich in Zukunft hier leben?«

Jutta sah sie fest und ruhig an. »Wenn Sie nicht als mein Gast hier leben wollen, dann weiß ich es nicht.«

»Als Ihr Gast, hier in diesem Hause, in dem ich von Rechts wegen die Herrin sein müßte? Sie vergessen wohl, daß niemand weniger als Sie berechtigt ist, sich hier als Herrin aufzuspielen.«

»Mama!« rief Blandine wie beschwörend.

»Schweig!« gebot ihre Mutter schroff.

Jutta legte ihre Hand auf Blandines Arm. »Sei ruhig, Blandine, laß deine Mutter aussprechen, was sie will.«

»Ich werde mich auch nicht hindern lassen. Sie wissen nur zu gut, wie recht ich habe. Nie hätte mein armer Cousin Sie zu seiner Erbin eingesetzt, wenn er geahnt hätte, daß Sie ihm nach dem Leben trachten.«

Jutta wurde bleich, aber sie verlor ihre Ruhe nicht. Beschwichtigend streichelte sie Blandines Hand, die zitternd auf ihrem Arm ruhte.

»Ich kann Sie nicht von diesem Irrtum bekehren und verschmähe es, mich zu verteidigen. Vielleicht geschieht eines Tages ein Wunder, so daß der Mörder meines Mannes entdeckt wird. Nur dann könnte ich Sie von meiner Unschuld überzeugen, das weiß ich.«

»Sehr richtig – nur dann – aber das wird nie geschehen.«

»Mama, ich bitte dich, mäßige dich. Du darfst Jutta nicht so maßlos beleidigen, sie ist unschuldig.«

Mit kalten, strengen Augen sah die Mutter ihre Tochter an. »Ich habe dir vorhin schon Schweigen geboten. Mische dich nicht in unsere Unterredung. Also, noch einmal, Jutta, ist es wirklich Ihr Ernst, daß Sie mir die Zügel des Hauswesens aus den Händen nehmen wollen?«

»Ja, es ist mein Ernst.«

»Denken Sie sich das nicht so leicht. Die Dienstboten werden Ihnen davonlaufen oder Ihre Befehle ignorieren. Mir gehorchen sie – Ihnen nicht.«

So suchte Frau von Tölz Jutta einzuschüchtern. Diese hatte wirklich der alten Dame nur eine Last abnehmen wollen. Aber ihre beleidigende Art und Weise weckte ihren Trotz. Sie richtete sich hoch auf.

»Ich werde mir den nötigen Respekt zu verschaffen wissen. Wer nicht in meinem Dienste bleiben und seine Pflicht tun will, mag gehen. Ich halte niemand. Das werde ich der Dienerschaft klarmachen. Zu lange schon habe ich versäumt, zu betonen, daß ich hier die Herrin des Hauses bin.«

Vielleicht hätte Jutta noch vor kurzer Zeit nicht die Kraft gefunden, so aufzutreten, aber seit sie wußte, daß Blandine, Doktor Diehl und Frank Rüdiger an ihre Schuldlosigkeit glaubten, war sie mutiger geworden. Und sie sagte sich nun, daß sie sich ferner von Frau von Tölz nicht mehr tyrannisieren und beiseite schieben lassen durfte.

Frau von Tölz war sichtlich fassungslos. Sie trommelte nervös mit den Fingern auf dem Tisch.

»So? Dann bin ich also hier überflüssig?«

Flehend sah Blandine zu Jutta auf. Diese lächelte ihr beruhigend zu. »Sie sind nicht überflüssiger als zuvor, Tante Herta. Ich sage Ihnen nochmals, daß ich Sie nach wie vor als Gast betrachte.«

Ein gehässiger Ausdruck flog über das Gesicht der alten Dame. »Und dafür muß ich wohl auch noch dankbar sein?« höhnte sie.

Jutta schüttelte ruhig den Kopf. »Nein, nein, ich erwarte keinen Dank und tue es auch nicht des Dankes wegen. Es ist mir ein Bedürfnis, so für Sie zu sorgen – oder vielleicht noch etwas besser, als es mein Mann getan haben würde.«

Hochmütig erhob sich Frau von Tölz und sah Jutta vernichtend an. »Diese Großmut ist erschütternd«, sagte sie mit eiskaltem Hohn, neigte förmlich das Haupt und verließ das Zimmer.

Blandine warf sich erregt in Juttas Arme. »Jutta – liebe, teure Jutta – wie unerhört wird deine Großmut ausgenützt. Verzeih meiner Mutter, ich bitte dich, sie weiß nicht, was sie tut.«

Tröstend streichelte Jutta ihr Haar. »Sei ruhig, Blandine, es ist alles nicht so schlimm, wie du denkst. Ich trage deiner Mutter wahrlich nichts nach. Sie glaubt sich im Recht und handelt danach.«

»Du bist unerhört nachsichtig. Es ist wirklich für meine Mutter die einzige Entschuldigung, daß sie sich in ihrem Rechte glaubt. Wie oft habe ich versucht, sie zu belehren. Es ist unmöglich. Ich kann gar nicht verstehen, daß sie dir nicht wenigstens dankbar ist für alles Gute, was du an uns tust.«

»Nun, nun – um so dankbarer bist du, kleine Blandine. Du machst alles gut. Und nun wollen wir an diese unangenehmen Dinge gar nicht mehr denken. Laß uns lieber beraten, wie wir unsere Gäste morgen und am Sonntag bewirten. Ich muß doch in Ehren bestehen – sonst lacht mich deine Mutter aus.«

Hastig haschte Blandine nach Juttas Hand und küßte sie. Erschrocken wehrte Jutta ab.

»Blandine – was tust du?«

»Was ich muß, Jutta.«

Diese zog Blandine neben sich nieder.

»Also jetzt klare Augen, Blandine – was setzen wir unseren Gästen vor? Ich muß der Köchin mit fertigen Vorschlägen kommen und darf mich der Dienerschaft gegenüber nicht schwach zeigen. Gleich nachher schaffe ich Klarheit zwischen ihr und mir. Ein wenig bange ist mir, aber anmerken soll mir niemand, daß ich nicht gewohnt bin, die Herrin zu spielen. Respekt muß ich mir verschaffen. Also, den Küchenzettel! Ein wenig festlich soll es zugehen, nicht wahr? Wir hatten seit Onkel Maltes Tod keine Gäste hier im Schlosse. Und Doktor Diehl hat heute morgen in so launiger Weise von Frau Remblins Kochkünsten geplaudert. Da müssen wir uns anstrengen.«

Blandine errötete jäh. »Wie gefällt dir Doktor Diehl?«

Schon wollte Jutta ein Loblied auf den blonden Doktor singen, aber da fiel ihr ein, daß sie ihn »unausstehlich« finden sollte.

»Oh – nicht so besonders«, sagte sie diplomatisch, »und wie gefällt er dir, Blandine?«

»Sehr gut.«

»Nun, dann ist es recht gut, daß er mir weniger gefällt«, neckte Jutta.

Mit frohem Staunen sah Blandine in ihr schelmischlächelndes Gesicht. »Du bist jetzt zuweilen so froher Laune, Jutta, wie freue ich mich darüber.«

»Bin ich anders als sonst?« fragte Jutta ein wenig verlegen.

»Ja – gottlob! Und weißt du, seit wann?«

»Nun?«

»Seit Herr Rüdiger das erstemal bei uns war.«

Jetzt wurde Juttas Gesicht sehr rot. »Ich bitte dich, Blandine – was soll er damit zu tun haben? Ich glaube vielmehr, daß ich froher und zuversichtlicher bin, seit ich weiß, daß du an mich glaubst.«

»Hat dir das so viel Eindruck gemacht?«

Ein tiefer Atemzug hob Juttas Brust. »Ach, Blandine, du ahnst nicht, wie furchtbar es ist, in allen Augen nur Mißtrauen und Verachtung zu lesen. Seit ich in deinen Augen etwas anderes las, war mir, als müsse nun alles wieder besser werden.«

»Soll ich dir sagen, Jutta, daß Herr Rüdiger auch zu den Menschen gehört, die absolut an dich glauben!«

Wieder errötete Jutta. »Wie kommst du darauf?«

»Ich las es in seinen Augen, als er dich anblickte.«

»Wirklich?«

»Ganz gewiß. Und weißt du, was ich von ganzem Herzen wünsche?«

»Nun?«

»Daß dir Frank Rüdiger ein echtes, großes Glück beschert.«

Jutta seufzte tief auf. »Meine liebe Blandine, laß uns darüber nie mehr reden. Solange nur der Schatten eines Verdachtes auf mir ruht, darf mir kein Mann teuer werden. Nie würde ich meine Hand in die eines Mannes legen, wenn nicht der wahre Mörder Maltes entdeckt würde. Das glaube mir.«

Eine Weile sah Blandine stumm vor sich hin. Dann sagte sie aufatmend:

»Ach, Jutta, genügt es dir nicht, wenn ein Mann an dich glaubt, den du liebst und der dich liebt?«

Mit zusammengezogener Stirn sah Jutta vor sich hin. Dann schüttelte sie heftig den Kopf. »Nein, nein, das genügt mir nicht. Gerade, wenn ich einen Mann liebte, möchte ich um keinen Preis der Welt, daß er die Augen meinetwegen niederschlagen müßte. Stolz müßte er an meiner Seite schreiten dürfen, wie ich an der seinen. Aber nun nichts mehr davon.«

Die beiden jungen Damen berieten nun eifrig die Bewirtungsfrage, und als sie einig waren, sagte Jutta:

»Nun will ich gleich hinuntergehen in die Küche und der Köchin meine Befehle geben. Zugleich werde ich die gesamte Dienerschaft zusammenrufen und ihr klarmachen, daß sie in Zukunft mit mir persönlich zu tun hat. Wem es nicht paßt, der mag gehen. Nachher gehen wir noch ein Stündchen in den Wald. Halte dich bereit.«

Und Jutta führte ihren Vorsatz sogleich aus. Sie ließ die Domestiken alle in die große Küche rufen, die wie die anderen Wirtschaftsräume im Souterrain lag. Und hier sagte sie ihnen ruhig und bestimmt, daß in Zukunft nur ihre Befehle maßgebend seien. Frau von Tölz habe alles wieder in ihre Hände gelegt, da sie nur von ihr vertreten worden sei, solange sie sich leidend gefühlt habe. Jetzt sei sie wieder gesund, und nun bleibe Frau von Tölz nur noch als Gast im Hause. »Wer meinen Befehlen nicht gehorchen und unter meiner Leitung seine Pflicht nicht tun will, der mag es mir sofort sagen. Er ist dann sogleich entlassen mit der üblichen gesetzmäßigen Ablehnung. Wer aber bleibt, von dem erwarte ich vollste Respektierung meiner Wünsche und Anordnungen.«

Die Dienerschaft war im ersten Augenblick ein wenig betroffen. Man hatte Jutta bisher als unbedingte Null angesehen und war ihr mit Mißtrauen und Verachtung begegnet. Auch die Dienerschaft nannte sie im geheimen nur die Gifthexe. Aber Juttas stolzes, bestimmtes Auftreten machte doch Eindruck. Und niemand wollte die gute Stellung verlieren. Außerdem war Frau von Tölz sehr unbeliebt. Man gönnte ihr den Sturz vom Throne. Und so blieben alle und fügten sich der neuen Ordnung der Dinge.

Das schöne, saalartige Speisezimmer und die daneben liegenden Gesellschaftsräume im Schloß Untergriesbach waren hell erleuchtet. Es lag heute ein festlicher Glanz über all den schönen, vornehmen Räumen. Jutta ging, ehe ihre Gäste eintrafen, noch einmal prüfend durch alle Zimmer und betrachtete forschend die reizend geschmückte Tafel.

Zum ersten Male freute sie sich ihres Reichtums, den ihr Malte von Tübingen hinterlassen hatte.

Heute hatte sie endlich das düstere Schwarz ihrer Kleider gemildert. Das weiche, schwarze Gewand aus feiner, schleierartiger Seide war um den kleinen Halsausschnitt mit einer köstlichen, elfenbeinfarbigen Spitzengarnitur geschmückt. Das goldigschimmernde Haar war glatt aus der Stirn gestrichen. In leichten Wellen legte es sich um den feinen Kopf und ruhte dann in dem dicken, weichen Knoten im Nacken, dessen Schönheit einen Bildhauer entzückt hätte. Lose hüllte das Kleid den Oberkörper ein und fiel dann in weichen Falten bis zum Knöchel herab. Am Halsausschnitt steckte ein Strauß frischer Veilchen, die köstlich dufteten.

Blandine hatte ihr die Veilchen gebracht. »Ich habe sie im Walde für dich gepflückt, Jutta. – Die ersten Veilchen im Frühling sollen demjenigen Glück bringen, für den sie mit guten Wünschen gepflückt sind. Jedes einzelne Veilchen habe ich mit einem guten Wunsche für dich gepflückt – hoffentlich bringen sie dir Glück – trage sie heute abend«, hatte sie gesagt. Und nun dufteten die Veilchen an Juttas Brust.

Sie sah wunderschön aus mit den leicht geröteten Wangen und den strahlenden braunen Augen. Das weiche, schwarze Gewand schmiegte sich reizvoll um ihre jugendschönen Glieder, und Nacken und Arme leuchteten in zartem Weiß aus dem schwarzen Kleid hervor.

Während sie noch einiges an der Tafel ordnete, erschien

Norbert von Hall. Er trug den Smoking und sah sehr stattlich und elegant aus. Nur störte, wie immer, seine seltsam fahle Hautfarbe und der Blick der unstet flackernden Augen.

Als er jetzt Jutta in ihrem ganzen holden Jugendreiz vor sich sah, lohte ein verzehrendes Feuer in seinen Augen auf. Nie war sie ihm so schön erschienen wie an diesem Abend.

»Wem gelten die blühenden Veilchen an Ihrem Herzen, Jutta? Ich sehe Sie heute zum ersten Male mit Blumen geschmückt«, sagte er heiser.

Sie sah ihn ruhig an. »Diese Blumen trage ich Blandine zu Ehren und auf ihren Wunsch. Sie brachte sie mir aus dem Walde als die ersten Frühlingsboten.«

»Ah so! Ich fürchtete schon, diese Veilchen sollten einem Ihrer Gäste entgegenblühen.«

»Wie sollten sie? Meine Gäste sind mir noch viel zu fremd, als daß ich sie in solcher Weise auszeichnen möchte.«

»Haben Sie nicht dieser Gäste wegen Ihre Zurückhaltung aufgegeben?«

»Es ist endlich an der Zeit, hauptsächlich Blandines wegen, daß ich sie aufgebe. Sie darf nicht länger darunter leiden.«

»Blandines wegen? Nur ihretwegen? Sind Sie nicht auch selber dieser Zurückgezogenheit müde?«

»Allerdings! Ich bin jung – wenn ich das auch fast vergessen habe.«

»Und Ihre Jugend sehnt sich nach einem Manne, dem Sie Ihre Liebe schenken können?« fragte er bebend, kaum seine Erregung noch meisternd.

Jutta richtete sich stolz auf. »Ich denke nicht daran, meine Liebe zu verschenken. Solange dieser häßliche Verdacht auf mir ruht, darf ich keine zweite Ehe eingehen, und werde es auch nicht tun.«

Er trat so dicht an sie heran, daß sie einen Schritt zurückwich. »Das ist doch nicht Ihr Ernst?«

»Doch, es ist mein Ernst.«

»Würden Sie mir darauf Ihr Ehrenwort geben?« fragte er lauernd.

Sie warf den Kopf zurück. »Was gilt Ihnen das Ehrenwort einer Frau, die Sie für eine Giftmischerin halten?« fragte sie bitter.

Er hob wie flehend die Hände. »Nein – ich tue es nicht, Jutta – glauben Sie mir doch – ich zweifle nicht an Ihrer Schuldlosigkeit. Ihr Ehrenwort gilt mir. Geben Sie es mir, dann will ich Ihnen glauben, daß Sie es ernsthaft meinen.«

Sie zuckte die Achseln. »Nun wohl – um dieser Szene ein Ende zu machen – ich gebe Ihnen mein Ehrenwort, daß ich mich nicht wieder verheiraten werde, bevor nicht der Mörder meines Gatten entdeckt worden ist.«

Er wurde vor unterdrückter Erregung bleich, wie ein Sterbender, und seine Augen glühten in einem seltsamen Feuer.

»Ich halte Sie bei diesem Wort, Jutta.«

Sie wandte sich ab und ordnete an den Blumen in einer Jardiniere. In diesem Augenblick trat Frau von Tölz ein.

Diese zeigte seit gestern die Miene einer gekränkten und entthronten Königin und neigte nur kühl das Haupt zum Gruß gegen Jutta. Sie sah in ihrem schwarzen Spitzenkleid sehr vornehm aus.

Norbert küßte seiner Mutter die Hand.

»Wo ist Blandine?« fragte sie.

»Sie ist noch auf ihrem Zimmer. Ich will nach ihr sehen, vielleicht kommt sie mit ihrer Toilette nicht zurecht.«

Damit verließ Jutta das Zimmer, froh, aus dem Bereich von Norberts funkelnden Augen zu kommen.

Als Mutter und Sohn allein waren, sagte Frau von Tölz hastig:

»Hast du gesehen? Sie trägt eine helle Spitzengarnitur und Veilchen. Und sie hat ein wahres Fest aus diesem einfachen Abendessen mit einem ländlichen Nachbarn gemacht. Ich möchte wetten, daß sie Absichten hat auf einen der beiden Herren. Mit Doktor Diehl dürfte sie wenig Glück haben, der hat sie glatt abfallen lassen und hat ihr eine eisige Zurückhaltung gezeigt. Aber dieser Herr Rüdiger scheint mir gefährlich.«

Norbert atmete tief auf. »Du kannst ruhig sein, Mama – Jutta hat mir soeben ihr Ehrenwort gegeben, daß sie sich nicht wieder verheiraten wird, solange nicht der Mörder ihres Gatten entdeckt worden ist.«

Frau von Tölz horchte auf. »Hat sie das wirklich gesagt?«

»Ja.«

»Das wäre – nun – sie wird es nicht wagen, ihre verbrecherische Hand in die eines Mannes zu legen. Ihr Ehrenwort? Was gilt das Ehrenwort einer Mörderin?«

»Nun – jedenfalls hat sie sich damit gebunden, ich würde sie beim Wort nehmen. Ich glaube, wir können unbesorgt sein. Wenn dieser Herr Rüdiger ihr gefährlich geworden wäre, hätte sie mir ihr Wort sicher nicht verpfändet.«

»Nun, um so besser – dann hat Blandine nach zwei Seiten Aussichten. Ich wäre sehr froh, wenn sie eine gute Partie machte, denn diese beiden Herren kann man wohl gute, vielleicht sogar glänzende Partien nennen. Der Aufenthalt in diesem Hause ist mir seit gestern gründlich verleidet. Sie hat mir die Herrschaft ganz aus der Hand genommen, und leider pariert ihr die Dienerschaft aufs Wort. Ich gelte absolut nichts mehr. Aber vorläufig müssen wir bleiben.«

»Ganz recht, Mama, wir müssen bleiben – sonst – wäre ich längst auf und davon«, stieß er in unterdrückter Erregung hervor.

Sie sah ihn unruhig an. »Norbert – was ist dir nur? Du bist oft so erregt und so ungleich in deinen Stimmungen?«

Mit brennenden Augen sah er sie an. »Ich will es dir sagen – damit du mein unausgeglichenes Wesen verstehst und dir den Kopf nicht darüber zerbrichst. Wenn es dir auch wunderlich erscheinen mag – ich liebe Jutta.«

»Norbert!«

»Ja, Mama – mit einer verzehrenden Leidenschaft, die mich bedrückt und quält – ich liebe sie – ich liebe sie.«

Das kam wie ein Stöhnen aus seiner Brust.

Seine Mutter sah ihn entsetzt an. »Mein Gott im Himmel! Wie kannst du eine Frau lieben, die ein solches Verbrechen begangen hat?«

Er lachte auf. »Ja – wie kann ich das? Nicht wahr – es ist unverständlich und rätselhaft. Ich wollte sie hassen – und muß sie lieben, zu meiner Qual. So – nun weißt du, was dir an mir wunderlich erscheint. Ich kann mir nicht helfen.«

»So helfe dir Gott, Norbert«, sagte die Mutter bedrückt.

Wieder lachte er heiser und rauh auf. »Der hat andere Dinge zu tun, als sich um mich zu kümmern. Doch still – ich höre Jutta und Blandine.«

Frau von Tölz sank erschöpft in einen Sessel, und nun trat Jutta wieder ein. Neben ihr erschien Blandine. Sie trug ein lichtblaues Seidenkleid, das ihre zarte, blonde Schönheit vorteilhaft zur Geltung brachte. Wenn Blandine auch nicht so schön war wie Jutta, so lag doch über ihrer Erscheinung ein aparter Reiz, der heute abend besonders stark war. Ihre Mutter musterte sie zufrieden und vergaß eine Weile Norberts Geständnis, das sie sehr beunruhigt hatte.

Es war ihr sehr wichtig, daß Blandine einen Freier fand. Und ob es nun Frank Rüdiger war oder Doktor Diehl – beide waren gute Partien. Einer von ihnen würde wohl von Blandine gefesselt werden. Sie konnte sich doch sehen lassen.

Und Frau von Tölz knüpfte Zukunftspläne an diese Betrachtungen. Egoistisch, wie sie war, hoffte sie auch für sich allerlei Gutes von einer vorteilhaften Heirat ihrer Tochter. Sorgfältig zupfte sie noch ein wenig an Blandines Toilette herum. Und dann fuhr auch schon der Wagen vor, der die beiden Freunde brachte.

Es waren zwei interessante, imponierende Gestalten, die nun, von dem Diener geleitet, in das Empfangszimmer traten. Frank Rüdiger, der seinen Freund noch überragte, sah im Smoking, wie fast alle Herren, vorzüglich aus. Seine hohe, schlanke Gestalt mit den breiten Schultern kam darin zur vollsten Geltung. Hell leuchteten seine grauen Augen aus dem bronzefarbigen Gesicht, diese guten, weichen Augen, die so stark mit den fast harten, markanten Zügen kontrastierten.

Auch Doktor Diehl präsentierte sich als elegante, vornehme Erscheinung. Und seine lachenden Augen überflogen so harmlos die vier Menschen, die ihn und den Freund erwarteten, daß kein Uneingeweihter hätte ahnen können, daß ihm nicht der kleinste und unwichtigste Umstand entging. Er merkte sofort, daß Norbert von Hall sehr erregt war und es zu verbergen suchte. Auch sah er, daß Frau von Tölz zuweilen besorgt das Gesicht ihres Sohnes musterte.

Doktor Diehl begrüßte Frau von Tölz und Blandine sehr liebenswürdig, zeigte Jutta jedoch wieder eine eisige Höflichkeit, die sie, so gut es ging, zu erwidern versuchte.

Als man dann zu Tisch ging, bot Doktor Diehl Blandine den Arm, während Frank Rüdiger sich vor Jutta verneigte. So gingen die beiden Paare in das Speisezimmer hinüber. Norbert folgte mit seiner Mutter.

Bei Tisch sorgte Heinz Diehl sehr bald für einen heiteren Ton. Seiner Fröhlichkeit konnte niemand widerstehen. Die Geister der Traurigkeit entflohen, die so lange in diesen Räumen geherrscht hatten. Blandine konnte nicht anders – sie ließ sich mit fortreißen. Frank Rüdiger unterstützte den Freund um so lieber, als auch ihm das Herz aufging bei Juttas Anblick. Wenn er noch nicht ganz von ihr bezaubert gewesen wäre, heute hätte er sein Herz ganz an sie verloren. Er vermochte seine Augen kaum von ihr loszureißen, und er vermochte sich nicht immer so zu beherrschen, daß Norberts eifersüchtige Augen nicht entdeckt hätten, wie es um ihn stand. Aber Norbert triumphierte heimlich – er baute auf Juttas Ehrenwort und wußte, daß Frank Rüdiger nichts zu hoffen hatte. Da er selbst Jutta nicht besitzen konnte, sollte sie auch kein anderer Mann besitzen.

Auch Norbert zwang sich zu einem lustigen, fast übermütigen Tone, und selbst Juttas Gesicht hellte sich auf. Zuweilen vergaß sie im Laufe der Unterhaltung ihre kühle Reserve gegen Doktor Diehl, wenn er seine übermütigen Scherze machte. Dann zeigte er sich besonders abweisend und erinnerte sie so an die Rolle, die sie spielen sollte. Er vergaß die seine nicht einen Augenblick. Blandine merkte mit Betrübnis, daß Heinz Diehl Jutta anscheinend gar nicht mochte, und das tat ihr leid.

Als nach Tisch der Mokka in einem der Nebenzimmer serviert wurde und Blandine mit Heinz Diehl etwas abseits von den anderen am offenen Fenster stand, sagte sie halblaut: »Darf ich fragen, Herr Doktor, warum Sie Frau von Tübingen eine so auffallend eisige Zurückhaltung zeigen?«

Er sah sie mit seinen stahlblauen Augen ganz harmlos an. »Tue ich das?«

»O ja – und – ich weiß auch, warum Sie es tun.«

Es blitzte in seinen Augen auf. Gerade das hatte er bezweckt, daß Blandine diese Frage an ihn richtete. Das war der Hauptgrund seiner Zurückhaltung Jutta gegenüber.

»Wissen Sie es wirklich?« fragte er.

»Ja. Sie glauben, daß ihr dieser schreckliche Verdacht nicht grundlos anhängt.«

»Aber mein gnädiges Fräulein!«

»Nein, nein, reden Sie sich nur nicht heraus. Ich weiß, daß Sie nur Herrn Rüdiger zuliebe in dies Haus kommen – sonst würden Sie es meiden. Alle Menschen glauben ja an Juttas Schuld. Nur ich glaube nicht daran – und Herr Rüdiger auch nicht.«

»Sie sind sehr scharfsichtig, mein gnädiges Fräulein. Mein Freund schwört allerdings auf die Unschuld von Frau von Tübingen. Aber ich bin kritischer veranlagt als er. Wo Rauch ist, da pflegt auch Feuer zu sein.«

Blandines Augen blitzten lebhaft. »Herr Doktor – Sie haben vorhin gesagt, daß Sie mit mir gut Freund werden möchten.«

Mit einem intensiven Aufleuchten sah er in ihre Augen. »Das ist allerdings mein sehnlichster Wunsch.«

Sie errötete, hielt aber seinen Blick tapfer aus. »Daraus

kann nur etwas werden, wenn Sie mir glauben, daß Frau von Tübingen an dem schrecklichen Mord so unschuldig ist, wie Sie und ich es sind.«

Scheinbar zweifelnd sah er sie an. »Wirklich nur dann?«

Sie nickte energisch. »Ganz gewiß. Sie dürfen nicht an ihre Schuld glauben. Wenn Sie wüßten, was für ein edler, vornehmer Mensch sie ist, würden Sie sich Ihres Mißtrauens schämen. Die Ärmste hat schon so viel leiden müssen unter diesem schrecklichen Verdacht. Sehen Sie sie doch nur an. Sieht so eine Verbrecherin aus? Ich weiß ganz sicher, daß sie unschuldig ist.«

»Aber Sie haben keine Beweise dafür.«

»Leider nicht. Aber ich brauche auch keine, um an sie zu glauben. Und Sie müssen es auch tun – ich werde nicht eher zufrieden sein, als bis Sie von ihrer Schuldlosigkeit überzeugt sind und ihr freundlicher begegnen.«

Rührung lag in seinen Augen, als sie ihn flehend ansah.

»Nun wohl – damit Sie gut Freund mit mir werden, will ich mich bemühen, mich zu Ihrem Glauben zu bekehren. Es liegt mir viel daran, mit Ihnen gut Freund zu werden. Aber sagen Sie mir, haben Sie vielleicht eine Ahnung, wer der Mörder sein könnte, da Sie so fest von Frau von Tübingens Schuldlosigkeit überzeugt sind?«

Bei dieser Frage bekamen die Augen Doktor Diehls einen seltsam scharfen, faszinierenden Blick. Und unter diesem Blick flog es wie ein Erdbeben über Blandine. Sie wurde bleich und lehnte den Kopf mit geschlossenen Augen zurück.

»Nein, ich habe keine Ahnung – Gott verhüte, daß ich eine Ahnung hätte«, sagte sie erschauernd.

Jetzt blickten seine Augen wieder ganz harmlos.

»Sie frieren, mein gnädiges Fräulein, ich will das Fenster schließen«, sagte er.

Er ließ seinen Worten die Tat folgen. Dabei sah er mit scharfen Augen zum Fenster hinaus auf die Terrasse, die durch das Licht aus den Zimmern ziemlich hell erleuchtet war. Er bemerkte, daß der Fußboden der Terrasse nur etwa einen viertel Meter unter dem Fensterbrett lag. Sich etwas ungeschickt stellend, gab er sich den Anschein, als sei ihm die Gardine im Wege beim Schließen des Fensters, so daß Norbert herantrat, um ihm zu helfen.

Lachend beklagte Doktor Diehl seine Ungeschicklichkeit und wandte sich mit einer dankenden Verbeugung an Norbert.

»Beinahe wäre ich zum Fenster hinausgefallen! Aber, wie ich sah, wäre das nicht gefährlich gewesen, da sie fast bis auf den Fußboden der Terrasse gehen. Drollige Fenster sind das! Man kann durch sie mit einem Schritt auf die Terrasse hinaustreten, wenn sie offen sind. Wahrscheinlich hat man die Absicht gehabt, Fenstertüren daraus zu machen.« Das sagte Doktor Diehl ganz harmlos und sah Norbert dabei lachend an.

»Es ist möglich«, erwiderte dieser, »daß man das beim Bau des Schlosses beabsichtigte.«

»Dann sind wohl die ganzen Fenster, die auf die Terrasse führen, so angelegt?«

»Allerdings!« pflichtete Norbert bei, etwas nervös an seiner Uhrkette spielend.

Doktor Diehl sah fest in seine Augen. Unangenehme Augen hat dieser Herr von Hall – ganz seltsam unangenehme Augen, dachte er bei sich, und dabei lachte er vergnügt auf.

»Gut, daß Sie auf dem Lande wohnen und von Einbrechern nichts zu fürchten haben. In Berlin dürfte so eine bequeme Gelegenheit zum Einsteigen nicht unbenutzt von solchem Gelichter bleiben. Denken Sie sich, unsere Berliner Einbrecher scheuen nicht einmal davor zurück, an den Häusern emporzuklettern wie die Katzen. Fassadenkletterer nennt man diese Spezies. Wie bequem hätten die es hier.«

»Sie dürfen nicht vergessen, Herr Doktor, daß den Park ein hoher Zaun umgibt.«

Doktor Diehl lachte.

»Ach – über diesen Zaun käme sogar ich mit ziemlicher Leichtigkeit.«

»Machen Sie mir nicht bange, Herr Doktor«, sagte Blandine, sich wieder am Gespräch beteiligend.

»Wir sind ja hier nicht in Berlin, mein gnädiges Fräulein. Hier gibt es keine Einbrecher und ähnliches Gelichter. Wir sind ja im Gebirge und auf der Alm, da gibt's ka Sünd.«

»Sind Sie eigentlich Mediziner, Herr Doktor?« fragte Norbert ablenkend.

»O nein – ich bekenne mich zur Philosophie, Herr von Hall.«

Während dieses Wortwechsels hatte Doktor Diehl nicht nur Norbert, sondern auch Blandine scharf beobachtet, und es entging ihm nicht, daß die junge Dame ihren Bruder mit einer forschenden Unruhe beobachtete.

»Darf ich Ihnen noch ein wärmendes Tuch holen, mein gnädiges Fräulein, oder ist Ihnen nicht mehr kalt?« fragte er.

»Wir können ja hinüber zum Kamin gehen, da ist es wärmer«, erwiderte sie.

»Der Frühling ist oft, wenigstens im Anfang, ein recht kühler Geselle, und es ist sehr behaglich, daß Sie noch Feuer im Kamin haben.«

Damit gingen sie hinüber an den Kamin. Hier hatte inzwischen Jutta mit Frank Rüdiger gesessen. Er hatte ihr allerlei Interessantes über seinen Aufenthalt in Borneo erzählt. Daß sie dabei einander tief in die Augen schauten, war nicht zu verwundern. Aber Norbert hatte ihnen nicht lange eine ungestörte Unterhaltung gegönnt. Er hatte sich zu ihnen gesetzt, bis er Doktor Diehl beim Schließen des Fensters helfen mußte. An seiner Stelle gesellte sich Frau von Tölz zu Frank und Jutta.

Und nun kamen die andern herüber an den Kamin, und die Unterhaltung wurde allgemein.

Doktor Diehl sorgte wieder dafür, daß er die Lacher auf seiner Seite hatte. Selbst Frau von Tölz mußte einige Male herzhaft über seine Späße lachen.

Erfreut bemerkte Blandine, daß Doktor Diehl Jutta nicht mehr so eisig reserviert gegenüberstand. Sie hätte ihm die Hand dafür drücken mögen. Er gefiel ihr so gut, der fröhliche, warmherzige Mensch. Ihr war, als sei mit ihm ein wenig Sonne und Wärme in ihr Leben getreten, und es hatte ihr leid getan, daß Jutta von dieser Sonne nicht auch profitieren sollte. Sie kränkte sich sicher über Doktor Diehls eisigen Ton, denn Jutta war sehr feinfühlig.

Aber nun schien Doktor Diehl einzulenken. Ihre Worte hatten also anscheinend Eindruck auf ihn gemacht. Das freute sie unsagbar – einmal Juttas wegen und dann auch, weil sie fühlte, daß Doktor Diehl etwas auf ihr Urteil zu geben schien. Es lag ihm also wirklich etwas daran, gut Freund mit ihr zu sein.

Später ergab sich noch einmal ein kurzes Alleinsein zwischen ihr und Doktor Diehl, und da sagte sie herzlich, mit einem dankbaren Blick in seine Augen:

»Ich freue mich aufrichtig, Herr Doktor, daß Sie Frau von Tübingen jetzt freundlicher begegnen.«

Mit einem warmen Blick sah er ihr in die Augen. »Ich merkte doch, wieviel Ihnen daran lag, und – ich möchte Ihnen so gern jeden Wunsch erfüllen.«

Sie errötete und schlug die Augen nieder. »Glauben Sie mir, Jutta verdient es: Sie ist ein selten guter und großherziger Mensch, ganz unfähig, jemand nur das kleinste Leid zuzufügen.«

»Und Sie sind eine selten warmherzige Fürsprecherin.«

»Ich bin doch Juttas Freundin.«

»Und Sie nehmen es ernst mit dieser Freundschaft. Das spricht für Frau von Tübingen und noch mehr für Sie selbst.«

»Es ist das wenigste, was ich für Jutta tun kann, daß ich gegen jedermann ihre Partei nehme. Wir sind ihr so vielen Dank schuldig.«

»Aber – verzeihen Sie – Ihre Frau Mutter und Ihr Herr Bruder scheinen nicht dieser Ansicht zu sein. Sie stehen anscheinend Frau von Tübingen sehr fremd – um nicht zu sagen feindlich, gegenüber.«

Blandine seufzte bekümmert. »Ja, leider! Das liegt an den Verhältnissen. Aber ich fühle mich deshalb doppelt verpflichtet, Jutta meine Ergebenheit und Dankbarkeit zu beweisen.«

»Das tun Sie auch mit jedem Wort, und mich haben Sie jedenfalls schon ganz bekehrt.«

Blandines Augen strahlten in die seinen. »Oh, wie mich das freut. Lernen Sie Jutta nur erst besser kennen, dann bitten Sie ihr noch jeden unguten Gedanken ab.«

»Das werde ich mit Vergnügen tun, denn ich bin kein Mensch, der starrköpfig auf einem Unrecht beharrt.«

»Nein – das traue ich Ihnen auch nicht zu.«

Er verbeugte sich und sah sie lächelnd an. »Ich danke Ihnen für Ihre gute Meinung, an der mir sehr viel gelegen ist.«

»Oh – was könnte Ihnen an der Meinung eines so unbedeutenden Mädchens liegen, wie ich es bin?«

Seine Augen bekamen einen seltsamen Ausdruck.

»Ich halte Sie durchaus nicht für unbedeutend, mein gnädiges Fräulein. Nur ein wenig unfrei und bedrückt erscheinen Sie mir.«

Unsicher sah sie ihn an. »Wie meinen Sie das?«

»Ich habe das Gefühl, als trügen Sie unsichtbar irgendeine Last mit sich herum, die Sie nicht abzuschütteln wagen, was Sie doch so gern tun möchten«, sagte er langsam.

Sie atmete zitternd auf. »Sie scheinen ein scharfer Beobachter zu sein, Herr Doktor. Vielleicht haben Sie recht, vielleicht trage ich eine Last mit mir herum. Aber sie ist derart beschaffen, daß ich sie nicht abwerfen kann, nicht abwerfen darf.«

»Und warum nicht?«

Ein tiefer Seufzer hob ihre Brust. »Weil diese Last so seltsam wesenlos ist, daß ich nicht einmal weiß, ob ich sie mir nicht nur einbilde.«

Er faßte ihre Hand und sah sie fest und zwingend an. »Ich möchte Ihnen dazu helfen, frei zu werden.« Eine Weile sah sie stumm und fragend in seine Augen, während ein warmes Rot in ihre Wangen stieg. Dann sagte sie leise: »Ich danke Ihnen, ich glaube, Sie sind ein sehr guter und zuverlässiger Mensch, zu dem man viel Vertrauen haben kann.«

Ehrlich sah er sie an. »Gut bin ich vielleicht nicht einmal, jedenfalls kann ich es nicht zu allen Menschen sein. Aber zu Ihnen – ja – zu Ihnen möchte ich recht gut sein, ich möchte

Sie in Güte einhüllen, wie in einen warmen Mantel. Mir scheint, Sie hungern nach Güte, nach Wärme, wie ein kleiner Vogel, der aus dem Neste gefallen ist.«

Ihre Augen öffneten sich weit, als schauten sie in ein Wunderland. Ein Erbeben lief über sie dahin. Sie wollte sprechen und konnte nicht. Hilflos schüttelte sie den Kopf. Dann wandte sie sich hastig von ihm ab und ging in das Nebenzimmer zurück zu den anderen. Hier setzte sie sich stumm an Juttas Seite und sah versonnen in die Glut des Kamins. Heinz Diehl folgte ihr langsam. Er sah, daß sie noch vergeblich um Fassung rang, und gönnte ihr darum einstweilen Ruhe.

Er hörte gerade, daß Frank Rüdiger zu Jutta sagte: »Existiert nicht ein Porträt Ihres verstorbenen Herrn Gemahls?«

Diese Frage des Freundes kam ihm sehr gelegen. Seine Augen richteten sich verstohlen forschend auf Norbert von Hall, der diese Frage auch vernommen hatte. Er bemerkte ein krampfartiges Zucken, das über Norberts Gesicht spielte, als Jutta erwiderte:

»Gewiß, es existiert ein wunderbar naturgetreues Porträt meines Mannes, das ein Jahr vor seinem Tode ein Münchener Künstler gemalt hat. Ich habe es in meinem kleinen Salon aufhängen lassen.«

»Darf man es einmal ansehen?« fragte Frank weiter.

Jutta zögerte einen Augenblick. Dann sagte sie aufatmend: »Dieser kleine Salon gehört zu meinen abgeschlossenen Räumen, in dem ich außer Blandine noch niemand empfangen habe. Aber – damit Sie meines Mannes Bild sehen können, will ich Sie gern dorthin führen.«

»Darf ich so unbescheiden sein, mich anzuschließen, gnädige Frau?« fragte Doktor Diehl.

»Gewiß, Herr Doktor – wir können ja alle zusammen hinübergehen.«

Das letzte sagte Jutta, weil sie einen mißbilligenden Blick in den Augen von Frau von Tölz wahrnahm, die es anscheinend unpassend fand, daß Jutta die beiden Herren in ihre Zimmer führen wollte.

Man erhob sich, um Juttas Aufforderung Folge zu leisten. Sie hatte ihren Arm in den Blandines gelegt und führte die kleine Gesellschaft durch eine Reihe Zimmer und dann durch das Vestibül nach der anderen Seite des Schlosses, wo neben den Wohnräumen Juttas die des verstorbenen Besitzers lagen. Jutta bewohnte die Zimmer, die immer die Schloßherrinnen bewohnt hatten.

Hinter Jutta und Blandine schritt Frau von Tölz an Frank Rüdigers Seite. Norbert zögerte, sich anzuschließen, und sah mit unsteten Augen auf Doktor Diehl, der vor ihm stehenblieb und ihm harmlos ins Gesicht sah.

»Kommen Sie nicht mit, Herr von Hall?«

Mit einem energischen Ruck richtete sich Norbert auf.

»Aber natürlich komme ich mit, ich freue mich, meines Onkels Bildnis wieder einmal ansehen zu können. Seit es in Frau von Tübingens kleinem Salon hängt, ist es uns nicht mehr zugänglich.«

Mit seinem harmlosesten Gesicht schritt Doktor Diehl nun neben Norbert hinter den andern her.

Diese waren bereits in den reizenden kleinen Salon getreten. Wenn dies Zimmer auch schon von verschiedenen Herrinnen des Schlosses bewohnt worden war, so hatte doch Jutta auch diesem Raume den Stempel ihrer Persönlichkeit aufgedrückt. Sie drehte alle Lampen an, damit das Bild Malte von Tübingens hell beleuchtet wurde.

Das charakteristische Gesicht des alten Herrn, von silberweißem Haar umrahmt, hob sich leuchtend von dem dunklen Hintergrund des Bildes ab. Es war meisterhaft gemalt, hauptsächlich die Augen, die klar und gütig aus dem Bilde schauten. Sie schienen zu leben, wie das ganze Gesicht. Alles andere als der schöne edle Greisenkopf war auf diesem Bilde nebensächlich behandelt, das ganze Leben konzentrierte sich auf das Gesicht, vornehmlich auf die Augen. Jutta stand neben Frank Rüdiger vor dem Bilde.

»Können Sie nun ermessen, was für einen edlen, gütigen Beschützer ich in ihm verloren habe?« sagte sie leise.

Er hatte lange in das gemalte Antlitz gesehen und neigte das Haupt. »Ich begreife, daß Sie ihn innig lieben und verehren mußten, wie einen treuen Vater.«

»So viel war er mir«, sagte sie aufatmend. Frau von Tölz fixierte Jutta scharf durch ihre Lorgnette. Man sah es ihr an, daß sie es unerhört fand, daß das Bild nicht aus dem Rahmen stieg und Jutta zermalmte. Daß sie es nur wagte, ihrem Opfer in die gemalten Augen zu schauen. Sie ist eine ganz abgehärtete Verbrecherin, dachte sie bei sich.

Jetzt trat Norbert mit Doktor Diehl auf die Schwelle. Nur einen Moment flog des letzteren Blick zu dem Bilde hinüber, dann heftete er sich scharf und forschend auf Norbert von Halls Gesicht. Er sah, daß dieser auf der Schwelle stehenblieb und wie von einem Schwindel befallen die Augen schloß und sich an den Türpfosten lehnte.

Wie gebannt hingen Doktor Diehls Augen an Norberts fahlem, schlaffem Gesicht. Als dieser die Augen wieder öffnete, fuhr sein Blick unstet und nervös im Zimmer umher. Nicht einen einzigen Blick warf er auf das Bild – es war, als könnten sich seine Augen nicht dazu emporheben.

Seine Zähne schienen sich wie im Krampf aufeinanderzupressen.

Und als man sich anschickte, das Zimmer wieder zu verlassen, war er der erste, der draußen war. Und er zog das Taschentuch und trocknete sich die Stirn, auf der Schweißtropfen perlten.

»Fanden Sie es zu heiß in dem Zimmer, Herr von Hall?« fragte plötzlich Doktor Diehls Stimme neben ihm.

»Ja – seltsam schwül – oder war es das Parfüm in dem Salon?« stieß Norbert hervor.

Doktor Diehl ging nicht weiter darauf ein. Von einem Parfüm hatte er nur einen ganz feinen, kaum wahrnehmbaren Hauch verspürt, der sicher niemand Beschwerde machen konnte.

»Aber es ist ein vorzüglich gemaltes Porträt, das Ihres Herrn Onkels. Es schien zu leben. Ich hätte wetten mögen, daß die Augen jeden von uns angeschaut haben.«

Norbert wischte sich nochmals über die Stirn. »Ja, die Augen leben – ich habe es auch immer gefunden«, stieß er heiser hervor.

Und als man wieder drüben in den Gesellschaftsräumen angelangt war, sah Doktor Diehl, daß Norbert von Hall hastig ein Glas Wein leerte und fröstelnd zusammenschauerte.

»Jetzt ist Ihnen wohl wieder zu kalt, Herr von Hall?« fragte er harmlos lachend.

Wie geistesabwesend starrte Norbert ihn an.

»Nein, nein – ich hatte nur Durst«, sagte er.

Doktor Diehl wandte sich nun wieder an Blandine. Er plauderte fröhlich mit ihr und freute sich, daß er ihr immer wieder ein klares, warmes Lachen entlockte. Es gefiel ihm, dieses Lachen.

Frau von Tölz war sehr zufrieden, daß Doktor Diehl sich so eifrig mit Blandine beschäftigte. Und sie baute Luftschlösser.

Durch Frank Rüdiger, den sie heute einige Male durch eine Unterhaltung auszeichnete, hatte sie in Erfahrung gebracht, daß Doktor Diehl ein sehr reicher und unabhängiger Mann sei, der seinen Studien lebte und wissenschaftliche Bücher schrieb. Welcher Art diese Bücher waren, verriet Frank natürlich nicht. Er wußte ja, daß Heinz Diehl nur als Philosoph gelten durfte und als solcher natürlich nicht Bücher über Kriminalistik schreiben konnte.

Es war fast 12 Uhr, als sich die beiden Herren verabschiedeten. Doktor Diehl hielt Blandines Hand etwas länger als nötig in der seinen.

»Ich freue mich sehr, daß ich Sie schon am Sonntag wiedersehen darf, mein gnädiges Fräulein«, sagte er.

Sie errötete. »Auch ich freue mich. Auf Wiedersehen, Herr Doktor. Ich war lange Zeit nicht so froh und heiter wie heute. Das danke ich Ihrer guten Laune.«

»Hoffentlich gelingt es mir auch am Sonntag, Sie aufzuheitern. Auf Wiedersehen also.«

Auch Frank Rüdiger hielt Juttas Hand fest und warm in der seinen und dankte ihr für die freundliche Aufnahme.

Sie sahen sich dabei tief in die Augen.

Als sich die Gäste entfernt hatten, zogen sich Frau von Tölz und ihr Sohn zugleich zurück. Jutta stand eine Weile gedankenverloren mitten im Zimmer. Da huschte eine schlanke Mädchengestalt an ihre Seite. Es war Blandine, die in einer Fensternische gestanden hatte, um dem abfahrenden Wagen nachzusehen. Sie legte die Arme um Jutta.

»War das nicht ein reizender Abend, liebste Jutta?«

Diese lächelte ihr zu. »Ja, Blandine, es waren wirklich frohe Stunden, die wir verlebten. Und nicht zuletzt danken wir sie Herrn Doktor Diehl. Er ist wirklich ein charmanter Gesellschafter, man muß ihn nur erst besser kennenlernen.«

Jutta durfte das sagen, denn Doktor Diehl hatte ihr zugeflüstert: »Wir brauchen keine Antipoden mehr zu sein, gnädige Frau, mein Zweck ist erreicht, und wir können uns nun langsam ganz sympathisch werden.«

Blandine schien sehr erfreut zu sein. »Wie froh bin ich, liebste Jutta, daß er dir jetzt besser gefällt.«

Jutta strich ihr lächelnd das blonde Haar aus der Stirn. »Es erscheint mir wichtiger, daß er dir gefällt, Blandine, ihm scheint es jedenfalls sehr wichtig zu sein.«

Blandine barg ihr Gesicht an Juttas Schultern. »Ach, Jutta – heute war mir zumute, als müsse noch einmal alles gut werden, auch für dich. Frank Rüdiger liebt dich, Jutta.«

Diese zuckte zusammen und wehrte mit beiden Händen ab.

»Sprich nicht davon – ich darf es nicht hören, darf nicht daran denken, daß es so sein könnte.«

»Weckt sein Empfinden kein Echo in deinem Herzen, Jutta?«

»Schweig, ich bitte dich. Wenn es so wäre – es würde doch nur neues Leid für mich im Gefolge haben. Ich will nicht daran denken, hörst du – ich will nicht.«

Blandine seufzte auf.

»Ach, Jutta, wenn Doktor Diehl mich nur einmal so ansehen würde, wie Frank Rüdiger dich ansieht, dann wollte ich glücklich sein.«

Ein wehes Lächeln zuckte um Juttas Mund. »Du dürftest ja auch glücklich sein, Blandine. Zwischen dir und ihm würde kein Schatten stehen. Aber was sollte mir und Frank Rüdiger ein solches Gefühl anderes bringen als Leid. Wir dürften uns nicht angehören – wenn nicht ein Wunder geschieht.«

Langsam strich sich Blandine über die Stirn.

»Wir wollen an ein Wunder glauben, Jutta, wir wollen darum beten, daß sich alles so aufklärt, daß wir alle glücklich sein und die Last von unsern Herzen wälzen können«, sagte sie erregt.

Jutta legte den Arm um sie. »Das klingt, als trügest du auch eine Last?«

Errötend sah Blandine zu ihr auf, und dann verlor sich die Farbe in ihrem Gesicht, und sie wurde ganz bleich.

»Es ist nur das Gefühl, daß du unschuldig leiden mußt und – ich wüßte so gern, wer der Schuldige ist, daß ich endlich die quälende Unruhe loswerden könnte, die mich immer befällt, wenn ich daran denke.«

Mit einem tiefen Seufzer ließ Jutta die Arme sinken.

»Das wüßte ich auch sehr gern, Blandine. Aber jetzt wollen wir schlafen gehen, wir sind es nicht gewöhnt, so spät zu Bett zu gehen. Gute Nacht, Blandine.«

»Schlafe gut, liebste Jutta.«

So gingen sie auseinander.

Doktor Diehl war mit dem Ergebnis des Abends in Untergriesbach anscheinend sehr zufrieden. Als ihn am nächsten Morgen Frank Rüdiger fragte, ob er ihn auf die Felder begleite, sagte er: »Nein, mein lieber Frank, ich habe heute anderes zu tun. Ich pirsche mich nach Untergriesbach und werde mich dort irgendwo auf die Lauer legen.« »Du willst Frau von Tübingen auflauern, Heinz?«

»Nein, diesmal nicht. Mir liegt daran, Fräulein Blandine von Tölz zu begegnen – ganz zufällig natürlich.«

Fragend sah ihn Frank an.

Heinz nickte lachend.

»Mein lieber Heinz – mir scheint, du hast Feuer gefangen.«

»Gründlich sogar, das leugne ich gar nicht. Diese reizende blonde Blandine hat Qualitäten, die nur noch nicht zur vollen Blüte entfaltet sind. Sie hat etwas, das mich fesselt und mir das Herz warm macht. Übrigens hat sie wirklich eine warme, ehrliche Zuneigung für Frau Jutta. Sie hat mir nicht Ruhe gelassen, bis ich meine eisige Zurückhaltung gegen sie aufgab. Felsenfest ist sie von ihrer Schuldlosigkeit überzeugt.«

»Dafür sei sie gesegnet.«

»Sie weiß auch, daß du an Frau Juttas Schuldlosigkeit glaubst.«

»Woher weiß sie das?«

»Ja, lieber Freund, Frauen sind scharfe Beobachter, zumal, wo es sich um Liebe und ähnliche Dinge handelt.«

»Nun – mag sie es wissen. Also, du willst Blandine von Tölz sprechen?«

»Wenn irgend möglich, ja.«

»Willst du dich ihr schon erklären?«

»O nein, mein lieber Frank, so schnell entscheide ich mich nicht über eine so wichtige Lebensfrage. Aber ich gestehe dir ganz offen, daß ich reif zum Heiraten bin. Das einschichtige Leben paßt mir nicht mehr. Und wenn Blandine von Tölz bei näherer Bekanntschaft hält, was sie verspricht, dann wird sie wohl meine Frau werden, vorausgesetzt, daß sie mich zum Manne haben will.«

»Wozu willst du sie denn heute sprechen?«

Heinz Diehl sah nachdenklich vor sich hin. »Das hängt mit meiner Mission zusammen, und du darfst mich nicht weiter danach fragen.«

»Gut, ich frage nicht. Aber ich könnte dir einen Fingerzeig geben, wo und wann du der jungen Dame habhaft werden könntest.«

»Das wäre famos.«

»Ich hörte gestern abend zufällig, wie sie zu Frau Jutta sagte, sie müsse heute vormittag um elf Uhr zum Herrn Pfarrer gehen und ihm die geliehenen Bücher zurückbringen.«

»Ausgezeichnet! Hast du eine Ahnung, wo der Pfarrer von Griesbach wohnt?«

»Da kannst du gar nicht fehlgehen. Das kleine Pfarrhaus steht dicht neben der Kirche.«

Doktor Diehl sah nach der Uhr.

»Kann ich bis elf Uhr beim Pfarrhaus sein?«

»Zu Pferde bestimmt.«

»Aber das Pferd ist mir eventuell im Wege.«

»Stelle es im Gasthof zum Roten Löwen ein.«

»Gut, wird gemacht. Also auf Wiedersehen, heute mittag.«

»Auf Wiedersehen, Heinz – und glückauf!«

»Danke! Wollen sehen, was uns der Zufall bringt.«

Doktor Diehl machte sich schnell fertig und ließ inzwischen das Pferd satteln, das ihm Frank zur Verfügung gestellt hatte. Dann ritt er in scharfem Trab nach Griesbach hinunter.

Als er sein Pferd im Gasthof eingestellt hatte und eben wieder ins Freie hinaustreten wollte, sah er Blandine vorübergehen. Sie trug einige Bücher im Arm. Er wollte ihr schnell in den Weg treten, besann sich aber anders und blieb im Hausflur stehen, bis sie vorüber war. In aller Ruhe nahm er dann eine Erfrischung und ging dann die Dorfstraße entlang bis zur Kirche.

Sich scheinbar in deren Betrachtung vertiefend, ging er um sie herum, bis er das Pfarrhaus erblickte. Mit dem Rükken dem Pfarrhaus zugekehrt, blieb er hier stehen, aber so, daß er in dem Fenster der Kirchentür das Spiegelbild des Pfarrhauses erblickte.

Er sollte nicht lange zu warten haben. Bald sah er Blandine auf der Schwelle des Pfarrhauses. Der Pfarrer hatte sie bis zur Tür begleitet und verabschiedete sich hier von ihr. Heinz Diehl verschwand schnell hinter der Kirche und blieb stehen, wie im Anschauen der Kirche versunken, bis Blandine dicht an ihm vorüberkam.

Sie erblickte ihn jetzt erst und errötete jäh bei seinem Anblick.

Er spielte den Überraschten. »Das nenne ich Glück, mein gnädiges Fräulein. Ich war hier in den Anblick der hübschen Kirche versunken, und nun stehen Sie vor mir, wie vom Himmel gefallen.«

»Was tun Sie hier in Griesbach, Herr Doktor?« fragte Blandine, sich schnell fassend.

»Mein Freund hat mir von den Schönheiten dieser kleinen Dorfkirche erzählt, und da ich vor Langeweile nicht wußte, was ich tun sollte, ritt ich hierher, um sie mir anzuschauen.«

»Sie sind zu Pferde?«

»Ja – es steht im Gasthof.«

»Und Langeweile haben Sie gehabt? Sorgt Herr Rüdiger so schlecht für Ihre Unterhaltung?« fragte sie schelmisch.

»Er ist aufs Feld geritten, und mit Frau Remblin kann ich mich höchstens über kulinarische Genüsse unterhalten.«

»Sie können mir sehr leid tun«, scherzte Blandine.

Er lachte sie an. »Nicht wahr. Aber der Himmel hat ein Einsehen gehabt und Sie mir in den Weg geschickt. Wollen Sie sich meiner nicht erbarmen? Mit Ihnen zu plaudern hätte ich große Lust. Darf ich Sie ein Stück Wegs begleiten?«

Eine Glutwelle stieg in Blandines Gesicht, und ihre Augen verrieten, daß sie diese Erlaubnis nur zu gern erteilte. »Wenn Sie nichts Besseres vorhaben, gern, Herr Doktor.«

»Etwas Besseres ganz gewiß nicht, ich habe momentan überhaupt nichts vor.«

»Ich denke, Sie wollten die Kirche besichtigen?«

»Das ist schon geschehen. Und wo führt Ihr Weg hin?«

»Nach Hause zurück. Ich war im Pfarrhaus.«

»Der Zufall war mir unerhört günstig. Sie gestatten wohl, daß ich Sie nach Hause begleite?«

»Gern. Wollen wir durch den Wald gehen oder auf der Fahrstraße?«

»Ganz wie Sie befehlen. Ich glaube aber, der Waldweg wird schöner sein.«

»Unbedingt, aber etwas länger.«

»Um so besser.«

Sie schritten nebeneinander dahin und bogen gleich beim Gasthof rechts ab, um in den Wald zu gelangen.

»Wie ist Ihnen der gestrige Abend bekommen, mein Fräulein?«

»Ausgezeichnet.«

»Ihrer Frau Mutter und Frau von Tübingen hoffentlich auch?«

»Danke, auch ihnen. Ich freue mich so sehr, Herr Doktor, daß Sie anscheinend Ihre Aversion gegen Frau von Tübingen begraben haben. Sie waren zuletzt sehr freundlich zu ihr.«

Lächelnd sah er sie von der Seite an. »Ich mußte es doch sein, da ich Ihnen Ihren Wunsch nicht versagen wollte. Es scheint Ihnen doch sehr viel daran zu liegen.«

Sie atmete tief auf. »Ja, sehr viel. Ich möchte alle Menschen davon überzeugen, daß Jutta ein wertvoller, liebenswerter Mensch ist.«

Es war ihm sehr erwünscht, daß sie von Jutta sprach. Warm und herzlich sagte er: »Es ist um so bewundernswerter von Ihnen, daß Sie so eifrig Partei für Frau von Tübingen nehmen, als sie doch gewissermaßen schuld daran ist, daß Ihnen und Ihren Angehörigen ein reiches Erbe entgangen ist. So hörte ich wenigstens.«

Blandine schüttelte heftig den Kopf. »Das ist eine irrige Ansicht. Onkel Malte hätte uns auch ohne seine Heirat nicht zu seinen Erben eingesetzt, das weiß ich.«

»Wie kommen Sie zu dieser Annahme?«

»Ich hatte es schon immer im Gefühl, daß Onkel Malte in uns nicht seine Erben sah, obwohl meine Mutter und mein Bruder fest darauf bauten.«

»Und Sie glaubten also nicht daran?«

»Nein, weil ich wußte, daß Onkel Malte sehr streng über die Spielleidenschaft meines Bruders dachte. Er hätte Untergriesbach sicher nicht in die Hände eines Spielers kommen lassen. Und Jutta hat mir das auch bestätigt. Onkel Malte hätte dem Fiskus sein Erbe hinterlassen, wenn er nicht geheiratet hätte.«

»Sind Sie ihm deshalb nicht böse, noch über das Grab hinaus?«

»O nein – er hat soviel Gutes an uns getan, trotz seiner Aversion gegen uns, zu der er ja schließlich berechtigt war.«

Er sah sie fragend an. »Berechtigt?«

Sie nickte. »Gewiß, denn meine Mutter und mein Bruder liebten ihn nicht, obgleich er ihnen so viel Gutes tat. Und ich – ich wagte es gar nicht, ihm zu zeigen, wie sehr ich ihn liebte und verehrte, aus Furcht, er könne es für Erbschleicherei halten. Aber – das interessiert Sie gewiß nicht.«

»Doch – mich interessiert alles aus Ihrem Leben, mein gnädiges Fräulein, und ich bin so stolz darauf, daß Sie mir Ihr Vertrauen schenken.«

Sie lächelte. »Das muß man ja tun – Sie haben etwas so Zutrauenerweckendes, gerade wie Herr Rüdiger. Aber vor Ihnen hat man noch weniger Scheu, weil Sie so frei und froh alles sagen, was Sie denken.«

Ein wenig schämte er sich, daß sie ihn in dieser Beziehung überschätzte. Aber er konnte sich im Interesse seiner Mission nicht versagen, ihr Vertrauen zu gewinnen. Mißbrauch wollte er gewiß nicht damit treiben, aber er war überzeugt, daß gerade Blandine ihm manches verraten konnte, was er gern wissen mochte. Und deshalb mußte er auf dem eingeschlagenen Wege weitergehen.

»Seien Sie überzeugt, mein gnädiges Fräulein, daß ich mir Ihr Vertrauen verdienen möchte und – daß ich es nie mißbrauchen werde.«

»Das weiß ich, und Ihnen könnte ich alles sagen, was man einem Menschen überhaupt anvertrauen kann.«

»Das macht mich stolz, wie ich Ihnen schon versicherte. Um aber wieder auf unser Gespräch zu kommen – fanden Sie es nicht ein wenig grausam von Ihrem Onkel, daß er Sie in seinem Testament so ganz leer ausgehen ließ? Sie waren doch seine nächsten Verwandten und lebten in seinem Hause.«

»Er kannte Jutta zur Genüge, um zu wissen, daß sie uns, auch ohne daß er es testamentarisch bestimmte, nicht darben lassen würde. Er konnte sich da ruhig auf sie verlassen. Jutta hat sich unserer auch in der großherzigsten Weise angenommen und uns in Untergriesbach eine Heimat geboten.«

»Das hatte doch Ihr Herr Onkel auch schon getan?«

Blandine schüttelte den Kopf.

»O nein – er duldete uns nur, wie man lästige Eindringlinge duldet. Gerufen hat er uns nie. Und ich habe mich oft so geschämt, daß Mama seine Gastfreundschaft immer wieder erzwang und über Gebühr ausnutzte. Sie war freilich oft von der Not dazu gezwungen, denn ihre schmalen Einkünfte reichten nie aus. Wir sind ja sehr arm. Und – ich glaube, Armut tötet jedes Feingefühl.«

Mitleidig sah er sie an. »Bei Ihnen ganz bestimmt nicht – Sie sind sogar außerordentlich feinfühlig.«

Ein leiser Seufzer entfloh ihren Lippen. »Leider, möchte ich sagen. Mir wäre vielleicht wohler, wenn ich weniger feinfühlig wäre. Aber vielleicht ist es mir noch nicht schlecht genug ergangen, um alles Feingefühl in mir zu töten. Ich habe nie gehungert und habe immer ein Dach über dem Kopf und alles Nötige gehabt. Freilich – seit dem Tode meines Vaters lebe ich meist von der Güte anderer Menschen. Erst war es Onkel Malte, dem ich verpflichtet war, und jetzt ist es Jutta, die es mir so leichtmacht, Wohltaten von ihr anzunehmen. Aber trotzdem – es ist sehr schwer, immer nur Wohltaten annehmen zu müssen.«

»Sie sind ein wenig schwerblütig, mein gnädiges Fräulein.

Machen Sie sich das Leben doch leichter, wie Ihre Frau Mutter und Ihr Herr Bruder.«

Sie schüttelte den Kopf. »Das kann ich nicht. Ich verstehe die beiden nicht, daß sie von Jutta alles so selbstverständlich annehmen, wie sie alles von Onkel Malte annahmen. Als wir noch in München wohnten in unserer mehr als bescheidenen Dreizimmerwohnung, da fühlte ich mich am freiesten.«

»Sie wohnten in München?«

»Ja – zu meines Vaters Lebzeiten lebten wir in ganz guten Verhältnissen. Er war Regierungsrat, und was er verdiente, reichte aus. Aber es blieb auch nichts übrig, zumal er auch Norbert noch unterstützte, der als Offizier nie auskam.«

»Ihr Herr Bruder stammt aber doch aus der ersten Ehe Ihrer Frau Mutter.«

»Gewiß – aber – sein Vater hatte Mama mit ihm in sehr bescheidenen Verhältnissen zurückgelassen, und mein Vater mußte natürlich auch die Sorge für Norbert mit übernehmen. Mein Vater starb kurz vor Kriegsbeginn. Norbert mußte nach dem Kriege seinen Abschied nehmen und fand keine andere Existenz. So lebten wir alle drei von Mamas schmaler Witwenpension. Ich wollte eine Stellung annehmen, aber Mama war außer sich darüber, sie duldete es nicht. Ihrer Ansicht nach mußte ja alles besser werden, wenn wir Onkel Maltes Erbe antraten. Daran glaubte sie fest. Und wenn sie wieder und wieder, ohne eine Einladung Onkel Maltes abzuwarten, mit uns nach Untergriesbach reiste und ich Einwände machte, dann sagte sie immer: ›Wozu sollen wir uns zurückhalten und unsern Verhältnissen nicht ein wenig aufhelfen durch einen längeren Aufenthalt in Untergriesbach – eines Tages wird doch alles uns gehören.‹ So sicher war Mama. Aber ich war es nie, und immer habe ich mich vor Onkel Malte geschämt. So ist etwas Unfreies über mich gekommen, und ich habe viele bittere Stunden erlebt. Jutta versteht es aber, mir alle Bedenken aus der Seele zu nehmen. Sie ist ein so vornehmer, großherziger Mensch. Soll ich ihr da nicht dankbar sein?«

Aufmerksam hatte er zugehört. Ihre schlichte Offenheit rührte ihn. Mit einem warmen Blick sah er sie an. »Frau von Tübingen kann Ihnen ja auch gern von ihrem Überfluß abgeben.«

»Das tut sie auch – wenngleich Mama und Norbert gar nicht nett zu ihr sind und es sie entgelten lassen, daß uns das Erbe verlorenging.«

»Nun, ich kann mir denken, daß Ihre Angehörigen nicht sehr erfreut waren, als sie hörten, daß Herr von Tübingen sich trotz seines hohen Alters noch verheiraten wollte.«

Blandine seufzte. »Es war für Mama und Norbert eine niederschmetternde Eröffnung.«

»Und für Sie selbst?«

»Oh – ich hatte nie mit der Erbschaft gerechnet und trug es leicht. Nur Mamas und Norberts Entsetzen quälte mich.«

»Ihre Angehörigen hatten aber doch wenigstens Zeit, sich an den Gedanken zu gewöhnen. Ihr Herr Onkel machte Ihnen doch zeitig genug Mitteilung von seiner bevorstehenden Vermählung?«

»O nein, es kam ganz plötzlich, und – das muß ich sagen – ziemlich verletzend. Er schrieb uns von Nauheim aus, wo er zur Kur weilte. Wir waren in seiner Abwesenheit hier in seinem Hause geblieben – ich glaube freilich, gegen seinen Wunsch. Und so schrieb er ziemlich schroff, daß er sich verheirate und daß wir sofort abreisen sollten, da er mit seiner Frau, die in Trauer sei, ganz zurückgezogen leben wolle. Wir sollten nicht eher wieder nach Untergriesbach kommen, als bis er uns einlade. Diesem Schreiben lag allerdings ein ziemlich hoher Scheck bei, zur Regelung unserer Verhältnisse, und – wir hatten ja schließlich durch unsere Ausnützung seiner Gastfreundschaft eine Lehre verdient – aber – ein wenig hat es auch mich verletzt, daß er uns nicht zu seiner Hochzeit eingeladen hat. Wir waren doch schließlich seine einzigen Verwandten.«

»Und Ihre Angehörigen waren natürlich noch mehr beleidigt?«

Sie lächelte schwach. »Beleidigt? Das ist wohl nicht der rechte Ausdruck. Sie waren einfach vernichtet. Mama war halb ohnmächtig, fiel aus einem Weinkrampf in den anderen, und Norbert – nein – davon will ich nicht sprechen – seine Haltlosigkeit war furchtbar, wie sein Groll gegen Onkel Malte. Ich packte in aller Eile unsere Sachen, denn Mama war nicht fähig, es zu tun. Sie fühlte sich krank, wirklich krank. Trotzdem reisten wir ab, wie es Onkel Malte bestimmt hatte. Aber wir kamen nur bis zur nächsten Station. Mama wurde unterwegs so unwohl, daß wir die Reise nicht fortsetzen konnten. An der nächsten Bahnstation verließen wir den Zug und mußten den kleinen Gasthof aufsuchen, wo ich Mama zu Bett brachte. Sie war ernstlich leidend, und ich mußte die ganze Nacht an ihrem Lager wachen und ihr Kompressen auflegen.«

Doktor Diehls Augen waren groß und weit geöffnet, und auf seinen Zügen lag eine konzentrierte Spannung bei Blandines letzten Worten. Aber er fragte nun, scheinbar wie selbstverständlich:

»Da war es gut, daß Ihr Herr Bruder Sie unterstützen konnte, nicht wahr?«

Seufzend schüttelte Blandine den Kopf. »Er war dazu gar nicht imstande. Wie von Sinnen ist er gewesen in jenen Tagen. Man konnte kein vernünftiges Wort mit ihm sprechen. In jener Nacht ist er gar nicht zur Ruhe gekommen, er hat kein Auge zugetan. Ich erschrak, als ich ihn am nächsten Morgen sah, über sein Aussehen. Wie ein Todkranker sah er aus. Er hatte sich die ganze Angelegenheit zu sehr zu Herzen genommen.«

»Das läßt sich denken – er wird aus Sorge um seine Existenz keine Ruhe gefunden haben. Sicher ist er nicht imstande gewesen, sich schlafen zu legen.«

Blandine hatte den Hut abgenommen und ihn an den Arm gehängt. Nun strich sie sich, wie in quälende Gedanken verloren, über die Stirn und sah Doktor Diehl einen Moment wie in hilflosem Bangen in die Augen.

Er sah sie aber ganz ruhig und harmlos an.

»Ich glaube es auch nicht – er sah entsetzlich elend aus. Aber er hätte sich seine Unruhe sparen können – schließlich ist ja noch alles gut für ihn geworden. Aber jedenfalls – jene Nacht war schrecklich und der nächste Tag nicht minder.«

»Ihr Herz mag Ihnen sehr schwer gewesen sein«, sagte er teilnahmsvoll.

Ihr Blick kam zurück, wie aus weiter Ferne, und ein tiefes Aufatmen kam aus ihrer Brust. »Ich muß sagen – so schrecklich für meine Mutter und meinen Bruder das alles war, mir war es eher wie eine Erleichterung, daß wir von Untergriesbach fortkamen. Ich wußte, daß Onkel Malte uns nicht gern dort sah, und das war mir peinlich. So war ich ganz zufrieden, daß er durch sein Machtwort endlich eine klare Lage geschaffen hatte, und nahm mir fest vor, mir eine Stellung zu suchen und mir mein Brot selbst zu verdienen. Jetzt mußte es Mama doch gestatten. Aber, es sollte doch ganz anders kommen.«

»Sie blieben also in dem Nachbardorf, bis die Hochzeit Ihres Onkels vorüber war?« fragte er mit einer intensiven Spannung in seinen Zügen.

»Ja – das heißt – wir glaubten damals, daß die Hochzeit erst am nächsten Tage stattfinden würde. So hatte es Onkel Malte angeordnet, und wir wußten nicht, daß er noch an demselben Tage Hochzeit gehalten hatte. Wir fuhren am nächsten Morgen weiter nach München in der festen Überzeugung, daß die Hochzeit erst an diesem Tage stattfinden würde. Aber als wir in München eintrafen, erwartete uns schon ein Telegramm, das uns Onkel Maltes Tod meldete, und wir glaubten natürlich, daß seine Hochzeit noch gar nicht stattgefunden habe.«

»Ihre Angehörigen hatten also da nochmals einen Hoffnungsschimmer, daß ihnen das Erbe erhalten bliebe?«

Sie nickte. »Mama und Norbert kamen aus einer Aufregung in die andere. Ich fürchtete sehr für Mamas Gesundheit und wollte nicht leiden, daß sie sofort wieder abreiste, aber sie war von der Hoffnung, daß das Erbe noch nicht verloren sei, wie neubelebt. Und Norbert war von einer fast krankhaften Aufregung befallen. Er zitterte, als er das Telegramm las, so sehr, daß es seiner Hand entfiel. Ich habe leider meiner Mutter und meinem Bruder im Herzen immer ziemlich fremd gegenübergestanden, aber als wir damals nach Untergriesbach zurückfuhren und die beiden schon Zukunftspläne machten, wie sie die Herrschaft im Schlosse antreten wollten, da schien es mir, als gehöre ich gar nicht mehr zu ihnen. Gewiß, Onkel Malte hatte uns ziemlich brüsk aus seinem Hause gewiesen, aber er hatte uns doch trotz allem so viel Wohltaten erwiesen, die ich ihm um so höher anrechnete, als ich wußte, daß wir ihm unsympathisch waren –, und nun sprachen Mutter und Bruder nur von dem, was er hinterließ. Nicht ein Gedanke galt ihm selbst und seinem plötzlichen Tode. Ich war ehrlich betrübt darüber und hätte den beiden am liebsten Schweigen geboten. Und so sicher sie waren, die Erben zu sein – ich zweifelte daran. Und weil ich ihre Enttäuschung fürchtete, suchte ich ihnen klarzumachen, daß Onkel Malte andere Erben eingesetzt haben könne. Da schalten sie zornig auf mich ein und wollten nichts hören. Ganz hoffnungsgeschwellt kamen sie hier an, um gleich in der ersten Stunde von Jutta zu erfahren, daß sie bereits Frau von Tübingen sei und daß Onkel Malte außerdem ein Testament hinterlassen habe, das sie zur Universalerbin einsetzte, ohne jede Einschränkung.«

Mit gespanntester Aufmerksamkeit hatte Doktor Diehl Blandines Bericht gelauscht. Nun sagte er aufatmend: »Das war eine neue herbe Enttäuschung für Ihre Mutter und Ihren Bruder.«

Blandine wurde noch in der Erinnerung daran ganz blaß. Ihre Stimme bebte, als sie sagte: »Mama trug es noch verhältnismäßig ruhig, zumal sich sofort die Überzeugung in ihr festsetzte, daß Jutta Onkel Malte ermordet habe. Aber Norbert klappte vollständig zusammen. So etwas von Zerbrochensein eines Menschen habe ich nie erlebt. Ich fürchtete für seinen Verstand, weil er wie ein Irrsinniger lachte und dann völlig kraftlos zu Boden schlug. Mamas Groll richtete sich von jener Stunde an auf Jutta. Sie schrie ihr ins Gesicht, daß sie Onkel Malte gemordet und daß sie kein Recht habe, die Erbschaft anzutreten. Es waren furchtbare

Stunden. Im ganzen Schloß gab es kein ruhiges Fleckchen. Die Dienerschaft war wie von Sinnen, und Jutta – die arme Jutta lag in einem Sessel und starrte traurig und trostlos vor sich hin. Als sie verhaftet wurde, sah sie mich mit einem Blick an, der mir das Herz zerriß. Ich wußte, fühlte schon damals, daß sie unschuldig war. Nachdem sie begriffen hatte, daß man sie in Untersuchungshaft führte, wurde sie noch bleicher als zuvor, aber dann richtete sie sich stolz und ruhig auf und fügte sich dem Unvermeidlichen. Als ich sie zwischen den Beamten dahinschreiten sah, dachte ich: So schreiten Sünderinnen nicht, so schreiten Königinnen. Und das Herz wurde mir so schwer – wie ein Alp lag es auf mir. Fast war mir zumute, als habe ich selbst ein Verbrechen begangen. Vielleicht, weil meine Mutter es war, die zuerst den Verdacht auf sie lenkte. Vielleicht auch aus einem anderen mir unerklärlichen Gefühl – kurzum – seit jener Stunde lastet etwas Unerklärliches auf mir, und das verfolgt mich zuweilen, bis in den Traum. Es war so stark, daß ich Jutta gegenüber scheu und verschlossen war, lange Zeit, so daß sie glaubte, ich halte sie auch für eine Mörderin. Nie habe ich das geglaubt, nicht einen Augenblick, so bestimmt meine Mutter es auch behauptete. Ich zitterte und bangte um Jutta, solange sie in Untersuchungshaft saß, und erbebte, wenn meine Mutter zu Norbert sagte: ›Sie wird hingerichtet, sie darf das Erbe nicht antreten.‹ Ich war zornig auf Mutter und Bruder und hätte am liebsten allen Leuten zugerufen: Seht ihr denn nicht, daß sie schuldlos ist? Wie froh war ich, als Jutta endlich wiederkam, als sie frei war – freilich nicht so, wie ich es wünschte. Kein Mensch glaubte an ihre Unschuld. Und sie litt unter dem schleichenden Verdacht, der sie umkreiste – und ich litt mit ihr, als sei ich selbst schuld, daß sie leiden mußte. Oh, es waren furchtbare Tage, ich möchte das alles nicht noch einmal erleben.«

Bei diesen letzten Worten brach Blandines Stimme. Sie kamen wie ein Schluchzen aus ihrer Brust.

Doktor Diehl nahm ihre Hand und blieb vor ihr stehen. In seinen Augen lag ein tiefes Erbarmen. »Arme kleine Blandine«, sagte er weich. Sie sah zu ihm auf und barg dann plötzlich das Gesicht in den Händen.

»Seien Sie nicht so gut zu mir, ich ertrage Güte so schlecht«, sagte sie heiser.

Er preßte seine Lippen auf ihre Hand. Wie gern hätte er ihr gesagt, daß er von dem besten Willen beseelt war, alle seine Güte über sie auszubreiten, und daß er sie für immer vor Leid und Sorge bewahren möchte. Aber er wollte, durfte nicht das entscheidende Wort sprechen, das sie für immer zusammenband, weil er erst eine Aufgabe zu lösen hatte. Und er ahnte, daß die Lösung dieser Aufgabe für Blandine ein neues Leid bringen würde, ein Leid, das sie vielleicht im Unterbewußtsein schon leise geahnt und vor dem sie sich fürchtete, ohne es zu wissen.

»Ich bitte herzlich, beruhigen Sie sich. Ich mache mir Vorwürfe, Sie auf ein so ernstes Thema gebracht zu haben. Aber man kommt so von selbst darauf, es liegt hier gewissermaßen in der Luft.«

Hastig trocknete sie ihre Tränen und versuchte zu lächeln.

»Sie brauchen sich nicht zu entschuldigen, es lag wohl mehr an mir, daß wir auf dies Thema kamen, und es war mir eine Wohltat, mir das alles einmal vom Herzen zu reden. Sie haben so geduldig zugehört, und nun müssen Sie sich auch noch etwas von mir vorweinen lassen. Ich schäme mich,

Herr Doktor, und weiß nicht, wie ich mich so gehenlassen konnte. Sonst bin ich ziemlich tapfer.«

»O ja, das habe ich schon gespürt, und Ihre Tapferkeit hat Ihnen meine Hochachtung erworben.«

»Die ich mir nun verscherzt habe?«

»Ganz gewiß nicht. Eine Frau braucht nicht immer tapfer zu sein. Wäre sie es, dann wäre sie eben kein echtes Weib. Wir müssen recht gute Freunde werden, müssen uns immer besser kennenlernen. Ich bin Ihnen dankbar, daß Sie mir so viel Vertrauen entgegenbrachten, daß Sie mich einen Blick tun ließen in Ihr Inneres. Ich kenne Sie nun schon ganz und gar, und wenn ich Ihnen bei näherer Bekanntschaft so gut gefalle wie Sie mir, dann – dann, Blandine, werde ich Ihnen, ehe ich Griesbach verlasse, eine Frage vorlegen, von deren Beantwortung mein ganzes Lebensglück abhängen wird. Darf ich das?«

Sie sah mit großen Augen zu ihm auf, und was sie jetzt in seinen ernsten Augen las, ließ ihr das Herz schneller schlagen. Sie errötete tief und stand in reizender Hilflosigkeit vor ihm. Hastig setzte sie dann ihren Hut wieder auf. Dann reichte sie ihm schnell die Hand.

»Ich werde Ihnen auf jede Frage eine ehrliche Antwort geben, Herr Doktor.«

Wieder zog er ihre Hand an seine Lippen. »Ich danke Ihnen.«

Sie atmete schnell. »Und nun bin ich gleich daheim und will Ihnen Lebewohl sagen.«

Er schüttelte lächelnd den Kopf. »Nicht Lebewohl! Das klingt wie eine Trennung für immer. Sagen Sie mir: Auf Wiedersehen!«

»Auf Wiedersehen, Herr Doktor, auf frohes Wiedersehen«, sagte sie, aber dabei standen ihr Tränen in den Augen.

Er hielt ihre Hand noch fest. »Tränen mag ich nicht wieder in Ihren Augen sehen.«

Sie bezwang sich. »Wenn ich es ändern kann, soll es nicht mehr geschehen. Darf ich Jutta von Ihnen grüßen?«

»Ich bitte darum. An Ihre Frau Mutter bitte ich eine ergebene Empfehlung zu bestellen. Sonntag sehen wir uns wieder.«

Sie nickte ihm zu und eilte davon, auf die kleine grüne Pforte im Parkzaun zu, hinter der Jutta Frank Rüdigers Augen damals entschwunden war.

Langsam, in tiefe Gedanken versunken, schritt Doktor Diehl zum Dorf zurück. Seine Gedanken arbeiteten rastlos. Er fügte Stein um Stein zu dem Bau, den er aufführte, um Jutta von Tübingens Unschuld zu beweisen. Schon sah er Licht – aber dies Licht erfreute seine Seele nicht, denn er wußte, daß er Blandine weh tun mußte; wußte, daß die angstvolle Unruhe, die in ihrer Seele schlummerte und vor der sie schreckhaft die Augen schloß, eine unbewußte Ahnung war. Er hatte mehr in ihrem Herzen gelesen, als sie selbst ahnte, und sie tat ihm leid. Aber durch alles Leid hindurch würde seine Liebe sie wie in einem Zaubermantel tragen. Ja – er liebte Blandine, liebte sie stark und innig, seit er in ihr Inneres einen Einblick erhalten hatte. Er fühlte, daß sie heute einem inneren Zwang gehorcht hatte, als sie ihm alles enthüllte, was ihr Herz bewegte und was auf ihr Leben Einfluß gehabt hatte. Sie hatte ihm auch ihre Verhältnisse vertrauensvoll klarlegen wollen, es sollte nichts in ihr und um sie sein, was er nicht klar überblicken konnte. Deshalb war sie so offen zu ihm gewesen. Mit ihrem ganzen Vertrauen war sie zu ihm gekommen. Und sie sollte sich nicht in ihm getäuscht haben. Wenn sie freilich eine Ahnung gehabt hätte, wieviel sie verraten hatte, so hätte sie ihm doch wohl nicht so offenherzig gebeichtet. Sie wußte ja nicht, wem sie das alles sagte, ahnte nicht, daß er das alles zusammentrug, um Jutta frei zu machen. Aber – dazu hätte sie ihm doch von Herzen gern geholfen, trotz der unbestimmten Angst, die er aus ihrem Wesen spürte.

Arme Blandine, tapfere, kleine Blandine, darüber mußt du erst hinweg, ehe du dich in meine Arme flüchten kannst, dachte er mitleidig und in zärtlicher Sorge.

Am Sonntag wurde Doktor Diehl von Frau von Tölz besonders liebenswürdig empfangen. Blandine hatte ihr nicht verschwiegen, daß sie Doktor Diehl im Dorfe getroffen und daß er sie nach Hause begleitet hatte.

»Mir scheint, er hat Absichten auf dich, Blandine. Sei klug und laß dir diese Chance nicht entgehen«, hatte sie gesagt.

Blandine war das Blut in das Gesicht geschossen. »Sprich um Gottes willen nicht von einer Chance, Mama, hier handelt es sich für mich um mehr als um irgendeine Chance, die ich nutzen soll.«

»Nun, um so besser, wenn du mit dem Herzen dabei bist. Das ist ein Luxus, den sich ein armes Mädchen eigentlich nicht leisten kann. Ich will Gott von Herzen danken, wenn du versorgt bist – denn hier ist das Leben für mich unerträglich geworden, seit Jutta die Herrin spielt.«

Blandine hatte darauf nichts erwidert. Sie hatte auch Jutta von ihrer Begegnung mit Doktor Diehl erzählt. Ihr hatte sie ziemlich ausführlich berichtet, was sie mit ihm gesprochen hatte, soweit es Jutta nicht selbst betraf. Teilnahmsvoll hatte Jutta zugehört, hatte Blandine in ihre Arme gezogen und gesagt:

»Wenn du doch ein reines, volles Glück finden würdest, Blandine. Für mich würde es freilich bitter sein, dich hergeben zu müssen, aber ich darf nicht egoistisch an mich denken.«

Jutta und Blandine hatten sich in diesen Tagen noch inniger als zuvor einander angeschlossen. Sie fühlten beide, daß ihre Herzen jetzt einer Hochflut von Gefühlen standhalten mußten. Auch Jutta war sich klar darüber geworden, daß sie Frank Rüdiger liebte, und wenn sie auch noch nicht wagte, eine Hoffnung an diese Liebe zu knüpfen, so war doch ihr ganzes Sein und Wesen ein einziges, inniges Gebet um Erlösung von dem Bann, der auf ihr lastete.

Stets hatte sie furchtbar unter dem falschen Verdacht gelitten, der ihr Leben verdunkelte, aber nie hatte sie so sehnsüchtig nach Erlösung verlangt wie jetzt. Denn jetzt, das fühlte sie, galt es nicht nur ihr Glück und ihre Ruhe, sondern auch Glück und Ruhe Frank Rüdigers. Mit klopfendem Herzen dachte sie an jedes seiner Worte, an jeden seiner Blikke. Sie wußte und fühlte, daß er sie liebte, wie sie ihn liebte. Und jede Faser ihres Seins klammerte sich nun an die Hoffnung, daß Doktor Diehl den Mörder ihres Mannes entdecken möge.

Sie selbst beschäftigte sich wieder sehr intensiv mit dem Gedanken, wer das Leben ihres Mannes vernichtet haben könne. An seinen Selbstmord konnte sie nicht glauben. Er hätte sie, deren Glück er begründen wollte, nicht hilflos in einer so peinlichen und gefahrvollen Lage zurückgelassen. Als erfahrener Mann hätte er sich sagen müssen, daß der Verdacht des Mordes auf sie fallen mußte. Wenn er das Leben hätte von sich werfen wollen, dann hätte er erst dafür gesorgt, daß sie in Ruhe und Sicherheit war und unbehelligt in

Schloß Untergriesbach leben könnte. Das war ihre feste Überzeugung.

Aber wer war der Mörder?

In der Verhandlung gegen sie war damals die Frage aufgeworfen worden: Wer hatte einen Vorteil vom Tode des Ermordeten? Und da war nur sie allein übriggeblieben. Sie, seine Erbin, hatte allein einen Vorteil von seinem Tode. Die Dienerschaft kam nicht in Frage.

Wer aber konnte noch einen Vorteil vom Tode ihres Mannes haben?

Oder war es ein Racheakt gewesen? So hatte man gefragt. Aber Malte von Tübingen hatte keine Feinde. Wer ihn kannte, hatte ihn geliebt und verehrt. Nur mit seinen Verwandten hatte er nicht sonderlich gut gestanden, aber diese weilten zur Zeit der Tat nicht in Untergriesbach. Und vergebens grübelte Jutta immer wieder darüber nach, und ein Zagen überkam sie, wenn sie daran dachte, daß auch Doktor Diehls Forschen vergeblich sein konnte. Voll Ungeduld hatte sie den Sonntag erwartet, und ihre Unruhe legte sich erst, als sie Frank Rüdiger in die Augen sah, in diese Augen, die ihre Leitsterne waren. Während sich Frau von Tölz angeregt mit Doktor Diehl unterhielt, sah Frank Rüdiger mit zärtlicher Besorgnis in Juttas Gesicht.

»Sie sehen heute so blaß aus, wie an dem Tage, da ich Sie zuerst gesehen habe. Neulich erschienen Sie mir wohler und frischer«, sagte er leise.

Sie lächelte zu ihm auf. »Können Sie sich nicht denken, in welcher erwartungsvollen Unruhe ich meine Tage jetzt verbringe?«

»Das kann ich wohl. Aber Sie müssen noch Geduld haben. Zu Ihrer Beruhigung will ich Ihnen aber wenigstens mitteilen, daß mein Freund eine bestimmte Spur verfolgt. Mehr verrät er freilich nicht. Aber daß er so viel zugibt, verrät mir, daß er Hoffnung hat.«

Jutta schloß einen Moment die Augen. »Vater im Himmel – Vater im Himmel!« kam es leise über ihre Lippen.

Es erschütterte ihn, sie so fassungslos zu sehen. »Ruhe - um Gottes willen Ruhe – man beobachtet uns«, bat er, weil er merkte, daß Norbert forschend zu ihnen herübersah.

Sie riß sich zusammen und atmete tief auf. Und die Hände fest zusammenballend, sagte sie mit einem matten Lächeln: »Nun bin ich schon wieder ganz still und ruhig. Aber ich danke Ihnen für diesen Hoffnungsstrahl.«

»Morgen nachmittag bitte um 4 Uhr an der bewußten Stelle«, konnte er ihr noch zuflüstern.

Sie neigte bejahend das Haupt, konnte aber nicht mehr antworten, da Norbert zu ihnen herantrat.

Gleich darauf ging man zu Tisch.

Jutta bemerkte mit inniger Freude, daß sich Doktor Diehl angelegentlich mit Blandine beschäftigte. Sie hatte dafür gesorgt, daß sie wieder nebeneinander saßen. Frank Rüdiger hatte seinen Platz an ihrer Seite, während Frau von Tölz und ihr Sohn die beiden Schmalseiten der Tafel einnahmen.

Wieder war es Doktor Diehl, der für heitere Stimmung sorgte. Er tat dabei dem ausgezeichnet bereiteten Mahl alle Ehre an. Dabei widmete er sich in ritterlicher Weise seiner Tischdame und behielt auch noch Zeit, Norbert von Hall und seine Mutter aufmerksam zu beobachten.

Daß Frau von Tölz schwiegermütterliche Absichten auf ihn hatte, war für ihn nicht schwer zu erraten. Und er sagte sich in humorvoller Art: Niemand kann seiner Schwiegermutter entgehen, wenn er sich eine Frau nehmen will.

Daß Blandine seine Frau werden sollte, stand fest bei ihm, und was er sich einmal vorgenommen hatte, davon brachte ihn nichts ab. Aber ehe er an die Verwirklichung dieses Planes gehen wollte, mußte seine Aufgabe gelöst sein, Licht in die rätselhafte Mordaffäre zu bringen. Für ihn war sie schon ziemlich hell, aber es fehlten ihm noch Beweise, um ihn ganz sicher zu machen.

In harmonischer Weise verlief die Mittagstafel. Auch Norbert von Hall erschien heute ruhiger und ausgeglichener. Er gab sich sichtlich Mühe, sein zerfahrenes Wesen zu meistern, wenn es ihn auch quälte, wenn er sah, wie Frank Rüdigers Blicke in die Juttas tauchten. Er klammerte sich an Juttas Ehrenwort – sie durfte nicht an eine Heirat denken, bevor der Mörder ihres Gatten entdeckt war. Und dazu durfte es nicht kommen – niemals.

Er ahnte ja nicht, daß an einer Tafel mit ihm ein Mann saß, der mit seinem Scharfsinn das Geheimnis zu enträtseln suchte, das Malte von Tübingens Tod umgab.

Während der Tafel sprach Frank Rüdiger davon, daß ihm ein Reitpferd zum Kaufe angeboten worden war.

»Es ist ein prachtvolles Tier, aber bisher unter dem Damensattel gegangen, deshalb für mich unbrauchbar. Sie sollten es kaufen, gnädige Frau, es ist ein besonders günstiges Angebot«, sagte er zu Jutta.

Sie sah ihn unsicher an.

»Leider kann ich nicht reiten, sosehr ich es auch schon bedauert habe.«

»Dann müssen Sie es lernen. Ich bin gern bereit, Ihnen die nötigen Reitstunden zu geben. Eine Gutsbesitzerin muß eigentlich reiten können. Meinen Sie nicht auch, Herr von Hall?«

Norbert hatte Jutta forschend angesehen. Nun sagte er hastig: »Frau von Tübingen hat ja absolut nichts mit der Verwaltung des Gutes zu tun.«

»Sie wird sich aber sicher mit der Zeit dafür interessieren. Es ist auf jeden Fall gut, wenn sie auch ein wenig Bescheid weiß. Und außerdem fehlt es der gnädigen Frau an Bewegung im Freien. Sie sieht zu blaß aus.«

Jutta hatte nachdenklich vor sich hingesehen. Nun richtete sie sich entschlossen auf. »Kaufen Sie bitte das Pferd für mich, wenn Sie meinen, daß es sich für mich eignet. Ich möchte sehr gern reiten lernen, und wenn Sie sich wirklich der Mühe unterziehen wollen, mir Unterricht zu geben, so werde ich Ihnen sehr dankbar sein, Herr Rüdiger.«

»Sie brauchen Herrn Rüdiger nicht zu bemühen, Jutta, Reitunterricht kann auch ich Ihnen erteilen«, sagte Norbert rasch.

Jutta widerstrebte es indes, durch eine solche Gelegenheit mehr als nötig mit Norbert zusammenzukommen. Deshalb sagte sie ruhig: »Herr Rüdiger hat sich zuerst dazu erboten. Sie werden einsehen, Norbert, daß ich sein Anerbieten zuerst berücksichtigen muß.«

Frank verneigte sich sichtlich erfreut. »Es wird mir eine Ehre sein. Gleich morgen gebe ich Order, daß Ihnen das Pferd zugeführt wird, und dann können wir verabreden, wann die erste Reitstunde stattfinden soll.«

»Ich werde es mir inzwischen überlegen«, erwiderte Jutta.

»Im übrigen möchte ich den verehrten Herrschaften eine Bitte aussprechen«, fuhr Frank Rüdiger fort. »Ich würde Sie alle gern auch einmal in Obergriesbach begrüßen und, um Sie zu verlocken, mir Ihren Besuch zu machen, ein kleines

Fest veranstalten – sozusagen meinen Einzugsschmaus. Frau von Tölz, dürfte ich Sie bitten, bei dieser kleinen Festlichkeit das Amt der Lady Patronesse zu übernehmen, da es in Obergriesbach leider keine Hausfrau gibt?«

Frau von Tölz fühlte sich doch etwas geschmeichelt und neigte huldvoll das Haupt.

»Gern, wenn ich Ihnen damit einen Gefallen tun kann.«

»Unbedingt, gnädige Frau.«

»Gut, verfügen Sie über mich.«

»Darf ich den nächsten Sonntag dazu bestimmen? Sonntags hat der Landwirt am meisten Zeit. Ist es den Herrschaften recht, wenn ich diesen Tag festhalte?«

Man stimmte allgemein zu, und Heinz Diehl sagte lachend:

»Man fliegt hier von einem Fest zum andern, ich finde, hier ist mehr Betrieb als in Berlin.«

»Wann gedenken Sie nach Berlin zurückzukehren, Herr Doktor?« fragte Frau von Tölz.

Er sah sie im gutgespielten Erschrecken an. »Eilt es Ihnen so sehr damit, gnädige Frau?«

Alle mußten lachen. Auch Frau von Tölz lachte liebenswürdig.

»Nein, nein, ganz gewiß nicht. Im Gegenteil, wir werden Ihre anregende Gesellschaft sehr vermissen, wenn Sie nicht mehr hier sind. Ich fragte nur, weil ich fürchtete, daß Sie nicht lange mehr bleiben würden.«

Heinz Diehl sah zu Blandine hinüber, die voll Unruhe an seinen Lippen hing.

»Das steht noch nicht fest, gnädige Frau. Mein Freund Rüdiger hat sich mit mir eine Last aufgeladen, die er so bald wohl nicht los wird, zumal die Schmalzstrudel und Butternockerln der Frau Remblin sehr starke Magnete sind. Außerdem – halten mich noch andere Dinge fest.«

»Noch fester als Schmalzstrudel und Butternockerln?« neckte Jutta.

Heinz Diehl warf wieder einen Seitenblick in Blandines errötendes Gesicht. »O ja – viel fester, gnädige Frau.«

»Sie machen uns neugierig, Herr Doktor«, scherzte nun auch Frau von Tölz liebenswürdig.

Er verbeugte sich. »Es ist sehr schmeichelhaft für mich, daß Sie mir so viel Interesse zeigen.«

Nach Tische begaben sich die Herrschaften über die Terrasse hinweg in den Garten. Die Frühlingssonne schien warm hernieder und küßte die ersten Blumen wach, die in großen Rundbeeten vor dem Schlosse gepflanzt waren. Diese Rundbeete befanden sich inmitten großer Rasenplätze, die sich wie frischgrüner Sammet ausbreiteten. Breite Wege, mit grauem Kies bestreut, rahmten die Rasenplätze ein und führten in den Park hinein.

Doktor Diehl trieb draußen im Freien allerlei übermütige Scherze. Er lief die Auffahrtsrampe hinauf, balancierte auf der breiten Terrassenbrüstung und setzte mit elastischem Sprung über dieselbe hinweg in den Garten hinunter.

Niemand ahnte, daß er diese lustigen Torheiten trieb, um allerlei auszukundschaften. Aufmerksam musterte er die Fassade des Schlosses, ließ sich von Blandine, an deren Seite er dann artig promenierte, die Fenster ihres Zimmers zeigen, fragte dies und das in einem harmlos-vergnügten Ton, so daß sie keine Ahnung hatte, daß all seine Fragen eine ganz besondere Ursache hatten. Erst am Spätnachmittag verabschiedeten sich die Herren.

Als sie sich entfernt hatten und Frau von Tölz und Blandine bereits im Hause verschwunden waren, wandte sich Norbert mit unterdrückter Erregung an Jutta.

»Ist es Ihr Ernst, daß Sie bei Herrn Rüdiger Reitunterricht nehmen wollen?«

Ruhig sah sie ihn an. »Gewiß, Sie haben doch gehört, was wir vereinbart haben.«

»Sie gestatten mir aber, zu bemerken, daß es unpassend ist, Reitunterricht durch einen Fremden zu erhalten.«

Stolz warf sie den Kopf in den Nacken. »Nein – das gestatte ich Ihnen nicht! Überlassen Sie es ruhig mir selbst, zu entscheiden, was für mich passend oder unpassend ist.«

Er biß sich auf die Lippen. »Verzeihen Sie, wenn ich mich ungeschickt ausdrückte. Ich meine nur, wenn ich, Ihr Verwandter, Ihnen Reitunterricht erteilen kann, dürfte es unpassend sein, daß dies durch einen Fremden geschieht.«

»Herr Rüdiger ist unser Nachbar, und ich finde durchaus nichts Unpassendes darin, mir von ihm Unterricht erteilen zu lassen.«

Ein lodernder Blick brach aus seinen Augen. »Tun Sie es nicht, Jutta – ich beschwöre Sie.«

»Warum nicht?«

»Weil es mich quälen und peinigen wird – weil ich rasend eifersüchtig bin auf diesen Menschen – auf jeden Mann, den Sie nur ansehen«, brach es in wilder Leidenschaft aus ihm hervor.

Das war so echt und ungekünstelt, daß Jutta zum ersten Male daran glaubte, daß Norbert nicht nur aus Berechnung um sie geworben hatte. Aber seine ungezügelte Leidenschaftlichkeit stieß sie ab. Sie trat stolz und abweisend zurück.

»Vergessen Sie sich nicht, Norbert. Ich bin fest überzeugt,

daß ich von Herrn Rüdiger solche Attacken nicht zu befürchten habe.«

»Hüten Sie sich, Jutta – ich halte Sie bei Ihrem Ehrenwort. Dieser Herr Rüdiger darf Ihnen nie etwas sein«, stieß er heiser hervor.

Etwas wie Furcht vor dieser ungezähmten Leidenschaft stieg in Jutta auf. Aber sie nahm alle Kraft zusammen und sah ihn stolz und ruhig an.

»An ein Ehrenwort brauche ich nicht gemahnt zu werden. Im übrigen sollten Sie nun endlich merken, daß die Zeit vorüber ist, in der ich mich willenlos Ihrer und Ihrer Mutter Vormundschaft fügte.«

Damit ließ Jutta Norbert stehen und ging ebenfalls ins Haus.

Er sah ihr mit brennenden Blicken nach, und dann schlug er aufstöhnend die Hände vor das Gesicht.

»Ich ertrage es nicht mehr – ich ertrage es nicht mehr!« stöhnte er auf.

Und dann wankte er wie ein Trunkener die Freitreppe empor. Starr vor sich hinsehend, suchte er seine Zimmer auf. Er merkte nicht, daß er an Blandine vorüberging, die ihm erschrocken nachsah und eine Weile wie gebannt stehenblieb. Sie wußte nicht, weshalb ihr der Bruder einen so unheimlichen Eindruck machte.

Am nächsten Tage begab sich Jutta zur verabredeten Stunde an die Rendezvousstelle im Walde. Zu ihrem Erstaunen fand sie dort Frank Rüdiger allein vor.

»Wo ist Herr Doktor Diehl? Wollte er nicht auch zur Stelle sein?« fragte sie in leiser Unruhe.

Er sah sie mit einem aufstrahlenden Blick an.

»Er ist im Augenblick verhindert, gnädige Frau, und läßt sich entschuldigen. Ist es Ihnen sehr unangenehm, mich allein zu treffen?«

Sie errötete jäh. »Darauf brauche ich Ihnen doch keine Antwort zu geben. Aber Sie können sich denken, daß ich sehr gespannt war, ob Herr Doktor Diehl mir etwas zu berichten hatte.«

»Ich soll Ihnen sagen, daß er in Ihrer Angelegenheit unbedingt einen kleinen Ausflug machen mußte, und dazu schien ihm dieser Tag am passendsten. Morgen hofft er dann das Sterbezimmer Ihres Herrn Gemahls inspizieren zu können. Bleibt es dabei, daß Ihre Verwandten morgen nach München fahren?«

»Ja.«

»Auch Fräulein von Tölz mit?«

»Ja, auch sie.«

»Wann reisen die Herrschaften?«

»Morgen vormittag, kurz nach 9 Uhr, geht der Zug ab. Sie kommen aber wahrscheinlich schon am Abend zurück.«

»Nun gut – so bleibt meinem Freunde reichlich Zeit zu seinen Nachforschungen.«

»Glauben Sie wirklich, daß er eine Spur gefunden hat?«

»Er pflegt eher zu wenig zu versprechen als zuviel. Ich habe das Gefühl, daß er viel mehr weiß, als er vorläufig verraten will. Und schon die Andeutung von einer gefundenen Spur hat er mir ungern gemacht. Ich wollte Ihnen aber doch so gern etwas Tröstliches sagen.«

Sie reichte ihm impulsiv die Hand. »Wie soll ich Ihnen nur für alles danken?«

Er hielt ihre Hand fest. »Müssen Sie mir unbedingt danken?«

»Das können Sie doch verstehen.«

»Nun gut – ich werde mir Ihren Dank schon einfordern zur gegebenen Zeit – und – bescheiden werde ich nicht sein.«

Das Blut schoß ihr unter seinem Blick in die Wangen. Selbstvergessen sahen sie sich eine Weile an, ohne ein Wort zu sprechen. Dann riß Jutta ihren Blick aus dem seinen.

»Ich will Ihre kostbare Zeit nun nicht länger in Anspruch nehmen, Herr Rüdiger.«

»Sie wissen, daß ich Ihnen immer gern zu Diensten bin, gnädige Frau. Im übrigen wollte ich Ihnen mitteilen, daß Ihr Reitpferd morgen bei Ihnen abgeliefert wird.«

»Ich danke Ihnen. Soll ich den Betrag Ihnen überweisen oder direkt an den Verkäufer?«

Er riß ein Blatt aus seinem Notizbuch, auf welches er rasch einige Worte schrieb.

»Hier ist die Adresse des Verkäufers und die Höhe der Kaufsumme. Sie können das Geld direkt dorthin überweisen.«

»Gut, das soll geschehen.«

»Und wann wollen wir den Reitunterricht beginnen?«

»Das müssen Sie bestimmen, ich habe ja immer freie Zeit. Wir besprechen das am besten ganz offiziell nächsten Sonntag, wenn wir bei Ihnen zu Gast sind.«

»Sie haben recht, ich dachte nicht daran, daß von unserm Zusammentreffen niemand wissen soll. Haben Sie schon an Sattelzeug und Reitdreß gedacht?«

»Ja, das soll mir Blandine morgen in München bestellen.«

Er zögerte noch eine Weile. Man merkte ihm an, daß er sich nur schwer von Jutta trennen konnte.

Sie reichte ihm die Hand. »Auf Wiedersehen also. Bitte, grüßen Sie Doktor Diehl!«

»Das will ich bestellen. Wann dürfen wir morgen kommen?«

»Wann Sie wollen.«

»Ist um 10 Uhr zu früh? Falls Doktor Diehl lange Zeit brauchen sollte, wäre es gut, wenn wir möglichst zeitig zur Stelle wären.«

»Bitte, kommen Sie so zeitig, wie Sie es für nötig finden. Ich bin Frühaufsteherin, mich stören Sie nicht.«

»Möglicherweise werden Ihre Verwandten aber durch die Dienerschaft erfahren, daß wir Ihnen einen Besuch gemacht haben.«

»Das läßt sich nicht ändern.«

»Sie können dann vielleicht sagen, daß wir uns wegen meines Festes am Sonntag Ratschläge geholt haben.«

»Gut, dabei wollen wir auf alle Fälle bleiben.«

Er zögerte noch immer. »Vielleicht wäre es besser, wenn wir noch einmal zusammenträfen im Laufe dieser Woche. Es könnte doch sein, daß wir uns etwas zu berichten hätten.«

Jutta errötete. Sie wußte sehr wohl, daß er nur nach einem Vorwand zu einem Zusammentreffen suchte. Aber ihr Herz war sein Verbündeter, sie konnte nicht nein sagen.

»Vielleicht wäre es wirklich besser. Also, sagen wir am Donnerstag nachmittag.«

Seine Augen strahlten in die ihren. Er küßte ihr die Hand. »Gut – also Donnerstag um dieselbe Zeit. Auf Wiedersehen, gnädige Frau.«

Damit trennten sie sich.

Frank Rüdiger ritt nach Hause zurück. Sein Freund war

noch nicht wieder heimgekehrt. Er kam erst bei einbrechender Dunkelheit.

Frank empfing ihn voll Ungeduld. »Ich fürchtete schon, Heinz, daß ich allein zu Abend essen müßte.«

Heinz Diehl lachte, aber Frank merkte ihm doch eine leise Erregung an. »Ich wäre untröstlich gewesen, wenn ich nicht zur Zeit zurück gewesen wäre. Ich hatte eine kleine Verspätung mit der Bahn.«

»Du bist mit dem Zuge gekommen?«

»Ja, ich war bis zur nächsten Station gelaufen und mußte warten, bis der nächste Zug kam, der mich zurückbringen konnte.«

»Aber, Heinz – weshalb hast du nicht einen Wagen anspannen lassen. Der weite Weg zu Fuß – das war doch Unsinn.«

»Nein, mein lieber Frank, ich hatte meine Gründe für diese Fußtour, denn ich war neugierig, wie lange man braucht, um per pedes apostolorum zur nächsten Station zu kommen.«

Forschend sah Frank zu ihm hinüber. »Man darf natürlich nicht fragen, warum du das wissen wolltest?«

»Nein, Frank, du mußt schon noch ein Weilchen Geduld haben. Lange werde ich sie nicht mehr auf die Probe stellen müssen – die Sache klärt sich.«

»Du hast also begründete Hoffnung, Frau Jutta zu erlösen?«

Doktor Diehl nickte. Aber seine Augen wollten den sonst so heiteren Ausdruck nicht finden. »Ja, Frank, diese Hoffnung habe ich.«

»Du bist so ernst – fast bedrückt?«

Doktor Diehl strich sich über die Stirn. »Zum Lachen ist

mir auch momentan absolut nicht zumute. Aber laß uns zu Tisch gehen.«

Dies geschah. Heinz Diehl bemühte sich auch, seine gute Laune wiederzufinden. Es wollte ihm aber heute nicht so recht gelingen. Und das Essen schien ihm auch nicht sonderlich zu schmecken.

Nach dem Essen saßen die Freunde noch beisammen und rauchten Zigaretten. Frank störte den Freund nicht mit Fragen. Schließlich warf Heinz Diehl seine Zigarette in den Aschenbecher und sprang auf. Er legte die Hand auf des Freundes Schulter.

»Du mußt entschuldigen, daß ich heute ein wenig zerstreut bin – aber ich habe da etwas in mir niederzuzwingen. Manchmal muß man im Kampf mit sich selbst liegen.«

»Hängt das mit Frau Juttas Angelegenheit zusammen?«

»Nur indirekt – es betrifft mehr mein Verhältnis zu Blandine von Tölz. Weißt du, Frank, ich habe das kleine Mädchen von ganzem Herzen lieb und weiß, daß sie ein wertvoller Mensch ist und daß sie einmal eine zuverlässige Weggenossin für einen Mann, wie ich es bin, sein würde. Aber – weiß Gott – ich muß da erst über etwas hinwegkommen.«

Nachdenklich sah ihn Frank an. »Ich kann mir denken, was du meinst – Frau von Tölz ist keine Schwiegermutter, wie man sie sich wünschen kann.«

Heinz Diehl schlug mit der Hand durch die Luft. »Ach – mit ihr würde ich schnell fertig sein, sie sollte mich nicht kümmern, aber Blandines Bruder – der ist für mich der dunkle Punkt. Er ist ein notorischer Spieler – und noch etwas Schlimmeres, wie Herr von Tübingen Frau Jutta gesagt hat. Ich fürchte, ich weiß, was er damit hat sagen wollen.

Gottlob, daß er nur ein Halbbruder von Blandine ist und daß sie einen anderen Namen trägt als er. Denn – Blandine gebe ich nicht auf, um keinen Preis.«

»Ich glaube, es wird dir nicht schwerfallen, sie für immer von ihrem Bruder zu lösen, sie steht ihm ziemlich fremd gegenüber.«

»Gottlob! Aber – nun laß uns zur Ruhe gehen. Hast du übrigens Frau Jutta gesprochen?«

»Ja. Ich habe mich morgen vormittag um 10 Uhr mit dir angesagt.«

»Gut! Also, schlaf gut, Frank!«

»Gute Nacht, Heinz.«

Gegen 10 Uhr am nächsten Vormittag trafen die beiden Freunde im Schlosse ein. Sie waren beide zu Pferde.

Jutta empfing sie sogleich, sie hatte schon voll Ungeduld auf sie gewartet.

»Sind die Herrschaften fort?« fragte Doktor Diehl.

»Ja, Herr Doktor, wir sind ganz ungestört. Die Dienerschaft ist im Souterrain beschäftigt und wird nur auf meinen Ruf erscheinen. Nur der Diener, der Sie empfing, wird noch im Vestibül sein.«

»Dann können wir sogleich mit der Besichtigung des Schlosses beginnen. Wir werden für die Ohren des Dieners draußen einige diesbezügliche Worte wechseln.«

Jutta führte die Herren hinaus in das Vestibül, wo tatsächlich der Diener noch stand.

»Es ist sehr liebenswürdig, gnädige Frau, daß Sie uns die Besichtigung des Schlosses gestatten wollen und sich selbst der Mühe unterziehen, uns herumzuführen«, sagte Heinz Diehl laut und vernehmlich.

»Ich tue es gern, Herr Doktor.«

»Macht es Ihnen nicht zuviel Mühe?«

»Ganz gewiß nicht! – Friedrich, Sie können unterdessen dafür sorgen, daß in einer Stunde ein kleiner Imbiß für die Herren bereitsteht im Speisezimmer. Bis dahin sind wir wahrscheinlich mit der Besichtigung fertig, oder wir machen eine kleine Pause.«

Das letzte sagte Jutta zu dem Diener, der sich verneigte und im Souterrain verschwand, froh, ein Stündchen freie Zeit für sich zu haben. Ihm kam diese Schloßbesichtigung sicher sehr gelegen.

Jutta führte die Herren nun zuerst in die Räume, die ihr Mann bewohnt hatte. Sie schlossen sich gleich an ihre eigenen Zimmer. Nachdem sie einige vornehm eingerichtete Gemächer passiert hatten, öffnete Jutta mit einem Schlüssel, den sie bei sich trug, das Sterbezimmer ihres Mannes. Sie hielt es stets unter Verschluß.

»Dies ist das Zimmer, in dem mein Mann gestorben ist«, sagte sie, ein wenig erregt vor Erwartung in Doktor Diehls Gesicht blickend.

Er nickte ihr zu. »Bitte – lassen Sie mich allein, bis ich Sie rufe. Sie können hier im Nebenzimmer auf mich warten. Mein Freund Rüdiger wird Sie inzwischen unterhalten, damit Ihnen die Zeit nicht zu lang wird. Bitte, sorgen Sie dafür, daß ich unter keinen Umständen gestört werde.«

Nach diesen Worten betrat Heinz Diehl das Sterbezimmer und zog die Tür hinter sich zu. Es war ein mäßig großer Raum, mit schweren, massiven Mahagonimöbeln ausgestattet. Das Bett war sehr groß und breit. Es stand zwischen den beiden Fenstern, mit dem Kopfende zur Wand. Neben dem Bett stand auf der rechten Seite ein Nachtschränkchen. Es reichte bis dicht an das Fenster heran und ragte noch ein wenig darüber hinaus.

Diesem Nachtschränkchen galt der erste Blick Doktor Diehls, und seine Augen bekamen dabei den scharfen, zufassenden Ausdruck. Schnell trat er an das geschlossene und von Gardinen verhüllte Fenster heran und öffnete es, nachdem er die Gardine zurückgezogen hatte.

Er sah auf die Terrasse hinaus. Auch die Fenster dieses Zimmers lagen sehr tief. Mit einem großen Schritt konnte Doktor Diehl auf die Terrasse hinaustreten. Hier blieb er stehen und schaute in das Zimmer hinein. Er sah den schweren, gepolsterten Lehnstuhl am Bett stehen – in diesem Lehnstuhl war wohl Jutta von Tübingen in jener Nacht eingeschlafen. Und während sie schlief? Doktor Diehls Gedanken arbeiteten eifrig hinter seiner hohen Stirn. Auf der Terrasse stehenbleibend, faßte er mit der Hand auf die Marmorplatte des Nachtschränkchens. Er konnte sie bequem erreichen. Nachdenklich nickte er vor sich hin und stieg wieder in das Zimmer hinein. Nun begann er jedes Möbel genau zu betrachten – das schwere, massive Bett mit der seidenen Daunendecke, die mächtigen, eingebauten Schränke und den großen Waschtisch mit Warm- und Kaltwasseranschluß, über dem ein großer Spiegel hing. Am Fußende des Bettes stand eine breite Ottomane und vor derselben ein kleiner runder Tisch. Außer einigen Stühlen befanden sich sonst keine Möbel in dem Raum. Über dem Kopfende des Bettes hing ein schöner, alter Gobelin, Joseph und seine Brüder darstellend, als sie ihn verkauften. Sonst wurde das Zimmer durch einige kostbare Ölgemälde geschmückt. Das größte davon, eine Waldlandschaft, hing so, daß man sie vom Bett aus betrachten konnte. Wie oft mochte der Verstorbene sich an diesem herrlichen Kunstwerk erfreut haben. Aber Heinz Diehl hielt sich mit solchen Betrachtungen nicht lange auf. Er schüttelte die Gardinen am Fenster aus, legte sich dann auf den Fußboden, um unter das Bett sehen zu können, und sprang wieder auf, nachdem er gesehen hatte, daß das Bett auf sehr breiten, scharfkantigen Füßen stand. Er suchte nun das Bett zu rücken, aber es war sehr schwer, und es gelang ihm nur, es mit Anspannung all seiner Kräfte etwa 10 Zentimeter fortzuschieben. Das schien ihm aber zu genügen. Nun legte er sich wieder auf den Fußboden und betrachtete die Stelle, wo der breite Fuß des Bettes an der Wand gestanden hatte. Eine dicke Schicht von Staubfasern war zu sehen und graue Spinnweben. Das Bett war anscheinend seit vielen Jahren nicht von seinem Platze gerückt worden, und hinter den Beinen hatte sich diese Staubschicht ungestört ansammeln können. Er faßte mit den Händen in diese Staubfaserschicht und hob sie sorgsam empor. Sie auf seine Hand legend, erhob er sich und betrachtete seine Beute am Fenster ganz genau. Aber der Befund schien unwichtig zu sein, und er ließ die Staubfasern zum Fenster hinausfallen. Nun ging er um das Bett herum auf die andere Seite und wiederholte hier dasselbe. Auch hinter dem anderen Bein des Bettes hatte sich eine ähnliche Staubfaserschicht angesammelt, auch sie hob er sorgsam empor. Und als er sie auf seiner flachen Hand ausbreitete, fühlte er einen kleinen, harten Gegenstand. Er befreite ihn vom Staub und putzte ihn sorgsam ab. Dieser Gegenstand hatte Form und Größe einer besonders großen und dicken Linse. Diese Linse bestand aus ganz glattgeschliffenem Kristall, und die eine Breitfläche derselben war mit einem feinen Perlmutterblättchen bekleidet, in das eine winzige Schwalbe eingelegt war –

eine blaue Schwalbe mit ausgebreiteten Flügeln. Das Perlmutterblättchen war sehr kunstvoll gearbeitet und so geschliffen, daß die untere Hälfte wie ein Meeresspiegel, die obere Hälfte wie der darüberschwebende Himmel wirkte. Sah man durch die unbedeckte Kristallseite durch die Linse, dann erblickte man, wie durch ein Vergrößerungsglas, die fliegende Schwalbe zwischen Meer und Himmel. Anscheinend gehörte dieser kleine, sicher nicht wertlose Kunstgegenstand zu einem Schmuckstück. Doktor Diehl sah lange nachdenklich darauf nieder und nickte dann vor sich hin, als sei er sich über das Wesen seines Fundes klargeworden. Sorgsam wickelte er die kleine Linse in ein Blättchen Papier, das er aus seinem Notizbuch riß, und steckte sie in seine Westentasche. Dann rückte er das Bett wieder an seinen Platz zurück. Noch einmal trat er an das Fenster und stieg durch dasselbe auf die Terrasse. Er beugte sich nochmals hinein ins Zimmer, legte seine Hand auf den Nachtschrank und schüttelte dabei seine Manschette ein wenig vor, so daß der Knopf der Manschette sichtbar wurde. Er sah auf diesen Knopf hinab und blickte dann auf den Fußboden, dorthin, wo das Bett stand. Aufatmend nickte er. Er trat in das Zimmer zurück und schritt auf die Tür des Nebenzimmers zu. Als er sie öffnete, sah er Frank Rüdiger und Jutta am Fenster stehen.

»Gnädige Frau, darf ich Sie bitten, hier herüberzukommen? Du kannst auch mit eintreten, Frank.«

Die beiden folgten seinem Wunsche sofort. Fragend sahen sie ihn an.

»Bitte, gnädige Frau, setzen Sie sich einmal möglichst genauso an das Bett, wie Sie es in jener Nacht getan haben. Steht der Lehnstuhl noch richtig?«

Jutta rückte den Stuhl mehr zur Mitte des Bettes.

»So hat er gestanden«, sagte sie.

»Nun nehmen Sie bitte Platz.«

Sie tat es.

»Und nun schließen Sie bitte die Augen, ganz fest, und wenn Sie langsam bis zehn gezählt haben, öffnen Sie die Augen wieder.«

Gehorsam tat Jutta, was ihr geheißen wurde. Und als sie nach der vorgeschriebenen Zeit die Augen wieder öffnete, sah sie, daß Doktor Diehl verschwunden war. Erstaunt wandte sie sich nach Frank um.

»Wo ist der Herr Doktor geblieben?« fragte sie.

In diesem Moment stieg Heinz Diehl zum Fenster herein.

»Ich war inzwischen nur auf der Terrasse, gnädige Frau, um Sie von draußen zu betrachten. Haben Sie nicht gehört, daß ich hinausstieg?«

»Nein.«

Er ignorierte ihre und auch Franks erstaunte Augen und fragte ruhig:

»Das Nachtschränkchen steht wohl noch genauso wie an jenem Abend?«

»Ja.«

»Und wo stand das Glas Wein, das Sie Ihrem Gatten reichten?«

Jutta legte die Hand auf die Marmorplatte des Nachtschränkchens.

»Ungefähr hier.«

»Was stand sonst noch auf dem Nachtschränkchen?«

»Oben auf der Platte nichts, nur hier unten im Zwischenfach befand sich die Taschenuhr meines Mannes auf dem Ständer.«

Doktor Diehl nickte. Dann nahm er die eingewickelte Linse aus seiner Westentasche, löste sie aus dem Papier und sagte, ohne sie Jutta zu zeigen:

»Bitte, setzen Sie sich noch einmal in den Lehnstuhl, und schließen Sie die Augen wieder. Sie dürfen sie aber nicht eher öffnen, als bis ich es Ihnen sage.«

Jutta ließ sich nieder und schloß die Augen.

Heinz Diehl trat dicht an das Fenster heran und ließ die kleine Kristallinse zur Erde fallen, indem er die geöffnete Hand dicht neben die Marmorplatte des Nachtschrankes hielt. Die Linse schlug auf den Boden auf und rollte ein ganzes Stück auf dem Fußboden dahin, bis unter das Bett.

Das leise Geräusch schreckte Jutta auf. Sie öffnete sofort die Augen und blickte Doktor Diehl groß und erschrocken an.

»Das war seltsam!« sagte sie leise.

Doktor Diehl lächelte befriedigt. Er hatte vorausgesehen, daß Jutta diesmal seinem Gebote nicht genau nachkam, indem sie die Augen früher öffnete, als er es verlangt hatte.

»Was war seltsam?« fragte er gespannt.

»Dies Geräusch – was war das für ein leises Geräusch?« fragte sie erregt.

»Fiel Ihnen etwas daran auf?«

Sie nickte hastig.

»Ja – es war dasselbe Geräusch, das ich an jenem Abend hörte, halb im Schlafe noch, aber so deutlich in der sonst lautlosen Stille. Es blieb mir so seltsam in den Ohren haften, als dürfte ich es nicht vergessen.«

Doktor Diehl atmete tief auf.

»Nein – Sie durften es nicht vergessen – dafür sorgte Ihr guter Engel – oder die Vorsehung – oder der Zufall.«

»Was war das für ein Geräusch?« fragte sie nochmals, bleich bis in die Lippen vor Erregung.

Er beugte sich nieder und holte unter dem Bett die kleine Linse hervor. Er legte sie auf die Handfläche und sah sie forschend an.

»Dieser kleine Gegenstand rollte aus meiner Hand unter das Bett. Kennen Sie ihn?«

Erstaunt sah Jutta auf die Linse hinab.

»Nein – ich kenne ihn nicht«, sagte sie, ihn verständnislos ansehend.

»Ist das nicht eine reizende, kunstvolle Spielerei, diese Schwalbe in Perlmutter? Können Sie sich nicht denken, wozu man diese Linse angefertigt hat?«

Mit einem Seufzer und einem Achselzucken sah Jutta darauf nieder. Auch Frank war herangetreten und sah sich das kleine Kunstwerk an.

»Mir scheint, das gehört zu irgendeinem Schmuckstück«, meinte Jutta.

Heinz Diehl nickte.

»Das glaube ich auch, und jedenfalls ist es ein wertvoller Fund für uns.«

Jutta sah ihn unruhig-fragend an.

»Wie kommen Sie dazu, und was hat es mit unserer Sache zu tun?«

Heinz Diehl wickelte die kleine Linse sorgsam wieder ein und steckte sie zu sich.

»Ich fand dies kleine Bijou hier in diesem Zimmer – und – es hat sehr viel mit unserer Sache zu tun. Doch davon später. Jetzt habe ich noch eine Bitte, außer der, daß Sie sich noch in Geduld fassen müssen.«

»Was kann ich tun?« fragte Jutta ergeben seufzend.

Ihre Hand fassend, sagte Heinz Diehl herzlich:

»Zürnen Sie mir nicht, daß ich Sie noch im unklaren lassen muß – es geht nicht anders. Aber Sie dürfen ganz guten Mutes sein. Und nun meine Bitte: Ich möchte jetzt vor allen Dingen die Zimmer besichtigen, die Herr von Hall bewohnt. Ist das möglich?«

Jutta sah ihn verwundert an, aber in Frank Rüdigers Augen blitzte es plötzlich auf, wie ein Argwohn und ein leises Verstehen.

»Gewiß ist das möglich, Herr Doktor. Aber weshalb wollen Sie gerade diese Zimmer besichtigen?« fragte Jutta.

Lächelnd sah er sie an. »Sie haben mir versprochen, nicht zu fragen.«

»Verzeihen Sie!«

»Nein – verzeihen Sie mir, daß ich Sie so unhöflich abweisen muß.«

»Ich habe nichts zu verzeihen. Also bitte, kommen Sie.«

Doktor Diehl schloß erst noch sorgsam das Fenster und zog die Gardine wieder zu. Dann gingen sie hinaus.

»Aber bitte, ganz unauffällig, gnädige Frau, falls doch jemand von der Dienerschaft auftauchen sollte.«

Jutta führte die Herren in den ersten Stock hinauf. Niemand von der Dienerschaft war zu sehen. Ohne Aufenthalt schritten sie bis vor Norberts Zimmer. Jutta öffnete eine Tür.

»Es sind drei zusammenhängende Räume, die Herr von Hall benutzt: zuerst sein Arbeitszimmer, danach sein Schlafzimmer und dahinter der kleine Raum für seine Garderobe. Ich möchte seine Zimmer nicht betreten, Herr Doktor, ich kann wohl mit Herrn Rüdiger im Vorzimmer warten?«

»Gewiß, gnädige Frau, es ist mir sogar lieber, wenn ich allein eintreten darf. Sie können ganz unbesorgt sein – ich lasse keine Spuren meiner Anwesenheit zurück. Glauben Sie mir, wenn es nicht notwendig wäre, würde ich fremde Wohnräume auch nicht betreten. Wir dürfen aber nicht zu zaghaft sein, wenn wir zum Ziel gelangen wollen.«

So sagte Heinz Diehl ruhig und bestimmt, und sein Gesicht verriet, daß ein eiserner Wille seine Handlungen bestimmte. Und ruhig trat er ein, die Tür hinter sich schließend.

Mit großen, bangen Augen sah Jutta zu Frank Rüdiger auf. »Verstehen Sie das alles?«

Frank atmete tief auf. »So langsam geht mir ein Licht auf – aber ich wage nicht darüber zu sprechen – ich könnte Unheil anrichten. Und jetzt gibt es nur ein Ziel für mich – Ihre Unschuld an den Tag zu bringen.«

Das Blut stieg langsam in ihr blasses Gesicht. »Mir ist so bang, als müsse Furchtbares geschehen.«

Er faßte ihre Hand. »Sie müssen tapfer sein.«

Ein Lächeln huschte um ihre Lippen. »Ich bin so lange tapfer gewesen, daß ich fürchte, ich werde zusammenbrechen, wenn wirklich die Erlösung kommt.«

Zärtlich besorgt sah er sie an. »Nein, nein – Sie werden aufleben und ein neues Leben beginnen.«

»Sie sind so gut zu mir, tun so viel für mich.«

»Leider kann ich nur wenig für Sie tun. Die Hauptsache muß ich Doktor Diehl überlassen.«

»Aber Sie haben ihn gerufen, und wenn mir durch ihn Erlösung würde, muß ich sie Ihnen zuerst danken. Und jetzt zum erstenmal ist mir zumute – als müsse sich alles aufklären. Vorhin, als ich unten in meines Mannes Sterbezimmer mit geschlossenen Augen dasaß und das seltsame leise Rollen auf dem Fußboden hörte, das ich auch in jener Nacht vernahm, da war mir, als müsse sich an dieses leise Geräusch ein Faden anknüpfen lassen, der durch das Labyrinth führt, in dem ich mich verirrt habe. Mir ist so bange und feierlich zu Sinn, als müsse jetzt das Wunder geschehen, um das ich den Himmel so oft angefleht habe.«

Seine Hand umschloß die ihre mit fast schmerzhaftem Druck. »Es wird kommen, das Wunder«, sagte er sehr erregt und überzeugt.

Sie sah ihn mit ihren samtbraunen, goldklaren Augen an. Ein feuchter Schleier legte sich darüber. »Ich wage kaum, es zu hoffen.«

Er sah, wie ein Zittern über sie dahinflog, und er erinnerte sich des Tages, da er sie zuerst gesehen hatte – als sie im Walde verzweifelt zusammengebrochen war. Er hätte die ganze heiße Zärtlichkeit seiner Liebe über sie hinströmen lassen mögen.

»Seien Sie nur ganz zuversichtlich und tapfer – es wird alles gut werden«, sagte er aufatmend.

»Wenn man so lange im Schatten lebte, fürchtet man sich fast vor dem Sonnenlicht. Sie wissen ja nicht, was für eine Existenz ich während der letzten zwei Jahre geführt habe. Schon vorher war mein Leben nicht gerade ein beneidenswertes, aber ich trug es tapfer und wohlgemut und fand immer etwas, das mich froh und heiter machte. Aber dann – verfemt, geächtet war ich, im eigenen Hause wagte ich kaum die Augen aufzuschlagen, weil mir Haß und Mißtrauen entgegensprangen. Wie ein krankes Tier verkroch ich mich in die Einsamkeit. Erst – seit Sie in mein Leben getreten sind, habe ich wieder ein wenig Mut bekommen. Ich habe mich auf meinen Stolz besonnen. Die Zügel meines Hauswesens nahm ich in die Hände, verkehrte wieder ruhig und frei mit meiner Dienerschaft und habe erstaunt erkennen müssen, daß sie mir gar nicht so feindlich gegenübersteht, wie Frau von Tölz es mich glauben machen wollte.«

»Es muß ja auch diesen Leuten klarwerden, daß eine Frau wie Sie niemals ein fluchwürdiges Verbrechen begangen haben kann. Ihre Augen können nicht lügen.«

»Nie – niemals vergesse ich Ihnen, daß Sie an mich glaubten«, sagte sie leise. Wieder faßte er ihre Hand und sah ihr tief in die Augen.

»Ich konnte nicht anders. Und – was auch kommen mag – ob Ihre Schuldlosigkeit bewiesen wird oder nicht – für mich ist sie sonnenklar – denn – ich liebe Sie, Jutta – ich bete Sie an, und Sie müssen fühlen, daß mein ganzes Sein und Denken innig in Ihnen verankert ist. Seit ich Sie zuerst gesehen habe, gehört Ihnen mein ganzes Herz. Ich wollte Ihnen nicht eher davon sprechen, als bis Doktor Diehls Nachforschungen beendet sind – aber es drängt sich mir schon jetzt über die Lippen. Wenn ich Sie ansehe, will mir kein konventionelles Wort über die Lippen, ich habe so viel Kraft verbraucht, um Ihnen ruhig gegenüberstehen zu können. Jetzt kann ich es nicht mehr – ich liebe Sie zu sehr, Jutta – und – Sie müssen mich wiederlieben. Ein so starkes Gefühl kann nicht einseitig sein. Nicht wahr, Jutta, was auch kommen mag, Sie werden meine Frau?«

Sie war bei seinen leidenschaftlich werbenden Worten blaß geworden bis in die Lippen, und ihre Augen leuchteten erregt aus dem blassen Gesicht. Ihre Hand bebte in der seinen, und ihre Stimme zitterte, als sie sagte:.

»Es soll keine Unwahrheit über meine Lippen in dieser Stunde – ja, ich liebe Sie, Frank Rüdiger, liebe Sie mit der ganzen Kraft und Innigkeit meiner vereinsamten Seele. Sie sind der erste Mann, dem mein Herz in Liebe entgegenschlägt, und nie wird es einem anderen gehören. Aber Ihre Frau kann ich nur werden, wenn mein Name rein und fleckenlos ist. Niemals könnte ich Ihnen angehören, wenn nicht alles licht und klar um mich ist. Für mich selbst habe ich gelernt, Schmach und Schande zu tragen, aber wenn Sie mit daran tragen müßten, das ertrüge ich nicht. Die Qual würde mich ersticken, wenn ich sehen müßte, daß Sie meinetwegen die Augen niederzuschlagen hätten.«

Wie in inbrünstiger Andacht küßte er ihre Hände.

»Stolz werde ich meine Augen zu jedermann erheben, stolz, daß eine so reine Frau wie Sie an meiner Seite schreitet. Was kümmern uns die Menschen, Jutta?«

Mit einem wehen, blassen Lächeln schüttelte sie den Kopf. »Wie sehr uns die Menschen kümmern, merken wir erst, wenn wir uns vor ihnen verstecken müssen. Nein, um keinen Preis der Welt möchte ich Sie mit in mein Unglück hineinziehen. Was auch kommen mag, für diese Stunde sollen Sie gesegnet sein. Nun kann ich nie wieder ganz arm werden, Frank Rüdiger, Ihre Liebe macht mich innerlich stolz und reich, was mir das Leben auch noch bringen mag.«

Er sah sie unruhig flehend an. »Und nichts, nichts könnte Sie bestimmen, meine Frau zu werden, falls es meinem Freunde nicht gelingt, den Mörder Ihres Gatten zu entdekken? Sie könnten es über das Herz bringen, mich einsam meine Straße ziehen zu lassen, während mein Herz in Sehnsucht nach Ihnen rufen würde?« fragte er erregt.

Sie schauerte zusammen. »Schweigen Sie, bitte, schweigen Sie! Machen Sie mir meinen Entschluß nicht noch schwerer, als er ist. Ich kann nicht anders, ich kann nicht anders!«

Und zitternd und bebend schlug sie die Hände vor das Antlitz.

Er kämpfte mit sich. Dann zog er ihr sanft die Hände von dem Gesicht.

»Seien Sie ruhig. Sie dürfen sich nicht so aufregen, es macht Sie krank. Wir wollen heute nicht mehr davon sprechen, wollen erst abwarten, was Doktor Diehl zutage fördert. Nur das eine sage ich Ihnen: Nie, niemals gebe ich die Hoffnung auf, daß ich Sie erringen kann. Ich muß diese Hoffnung haben. Sie ahnen ja nicht, Jutta, was Sie mir geworden sind, wie unsagbar ich Sie liebe. Ich will Ihnen gestehen, daß ich im Anfang unserer Bekanntschaft nicht über den Gedanken hinwegkommen konnte, daß Sie die Gattin eines anderen waren – eines alternden Mannes. Immer war es mein Traum, daß die Frau, die ich an meine Seite stellen sollte, keinem anderen angehört hatte als mir allein. Dennoch liebte ich Sie schon damals – aber es quälte mich. Können Sie verstehen, wie es in mir aufjauchzte, als ich die Gewißheit hatte, daß Ihre Ehe nur eine Scheinehe war? Von dieser Stunde an fühlte ich mich unlösbar an Sie gebunden. Ich kann Sie nicht aufgeben – ich kann nicht.«

Sie preßte die Hände wie im Krampf zusammen.

»Quälen Sie mich nicht! Ich brauche all meine Kraft und meinen Mut zur Entsagung – wenn mich das Schicksal nicht begnadet.«

Wieder küßte er ihre Hände. »Es wird Sie begnaden, Sie und mich. Wir können beide nicht voneinander los, das ist gewiß. Und deshalb muß der Mörder Ihres Mannes gefunden werden, um jeden Preis.«

Sie konnten nicht weiterreden, denn in diesem Augenblick trat Doktor Diehl aus den Zimmern Norberts. Sein

Gesicht war blaß und erregt, alle Muskeln darin schienen gespannt. Er sah die beiden Menschen mit seltsam abwesendem Blick an.

»Geht heute noch ein Zug nach München?« fragte er heiser.

»Ja, um 12 Uhr mittags«, erwiderte Frank, ihn forschend ansehend.

Heinz Diehl sah auf die Uhr. »Den erreiche ich noch, ich muß sofort zur Station.«

»Mußt du dich nicht erst umziehen?«

»Nein, nein, ich komme dann nicht mehr zurecht zum Zuge.«

»Und wann kommst du wieder, Heinz?«

»Wann fährt der letzte Zug von München ab?«

»Um 9 Uhr ungefähr.«

»Dann komme ich wahrscheinlich mit dem letzten Zug zurück. Gnädige Frau, verzeihen Sie, daß wir uns jetzt nicht länger aufhalten.«

Jutta sah ihn voll Unruhe an. Doktor Diehls plötzlicher Entschluß, nach München zu fahren, war ihr rätselhaft. Sie war sehr bleich geworden.

Er faßte ihre Hand. »Nicht sorgen – es steht alles gut für Sie. Morgen vielleicht kann ich schon den Schleier lüften, der über Ihrem Schicksal liegt. Nun noch eine Frage: Wissen Sie, welches Gift in dem Glase war, das Sie ihrem Gatten reichten?«

»Er ist durch Morphium vergiftet worden«, sagte sie mit bebender Stimme.

Doktor Diehl nickte.

»Das wollte ich wissen. Übrigens – wann kommt Frau von Tölz mit ihren Kindern von München zurück?«

»Ebenfalls mit dem letzten Zuge.«

»Nun – es schadet schließlich nichts, wenn wir zusammentreffen, ich finde dann schon eine Erklärung.«

Doktor Diehl küßte Jutta die Hand. »Auf Wiedersehen, gnädige Frau. Komm, Frank, wir müssen zusammen zur Station reiten, damit du mein Pferd mit nach Hause nehmen kannst.«

Auch Frank verabschiedete sich von Jutta. Sprechen konnte er nicht, aber seine Augen sagten ihr mehr als tausend Worte. Sie begleitete die Herren hinunter. Der Diener meldete, daß der Imbiß serviert sei. Jutta bat Doktor Diehl, er möge schnell etwas zu sich nehmen, bis die Pferde vorgeführt wurden.

Das nahm er an. Im Stehen aß er einige Bissen und trank ein Glas Wein.

Dann bestiegen die Herren ihre Pferde.

»Morgen nachmittag an unserer Rendezvousstelle, falls wir nichts anderes voneinander hören«, hatte Frank noch gesagt. Nun ritten die Herren im schnellsten Tempo davon.

Jutta sah ihnen mit bangen Augen nach und atmete tief auf. »Vater im Himmel, hilf«, sagte sie leise vor sich hin. Und dann suchte sie ihren kleinen Salon auf, wo das Bild Malte von Tübingens hing. Mit feuchten Augen schaute sie zu ihm auf. »Du zürnst mir nicht, daß ich ihm mein Herz geschenkt habe – du hättest mir selbst deinen Segen dazu erteilt. Nun hilf mir auch, daß ich ihm angehören darf. Ich liebe ihn – ich liebe ihn.« So flüsterte sie vor sich hin, als spräche sie mit dem Bilde. Und die ernsten, gütigen Greisenaugen sahen milde und verstehend auf sie herab.

Heinz Diehl und Frank Rüdiger waren im schnellsten Tempo zur Bahnstation geritten. Frank fragte nichts, obwohl eine brennende Unruhe in ihm war. Doktor Diehl hätte auch keine Antwort gegeben. Daß er außerordentlich erregt war, merkte Frank ihm an. Sie sprachen kaum ein Wort miteinander. Als sie die Station erreichten, sahen sie den Zug schon von weitem daherkommen. Doktor Diehl sprang vom Pferde und warf Frank die Zügel zu. Eilig löste er ein Billett. Frank war auch abgestiegen und band die Pferde an einen Pfosten. Dann ging er mit dem Freunde zum einfahrenden Zug. Und nun reichte dieser ihm die Hand.

»Verzeih meine Schweigsamkeit, Frank, es ging mir so vieles durch den Kopf. Morgen wirst du alles wissen und wirst mich verstehen. Auf Wiedersehen, heut' abend!«

»Auf Wiedersehen, Heinz!«

Schon fuhr der Zug davon. Doktor Diehl warf sich mit geschlossenen Augen in die Polster zurück, und überdachte noch einmal in seiner Erinnerung alles, was er in der letzten Stunde in Erfahrung gebracht hatte. Als er Norbert von Halls Arbeitszimmer betreten, hatte sich seine Aufmerksamkeit zuerst auf dessen Schreibtisch gelenkt. Dieser war natürlich verschlossen, aber für Doktor Diehl gab es so leicht keine Schlösser, die er nicht zu öffnen imstande gewesen wäre, wenn er einen seiner Fälle verfolgte. Oft genug hatte er in seiner Eigenschaft als Kriminalist sich Einblick in festverschlossene Räume oder Behälter schaffen müssen. Und auch jetzt stand viel auf dem Spiel, und außerdem fühlte er sich jetzt völlig berechtigt, eine gefundene Spur zu verfolgen. So bedachte er sich nicht einen Augenblick, zu öffnen, was er offen haben mußte. Schnell durchflogen seine Augen einige Fächer des Schreibtisches, ohne daß er etwas angerührt hätte. Aber dann öffnete er ein kleines Seitenfach, und in demselben sah er einige Schmucketuis stehen. Diese Etuis öffnete er. In dem einen befand sich eine Krawattennadel mit einer bizarr geformten Perle, in dem zweiten eine Garnitur Brillantknöpfe für das Oberhemd. Das dritte Etui war leer – es war wohl für eine Taschenuhr bestimmt, die Norbert bei sich trug. In dem vierten Etui befand sich eine goldene Chatelaine, die Heinz Diehl schon an Norbert gesehen hatte. Und nun war noch ein fünftes kleines Etui vorhanden – es war eigentlich nur ein kleines Kästchen, ohne Innenausstattung. Und in diesem Kästchen lag ein winziges Päckchen in Papier eingewickelt. Heinz Diehl nahm es heraus und wickelte das Papier auf. Und nun lagen zwei Manschettenknöpfe vor ihm. Beim Anblick derselben zuckte es seltsam über sein Gesicht, und seine Augen starrten darauf nieder. Diese Manschettenknöpfe hatten runde, goldene Oberteile, und inmitten des einen Oberteiles saß genau dieselbe kleine Kristallinse wie die, welche er in Malte von Tübingens Sterbezimmer gefunden hatte. Das war dieselbe fliegende Schwalbe in Perlmutter eingelegt, das Meer und Himmel darstellte. Und in dem zweiten Oberteil des Manschettenknopfes fehlte das Mittelstück. Doktor Diehl nahm es aus seiner Westentasche und paßte es hinein – es füllte genau den leeren Raum. Eine Weile sah Doktor Diehl starr darauf nieder. »Also doch er«, sagte er leise vor sich hin. Sich aufrichtend, nahm er die gefundene Linse wieder aus der Vertiefung des Manschettenknopfes heraus und steckte sie wieder zu sich. Dann wollte er die Manschettenknöpfe wieder in das Papier einwickeln. Gewohnt, nichts unbeachtet zu lassen, betrachtete er erst das Papier genau und stutzte. Er sah, daß es die Hälfte eines ärztlichen Rezeptes war. Die Apotheke, in der das Rezept hergestellt worden war, hatte ihren Stempel aufgedrückt. Es war der einer ihm bekannten Münchener

Apotheke. Heinz Diehl nahm sein Notizbuch heraus und notierte genau den Inhalt des Rezeptes, von dem nichts fehlte, als der Name des Arztes. Auch die Registriernummer des Rezeptes war deutlich zu lesen, und auch diese notierte er. Dann wickelte er sorgfältig die Manschettenknöpfe wieder in das Rezept, legte das Päckchen wieder in das Kästchen und stellte dies an seinen Platz zurück. Das Fach schloß er mit seinem Nachschlüssel wieder ab. Langsam erhob er sich. Er hatte nun nicht nötig, dies Zimmer weiter zu durchsuchen. Er hatte mehr gefunden, als er gesucht hatte. Sein Blick flog noch einmal durch das Zimmer, und da sah er auf dem Kaminsims eine Kabinettphotographie Blandines stehen. Er trat an den Kamin heran und sah mit einem traurig-zärtlichen Blick auf das Bild. »Arme Blandine, das wird wehe tun – aber ich kann es dir nicht ersparen. Recht muß Recht bleiben«, sagte er vor sich hin. Und schmeichelnd strich seine Hand über das geliebte Gesicht. Dann richtete er sich schnell entschlossen auf und eilte hinaus.

Und nun saß er hier im Zuge und fuhr nach München, um die letzten Beweise für Frau Juttas Unschuld zusammenzutragen. Als er in München ankam, fuhr er sofort mit einem Mietauto zur Apotheke, deren Stempel er auf dem Rezept gesehen. Er ließ sich dort den Besitzer der Apotheke rufen und bat ihn um eine vertrauliche Unterredung. Der Apotheker führte ihn in ein kleines Nebenzimmer, und hier wies sich Heinz Diehl aus, ehe er sein Notizbuch hervorzog und den Apotheker um Auskunft bat. Aus dem Registrierbuch der Apotheke, das der Besitzer herbeiholte, war alles ersichtlich, was Doktor Diehl wissen wollte.

Er fragte den Apotheker: »Ist es statthaft, ein so großes Quantum dieses Giftes abzugeben?«

»Für gewöhnlich nicht, Herr Doktor«, erwiderte der Apotheker, »aber in besonderen Fällen und auf besondere Anordnung des behandelnden Arztes geschieht es doch. Es gibt Morphinisten, die noch stärkere Dosen vertragen und deren Zustand geradezu eine so starke Dosis erfordert. Wie gesagt, das muß der Arzt bestimmen, und dies Geheimzeichen desselben sagt dem Apotheker, daß er sich bewußt ist, eine besonders starke Dosis verordnet zu haben. Wir haben nur dies Zeichen zu beachten.«

Doktor Diehl verneigte sich. »Für einen Morphinisten, der an das Gift gewöhnt ist, wäre das Quantum also nicht tödlich?«

»Wenn er starke Dosen gewöhnt ist, nicht.«

»Aber wenn eine andere Person diese Dosis nehmen würde? Sagen wir, ein Herzleidender?«

»Es wäre auch tödlich für einen Gesunden, für einen Herzleidenden aber selbstverständlich erst recht.«

»Ich danke Ihnen für Ihre Auskunft und will Sie nicht länger aufhalten.«

»Handelt es sich um einen Kriminalfall, Herr Doktor?«

»Wahrscheinlich, aber ich darf nicht darüber sprechen.«

Nach diesem Gespräch verließ Heinz Diehl die Apotheke. Als er auf die Uhr sah, merkte er, daß er noch einen früheren als den letzten Zug nach Griesbach erreichen konnte. Es war alles schneller erledigt gewesen, als er gehofft hatte. Das war ihm sehr lieb. Er brauchte dann nicht auf der Heimfahrt mit Blandine und ihren Angehörigen zusammenzutreffen. Ohne sich aufzuhalten, fuhr er zum Bahnhof zurück, nahm dort schnell eine Tasse Kaffee und ein belegtes Brot und fuhr dann mit dem Vorzug nach Griesbach zurück. Da ein Wagen nicht am Bahnhof war, ging er zu Fuß bis nach

Schloß Untergriesbach. Hier ließ er sich Jutta melden. Sie kam ihm in großer Unruhe entgegen.

»Was ist geschehen, Herr Doktor?«

»Nichts, gnädige Frau, ich konnte nur schon mit einem früheren Zug zurückkehren, als ich geglaubt hatte, und nun ist natürlich kein Wagen am Bahnhof. Laufen möchte ich nicht nach Obergriesbach, und deshalb bin ich so frei, Sie zu bitten, mir einen Wagen zur Verfügung zu stellen.«

»Selbstverständlich, Herr Doktor, ich lasse sogleich einen Wagen vorfahren.«

Und Jutta gab den nötigen Befehl. Und dann wollte sie Doktor Diehl bewirten, er müsse ja hungrig und durstig sein.

Aber er lehnte dankend ab. »Ich habe unterwegs etwas zu mir genommen und bin weder hungrig noch durstig. Auch verlangt mich, nach Obergriesbach zu kommen. Aber ehe ich Sie verlasse, gnädige Frau, will ich Ihnen noch etwas sagen, was Sie freuen wird.«

Sie sah forschend zu ihm auf. »Was haben Sie mir zu sagen?« fragte sie bang und zagend.

Ihr Aussehen rührte ihn. Er nahm ihre Hand in die seine.

»Gnädige Frau – ich hätte es meinem Freunde Frank gegönnt, Ihnen diese Mitteilung zu machen – aber ich will Sie nicht länger, als nötig ist, in Unruhe lassen. Heute nacht können Sie ruhig schlafen – Ihre Unschuld ist erwiesen – der wahre Mörder ihres Gatten ist von mir entdeckt worden.«

Jutta wurde totenbleich und wankte, daß er sie halten und stützen mußte.

»Ist das wahr? Kein Traum?« fragte sie mit bebender Stimme.

Er ließ sie in einen Sessel gleiten, weil ihr die Füße den Dienst versagten.

»Es ist wahr – bald soll alles um Sie her licht und klar sein. Mehr kann und will Ich Ihnen heute nicht sagen, das Letzte ist noch nicht getan. Und Sie müssen das, was ich Ihnen sagte, fest in sich verschließen. Ich wollte Sie nur nicht länger in Unruhe lassen. Also strengste Verschwiegenheit gegen jedermann.«

Ihre Augen leuchteten verklärt aus dem blassen Gesicht zu ihm empor. Zitternd preßte sie seine Hände in wortloser Dankbarkeit und Ergriffenheit. Sprechen konnte sie nicht.

Bewegt sah er auf sie hinab. »Haben Sie vielleicht etwas an meinen Freund Frank zu bestellen?«

Sie rang nach Worten. »Sagen Sie ihm – o nein – sagen Sie ihm nichts – alle Worte sind viel zu arm für das, was ich empfinde«, sagte sie erschüttert.

Er küßte ihre Hand. Für diese Frau brachte sein Wissen Erlösung. Aber Blandine? Wie würde sie es ertragen, was jetzt an den Tag kommen mußte?

Aufatmend richtete er sich auf. »Ich muß Sie jetzt verlassen. Also nochmals – strengstes Stillschweigen gegen jedermann. Auf Wiedersehen morgen!«

Zitternd faßte sie nochmals seine Hände. »Ich kann Ihnen jetzt nicht danken – mein Herz ist so voll – ich – ich –«

Sie konnte nicht weiterreden und lehnte sich mit geschlossenen Augen zurück. »Ruhe, Ruhe, gnädige Frau, jetzt heißt es noch eine Weile tapfer sein. Niemand darf Ihnen etwas anmerken, auch Fräulein von Tölz nicht. Bleiben Sie ruhig hier – ich finde schon hinaus. Jetzt eile ich zu Frank Rüdiger, damit auch er diese Botschaft hört.«

Sie nickte ihm zu, sprechen konnte sie nicht, und die Füße

trugen sie auch noch nicht. Als er gegangen war, preßte sie die Hände fest auf das Herz. Ihr war, als wollte es zerspringen. Sie dachte an Frank – und ihre Seele jauchzte. Frank! Wie würde er aufatmen, wenn er diese Botschaft vernahm. Nun gab es kein Hindernis mehr zwischen ihm und ihr, nun war sie befreit von dem Banne, der ihr Leben verdunkelt hatte. Und nun durfte sie an ihn denken mit der ganzen wonnevollen Seligkeit einer Braut. Die Schatten waren gewichen – das Wunder war da.

Wie sie diese Stunde durchlebte, vergaß sie nie. Sie war befreit, erlöst, sie durfte wieder Mensch sein unter Menschen und ihr Haupt frei und stolz erheben. Und aufrecht durfte sie neben Frank Rüdiger schreiten. »Brich nicht, Herz brich nicht vor Seligkeit!«

So saß sie wohl eine Stunde. Aber dann raffte sie sich auf. Bald würden die andern von München heimkommen – und da mußte sie ganz ruhig scheinen, damit sie nichts verriet. Niemand durfte ahnen, wie glücklich sie war – auch Blandine nicht.

Doktor Diehl war in Gedanken versunken nach Obergriesbach gefahren. Frank kam ihm auf der Schwelle seines Hauses entgegen.

»Du, Heinz – schon zurück?«

»Ja, Frank, ich erreichte einen früheren Zug, und Frau Jutta hat mir ihren Wagen zur Verfügung gestellt – ich war zu faul zum Laufen.«

Sie gingen ins Haus hinein. »Du kannst gleich zum Essen kommen, Heinz. Ich wollte gerade ohne dich speisen. Es behagte mir gar nicht. Ich weiß nicht, wie ich meine Einschichtigkeit ertragen soll, wenn du erst fort bist.«

Heinz lächelte. »Du wirst nicht mehr lange einschichtig bleiben müssen, Frank – du kannst ja eine junge Frau heimführen.«

Mit brennenden Augen sah Frank ihn an. »Jutta wird nicht eher meine Frau, als bis der Mörder von Malte von Tübingen entdeckt ist. Das hat sie mir heute gesagt.«

»Ah – du hast dich erklärt?«

»Ja, Heinz, es ging mit mir durch, als wir heute im Vorzimmer von Herrn von Halls Wohnung auf dich warteten.«

Doktor Diehl nickte. »Es ist gut so, Frank! Aber nun laß uns erst essen, dann habe ich mit dir zu reden.«

Sie saßen sich am Tisch gegenüber und jeder zwang einige Bissen hinab, aber mit Appetit aßen sie beide nicht. Schneller als sonst waren sie fertig, und dann begaben sie sich in Franks Rauchzimmer. Das war ein origineller, fremdartiger Raum. Hier hatte Frank genau sein Zimmer kopiert, das er auf Borneo bewohnt hatte. Teppiche, Möbel und Gerätschaften zeigten ein fremdartiges Gepräge. An den Wänden hingen Waffen aller Art und kostbare Felle. Auf einem Tische lag neben anderen Raritäten der riesige Zahn eines Elefanten. Über einem breiten, fast quadratischen Diwan war ein Baldachin aufgebaut aus Lanzen und Speeren, die bunten Geweben Halt gaben. In dies oberbayerische Herrenhaus paßte das Zimmer nicht, aber es war sehr behaglich und gemütlich. Frank schob dem Freunde Rauchutensilien zu und warf sich ihm gegenüber in einen tiefen Sessel. Doktor Diehl hatte in halb liegender Stellung auf dem Diwan Platz genommen und schob sich ein Kissen unter den Arm, auf das er sich stützte. Eine Weile rauchten sie schweigend, dann sagte Doktor Diehl:

»Ich will dich nicht länger auf die Folter spannen, Frank – der Mörder von Malte von Tübingen ist gefunden. Ich weiß, wer das Morphium in das Glas mit dem Portwein schüttete und – wie es geschehen ist.«

Frank sprang auf und stand hochaufgerichtet vor ihm. »Du hast Beweise, Heinz?«

»Ja.«

»So schnell hast du Klarheit geschaffen?«

»Der Zufall kam mir zu Hilfe. Also – Norbert von Hall ist der Mörder.«

Frank atmete tief und schwer. »Dachte ich es doch!«

»Du hattest eine Ahnung?«

»Ja, seit heute, seit du verlangtest, in seine Zimmer zu gehen.«

Doktor Diehl nickte. »Nun setz dich aber erst wieder, mein lieber Frank, wenn ich so hoch zu dir emporsehen muß, werde ich seekrank – ich bin ein wenig aus den Fugen heute.«

»Das kann ich mir denken«, sagte Frank, sich wieder in seinen Sessel werfend.

»Ich war meiner Sache schon ziemlich sicher, als ich diese Zimmer betrat. Jetzt bin ich es ganz. Die Herren, die damals die Untersuchung in der Mordaffäre leiteten, haben sich die Sache sehr leicht gemacht und sind nicht gründlich zu Werke gegangen. Sie haben verschiedene Umstände außer acht gelassen, die sie auf die richtige Spur hätten bringen müssen. Mir fielen sie bald auf. Und nun bin ich am Ende meiner Nachforschungen. Aber die Freude am Erfolg bleibt diesmal aus – denn der Schuldige, den ich an das Messer liefere, ist Blandines Bruder.«

Erschrocken sah Frank auf. »Heinz! Daran denke ich erst jetzt! So egoistisch war ich in meiner Freude. Wie wirst du dich nun zu Fräulein von Tölz stellen?«

Heinz Diehl strich sich über die Stirn und setzte sich aufrecht, die Ellenbogen auf die Knie stützend.

»Es ändert nichts an meinen Gefühlen für sie. Was kann sie für ihren Bruder? Gottlob ist sie von anderer Wesensart als er. Aber – ob sie mir angehören will, nachdem ich ihren Bruder zur Strecke gebracht habe, das muß ich abwarten. Ich hoffe, daß ihre Liebe zu mir ebenso groß ist wie die meine, und daß sie darüber hinwegkommen wird, wie ich darüber hinwegkommen muß, daß ihr Bruder ein Mörder ist.«

Frank beugte sich vor und legte seine Hand auf das Knie des Freundes. »Heinz, nun bin ich doppelt in deiner Schuld, daß du mit deinem Scharfsinn diese Sache durchleuchtet hast.«

Heinz Diehl legte seine Hand auf die des Freundes.

»Nachdem ich die Sache übernommen hatte, gab es keine Wahl mehr für mich. Blandine darf aber nie ahnen, daß sie es war, die zuerst meinen Verdacht auf den Bruder lenkte.«

»Wie das?«

Sinnend sah Doktor Diehl vor sich hin. »Blandine leidet, ohne daß sie es weiß, unter einer Furcht, die sie sich nicht zu erklären wagt. Diese Furcht hat sich in ihrem Innern noch nicht einmal bis zur Ahnung eines Verdachtes verdichtet, aber sie schlummert in ihrem Unterbewußtsein. Es ist die Furcht, daß sie etwas entdecken könnte, was ihren Bruder belastet. Sie quält sich dieses unklaren Empfindens wegen und kann sich doch nicht davon befreien. Während ich in meiner Sucht, überall klar zu sehen, dieser einzigen Unklarheit ihres Wesens nachforschte, kam ich zuerst auf den Verdacht, daß Norbert von Hall der Mörder seines Onkels sein könnte.«

»Und du bist jetzt überzeugt, daß er es ist?«

»Vollständig. Um die Beweise dafür zu erbringen, gab mir wiederum Blandine, ohne es zu ahnen, den ersten Fingerzeig. Sie erzählte mir, ganz harmlos, daß sie an jenem Tage, da Malte von Tübingen heimkehrte, nicht nach München gereist seien, sondern schon an der nächsten Station ausgestiegen seien, weil ihre Mutter ernstlich unwohl geworden war vor Aufregung über die Heirat ihres Cousins. Sie verriet mir auch, daß Norbert in jener Nacht nicht zu Bett gegangen sei. Ich war deshalb auf der Nachbarstation und stellte fest, daß man den Weg dahin oder von dort nach hier bequem in anderthalb Stunden zurücklegen kann. Norbert von Hall konnte also, während seine Schwester bei der Mutter wachte, bequem bis zwölf Uhr in Schloß Untergriesbach sein und gegen halb zwei wieder auf der Nachbarstation eintreffen. Ich brachte dort in Erfahrung, daß Norbert von Hall in jener Nacht bis gegen zwei Uhr angeblich in einer Laube kampiert habe. So hatte er dem Hausknecht erzählt, der ihn später in den Gasthof eingelassen hat. Er sei in der Laube eingeschlafen, hatte er gesagt. Aber ich will dich nicht mit dem langweiligen Aufbau aller Verdachtsmomente langweilen, sondern dir kurz und bündig den Hergang schildern, wie ich ihn mir zusammengesucht habe. Gib mir aber erst noch einen Schluck Wein.«

Frank füllte sein Glas und reichte es ihm. Heinz Diehl trank und stellte das Glas wieder hin.

»Also – Norbert von Hall hatte angenommen, daß sein Onkel erst am folgenden Tage Hochzeit halten würde, und er hat sich gesagt, daß, wenn sein Onkel diesen Tag nicht erlebte, ihm und seiner Mutter das reiche Erbe zufallen müsse. Er begrüßte es daher wohl als einen Schicksalswink, daß das Unwohlsein seiner Mutter ihn an diesem Tage nicht weiter von Untergriesbach entfernte als bis zur nächsten Station. Hier muß ich noch einfügen, daß ich sehr bald ergründet hatte, was Malte von Tübingen damit hatte sagen wollen, als er zu Frau Jutta davon sprach, daß Norbert von Hall ein Spieler und noch etwas Schlimmeres sei. Norbert ist Morphinist, und er befand sich an jenem Tage im Besitz einer gehörigen Dosis Morphiums. Es genügte reichlich, um den herzkranken alten Herrn ins Jenseits zu befördern, ohne daß er sich zu große Entbehrungen des gewöhnten Giftes hätte auferlegen müssen. Also, er erlag der Versuchung, die wohl an ihn herangetreten ist, angesichts seiner mehr als verzweifelten Lage, und begab sich an jenem Abend nach Untergriesbach – zu Fuß natürlich und ohne Mutter und Schwester etwas zu verraten. Das Abendessen hatte er noch mit seiner Schwester zusammen in jenem kleinen Gasthof eingenommen, dann hatte er sich von ihr getrennt und war von niemand mehr gesehen worden, bis ihn der Hausknecht um zwei Uhr nachts einließ.

Er kannte das Schloß genau, wußte, wo das Schlafzimmer seines Onkels lag, und war über dessen Gewohnheiten vollkommen orientiert. Über den Parkzaun zu klettern, war ihm ein leichtes, und so schlich er sich durch den Garten zur Terrasse. Im Schloß war schon alles ruhig, die Dienerschaft schlief bereits. Mit den Örtlichkeiten genau vertraut, war es ihm ein leichtes, an das Schlafzimmerfenster heranzukommen. Daß sein Onkel die Gewohnheit hatte, bei offenem Fenster zu schlafen, war ihm bekannt, ebenso wußte er, daß dieser stets ein Glas Süßwein neben dem Bett stehen hatte, das er über Nacht zu leeren pflegte.

Als er auf die Terrasse kam, sah er Licht im Schlafzimmer seines Onkels. Deshalb schlich er sich ganz vorsichtig heran

– und sah Frau Jutta am Bett Malte von Tübingens sitzen. Vielleicht schockierte es ihn sogar, daß die Braut seines Onkels sich in dessen Schlafzimmer befand, denn wohlgemerkt, er hatte keine Ahnung, daß sie schon seine Frau war. Hätte er das gewußt, hätte er wahrscheinlich seinen Mordplan als zwecklos aufgegeben.

Er sah also Frau Jutta fest schlafend im Lehnstuhl sitzen und konnte sich überzeugen, daß das Weinglas noch gefüllt auf dem Nachtschränkchen stand. Daß Malte von Tübingen ebenfalls schlief, konnte er konstatieren, als er von der anderen Seite des Fensters aus nach dem Bette blickte.

Die Gelegenheit, sein Verbrechen auszuführen, war also günstig. Er nahm das bereitgehaltene Gift zur Hand, beugte sich zum Fenster hinein und schüttete es in das Glas, jedes Geräusch vermeidend. Aber dabei behielt er Frau Jutta scharf im Auge. Sensitive Menschen können im Schlafe unruhig und nervös werden, wenn man sie scharf fixiert. Möglich, daß Frau Jutta schon durch diesen scharfen Blick gestört wurde. Aber schon war das Gift in das Glas gelangt. Bei der konzentrierten Aufmerksamkeit, die er den beiden Schlafenden widmen mußte, entging es Norbert von Hall, daß sich aus seinem Manschettenknopf die kleine Kristallinse löste, die ich dir und Frau Jutta gezeigt habe. Sie fiel zu Boden in dem Moment, da er seine Hand zurückzog und lautlos vom Fenster verschwand. In demselben Moment erwachte Frau Jutta, die wohl schon nicht mehr sehr fest geschlafen hatte, als der fixierende Blick auf ihr ruhte. Sie hörte das leise Dahinrollen der Linse, die unter das Bett rollte, bis sie hinter dem einen Bettbein, zwischen Wand und Bett, zur Ruhe kam. Hier fand ich sie, nach zwei Jahren, von einer Staubfaserschicht eingehüllt. Das Bett ist sehr schwer vom Platz zu rücken, und beim Reinigen des Zimmers ist dieses winzige Fleckchen hinter dem Bettbein nicht gesäubert worden. Die Untersuchungskommission hat sich jedenfalls auch nicht die Mühe genommen, das Bett abzurücken.«

»Du aber bist gottlob gründlicher vorgegangen«, sagte Frank aufatmend.

»Nun, ja – das Geräusch, von dem mir Frau Jutta erzählte, hatte mich nachdenklich gemacht, aber ich hoffte nicht, daß mir die ordnungsliebenden Dienstboten den Gegenstand, der dies Geräusch verursacht hatte, beiseite geschafft hatten. Doch weiter. Du erinnerst dich, daß Frau Jutta, als sie dann erschauernd das Fenster schloß, von einem Gefühl der Furcht sprach, das sie beschlichen hatte. Nun – dies unbehagliche Gefühl hatte wahrscheinlich darin seinen Grund, daß Norbert von Hall sie aus einem Versteck auf der Terrasse scharf fixierte. Bei sensitiven Naturen pflegt das ein Unbehagen auszulösen, und ich sagte mir schon damals, daß das Gift unbedingt in der Zeit, da Frau Jutta am Bett ihres schlafenden Gatten schlief, in das Weinglas gelangt war – und zwar durch das offene Fenster.«

»Und damit hattest du gleich das Richtige getroffen. Ich kann dich nur restlos bewundern.«

Heinz Diehl winkte ab. Dann fuhr er fort: »Ich ließ mir nun die Zimmer des Herrn von Hall zeigen und fand in seinem Schreibtisch in einem Kästchen die Manschettenknöpfe. In dem einen fehlte das Mittelstück – die kleine Kristallinse mit der Schwalbe. Das war der Beweis, daß Norbert von Hall an jenem Abend am offenen Fenster von seines Onkels Schlafzimmer gewesen war. Aber ich fand bei dieser Gelegenheit noch etwas Gravierenderes. Jeder Verbrecher begeht einen Fehler, aus dem ihm einmal ein Strick gedreht werden kann. Norbert von Hall wickelte diese nicht mehr brauchbaren Manschettenknöpfe achtlos in ein Stück Papier, das er vielleicht ebenso achtlos zu sich gesteckt hatte. Dies Stück Papier war ein Rezept über eine ziemlich starke Dosis Morphium. Auf dem Rezept fand ich den Stempel der Apotheke, in der es angefertigt wurde. Ich hatte nun den Beweis, daß meine Vermutung, Norbert von Hall sei Morphinist, berechtigt war, und außerdem wußte ich nun, daß er im Besitz dieses Giftes gewesen war. Ich reiste darum nach München, um mir in der betreffenden Apotheke bestätigen zu lassen, daß Norbert von Hall wiederholt ähnliche Rezepte dort hatte machen lassen, unter anderm auch wenige Tage vor dem Morde. Er war also tatsächlich im Besitz des erforderlichen Quantums gewesen. Als vorsichtiger Morphinist sorgte er sicher immer dafür, daß ihm dies geliebte Narkotikum nicht ausging. Und das führte ihn in Versuchung. Ein Glück für ihn war, daß er damals in München vermutet wurde, sonst hätte die Untersuchung doch schon damals kritisch für ihn werden können. So stand er außerhalb jeden Verdachtes, und die arme Frau Jutta mußte für ihn büßen.«

»Und du wirst ihn an Hand dieser Beweise überführen?«

Heinz Diehl nickte. »Das wird geschehen. Frau Juttas Schuldlosigkeit soll klar bewiesen werden. Wie ich das mache, darüber sprechen wir noch. Erst muß ich sein Bekenntnis in der Hand haben. Das werde ich mir ganz gewiß von ihm verschaffen. Und wenn das geschehen ist – werde ich ihm vielleicht Zeit lassen, sich den Händen der Gerechtigkeit zu entziehen – auf die eine oder andere Weise. Das tue ich Blandines wegen, ich will sie schonen, soviel in meiner

Macht liegt. Uns liegt ja nur daran, Frau Juttas Schuldlosigkeit einwandfrei festzustellen. Den Mörder auszuliefern bin ich gottlob nicht verpflichtet.«

Frank Rüdiger nickte. »Ich verstehe dich. Aber natürlich läßt sich nicht vermeiden, daß bekannt wird, wer der Mörder ist, damit Frau Juttas Schuldlosigkeit vor aller Welt bewiesen wird. Darüber hinaus haben wir kein Interesse an dieser Angelegenheit.«

Heinz Diehl nickte. »So ist es! Ich sehe, du verstehst mich.«

»Und nun, Heinz – wie soll ich dir danken?«

»Gar nicht, mein lieber Frank, was ich getan habe, geschah im Dienst der Gerechtigkeit. Und meine Genugtuung, Frau Jutta erlöst zu haben, ist mir Lohn und Dank genug. Ich würde mich noch viel mehr darüber freuen, wenn ich nicht an Blandine denken müßte. Gottlob ist Hall nur ihr Halbbruder, und sie führt einen anderen Namen. Und sie mag ihn auch nicht sehr. Aber immerhin, meine arme, kleine Blandine wird schlimme Stunden haben, die ich ihr leider nicht ersparen kann.«

Die Freunde sprachen noch lange über diese Angelegenheit. Doktor Diehl berichtete nun auch noch alle Einzelheiten seiner Untersuchung, und sie berieten, daß Heinz Diehl gleich am nächsten Vormittag nach Untergriesbach fahren und Norbert von Hall stellen sollte.

»Am besten wäre es, wenn die Damen nicht im Schlosse anwesend wären. Aber wie sollen wir sie entfernen?« sagte er.

Frank dachte nach; dann richtete er sich schnell auf.

»Ich weiß es. Morgen vormittag schicke ich an Frau Jutta ein Schreiben und bitte sie, mit Frau und Fräulein von Tölz nach Obergriesbach zu kommen, weil ich den Vorbereitungen zu meinem Feste am Sonntag hilflos gegenüberstehe. Ich bitte die Damen, mir mit Rat und Tat zu helfen.«

Doktor Diehl nickte. »Sehr gut – während du die Damen hier empfängst, erledige ich alles.«

Unruhig sah Frank den Freund an.

»Sollte ich dich aber nicht lieber begleiten – es ist vielleicht riskant für dich, diesem Menschen allein gegenüberzutreten?«

»Unbesorgt – ich werde allein mit ihm fertig. Im übrigen habe ich schon gestern ein Telegramm aufgegeben an einen meiner Gehilfen für solche Fälle. Er ist sehr zuverlässig und wird wahrscheinlich schon heute abend in Griesbach eintreffen und als harmloser Tourist im Roten Löwen logieren. Morgen früh, ehe ich ins Schloß gehe, werde ich mich überzeugen, daß er zur Stelle ist. Seine Hilfe genügt mir für alle Fälle. Du kannst also unbesorgt hier zurückbleiben und die Damen empfangen. Und du wirst sie irgendwie so lange festhalten müssen, bis ich zurückkomme. Ich werde es einrichten, daß ich gleich, nachdem die Damen das Schloß verlassen, dort zur Stelle bin, damit die Sache schnell erledigt wird.«

»Also, ich kann dich unbesorgt allein lassen?«

»Ganz gewiß. Aber nun will ich dir erst noch sagen, daß ich Frau Jutta davon Mitteilung gemacht habe, daß ihre Schuldlosigkeit erwiesen und der wahre Mörder entdeckt worden ist.«

Frank richtete sich auf. »Sie weiß es schon?«

»Nicht, wer der Mörder ist. Nur, daß sie ruhig schlafen kann.«

»Wie nahm sie es auf?«

»Tieferschüttert und fast unfähig, ein Wort hervorzubringen. Ich fragte sie, ob ich dir etwas bestellen solle, denn ich ahnte, daß es sie danach verlangte, dir ihre Freude auszudrücken.«

»Und was sagte sie darauf?« forschte Frank in tiefer Erregung.

»Sie sagte wörtlich: ›Sagen Sie ihm – o nein – sagen Sie ihm nichts – alle Worte sind zu arm für das, was ich empfinde.‹«

Franks Augen leuchteten auf. »Wie beneide ich dich darum, daß du ihr diese Nachricht bringen durftest.«

Ein Lächeln flog über Heinz Diehls Züge. »Ich hätte es dir auch gegönnt und sagte ihr das, aber ich wollte sie doch nicht länger als nötig quälen. Ich merkte gestern, daß sie in tiefster Unruhe war.«

»Ja, sie fühlte, daß etwas im Werke war. Du hast recht getan, ihr Erlösung zu bringen. Wie leicht wird ihr das Herz nun sein. Wenn du sie damals gesehen hättest, als sie verzweifelt im Walde zusammenbrach unter dem Schimpfwort, das dieser Schurke für sie geprägt hat, könntest du erst ganz ermessen, welchen Dienst du ihr erwiesen hast. Sie hat viel gelitten.«

»Deine Liebe wird sie für alles entschädigen.«

»Das hoffe ich, Heinz. Was für ein Mensch muß dieser Norbert von Hall sein, daß er ruhig zusehen konnte, daß eine schuldlose Frau für sein Verbrechen büßte.«

»Ja, er ist ein völlig haltloser Charakter. Und dabei liebt er Frau Jutta.«

Frank fuhr auf. »Er wird es nicht wagen!« rief er drohend.

»Du kannst es mir glauben, er liebt sie – freilich auf seine Art, mit einer unreinen Leidenschaft. Ich habe ihn beobachtet, wenn sie mit dir sprach. Die Eifersucht lohte dann im wilden Feuer aus seinen Augen, und ihre Kälte ihm gegenüber quälte ihn. Als sie dir erlaubte, ihr Reitunterricht zu geben, sah er dich haßerfüllt an. Soviel noch Leben und Gefühl in seinem von Morphium zerrütteten Körper ist, gehört es Frau Jutta.«

»Und trotzdem ließ er sie für sich leiden.«

»Er ist ein erbärmlicher Feigling! Aber nun laß uns zur Ruhe gehen, Frank, morgen ist ein schwerer Tag. Gute Nacht.«

»Gute Nacht, Heinz, ruhe auf deinen Lorbeeren aus.«

»Sie sind etwas stachelig, diese Lorbeeren.«

Jutta hatte ihre Verwandten nach ihrer Rückkehr von München nur flüchtig begrüßt. Aber Blandine kam noch in ihr Zimmer und berichtete ihr von den Einkäufen, die sie für Jutta gemacht hatte. Sie hatte eine vollständige Reitausrüstung für Jutta bestellt.

Diese dankte ihr herzlich, gab sich aber den Anschein, sehr müde zu sein, und so zog sich Blandine bald wieder zurück.

Es war Jutta peinlich gewesen, Blandine eine Komödie vorzuspielen. Das Herz war ihr so voll, daß sie ihr gern alles mitgeteilt hätte. Aber Doktor Diehls Gebot hielt sie davon zurück, und so trennte sie sich lieber von Blandine. Am nächsten Morgen hatte sie sich aber wieder ganz in der Gewalt, nur ihre Augen strahlten in einem anderen Licht als sonst, und sie sah schöner aus als je.

Das konstatierte Norbert, während er mit den drei Damen beim Frühstück saß. Er konnte seine Augen nicht von ihr lassen. Während sie noch beisammen saßen, kam ein Bote von Obergriesbach und brachte für Jutta ein Briefchen von Frank Rüdiger. Sie errötete jäh und öffnete mit unsicheren Händen das Schreiben, auf welches der Bote Antwort haben wollte.

Norbert beobachtete Jutta eifersüchtig.

Das Schreiben lautete:

»Sehr geehrte gnädige Frau! Darf ich Ihnen mit einer Bitte lästig fallen? Ich armer, unbeholfener Junggeselle komme mit den Vorbereitungen zu meinem Feste nicht zu Rande und weiß nicht aus und ein. Wenn mein Fest nicht kläglich mißlingen soll, muß ich mir bei Ihnen und Ihrer verehrten Frau Tante Rat holen. Ist es sehr anmaßend, wenn ich Sie bitte, mit Frau und Fräulein von Tölz heute vormittag auf ein Stündchen nach Obergriesbach zu kommen? Bitte, legen Sie ein gutes Wort für mich bei Ihrer Frau Tante ein, damit auch sie und ihr Fräulein Tochter meiner Not zu Hilfe kommen. Bitte, sagen Sie meinem Boten Bescheid, wann ich Sie erwarten darf. Mit ergebenem Gruß und einer ebensolchen Empfehlung an die Damen Ihr Frank Rüdiger.«

Jutta sah mit nachdenklichen Augen auf diese Zeilen. Sie hatte das Empfinden, daß diese Nachricht einen besonderen Grund hätte. So unbeholfen, wie Frank Rüdiger sich hinstellte, war er gewiß nicht. Aber aus irgendeinem Grunde wünschte er, daß sie mit den beiden Damen nach Obergriesbach kam, und darum stand es bei ihr fest, daß dieser Wunsch erfüllt werden mußte. Mit einem unbefangenen Lächeln reichte sie Frau von Tölz den Brief. Diese hatte sie schon mißtrauisch beobachtet.

»Bitte lesen Sie, Tante Herta, und sagen Sie mir, ob Sie geneigt sind, Herrn Rüdigers Wunsch zu erfüllen.«

Frau von Tölz las und fand an dem Schreiben nichts auszusetzen. Sie neigte zustimmend den Kopf.

»So ein Junggeselle ist ein bedauerliches Wesen. Wir müssen ihm natürlich zu Hilfe kommen.«

Jutta gab auch Blandine den Brief. »Du kommst doch auch mit, Blandine?«

»Selbstverständlich«, erwiderte diese, als sie gelesen hatte. Hoffte sie doch, Heinz Diehl zu sehen.

»Wann wollen wir hinüberfahren?«

»Sagen wir um elf Uhr, damit wir zum Mittagessen wieder zurück sind«, sagte Frau von Tölz.

Jutta gab dem Boten Bescheid.

Und so machten sich die drei Damen bald nach dem Frühstück fertig, um nach Obergriesbach zu fahren. Jutta war voll heimlicher Erwartung und Unruhe, sie wußte nicht, was dieser Besuch für eine Bedeutung haben sollte. Auch Blandine war erregt, galt es doch ein Wiedersehen mit Heinz Diehl. Sie ahnte nicht, daß sie diesen nicht antreffen würde.

Als die Damen abfuhren, begleitete sie Norbert von Hall bis zum Wagen und half ihnen beim Einsteigen.

»Reitest du auf die Felder, Norbert?« fragte seine Mutter.

»Nein, Mama, ich habe in den Büchern noch Verschiedenes in Ordnung zu bringen.«

»Du siehst in letzter Zeit sehr blaß und elend aus, Norbert – ich sah dich aber lange nicht im hellen Sonnenlicht wie jetzt, und da fällt es mir noch mehr auf.«

Hastig wandte Norbert sein Gesicht ab. »Das ist doch unwichtig, Mama, ich bin ja keine Salondame, die unbedingt schön aussehen muß«, suchte er zu scherzen.

»Aber ich sorge mich um dich. Fehlt dir etwas?«

Da traf sein Blick qualerfüllt in Juttas Augen. »Du weißt ja, was mir fehlt, Mama«, sagte er heiser.

Sie strich zärtlich über sein Haar.

»Mein armer Junge«, sagte sie mitleidig und warf Jutta einen vorwurfsvollen Blick zu. Nur Jutta war schuld, daß ihr Sohn leiden mußte. Diese unselige Leidenschaft für Jutta machte ihn so elend. So glaubte sie. Keine Ahnung kam ihr, daß das schlechte Aussehen ihres Sohnes noch andere Gründe hatte.

Der Wagen fuhr davon, und Norbert starrte ihm nach. Die letzten Worte seiner Mutter hatten seltsam auf ihn gewirkt. Sie lagen ihm noch in den Ohren. Mein armer Junge! Ob seine Mutter wohl eine Ahnung hatte, wie armselig und bedauernswert er war? Mit schweren, müden Schritten ging er ins Haus zurück und begab sich auf sein Zimmer. Hier warf er sich in einen Sessel und starrte vor sich hin. Die Leidenschaft für Jutta, die von Tag zu Tag stärker wurde, zehrte allerdings auch an seinem halbzerrütteten Körper. Er war fast von Sinnen vor Eifersucht, weil er wußte, daß sie jetzt zu Frank Rüdiger fuhr. Er wußte, fühlte, daß sie ihn liebte und daß ihre Liebe erwidert wurde. Nichts trennte diese beiden Menschen als Juttas Ehrenwort, daß sie nicht heiraten würde, solange der Mörder Malte von Tübingens nicht entdeckt war. Er schauerte wie im Frost zusammen bei diesem Gedanken und sah sich scheu und furchtsam um. Daß er an dies Haus gefesselt war – daß er nicht fliehen konnte vor dem Grauen, das ihn oft beschlich, und vor der unseligen Leidenschaft, die ihm Herz und Sinne verbrannte. Als es in diesem Moment an seine Tür klopfte, schrak er zusammen und starrte die Tür an wie ein Gespenst. Er mußte sich erst fassen, ehe er zum Eintritt rief.

Ein Diener trat ein und meldete ihm, daß Herr Doktor Diehl ihn zu sprechen wünsche.

Erstaunt sah er auf. »Doktor Diehl?«

»Ja, gnädiger Herr!«

»Lassen Sie ihn eintreten.«

Der Diener entfernte sich und gleich darauf trat Doktor Diehl ein. Norbert trat ihm entgegen.

»Sie wollen gewiß die Damen abholen, Herr Doktor, aber die sind seit ungefähr zehn Minuten schon nach Untergriesbach unterwegs. Sind Sie ihnen nicht begegnet?«

Ruhig und aufrecht blieb Heinz Diehl vor ihm stehen. »Nein, Herr von Hall, ich hatte auch nicht die Absicht, Ihren Damen zu begegnen oder sie abzuholen. Ich begrüße es im Gegenteil, daß sie abwesend sind, denn ich bin nur hergekommen, um mit Ihnen zu sprechen«, sagte er, ohne eine Miene zu verziehen.

Norbert sah ihn erstaunt an. Aber da fiel ihm ein, daß seine Mutter ihm gesagt hatte, daß Doktor Diehl sich für seine Schwester interessiere und entschieden Absicht auf sie habe. Sollte sein Besuch damit zusammenhängen? Er zeigte auf einen Sessel.

»Bitte, nehmen Sie doch Platz, Herr Doktor. Was haben Sie mir zu sagen?«

Doktor Diehl ließ sich in den Sessel nieder. »Gut, wir können unsere Angelegenheit auch im Sitzen erledigen«, sagte er ernst.

»Sie machen mich ein wenig neugierig«, erwiderte Norbert und ließ sich seinem Besucher gegenüber am Kamin nieder.

Über seinem Haupte stand auf dem Kaminsims Blandines Bild. Darauf ruhte Heinz Diehls Blick mit einem seltsam sorgenvollen Ausdruck.

Norbert fing diesen Blick auf. Er wußte, daß Blandines Bild hinter ihm stand. Also, es gilt Blandine, dachte er und lehnte sich im Sessel zurück, die Beine übereinanderschlagend und die Arme auf die Armlehne stützend.

Heinz Diehl riß seinen Blick von Blandines Bild los und richtete sich auf. In seinen Augen erschien jetzt der scharfe, zufassende Blick voll konzentrierter Willenskraft. Jeder Muskel seines Gesichts verriet angespannte Energie.

»Herr von Hall, ich bin gekommen, um Ihnen zu sagen, daß der Mörder Ihres Onkels gefunden ist«, sagte er fest und bestimmt.

Norbert von Hall zuckte zusammen und wurde aschfahl im Gesicht. Wäre Doktor Diehl seiner Sache noch nicht ganz sicher gewesen, jetzt wäre ihm jeder Zweifel genommen gewesen. Norbert riß sich zusammen, so gut er konnte, und starrte seinen Besucher mit großen Augen an.

»Was sagen Sie?« stieß er heiser hervor.

»Ich sagte, daß der Mörder Malte von Tübingens gefunden ist.«

Grell lachte Norbert auf. »Machen Sie keine schlechten Witze, Herr Doktor! Wie kommen Sie auf diese Idee?«

Kein Zug in Doktor Diehls Gesicht veränderte sich. »Das ist sehr einfach, Herr von Hall. Ich muß da zunächst einen kleinen Irrtum aufklären – ich bin nicht Philosoph, wie ich aus schwerwiegenden Gründen angab, sondern Jurist und im Spezialfach Kriminalist. Es ist mir gelungen, einige rätselhafte Kriminalfälle aufzuklären, und aus diesem Grunde hat mich mein Freund Frank Rüdiger im Interesse Frau von Tübingens ersucht, hierherzukommen, um das Geheimnis, das ihres Gatten Tod umgab, aufzuklären. Ich kam also – und tat, was man mir aufgetragen hatte.«

Norbert von Halls durch Morphium zerrüttete Nerven hielten diesem Anprall kaum stand. Aber mit dem letzten Rest seiner Kraft nahm er sich zusammen, um sich nicht zu verraten.

»So? Sie klärten das Geheimnis auf? Das ist ja interessant. Und – Sie sagen, daß Sie den Mörder gefunden haben?« fragte er heiser, sich zu leichter Ironie zwingend.

Heinz Diehl blieb ganz ruhig. Er sah Norbert fest an. »Ja, Herr von Hall.«

»Und – haben Sie ihn auch schon dingfest gemacht, Herr Doktor?«

»Noch nicht – aber Herr Norbert von Hall, der Mörder Malte von Tübingens, sitzt vor mir, und ein Wink von mir genügt, ihn dingfest zu machen, wie Sie es nennen.«

Norbert trat der Angstschweiß auf die Stirn, aber er sagte sich: Um Gottes willen jetzt nicht die Nerven verlieren, jetzt geht es ums Ganze. Und sich zu einem leichten Ton zwingend, sagte er: »Ich habe es gleich gedacht, Sie wollen einen schlechten Scherz machen.«

»O nein, Herr von Hall, die Sache ist bedauerlich ernst. Sie wissen so gut wie ich, daß es Ernst ist, was ich Ihnen sage, und glauben nur, mich durch Ihre gutgespielte Ruhe düpieren zu können. Aber das wird Ihnen nicht gelingen. Soll ich Ihnen erzählen, wie Sie dies Verbrechen begangen haben?«

Ein heiseres Lachen brach über Norberts Lippen. »Da wäre ich wirklich neugierig«, sagte er, auf den Armlehnen seines Sessels hin und her streichend.

Doktor Diehl verneigte sich.

»Sie wollten von hier aus vor zwei Jahren, am 14. Mai, mit Ihrer Mutter und Ihrer Schwester nach München reisen, weil an diesem Tage Ihr Onkel von Nauheim eintreffen und

Sie nicht mehr vorfinden wollte. Am 15. Mai sollte seine Hochzeit stattfinden. Sie unterbrachen aber die Reise bereits an der nächsten Station, weil Ihre Mutter krank wurde. Und da kam die Versuchung über Sie. Wenn Malte von Tübingen die nächste Nacht nicht überlebte, konnte er am nächsten Tage nicht Hochzeit halten, und wenn er dann ohne Testament starb, würden Sie bzw. Ihre Mutter seine Erben sein. Sie kehrten also am Abend zu Fuße nach Schloß Untergriesbach zurück, kletterten über den Parkzaun, schlichen sich auf die Terrasse bis an das Fenster des Schlafzimmers Ihres Onkels. Sie wußten, daß er bei offenem Fenster schlief und daß er jede Nacht ein Glas Portwein an seinem Bette stehen hatte, das er auszutrinken pflegte, wenn er erwachte. Darauf gründeten Sie ihren Plan. Sie hatten eine genügende Menge Morphium zur Verfügung, das Sie sich nur abzusparen brauchten von Ihrem eigenen Bedarf. Das wollten Sie in den Portwein schütten, während Ihr Onkel schlief.«

Norbert von Hall war schlaff in seinem Sessel zusammengesunken und sah Heinz Diehl mit stierem Blick an.

»Sie phantasieren!« stieß er heiser hervor.

Doktor Diehl ließ sich aber nicht beirren und fuhr fort: »Sie fanden das Zimmer erleuchtet und das Fenster offen, aber, was Sie nicht erwartet hatten, war der Umstand, daß die Braut Ihres Onkels an seinem Bette saß. Aber sie schlief, zu Ihrer Erleichterung. Die Gelegenheit war günstig, ohne langes Besinnen schütteten Sie das Morphium in das Glas mit dem Süßwein, indem Sie sich zum Fenster hineinbeugten, so weit es nötig war. Dann zogen Sie sich leise zurück, warteten in einem Versteck, bis die Braut Ihres Onkels, die erwacht war, das Fenster schloß, und schlichen sich dann wieder durch den Garten. Sie kletterten über den Zaun zurück, liefen sofort wieder zur nächsten Station und begaben sich in den Gasthof, wo Sie Mutter und Schwester zurückgelassen hatten. Dem Hausknecht, der Ihnen öffnete, erzählten Sie, daß Sie in der Laube des Gasthofgartens eingeschlafen und infolgedessen ausgesperrt seien. Ist es nicht so?«

Norbert von Hall sprang auf und sah sich um, als suche er einen Weg zur Flucht.

»Sie sind von Sinnen! Was wollen Sie von mir?« keuchte er.

Doktor Diehl zog ein Dokument hervor, das er heute am frühen Morgen schon niedergeschrieben hatte.

»Ich will nichts von Ihnen, als daß Sie dies Dokument unterschreiben. Sie können es erst durchlesen – es ist genau die Darstellung Ihres Verbrechens, wie ich es Ihnen jetzt erzählt habe.«

»Das fällt mir nicht ein! Sie sind mit Jutta von Tübingen im Bunde, um sie reinzuwaschen und mich zu verdächtigen.«

»Nun gut, wenn Sie das Dokument nicht unterschreiben, dann verlassen Sie dies Zimmer nur als Festgenommener. Ich lasse Sie sofort verhaften, meine Leute stehen bereit. Unterschreiben Sie aber dies Bekenntnis Ihrer Schuld, dann werde ich Ihnen Gelegenheit geben, sich den Händen der Gerechtigkeit zu entziehen – auf welche Weise Sie wollen. Dies tue ich, weil ich Ihre Schwester Blandine liebe und es ihr ersparen möchte – daß ihr Bruder hingerichtet wird.«

Norbert von Hall brach lautlos in seinem Sessel zusammen.

»Sie sind ein Teufel!« stieß er hervor.

»Nein, nur ein Werkzeug der Gerechtigkeit, das Ihnen natürlich sehr unbequem ist. Aber ehe Sie unterschreiben, kann ich Ihnen noch einige Einzelheiten aus diesem Dokument enthüllen. Wie Sie aus der Verhandlung wohl wissen werden, wachte Frau von Tübingen in jener Nacht auf und hörte ein leises, seltsames Geräusch, als wenn ein winziger Gegenstand am Boden dahinrollte. Haben Sie sich nie Gedanken darüber gemacht, daß dieser Gegenstand Ihnen entfallen sein könnte, in dem Moment, als Sie das Gift in das Glas schütteten und den Arm dann schnell zurückzogen?«

Norbert hob den Kopf und starrte ihn an, ohne ein Wort zu sprechen. Heinz Diehl fuhr fort:

»Also nein, Sie machten sich keine Gedanken darüber. Solche Kleinigkeiten dürfte aber kein Verbrecher außer acht lassen. Dieser kleine Gegenstand war nämlich eine niedliche Kristallinse, auf deren Grund eine kleine, blaue Schwalbe zwischen Meer und Himmel aus Perlmutter schwebt.«

Norbert zuckte betroffen zusammen. »Was meinen Sie?«

»Das Mittelteil aus Ihrem Manschettenknopf. Es ist Ihnen abhanden gekommen, aber Sie wissen anscheinend nicht, wann und wo. Dieses hübsche kleine Ding löste sich in dem Moment, als Sie das Verbrechen begingen, und wurde Ihnen zum Verräter. Ich fand es nach zwei Jahren noch wohlkonserviert in dem Eckchen, wohin es gerollt war. Und die dazugehörigen Manschettenknöpfe liegen da drüben in Ihrem Schreibtisch.«

Ein dumpfes Stöhnen kam aus Norberts Brust. Seine Augen starrten entsetzt auf seinen Schreibtisch.

Doktor Diehl nickte.

»Ja – ich mußte etwas indiskret sein. Die Manschettenknöpfe befinden sich da drinnen. Und mit der Sorglosigkeit eines Verbrechers, der sich sehr sicher weiß, weil seine Schuld einem anderen schuldlosen Menschen aufgebürdet wurde und den Sie obendrein wenig liebenswürdig mit dem Schimpfnamen Gifthexe bedachten, wickelten Sie diese Manschettenknöpfe in irgendeinen Fetzen Papier, der Ihnen gerade in die Hand kam. Dieses heimtückische Papier war aber ausgerechnet ein ärztliches Rezept, auf welches Sie in der Apotheke in München wiederholt Morphium entnahmen, und zwar erst wenige Tage vor dem Mord. Sie brauchten dies Gift in der Regel für sich selbst, da Sie Morphinist sind. Aber Sie gaben großmütig Ihrem Onkel davon ab, in der sicheren Voraussetzung, daß er es weniger vertragen würde als Sie selbst.«

Jetzt hatte Norbert von Hall keine Kraft mehr zum Widerstand. Haltlos sank er in dem Sessel zusammen und wischte mit zitternder Hand den Angstschweiß von der Stirn. Endlich raffte er sich wieder auf und stotterte heiser hervor:

»Nun wohl! Ich sehe – Sie wissen alles – alles – und – ich will nicht weiter leugnen. Ja – ja – ich habe es getan – weil ich verzweifelt war – und mir das Erbe erhalten wollte, das mir durch meines Onkels Heirat entging. Daß es umsonst war – daß die Heirat schon stattgefunden hatte und auch noch ein Testament zu Juttas Gunsten vorhanden war – das wußte ich nicht – sonst hätte ich es nicht getan. Es war furchtbar, als ich erfuhr, daß ich umsonst zum Mörder wurde – ich brach zusammen – war ich doch ohnedies schon am Ende meiner Kraft. Dieses verfluchte Gift, das mir das Mark aus den Knochen saugt, hat mich halb unzurechnungsfähig gemacht. Und – daß ich Jutta für mich leiden ließ – aus feiger Angst vor Entdeckung – das ist mir am härtesten angekommen. Denn – ich liebe sie – ja – ich liebe sie mit einer verzehrenden Leidenschaft, liebe sie bis zum Wahnsinn.

Und ihre Kälte war die Hölle für mich – war Strafe genug – glauben Sie mir das – ich habe in diesen zwei Jahren namenlos gelitten. Ich habe versucht, ein besserer Mensch zu werden, habe für Jutta gearbeitet und geschafft – nicht einen Pfennig habe ich ihr als Verwalter veruntreut. Und – daß sie einen anderen liebt, war Höllenpein für mich. Ja – sie liebt den Mann, der Sie herbeirief zu ihrer Hilfe – und – ihm wird sie nun angehören. Das ist mehr – als ich ertragen kann – geben Sie das Dokument – ich unterzeichne es, dann – um Gottes Barmherzigkeit willen – um Blandine und meine Mutter zu schonen – gönnen Sie mir eine kurze Frist – ehe Sie mich den Häschern ausliefern. Retten Sie mich vor dem Scharfrichter.«

Mühsam war das alles aus seiner Brust emporgestiegen. Heinz Diehl blickte nicht ohne Mitleid auf ihn hinab, als er sich nun erhob und das Dokument vor ihn hinlegte.

»Lesen Sie und unterschreiben Sie«, sagte er.

Norbert setzte seinen Namen mit zitternder Hand unter das Dokument, ohne es zu lesen, und fügte noch hinzu:

Ich bescheinige die Wahrheit des oben Geschriebenen. Jutta von Tübingen ist unschuldig – ich bin der Mörder Malte von Tübingens. Mögen alle mir verzeihen, denen ich Böses getan.

Norbert von Hall.

Dann warf er die Feder hin und schob Doktor Diehl das Dokument zu. Dieser las die wenigen Worte durch und sah Norbert mit einem langen, ernsten Blick an. Dann steckte er das Dokument zu sich und sagte nicht ohne Bewegung:

»Ich lasse Sie jetzt allein. In einer Stunde werden Beamte kommen, um Sie zu verhaften – eine Stunde gönne ich Ihnen zum Ordnen Ihrer Angelegenheiten. Was Sie zu tun haben, werden Sie wissen. Ich werde Ihre Mutter, Ihre Schwester und Frau von Tübingen um Verzeihung für Sie bitten – wenn Sie nicht mehr dazu in der Lage sind.«

Mit erloschenen Augen sah ihn Norbert an. Das unstete Flackern war aus seinem Blick gewichen.

»Ich danke Ihnen.«

Mit einer Verneigung verließ Doktor Diehl das Zimmer. Draußen stand kein Beamter, das hatte Doktor Diehl nur vorgegeben. Er war ganz allein zu Norbert gegangen, denn er wußte, daß er allein mit ihm fertig werden würde.

Und – er wußte, daß es für Norbert von Hall jetzt nur noch einen einzigen Weg gab, einen Weg, der ihn vor jeder Verfolgung schützte und ihn in ein Land führte, aus dem es keine Wiederkehr mehr gab.

Mehr ergriffen, als er zeigen wollte, verließ Doktor Diehl Schloß Untergriesbach und ging in den Wald, um sich zu fassen und ruhig zu werden. Erst nach Verlauf einer Stunde begab er sich in den Roten Löwen, wo der Gehilfe auf ihn wartete, den er von Berlin hatte kommen lassen.

»Gehen Sie zum Gemeindevorstand, Füller, und lassen Sie sich einen Haftbefehl ausstellen für Norbert von Hall auf Schloß Untergriesbach. Nehmen Sie noch einen Beamten mit und gehen Sie mit ihm zum Schlosse, wo Sie Herrn von Hall sofort verhaften. Sie liefern ihn dann beim Gemeindevorsteher ab. Ich werde Sie dort erwarten, denn ich muß selbst noch mit dem Gemeindevorsteher einiges besprechen.«

Füller folgte dem Befehl und ging. Nach einer Weile folgte ihm Doktor Diehl. Der Gemeindevorsteher empfing ihn in einiger Aufregung, er hatte sich weigern wollen, einen Haftbefehl für Norbert von Hall auszustellen, aber Füller war für solche Fälle mit Vollmachten versehen, und so hatte er sich gefügt.

Doktor Diehl legte ihm nun das Dokument vor und gab ihm die nötigen Erklärungen. Der Gemeindevorsteher war fassungslos.

»Sie sehen«, sagte Doktor Diehl ruhig und bestimmt, »daß Frau von Tübingen die ganze Zeit zu Unrecht verdächtigt war. Ihre Unschuld ist jetzt einwandfrei bewiesen, und ich nehme als selbstverständlich an, daß Sie als ein Mann von Ehre alles tun werden, um in Ihrem Bezirk die ganze Affäre aufzuklären. Frau von Tübingen muß Genugtuung erhalten. Auch den Dorfkindern muß beigebracht werden, daß sie mit dem häßlichen Schimpfnamen Gifthexe eine Unschuldige gekränkt und beleidigt haben. Die Eltern können das ihren Kindern beibringen. Ich bin überzeugt, Herr Gemeindevorsteher, daß Sie alles tun werden, was in Ihrer Kraft steht, um die Schuldlose in Ihren Schutz zu nehmen.«

Der Gemeindevorsteher kam sich ungeheuer wichtig vor. Heinz Diehls Worte schmeichelten ihm. Er versprach, alles zu tun, was möglich war, um Doktor Diehls Wünsche zu erfüllen. Immerhin war ihm die ganze Angelegenheit ein wenig peinlich. Er kratzte sich hinter den Ohren.

»Eine verteufelte Geschichte, Herr Doktor! Wenn wir jetzt Herrn von Hall verhaften, das gibt eine Menge Scherereien. Man muß –«

Weiter kam er nicht. In diesem Moment wurde die Tür aufgerissen und Füller erschien auf der Schwelle.

»Herr Doktor – wir haben Herrn von Hall nicht mehr lebend angetroffen – er ist tot. Wir fanden ihn in seinem Zimmer vor dem Schreibtisch in einem Sessel sitzend. Er hat sich erschossen.«

Doktor Diehl erhob sich mit blassem Gesicht.

»Er hat sich selbst gerichtet! Er ruhe in Frieden!« sagte er ernst.

Und er begab sich sofort mit dem Gemeindevorstand zum Schloß hinüber. Sie fanden die Dienerschaft in heller Aufregung. Doktor Diehl betrat mit dem Gemeindevorsteher Norbert von Halls Arbeitszimmer, vor dem der Beamte, der mit Füller gekommen war, Wache stand. Man hatte nichts angerührt. Norbert von Hall saß in einem Sessel vor dem Schreibtisch. Der Browning, mit dem er sich in die Schläfe geschossen, war seiner Hand entfallen und lag auf dem Teppich. Vor ihm auf dem Schreibtisch lag ein Zettel, von seiner Hand beschrieben:

»Verzeihen Sie mir, Jutta, wenn Sie es vermögen. Lassen Sie meine Mutter und Schwester nicht entgelten, was ich getan. Ich weiß, Sie sind großmütig. Verzeih auch du mir, Mutter – bete für mich, deinen unglücklichen Sohn Norbert.«

Beklommen sah der Gemeindevorsteher Doktor Diehl an: »Wo sind denn die Damen – sind sie bereits unterrichtet worden?«

»Die Damen sind auf meine Anordnung nach Obergriesbach gefahren, ich wollte sie nicht hier haben, wenn – wenn Herr von Hall verhaftet würde.«

»Wer soll ihnen das Schreckliche mitteilen?«

»Das werde ich selbst tun, ich reite sofort nach Obergriesbach und werde sie so schonend wie möglich von allem unterrichten. Bitte lassen Sie hier vorläufig alles stehen und liegen, bis die Damen kommen.«

Damit verabschiedete sich Doktor Diehl, ging zum »Roten Löwen«, wo sein Pferd stand, und jagte im schnellsten Tempo nach Obergriesbach.

Frank Rüdiger hatte die Damen vor seinem Hause empfangen und begrüßt. Seine und Juttas Augen trafen aufleuchtend ineinander, und ihre Hände umfaßten sich mit einem festen, warmen Druck. Sprechen konnten sie momentan nicht über das, was sie auf dem Herzen hatten, denn Frau von Tölz wich nicht von ihrer Seite.

Blandine aber war sehr enttäuscht, als sie vernahm, daß Heinz Diehl nicht anwesend war.

»Ich hoffe aber, er wird zeitig genug zurückkommen, um die Damen noch anzutreffen. Eine Sache von unaufschiebbarer Wichtigkeit hat ihn fortgetrieben«, sagte Frank entschuldigend.

Er führte die Damen in sein hübsches Empfangszimmer, und hier servierte Frau Remblin eine Erfrischung. Blandine, die wieder in bester Stimmung war, seit sie wußte, daß Heinz Diehl noch kommen würde, neckte Frank ein wenig.

»Sie bewirten uns hier so aus dem Stegreif mit herrlichen Dingen, Herr Rüdiger, und behaupten doch, daß Sie sich mit Ihrem Fest nicht zu helfen wissen.«

»Das weiß ich auch in der Tat nicht, mein gnädiges Fräulein. Ich habe Damen noch nie in meiner Häuslichkeit empfangen, außer auf Borneo, wo ich einmal eine sehr bunte und internationale Gesellschaft bei mir empfing. Damals waren so ziemlich alle Hautfarben in meinem Salon vertreten. Sogar ein Häuptling der Dyak, eines Volksstammes, der noch heute ziemlich barbarische Sitten hat, war mit seiner Tochter dabei«, erwiderte er lächelnd.

»War das Dyak-Mädchen schön?« scherzte Blandine.

Er zuckte die Achseln. »Geschmackssache, mein gnädiges Fräulein. Bei ihrem Stamm galt sie als Schönheit, aber ob sie in einer europäischen Schönheitskonkurrenz prämiiert worden wäre, ist fraglich. Mir gefiel sie nicht besonders.«

»Aber diese internationale Gesellschaft auf Borneo gaben Sie ohne fremde Hilfe?«

»Allerdings, aber daß sie als gelungen bezeichnet werden konnte, verdankte ich bloß meiner dortigen Dienerschaft, die solche Dinge vorzüglich versteht.«

»Oh – ich schlage vor, Sie geben uns am Sonntag ein Fest ganz im Stil des damaligen Festes auf Borneo«, sagte Blandine.

»Das wäre sicher sehr originell«, pflichtete Frau von Tölz bei.

Frank schüttelte den Kopf. »Ein Tropenfest in den bayerischen Alpen? Nein, meine Damen, das wäre eine Dissonanz. Wie wäre es mit einem ländlichen Fest im Charakter dieser Gegend? Die Damen müßten im Dirndlkostüm erscheinen, die Herren in Kniehosen und Janker. Wenn ich dann bei meinem Fest irgendeine Dummheit mache, dann fällt es nicht so auf. Ich nehme doch an, daß die Damen im Besitz von Dirndlkostümen sind?«

»Daran fehlt es nicht, und die Idee ist sehr nett. Aber dann muß im Freien getanzt werden, das gehört zu einem ländlichen Fest«, sagte Blandine heiter.

»Einverstanden – es soll getanzt werden. Gnädige Frau – ich hoffe, daß Sie mir einen Ländler bewilligen«, wandte er sich an Jutta.

Diese war sehr still gewesen. Sie fühlte instinktiv, daß Franks heiterer, unbefangener Ton nicht echt war, und wußte überhaupt nicht, weshalb er sie und die beiden andern Damen hierhergebeten hatte. Unruhig fragend sah sie ihn an, antwortete jedoch scheinbar unbefangen:

»Ich habe seit Jahren nicht mehr getanzt und habe es wahrscheinlich ganz verlernt.«

»Oh, das lernen Sie schnell wieder.«

»Wir tanzen uns ein, Jutta«, schlug Blandine vor.

So plauderte man noch eine Weile in dieser heiteren Art. Frank schlug dann vor, die Damen möchten sich draußen einen Platz zum Tanzen aussuchen. Blandine ging mit ihrer Mutter voraus. Jutta zögerte eine Weile neben Frank und flüsterte ihm zu:

»Was ist geschehen, weshalb sind wir hier?«

Er küßte ihr schnell die Hand. »Helfen Sie mir, die Damen hier festzuhalten, bis Doktor Diehl zurückkommt. Später erfahren Sie alles. Sind Sie froh und glücklich, Jutta?«

Sie nickte.

»Sehr – oh, wie sehr.«

Sie konnten nicht weiter sprechen, Frau von Tölz war stehengeblieben und sah sich nach ihnen um. Anscheinend war sie nicht gewillt, Jutta und Frank Rüdiger unbeobachtet zu lassen.

Blandine und Frank Rüdiger suchten nun scheinbar mit Feuereifer einen Tanzplatz aus. Frau von Tölz fand die Idee dieses ländlichen Festes ziemlich absurd, aber da die jungen Herrschaften entzückt schienen, wollte sie nicht abreden. Sie bat sich nur aus, daß sie im Gesellschaftskleid erscheinen dürfe. Sonst gab sie Frank liebenswürdig und bereitwillig allerlei Ratschläge und konferierte sogar mit Frau Remblin. Jutta merkte immer wieder, daß Frank nur halb bei der Sache war und daß ihn etwas beschäftigen mußte. Hing das mit ihrer Angelegenheit zusammen?

Es war ihr nicht mehr möglich, noch ein unbelauschtes Wort mit ihm zu sprechen. Frau von Tölz wich nicht mehr von ihrer Seite, denn sie war besorgt, daß sich zwischen Frank Rüdiger und Jutta etwas anspinnen könne.

Frank Rüdiger war in keiner beneidenswerten Lage. Er wußte ja nur zu genau, daß aus seinem Feste am Sonntag überhaupt nichts werden würde. Frau von Tölz und Blandine würden nicht in der Stimmung sein, Feste zu feiern, wenn sie erst erfuhren, wer der Mörder Malte von Tübingens war. Immer wieder flog sein Blick die Straße entlang, die nach Untergriesbach führte, und endlich sah er auf dieser Straße einen Reiter angesprengt kommen.

»Da kommt Doktor Diehl«, sagte er, und Jutta merkte ihm die unterdrückte Erregung an. Blandine wandte sich um, und ein heißes Rot stieg in ihre Wangen. Erwartungsvoll sahen sie alle Doktor Diehl entgegen, auch Frau von Tölz, die ihn sehr vermißt hatte. Schnell war Heinz Diehl herbeigekommen. Mit einem Satz sprang er vom Pferde. Aber die lachenden Gesichter, die sich ihm zuwandten, wurden ernst, als sie in sein blasses, erregtes Gesicht blickten. Dies Gesicht verriet, daß er eine Unglücksbotschaft brachte. Blandine blieb stehen, als wenn ihre Füße im Boden wurzelten. Sie wußte nicht, was plötzlich über sie kam, aber ihr Gefühl verriet ihr, daß irgendein Unglück geschehen sein müsse; ein Unglück, das sie vielleicht im Unterbewußtsein schon seit langer Zeit gefürchtet hatte, ohne es mit Namen nennen zu können.

Auch Jutta merkte Doktor Diehl sofort an, daß etwas Schlimmes geschehen war, und sie fühlte, daß es mit ihrer Angelegenheit zusammenhing. Mit großen Augen sah sie in sein blasses Gesicht. Frank trat an den Freund heran.

»Was ist geschehen, Heinz?« fragte er leise.

»Er ist tot. Laß uns hineingehen mit den Damen.«

Und dann trat er zu Frau von Tölz, begrüßte sie und wandte sich dann an Blandine.

»Kommen Sie mit hinein ins Haus, mein gnädiges Fräulein, ich bin in der peinlichen Lage, Ihnen eine schlimme Botschaft bringen zu müssen, Ihnen und Ihrer Frau Mutter.«

Damit führte er Blandine in das Empfangszimmer.

Sie faßte nach seiner Hand. »Herr Doktor – mein Bruder?« fragte sie mit trockenen Lippen.

Erbarmend sah er sie an. »Sie fühlen es, daß es ihm gilt, Blandine. Seien Sie stark und tapfer – ich muß Ihnen wehe tun«, bat er und drückte beschwörend ihre Hand.

Sie versuchte tapfer zu lächeln, aber die Angst sprang ihr aus den Augen, die Angst vor etwas Grauenvollem. Aber wie um sich selbst zu beruhigen, sagte sie leise: »Nein – von Ihnen kann mir doch nichts Schlimmes kommen.«

Sein Gesicht zuckte wie im Schmerz. Und nun traten die anderen ein. Heinz Diehl trat vor Frau von Tölz hin, nachdem er Blandine einen Sessel zugeschoben hatte, und führte auch sie zu einem Sessel. Frank faßte, als müsse es so sein, Juttas Hand fest in die seine.

»Machen Sie sich auf Schlimmes gefaßt, Jutta«, flüsterte er ihr zu und geleitete sie auch zu einem Sessel.

Das alles war sehr schnell geschehen. Alle starrten wie hypnotisiert in Doktor Diehls Gesicht, nur Frau von Tölz schien noch ahnungslos. Heinz Diehl wandte sich an sie.

»Verehrte gnädige Frau, ich bin sehr unglücklich, daß ich Ihnen eine Schreckensbotschaft bringen muß.«

Die alte Dame zuckte betroffen zusammen.

»Was ist geschehen, mein Sohn? –«

Er nickte. »Ja – es betrifft Ihren Sohn, gnädige Frau, ein Unglück ist ihm zugestoßen.«

Sie verfärbte sich, und auch Blandine wurde blaß und sah ihn zitternd an. »Sagen Sie uns alles – quälen Sie uns nicht lange«, stieß sie erregt hervor.

Mit einem Blick zärtlicher Sorge sah er in ihr Gesicht.

»Was ist geschehen?« rief nun auch Frau von Tölz wie außer sich.

Doktor Diehl atmete tief und schwer. »Gnädige Frau – mein gnädiges Fräulein – Norbert von Hall – ist nicht mehr am Leben.«

Frau von Tölz stieß einen dumpfen Laut aus und fiel halb ohnmächtig in ihren Sessel zurück, und Blandine sank in sich zusammen. Jutta aber faßte Franks beide Hände, als brauche sie einen Halt.

»Er? Er war es?« fragte sie ahnungsvoll. Ganz plötzlich kam ihr jetzt der Verdacht, daß Norbert von Hall ihres Mannes Mörder sein könnte. Frank nickte ihr zu.

»Ja, Jutta – er war es«, sagte er flüsternd.

Da sah sie bleich und erschüttert auf die beiden Damen.

»O mein Gott – die Ärmsten.«

Das war so echt Juttas Art – sie dachte jetzt nicht egoistisch an sich und ihre Befreiung. Schnell erhob sie sich und trat an Blandine heran, ihren Arm um sie legend. Aber Blandine richtete sich plötzlich, wie von Grauen gepackt, hoch empor und streckte die Arme wie in höchster Not nach Heinz Diehl aus.

»Das ist noch nicht alles – noch nicht das Schlimmste, was Sie uns zu sagen haben. Ich ahne – ich fühle es – jetzt kommt das Grauenvolle, das ich immer über mir gefühlt habe. Sprechen Sie – so sprechen Sie doch«, drängte sie in höchster Erregung. Jutta umfaßte sie.

»Blandine – arme Blandine – fasse dich.«

Ein irrer Blick lag in Blandines Augen.

»Ich habe es ja immer kommen sehen! Es hing ja wie ein drohender Schatten über uns. Warum hatte ich immer ein so furchtbares Gefühl, wenn ich Norbert ansah? So sprechen Sie doch, Herr Doktor! Wir müssen alles wissen, Mama und ich.«

Mit aschfahlem Gesicht richtete sich Frau von Tölz aus ihrer schmerzvollen Erstarrung hoch.

»Was denn noch? Ist es noch nicht genug des Leides, das ich erdulden muß?«

Heinz Diehl strich sich über die Stirn. Das Amt, das er übernommen hatte, war schwerer, als er gedacht.

»Gnädige Frau – Sie dürfen den Tod Ihres Sohnes nicht beklagen – er durfte nicht mehr leben. Er hatte sich selbst verloren, schon lange – und sein Dasein wäre nur noch eine Kette von Mißhelligkeiten für ihn und seine Angehörigen geworden.«

»So sagen Sie mir doch, was Sie nicht auszusprechen wagen, was mir aber aus Ihren Augen entgegenschreit wie eine Verurteilung. Was ist mit meinem Sohn? Warum mußte er sterben?«

Doktor Diehl sah Frank Rüdiger flehend an und sagte, auf Blandine zeigend: »Sag du es, Frank – ich kann es nicht vor diesen angstvollen Augen.«

Frank Rüdiger faßte nun all seinen Mut zusammen. Lieber hätte er im dichtesten Kugelregen in der Schlacht gestanden. Aber er wußte, daß er es dem Freunde abnehmen mußte.

»Gnädige Frau – mein gnädiges Fräulein, Norbert von

Hall durfte nicht mehr leben, er hat sich selbst gerichtet – denn er war es, der Malte von Tübingen vergiftete.«

Tiefe Stille folgte diesen Worten. Frau von Tölz lag wie zerbrochen in ihrem Sessel, und Blandine krampfte die Hände zusammen und barg ihr Gesicht an Juttas Schulter, die sie liebevoll umschlungen hielt. So verging eine Weile in furchtbarem, tödlichem Schweigen. Endlich erhob sich Frau von Tölz mühsam, von Doktor Diehl gestützt.

»Lassen Sie den Wagen vorfahren – ich will – zu meinem armen Jungen«, sagte sie tonlos.

Sie war nicht ohne Größe in dieser Stunde. Blandine riß sich von Jutta los und stürzte auf ihre Mutter zu.

»Mama – liebe Mama!«

Aber Frau von Tölz tastete um sich wie eine Blinde und schob Blandine von sich.

»Laß mich – ich habe jetzt nur einen Gedanken – mein Sohn war ein Mörder, und er starb daran. Ich kann ihn nicht verdammen – ich nicht – ich weiß, wie sehr er gelitten hat, wenn ich auch nicht ahnte, warum. Aber was er auch getan – er war mein Sohn –, und ich liebte ihn.«

Damit ging sie an Blandine vorbei, als sei sie ihr fremd. Blandine ließ die Arme schlaff herabhängen und sah der Mutter mit trüben Augen nach. Sie fühlte – auch in dieser Stunde stand ihr die Mutter fremd gegenüber. Was sie an Liebe hatte geben können, hatte immer nur dem Sohne gehört und gehörte ihm jetzt noch.

Auf Frank Rüdiger gestützt, wankte Frau von Tölz aus dem Zimmer.

Doktor Diehl trat an Blandine heran und sah voll erbarmender Liebe auf sie hinab. So gern hätte er sie tröstend in seine Arme genommen, aber er durfte es nicht.

»Blandine – können Sie mir verzeihen, daß ich es war, der die Schuld Ihres Bruders an das Licht brachte?«

Sie sah ihn mit großen Augen an. »Sie?«

»Ja, Blandine – ich bin nicht der, für den ich mich ausgab. Ich kam hierher, um den Mörder Malte von Tübingens zu suchen und Frau von Tübingens Schuldlosigkeit zu beweisen. Daß ich dabei Ihren Bruder vernichten mußte, ist die Tragik des Schicksals.«

In ihren Augen lag ein rätselhafter Ausdruck. »Es sollte wohl so sein – Sie haben getan, was recht war. Und – plötzlich ist eine Ruhe in mir – ich wußte ja nicht, was ich immer geahnt und gefürchtet habe, wenn ich Norberts zerfahrenes, unstetes Wesen sah. Immer war eine rätselhafte Angst in mir, und ich wußte nicht, warum. Jetzt weiß ich es.«

Er küßte ihre Hand. »Sie haben seine Schuld mit der Seele geahnt, Blandine. Das machte Sie unfrei.«

Blandine warf sich plötzlich in Juttas Arme. »Deshalb war ich wohl von deiner Unschuld fest überzeugt. Ach, Jutta – Jutta, kannst du verzeihen? Wirst du nicht voll Entsetzen uns von dir weisen?«

Liebevoll umschlang Jutta das erregte Mädchen. »Meine arme Blandine, du bist doch schuldlos und deine Mutter auch. Sei ruhig, ich hab' dich so lieb wie zuvor.«

Und sie küßte Blandine herzlich und schwesterlich.

Mit einem traurigen Blick reichte Blandine Doktor Diehl die Hand. »Leben Sie wohl, Herr Doktor.«

Sie glaubte, daß zwischen ihr und ihm alles aus sei. Wer sollte sie, die Schwester eines Mörders, zur Frau begehren? Doktor Diehl würde jetzt ganz sicher nicht Lust haben, sein Schicksal mit dem ihren zu verbinden. In ihren jungen Liebestraum war ein düsterer Schatten gefallen.

Doktor Diehl mißverstand Blandine. Er glaubte, sie lehne mit diesem Lebewohl jede Gemeinschaft mit ihm ab, weil er ihren Bruder zur Strecke gebracht hatte. Wie beschwörend sah er sie an.

»Blandine!«

Sie schlug die Hände vor das Gesicht und eilte davon, ihrer Mutter nach.

Doktor Diehl faßte Juttas Hand. »Liebe gnädige Frau, nehmen Sie sich Blandines an, und legen Sie ein gutes Wort für mich bei ihr ein. Ich liebe Blandine – allein sie wird nichts mehr von mir wissen wollen, weil ich ihren Bruder entlarvt habe.«

Jutta drückte seine Hand. »Seien Sie ruhig, Blandine wird darüber hinwegkommen. Ich werde kaum nötig haben, für Sie zu sprechen. Lassen Sie die Ärmste erst zur Ruhe kommen – wir alle müssen erst ruhig werden. Ich will Ihnen auch jetzt nicht von meiner Dankbarkeit sprechen – sie wird ewig in meinem Herzen leben. Wir sehen uns wieder. Jetzt will ich mich Blandine und ihrer Mutter widmen.«

»Tun Sie das, gnädige Frau, es macht Ihrem edlen Herzen Ehre. Und hier – dies Dokument lege ich in Ihre Hand. Es ist der Beweis Ihrer Unschuld und zugleich die volle Aufklärung über das Verbrechen. Lesen Sie es durch, wenn Sie zur Ruhe gekommen sind, und geben Sie es auch Blandine und ihrer Mutter. Es wird ihnen helfen, das Unglück leichter zu ertragen. Wenn Sie in diesen Tagen männlicher Hilfe bedürfen, rufen Sie uns. Frank und ich sind jederzeit bereit, zu kommen und Ihnen alles Schwere abzunehmen.«

Jutta nickte ihm zu. »Ich will daran denken. Und jetzt leben Sie wohl – auf Wiedersehen.«

Er führte sie hinaus. Frank Rüdiger hob gerade Blandine in den Wagen, in dem Frau von Tölz schon Platz genommen hatte. Nun half er auch Jutta einsteigen. Einen Moment ruhten ihre Hände fest ineinander, und ihre Augen schimmerten feucht. Sie fühlten beide, daß sie jetzt nicht an ihr heimliches Glück denken durften – erst mußten sie ihrer Menschenpflicht Genüge tun.

In tiefem Schweigen fuhren die drei Damen nach Schloß Untergriesbach. Jutta und Blandine saßen Hand in Hand. Aber Frau von Tölz saß starr und aufrecht, mit fahlem, schlaffem Gesicht. Sie suchte keinen Trost bei ihrer Tochter. Ihr ganzes Empfinden konzentrierte sich auf ihren toten Sohn. Im Schlosse angekommen, scheuchte Jutta erst einmal die neugierig herbeidrängende Dienerschaft hinweg. Sie wußte aus Erfahrung, wie solche neugierige Blicke schmerzen konnten. Und wenn ihr das auch niemand erspart hatte, sie wollte es diesen beiden Unglücklichen ersparen, soweit es in ihrer Macht stand.

Frau von Tölz begab sich mit Blandine sofort in das Zimmer ihres Sohnes, vor dem der Beamte noch Wache hielt. Als sie ihren toten Sohn erblickte, brach sie neben ihm zusammen und starrte mit brennenden Augen in stummer Frage auf ihn hin. Blandine erblickte den Zettel, den Norbert beschrieben hatte, und diese Worte lösten endlich Tränen aus bei ihr.

Sie hielt den Zettel weinend der Mutter vor die Augen – und da brach auch diese in erlösende Tränen aus.

Mit ruhiger Selbstverständlichkeit hatte Jutta die nötigen Anordnungen getroffen. Sie bemerkte sehr wohl, daß die Dienerschaft besonders dienstwillig war und ihr zeigen wollte, daß ihre Schuldlosigkeit ihnen bekannt geworden war. Es hatte sich nicht nur im Schlosse, sondern auch im ganzen Dorfe wie ein Lauffeuer verbreitet, daß Norbert von Hall Herrn von Tübingens Mörder sei und daß er deshalb Selbstmord verübt habe.

Als Jutta am nächsten Tage nach Anordnung alles Nötigen auf die Terrasse hinaustrat und sich dort eine Weile unter dem jetzt aufgespannten Sonnenzelt ausruhen wollte, sah sie eine Kinderschar auf der Freitreppe stehen. Sie waren alle sonntäglich gekleidet, die Dorfkinder, und drüben am Parktor standen der Lehrer und der Pfarrer, die wahrscheinlich die Kinder angeführt und geleitet hatten.

Alle Kinder trugen selbstgepflückte Frühlingsblumen in den Händen. Verlegen, aber ganz anders als sonst kamen die Kinder zu Jutta heran, die sich in einen Sessel niedergelassen hatte. Und eines der Kinder nach dem andern kam zu ihr heran und legte ihr die Blumen in den Schoß und vor sie hin auf den Tisch, der neben ihr stand.

Wie eine warme Welle ging es über Jutta dahin. Diese stumme Ovation ergriff sie mehr als tausend Worte der Entschuldigung.

Sie griff sich ein kleines, flachshaariges Dirndel und sah ihm lächelnd in die Augen.

»Habt ihr nun keine Furcht mehr vor mir?« fragte sie.

Ein älteres Mädchen antwortete statt der Kleinen.

»Nein, gnädige Frau, Mutter hat gesagt, es is nit wahr, dös du a Hexen bist. Du bist lieb und guat, wie die Engerln im Himmel, und du sollst uns nit harb sein, dös wir dich g'schimpft haben. Es soll nimmer g'schehn. Und der Herr Lehrer und Hochwürden haben dös a g'meint und uns herg'führt. Mit unsern Blümerln soll'n wir dir halt eine

Freude machen.« Aufatmend nach der langen schweren Rede, schwieg das Mädchen.

Jutta strich dem Flachskopf über das Haar.

»Ich bin nicht harb – und wir wollen von nun an gute Freunde sein. Und nächstens einmal lade ich euch alle in den Schloßgarten zu Schokolade und Kuchen. Heut geht still heim zur Mutter – es ist Trauer hier im Haus.«

Die Kinder nickten und unterdrückten ihren Jubel über die angekündigte Schokolade. Erst als sie beim Lehrer und bei Hochwürden am Parktor angelangt waren, vermochten sie nicht länger an sich zu halten und brachen in lautes Jauchzen aus.

Der Lehrer führte die Kinder von dannen, und der Pfarrer begab sich in das Schloß, um den Trauernden seinen Trost zu bringen. Er grüßte Jutta und sprach einige Worte mit ihr, dann suchte er Blandine und ihre Mutter auf.

Als Jutta allein war, faltete sie still die Hände.

»Du hast alles wohl gemacht, Vater im Himmel. Ich danke dir«, sagte sie leise vor sich hin.

Blandine und ihre Mutter waren bis jetzt für Jutta unsichtbar geblieben. Sie hatten Norberts Zimmer noch nicht verlassen. Jutta hielt sich zurück, sie wollte die Trauernden nicht stören.

Nach einer Weile ging Jutta wieder hinein und las noch einmal das Dokument durch, das Norbert unterschrieben hatte. Ihre Dankbarkeit gegen Doktor Diehl war grenzenlos, wie gegen Frank Rüdiger auch. Frank, das wußte sie, konnte sie ihre Dankbarkeit beweisen dadurch, daß sie sich ihm zu eigen gab, aber Doktor Diehls Schuldnerin mußte sie für immer bleiben.

Während Jutta gedankenverloren dasaß, öffnete sich die

Tür, und Blandine trat ein. Sie trug ein schwarzes Kleid und sah sehr blaß aus. Ihre Augen sahen sehr verweint aus.

Ganz still setzte sie sich zu Juttas Füßen und legte den Kopf in ihren Schoß. Jutta streichelte ihr Haar.

»Wie geht es deiner Mutter, Blandine?« Das junge Mädchen sah zu ihr auf.

»Sie weint noch immer – aber es ist gut, daß sie weinen kann. Es wird ihr Erleichterung bringen. Ich habe sie endlich bewogen, sich niederzulegen, und jetzt ist der Herr Pfarrer bei ihr. Da konnte ich sie unbesorgt verlassen. Denn wenn ich ihr auch leider keinen Trost geben kann, so ist es doch meine Pflicht, ihr nach Kräften beizustehen. Wir haben beide nicht geschlafen in dieser Nacht, und ich hatte Sehnsucht nach dir, Jutta. Bei meiner Mutter friert mein Herz – bei dir wird es warm. Und mich verlangt auch danach, mit dir über alles zu sprechen. Weißt du, wie das alles gekommen ist?«

»Ja, Blandine. Willst du es auch erfahren?«

»Ich möchte klar, ganz klar sehen, damit meine Seele endlich frei wird. Sieh, Jutta, es war zuweilen etwas in mir, was mich wie ein unklarer Verdacht gegen Norbert durchzuckte, sein ganzes Verhalten war mir rätselhaft. Aber es hat mich namenlos gequält, und ich habe mich selbst ausgescholten, daß ich mit diesem unklaren Gefühl gegen meinen Bruder herumlief. Nun möchte ich alles wissen.«

Jutta gab ihr das Dokument. »Lies das, Blandine.«

Das junge Mädchen entfaltete das Dokument und las es durch, bis zum Ende. Dann barg sie aufschluchzend das Gesicht in den Händen.

»Der Unselige! Wohin hat ihn seine Gier nach diesem Erbe getrieben? Jutta, oben auf seinem Schreibtisch lag ein Zettel mit seinen letzten Worten an uns – auch an dich. Ich habe ihn dir mitgebracht und wage es nun doch kaum, ihn dir zu geben.«

»Gib nur, Blandine.«

Zögernd tat sie es, und Jutta las, daß Norbert sie um Verzeihung bat und darum, daß sie Mutter und Schwester seine Schuld nicht entgelten lassen möge.

»Ich verzeihe ihm von ganzem Herzen, Blandine, und ganz gewiß werde ich euch nicht entgelten lassen, was er getan hat. Ich hoffe, daran hast du nicht gezweifelt.«

»Ich nicht, Jutta, aber Mutter hat schwere Sorgen, wenn sie jetzt auch noch vor ihrer Trauer in den Hintergrund treten.«

»Laß es meine Aufgabe sein, sie zu gegebener Zeit von ihren Sorgen zu befreien.«

»Ja – du bist großmütig, du edles Herz. Und – gottlob – du darfst nun glücklich werden, darfst deinem Herzen folgen. Alles wird gut werden für dich, und darin muß auch für mich eine Befriedigung liegen.«

Jutta hob ihr den Kopf und sah sie lächelnd an. »Kleine Blandine, warum so entsagungsvoll? Blüht nicht auch für dich ein Glück am Wege, nach dem du nur zu fassen brauchst?«

Traurig schüttelte Blandine den Kopf. »Damit ist es vorbei für alle Zeit.«

»Warum? Kannst du nicht darüber hinwegkommen, daß Doktor Diehl seine Pflicht tat und dadurch Norberts Schuld entdeckte? Er hatte durch Frank Rüdiger den Auftrag bekommen, das Geheimnis aufzuklären, das Onkel Maltes Tod umgab. Er tat es, obwohl er dir weh tun mußte damit. Der Gerechtigkeit mußte Genüge geschehen.«

»Das ist zweifellos, Jutta, und nicht das trennt uns. Wie

könnte ich ihm nachtragen, daß er seine Pflicht getan? Aber – er wird niemals daran denken, die Schwester eines Mörders heimzuführen.«

Jutta horchte auf. »Das also bedrückt dich?«

»Soll es mich nicht bedrücken, daß mein Glück, das ich so leuchtend aufgehen sah, in Trümmer geht?«

Liebreich zog Jutta das junge Mädchen an sich. »Es braucht nicht in Trümmer zu gehen. Denkst du so klein von Heinz Diehls Liebe? Dann kennst du ihn schlecht. Er denkt nicht daran, dich aufzugeben, und war nur in schwerer Sorge, daß du ihn aufgeben könntest. Er bat mich, ich möchte bei dir ein gutes Wort für ihn einlegen, denn er fürchtete, daß du nichts mehr von ihm wissen wolltest, weil er deinen Bruder entlarvt hat.«

Blandine hob rasch den Kopf. »Hat er dir das gesagt?«

Jutta nickte. »Das und noch mehr, aber das will ich ihm nicht vorwegnehmen – es wird dir lieblicher klingen, wenn du es von ihm selber hörst. Er wartet nur darauf, daß wir ihn rufen lassen, denn er ist in schwerer Sorge um dich. Aber vorläufig wollen wir ihn noch nicht rufen – erst muß dein Bruder unter der Erde sein. Dann aber, Blandine – dann werden wir zwei Hilflose sehr gut tun, wenn wir uns unter männlichen Schutz begeben. Sobald deine Mutter imstande ist, sie zu empfangen, bitte ich sie um ihren Besuch, und meiner Treu – sie werden sich nicht lange nötigen lassen.«

Blandines Augen leuchteten hoffnungsvoll auf. Sie küßte inbrünstig Juttas Hand.

»Nur Gutes kommt mir von dir! Du Liebe, Gute, wie leicht machst du mir das Herz. Ich hatte schon alle Hoffnung auf Glück eingesargt.«

»Ei, so laß sie schnell wieder auferstehen. Wir haben wahrlich anderes zu tun, als unser Glück einzusargen. Lang genug sind wir zwei einsame, traurige Geschöpfe gewesen. Und glaube mir, Norberts Tod wird keine unausfüllbare Lücke hinterlassen, nicht einmal bei deiner Mutter. Sie ist – hier möchte ich sagen, gottlob – eine ziemlich kalte Natur und wird bald überwunden haben, zumal du ihr bald einen Sohn zuführen wirst, auf den sie stolz sein kann, stolzer als auf Norbert, der ihr doch nur das Leben durch Kummer und Sorgen verbittert hat. Und du, Blandine, mußt dir zum Trost sagen, daß dein Bruder sein Leben schon zu zerstören begonnen hatte, als er ein Spieler – und Morphinist wurde. Das war der Anfang vom Ende, und daraus kamen alle anderen Übel. Deshalb hätte ihn auch Onkel Malte nie zum Erben eingesetzt. Wir wollen ihm unsere Verzeihung nicht versagen und für seine arme Seele beten, aber wir dürfen nicht zulassen, daß er auch im Tode noch unser Dasein verdüstert und zerstört. Damit ist keinem Menschen genützt. Laß uns mit frohem, frischem Mut in die Zukunft sehen, damit wir denen, die wir lieben und die uns lieben, tapfere, frohgemute Weggenossen sein können auf der Lebensfahrt.«

Blandine schlang die Arme um Jutta. »Wenn ich dich nicht hätte – wie kläglich wäre mein Lebensschiff gescheitert.«

»Wohl mir, wenn ich dir helfen konnte. Hast du mir doch auch Trost gegeben in schlimmer Zeit.«

Blandine strich sich das Haar aus der Stirn. »Wie leicht hast du mir das Herz gemacht. Nun will ich wieder nach meiner Mutter sehen, ich glaube, ich kann sie jetzt wirksamer trösten, weil ich selbst getröstet worden bin. Erlaubst du, daß ich Mutter dies Dokument mitnehme? Wenn sie es gelesen hat, wird sie sich sagen, daß es gut ist, daß Norbert den Mut fand, einen Schlußstrich unter sein verfehltes Leben zu ziehen.«

»Nimm es mit, Blandine, aber verwahre es mir gut – es ist mein Freispruch ohne Klauseln – nicht aus Mangel an Beweisen.«

»Du kannst unbesorgt sein, ich verwahre es dir gut. Und innigsten Dank für deine Güte.«

»Und zugleich habe ich Doktor Diehl einen Dienst erweisen können. Das freut mich von Herzen. Denn ihr hättet euch beide sicher noch lange nutzlos gequält, weil ihr euch mißverstanden hattet.«

»Gott lohne dir deine freundliche Hilfe.«

Sie umarmten sich noch einmal, und dann ging Blandine zu ihrer Mutter. Sie fand diese etwas ruhiger. Der Pfarrer hatte sie soeben verlassen. Blandine gab ihr das Dokument zu lesen. Als das geschehen war, gab Frau von Tölz Blandine das Blatt zurück. Sie sprach kein Wort darüber, aber sie wurde seltsam still und ruhig in ihrem Kummer.

Und in dieser Nacht fand Frau von Tölz Schlaf. Sie hatte das Schlimmste überstanden.

Auch Blandine war viel ruhiger geworden, und ihre junge Seele öffnete sich einer beglückenden Hoffnung.

Jutta hatte an Frank Rüdiger geschrieben:

»Lieber Herr Rüdiger! Verstehen Sie es nicht falsch, wenn ich Sie und Doktor Diehl nicht zu unsrer Hilfe herbeirufe. Es ist für uns alle besser, wenn wir uns einige Tage nicht sehen. Der Herr Pfarrer und der Herr Gemeindevorsteher helfen uns alles ordnen, und so bedürfen wir Ihrer nicht. Wir wollen uns erst wiedersehen, wenn Norbert von Hall zur letzten Ruhe bestattet wird. Bitte, sagen Sie Herrn Doktor Diehl, daß ich nicht nötig hatte, bei Blandine ein gutes Wort für ihn einzulegen, sie fürchtete nur, daß er in ihr nur noch die Schwester Norberts sehen würde. Das machte sie sehr elend und verzagt. Dieses Zagen habe ich ihr aus der Seele genommen, und nun ist sie ruhig und gefaßt. Auch ihre Mutter wird diesen Schicksalsschlag verwinden. Übermorgen wird Norbert von Hall beerdigt – dann sehen wir uns wohl an seinem Grabe. Auf Wiedersehen!

Ihre Jutta von Tübingen.«

Die beiden Herren hatten Juttas Beweggründe verstanden und hatten sich ihrem Hause ferngehalten. Aber als Norbert von Hall zur letzten Ruhe bestattet wurde, befanden sie sich unter dem Trauergefolge, das nicht sehr zahlreich war. Der Unselige wurde in aller Stille der Erde übergeben. Frank und Jutta hatten sich fest und warm die Hände gereicht, ehe sie sich trennten, und er hatte leise gesagt:

»Halten Sie mich nicht länger fern, als nötig ist, Jutta. Sie können sich denken, wie ich mich danach sehne, mich mit Ihnen auszusprechen. Wenn ich noch nicht in Ihr Haus kommen soll – draußen im Wald dürfen wir einander doch ohne Rücksicht auf andre begegnen.«

Und dabei hatte er sie mit so heißen, zärtlichen Blicken angesehen, daß sie ihn nicht länger quälen konnte.

»Ich bin morgen um vier Uhr im Walde, an unserm Rendezvousplatz«, sagte sie errötend.

Dankbar küßte er ihr die Hand.

Doktor Diehl hatte nicht gewagt, Frau von Tölz zu begrüßen. Sie sah und hörte nichts von allem, was um sie her vorging. Ihr stolzer Sinn litt unter der Schmach, die mit ihrem Sohne zu Grabe getragen wurde. Der Schmerz um seinen Verlust wurde fast von ihrem verletzten Stolze erdrückt. Und Blandine stand blaß und zitternd neben der Mutter. Auch sie litt unter dieser Schmach, die ihr aus den neugierigen Augen der Umstehenden entgegenblickte. Sie wagte Doktor Diehl kaum anzusehen. Aber er ließ sie nicht aus den Augen, und als sie endlich unruhig und scheu zu ihm hinübersah, grüßte er sie und sah sie mit seinen treuen, guten Augen flehend an. Da wurde ihr leichter ums Herz. Und sie wich ihm nicht mehr aus, als man sich nach der Beerdigung voneinander verabschiedete. Zitternd lag ihre Hand in der seinen.

»Blandine!«

Tausend sorgenvolle Fragen lagen in diesem einen Wort. Da sah sie ihn an mit einem Blick, der ihm all ihre Liebe offenbarte. Sie sprach kein Wort, aber dessen bedurfte es jetzt nicht. Er küßte ihre Hand und trat zurück.

Am nächsten Nachmittag ging Jutta in den Wald. Es war ein wundervoller, klarer Maientag, und der ganze Wald grünte und blühte im vollen Frühlingsschmuck. Frank Rüdiger wartete bereits auf Jutta. Sein Pferd graste neben ihm auf dem Waldboden. Er ließ es stehen und eilte ihr entgegen, und seine Arme ausbreitend, sah er sie an.

»Jutta!«

Sie ließ sich willig von den treuen, starken Armen auffangen, die ihr Schicksal so herrlich gelenkt hatten.

»Mein, Jutta – mein?« fragte er zärtlich.

Sie sah mit strahlenden, glücklichen Augen zu ihm auf.

»Bis in alle Ewigkeit, Frank.«

Und sie küßten sich mit einer feierlich inbrünstigen Andacht und sahen sich glückstrunken an und küßten sich wieder.

»Gottlob, daß nun alles licht und klar um dich ist, mein geliebtes Herz. Du hättest dich mir sonst nicht zu eigen gegeben.«

»Nein, Frank, wie hätte ich das tun können. Ein Mann wie du darf nicht im Schatten leben – und das hättest du tun müssen, wenn meine Schuldlosigkeit nicht klar bewiesen worden wäre. Glaube mir, du hättest es nicht ertragen, wenn die Menschen deine Frau scheel von der Seite angesehen hätten.«

Er zog sie fest an sich. »Keiner hätte das wagen dürfen! Aber um deinetwillen ist es besser so. Wir können Heinz Diehl nicht dankbar genug sein.«

»Ganz gewiß nicht, Frank, und es ist mir nun eine ganz kleine Genugtuung, daß ich ihm helfen konnte, sein Glück zu bergen. Blandine hätte sich ohne mein Dazutun von ihm zurückgezogen.«

»Er dankt es dir von Herzen, daß du Klarheit zwischen ihm und ihr geschaffen hast. Seine Liebe zu Blandine ist in diesen schweren Tagen noch viel stärker und tiefer geworden – er kann nicht ohne sie leben. Und wir müssen noch mehr für ihn tun – er muß Blandine ungestört sehen und sprechen und will doch jetzt nicht in dein Haus kommen, aus Rücksicht auf Frau von Tölz. Er hat mir ein Briefchen mitgegeben, das sollst du Blandine geben. Er weiß, daß ich dich heute treffe und sendet dir herzliche Grüße.«

Jutta nahm den Brief an sich. »Blandine soll ihn sofort erhalten, wenn ich nach Hause komme.«

»Und hilf dazu, daß sie Heinz' Wunsch erfüllt – er will sie sehen.«

»Dazu brauche ich nicht viel zu helfen, Frank – du kannst

dir denken, daß auch sie sehnsüchtig einer Aussprache entgegensieht.«

»Nun wohl – dann brauchen wir uns um das Glück dieser beiden Menschen nicht zu sorgen und dürfen egoistisch an uns selbst denken. Wann wirst du meine Frau, Jutta?«

Ihre schönen Augen blickten innig zu ihm auf.

»Sobald du willst, mein Frank.«

Er küßte sie zärtlich. »Lieber heute, als morgen.«

Ein reizendes Schelmenlächeln, das Jutta um Jahre verjüngte, huschte um ihren Mund.

»Es geht weder heute noch morgen – ein wenig länger wirst du wohl warten müssen.«

»Aber nur ein wenig«, bat er dringend.

Sie überlegte. Dann sagte sie aufatmend: »Sobald sich eine passende Gelegenheit findet, werde ich Frau von Tölz mitteilen, daß wir uns verlobt haben, und ihr dann auch gleich sagen, daß wir bald Hochzeit halten wollen. Verträgt sie es nicht, glückliche Menschen um sich zu sehen, werde ich ihr freistellen, ihr Domizil an einem andern Ort aufzuschlagen. Sorgen werde ich für sie, denn wenn sie auch sehr feindlich gegen mich gewesen ist, so war sie doch ehrlich und glaubte sich im Recht. Und Malte hätte sie auch nie Not leiden lassen.«

»Wenn Blandine sich mit Heinz verheiratet, wird sie sicher darauf rechnen, daß ihre Tochter sie bei sich aufnimmt. Aber – das wird nicht guttun. Sie ist nicht die Frau, die man als Schwiegermutter mit in eine Ehe hineinnehmen kann«, sagte Frank nachdenklich.

In Jutta leuchtete ein Gedanke auf. »Frank – hier ist eine Gelegenheit für uns, Heinz Diehl unsere Dankbarkeit zu bezeugen.«

Er küßte ihre Hände und sah sie erwartungsvoll an. »Wie denn, mein geliebtes Herz?«

Sie atmete rasch wie ein glückliches Kind. »Frank – wo wollen wir unseren Wohnsitz nehmen, in Ober- oder in Untergriesbach?«

Frank dachte nach. Dann sagte er schnell: »Wo du willst. Ich will nicht, daß du dir Opfer auferlegst, und Schloß Untergriesbach ist schöner und geräumiger als mein Haus. Es liegt auch bequemer für dich. Im Winter hauptsächlich liegt Obergriesbach doch ziemlich einsam, und ich hörte, daß man da oben tagelang eingeschneit ist. Mir macht das nichts, aber für dich ist es beschwerlich.«

Sie faßte seine Hand und drückte sie an ihre Wange. Zärtlich bittend sah sie zu ihm auf.

»So laß uns im Schloß wohnen, Frank. Und Frau Remblin nehmen wir zu uns herunter, damit sie mir hilft. Ich will doch Zeit haben für meinen Mann. Du lehrst mich reiten, und ich begleite dich auf die Felder, denn du wirst nun viel Arbeit bekommen und deinen und meinen Besitz verwalten müssen. Da will ich nicht immer allein zu Hause sitzen. Und in Obergriesbach stellen wir Frau von Tölz als Haushälterin ein. Sie ist sehr tüchtig und umsichtig und versteht zu herrschen. Sie kann in deiner Abwesenheit nach dem Rechten sehen und Haus und Gesinde in Aufsicht und Ordnung halten. Dann hat sie eine Aufgabe und kommt sich nicht unnütz vor. Wir brauchen sie nicht direkt im Hause zu haben, denn das wäre mir nicht angenehm. Und Doktor Diehl bekommt in seine junge Ehe keine lästige Schwiegermutter. So wäre uns allen geholfen. Blandine kann ihre Mutter jedes Jahr einige Wochen sehen, wenn sie uns mit ihrem Gatten besucht. Daß dies geschieht, sehe ich als selbstverständlich an. Was sagst du zu diesem Vorschlag?«

Er küßte sie begeistert. »Daß du nicht nur ein gutes, edles Herz hast, sondern auch ein organisatorisches Talent bist«, neckte er übermütig.

»Du willigst also ein?«

»Selbstverständlich – was die Frau will, will Gott.«

»Nein – ernsthaft, Frank – ich will tun, was mein Mann will.«

»In diesem Falle will ich aber ganz bestimmt, was du willst. Und ich werde Heinz deinen Vorschlag übermitteln.«

Sie schüttelte lächelnd den Kopf.

»Noch nicht – laß die beiden erst einig sein, wir wollen nicht vorgreifen.«

Er legte die Arme um sie und sah sie im übermütigen Glücksbewußtsein lachend an.

»Und jetzt, finde ich, haben wir uns reichlich genug um andere Menschen gekümmert. Jetzt will ich mit dir von uns reden und von unserer Liebe. Vor allem aber möchte ich endlich den Tag unserer Hochzeit festsetzen.«

Sie lachte aus vollem, frohem Herzen.

»So tu es doch, Frank.«

»Wirst du meinen Termin ohne Weigerung akzeptieren?«

»Ja, mein hoher Herr.«

Er küßte sie entzückt.

»Du Schelm, wirst du ernsthaft sein?«

Sie schmiegte sich an ihn.

»Ach, Frank, ich habe so schrecklich lange ernsthaft sein müssen, und bin doch immer so gern froh und heiter gewesen. Stets habe ich lieber gelacht als geweint.«

Er dachte an ihr erstes Zusammentreffen im Walde, an den

Tag, da er sie so verzweifelt zusammenbrechen sah. Innig küßte er sie.

»Mein geliebtes Herz, du sollst nie mehr weinen, wenn ich es hindern kann. Also – wir heiraten am 5. Juli.«

Sie rechnete schelmisch an den Fingern aus.

»Das sind ja kaum noch sechs Wochen.«

»Eine endlose Zeit«, seufzte er.

»Liebster – kann man denn in so kurzer Zeit eine Hochzeit richten?«

Er nickte energisch.

»Man kann – und man wird.«

»Dann muß ich mich fügen«, seufzte sie, drollig ergeben.

Er sah ihr tief in die Augen.

»Kommt es dich hart an, daß du dich fügen mußt?«

Sie nahm seinen Kopf in beide Hände und sah ihn innig an.

»Nichts kommt mich hart an, was du mich tun heißt.«

»Ich bin ein Despot«, scherzte er mit gerunzelter Stirn.

Sie küßte diese Runzeln fort.

»Weg mit dem Despoten!« scherzte sie.

Er zog sie fest an sich, als wollte er sie nie mehr loslassen, und flüsterte ihr heiße, zärtliche Worte ins Ohr. Sie schmiegte sich erglühend in seine Arme. Aber endlich machte sie sich los.

»Jetzt muß ich nach Hause, Frank, Blandine soll nicht länger auf diesen Brief warten müssen.«

Er seufzte tragisch.

»Schon wieder die andern.«

»Aber Frank – vergißt du, was wir Heinz Diehl schuldig sind?«

»Wenn ich dich in meinen Armen halte, vergesse ich alles.

Aber ich bin schon ganz gehorsam und gehe. Du sorgst dafür, daß Heinz bald Antwort bekommt?«

»Blandine wird ihn sicher nicht lange warten lassen. Jedenfalls bekommt er sofort Nachricht. Bitte, grüße ihn herzlich von mir und sage ihm, daß ich nie, niemals vergessen werde, was er für mich getan hat.«

»Das mußt du ihm selber sagen, dann freut es ihn noch mehr.«

Sie nahmen zärtlichen Abschied, der sehr lange dauerte. Aber dann riß sich Jutta schnell los und lief davon.

Mit leuchtenden Augen sah Frank ihr nach, und erst als sie seinen Blicken entschwunden war, bestieg er sein Pferd und ritt davon.

Als Jutta nach Hause kam, erwartete Blandine sie in ihrem kleinen Salon. Mit ernsten Augen sah sie ihr entgegen.

»Du warst lange aus, Jutta.«

Diese legte den Arm um das junge Mädchen.

»Habe ich dich warten lassen, Blandine? Verzeih mir, es ging nicht anders. Ich traf mich mit Frank Rüdiger und – du sollst die erste sein, die es erfährt – wir haben uns verlobt.«

Blandine umarmte Jutta herzlich.

»Du weißt, Jutta, daß ich dir von ganzem Herzen Glück wünsche.«

»Ja, Blandine, das weiß ich. Und ich wünsche dir ein gleich großes Glück, wie ich es gefunden habe. Ich würde mich meines Glückes nicht so unbekümmert freuen, wenn ich nicht wüßte, daß dir ein gleiches blüht, sobald du nur willst. Sieh – was ich dir hier bringe – einen Brief von Heinz Diehl.«

Errötend steckte Blandine die Hand danach aus. Jutta küßte sie auf die Wange.

»Ich lasse dich allein. Bleib hier in meinem Zimmer, da bist du ungestört. Aber das will ich dir noch sagen, daß ich mich verbürgt habe, daß du sofort Antwort nach Obergriesbach sendest. Nicht wahr, du sorgst dafür, daß ich nicht wortbrüchig werde?«

»Ja, Jutta, ich antworte sogleich.«

Jutta verließ das Zimmer und begab sich hinüber in das große, behaglich und vornehm ausgestattete Wohnzimmer. Dort ließ sie sich am Fenster nieder, mit einem Buche. Aber sie las nicht. Ihre Augen blickten hinaus, dahin, wo Obergriesbach lag und – ihr Glück. Sie hatte noch nicht lange so gesessen, da öffnete sich die Tür, und Frau von Tölz trat ein. Sie sah in dem schwarzen Gewande sehr blaß und elend aus. Die letzten Tage hatten doch tiefe Furchen in das Antlitz dieser Frau gegraben. Ihre Augen blickten gramvoll zu Jutta hinüber. Nahe trat sie zu ihr heran und blieb vor ihr stehen.

»Verzeihen Sie mir, Jutta, daß ich in all den Tagen noch kein Wort mit Ihnen über die ganze traurige Angelegenheit gesprochen habe – aber ich war bisher nicht dazu imstande, es fehlte mir an der nötigen Fassung. Jetzt endlich bin ich so weit, daß ich darüber sprechen kann. Zuerst will ich Sie um Verzeihung bitten, daß ich Sie mit meiner Feindseligkeit, mit meinem Mißtrauen verfolgt habe. Das Schicksal hat Sie gerächt – jetzt stehe ich tief beschämt und erniedrigt vor Ihnen und habe die Schmach zu tragen, die der Mutter eines – Mörders zukommt. Mein unglücklicher Sohn hat sein Verbrechen schon eher gebüßt, als er sich richtete, ich weiß es, obwohl ich keine Ahnung von seiner Schuld hatte. Verzeihen Sie mir und ihm, Jutta, ich weiß, wie edel und großmütig Sie sind, begreife es jetzt erst im vollen Umfange.«

Jutta hatte sich erhoben und drückte Frau von Tölz sanft in einen Sessel.

»Es bedarf keiner Bitte um Verzeihung, Tante Herta, ich habe Ihnen nie gezürnt und immer gewußt, daß Sie mir gar nicht anders gegenüberstehen konnten. Lassen Sie uns nie mehr davon reden – wir wollen vergessen – und auch dem Toten verzeihen.«

»Ich danke Ihnen. Dies alles wollte ich nur von der Seele haben, ehe ich Ihr Haus verlasse.«

»Sie wollen fort von Untergriesbach?«

Mit großen Augen sah die alte Dame Jutta an.

»Ob ich *will?* Es ist doch kein Zweifel, daß ich gehen *muß*. Wie könnten Sie mich ferner in Ihrer Nähe dulden?«

Jutta faßte ihre Hand.

»Davon kann gar keine Rede sein, daß ich Sie in eine ungewisse Zukunft hinausziehen lasse. Zwischen uns soll jetzt, so Gott will, ein besserer verwandtschaftlicher Ton herrschen. Wir wollen versuchen, uns näherzukommen. Und ich will damit den Anfang machen, daß ich Ihnen mitteile, daß ich mich heute mit Frank Rüdiger verlobt habe.«

Frau von Tölz nickte seufzend.

»Das habe ich kommen sehen. Und ich wünsche Ihnen alles Glück, Jutta, mir scheint, Sie verdienen es. Und wenn Sie verheiratet sind, dann ist ohnedies kein Platz mehr in diesem Hause für Blandine und mich. Ich war ja schon längst überflüssig.«

»Aber wenn Sie nur wollten, könnten Sie einen Wirkungskreis bekommen, der Ihnen zusagen und Sie zufrieden machen würde, das weiß ich.«

»Wovon sprechen Sie?«

»Wenn Blandine heiratet, dann sind Sie an nichts gebunden.«

Ein bitteres Lächeln umspielte den Mund der alten Dame.

»Blandine heiraten? Wer sollte sie nach allem, was hier geschehen ist, heiraten?«

»Nun – ich hoffe, Doktor Diehl.«

»Wir haben weder Glück noch Stern – alles geht uns verloren – auch diese Hoffnung.«

Jutta nahm ihre Hand wieder in die ihre.

»Nein, nein – ich hoffe ganz zuversichtlich, daß sich Blandine mit ihm verlobt, sobald sie will und Sie es gestatten. Und nun hören Sie mich an. Ich habe schon alles mit meinem Verlobten besprochen.«

Und sie setzte Frau von Tölz auseinander, daß sie in Obergriesbach die Führung des Haushalts und die Aufsicht über die Dienerschaft übernehmen sollte.

Frau von Tölz sah Jutta fassungslos an.

»Ist das Ihr Ernst, Jutta, würden Sie und Ihr Verlobter mir ein so großes Vertrauen schenken nach allem, was geschehen ist? Ich soll wieder schaffen und nützen können, soll mir mein Brot verdienen dürfen? Ach – Sie ahnen wohl kaum, was Sie mir damit für eine Wohltat tun.«

»Doch, ich weiß es, daß ich Ihnen nur so gründlich helfen kann, und ich tue es von Herzen gern. Außerdem leisten Sie uns auch einen großen Dienst, denn auf fremde Menschen ist kein Verlaß, freilich – im Winter wird es zuweilen sehr einsam für Sie.«

»Das ist mir gerade recht. Freilich – um Blandine tut mir das leid.«

»Blandine wird sich sehr bald verheiraten und wahrscheinlich gar nicht mit nach Obergriesbach übersiedeln.

Aber im Sommer wird sie jedes Jahr einige Wochen mit ihrem Gatten hier verleben, und Sie können sich dann sehen.«

Frau von Tölz schüttelte ungläubig den Kopf.

»Sprechen Sie doch nicht von Blandines Hochzeit wie von einer feststehenden Tatsache. Herr Doktor Diehl wird sich hüten, ein Mädchen zu heiraten, dessen Bruder er als Mörder entlarvt hat.«

»Ich gebe Ihnen mein Wort, Tante Herta, es fehlt nichts, als daß Blandine will und Sie Ihre Einwilligung geben.«

Frau von Tölz schluchzte plötzlich krampfhaft auf und schlug die Hände vor das Antlitz.

»Ich glaubte, der liebe Gott habe uns ganz verlassen. Will er es wirklich noch so gut mit uns meinen?«

Da trat Blandine ein. Sie hatte rotgeweinte Augen, aber trotzdem leuchtete in diesen Augen ein stiller, reiner Glanz.

»Mama – bitte lies diesen Brief und dann meine Antwort darauf. Verzeihe, wenn ich in deine Trauer etwas hineintrage, was sich nicht damit verträgt, aber ich kann nicht ein Glück in nichts zerfließen lassen, das mich so groß und herrlich dünkt, daß ich es kaum zu fassen vermag.«

Frau von Tölz nahm zuerst Heinz Diehls Brief und las:

»Liebe, teure Blandine! Frau Jutta hat mir Mut gemacht, sie hat mir mitteilen lassen, daß Sie mir nicht zürnen, weil ich etwas tun mußte, was Ihnen und Ihrer Frau Mutter Schmerzen brachte. Ich habe Ihnen einmal gesagt, Blandine, daß ich nicht von hier fortgehen würde, ohne eine Frage an Sie zu richten, von der mein Lebensglück abhängt. Ich muß diese Frage brieflich tun, da ich keine Gelegenheit habe, es mündlich zu tun, und weil ich nicht viel Zeit zum Warten habe. Blandine – wollen Sie meine geliebte Frau werden? Sie wissen, daß ich Sie liebe, daß Ihnen mein Herz gehört, wie ich weiß, daß Sie mich lieben. Ich kann nicht fort, ohne von Ihnen Antwort auf diese Frage zu erhalten, obwohl ich weiß, daß ich damit in Ihre Trauer hineinstöre. Bitte, senden Sie mir eine Zeile, wann und wo ich Sie sehen und sprechen darf, um mir Ihre Entscheidung zu holen. Ich warte mit Sehnsucht auf Ihre Antwort.

Ihr Heinz Diehl.«

Frau von Tölz gab Blandine den Brief zurück und zog sie zu sich heran.

»Und was hast du geantwortet, Blandine?«

»Was ich mußte, Mama. Bitte zürne mir nicht, daß ich jetzt an mein Glück denke.«

»Du tust recht daran, mein Kind – nur die Lebenden haben recht.«

Blandine reichte der Mutter das Antwortschreiben. Es enthielt nur wenige Worte: »Kommen Sie, wann Sie wollen zu

Ihrer Blandine.«

Die Mutter nickte.

»Es ist gut so.«

Blandine reichte auch Jutta die beiden Schreiben zur Einsicht. Jutta durchflog sie schnell und sprang auf.

»Schnell einen reitenden Boten nach Obergriesbach – wir wollen Heinz Diehl nicht warten lassen.«

Und sie gab den nötigen Befehl.

Als der Bote fort war, erfuhr Blandine auch, was Jutta mit der Mutter besprochen hatte. Sie fiel Jutta wortlos um den Hals, sprechen konnte sie nicht.

Voll Unruhe wartete Blandine nun auf Doktor Diehls Erscheinen. Wenn er sie so liebte, wie sie ihn, dann mußte er heute noch kommen.

Und er kam.

Jutta sah ihn kommen, weil sie am Fenster saß, während Blandine am Kamin Platz genommen hatte. Unter einem Vorwand verließ Jutta das Zimmer und empfing ihn im Vestibül.

»Lieber Herr Doktor, Blandine ist dort drüben in dem Zimmer – ich werde dafür sorgen, daß Sie nicht gestört werden.«

Er zog ihre Hand an die Lippen. Sie sah, daß er sehr erregt war. Und lächelnd nickte sie ihm zu und öffnete die Tür. Er betrat das Zimmer. Blandine wandte ihm den Rükken zu und sah gedankenverloren vor sich hin. Sie glaubte, Jutta sei wieder eingetreten, und sagte mit einem unruhigen Aufatmen:

»Glaubst du, Jutta, daß er heute noch kommen wird?«

Heinz Diehl trat einen Schritt vor.

»Er ist schon da, Blandine!«

Sie sprang erschrocken auf und sah ihn mit einem Blick an, der ihn erschütterte. Schnell trat er auf sie zu und zog sie in seine Arme.

»Blandine – ich hätte es nicht ertragen, wenn ich dich verloren hätte. Ich liebe dich unsagbar, das habe ich erst in diesen letzten Tagen so recht empfunden. Gottlob, daß du mein eigen sein willst.«

Sie konnte nicht sprechen. Ihre Lippen zitterten und ein krampfhaftes Schluchzen erschütterte sie.

»Ich hab' dich doch lieb, Heinz – ich hab' dich lieb«, stieß sie endlich zitternd und bebend hervor. Er preßte seine Lippen auf die ihren.

»Dann ist alles gut, meine kleine Blandine. Und nun weine nicht mehr – das kann ich nicht sehen.«

Und ihre Lippen fanden sich wieder und wieder. So standen sie lange, innig umschlungen, und sprachen sich vom Herzen, was darauf gelastet hatte.

»Und deine Mutter, Blandine? Darf ich ihr jetzt mit einer Werbung kommen? Ich muß morgen schon abreisen, eine wichtige Angelegenheit ruft mich nach Berlin. Und ich möchte nicht reisen, ohne ihr Jawort erhalten zu haben.«

»Du kannst ruhig mit ihr sprechen, Heinz, sie weiß, daß ich dich gerufen habe, und sie will nicht, daß mein Glück durch die Trauer um Norbert getrübt wird!«

Und Blandine erzählte Heinz, was Jutta für ihre Mutter tun wollte, um ihr einen Wirkungskreis zu schaffen, der sie befriedigte. Heinz Diehl durchschaute sofort, daß Jutta ihm damit einen Dienst hatte erweisen wollen, und er dankte es ihr im stillen. Blandine führte ihren Verlobten zu ihrer Mutter, und diese gab dem jungen Paar ihren Segen. Jutta befand sich bei ihr und gratulierte den Verlobten von ganzem Herzen. Blandine sagte Jutta, daß ihr Verlobter schon am nächsten Tag nach Berlin abreisen müsse, und da sah ihn Jutta lächelnd an.

»Dann lassen wir Sie jetzt nicht wieder fort, Herr Doktor. Die wenigen Stunden, die Sie noch frei haben, gehören Ihrer Braut.«

Heinz sah sie bittend an.

»Gnädige Frau – mein Herz hält mich natürlich hier fest. Aber Frank – ihn darf ich doch am letzten Abend auch nicht allein lassen? Was tun wir da?«

Seine alte Munterkeit leuchtete durch diese Frage. Juttas Gesicht überflog ein schelmisches Lächeln und errötete.

»Dann werden wir wohl Frank herüberbitten müssen, lieber Herr Doktor.«

Er nickte vergnügt.

»Ja – das wäre das Netteste, liebe gnädige Frau. Ich hoffe, Frank bringt mir das Opfer.«

Sie sah in seine lachenden Augen und lachte mit.

»Ich hoffe es auch!«

Und so schickte Jutta abermals einen reitenden Boten nach Obergriesbach. Er brachte ein Briefchen von Jutta an Frank, das folgenden Inhalt hatte:

»Liebster! Hier vor mir sitzt ein närrisch glückliches Brautpaar – Heinz und Blandine. Warum sollen wir nicht ebenso glücklich sein? Ich habe gar keine Lust, als einsame, verlassene Braut dabeizusitzen. Dein Freund wird für heute abend hier festgehalten, und ich hoffe, es kostet Dich nicht zuviel Überwindung, herunterzukommen und mit uns zu Abend zu essen. Wir werden eine kleine, intime Verlobungsfeier inszenieren für zwei Brautpaare.

Nun könnte ich schließen – aber dies ist mein erster Liebesbrief und mich dünkt, er ist entsetzlich nüchtern ausgefallen. Wenn er nur ein wenig von dem widerspiegeln sollte, was in mir ist – wie anders müßte er dann ausfallen. Aber ich kann dem Papier nicht anvertrauen, was mich bis ins tiefste Herz bewegt, Frank, liebster Mann – ich hab' Dich lieb und zähle jede Minute, bis Du bei mir bist.

Deine – Deine Jutta.«

Frank Rüdiger folgte diesem Rufe natürlich mit tausend Freuden. Und so saßen die beiden Brautpaare denn mit Frau von Tölz zusammen bei Tische. Und wenn es auch keine laute Feier war, dies Verlobungsfest, so leuchtete das Glück aus den Augen der vier Menschen um so strahlender.

Am nächsten Morgen reiste Doktor Diehl ab. Er wollte in Berlin seine Wohnung zum Empfang seiner jungen Frau herrichten lassen. Es war bestimmt worden, daß Jutta und Blandine an einem Tage Hochzeit halten sollten. Die beiden Bräute hatten alle Hände voll zu tun. Frank und Jutta verlebten eine glückselige Brautzeit, und Jutta bedauerte Blandine oft, weil ihr Verlobter fern war. Aber Blandine sagte dann mit einem stillen, frohen Lächeln:

»Es ist gut so, Jutta, sonst wäre es zuviel des Glücks gewesen nach den furchtbaren Tagen, die wir durchleben mußten. Und wenn Mama auch tapfer ist und sich sogar auf ihren neuen Wirkungskreis freut, so weiß ich doch, daß ihr das Herz noch weh tut. So will ich diese Trennung von Heinz geduldig auf mich nehmen. Dieser Trennung folgt ja gottlob eine Vereinigung auf immer.«

Frau von Tölz bereitete sich auf ihre Übersiedlung nach Obergriesbach vor. Sie sollte dort ganz unumschränkt schalten und walten, Frank und Jutta wußten, daß sie ihr vertrauen konnten. Heinz Diehl hatte vor seiner Abreise noch mit Frank darüber gesprochen, wie dankbar er Jutta sei, daß sie ihn auf diese Weise vor einem steten Zusammenleben mit seiner Schwiegermutter bewahrt habe.

»Versteh mich nicht falsch, Frank, wenn Blandines Mutter in einem innigeren Verhältnis mit ihr gelebt hätte, hätte ich sie um keinen Preis trennen mögen. Aber meine Braut ist unfrei und bedrückt in Gegenwart ihrer Mutter. Diese beiden Menschen, die sich am innigsten nahestehen sollten, werden sich immer fremd bleiben. Und ich will meine arme Blandine endlich in eine Atmosphäre verpflanzen, die alles zum Gedeihen bringt, was noch in ihr schlummert. Ich selber könnte auch nie warm werden mit meiner Schwiegermutter. Und wie gesagt – Jutta hat uns beiden eine Wohltat erwiesen. Das sage ihr, wenn du mit ihr allein bist, und bringe ihr meinen Dank dafür. Ich konnte ihn bisher nicht abstatten, da wir nicht allein waren.«

»Das will ich Jutta sagen, und sie wird glücklich sein, daß sie ihre Dankesschuld ein wenig abtragen durfte.«

Der Tag der Hochzeit der beiden Paare kam schnell genug heran.

Jutta war jetzt im Dorfe eine beliebte und umschwärmte Erscheinung. Wenn sie den Kindern in den Weg lief, umringten dieselben sie und schwatzten zutraulich mit ihr. Seit Jutta ihnen im Schloßpark eine Feier mit Schokolade und Kuchen veranstaltet hatte, waren sie gut Freund mit ihr. Jutta hatte ihnen gesagt: »Wenn ich Hochzeit halte, lade ich euch wieder alle ein zu Schokolade und Kuchen.«

Und nun geschah es oft, daß die Kinder, wenn sie Jutta begegneten, sehr interessiert fragten:

»Hältst nit bald Hochzeit, gnädige Frau?«

Einmal war Frank in Juttas Begleitung, als die Kinder diese Frage an sie richteten. Er lachte herzlich darüber, aber seither fragte er Jutta oft seufzend oder neckend:

»Hältst nit bald Hochzeit, gnädige Frau?«

Und endlich brauchte er nicht mehr zu fragen. Ein wundervoller Sommertag war angebrochen, als die beiden Bräute zum letztenmal allein durch den Park promenierten. Die glückliche Unruhe hatte sie zeitiger als sonst von ihrem Lager getrieben, und sie konnten die Zeit nicht besser kürzen, als in einem traulichen Gespräch über ihr junges Glück.

Doktor Diehl war am Tage vorher eingetroffen mit seiner einzigen Schwester, die von ihrem Gatten begleitet wurde. Das waren Heinz Diehls einzige Verwandten, die zu seiner Freude mit Blandine sympathisierten.

Außer diesem Ehepaar waren nur wenige Hochzeitsgäste geladen. Absichtlich wollten die beiden jungen Paare keine laute, glänzende Feier. Aber das ganze Dorf war auf den Beinen, um mit daran teilzunehmen. Zu Fuß schritten die beiden jungen Paare hinüber zu der kleinen Dorfkirche, begleitet von den wenigen Hochzeitsgästen. Einige flachshaarige Dorfkinder streuten ihnen Blumen auf den Weg, und die Kirchenglocke läutete hell und klar während des ganzen Kirchganges.

Die Sonne schien strahlend herab und schien sich zu spiegeln in den glückstrahlenden Augen der vier jungen Menschen, die heute den Bund fürs Leben schlossen. –

»Bis daß der Tod euch scheide.«

Feierlich begab sich der Zug nach vollzogener Trauung wieder ins Schloß zurück. Während draußen im Garten die Kinder bewirtet wurden, saßen die Hochzeitsgäste mit den beiden Brautpaaren an der Tafel im Speisesaal.

Und Doktor Diehls Schwager erhob sein Glas und sagte, sich zu den beiden jungen Paaren wendend:

»Und sorge, daß dein Herze glüht
Und Liebe hegt und Liebe trägt,
Solang' ihm noch ein ander Herz
In Liebe warm entgegenschlägt.«

Da sahen sich die beiden jungen Paare tief in die Augen und drückten sich verstohlen die Hände.

Man sah ihnen an, daß sie gewillt waren, nach diesen Worten zu handeln, ihr Leben lang.

Heinz Diehl und seine junge Frau reisten am Spätnachmittag ab, um eine kurze Hochzeitsreise anzutreten. Frau von Tölz fuhr nach Obergriesbach in ihr neues Heim, und auch die Hochzeitsgäste verließen Schloß Untergriesbach.

Frank und Jutta waren allein. Und die junge Frau führte ihren Gatten in ihren kleinen Salon vor das Porträt Malte von Tübingens.

»Sieh, wie er gütig zu uns niederschaut, mein Frank. Er ist der Gründer meines Glücks, und ich weiß, er würde sich darüber freuen, wie ein guter Vater sich am Glück seines Kindes freut. Und du hast dazu geholfen, daß sein Geist nun Ruhe gefunden hat. Wie danke ich dir, mein Frank, daß du immer, von Anfang an, an mich geglaubt hast.«

Er zog sie in seine Arme.

»Ich konnte nicht anders, meine süße Frau. Augen wie die deinen können nicht lügen.«

Und er küßte diese schönen Augen in zärtlicher Andacht.

Vier junge Leute planen, die großen historischen Entdeckerfahrten auf einer kleinen Segelyacht ohne technische Hilfsmittel nachzuvollziehen – eine moderne Odyssee auf den Spuren James Cooks, Magellans und Vasco da Gamas. Die Crew: zwei Männer und zwei Frauen, allesamt Fachleute auf ihrem Gebiet.

Doch was als Abenteuer anfängt, wird für die vier schon bald zur schwersten Prüfung ihres Lebens, denn es beginnt ein Drama, das sie in extreme Grenzsituationen und die Dunkelheit der menschlichen Seele führt ...

ISBN 3-404-14718-9

BASTEI LÜBBE